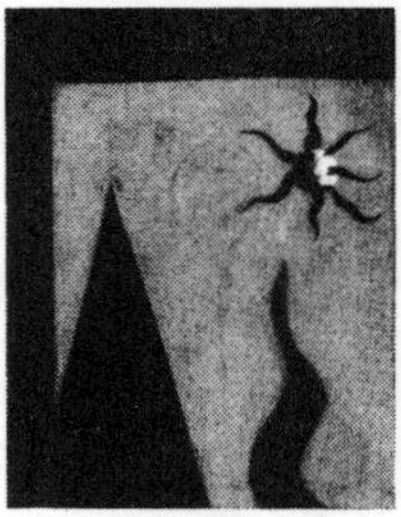

BECK & GLÜCKLER

Die Erschaffung der Welt

Miguel Torga
Die Erschaffung der Welt

Aus dem Portugiesischen von
Curt Meyer-Clason

mit einem Glossar des Übersetzers

BECK & GLÜCKLER

Titel der Originalausgabe:
A Criação do Mundo

Der Übersetzung liegen zugrunde:
I. Dia © 1937; 4.ª ed., refundida, 1969
II. Dia © 1937; 4.ª ed., refundida, 1969
III. Dia © 1938; 4.ª ed., refundida, 1970
IV. Dia © 1939; 2.ª ed., refundida, 1971
V. Dia © 1974
VI. Dia © 1981

Deutsche Erstausgabe
1. Auflage 1991

Holbeinstr. 8, D - 7800 Freiburg
Übersetzung: Curt Meyer-Clason
Lektorat: Lieselotte Kolanoske, Gerd Hilger
Umschlagdesign: Book Graphics
Satz: Barbara Herrmann, Freiburg
Belichtung: Johannes Schimann, Pfaffenhofen
Druck und Bindung: Freiburger Graphische Betriebe
Printed in Germany

ISBN 3-89470-203-6

INHALT

Lieber Leser,

falls der Umfang dieses Textes deine Neugier nicht mindert, wirst du in einem Zuge die sechs Tage «meiner» Erschaffung der Welt lesen, die bisher nach und nach, so wie sie geschrieben wurden, in den Schaufenstern der Buchläden vorlagen.

Diesem Werk, in der Jugend kühn ersonnen, unvorhersehbar in Plan und Verlauf, vermochte nur die Zeit, die seine Handlung entwickelte und seine Dauer bestimmte, Form und Vollendung zu verleihen. Und so geschah es, zumal das Schicksal, von der Maßlosigkeit des Vorhabens angetrieben, die Stimme des Verfassers nicht verstummen lassen wollte, bevor das Unternehmen zu Ende geführt war.

Wir alle erschaffen die Welt nach unserem Maß. Die lange Welt der Langlebigen und die kurze Welt derer, die vorzeitig scheiden. Die einfache Welt der Einfachen und die schwierige Welt der Schwierigen. Wir erschaffen sie im Bewußtsein und messen jedem Vorfall, Tatbestand oder Verhalten die geistige oder gefühlsbedingte Bedeutung bei, die unser Geist und unsere Empfindsamkeit ihm zubilligen. Sicherlich gibt es eben so viele Welten wie Geschöpfe. Leuchtend die einen, undeutlich die anderen, und alle einzigartig. *Die meine mußte sein, wie sie ist, eine Flut von Ergriffenheiten, Entschlüssen, Leidenschaften und Einsichten, die von der Kindheit bis ins Alter auf den harten Boden einer wetterwendischen Wirklichkeit abrollte: eine von Kriegen, Katastrophen, Tyranneien und Greueln erschütterte Wirklichkeit, aber auch reich an tausend Möglichkeiten*, und die in die Geschichte als Beispiel des Unglücklichsten und Unheilvollsten, das die Menschheit neben dem Verheißungsvollsten erlebt hat, eingehen wird.

Welt der Gegensätze, lyrisch und gepeinigt, geprägt von Aufschwüngen und Abstürzen, welche die immer wieder enttäuschte Hoffnung stets mit ihrer Gnade ermutigt hat, und *die ich, hätte ich zu wählen, mit keiner anderen eintauschen würde.*

Es ist an dir zu sagen, wenn du die letzte Seite dieses Buchs – Chronik, Roman, Denkschrift, Vermächtnis – gewendet hast, ob der Besuch dieser in Prosa gegossenen Welt sich gelohnt hat.

Ich habe mein Bestes getan. *Als Mensch des Wortes habe ich mit Worten Zeugnis abgelegt vom Bau dieses beharrlichen, geduldigen, schmerzvollen und nachdenklichen Gebildes, geschaffen aus dem glühenden Stoff des Lebens.*

Miguel Torga
Coimbra, Juli 1984

Und Gott der Herr
nahm den Menschen
und setzte ihn in den Garten Eden,
daß er ihn baute und bewahrte.

1. Buch Mose, 2. Kapitel, Vers 15

DER ERSTE TAG

Lausekopf... Lausekopf... Lausekopf...

Und gleich darauf meine Mutter:

«Hörst du, Junge?»

«Ich höre, Senhora.»

Ich ließ alles stehen und liegen, hängte den alten Leinensack über die Schulter, so, daß das violette Lilienmuster nach außen zeigte, holte meine Mütze und trat aus dem Haus.

Im Hof blieb ich stehen, um den Inhalt meines Sackes zu überprüfen. Schiefertafel, Lesebuch der vierten Klasse, Rechenheft, Rechenbuch, Schreibfeder, Bleistift, Radiergummi und Lineal. Es fehlte nichts. Ich konnte losgehen.

Ich stieg die Gasse hinauf, überquerte den Platz unter der Ulmenkrone, grüßte den immer dienstbereiten Senhor Arnaldo unter dem Schutzdach, und vor dem Laden der Schwestern Pinta hing mir schon das Hemd aus der Hose.

«Komm her, Unglücksrabe!»

In solch verwahrlostem Zustand brachte ich sie als Schneiderinnen in Verruf.

Die ältere von beiden steckte mir mein Hemd wieder in die Hose, rückte mir die Hosenträger zurecht, und dann machte ich mich von neuem auf den Weg.

Die Schule am Ende des Dorfes war von Mimosen umwachsen. Davor führte die seit Jahren in Ausbesserung befindliche Teerstraße von Porto nach Bragança vorbei. Auf dieser von Kieselsteinhaufen gerahmten Straße, ein unerschöpfliches und stets griffbereites Arsenal für Steinschlachten mit denen von Anta, raste mit hundert Sachen Canca auf seinem Motorrad vorüber und verschwand in einer Staubwolke.

«Dort reitet der Teufel auf seinem Vater!» riefen wir vom Vorhof des alten rechteckigen, einstöckigen Herrenhauses, dessen rückwärtiger Teil zugleich als Lehrerwohnung diente. Das Gebäude hatte ringsum Fenster, durch die man auf der einen Seite die Serra do Marão in der Ferne sah, tiefblau im Sommer und schneeweiß im Winter; freilich erkannte man kaum mehr, daß das Bauwerk einst kalkweiß gestrichen war. An der Fassade zwischen zwei Trägern schwang die Glocke.

«*Lausekopf... Lausekopf... Lausekopf...*»

«Dann laus ihn doch... Dann laus ihn doch...» antwortete, wenn der Wind aus der passenden Richtung wehte, die Glocke von Fermentões.

Man trat durch die Seitentür ein – die andere, der Haupteingang, immer mit Erlassen behängt, welche die Rekruten zur Musterung riefen und die Bauern an ihren Zahlungsrückstand mahnten, führte in den Festsaal, in dem der Herr Lehrer die Trauungen vornahm. Zu den üblichen Trauzeugen gehörte Onkel Manuel Serralheiro, der Schlosser, ein Minho-Bewohner, der sich großartig auf Schlägereien verstand. Er legte sich auf den Fußboden, seine drei Söhne über ihm versuchten ihn zu treffen, er aber hieb auf sie ein und sprang mitten im Prügelhagel auf, ohne den geringsten blauen Fleck. Seine Werkstatt lag dicht nebenan, daher wurde er aus Bequemlichkeit gerufen. Er wohnte der Zeremonie mit dem Hut in der Hand und mit dienstbeflissener Miene bei und unterzeichnete am Schluß feierlich, als wäre er der Küster des Standesamts.

Der Schulmeister, in Galoschen und in einen Hirtenmantel gehüllt, immer an unseren Gaben in Naturalien interessiert, empfing uns dementsprechend.

«Guten Morgen, Herr Lehrer!»

«Sieh da, Spatzenmännchen! Bist doch noch gekommen?»

«Ich habe einen Korb Kartoffeln mitgebracht, den ich bereits der Senhora Marquinhas abgegeben habe, drum habe ich mich etwas verspätet...»

«Schön, schön... Sieh zu, daß du morgen früher auf Trab kommst.»

Wenn das Dutzend Eier ausblieb oder es aussah, als sei die Wurst vergessen worden, mahnte er selbst den Verbleib an. Und sogar die Ärmsten erschienen mit einem Säckchen über der Schulter. Es gab aber solche Gaben und solche Gaben... Und so wechselte auch der Tonfall bei der Entgegennahme.

«Und du, mein Früchtchen?»
«Ich mußte die Eselin auf die Weide bringen...»
«Die Eselin hat einen breiten Rücken!»
Den hatte sie. Rittlings auf ihr sitzend, jauchzte ich durch die Flur dahin und sang die gereimte Geschichte vom *Braven Soldaten João* vom ersten Vers bis zum letzten, so daß Marreta, durchgewalkt von der Arbeit auf Três Bicos, jäh innehielt. Er ließ die Hacke sinken, stützte sich auf den Griff und staunte mit offenem Mund über die Verse und das Gedächtnis des Sängers.

Es war einmal ein Junge
Gut geboren unter einem bösen Stern...

«Willst du deinen Tag mit Singen verdienen?» fragte er zum Scherz, als ich an ihm vorüberritt.
«Nein, Senhor. Ich muß in die Schule.»
«Schade drum, ich hätte dich gut bezahlt!»
Der Schullehrer hingegen wollte nichts wissen von dergleichen Phantastereien.
«Für heute will ich's durchgehen lassen. Aber mach das noch einmal, und du wirst was erleben!»
Ich setzte mich in die erste Bank, links von meinem Schulkameraden, dem Jerônimo. Ich hatte im Handumdrehen ausgepackt. Senhor Botelho stand vom Pult auf, stieg vom Podium herunter und befahl mit feierlicher Stimme:
«Nehmt ein Blatt mit fünfunddreißig Linien. Diktat!»
Bei diesem Wort wurde die Schulklasse mäuschenstill. Alle, klein und groß, verspürten einen heiligen Respekt vor dem Diktat und vor den Schülern, die sich dieser Aufgabe unterzogen. Natürlich nur, solange es dauerte.
Der Herr Lehrer räusperte sich, um seine Raucherkehle zu klären, und begann, nachdem er mit lauter Stimme wiederholt hatte «Diktat»:
«Die Wärme weitet die Körper...»
Das war die Schulstunde der inneren Sammlung. Jetzt hatte keiner Lust, zum Pinkeln oder wegen sonst eines Bedürfnisses das Klassenzimmer zu verlassen. Die aus der ersten Klasse buchstabierten unhörbar das B-a-ba, und wer schon rechnen konnte, rechnete.

Der am Pult lehnende Lehrer, das Buch in der linken Hand, das Bambusstöckchen in der rechten, fuhr fort:

«Die Hitze, Komma; das Licht, Komma; der Laut, Komma; sind «fysische» Faktoren. Punkt. Fysische… Man schreibt es nicht mehr mit «ph», wie ich es euch gelehrt habe. Noch machen das manche Autoren, aber nur aus reiner Dickköpfigkeit…»[*]

Tatsächlich hatte Senhor Botelho gemerkt, daß Júlio Fraga, als er das Ende des Federhalters an den Mund führte und stur zur Zimmerdecke aufblickte, über das «ph» nachgrübelte.

«Die Fysik ist eine Wissenschaft… Aufpassen: Ciência! Vergeßt nicht den Akzent…»

Und er diktierte weiter und erriet dabei die Irrtümer und Schwierigkeiten eines jeden.

In der ersten Bankreihe konnte man nicht spicken. Niemand versuchte einzusagen oder darum zu bitten, daß einer ihm einsagte; da setzte es unfehlbar Senge. Hinten jedoch gelang es Schiefmaul durch unwahrscheinliche Mimik, dem Codinhas, der sich mit dem Häkchen unter dem C schwertat, auf die Sprünge zu helfen.

Wir schwitzten alle. Aber wir trockneten uns eifrig die Hände am Hemd ab, um das beschriebene Blatt nicht zu besudeln, das vom Herrn Schulinspektor, wie uns angekündigt worden war, geprüft und benotet werden würde.

Bis aus dem Mund des Schullehrers der ersehnte Schluß-Punkt: «ich habe Schlußpunkt gesagt» ertönte, gefolgt von einem hörbaren Erleichterungsseufzer der gesamten Schulklasse.

Nun begann die Korrektur mit ihren Tatzen, mit ihrem Ohrenziehen, mit ihrem Geheul. Aber die ganz Kleinen, die ihre Stimme wiedergefunden hatten, wollten nichts wissen vom Elend der Großen und sangen eintönig weiter:

«B-a-ba, b-e-be, b-i-bi; b-o-bo, b-u-bu; drei mal eins ist drei; drei mal zwei ist sechs; drei mal drei ist neun; drei mal neun ist siebenundzwanzig…»

«Und so weiter und so fort, landen wir noch im Abort» schloß Grillenkönig.

So etwa endete der Vormittagsunterricht.

Nachmittags wurde die Sache schlimmer, weil man an die Schultafel gerufen wurde.

«Ein Wasserbecken ist zehn Meter lang, viereinhalb Meter breit und drei Zehntel der Länge hoch. Ich will wissen, wieviele Fässer Wasser es faßt, wenn das Faß zweiundzwanzig Almuden faßt, und der Almude fünfundzwanzig Liter.»

Das war ein Fall für manche Ohrfeige. Entsprechend der Schwierigkeit des Problems rechnete sich jeder von uns aus, wieviele er abkriegen würde. Und schon wurde man neidisch auf die erste Klasse dort hinten im Schulraum dicht an der Uhr und am Zähler.

«B-a-ba; b-e-be...»

Und wir mußten uns mit einer solch kniffligen Aufgabe abmühen!

«Los... Los doch... Nun mach schon, Silvino!»

«B-a-ba; b-e-be...»

Das Becken füllte sich mit Tränen. Unsere Augen glichen Quellen, die es füllen wollten.

Nachdem die Aufgabe gelöst war, gingen wir zur Geschichte über.

«Wer war der Begründer der Dynastie Avis?»

«Das war Don João der Erste, der vom Guten Gedächtnis, und zwar hatte er diesen Beinamen, weil...»

Das Gesicht des Senhor Botelho heiterte sich auf. Und als wir nach der Geographie, auch sie heruntergeleiert (Nogueira, Bornes, Padrela, Marão, Larouco, Gerês...),* zur Staatsbürgerkunde kamen, glich das Leben einem Meer von Rosen. Der Lehrer sprach vom Vaterland, von der Familie, vom guten Bürger und von der hohen Bedeutung des Baumfestes, das nahe bevorstand und für das wir die Hymne proben würden.

Ihr Schüler, sät!...

In den vorangegangenen Jahren waren andere die Helden dieses denkwürdigen Tages gewesen. Die vierte Klasse hob die Grube aus, steckte den jungen Stamm hinein, düngte ihn, stützte ihn und begoß ihn. Die Winzlinge der Unterklassen verstärkten nur den Festzug, schrien sich singend die Kehlen heiser, und damit fertig. In der Feierstunde standen sie nur als Statisten dabei. Doch endlich waren nun wir an der Reihe. Und hörten andächtig der patriotischen Predigt zu. In Kürze würden wir die Arbeiter der Zukunft sein, die Hoffnung auf dem Vormarsch, die Männer von morgen. Und das alles durch die schlichte Tat, eine Wurzel in die Erde zu senken…»

Ein Jammer nur, daß Senhor Botelho in der nächsten Stunde die alte Leier wieder von vorne begann!

«Zeig mal deine Finger, ich glaube, ich muß deiner Begriffsstutzigkeit etwas aufhelfen…»

Und schon kehrten wir zur Hölle der unregelmäßigen Verben zurück, zu den untergeordneten Konjunktionen, zu den Brüchen und Kürzungen.

Aber am Festtag war es wirklich schön. Die Sonne am Himmel schien zu lachen, die Rede des Herrn Lehrers entlockte der Festversammlung Tränen, und die Ulme, die wir unter Beifallklatschen und platzenden Feuerwerkskörpern pflanzten, ragt noch heute blattreich und hoch auf dem Dorfplatz, genau so, wie wir sie uns damals erträumten.

Als Nebenbuhler des Senhor Botelho, wiewohl ohne sich seiner Methoden zu bedienen, erteilte das Leben uns gleichfalls seine täglichen Lektionen, und zwar mit einer erzieherischen Freigebigkeit, die von der Ermahnung der Seelen während der Fastenwoche bis zum Chor der *Maria Cavaca** beim Behacken der Weinberge reichte.

Die Ermahnung ging mir durch und durch. Spät in der Nacht, wenn der Körper in Schlaf sinken wollte, drang vom Kreuzweg dumpfer Gesang herüber, der meine Kammer noch dunkler machte.

Mensch, erkenne, du bist Erde!
Denk daran, du mußt sterben!
Was du vor Gott an Gutem und Bösem gestehst,
Wirst du erben!

In mein Bett gekuschelt, lief mir bei jeder der schrecklichen Warnungen ein Schauder über den Rücken. Diese namenlosen, düsteren, eiskalten Worte, die aus dem Jenseits zu kommen schienen, stießen wie Dolche in mein Gewissen. Sie belebten darin das schmerzende Bild von der ersten schlaflosen Nacht meines Lebens. Ich erinnere mich noch an eine andere, weiter zurückliegende, doch so unbestimmt, daß ich an ihrer Wirklichkeit zweifle. An jenem Abend gab es eine Pantomime auf dem Dorfplatz, und die meisten Zuschauer waren Knirpse wie ich. Ich erinnere mich nur noch an den Spaßmacher, der die Posaune blies, und an einen Kanarienvogel, der aus dem Käfig verschwand und aus der Hosentasche von Arromba wieder hervorkroch. Unglücklicherweise wurden wir auf dem Höhepunkt des Festes mit geschwungener Peitsche und mit Fußtritten verjagt, weil wir nichts auf den Sammelteller gelegt hatten. Ich weiß noch, daß ich in unser Gäßchen hinunterrannte, daß ich gegen die Hausecke prallte und am nächsten Morgen mit einer dicken Beule auf der Stirn erwachte. Eine vage Erinnerung, die ich nie wieder aufzuhellen vermochte. Dagegen blieb der Tod meines Großvaters deutlich in meinem Gedächtnis haften.

Es war mitten im Winter. Wir schliefen beide im oberen Haus, in dem er immer gewohnt hatte und in dem er auch als Witwer wohnen bleiben wollte. Meine Mutter, die er anfangs nicht gemocht hatte, die ihn aber dank ihrer Schmeicheleien dermaßen für sich eingenommen hatte, daß er sie jetzt mehr schätzte als seine eigene Tochter, brachte ihm das Abendessen. Nachdem mein Großvater, im Bett sitzend, seine Suppe gelöffelt und ein Gläschen Branntwein geschlürft hatte, betete er. Aber sein Vaterunser und sein Salve Regina waren gereimt.

Hier, o großer Gott,
Steh ich vor Deiner Tür;
Dieses Vater Unser
Bete ich zu Dir.

Dir empfehle ich mich,
Innigst beteiligt;
Dein Name ist stets
Im Himmel geheiligt.

An jenem Tag wollte er seinen Teller nicht leeressen, und ich löffelte ihn aus. Meine Mutter ging hinaus, und er begann sein Gebet aufzusagen. Plötzlich verstummte er und sank unter die Bettdecke. Die an der Wand hängende Öllampe wartete darauf, ausgeblasen zu werden. Aber mein Großvater, statt sie zu löschen, verdrehte die Augen und wälzte sich im Bett herum. Er verhedderte sich in den Bettlaken und fiel schließlich auf den Fußboden. Zuerst schlug er mit dem Nacken auf den Deckel der Kiste, die ihm als Nachttisch diente, dann blieb er ausgestreckt liegen und sabberte. Ich war so erschrocken, daß ich nichts begriff. Vor Kälte auf meinem Strohsack schlotternd, nackt vom Nabel abwärts, konnte ich mich nicht entscheiden zwischen Schweigen und Schrei. Mein Großvater röchelte und rührte sich nicht. Schließlich wurde mir klar, daß er im Sterben lag. Entsetzt brüllte ich los. Meine Tante Mariana, die Wand an Wand mit ihm wohnte, kam gelaufen. Sie stand mit uns wegen der Erbschaft auf Kriegsfuß. Sie wollte, daß ich ihr die Verbindungstür der Veranda öffnete. Kam nicht in Frage! Ich schrie nur noch lauter. Meine Mutter hörte es und kam angerannt. Sie kam zuerst, dicht gefolgt von meinem Vater, der schon zu Bett gelegen hatte. Ich schlüpfte in ihr Bett. Am nächsten Morgen sah ich meinen Großvater, wie Paivoto bei ihm Maß nahm. Am Nachmittag sah ich ihn ganz in Schwarz in einem mit gelben Litzen gesäumten Sarg liegen, ein Messingkruzifix in den faltigen Händen, ein weißes Taschentuch hielt sein Kinn fest. Zur Stunde der Beerdigung schickte man mich mit der Ziege auf die Weide.

Der Chor von *Maria Cavaca* war von anderer Art, er roch nach Pollen und richtete sich nur an die Instinkte.

So wie es für die verschiedenen Arbeiten das passende Essen gab – Honig- und Weinsuppe zum Dreschen, Grieben mit Kartoffeln in Schweineschmalz zum Beschneiden der Reben –, so sang und scherzte man bei jeder Arbeit auch auf besondere Weise. Bei der Ernte hieß es:

«Wer da?»
«Was hast du?»
«Ich hab mich mit der Sichel geschnitten ...»
«Wer heilt dich?»
«Ein Herz aus Stein.»
«Wer liebt dich?»
«Mariana.»
«Wer führt den Esel?»

Ein Name wurde genannt von einem, den man necken wollte, und schon lachte alle Welt los.

«Führ den Esel! Führ den Esel! Führ den Esel!»

In Fonte Codinha wurde einmal der Blonde, der jähzornig war, so wütend über die Spöttereien, daß er mitten im Maisfeld einen Büchsenschuß abfeuerte.

Wenn die Frauen dabei waren, wurden die Grenzen des Anstands nie überschritten. Aber beim Behacken der Weinberge im Mai, wo nur Leute mit Bart mitarbeiteten, ging es schamlos zu.

Hure Maria Cavaca...
Huh!... Huh!...

Die in Reguengo begannen, und die von Barrosa antworteten:

Ein schamloses Weib...
Huh!... Huh!...

Und darauf andere, in der Ferne:

Eine von denen die...
Huh!... Huh!...

In der Schule hörte man deutlich nun die Antwort der aus Tapada:

Und ein enges Arschloch...
Huh!... Huh!...

Der zunehmend zotiger werdende Wechselgesang drang durch Berge und Täler. Aber niemand hielt sich die Ohren zu. Im Gegenteil: alle spitzten sie und taten nur so, als hörten sie nicht zu.

Bis das Dorf eingehüllt war in eine Wolke aus Staub und Sinnlichkeit. Wenn ein Mädchen auf dem Feldweg an den knospenden Weinbergen vorüberging, pflanzten die Männer ihre Hacken in den Erdboden und wieherten.

Zwischen den beiden Polen lag Weihnachten und das Bonbon-Würfeln rings um den lodernden Reisighaufen; das Schweineschlachten im Morgengrauen bei Fackellicht; die Abende im Ochsenstall von Varandas, wo ich den versammelten Dorfbewohnern Bibelszenen vorlas; und das Ende der Fastnacht, die Pedro, der Sohn der Joana Pedra, als Priester verkleidet um Mitternacht mit albernen Responsorien in Küchenlatein beerdigte; und der Tag mit dem «Zersägen der Alten»,* wenn sogar aus Nachttöpfen Urin auf uns herunterregnete.

Die Alte wird zersägt,
Und wieder wird sie zersägt...
Ach, mein Großmütterchen...

Ganz zu schweigen vom Kreuzweg und der Osterbeichte, die dem Osterhalleluja und der Auferstehung vorausging.

Der Kreuzweg war ein großer Spaß. Auf dem Weg zur Kirche ging Maria von der Läuterung, das Brevier lesend, voran. Während alle im Gefolge niederknieten, sich auf die Brust schlugen und den Erdboden küßten, pflückten wir an den Hängen Schlüsselblumen und Waldlilien. Ich weiß nicht warum, aber der Frühling schmeckte uns so besser, wenn wir ihn vor den Augen der bußfertigen Erwachsenen aufbegehrend in vollen Zügen genossen.

«*Die Blutstropfen, die er vergoß, waren zweihundertunddreißigtausend...*»
«*Gelobt sei unser so guter Herr...*»
«*Die Tränen, die er für unsere Sünden vergoß, waren sechshundertundzwanzigtausend...*»

Wir fanden das übertrieben und lachten verstohlen.

Die Osterbeichte wusch unsere Seelen von den Unreinheiten des Jahres rein.

«Morgen gehst du zur Beichte!» befahl meine Mutter.

Und ich ging. Vor dem Gitter des Beichtstuhls sagte ich die Liste der läßlichen Sünden auf, prägte mir die Bußübung ein, erhielt die Absolution und empfing am Sonntag Unseren Herrn.

Aber keine jener regelmäßigen Kommunionen kam der ersten gleich, die ich noch in der Trauer erlebte, die der Tod meines Großvaters in meinem Herzen hinterlassen hatte. Ich hörte die Gebete des Katechismus, welche die Senhoras mir in der Christenlehre beibrachten, und wiederholte in aller Stille diese poetischen Gebete. Schließlich lernte ich das Mysterium der Allerheiligsten Dreifaltigkeit und alle Gebote auswendig und konnte mich beim Heiligen Abendmahl einfinden. Doch vorher mußte ich eine Predigt im Namen der Kommunikanten halten.

Das fand in der Kirche Unserer Lieben Frau von der Zuflucht statt. Inmitten der vollbesetzten Kapelle stieg ich auf einen Hokker und empfahl das menschliche Elend der Göttlichen Barmherzigkeit. Ich war ausersehen worden, für alle zu sprechen, und ich nahm meine Rolle ernst. Die in Tränen aufgelöste Gemeinde und ich, dürr wie ein Strohhalm, riefen:

«Jesus, mein Erlöser, erbarme Dich uns armseliger Sterblicher. Gib uns die notwendige Kraft, den Versuchungen zu widerstehen, damit wir am schrecklichen Tag des Jüngsten Gerichts entblößten Angesichts vor den Glanz deiner allmächtigen Majestät hintreten können ...»

Anfangs nervös und unsicher, fühlte ich im Verlauf meiner auswendig gelernten Predigt eine seltsame Ruhe in mir wachsen, die aus einem mir unbekannten Vertrauen in die Kraft meiner Worte kam. Mir war, als redete ich wahrhaft mit Gott, als hörte er mich, verpflichtet durch die Überzeugung, die ich in das legte, was ich sagte, halb bußfertig, halb verschüchtert.

Zum Schluß, stolz auf mein heimliches und zugleich öffentliches Abenteuer, schluckte ich die heilige Hostie, ohne sie mit den Zähnen zu berühren, und rannte hinaus, um mir endlich den Bauch mit geröstetem Lamm vollzuschlagen. Seit Mitternacht hatte ich gefastet, und jetzt war es zwei Uhr nachmittags.

Wenn ich die Menschenmenge so sah, wie sie friedlich im Schatten der Kastanien des Kapellenvorplatzes saß und sich ganz ihren Leckerbissen widmete, konnte ich kaum glauben, daß dieselben Leute noch vor kurzer Zeit auf dem Dorfplatz mit Eisen und Feuer gekämpft hatten.

Das Fest der Schutzpatronin wird in Agarez am 15. August begangen. Es ist eine Pilgerfahrt, wie es keine zweite in der

Umgebung gibt, bekannt im ganzen Douro-Gebiet, die viel Volk aus allen fünf Teilen der Welt anlockt. Jedes Dörfchen der Gemarkung bietet sein Traggestell an. Und alle haben den Ehrgeiz, das schönste vorzustellen, als eine von altersher bestehende Herausforderung.

In jenem Jahr hatten die Leute aus Donelo das Traggestell des Sankt Blasius gebaut. Nun waren die Beziehungen zwischen Donelo und Agarez nie die besten gewesen. Es gibt sogar ein Sprichwort in Donelo, das sagt: *Wollt ihr einmal Agarez genießen, so tut's bloß nicht mit eigenen Füßen.* Dergestalt gegeneinander aufgebracht, lauerte sogar bei Beerdigungen für Lebende wie Tote ständige Gefahr. Man braucht sich nur an die Beerdigung von Cavalaria zu erinnern. Wegen des Totengeläutes – die von dort wollten die Glocke nicht anhalten, denen von hier war das Gebimmel schon zuviel – kam es auf dem Kirchplatz zu wüsten Prügeleien. Es gibt Stimmen, denen zufolge der Priester den Toten nicht wirklich einsegnete, weil der Sakristan aus reiner Rache in das Weihwasserbecken gepinkelt hatte.

Das Traggestell hatte einen dreistufigen Aufbau, der den Kirchturm von Agarez darstellte. Eine Ohrfeige der von Donelo für das Selbstbewußtsein unserer Dorfbewohner wegen einer Uhr, die schon viele Leute unglücklich gemacht hatte. Trotz Tausender von Gesuchen und Lotterien zu ihren Gunsten konnte sie nie erworben werden. Daher der Aufruhr, der sich jedesmal erhob, wenn einer in der Wunde bohrte. Genau darin lag die Absicht der Leute aus Donelo: uns herauszufordern. In aller Stille war der Plan dort ausgeheckt und Sankt Blasius an die Stelle des Zifferblatts gestellt worden.

So eine Unverschämtheit!

Die Prozession setzt sich um halb elf Uhr von der Kirche aus in Bewegung und durchquert Agarez, bevor sie das Gebirge zur Wallfahrtskapelle hinauf erklimmt. Doch statt sich zur vorbestimmten Stunde einzufinden wie alle anderen – mitnichten: erst als sie vor dem Kreuz vorüberzog, gaben die Leute von Donelo ein Lebenszeichen.

Sobald Roberto das Raketengeknatter hörte, das die aufreizende Ankunft ankündigte, rannte er auf den Traghimmel zu, um Manuel-von-der-Tante, den ersten Haushofmeister, der eine der Stangen hielt, um Anweisungen zu bitten.

«Da kommen sie...» sagte er.

«Laß sie kommen ...» antwortete der andere und wischte sich den Schweiß von der Stirn. «Achte nicht auf sie... Sollen sie hinter uns herkommen, wenn sie wollen. Und je nachdem wie sie singen, tanzen wir...»

«Ruhe!» empfahl der Herr Prior, der zwischen zwei Akolythen – Pater Rego vom Hofe aus Paços und Pater Capão von den Gräbern aus Covas – das an seine Brust gelehnte Heilige Kreuz trug.

Die aus Donelo kamen auf dem alten Weg daher. Der ungewöhnlich große Aufbau schwankte wie ein Kastanienbaum im November. Nur mit Hilfe von starken Stricken, die vier Männer hielten, konnten sie verhüten, daß er umfiel.

Das Volk von außerhalb, das nichts wußte von den bösen Hintergedanken, bestaunte das Wunder mit aufgerissenen Augen. Die von Agarez bissen sich wutschnaubend auf die Lippen.

Die Prozession rückte vor. Die Musikkapelle von Magueija, die sich mit der von Constantim abwechselte, spielte *Wir lieben Gott*. Die Katechetinnen bemühten sich, uns in Marschordnung zu halten.

Der Zusammenstoß ereignete sich auf dem Platz. Wie ein Säufer – Donelos Wein steigt zu Kopf – ging der Prahlhans Rodrigo ein paar Schritte vor seinen Gefährten, und allein mitten auf der Straße, hob er die Hände und schrie:

«Prozession stehenbleiben!»

Das Rindvieh Jaloto, der die Standarte trug und den Zug eröffnete, zauderte, stellte den Mast auf die Erde und blieb, trocken kauend, völlig verdattert stehen. Die Bibelgestalten machten natürlich gleichfalls halt.

Roberto, der währenddessen in Onkel Faustinos Kneipladen eingetreten war, um sich die Kehle zu kühlen, verlor den Kopf, als er zurückkehrte und mit eigenen Augen sah, wie der Lump ihnen den Weg vertrat. Mit einem einzigen Satz war er bei dem Standartenträger und brüllte ihn an:

«Du Hurensohn, wer hat dich geheißen anzuhalten?»

«Ich!» prahlte Rodrigo aus Donelo.

«Geh weiter, Höllenhund! Hast du Angst vor solchen Scheißkerlen?»

«Die Prozession soll stehenbleiben!» verlangte Rodrigo. «Wir wollen rein.»

«Geht hinterher, wenn ihr wollt.»
«Hinterher?!»
«Und das als große Gunst!»
«Nur Hunde traben hinterher...»
Und schon brach das Donnerwetter los. Zwischen Hin und Her, Vor und Zurück wollte Rodrigo gerade nach der Mauser in seiner Tasche greifen, als er bereits mit heraushängenden Eingeweiden auf der Erde lag.

Kaum hatten die aus Donelo ihren Mann stürzen gesehen, als sie blind wurden vor Empörung: sie packten ihre Prügel und schlugen wild drauflos.

Brüllerei, Gerenne, die Stäbe des Traghimmels verwandelten sich in Knüppel, und selbst Pater Capão, die Pistole in der Faust, versuchte sich seiner Haut zu wehren und gleichzeitig die größten Berserker bei der Stange zu halten.

Niemand kam zu Tode, glücklicherweise, aber Kummer gab es genug. Sankt Blasius verlor einen Arm, und die Heilige Ana, die auf dem Traggestell von Arca stand, ging vollständig zu Bruch. Chichanas bekam soviel Hiebe auf den Schädel, daß er ihm aufgemeißelt werden mußte. Fortan war er geistesgestört.

Die Prozession, wiewohl gänzlich aus den Fugen, zog weiter, und von nun an lief alles normal. Aber abends, als ich die Serra hinunterstieg, vermochte ich nicht zu entscheiden, was an jenem Tag für mich das Wichtigste gewesen war: ob der wütende Radau oder die Unterhaltung, die ich auf dem Hocker mit Gott geführt hatte.

Doch die andere Unterweisung wog schwerer in der Waagschale, und Senhor Botelho hatte immer das letzte Wort.

«Ach ja?! Du weißt es nicht mal?! Dann geh und lerne...»

Im Familienkreis waren die Tatzen, obgleich sie schmerzten, auszuhalten. Das Schlimmste war, wenn Albertino von der Galerie herab die Keilerei genoß. Obschon er seine Prüfung bestanden hatte, kam er, während er auf seine Berufung nach Venezuela wartete, noch immer in die Schule getrottet, um das Gelernte nicht zu vergessen. Bei so manchen Dingen nützte ihm die Tatsache, Sohn des Senhor Valadares, des pensionierten Sekretärs des Rathauses, zu sein, der seine Tage fröhlich in seiner schattigen Gartenlaube verbrachte und in der Blaskapelle die Flöte blies.

Doch ohne Partitur vor der Nase haute er immer daneben. Und zwar so sehr, daß er bei den Komödien die beste Szene verdarb.

Wir sind drei, nur drei, nur drei
Dicke Freunde, einige Brüder...

Das von den Mächtigen der Umgebung gebildete Orchester eröffnete das Feuer, sobald Taborda, Seara und Lourenço die Bühne betraten. Nun aber hatte Senhor Valadares die Noten verwechselt und einen Walzer auf seinen Ständer gelegt. Als die anderen Musiker seine falschen Töne hörten, machten sie ihm Zeichen, gaben ihm Fußtritte; der Kontrabassist stieß ihm nach bestem Vermögen die Ellbogen in die Rippen. Nichts zu machen! Seelenruhig spielte er verkehrt weiter. Er merkte seinen Irrtum erst am Schluß, als er, ohne aus dem Takt zu kommen, vor den anderen fertig war. Mit seinem gackernden Stimmchen beschimpfte er dann jeden. Einmal vertrat ihm ein Polizist den Weg und forderte das Vorzeigen eines Erlaubnisscheins für ein Hündchen, das er stets mitführte und das mit seinen winzigen Beinen eher einer Eidechse glich. Er blieb nicht einmal stehen. Er trippelte weiter und sagte nur:

«Nicht nötig. Ein Luxushund. Schön wäre es, wenn man das nur auch von euch sagen könnte!»

Statt die Stricke der Ziegen, die man auf seine Weiden trieb, durchzuschneiden, wie das Senhor Arnaldo tat, schnitt er ihnen den Kinnbart ab, der nie mehr nachwuchs. Und damit war der unglückselige Besitzer angeschmiert, denn auf dem Markt bot ihm kein Mensch zehn Réis für ein Zicklein ohne Ziegenbart.

Dabei blieb er immer der Senhor Valadares, der viel von Blumen verstand. Herrlich anzusehen waren die Azaleen, der Flieder und der Rhododendron, die er in seinem Garten züchtete.

Sein Sohn Albertino trieb sich nach Herzenslust herum. Er bat den Herrn Lehrer nicht einmal um Erlaubnis, eintreten zu dürfen. Manchmal blieb er nur kurz da. Er ließ mit der Miene eines Herrn Doktor den Blick über das Schulheft des einen oder anderen schweifen und verschwand wieder. Ein andermal blieb er auch, nahm an einer Mathematik- oder Biologiestunde teil oder unterrichtete die Schüler der ersten Klasse. Er behauptete, die Pfeife, die er in der Tasche versteckt hatte und an der er uns dann und wann zur Belohnung ziehen ließ, sei ein Geschenk seines Vaters, dem ständig eine im Mundwinkel hing. Vielleicht eine Lüge, doch wer kennt die Gewohnheiten der Reichen?

Niemand mochte ihn leiden, und selbst die Kleinsten wehrten sich, wenn er ihnen schön tat und sich bei dem einen oder anderen anbiederte. Dann bekam er einen Fluch zu hören oder einen Tritt gegen das Schienbein zu spüren. In der Schule spielte er den großen Mann, weil er Rückhalt hatte – da Senhor Botelho seine Stellung anscheinend dem Einfluß seines Vaters verdankte –, aber auf der Straße tat er sich nicht so dick. Er versuchte sich bei uns lieb Kind zu machen, indem er uns Klingen versprach, Rasiermesser und Khakihemden, die er jedoch nie beibrachte.

«Morgen... heute konnte ich's nicht einrichten... Samstag ganz bestimmt, zwei Klingen...»

Eines Nachmittags schlief der Lehrer an seinem Pult ein. Und mit Ausnahme von Reinaldo, der die Unverschämtheit besaß, ihm einen Schnurrbart aufzumalen, verhielten sich alle mäuschenstill, um ihn nicht zu wecken. Das war ein vom Himmel gefallener Ferientag. Die Großen fingen Mücken, und die Kleinen folgten dem Beispiel von dem dort oben und schlummerten friedlich in ihren Bänken.

Mittlerweile trat Albertino herein wie üblich, ohne jemanden zu beachten. Er kam daher, als hätte er nichts Besonderes im Sinn, und tat zerstreut. Doch sobald er sah, daß der Lehrer schlief, ging er mit geheimnisvoller Miene auf die vordere Bankreihe zu. Setzte sich auf die Kante meiner Bank, neben Jerónimo, und zog zu unserer Verblüffung eine Doppellaufpistole aus der Tasche.

Jerónimo, dessen Vater einen Ausschank besaß und aus dessen Kassenschublade er sich holte, was er zu fassen bekam, bot ihm unverzüglich zwei Tostões für die Waffe an. Ein Vermögen! Aber Albertino war unersättlich. Er forderte vier. Die beiden feilschten und schlossen das Geschäft ab. Ich litt Höllenqualen. Stets ohne einen Centavo in der Tasche, hatte ich mir schon einmal die Gelegenheit entgehen lassen, dem Onkel Campeã ein neugeborenes bildschönes Eselsfüllen abzukaufen, das er mir für fünf Réis ablassen wollte, falls der Betrag ihm auf der Stelle ausbezahlt würde.

Nach abgeschlossenem Handel verließ Albertino das Klassenzimmer, blieb aber nicht lange aus. Und ohne jede Bedenken –

der Herr Lehrer, über sein Pult gebeugt, schnarchte immer vernehmlicher – förderte er eine zweite Pistole gleichen Kalibers zutage, die er Silvino fast umsonst überließ. Und so pendelte er weiter hin und her, raus und rein, bis er die vierte Klasse bewaffnet hatte. Mir händigte er einen Revolver mit Perlmuttgriff aus, unter der Bedingung, daß ich ihm am nächsten Tag sechs Renetten, eine Tasche Feigen und eine zweite mit getrockneten Kastanien brächte.

Bis der Lehrer aufgestört erwachte. Es war fünf Uhr vorbei. Wir alle waren wahnsinnig aufgeregt – höchst zufrieden über den Besitz unseres Schatzes, zugleich aber auch voller Angst vor den Folgen von Reinaldos Unverschämtheit und dabei voller Lust, über das schnurrbärtige Mondgesicht loszuprusten –, aber Senhor Botelho, der bei anderen Gelegenheiten so aussah, als erriete er unsere Gedanken, wurde so verwirrt, als er sich ertappt sah, daß er überhaupt nichts bemerkte. Er rieb sich die Augen, rekelte sich und schickte uns nach Hause.

Endlich frei, ergriff ein jeder unter strenger Geheimhaltung von seiner Waffe Besitz, die Albertino nach durchgeführtem Verkauf am Abhang unterm Holundergesträuch, der Schullatrine, einem Ort völliger Sicherheit, vergraben hatte. Und unter den Erdklumpen und dem dürren Laub, da trat das Wunder zutage.

Vidal, wiewohl als Esel bekannt, war der einzige, der daran dachte, Albertino nach der Herkunft dieser Waffensammlung zu fragen. Er antwortete, sie stamme von seinem Vater. Der Vater schenkte ihm viel Zeug.

Mein Revolver besaß keinen Abzugshahn, doch das spielte keine Rolle. Die der anderen waren noch weniger vollständig. An Júlios zum Beispiel fehlte die Trommel. Ich war jedoch so überglücklich, Besitzer einer Schußwaffe zu sein, daß ich am gleichen Tag gegen Abend der Eselin ein dickes Bündel Heu gab, zur großen Verwunderung und Befriedigung meines Vaters. Er konnte nicht ahnen, daß hinter meinem plötzlichen Eifer das schlechte Gewissen über den Besitz einer Schußwaffe stand und dazu die Notwendigkeit, eine noch größere Sünde zu büßen, die ich am Abend zuvor gegen einen Rassegenossen der Eselin begangen hatte.

Wir waren auf die Suche nach Nestern für den Herrn Lehrer gegangen. Er schwärmte für rostgebratene Eier von Rebhühnern und jungen Amseln, und alle Schüler belieferten ihn. Rein zufällig stießen wir dabei auf Venâncios in Borralheda dem Tode ausgesetzten und verlassenen Maulesel. Um sich die Mühe zu ersparen, das unglückliche Tier, mit dem es sichtlich zu Ende ging, an Ort und Stelle zu beerdigen, hatte der Maultiertreiber es am Halfter geduldig dorthin geführt, wo es erschöpft liegen blieb, hingestreckt und ohne Kraft, auch nur noch einen Schritt zu tun.

«Und wenn wir das arme Biest totmachten?»

Der Gedanke war Lourenço gekommen.

«Ja, stimmt. Man versetzt ihm einen Schlag auf den Schädel, und fertig! Dann braucht er nicht mehr zu leiden. Er hat ohnehin nicht mehr lang zu leben...»

«Einverstanden. Wer soll es machen?»

«Alle, einer nach dem anderen...» schlug ich vor, bevor sie mich wählen konnten.

«In Ordnung! So gehen wir auf Nummer Sicher.»

Ein jeder mit seinem Stock, traten wir auf den Sterbenden zu, in der frommen Überzeugung, unser Vorhaben werde von reiner Barmherzigkeit gelenkt. Und barmherzig ließen wir die Schläge auf ihn herabsausen.

Bei dem unerwarteten Angriff stellte das schlaff daliegende Tier sich jäh auf die Vorderbeine.

«Schau, wie er sich aufspielt!»

«Das müssen wir ihm austreiben... Los, nochmal, aber diesmal stärker!»

Gewandt wie Drescher auf der Tenne verabreichten wir dem Tier mit aller Wucht eine zweite Tracht Nächstenliebe.

Doch der Maulesel wollte davon nichts wissen. Stur und dickköpfig wehrte er sich und klammerte sich ans Leben. Er versuchte aufzustehen, schnaubte geräuschvoll, wollte ausschlagen und beißen.

«So ein Dämlack! So ein blödes Vieh!»

Angesichts einer derartigen Hartnäckigkeit, wie sie sich uns hier entgegenstellte, ging der erste Schreck unvermeidlich in Wut über, und die Wut in Grausamkeit.

«Wer hat ein Taschenmesser dabei?»

Mit einigem Widerwillen zog ich meines aus der Tasche. Und

wandte das Gesicht ab, um nicht mitansehen zu müssen, wie die scharfe Klinge das hingestreckte Fell des armseligen Tierbauchs aufschlitzte.

Eine unsichtbare Wolke aus Pesthauch verdichtete die Schwüle des Nachmittags.

«Wie ein aufgebrochenes Geschwür!»

Ohne einen Schritt zurückzuweichen, hielten wir stoisch den Gestank aus in der Hoffnung, das störrische Leben würde durch die offene Wunde entweichen. Ach! Ach! Es sah eher so aus, als habe der Stoß das Mistvieh durch eine zweite Öffnung erleichtert.

«Stoß nochmal zu!» riet Leopoldo.

«Lohnt nicht. Gebt mir mal einen spitzen Stecken!»

Gefügig, ohne die geringste Gewissenslast, schnitzten wir eilends die geforderte Waffe. Und mit knirschenden Zähnen sah ich diese mit kräftigem Stoß in den Leib des zum Tode verdammten Tieres dringen.

In seinem Lebensnerv getroffen, begann der widerspenstige Haufen sich zu beruhigen.

«Er wehrt sich schon nicht mehr so arg! Oder meinst du, er macht sich über uns lustig?»

Durch unseren Triumph erregt, fingen wir an, ihn genau zu untersuchen. Und jeder von uns stocherte dem Tier im Maul, im Hintern, in den Nüstern herum, überall, wohin ein spitzer Stekken eindringen konnte.

Zur Strecke gebracht, rührte sich das arme Tier nicht mehr. Und es gelang uns auch nicht, den genauen Augenblick seines Todes festzustellen, besaß es doch statt der Augen nurmehr zwei hohle Löcher.

Angeekelt und geängstigt von dem mörderischen Messer, das bislang nur zur Herstellung von Flöten, Kreiseln und Korkschiffchen gedient hatte und das ich mir niemals im Bauch eines faulenden Esels vorgestellt hätte, richtete ich all meine Zärtlichkeit auf den schrecklichen, freigebigen Revolver, der ohne Kugeln und Abzugshahn tötete, der im Efeuversteck der Hofmauer schlummerte, aber aus meinem unruhigen Schlaf die Hexen von Roalde vertrieb und die Räuber von Abaças, gleichgültig, ob zwanzig oder dreißig an der Zahl.

In jener Nacht traten die Hexen durch Zufall nicht in Erscheinung, und nur zwei Räuber schlichen sich in meinen Alptraum ein. Der gute und der böse. Der gute hing rechts und der böse links. Jesus Christus in der Mitte, ans Kreuz geschlagen wie sie. Darunter die heiligen Frauen aus Galilea, die weinten. Eine von ihnen, die jüngere, glich zum Verwechseln dem jungen Mädchen, das im Passionsspiel, das ich mit meinem Vater gesehen hatte, die Rolle der Maria Magdalena übernommen hatte. Senhor Botelho mit dickem Schnurrbart war jetzt der römische Hauptmann und hielt den auf ein Bambusrohr gespießten, mit Galle vollgesogenen Schwamm. Jetzt hörte man einen Pistolenschuß, und der Nazarener neigte das göttliche Haupt. Der Herr Lehrer begann zu brüllen.

«Lumpenkerl! Schurke! Gib's ihm! Gib's ihm! Gib's ihm!»

Jesus Christus antwortete nicht, und Nikodemus und Josef von Arimathia begannen, ihn vom Kreuz abzunehmen. Bald darauf, am Erdboden auf einem Leintuch ausgestreckt, flößte der Leichnam Mitleid ein. Und Senhor Botelho befahl ihm noch, die Hände vorzuzeigen!

«Los, zeig mir deine Fingernägel! Dalli!»

«Laß ihn los! Laß ihn los!» schrie Senhora Marquinhas ihn an.

«Wieso loslassen! Vonwegen! Er hat keine Ahnung, wie das Stöckchen schmeckt!»

Doch bevor sich einer versah, stand Christus von seinem Leichentuch auf und stieg zum Himmel empor, und der Herr Lehrer stand wie ein Dummkopf mit offenem Mund da. Geschieht ihm recht!

Schade, daß die Eselin im Stall schnarchte und mich weckte.

Ich betrat das Klassenzimmer und schielte zum Herrn Lehrer. Nichts. Keine Spur von Schnurrbart, auch kein Zeichen von Ärger. Gott sei Dank lief alles wie am Schnürchen. Träume waren Wahnsinnsschäume.

«Unsere überseeischen Besitzungen...»

Plötzlich, ohne daß wir gehört hätten, daß die Haustür gegangen war, stand Onkel Manuel Serralheiro mitten im Klassenzimmer.

Den Hut in der Hand, begrüßte er den Herrn Lehrer, der das Diktat unterbrach, blickte uns eine Zeitlang finster an und begann schließlich bedächtig zu sprechen, wobei er jedem Wort eine besondere Betonung gab.

«Senhor Botelho: ich bin hierher gekommen, um eine sehr ernste Sache mit Ihnen zu bereden. Ihre Schüler sind in meine Werkstatt eingebrochen und haben mir alle Waffen gestohlen, die dort zur Reparatur lagen. Daher muß ich sie alle ins Gefängnis stecken. Wir haben eine Bande von Einbrechern vor uns, und dieses Übel muß mit der Wurzel ausgerottet werden. Doch bevor ich die Polizei rufe und die Eltern benachrichtige, habe ich beschlossen, Sie, Herr Lehrer, davon in Kenntnis zu setzen. Diebsgesindel! Daß sie sich nicht schämen! Das hat uns gerade noch gefehlt! Bislang verfügte schon niemand mehr über eine heile Fensterscheibe oder eine unangetastete Traube auf seinen Weinbergen. Und jetzt dies: man bricht klammheimlich ins Haus fremder Leute ein und bedient sich nach Herzenslust! Aber diesmal haben sie an die falsche Tür geklopft. Das soll ihnen eine Lehre sein, dafür garantiere ich Ihnen! Nach Schulschluß marschieren alle nach Vila Real ab. Und dann werden wir schon sehen...»

Soviel war gar nicht notwendig. Wir, die von der Vierten, waren weiß wie das Leintuch aus dem Passionsspiel. Die anderen, die Kleinen, saßen mit hervorquellenden Augen, aschfahl, und ahnten nahendes Unheil. Der größte Teil greinte. Grillenkönig allein bewahrte kluge Ruhe.

Dieser Grillenkönig ist heute ein gewöhnlicher Handlungsgehilfe in Setúbal. Doch zu jener Zeit war er jemand. Untersetzt, mit hellwachen Augen und mickrigen Zähnchen glich er einem Frettchen. Wenn man es am wenigsten erwartete, schleuderte er wegen nichts und wieder nichts den Leuten, ganz gleich wem, ein schallendes Gelächter ins Gesicht, das den ernsthaftesten entwaffnete. Ob Lehrer oder nicht. Und da war auch noch die Geschichte mit Nacha.

Das Mädchen, das fast seine Mutter hätte sein können, ging eines Tages im Wald von Bouça spazieren, als Grillenkönig dort Pilze suchte. Und kaum sah sie ihn, wollte die Verrückte ihm ein Geheimnis ins Ohr flüstern. Zutraulich kam der König näher. Und schon packte sie ihn, warf sich auf die Erde, hob ihre Röcke und machte die Beine breit... Der König lachte über den vermeintlichen Scherz und dachte, das sollte ein Spaß sein wie das Mann-und-Frau-Spiel unter uns gleichaltrigen Kindern. Als aber Nacha ihm die Zähne in den Hals bohrte, wurde er mißtrauisch und begann zu brüllen. Zum Glück trat Lúcia auf den Plan und bereitete dem Unwesen ein Ende. Sonst...

Die Neuigkeit erreichte die Schule mit folgenden Worten:

«Nacha wollte Grillenkönig entehren.»

Er war eine Berühmtheit geworden und verkehrte nur noch mit den Großen.

Der Lehrer hörte Onkel Manuel Serralheiro an, ohne das geringste Zeichen von Empörung an den Tag zu legen. Dann und wann schüttelte er den Kopf oder hob die Brauen zum Zeichen der Verwunderung, doch das war alles. Ich fühlte in Kehle und Brust eine derartige Beklemmung, daß ich husten mußte, weil ich zu ersticken glaubte.

Bis die Anklage an ihr Ende gelangt war. Jetzt stand der Herr Lehrer auf und verkündete von der Höhe des Podestes herab:

«Ich werde den Fall sofort untersuchen, Senhor Manuel. Machen Sie sich keine Sorgen. Und dabei werde ich noch andere Rechnungen begleichen...»

Sodann ließ er seine funkensprühenden Augen über die Schulklasse schweifen, diese seine ganz besonderen Augen, und begann sanft und seidig:

«Gestern habt ihr euren Nachmittag offensichtlich gut genutzt. Für alles gab es Zeit. Fürs Stehlen, für Respektlosigkeiten... Kurz, für allerhand Spektakel. Wer war oder wer waren die Helden all dieser Großtaten?»

Die Kleinen schrien im Chor:

«Ich nicht, Herr Lehrer! Ich auch nicht, nein!»

Von den Großen indes gab keiner einen Muckser von sich. Der Schulmeister verzog den Mund zu einem spöttischen Grinsen.

«Die vierte Klasse vortreten.»

Wir stellten uns vor ihm auf.

«Wer war's?»

Schweigen und verschlossene Münder.

«Ah, ihr wißt es nicht? Ihr Unschuldslämmer! Ihr wollt euch

wohl einen Scherz erlauben! Ausgezeichnet. Dann wollen wir ein wenig scherzen ...»

Er faßte seine Handklatsche und verpaßte jeder Hand ein halbes Dutzend gutgezielter Tatzen. Zum Schluß fragte er von neuem:

«Wer war's?»

Stillschweigen.

Zweite Tracht Tatzen.

Schon schickte er sich an, die dritte zu verabreichen, als Codinhas, der Rotzlöffel, mitten im Getümmel Albertino und Reinaldo, der klugerweise den Unterricht geschwänzt hatte, anzeigte.

Nun begann ein nutzloses Rette-sich-wer-kann, nutzlos deshalb, weil das Endergebnis sich immer gleichblieb: zuerst die Demütigung, hinauslaufen und die gestohlene Waffe holen und sie Onkel Manuel Serralheiro zurückgeben zu müssen; sodann ein vom Lehrer verpaßter Hagel von Fausthieben und Ohrfeigen, die aus jedem Schuldigen einen Märtyrer vom Rang des Heiligen Sebastian machten.

Was mich betraf, so trug ich bei dem Fall eine schwere Verantwortung. Ich hatte beim ersten Kaufkontrakt mitgemacht, ich hatte gleichfalls einen Revolver erworben, und außerdem war ich ein guter Schüler.

«Ein guter Schüler beteiligt sich nicht an Diebereien!» schrie Senhor Botelho.

Und er ließ seine aufgestaute Wut erbarmungslos an mir aus.

Ich weinte heftig, nicht nur in der Schule, sondern auch auf der Straße. Und zu Hause, als meine Mutter bekümmert den Grund für mein herzzerreißendes Schluchzen und meine so übel zugerichteten Hände und mein zerschlagenes Gesicht wissen wollte, verfiel ich krampfhafter Verzweiflung und erklärte, daß ich sterben wollte.

Der Fall mit dem Diebstahl war auf diese Weise ausgestanden, und der mit der Schnurrbartbemalung wurde am nächsten Tag auf die gleiche Weise bereinigt. Doch wir alle waren auf einmal so tieftraurig, daß selbst der Herr Lehrer in Faustinos Kneipe klagte:

«Ich wünsche mir nur noch die Prüfungen und die Ferien herbei. Die Rasselbande braucht Entspannung.»

«Entspannung?!» sagte Onkel Campeã verblüfft. «Die Rasselbande braucht Entspannung? Wofür zum Teufel denn ...»

«Sie braucht sie, braucht sie...» beharrte Senhor Botelho.

Und er fügte, nachdem er sein Gläschen Branntwein geleert hatte, hinzu:

«Ich kenne mich da aus...»

Mein Vater erzählte zu Hause von diesen Ausbrüchen. Er hatte sich als Taglöhner bei dem Kneipenwirt verdingt, dem seine Frau ein Stück Ackerland in die Ehe gebracht hatte, der aber selber nie eine Jäthacke anrührte. Und nach dem Abendessen blieb er immer noch ein Weilchen im Laden, um das Neueste aus der Politik zu erfahren. Er gab mir nie zu verstehen, daß er über die Ereignisse in der Schule auf dem Laufenden war, obgleich ich es vermutete. Er wiederholte nur die mitangehörte Unterhaltung, ohne selbst etwas dazu zu sagen. Vielleicht, weil er meinte, die Bestrafung sei übertrieben hart gewesen, und da er auch wußte, wie gedemütigt und verzweifelt ich war, suchte er meine Bitterkeit dadurch zu mildern, daß er von der Reue des Lehrers berichtete und im übrigen rücksichtsvoll schwieg.

Um diese Lage noch zu verschlimmern, kamen zwei neue Heimsuchungen über uns: die Ankunft der Frau des Herrn Lehrers und die Auseinandersetzung zwischen ihm und seinem Gehilfen.

Dona Raquel wohnte in Candedo und besuchte ihren Ehemann nur von Zeit zu Zeit. Offenbar hatte sie sich vor kurzem in Lissabon einer heiklen Operation unterziehen müssen, bei der man sie von oben bis unten aufgeschnitten hatte. Sogar Lunge und Herz hatte man ihr vorübergehend entfernt. Dann legte man alles zurück, nähte sie zu, und die Teile wuchsen zusammen, daß es eine Pracht war. Selbst wenn man genau hinsah, entdeckte man kein Anzeichen, daß der Kopf am Körper festgeklebt war.

Sie war zwar sympathisch, brachte uns aber nur Pech. Kaum betrat sie das Haus, geriet die Schule durcheinander. Von der Küche her hörte man Geschrei, der Herr Lehrer, die Hände am Kopf, lief aus dem Klassenzimmer und kam zurückgerannt, und am Ende hatten wir es auszubaden. Bei solchen Gelegenheiten schien der Lehrer völlig aus dem Häuschen. Wenn der Rohrstock durch die Luft zischte, war der Schüler, der sich nicht rechtzeitig hinter seinen Schulranzen duckte, geliefert: entweder hatte er eine faustgroße Beule am Kopf, oder seine Schulter war ausgerenkt. Es hieß, seine Mutter könne ihre Schwiegertochter nicht leiden und habe ihren Sohn gezwungen, sich von ihr zu trennen. Senhor Botelho hatte noch als Student geheiratet, und Senhora Marquinhas hatte ihm das nie verziehen. Und so zettelte sie so viele Ränke zwischen den beiden an, daß sie erreichte, was sie sich vorgenommen hatte. Und doch schien es, als seien die beiden einander weiterhin wohlgesonnen. Und Dona Raquel kam zu Besuch, da ihr Mann nicht die Genehmigung bekam, zu ihr zu fahren. Jedenfalls wurden die Tage, die sie diesmal in Agarez verbrachte, zur Hölle. Endlich machte sie sich zur Rückreise fertig, in Tränen gebadet wegen der Dinge, die ihre Schwiegermutter ihr beim Abschied ins Gesicht geschleudert hatte. Als sie mit Hilfe des Herrn Lehrers ihren Tragsessel erklommen hatte und die mückenbedeckte Eselin davontrottete, war das, als würde Wasser ins Feuer gegossen. Es war nicht mehr dasselbe Haus, nicht mehr dieselben Bewohner.

Leider verdarb Senhor Pedrosa alles. Der Lehrer hatte ihm die Stelle eines Hilfslehrers verschafft, und nun war er auch regelrechter Lehrer. Er übernahm die Hälfte der Unterrichtsfächer, jedoch mit weniger Schülern. Dieser Unglücksrabe hatte sich schließlich mit dem Herrn Lehrer überworfen, der ihn so freundlich unter seine Fittiche genommen hatte. Jeden Morgen legte er die Strecke von Lamares bis nach Agarez zurück – manchmal indes fehlte er, wie an dem heillosen Tag, an dem Senhor Botelho während des Unterrichts eingeschlafen war – und zwang im Winter die kleineren Schüler, sich auf seine nassen Stiefel zu setzen, um sie zu trocknen, und damit er warme Füße bekäme.

Eines Nachmittags prügelte er Raúl so arg, daß Senhor Botelho trotz seiner allbekannten Grobheit Einspruch erhob: Was fällt dir ein! Er stellte sich an, als hätte einer ihm Pfeffer in die Augen gestreut. Er zog ein Taschenmesser und wollte völlig kopflos über die Klasse herfallen. Zum Glück kam Senhora Marquinhas hereingestürzt. Sonst wäre es an Ort und Stelle mit uns aus gewesen.

Die Mutter des Herrn Lehrer stellte für uns, wenngleich sie schlecht auf ihre Schwiegertochter zu sprechen war, eine große Hilfe dar. Wenn das Getöse das normale Maß überstieg, erschien sie in der rückwärtigen Tür.

«Laß mir den Kleinen in Ruh!» befahl sie ihrem Sohn.

«Der verdient eine Strafe! Er nimmt kein Buch in die Hand.»

«Laß ihn in Ruhe, hab' ich gesagt!»

Senhor Botelho sträubte sich, sagte, sie solle sich um ihre Kochtöpfe scheren und ihn in Frieden lassen, aber sie gab nicht nach und obsiegte immer.

Da sie kein Dienstmädchen hatte, benutzte sie uns als Laufburschen. Wir liefen für sie zum Brunnen, sägten ihr Brennholz, fegten ihr das Haus, wir mußten ihr auch Milch besorgen, das heißt, sie von den Ziegen stehlen, die auf den Hügeln ringsum angebunden weideten. Alle betrachteten es als eine Bevorzugung, von ihr gerufen zu werden, und wir strengten uns an, die uns auferlegten Aufgaben so gut wie möglich auszuführen. Da gab es kein Säumen, keine Unachtsamkeit, kein Ermatten. Wir, die wir zu Hause faul und widerborstig waren, zeigten uns im Dienst der Senhora Marquinhas flink und willig. Nach getaner Arbeit lobte sie uns und schenkte uns Mandeln.

Der Herr Lehrer sagte nicht einmal Dankeschön. Er sah, wie wir um seine Mutter herumtanzten, und das rührte ihn kein bißchen. Mit Ausnahme der Söhne der Honoratioren, die sie übrigens nie ausnutzte, wurden alle, wenn die Schulglocke läutete, über einen Kamm geschoren. Und was die Gewissensbisse wegen der unmenschlichen Tracht Prügel betrifft, die er uns wegen des Diebstahls verabreicht hatte – wenn er welche empfunden hätte, wohin hätten sie ihn gebracht!

«Hau schon zu! Auf ihn, los, sonst zeig' ich dir mal was...»

Der Schüler, der die falschen Antworten seines Kameraden verbesserte, mußte diesem Tatzen verpassen. Dabei versuchte jeder, dem anderen so wenig wie möglich wehzutun, sofern er nicht berechtigte Gründe zur Rache hatte. Aber Senhor Botelho besaß ein wachsames Auge. Und wenn er sich davon überzeugen konnte, daß Kumpanei vorlag, ließ er den Heiligen und den Sünder zahlen. Das Ergebnis war, daß man die befohlene Bestrafung nach dem Buchstaben ausführte, was zu wüsten Raufereien nach Klassenschluß führte.

Bei einer solchen Auseinandersetzung wollte Albino, dem ich die Hände brennend heiß geschlagen hatte, mir in den Bauch stechen. Nachdem wir uns kräftig mit den Fäusten bearbeitet hatten, zog er seinen Federhalter und stieß heimtückisch zu. Glücklicherweise bog sich die spitze Feder um, und eine Hälfte brach ab. Doch auch so riß die andere Hälfte mir das Fleisch auf.

Seither waren wir Todfeinde, und jedesmal, wenn wir uns begegneten, gerieten wir aneinander. Erst zur Kirschenzeit schlossen wir Frieden. Bei ihm zu Hause stand ein hoher Kirschbaum, und der versöhnte uns. Ich war ein Mordskletterer, stieg bis in die Krone hinauf und warf ihm die Kirschendolden herunter.

Über diese und andere Dinge klagte meine Mutter. Ihre Seele und ihre Geduld wurden auf eine harte Probe gestellt, wenn sie sah, welche Teufeleien ich mir leistete, deren erstes Opfer sie stets wurde, weil sie immer das Schlimmste befürchten und hinterher mein zerrissenes Zeug flicken mußte. Ich ließ meine Hosenböden auf den zum Hinunterrutschen reizenden Berghalden, ich riß mir das Hemd in Fetzen, wenn ich auf der Jagd nach Eidechsen durchs Gestrüpp brach, kein Knieschützer widerstand meinen Erkundungsausflügen, wenn ich auf der Suche nach Dachsen durch trockene Bachbetten kroch.

Mein Vater, weniger bekümmert, da er keine Flickarbeit leisten mußte, sah großzügig über dergleichen hinweg, ja, er beschloß sogar eines Tages, meine Geschicklichkeit zu nutzen, und schickte mich in den Wald von Côtos, um für ihn eine hohe, astreiche Pinie zu beschneiden. Ich ging, entgegen den klugen Ratschlägen meines Vaters, so waghalsig vor, daß ich auf einem von mir abgeschlagenen Ast rittlings abwärts sauste, wobei der Ast glücklicherweise meinen Sturz abfederte.

Der Fall indes diente mir nicht als Lehre. Ich blieb der tollkühne, verrückte Draufgänger, taub gegen alle Vernunftgründe, und sah in jeder Wunde und jedem Kratzer Trophäen der Abenteuer, die ich mir ausgedacht hatte.

Bis endlich die Prüfungen kamen. Sie fanden in Sabrosa statt; den Vorsitz führte mit gerunzelter Stirn der Herr Schulinspektor. Sie kamen mir vor wie ein Fest ohne festlichen Anlaß. Wir alle trugen neue Anzüge, neue Stiefel, eine weiße Satteldecke lag auf der Mauleselin, ein Vesperbrot steckte im Sattelsack. Während der letzten Wochen waren die Dinge zunehmend schlechter gelaufen. Dennoch hatten wir den Prüfungsstoff auf der Zungenspitze parat. Der Lehrer gab den Einsatz, und die Musik fiel von alleine ein. Wir begannen auf der ersten Seite des Buches und hörten erst auf der letzten auf. Senhor Botelho rühmte sich, stets die besten Schüler seines Landkreises vorzustellen und in dreißig Jahren Schuldienst nie einen Mißerfolg erlebt zu haben. Codinhas jedoch strafte ihn Lügen. Als er nach der weiblichen Form von Reiter gefragt wurde, kaute er, kaute, und dann kam die Antwort:

«Reiterei.»

Das war ein Ärgernis und eine Schande für Agarez. Der Prüfungsausschuß lachte aus vollem Halse, und wir erst, im Hintergrund! Dennoch erreichte Codinhas noch ein «Genügend», aus Höflichkeit dem Herrn Lehrer gegenüber, der sich erleichtert die Hände rieb.

«Schön, schön! Schön und gut!» wiederholte er. «Nach einer derartigen Eselei ...»

Die anderen bekamen «Sehr gut», und ich wurde ausgezeichnet. Mein Vater platzte vor Stolz. Er sah aus, als wäre er der wahre Held des Tages.

Um jene Zeit lief während der Mittagsruhe ein Mensch mit einem Sprachrohr durchs Land und kündigte für den Abend eine Cinematographen-Vorstellung im Haus von Amarante an. Es war der bereits allbekannte, auf allen Marktfesten auftretende Mann, der seiner hochwohllöblichen Kundschaft das erstaunlichste und modernste Schauspiel anbot, das man sich vorstellen konnte. Der Apparat, dank dem man bislang gegen Entrichtung eines Zwanzigers den Vatikan mit seinen dreihundertundfünfundsechzig Fenstern sowie an einem davon den Papst beim Zigaretterauchen sehen konnte, war durch Besseres ersetzt worden. Nun bewegten sich die Figuren, das Wasser floß, das Meer war in Bewegung, alles ging wie in der Natur vonstatten. Das verehrte Publikum möge sich doch nur das Leben Christi ansehen, und niemand würde mehr die geringsten Zweifel hegen. Dynamik, Aktion, Wirklichkeit! Nur zwei Tostões pro Person.

Mein Vater liebte Neuigkeiten und Vorstellungen; Amarante, der ein Freund von ihm war, ermunterte ihn; ich hatte meine Prüfung gut bestanden ... Und die ganze Familie machte sich zu dem Wunderschauspiel auf den Weg.

Der Saal war überfüllt. Und als die Gasbeleuchtung ausgeschaltet wurde und der Mann die Kurbel zu drehen begann, wollte keiner seinen Augen trauen. Mit offenem Mund erlebten die

Zuschauer Geburt, Taufe, Bergpredigt, Tod und Auferstehung des Erlösers, als wären sie zu jener Zeit dabei gewesen. Ochs und Esel im Stall fraßen Stroh aus der Krippe, die Brote vervielfachten sich in der Wüste. Lazarus wurde wieder zum Leben erweckt, und der Hauptmann stieß dem Gekreuzigten die Lanze in die Seite.

Während der Vorführung wurde der Film erklärt. Aber der Augenschein der Bilder übertraf die Bedeutung der Wörter. Die Gebärden waren es, die Geißelhiebe, das rinnende Blut, das Kreuz, das aufgerichtet wurde, was das Publikum in Bann schlug und überzeugte. Und zwar so stark, daß während der dramatischsten oder widerwärtigsten Augenblicke – in der Szene des Judaskusses etwa oder während der Kreuzigung – Beschimpfungen und Protest laut wurden.

Nach der Vorstellung weinten alle.

Ich war bewegt und verwirrt. Ich schämte mich fast für meine abendlichen Lektüren. Was waren gelesene Geschichten im Vergleich zu gesehenen Geschichten!

Das gab mir zu denken.

Bald nach den Prüfungen ließ Senhor Botelho meinen Vater rufen und unterhielt sich in meiner Gegenwart lange mit ihm. Es sei schade, daß ich nicht weiter zur Schule gehen sollte. Er kenne wohl die schwierigen Verhältnisse, in denen wir lebten, die Zeiten seien schlecht, gewiß, und vieles andere mehr. Jedenfalls, er möge doch zusehen, ob er nicht ein Opfer bringen und mich aufs Gymnasium nach Vila schicken könne.

Mein Vater lächelte traurig. Senhor Botelho wollte wohl scherzen... Aufs Gymnasium! Nur, wenn er seinen Spatenstiel versetzte... Gerne, sehr gerne würde er mich als Lehrer oder Arzt oder Anwalt sehen. Leider fehle dafür das nötige Kleingeld! Und wo nichts zu holen ist, hat selbst der König sein Recht verloren... Er selbst hatte schon ans Seminar gedacht. Dorthin könnte er seinen Sohn vielleicht schicken. Wenn er es schaffte, daß ich kostenlos aufgenommen würde oder nur eine Kleinigkeit zahlen müsse...

Der Lehrer begehrte auf. Priester! Trostloses Land, das unsrige! Die besten Schüler, die durch seine Hände gingen, verrohten entweder bei der Landarbeit, oder sie wurden von der Heiligen

Mutter Kirche verschlissen. Nein! Alles, nur keine Hostienschlucker. Dann schon lieber Brasilien.

«Das ist dann wohl noch das Beste...» schloß mein Vater resigniert. «Ackern soll er auf keinen Fall. Mit mir hat es gereicht.»

Es war nicht das erste Mal, daß er das versicherte. Doch nie hatte er es mit solcher Bestimmtheit getan. Es war, als spräche aus ihm in diesem Augenblick die ganze Bitterkeit über eine so lange, leidvolle Familienchronik, in der auch er seine Rolle gespielt hatte und die er in mir nicht fortgesetzt sehen wollte. Eine Chronik, die sich mir dank ihrer Eindrücklichkeit durch die Jahre ins Gedächtnis geprägt hatte – heute mit der einen Episode, morgen mit einer anderen.

Mein Großvater väterlicherseits, Fuhrmann; mein Großvater mütterlicherseits, Maultiertreiber. Beide ehrenwert und arbeitsam, beide ihr Leben lang bettelarm. Ich erinnerte mich noch an den Morgen, an dem der erste, der mit den gereimten Gebeten, den Berghang von Pinhão hinabfuhr, an die Rüstleiter seines Wagens geklammert, außerstande, die Tragödie zu verhüten: das noch junge Ochsengespann verweigerte sich störrisch, das Faß fiel vom Wagen, brach auseinander, und der Wein rann die Gasse hinunter, der Verdienst am Transport verloren, und mein Großvater, der um ein Haar unter die Räder gekommen wäre, in Tränen über das Unglück, den Ochsendorn in der Faust.

Er durchquerte auch mit beklommenem Herzen die Furt des Flusses, auf dem Ochsenjoch hockend, er fuhr über die Weiden der Landgüter, immer in Gefahr, einen Schuß abzukriegen, er schlotterte winters vor Kälte in beliebigen Nachtquartieren, sein schmutziges Zeug diente ihm als Bettdecke, er knabberte eine Brotkruste, sofern es eine gab, um seinen hungrigen Magen zu überlisten.

Dann sah ich meinen Großvater mütterlicherseits an der Spitze eines Eselgespanns nach Porto marschieren, bedroht von den Wölfen von Marão, überfallen von der Räuberbande aus Reigaz auf der Anhöhe von Quintela, immer so bettelarm, daß er keiner seiner Töchter über einen ärmlichen Umhang hinaus auch nur die geringste Aussteuer mitgeben konnte. Und ich begriff, daß mich hier nur ein ähnliches Schicksal erwartete. Aber Brasilien lag weit weg, und Seminar bedeutete Priester werden...

«Also wähle!» beharrte mein Vater unbeugsam. «Hier will ich dich nicht. Drum entscheide dich!»

Meine Mutter hörte stumm zu. Sie blickte mich mit ihren fast grünen, tiefen, von dichten schwarzen Augenbrauen beschatteten Augen an, wischte sich verstohlen eine Träne ab und schnippelte ihren Suppenkohl weiter. Dann sang sie auf meine Bitte hin. Sie fragte mich, was ich mir wünsche, und ich wählte ohne Zaudern aus ihrem langen Repertoire das Zwiegespräch des Liebespaares am Flüßchen.

Ich bewundere dich,
Engrácia, meine Wonne,
wie du tagaus tagein,
die Wäsche wäschst!
Deine Füße, so klein,
sie stecken im Wasser,
dein Kopf in der Sonne,
und naß vom Wasser…

Das junge Mädchen antwortete schelmisch, mit frischer weiblicher Stimme:

Ich bin's gewöhnt,
da kann ich nur lachen,
gegen diese Kälte
ist halt nichts zu machen…
Und schließlich ist man
ein bißchen gewitzt,
weil das Schlagen der Wäsche
den Körper erhitzt!
Den Körper erhitzt…

Die Stimme meiner Mutter war sanft und einschmeichelnd. Irgendwann merkte ich, daß ich mitsang. Dann übernahm sie nur die Rolle der Verliebten und beendete lächelnd die Replik, in Erwartung des anschließenden Madrigals.

Wäre ich ein Fischchen,
Engrácia mein,
aus dem Wasser zu steigen,
fiel mir nicht ein,
auch nicht aus dem Schaum,
den die Seife schlägt,
wenn sich dein Arm
beim Waschen regt.

Dann wurde das Zwiegespräch knapper. Ich begann so:

Du kamst gestreift
von Sonnenspiel...

Darauf meine Mutter:

Ich traf deinen Blick,
warf die Angel ins Ziel...

Und wieder ich:

Sie saß aber nicht,
ein flüchtiger Wisch!...

Und sie:

Sie fing auch nicht
den dicken Fisch...
den dicken Fisch...

Ich lachte heraus und zahlte ihr im Lied mit gleicher Münze heim. Jetzt wurde die Wäscherin böse und drohte. Ich indes war meiner Sache sicher und antwortete ihr Schlag auf Schlag. Nun verwandelte sie die Drohung in einen spöttischen Rat:

Mann oh Mann, flieh!
Welch ein Abenteuer!
Wenn mein João jetzt käme,
wär's nicht geheuer...

Da kommt er, flieh,
mein fremder Gast,
und spring ins Wasser,
wenn du Hitze hast…
Wenn du Hitze hast…

Aber man brauchte keinen Fuß zu rühren. Das Duett war zu Ende. Ernst blickten wir einander an, in entrückter Zärtlichkeit. Bis meine Mutter das bewegte Schweigen brach.

«Mir scheint, du singst ein bißchen unrein!…»

Ihr feines Gehör verzieh geflissentlich mein unreines Singen.

Sie hatte im Haus von Dr. Rafael als Dienstmädchen gearbeitet, aus dem sie dann und wann floh, wenn der Hunger sie allzu sehr plagte, aber sie kehrte immer wieder dorthin zurück auf Geheiß ihrer Mutter, die diese hochachtbaren Menschen nicht verstimmen wollte, und so reagierte sie auf die einstige Sklavenarbeit ganz anders als mein Vater: für sie sah jeder Horizont, der mich von ihrem Schoß in die Ferne rief, pechschwarz aus.

«Er ist noch viel zu klein…» führte sie ins Feld, um damit die Unentschlossenheit, mit der sie zu kämpfen hatte, zu rechtfertigen.

Und so mußte ich selbst, ohne es zu wollen, ihrem Herzen den Befehl zum Aufbruch entreißen.

Obwohl ich mich den Beweggründen beugte, die zu meinem Fortgang aus Agarez rieten, wollte ich im Grunde dableiben, freilich ohne die Demütigung, barfuß neben Senhor Arnaldos Sohn einherzulaufen, der stets gutgefütterte Galoschen trug, oder meinen Katechetinnen als Maultiertreiber zu dienen, wenn sie zu Exerzitien ins Kloster von Mateus reisten – zwei Léguas zu Fuß dicht hinter ihnen, die bequem in ihren Tragsätteln saßen –, oder die Sommernächte sterbensmüde auf den Feldern von Onkel Faustino zu verbringen und meinem Vater beim Begießen zu leuchten,* während die Enkel des Ladenbesitzers seelenruhig in ihren Betten schliefen. Aber weder war ich mir dieser Benachteiligungen klar bewußt, noch ahnte meine Mutter auch nur, daß sie bestanden. Und dann ereignete sich, was keiner von uns erwartet hatte.

Wir sammelten unser Drittel der Kastanien von Mercador. Regengüsse auf den gebückten Rücken, Morgengrauen in klirrender

Kälte, angsterregendes Donnergrollen, unsere suchenden Hände von stacheligen Hülsen zerstochen, den randvollen Sack zum Haus des Eigentümers geschleppt; und dort hieß es: Laß mir zwei Teile da, den Rest kannst du mitnehmen.

«Damit bin ich nicht einverstanden!» warf ich eines Tages ein, während ich mich am Feuer trocknete.

«Wer arm ist, Sohn, muß stillhalten... Was sollten wir denn den ganzen Winter über essen?»

«Ich bin aber nicht fürs Stillhalten!» erklärte ich.

«Dann kannst du nicht hierbleiben.»

Durch diesen Seelenschrei, den sie nicht hatte zurückhalten können, verpflichtet, aber sehnlich darauf bedacht, mich in ihrer Nähe zu behalten, und zugleich an meiner Berufung zum Priester zweifelnd, versuchte sie die Dinge bestmöglich zu regeln. Sie redete mit den Töchtern ihrer alten Herrschaft, meinen Katechetinnen, und die jungen Mädchen, wie sie diese immer betitelte, versprachen ihr das Blaue vom Himmel herunter, und bevor ich mich versah, war ich Hausdiener in Porto, im Hause von deren dort wohnenden Vettern.

Ich wurde Pförtner. Ich wässerte aber auch den Garten, machte Besorgungen, diente als Lastesel für die Söhne des Hauses, die jünger waren als ich, wischte Staub und polierte die Metallteile der Freitreppe mit Pomade Marke Coração. Ich trug ein weißes Dienerjackett, schlief in einem winzigen Verlies, mit einer Glocke auf dem Nachttisch, und verdiente fünfzehn Tostões im Monat. Zum Hauspersonal gehörten Manuel, der Gärtner (er kam nur mittwochs und samstags), Elvira, die Köchin, Laura und Estrela, die Zimmermädchen, und Senhora Lúcia, Estrelas Mutter, die sich um die Kleider der Familie kümmerte.

Neugierig auf alles und fähig, mich im dichtesten Labyrinth zurechtzufinden, kannte ich mich schon wenige Tage nach meiner Ankunft in den Hauptstraßen der Stadt aus. War ich im Stadtpalais meiner Herrschaft befangen und wortkarg, so schmeckte mir das Leben außerhalb genau so gut wie in Agarez. Die Fischfrauen auf dem Markt schwatzten die gleichen Dummheiten wie zu Hause, der Douro, mit dem ich gelegentlich liebäugelte, war der gleiche Fluß wie der, der durch S. Leonardo floß – nur breiter –, die zwischen den Balkons der Armenviertel zum

Trocknen aufgehängten Wäschestücke trugen ebenfalls Flickstellen. Und ich verirrte mich auf Avenidas und in Sackgassen, während ich die Schaufensterauslagen begaffte und mir den Verkehr ansah; vor allem aber verband ich mit der angeschauten Wirklichkeit das, was ich bereits auswendig wußte: König Dom Pedro IV. aus der Geschichte erkannte ich auf der Praça da Liberdade wieder; den Romanschriftsteller Júlio Dinis meines Lesebuchs hatte ich auf einem Standbild bewundert; ich fand das Haus, in dem der königliche Infant von Sagres* geboren worden war…

Auf diesen Wanderungen, die der Hausdienst begünstigte, traf ich durch Zufall Eurico. Er war mein Mitschüler gewesen und lernte in einer städtischen Schule weiter. Er fragte mich, was ich machte, und ich mußte gestehen, daß ich Hausdiener war.

Als wir uns trennten, brach ich verzweifelt in Tränen aus und betrat augenwischend das Haus. Estrela erzählte ihre Entdeckung sofort brühwarm der Senhora. Und Dona Maria wollte streng, mit gerümpfter Nase, den Grund für solch abwegige Tränen wissen. Sie hörte mich an und wurde wütend. Sie hätte nie gedacht, daß es Menschen wie mich gäbe. Ob ich nicht dankbar sein könne für das, was man mir Gutes antat, daß man mich satt machte und mich sauber einkleidete? Und dann ging's erst richtig los! Ich glaubte, meine Tränen würden nie mehr trocknen. Das ganze Haus entrüstete sich. Bei Tisch stimmten vom Herrn Doktor bis zu Miss Browning alle überein, daß es kein undankbareres Geschöpf auf Erden gab als mich. Ich verlor den Kopf und verprügelte Estrela mit einem Ochsenziemer, der mir zufällig in die Hände fiel.

Das völlig überraschte Mädchen schrie Zeter und Mordio, und das rief die aufgebrachte, lärmende Herrschaft ins Erdgeschoß herunter, und dann beschuldigte sie mich aller möglichen Dinge und erklärte lauthals, ich pinkele ins Bett.

Ich spielte mit. Meine Befriedigung darüber, ihr einen Denkzettel verpaßt zu haben, gab mir die Kraft, vor all den Herrschaften zu behaupten, es sei mir gleich, ob ich ins Bett pißte oder nicht.

Die anderen Dienstboten stellten sich auf die Seite ihrer Kollegin und beschimpften mich gleichfalls. Von ihrer Mutter gar nicht zu reden. Sie warf mir Blicke zu, daß einem angst und bange werden konnte. So scheele und trübe und bösartige Augen, daß sie sich nicht auf eine Tunke oder eine Glasscheibe hätten heften können, ohne daß die Tunke gerann oder die Scheibe splitterte.

Und ich kam mir vor wie ein Verbannter unter Feinden.

Mir gefiel auch die Aufführung nicht, welche die Schulkinder im Haus der Vettern veranstalteten. Während ich auf Befehl des Herrn Doktors hinter den Kulissen in Rufweite stand und die Kinder im Sonntagsstaat auf der Bühne spielten, hegte ich nur einen Wunsch: das Ganze in Flammen aufgehen zu lassen. Lalazinha sang höchst geziert:

Es hüpft der Salamanderschwanz,
nachdem er gestutzt ist...
Jeder spröden Gans
der Mann auf der Pelle sitzt...

Und Gustavinho antwortete:

Eselsmund nennst du, wenn
einer dich verehrt...
Man sieht: du liebst nur den
der dich nie begehrt...

Zum Schluß klatschte das Publikum wild Beifall, und ich mußte den Vorhang zuziehen. Von neuem traten die Schauspieler an die Rampe und wurden wieder beklatscht. Und ich zog an der Vorhangschnur... In der Pause schleppte ich Tische und Stühle auf dem Rücken hin und her und wechselte das Bühnenbild. Als die Vorstellung beendet war, stiegen die Herrschaften und ihre Sprößlinge in ein Automobil und fuhren davon, um sich schlafen zu legen.

In Elviras Begleitung zu Fuß durch die Stadt, beladen mit den während der Theaterpausen ausgetrunkenen Limonadeflaschen, schlaftrunken und schweißnaß, empfand ich tiefe Bitterkeit und zugleich etwas wie Selbstmitleid. Wäre ich reich auf die Welt gekommen, würde es mir an nichts fehlen. Wagen, schöne Kleider, Essen und Trinken vom Besten, Lehrer für Französisch, Englisch und Deutsch, Bücher aller Art. So aber lief ich mir die Hacken ab, halb uniformiert, mit leerem Magen, verglich beschämt mein Viertklässlerwissen mit der Weisheit der Herrensöhnchen und mußte den Domestiken für ihre Exzellenzen spielen.

Elvira, die währenddessen die ganze Zeit in der Küche Schüsseln gefüllt und Gläser gespült und nichts von alldem miterlebt hatte, brach plötzlich das Schweigen:

«Wie war's, schön?»

«Was weiß ich, ob's schön oder häßlich war! Mir ist das doch piepe!»

«Warum?»

«Darum.»

Wir verstummten. Aber der Weg war weit, und nach einer Weile fing sie von neuem an.

«Macht dir die Arbeit keine Freude?»

«Doch.»

«Denn seit du gekommen bist, meinen alle, du wärst ein Faulpelz und wärst immer bloß widerborstig.»

«Ich mag arbeiten, mag aber nicht Diener von anderen sein!»

Ein paar Tage später erschien meine Mutter heimlich am Tor. Sie wollte mit eigenen Augen feststellen, wieviel Wahres an meinen immer häufigeren Beschwerdebriefen sei.

Sie war empört. Sie hatte für mich um eine Bürostelle gebeten, stattdessen hatte man mich zum Diener degradiert. Ah, sie würde zu Hause Lärm schlagen! Die beiden Schuldigen würden etwas zu hören bekommen! Sie war auf die Antwort gespannt. Die hatten sich mit ihr wohl einen bösen Scherz erlaubt. Sie hatten ihr etwas versprochen, und das müßten sie auch halten. Da täuschten sie sich aber gewaltig, wenn sie meinten, sie mißachten zu können, nur weil sie arm war!

Kaum war sie wieder zu Hause, beschwerte sie sich allen Ernstes bei den Kusinen, daß ich mir mit dem Bedienen von Klingelzeichen keine Zukunft aufbauen könne.

Und Dona Marta, die kaltblütigere der Schwestern, nahm ihr alle Illusionen:

«Zukunft?! Eine Zukunft muß du ihm geben.»

Blutrot von der Ohrfeige, mit der sie nicht gerechnet hatte, fühlte sie, wie sich die mit Füßen getretene Demut in ihr aufbäumte, und sie erwiderte trotzig:

«Als ob ich das nicht könnte! Schließlich ist er mein Sohn...»

Währenddessen erweiterte sich meine Bekanntschaft mit der Stadt und ihren Einwohnern. Jetzt wußte ich, daß es hinter den eindrucksvollen Fassaden Inseln gab, auf denen das Elend sich verschämt versteckte, daß die reichen Leute, die im Haus verkehrten, oftmals weniger wert waren als jene anderen, und daß abseits von den Hausfesten der Reichen das Volk bei Musik und Feuerwerk gleichfalls fröhliche Feste feierte. Das Sankt-Johannis-Feuer in Fontainhas* füllte mir Herz und Sinne. Keines der Volksfeste, die ich bislang erlebt hatte, konnte sich mit diesem messen. Tanzereien, glückbringendes Basilikum, sich drängende Menschen... Sogar Schenken gab es! Dort entschädigte ich mich für den demütigenden Abend, an dem ich den Vorhang hatte auf- und zuziehen müssen.

Im August floh meine Herrschaft vor der Hitze an den kühlen Strand. Im Hause blieb nur ich mit Senhora Lúcia und ihrer Tochter zurück. Meine geschworenen Feindinnen bewiesen ihre Ablehnung auf jede Weise. Aber aus Angst vor meinem hitzigen Temperament vermieden sie es, das Raubtier zu reizen. Und da es wenig Arbeit gab und ich mich nicht mit ihnen einließ, tat ich die meiste Zeit, wozu ich Lust verspürte. Ich arbeitete im Garten, wenn Senhor Manuel kam (die Beete umzugraben führte mich nach Agarez zurück), ich schlief lange und las vor allem die Bücher der jungen Herren. *Kasperle in Trás-os-Montes, Andersens* und *Grimms Märchen, Fabeln von La Fontaine...*

Zweimal in der Woche fuhr ich in der Rolle des Laufburschen im Zug nach Leça und brachte Körbe mit Obst und Gemüse dorthin, die vom Landgut des Herrn Doktor im Douro geschickt worden waren. Und so sah ich zum ersten Mal das Meer.

Es entsprach in nichts meinen Vorstellungen. Der große See, den ich mir ausgemalt hatte, war eine Täuschung, eine Lache im Vergleich zu der ungeheuren, lebendigen, pochenden, unbezähmbaren Wirklichkeit, die sich wutschnaubend an den Felsen brach. Sie erfüllte mich mit dem Zauberlaut ihrer Stimme, sie erfrischte mit ihren Wellen meine Füße, barfuß lief ich durch den Sand, ich sammelte Muscheln und Korkstücke, und spät abends, nachdem sich meine Augen am Fenster der Dachbodenkammer daran müde gesehen hatten, wie der Lichtstrahl des Leuchtturms die geheimnisvolle Dunkelheit der Reede durchzuckte, schlief ich ein im Gedanken an das Glück, als Matrose auf einem der riesenhaften Überseedampfer auszufahren, die täglich durch die Barre von Leixões ein- und ausliefen... Was für ein Esel war ich gewesen! Angst vor der Ausfahrt nach Brasilien gehabt zu haben!

Nach dem Ende der Ferien füllte sich das Haus von neuem, ich ging meinen Pflichten nach und verließ mich auf Mutters Verhandlungen zu Hause. Erst später sollte ich die Antwort erfahren, die sie erhalten hatte.

Ich erfüllte meine Aufgaben so gut ich konnte, aber jener Monat der nahezu vollkommenen Freiheit hatte mich noch aufsässiger gemacht. Ich betrachtete mich dort als ausgeliehener Gegenstand. Eines schönen baldigen Tages würde ich meine weiße Jacke ablegen. Ich war sicher, daß mein Posten im Büro bereits abgesprochen war. Eine Stunde mehr oder weniger, und Lebewohl den Zurechtweisungen, Anordnungen, Klingelbefehlen und Wischtüchern.

Eines Sonntags half ich dem Herrn Domherrn Brandão in der Hauskapelle, da der Sakristan, der sonst den Dienst versah, erkrankt war. Und der schlichte Umstand, daß ich diese Sonderaufgabe vor allen verrichten mußte, schenkte mir neuen Mut. Dies und ein plötzlicher Umschwung im Verhalten aller mir gegenüber bestärkten mich in dem Glauben, daß meine Beförderung vor der Tür stand. Schließlich hatte das Opfer sich gelohnt.

Aber ich war undankbar und unerzogen; ich sprach heimlich mit meiner Mutter (ich habe nie entdecken können, wie sie es erfahren hatten); morgens war ich müde; ich zollte den jungen Herren keine Hochachtung; ich las ihre Bücher; ich irrte mich in den Marktabrechnungen; ich trieb mich im Spielzimmer herum; und ich verteilte Ohrfeigen an die Hausmädchen.

Als ich daher vor die Senhora gerufen wurde, erfuhr ich statt der erwarteten frohen Botschaft von meiner Anstellung nur die Gründe, warum ich entlassen war.

Ich kehrte auf dem Motorrad von Senhor Fernando, Bruder der Katechetinnen-Damen, heim nach Agarez. Hinter ihm, an ihn geklammert, sah ich Fluren, Dörfer und Hügel vorbeigleiten und spürte im Gesicht den frischen Wind. Als wir die Serra do Marão hinauffuhren, verloren die ausgebleichten Augen der Senhora Lúcia nach und nach ihren düsteren Glanz. Auf der Anhöhe waren sie nur noch erloschene Glut.

Während der Abfahrt nach Vila Real überquerte ein Rebhuhnschwarm die Landstraße, und Senhor Fernando, ein großer Jäger, verfolgte sie mit der Pistole. Ich sah dem Schauspiel von einem Felsen aus zu.

Zu meinen Füßen breitete sich eine gewellte Landkarte aus, die mit einem einzigen Namen versehen war: Agarez, dort in der Ferne, eine durch die gewaltige Kuppel der Ulme erkennbare Oase.

Wieder würde ich ein armer Junge wie die anderen sein. Ich hatte der Verurteilung zur Hacke nicht entgehen können. Bezwungen und gedemütigt kehrte ich zurück. Geduld! Nach einigen Tagen der Beklommenheit würde ich auf ganz natürliche Weise wieder hineinfinden in die Vertrautheit der Menschen und der Dinge.

Zu Hause hatte sich nichts verändert. Dieselbe Armut, der gleiche Ruß, die gleiche Suppe. Die Hühner scharrten im Hinterhof, das Schwein grunzte im Koben, die Eselin schnarchte im Stall. Aber mein Heimweh machte jede Wiederbegegnung zu einer Überraschung. Das früher verschmähte Essen schmeckte mir jetzt gut, kaum hörte ich einen Wagen draußen knirschen, rannte ich schon zur Tür, um ihn vorüberfahren zu sehen, über alles und alle wollte ich Bescheid wissen.

Abends sagte mein Vater wie gewöhnlich seine Dankgebete auf:

«Für die Seelen im Fegefeuer...»
«Vater Unser, der Du bist im Himmel...»
«Für die Ungläubigen...»
«Vater Unser...»
«Für die Früchte des Meeres und der Erde, die Gott in den Rettungshafen bringen möge zum Unterhalt der Sünder, und daß wir mit ihnen Unserem Herrn Jesus Christus dienen mögen...»

«Vater Unser...»
«Für Sankt Silvester, der uns vor Überschwemmungen retten möge, vor tollwütigen Hunden und bösen Menschen...»
«Vater Unser...»
«Für die Bewahrung Unserer Heiligen Mutter Kirche, der Katholischen, Apostolischen, Römischen...»
«Vater Unser...»

Und obgleich mein Kopf wie früher noch vor dem Salve Regina vor Müdigkeit schwankte – welche Sicherheit verlieh doch dieses Anvertrauen der Dinge der Welt unter den Schutz des Himmels! Und welcher Frieden, in einem Bett ohne Klingel auf dem Nachttisch einzuschlafen!

Als ich am nächsten Tag die bockige Eselin zu zügeln versuchte, riß ich mir meine zarten Hände wund, wie meine Mutter sie nannte. Und kurz darauf, als ich durchs Dorf ging, stellte ich bekümmert fest, daß nicht nur sie empfindlich geworden waren. Angesichts des höhnischen Empfangs, der mich erwartete statt der brüderlichen Aufnahme, auf die ich mich gefreut hatte, fühlte ich mich, als wäre ich am ganzen Körper wund.

«Schon wieder da? Das ist ja ziemlich rasch gegangen, wie?»

Anfangs lächelte ich. Doch schließlich würde ich entweder platzen oder die Pille schlucken.

«Und was geht dich das an? Hast du was damit zu tun?»

«Gar nichts. Ich muß mich nur wundern! Anscheinend hat dich die Sehnsucht nach der Hacke gepackt...»

«Sehr richtig.»

Einige faßten mich zunächst mit Samthandschuhen an und zeigten mir erst danach die Krallen.

«Oh! Oh! Wen sehe ich da! Hast wohl früh Ferien bekommen, Junge?»

«Das sind keine Ferien. Ich bin für immer zurückgekommen.»

«Na so was! Was hast du denn dann in Porto getrieben?»

«Ich war Dienstbote.»

«Und alle dachten, du wärst auf die Universität gegangen!»

Zutiefst gekränkt, schluckte ich immer mehr Beleidigungen herunter. Das Glück der ersten Stunden war Galle geworden, und mein Mund schmeckte bitter.

«Laß sie bellen! ...» riet mein Vater, als ich mich bei ihm beklagte. «Hier bleibst du nicht, sei unbesorgt. Darum Kopf hoch ...»

Schweigend sah ich ihn an, ohne genau zu wissen, ob ich bleiben oder gehen sollte. Ich hatte entdeckt, daß es schlimmere Erniedrigungen gab als Kastanien mit einer Drittelbeteiligung zu sammeln.

Doch lieber sollte er die Entscheidung treffen!

Als Dona Guilhermina aus Vessadios am Markttag im Dorf erschien, bat meine Mutter, die nach wie vor wünschte, mich in ihrer Nähe zu behalten, sie darum, ihr eine Audienz bei Monseigneur Barros, mit dem die Dona befreundet war, zu vermitteln. Und so fuhren wir alle drei nach Vila, um mit ihm zu sprechen.

Nachdem er uns zwei Stunden in einem von so viel Samtbesatz und Türvorhängen stickigen Raum hatte warten lassen, empfing er uns in einem mit Büchern förmlich tapezierten düsteren Arbeitszimmer. Er wollte alles über die Familie wissen, wer wir waren, wer wir nicht waren, er erkundigte sich nach den Noten meiner Abschlußprüfung, wandte keinen Blick von mir, als wollte er in meinem Innersten lesen, und versprach, mich in eine spanische Priesterschule zu schicken, wo bereits Latoeiro, mein um ein Jahr älterer Schulkamerad, lebte. Es waren Benediktinermönche.

Zu Hause hörte sich mein Vater unseren Bericht an und dachte über die Angelegenheit nach. Auf diese Weise würde ich also einem Orden beitreten und ein Habenichts bleiben mein Leben lang. Priester werden, damit war er einverstanden, jedoch in einer anständigen Gemeinde und mit meiner Schwester als Haushälterin. Aber so, nein, vielen Dank!

Und er änderte seine Meinung.

«Die Sache ist erledigt. Du gehst nach Brasilien.»

Als wir aber nach Paradela fuhren, um alles einzuleiten – Geld gegen Zinsen aufzunehmen, jemanden zu finden, der mich mit nach drüben nahm und mir eine Anstellung verschaffte –, trafen wir den Herrn Prior, der von einer Beerdigung in Gouvinhas zurückkam. Er parierte sein Pferd durch, fing ein Gespräch mit uns an, wollte wissen, wohin wir unterwegs waren, und mein Vater sprach frei heraus.

«Dummkopf!» sagte der Herr Prior, ein wenig verärgert. «Warum hast du mir nicht früher davon gesprochen? Warum dich in Schulden stürzen, wozu? Brasilien liegt in Lamego, im Seminar!»

«Und das Geld dafür?» warf meine Mutter ein.

«Er kommt umsonst rein, oder für eine Bagatelle. Überlaßt das alles mir! Geht nach Hause.»

Wir gingen nach Hause, und unterwegs konnte mein Vater gar nicht aufhören, sich zu verwundern.

«Schaut euch an, wie das Leben spielt! So viele Umtriebe, so viele Demütigungen, so viele Unannehmlichkeiten, und dabei steht das Glück vor der Tür! Wer hätte mir das vorher gesagt – wenn man am wenigsten daran denkt, ohne daß man jemand um einen Gefallen bittet...»

«Wenn er das wirklich durchsetzt...»

Meine Mutter zweifelte nach dem Verhalten ihrer «jungen Mädchen» an allem und jedem.

«Er setzt das durch! Nur um sich als Niete zu erweisen, hätte er sich nicht erboten!»

Und tatsächlich entpuppte der Herr Prior sich als echter Mann von Welt. Ein Pater nach altem Zuschnitt, liberal und mitfühlend, gab er große Essen – für das der Osterbeichte steuerte die gesamte Gemarkung etwas bei –, an denen alle hohen Herren der Umgebung teilnahmen. Sogar der Zivilgouverneur kam aus Vila angereist. Daher verfügte er über Einfluß. Bald darauf sandte er mir den Marschbefehl.

Auf Eselsrücken ritt ich im schwarzen Anzug voraus und hielt den Wäschekoffer vor mir auf dem Sattelknauf. Vater und Mutter kamen zu Fuß hinterdrein, er mit einem Bettrost auf dem Rükken, sie mit der Matratze und den Decken auf dem Kopf. So legten wir die sechs Léguas auf der alten Straße von Agarez nach Lamego zurück. Unsere Liebe Frau vom Geleit, Unser Herr vom Guten Weg, Unser Herr vom Guten Tod, Vila Seca, Poiares, Régua ...

Verdüstert sah ich die großartige Landschaft, die uns begleitete, und erblickte nichts als meinen Schatten. Hostienschlucker, wie Senhor Botelho gesagt hatte... Nur das sah ich als künftigen Lebensweg.

Vor dem Haus des Domherrn Faria, an den wir uns wenden sollten, empfing uns ein knochendürrer junger Priester, der, wie ich später erfuhr, sich Pater Monteiro nannte. Meine Eltern begrüßten ihn achtungsvoll, doch statt ihrem Beispiel zu folgen, stand ich absichtlich stumm daneben. Die Verzweiflung, die ich während der ganzen Reise verspürt hatte, war in blinde Wut übergegangen, die mir die Stimme verschlug. Mein Vater bemerkte meine Ungezogenheit und wies mich zurecht. Endlich fand ich die Sprache wieder und stammelte:

«Wie geht es Ihnen?»

Der Mensch blickte mich scheel an, sagte «gut» und fragte mich, ob ich fromm sei. Worauf mein Vater eilfertig antwortete, was dies betreffe... Außerdem sei ich ein guter Junge und hochintelligent.

Befangen warf ich der Eselin ihr Halfter über und ließ den Blick über die Fenster des Herrenhauses gleiten, auf der Suche nach dem Bischof. Es war immer eine meiner Kindersehnsüchte gewesen: einmal einen Bischof zu Gesicht zu bekommen.

Endlich händigte der Mann uns einen Schein aus, den wir bei der Nummer Zweiundvierzig einer Straße dieses oder jenes Namens abgeben sollten, linkerhand, bergauf.

Dorthin gingen wir, und dort blieb ich.

In Tränen gebadet, verabschiedete ich mich von meinen Eltern, welche die Hangstraße erklommen und dabei die Eselin vorwärtsschubsten, die nicht mitgehen wollte. Noch immer schluchzend, sah ich sie um die Ecke biegen und verschwinden. Während ich mir die Tränen trocknete, stieg ich die drei Treppenabsätze hinauf, die zum zweiten Stock führten, wo ich meine künftigen Zimmergenossen traf.

Ich verbrachte den Rest des Tages in der Hoffnung auf ein tröstliches Wort von diesen Unbekannten. Sie aber waren ebenso unglücklich wie ich, den die Armut dorthin gebracht hatte, und hatten keine Herzenswärme abzugeben. Sie bekreuzigten sich und beteten vor und nach dem Abendessen, und ich tat es ihnen nach. Als es zehn Uhr schlug, krochen sie in ihre Betten. Ich tat das gleiche.

Ich schlief schlecht. Am nächsten Morgen ließ der Präfekt mir das Haar kurz scheren. Dann wurde ich einer gründlichen Bestandsaufnahme unterzogen, meine materiellen und geistigen Güter wurden ans Tageslicht gezerrt. Ich wurde in die erste Klasse gesteckt.

Unser Aufseher hieß Senhor Ramos. Er hatte fast das Ende der Ausbildung erreicht und poussierte mit der Tochter des Hausherrn, der im Erdgeschoß eine Schneiderwerkstatt besaß. Die Republik hatte das Seminargebäude übernommen und es in eine Kaserne umgewandelt. Daher wohnten wir in Gruppen von zehn und zwölf, über die ganze Stadt verstreut, einem älteren Seminaristen untergeordnet, und gingen zum Unterricht in die Wohnungen der Lehrer.

Im Schlafraum gab es nur einen Nachttopf für je zwei Betten. Der mir zugewiesene stand unter dem Bett von Arménio, der ihn bereits gefüllt hatte, wenn ich erwachte. Daher mußte ich auf den Balkon hinaus. Beim ersten Mal war ich ziemlich ratlos. Wer wagte es denn, von oben herunterzupinkeln, angesichts des Palastes der Brolhas mit seiner eindrucksvollen Fassade und dem trauerumflorten Wappen, von dem aus man gesehen werden konnte? Aber die Natur war stärker, und die Kälte obendrein. Und ich ließ meinen Wasserhahn laufen.

Rosa, rosae; Thema in a

Nominativ ...	*rosa*
Genitiv ...	*rosae*
Akkusativ ...	*rosam*
Dativ ...	*rosae*
Ablativ ...	*rosa*

Ich fand das stumpfsinnig. Aber es galt zu deklinieren, zu konjugieren, zu deuten, bei der Messe zu helfen, die geringste Schuld zu beichten und jeden Tag in der Privatkapelle des Herrn Domherrn Freitas zu kommunizieren.

Ricardo rauchte heimlich, statt sich an seine Bücher zu halten, und das Ergebnis war entsprechend. Eines Tages, als er sich während der Mittagspause auf dem Bett rekelte, schrie einer vom Balkon:

«He, Ricardo, dein Vater ist da!»

Frohlockend rannte er die Treppe hinunter.

«Gib mir deinen Segen…»

«Gott segne dich!…» Und er erhielt einen Knüppelhieb über den Kopf.

Ohne ein weiteres Wort machte Senhor Olímpio kehrt und ließ den blutüberströmten Jungen stehen. Er war eigens wegen dieses Aktes aus Vale-de-Mendiz gekommen. Kein Lehrer fragte Ricardo, was ihm widerfahren sei.

Mein Vater hätte dergleichen nie fertiggebracht. Es war aber auch nicht notwendig. Ein Mensch, der etwas auf sich hielt, erfüllte seine Pflicht, selbst wenn sie ihm schwer fiel. Und sie fiel mir reichlich schwer! Portugiesisch, Geschichte, Geographie, jawohl, Senhor. Es gab Verse auswendig zu lernen, Tatbestände, Ländernamen… Die Seele füllte sich, die Neugierde kam auf ihre Kosten, man ließ der Einbildungskraft freien Lauf. Man las etwas, und es blieb im Gedächtnis haften. Nur das verteufelte Latein brauchte lange, bis es in den Kopf hineinging.

«Caelum et terra transibunt, verba autem mea non transibunt…» deklamierte Acácio Fernandes.

«Fili mi Absalom! Absalom fili mi! Quis mihi tribuat ut ego moriar pro te, Absalom fili mi! Fili mi Absalom…» buchstabierte ich.

Ich brachte gute Noten zu den Ferien nach Hause, begleitet von einem Gefühl des Stolzes, meine Pflicht erfüllt zu haben. Und zugleich mit einem Schatten Schwermut in der bedrückten Seele, den das betörende Licht der Landschaft, die mich umgab, nicht zu verscheuchen vermochte.

Zu Hause wurde ich empfangen, als hätte ich mich verändert. Sie behandelten mich so, daß ich den Eindruck bekam, ich wäre als Gesegneter heimgekommen. Sie ließen mich nicht einmal Bewässerungsgräben in Tapado ausheben. Wollte ich eine Hacke anfassen, erhob sich sogleich eine verweisende Stimme. Ich solle das lassen, jemand anderer würde die Arbeit übernehmen.

In der Schule, die ich besuchte, ließ der Herr Lehrer, sobald ich das Klassenzimmer betrat, alle Schüler zum Zeichen der Hochachtung aufstehen, und nicht einmal Grillenkönig machte sich über die Zeremonie lustig, und er hielt sogar eine Rede.

Nach einer feierlichen Einführung zeigte Senhor Botelho meine Diktate vor, die er sorgfältig aufbewahrt hatte. Die sollte sich mal einer ansehen! Aber richtig! Genau! Kein einziger Fehler! Kein Buchstabe wackelte! Nicht die kleinste Verbesserung! Das konnte sich sehen lassen. Eine außergewöhnliche vierte Klasse, die meine! Außer Codinhas... Nun, eben die Ausnahme von der Regel. Daher hatte er auch nur ein *Genügend* in der Prüfung bekommen. Das einzige, das er in seiner langen Lehrerlaufbahn erteilt hatte. Aber die anderen... Fleißige Jungens, vernünftig, ehrerbietig, arbeitsam, die nicht den geringsten Grund zu Klagen gaben. Und ich erst... Jetzt hatte er es mit einer Horde von Lausbuben zu tun. Eselsköpfe, Faulpelze, Radaubrüder...

Beim Abschied streckte er mir die derbe Tatzenhand entgegen. Es schien unglaublich, aber es gab keinen Zweifel: es war wirklich Senhor Botelhos Hand, welche die meine ergriff. Als er sie schloß, glaubte ich, er werde mir die Knochen brechen. Keineswegs! Sanft und warm, versuchte sie nur, seinen rhetorischen Überschwang durch kurzes Drücken zu bekräftigen.

«Mach so weiter, mein Junge! Ehre dem Land, das dich auf die Welt kommen sah, und dem Lehrer, der dir die ersten Buchstaben des ABC beibringen durfte...»

Gewiß waren derart sichtbare Zeichen von Wertschätzung vor der ganzen Schule daran schuld, daß Grillenkönig und die anderen anfingen, mich argwöhnisch zu beäugen.

Auf diese Weise sonderte ich mich von den Kleinen ab. Von den Großen war ich es bereits seit meiner Rückkehr aus Porto. Doch es sollte noch schlimmer kommen. Bejahrte Leute begannen mich «junger Mann» und «Senhor» zu nennen. Maria Carolina, die nicht aus der Sakristei herausging, versuchte immer wieder, mir die Hände zu küssen. Und ich vereinsamte hoffnungslos in der Welt.

Tagelang verkroch ich mich im Haus, oder ich ging nach Atafona und sah stundenlang zu, wie die Eselin Stechginster rupfte. In mir war nun etwas, was die Natürlichkeit ablehnte. Die Kindheit schwand aus meinen Worten und aus meinen Gebärden, oder niemand wollte sie mehr in ihnen sehen.

Nach vielem Hin und Her erklärte mein Vater sich damit einverstanden, daß ich nachmittags in Onkel Faustinos Ladenkneipe ging.

Ich hockte mich auf eine Seifenkiste und unterhielt mich mit dem Ladenbesitzer. Der gutmütige, fette kleine Mann war in seiner Jugend Polizist in Porto gewesen. Er hatte sich am Einunddreißigsten Januar* wacker geschlagen, war verhaftet worden und war stolz darauf gewesen. Aber schließlich hatte die Republik triumphiert, und seither erhielt er ein karges Ruhegehalt.

Ich bat ihn um Einzelheiten über den Aufstand; ich bekam aus seinem Munde Heldentaten zu hören und empfand daher tiefere Ergriffenheit als er bei seiner Erzählung. Schließlich verstummte er, ich weiß nicht, ob ermüdet vom Erzählen oder vom Erfinden, und schlief vor der Kaminglut ein. Ich blickte durch die Glastür auf den Dorfplatz und schaute den Jungen meines Alters beim Bockspringen zu.

Bock,
Sündenbock,
Quasselstrippe oder Holzbock…

Und ich unter der Glasglocke! Langsam, ganz langsam sank die Nacht. Domingos Arromba, Pinto und Lameiroto traten, in ihre Mäntel gehüllt, zu einer Partie Bisca ein. Der Tavernenwirt wachte auf und holte das Spielbrett, das als Tisch diente, und Arromba mischte und teilte die Karten aus.

Auf dem Höhepunkt der Belustigung mußte ich aufstehen und gehen. Manchmal blieb ich länger und schaute bei einer letzten Runde zu. Ich beobachtete gerne die Reaktion der Menschen angesichts von Glück oder Pech im Spiel. Wenn Onkel Faustino verloren hatte, wurde er unerträglich. Einmal, als er viermal glatt verlor, wurde er so zappelig, daß er mit der linken Hand die Zigarette anzündete, während er mit der rechten die Karten austeilte. Bis sein Mitspieler, der zufällig Lameiroto war, zu bluffen beschloß, um zu sehen, ob er der Pechsträhne Einhalt gebieten konnte. Sie fielen aber dabei herein. Onkel Faustino stand auf, rechnete sich seinen Verlust aus und sagte schließlich:

«Wer solche Hände hat, sollte sie in Scheiße eingipsen!»

Aber meine profane Neugierde interessierte meinen gestrengen Vater nicht.

«Das steht dir schlecht zu Gesicht! Was wird man von dir sagen! Ein künftiger Priester, der beim Kartenspiel zusieht!»

Frühmorgens stand ich auf, um Pater Manuel als Messediener zur Seite zu stehen und damit an eine aus meiner Schulzeit stammende alte Tradition anzuknüpfen, als ich mich versteckte, um ihm nicht zu begegnen. Denn ich wußte schon:

«Komm und hilf mir bei der Messe.»

«Ich kann nicht. Sonst komme ich zu spät zum Unterricht.»

«Es dauert nur zehn Minuten.»

Er kleidete sich im Handumdrehen an, und noch hatte ich nicht *O Gloria tibi, Domine* auf sein *Initium Sancti Evangelii secundum Joannem* geantwortet, als er bereits das Meßbuch küßte. Ein Tempo wie ein Automobil!

«*In principio erat Verbum et Verbum erat apud Deum. Hoc erat in principio apud Deum ...*»

«*Deo gratias.*»

Und Schluß.

Er hatte in den monarchistischen Reihen von Traulitânia* gekämpft, er hatte sich auf dem Land versteckt gehalten, er war ausgewandert und nach der Amnestie ins Vaterland heimgekehrt. Diese revolutionäre Vergangenheit feuerte meine Einbildungskraft an, und zwar stärker als die Onkel Faustinos. Denn ich erinnerte mich noch an die in Agarez einmarschierenden Truppen, an die am Kreuz gehißte blauweiße Fahne, während die Glocken Sturm läuteten, während Senhor Arnaldo seinen Keller öffnete und die Fässer für die anstach, die sich betrinken wollten, an die Mädchen, die mit jedem, der mochte, bis in die frühen Morgenstunden hinein Fandango tanzten, an die Restaurationshymne, die das Orchester spielte, und an Tomásia, die wie eine Wahnsinnige über das Feld lief, um ihrem Mann, der seinen Akker bestellte, zuzurufen:

«Los, Joaquim, komm und sieh, wie schön die Monarchie ist!»

Drei Tage später trat der Umschwung ein, und alle Monarchisten, deren es viele gab, mußten fliehen. Recht hatte Soqueiro, als er Senhor Arnaldo fragte:

«Ist das sicher?»

«Todsicher!» antwortete der Kazike.

«Mir scheint nämlich, daß die Sache am Schwanz aufgezäumt wurde... Wenn es am Kopf gewesen wäre...»

Der Kopf war Lissabon, das sich der Bewegung nicht angeschlossen hatte und sie von der ersten Stunde an mit den regierungstreuen Kräften niederzuschlagen suchte.

«Es lebe die Republik!» schrie der Kommandeur beim Vorbeimarsch des Regiments, das die Aufständischen verfolgte. Und nur Onkel Faustino antwortete vor der Tür seiner Kneipe, zitternd vor Erregung:

«Sie lebe hoch!»

Pater Manuel war einer der Halsstarrigsten, und daher ließ man ihn nicht in Ruhe. Und während ich ihm beim Abspulen des Latein half, sah ich ihn voller Hoffnung auf den Triumph der Royalisten Waffen über die Grenze schmuggeln und sie später, als Köhler verkleidet, enttäuscht überschreiten.

Aber meine Mutter beglückte es am meisten, wenn ich bei der vom Herrn Prior in der Gemeindekirche zelebrierten Mittagsmesse einen guten Eindruck machte. Ganz anders als mein Vater und sehr empfänglich für das Farbenspiel der Dinge und die Musik der Worte, liebte sie die Rituale, die glänzenden Predigten, den Wohlgeruch des brennenden Weihrauchs.

Sie verfolgte meine Schritte vor dem Altar, wenn ich das Meßbuch trug, die Kniebeugung vor dem Tabernakel, wenn ich die Hostie in den Kelch des Zelebranten legte. Hinterher empfing sie draußen erfreut die Glückwünsche.

«Maria, wie gut sich dein Kleiner im Chorhemd ausnimmt! Wie ehrfürchtig er sich bewegt!»

Wenige Tage vor meiner Rückreise ins Seminar fuhr ich mit meinem Vater nach Sanfins zu Pater Albertos Mutter. Sie war unsere entfernte Verwandte. Vor kurzem war ihr Sohn in einem Flüßchen ertrunken. Sein Tod hatte alle tief erschüttert. Er war vom Fest Unserer Lieben Frau von der Gesundheit heimwärts geritten und beim Durchqueren des Tinhela in den Zweigen einer Weide hängen geblieben. Sein Pferd hatte sich retten können und weidete friedlich am Flußufer. Ihn fand man gegen Abend, im Weidengebüsch verfangen, bis zur Brust im Wasser, aber mit trockenen Kleidern, als hätten sie in der Sonne getrocknet. Ein

Wunder. Und die Gemeindemitglieder, die seine Tugenden kannten, die Jahre hindurch gesehen hatten, wie er sich das Essen vom Munde absparte und es den Armen gab und den jungen Mädchen, die ihn beim Vorübergehen verspotteten, zurief: «Fort mit euch, ihr Sünderinnen!», die braven Dorfbewohner beteten ihn jetzt bei der Beisetzung in der Kirche, wohin man ihn geschafft hatte, ehrfürchtig an. Übrigens hatten alle bei der Überführung beobachten können, wie sehr ihm Bart und Fingernägel gewachsen waren... Ein Heiliger.

Und sie, die seiner unwürdige Mutter, wartete nun darauf, ihn im Himmel umarmen zu können. Noch Tage vor dem Unglück hatte er ihr versprochen, daß er sie dort oben nicht vergessen werde.

«Wenn Gott mich vor dir zu sich ruft» hatte er gesagt, «darfst du auf ein Plätzchen zu Füßen Unserer Lieben Frau rechnen.»

Wenn wir wegen der Bücher gekommen seien – dort lägen sie, in jener Kiste und auf jenem Stapel. Wir sollten uns nur aussuchen, was wir wünschten. Wir brauchten Wörterbücher.

Ein wahres Wörterbuch sei ihr glückseliger Sohn gewesen. Ein französisches oder lateinisches (sie erinnerte sich nicht mehr genau daran) kannte er bis zum Buchstaben F auswendig. Und er hatte vorgehabt, bis zum Z zu kommen. Jeden Tag hatte er eine Seite auswendig gelernt. Wäre ihm nur mehr Zeit vergönnt gewesen...

Kein Band war vollständig. Alle waren von Mäusen zerfressen. Empört schalt mein Vater die Frau. Ob sie sich nicht schämte?! Einen solchen Reichtum so verkommen zu lassen! Vom finanziellen Verlust ganz abgesehen, so etwas Gefühlloses.

Er empfand heilige Hochachtung für das gedruckte Wort. An der Spitze seines Ochsengespanns in Ribeira hatte er während der Schulzeit kaum seinen Namen zu schreiben gelernt. Und dieser Mangel hatte ihn sein Leben lang behindert. Nóbrega, der mit Weinhefe zu handeln begonnen hatte und nun dicke Geschäfte machte, hatte ihm lange zugesetzt, er solle sein Teilhaber werden. Er aber war zurückgezuckt, aus Furcht, übervorteilt zu werden. Später hatte sein Patenonkel, der in São Paulo reich geworden war, ihn mehrmals aufgefordert, mit ihm zusammenzuarbeiten. Schließlich hatte er den Posten meinem Onkel abgetreten, der zumindest die dritte Klasse absolviert hatte.

«Meine Kinder», pflegte er zu sagen, «werden keine Handbreit Erde erben; aber sie werden lesen und schreiben lernen.»

Daher reagierte er so heftig auf diese Entweihung kultureller Güter. Die Alte aber hörte sich die Strafpredigt nur an, und alles blieb wie eh und je.

«Die Dinge der Welt interessieren mich nicht mehr...» erwiderte sie geistesabwesend.

Dann schenkte sie mir eine Soutane und eine Halskrause des Verstorbenen. Er hatte deren zwei besessen, erklärte sie, solange er noch in diesem Tränental weilte. Die bessere Halskrause hatte er mit ins Grab genommen.

Als wir wieder zu Hause waren, erklärte mein noch immer aufgebrachter Vater, daß er sie nie anders als völlig kopflos gekannt habe und daß ihr Sohn um kein Haar besser gewesen sei. Eine Bande von Mondsüchtigen.

Zurück im Priesterseminar, stürzte ich mich wie besessen in mein Studium. Mein Lernfieber hatte sich mit einem dumpfen Gefühl des Aufruhrs gepaart und fand nur Erleichterung, wenn ich Seite um Seite verschlang.

Sonntags, in die Soutane des seligen Vetters gesteckt, die der Hausbesitzer auf mein Maß zugeschneidert hatte, ging ich spazieren. Wir trafen uns alle im Dom, wohnten der Messe bei und hörten anschließend die unflätigen Bemerkungen der sonntäglich herausgeputzten Handlungsgehilfen, die einander in die Seite stießen, wenn sie uns vorübergehen sahen, und «Eidechse! Eidechse!» riefen; dann stiegen wir in Zweiergruppen nach Meia Laranja hinauf, bis zum Fuß der Kapelle von Unserer Lieben Frau von den Heilmitteln, und trieben dort unsere Späße.

Bei einer dieser Gelegenheiten spielten wir Reiterkampf.

«Wer spielt mit mir Reiterkampf?»
«Ich hier, Scheich!»
«Und wenn ich deinen Schinder verdresche?»
«Ist mir gleich.»

Da ich schwächlich war, wurde ich nach einer Weile abgelöst und schaute zu. Plötzlich fiel mir auf, daß Senhor Ramos fehlte. Ich spähte umher – nichts. Wo zum Teufel steckte er nur?

Ich wunderte mich über sein Verschwinden, dachte aber nicht länger darüber nach. Erst nach geraumer Weile tauchte er wieder auf.

Beim nächsten Spaziergang war er abermals verschwunden. Das verblüffte mich. Ich überließ die Kameraden ihrem Spiel und schweifte durch die Parkalleen auf der Suche nach dem Präfekten und linste ins dichteste Gestrüpp. Ich brauchte nicht lange zu suchen. Als ich es am wenigsten erwartete, mußte ich mich schleunigst zurückziehen. Aus einem Akaziendickicht stob ein Steinhagel auf mich los. Ich erzählte den anderen nichts, und als Senhor Ramos wieder bei uns war, tat ich, als hätte ich keine Ahnung.

Da ich bereits mißtrauisch geworden war, erfuhr ich bald den Rest. Auf einem steilen Saumpfad lief aus dem Wald ein junges Mädchen in Schwarz zur Stadt hinunter. Es war die Tochter des Schneiders.

Nun empfand ich mit einemmal Sehnsucht nach Aurora, wenn sie beim Versteckspielen im Holzschuppen, wohin wir uns geflüchtet hatten, den Rock hochhob.

«Ach, Aurora, zeig, zeig doch mal...»

Wieder sah ich sie entblößt, schneeweiß, und fühlte meinen Körper von wollüstiger Hitze durchpulst. Ich versuchte diese Gedanken zu verscheuchen, doch das Bild kehrte immer herausfordernder zurück.

Weil ich nicht den Mut aufbrachte, derartige Verirrungen dem Domherrn Senhor Freitas zu beichten, ging ich mit einer Todsünde im Herzen zur Messe. Und die Strafe folgte auf dem Fuß. Am gleichen Nachmittag bekam ich Nasenbluten. Und zwar so starkes, daß ich ohnmächtig wurde. Als ich zu mir kam, war meine Nase mit Watte verstopft, und ich lag todesmatt da. Ich hatte keine Schmerzen, fühlte aber in mir nur Leere. Ich blickte in den Spiegel und sah mein gleichgültiges Ebenbild. So lag ich drei Wochen, die Nase tropfte, die Nase tropfte nicht, mir ging es besser, mir wurde schlechter, bis ich endlich aufstehen konnte, gerade rechtzeitig für die Prüfungen. Als ich hohlwangig und wachsbleich vor meine Lehrer trat, stellten sie mir kaum eine Frage. Ich bestand die Prüfung und verbrachte die großen Ferien in Agarez.

Zu Fuß ging ich auf der alten Cambreser Landstraße von Lamego nach Régua, fuhr von dort mit dem Zug nach Pinhão und brachte den Rest des Weges auf Eselsrücken hinter mich, in Gesellschaft von Geadas, der mich dort erwartet hatte, und so kam ich, noch ziemlich geschwächt, zu Hause an.

Eine Grannenwolke lag über dem Dorf, das schon aus der Entfernung wie eine tönende Trommel gewirkt hatte. Auf der großen Tenne zerschlugen die Männer, schwarz von Sonne und Staub, mit ihren Dreschflegeln schweißtriefend die Getreidegarben. Die Frauen rechten das Stroh zusammen, fingen die herausfallenden Körner auf, harkten, siebten, fegten, häuften auf und sackten ein. Überall lagen Strohhaufen und Halme. Von Teixo und Quintãs kamen riesige Garben heran, die wie Gespenster aussahen.

Auch wir brachten Dreschgut.

Kaum erschien ich an der Gassenecke, kam mir die ganze Familie entgegen, während die Kürbisflasche die Runde machte.

«Was für ein Gesicht bringst du mit, mein Sohn! Du siehst ja aus, als kämst du aus dem Grab!» stöhnte meine Mutter.

«Er wird sich erholen. Bei guter Behandlung und Ruhe...» beschwichtigte mein Vater in seiner wortkargen Art.

Und mit zwei Worten erklärte er, weshalb er nicht zum Bahnhof gekommen war. Statt seiner hatte er einen Boten geschickt, weil er den Roggen noch vor dem Regen einbringen wollte. Das Wetter war unsicher geworden. Er hatte die Dreschtenne nur für diesen einen Tag bekommen können.

Während er redete, schnupperte er in die Luft. Plötzlich wurde die Helligkeit des Tages in seinen blauen Augen trüb. Er wurde blaß und rannte zu den Dreschern.

«Los, Jungens, wir kriegen ein Gewitter!»

Es war, als hätte man ein Schaufelrad in Bewegung gesetzt. Die Dreschflegel reckten sich lotrecht, und jeder Schlag wog drei auf. Am Ende für nichts und wieder nichts. Nach einem heftigen, trockenen Donnergrollen wurde es schwarz wie die Nacht, und ein beängstigender, steinharter Regenguß prasselte auf die Erde. Eigroßer Hagelschlag, der die Dachziegel und Fensterscheiben zersplitterte, die Weinranken verstümmelte, die Weintrauben abriß und die Menschen verletzte.

Zunächst noch standfest und entschlossen, verloren die Leute mit der zunehmenden Wut der Elemente den Mut. Und dann, als ein wütender Platzregen auf den Hagelschauer folgte, flohen alle verschreckt vor dem Unwetter und flüchteten Hals über Kopf in ihre Häuser, während sie sämtliche Heiligen um Hilfe anflehten. Aus dem gleichen Schrecken heraus stimmten Männer und Frauen inbrünstig das *Benedicat nos* und *Unser Herrgott, hab Erbarmen* an. In den Pausen zwischen den Donnerschlägen und Stoßgebeten war das Regengeprassel auf die Dachsparren des bereits abgedeckten Hauses zu hören.

Inmitten des Durcheinanders vergessen und eher sprachlos als niedergeschmettert, lehnte ich mich ans Fenster und blickte mechanisch auf die Gasse. Der vom Regen mitgerissene Roggen rann durch die Gosse. Gegenüber, im Hof der Rebeis, hatte ein Lorbeerbaum fast alle Blätter eingebüßt. Die Laube der Gaias war zerstört. Camilo auf seinem schwarzen Esel ritt zusammengesunken, gottergeben die Gasse hinunter, Blut sickerte unter seinem Hut hervor.

Mein Vater trat neben mich.

«Wir sind vom Unglück verfolgt, mein Sohn. Die Ernte ist dahin. Haben wir ein Pech! Ich habe nicht einmal Korn für ein Brötchen ...»

Und er fuhr in seiner Litanei fort:

«Herr-go-o-tt... Er-bar-me... Dich... u-un-ser...»

Ich betete nicht mit, ich weinte auch nicht. Ich betrachtete abwechselnd die Gasse und das überschwemmte Haus mit verschlossenem Mund und mit trockenen Augen. Nur mein Herz drohte mir die Brust zu sprengen.

Da ich diese Spannung kaum länger ertragen konnte, beschloß ich, mich hinzulegen und auszuruhen. In der Kammer fand ich Matilde ganz außer sich. Angsterfüllt war sie dorthin geflüchtet, hatte sich in eine Decke gewickelt und aufs Bett geworfen. Später, als es ihr zu heiß wurde und ihre Furcht vor dem sich entfernenden Donnergrollen nachließ, hatte sie sich ausgezogen und lag bloß und unbedeckt da. Zuerst sah ich ihre Beine, dann die Schenkel und einen Teil ihrer Hinterbacken. Dann, als sie plötzlich auffuhr, den Rest.

Von diesem Tag an ließ ich das Mädchen nicht mehr in Ruhe. Ich schnüffelte ihr nach wie ein Hund, und sobald ich eine Möglichkeit fand, fragte ich sie:

«Na, Matilde, willst du?»

Sie nannte mich einen Dummkopf. Aber in meiner Unverschämtheit ließ ich nicht locker. Nun wurde sie böse und drohte mir. So ein schamloser Lump! Ein Gelbschnabel! Ein Seminarist! Wenn ich weiterhin ihren Röcken nachspürte, würde sie sich bei meinem Vater und beim Prior beschweren. Das solle ich mir hinter die Löffel schreiben! So was aber auch! Noch nicht trokken hinter den Ohren! Ich solle erstmal wachsen und hinterher wiederkommen!

Hartnäckig, wie ich war, ging ich am darauffolgenden Tag von neuem zum Angriff über. Aber schließlich mußte ich von meiner unsinnigen Halsstarrigkeit ablassen, die mir selbst zu schaffen machte.

Unlustig und ungesellig strich ich wie ein schwarzgekleidetes Gespenst durch die Gassen.

«Geh zu Senhor Oliveira...» riet mir eines Tages mein Vater, der meine Traurigkeit nicht begriff.

Er hatte mir den Besuch von Onkel Faustinos Ladenkneipe untersagt. Dergleichen schicke sich nicht mehr. Als Ersatz schlug er mir das Landhaus des Brasilianers vor. Schließlich sagte ich ja.

Wie der Blitz flog ich über den Dorfplatz und stieß schon eine Viertelstunde später das Portal der *Vila Condor* auf, wie auf dem schmiedeeisernen Bogen darüber zu lesen stand. Unter einem Laubengang aus Weinstöcken und Apfelbäumen durchquerte ich den Vorhof und gelangte zu der riesigen Villa aus Granit und Glas mit ihren übergroßen, eiskalten, mit Karbidlampen erleuchteten Wohnräumen, die ihren Besitzer ein Vermögen gekostet haben mußte. Er hatte dieses einsame und ungemütliche palastartige Wohnhaus, das ein Andengeier in Fayence mit ausgebreiteten Schwingen krönte, auf unwirtlichem Gelände errichtet. Der einstige Flickschuster war in Brasilien als Unternehmer reich geworden. In São Paulo hatte er eine Schuhfabrik eröffnet, die halb Südamerika belieferte; er war Witwer geworden, hatte von neuem geheiratet, war an Asthma erkrankt, hatte sein Geschäft Teilhabern übergeben, die ihn betrogen, war in die Heimat zurückgekehrt und saß nun einsam und unglücklich den halben Tag auf seiner Veranda, abessinische Zigaretten rauchend, Patiencen legend und trinkend, während er stumm auf den Rollstuhl starrte, in dem seine jüngste Tochter, die lahm und blöd zur Welt gekommen war, mit Riemen festgeschnallt sich sabbernd regte und hin und her wiegte. Nachmittags, wenn es kühl wurde, wartete er in Onkel Faustinos Laden, wo er sich schließlich betrank, auf die Post. Erst spät in der Nacht kehrte er nach Hause zurück und beschimpfte auf dem Rückweg seinen Diener, der ihn abgeholt hatte, und erleichterte so sein gequältes Herz.

Als großer Bewunderer meines arbeitsamen, ehrenwerten Vaters, den er ohne Unterlaß rühmte, empfing er mich herzlich. In fehlerhaft-malerischem Portugiesisch erzählte er immer wieder die tausend Schicksalswendungen seines langen abenteuerlichen Lebens. Er sprach von der Scharfsicht und der Tatkraft, die er entwickelt hatte, um von irgendeinem Marschall einen Lieferungsauftrag von Schuhwerk für das brasilianische Heer zu bekommen. Doch kein Triumph machte ihn so stolz wie das Diplom des Königlichen Konservatoriums in Brüssel, das gerahmt an der Wand prangte und Dona Palmira den Abschluß eines Klavierstudiums bescheinigte.

«Lies! Lies!»

Dann bat er betrunken:

«Spiel was, Liebchen.»

Die Tochter gehorchte. Sie nahm Platz, und wiewohl hager und häßlich, gebot sie Hochachtung. Und ihre Hände brachten himmlische Musik zum Klingen. Sie legte soviel Gefühl in jede Note, soviel Ausdruck, daß mir schon bei den ersten Akkorden die Tränen in die Augen traten, so sehr ich mich dagegen wehrte. Dann wurde ich ruhiger und hörte weltvergessen und wie entrückt ihrem Spiel zu.

Außer der Pianistin und der Schwachsinnigen hatte er noch zwei Töchter, eine bildhübsche, Ducha, mit großen brennenden Augen im bräunlichen Gesicht. Ein Sohn, Maximiliano, war mein Schulkamerad in Senhor Botelhos Klasse gewesen. Die drei besuchten jetzt das Gymnasium und brachten in den Ferien stets Freunde und Freundinnen mit. Und so verwandelte sich das einsame Haus in eine Jugendherberge. Es gab Tanzfeste, Picknicks, Spielnachmittage und Ausflüge. Doch hinter jeder Vergnügung, an der ich teilnahm, lauerten für mich immer der tragisch düstere Schatten des Senhor Oliveira und die Tatsache, daß ich Seminarist war.

Am Tag, als der Brasilianer seinen Geburtstag feierte, wurde ich zu einem Bankett eingeladen. Geröstetes Ferkel, Champagner, Tischreden, und zum Schluß Dona Palmiras Klavierspiel. Ich weinte wie gewöhnlich. Und ein Hohlkopf aus Vila erklärte ohne Umschweife, ich sei betrunken. Wären wir anderswo gewesen, ich hätte ihm die Rippen gebrochen. So mußte ich meinen Zorn herunterschlucken, während die anderen lachten. Ehre gebührte Dona Palmira, die ebenso ernst und gekränkt dreinblickte wie ich.

Verbittert kehrte ich nach Hause zurück. In die Vila Condor ging ich nicht wieder.

Ich wanderte über die Berge. Ich streifte ziellos umher und ließ mich treiben, während meine Aufmerksamkeit von der Erde zum Himmel sprang und unermüdlich alles in sich aufnahm. Dann, wenn ich schon weit weg war, in Sabica oder in Lenteiro, hörte ich Glockenläuten und eilte heimwärts, um der Novene beizuwohnen.

Zu meinem Unglück fühlte ich mich in der Kirche wie auch in der Kapelle zunehmend gepeinigt. In beiden roch es gleich widerwärtig nach Wachs, nach den gleichen ekelerregenden muffigen Nischen mit ihren vertrockneten Blumensträußen, nach Kerzenstummeln, Christusreliquien, zersplitterten Kandelabern sowie nach Armen, Köpfen und Beinen aller männlichen und weiblichen Heiligen des Kalenderjahres. In der Sakristei der Kirche war mir die Gegenwart des Herrn Jesus von den Leidensstationen besonders peinsam. Dank seiner Düsterkeit wirkte er auf mich wie ein Alptraum. Er stand auf einem verglasten Hausaltar, das ganze Jahr von der Welt getrennt, und jagte jedem Vorübergehenden Angst ein. Mich blickte er mit schwarzen, schreckenerregenden, argwöhnischen Augen an. Er hatte verkrüppelte Hände, ihm fehlten Finger, doch ich war nie imstande zu zählen, wieviele es waren. In der Karwoche kamen die Betreuerinnen und wechselten sein zerschlissenes, verschossenes Hemd; dann stellte die Bruderschaft ihn auf das Traggestell, das Kreuz über der Schulter. Bei einem dieser Kleidungswechsel sah ich ihn nackt und bloß. Er war nicht wie unsereins.

In neuer Gewandung, das Holz auf der Schulter, war er bereit für die Predigt der Begegnung, die der Herr Prior wie keiner vorzutragen verstand. Sobald die Mutter Gottes in violettem Umhang mit aufgeklebten Tränen und sieben sichtbar in ihrem Herzen steckenden Silberdolchen durch die Seitentür hereingetragen wurde, rief er außer sich von der Kanzel herab:

«Wohin, Weib? Suchst du deinen Sohn?»

Dann winkte er zum Hintergrund des Kirchenschiffes. Und schon erschien der Herr Jesus von den Leidensstationen.

«Da kommt er, Senhora! Da kommt er, Mater Dolorosa! Schau, wie sie ihn zugerichtet haben, die Schurken, die Mörder, die Elenden!» und er deutete auf das Volk. «Dein göttlicher Sohn! Dein vielgeliebter Sohn! Dein allerheiligster Sohn! Unser Erlöser! Sie haben ihn geschlagen, sie haben ihn bespuckt, sie haben ihn beleidigt...»

Die Traggestelle schwankten näher.

«Bitte ihn. Bitte ihn, Er möge Mitleid mit uns haben und Seine hehren Worte vom Leidensweg wiederholen. Vergib ihnen, Vater, denn sie wissen nicht, was sie tun.»

Bei dieser und anderen Gelegenheiten war ich beeindruckt wie alle. Aber ich fühlte, daß ich in meinem Innern, Innersten nicht das geringste von all dem glaubte. Nicht einmal in der eigentlichen Messe vermochte ich die Bedeutung zu sehen, die sie besaß, wie ich wußte. Ohne mir recht darüber klar zu werden, hatte ich den Glauben verloren.

Fast am Ende der Ferien erklärte ich meinem Vater, daß ich nicht Priester werden wollte.

Als er das hörte, rannte er als erstes zur Haustür, um sich umzusehen, ob jemand im Vorbeigehen etwa meine Gotteslästerung gehört haben könnte. Dann hieß er mich schweigen und fügte hinzu, er würde mir die Visage einschlagen, wenn ich noch weiterhin solche Faseleien von mir gäbe.

«So ein Esel!» schloß er. «Man will ihn aus dem Elend retten, und er dankt uns das auf solche Weise!»

Diese schroffe Abweisung jagte mir Angst ein. Aber mein Entschluß stand unverrückbar fest. Von allen Seiten bedrängt – meine Mutter, die Ärmste, wäre beinahe vor mir niedergekniet – schwor ich schließlich, ich würde mich von der Régua-Brücke in den Douro stürzen, wenn man mich zwänge, ins Priesterseminar zurückzukehren.

Mein Vater tat daraufhin so, als wäre ich gar nicht vorhanden. Er gab mir nicht einmal seinen Segen. Da aber die Zeit verging und meine Antwort immer dieselbe blieb, beschloß er, den Fall anders anzugehen. Eines Nachmittags fing er eine Unterhaltung an und fragte mich, welchen Weg ich einzuschlagen gedächte, nach zwei Jahren Faulenzerei für die Landarbeit verloren und steckengeblieben mitten auf dem Weg zum Glück. Ich antwortete nicht. Er ließ nicht locker. Ich sei eine Schande für das ganze Dorf, ich sei eine Ohrfeige für den Herrn Prior, ich täte nichts als ihn bestehlen, ich sei ein Verbrecher gegen mich selbst. Schließlich drohte er mir. Er wolle keine Bummelanten in seinem Haus. Ich solle meinen Lebensunterhalt irgendwo als Hausknecht verdienen.

So sprach er zu mir, aber abends redete er mit meiner Mutter ganz anders. Und er schlug ihr vor, mich nach Brasilien zu schikken, was ihm schon immer vorgeschwebt habe. Hier werde die Lage von Stunde zu Stunde schlechter, das Jahr sei schlimm genug gewesen, und sein Bruder habe, als er vor einiger Zeit bei ihm vorfühlte, geantwortet, wer Kinder mache, solle auch für sie sorgen. Überdies erschwere die Regierung zunehmend die Auswanderung. Doch mit Besitz oder ohne Besitz, mit Onkel oder ohne Onkel, mit gesetzlichen oder falschen Papieren, er sei entschlossen, dafür zu sorgen, daß ich hier wegkäme.

Meine Mutter erzählte mir am nächsten Morgen alles und wollte wissen, ob ich damit einverstanden sei. Ich antwortete mit einem Ja, mir sei alles egal. Ins Priesterseminar wolle ich nicht zurück, ich würde auch nicht mehr in die Kirche gehen. Auch wenn dies Diebstahl sei, Verbrechen, was auch immer. Ich ginge nicht, ginge einfach nicht, und damit basta.

Nun bat meine Mutter mich um einen Gefallen: ich möge doch Geduld zeigen und noch ein paar Tage den Meßdiener spielen, während man die Dinge in Ordnung brachte. Es sei wegen des Herrn Prior, wegen Hinz, wegen Kunz, wegen Kauz, und sie nannte Bekannte, die sich sicherlich über die Neuigkeit lustig machen würden. Ich möge Mitleid mit meinem Vater haben, den Gerede wie dieses hart treffen werde. Eines baldigen Tages vor Schulbeginn – wäre ich auf und davon! Dann mochten die Hunde bellen, soviel sie wollten. Doch solange man meinen Lebensweg vorbereite, solle ich bitte bei der Messe helfen, den Kindstaufen beiwohnen und mich anständig aufführen. Ich möge dieses Opfer bringen, das hätten sie doch um mich verdient. Es seien ja nur noch ein halbes Dutzend Tage.

Mit großer Überwindung sagte ich zu.

Doch fortan hob ich nicht mehr die Hände, ich betete nicht mehr den Rosenkranz in den Pausen zwischen dem *Orate Fratres* und der Kommunion.

An einem Oktobertag, früh morgens, weckte mich mein Vater.

«Steh auf, mein Sohn, es ist an der Zeit. Der Tag bricht an.»

Die Zeit für meine Abreise nach Brasilien war gekommen. Ich sollte Senhor Gomes begleiten, der ein Geschäft in Rio besaß, die Heimat besucht hatte und nun zurückreiste. Da mein Onkel ihn so ablehnend beschieden hatte, war mein Vater andere Wege gegangen und hatte ihm nur geschrieben, daß er mich hinschicken werde. Und so war es abgemacht: der Kaufmann nahm mich mit; wenn mein Onkel erscheinen und mich aufnehmen würde, gut und schön; wenn nicht, würde er mich in seiner Firma anstellen.

Von den der Familie fernstehenden Menschen war nur Tante Maria Ambrósia zur Stelle. Sie war die Frau von Onkel Adriano und hatte keine Kinder. Vielleicht verbrachte sie daher die ganze Zeit bei uns und half nach Kräften mit: sie entkörnte Mais, sie schälte Schweinebohnen und enthülste braune Bohnen. Sie war so alt und gebeugt, daß sie mit dem Kopf fast auf die Erde stieß. Sie kannte wundersame Geschichten, und niemand außer meinem Großvater väterlicherseits hatte meine Kindheit so verzaubert wie sie. Noch bevor die Bibel von Ferreiro und die Bücher der Kinder aus Porto in meine Hand gerieten, hatte sie meine Phantasie mit den Erlebnissen der *Prinzessin Magalone*, mit dem *Köhler und seinen Söhnen* und hauptsächlich mit dem *Riesen mit den Siebenmeilenstiefeln* entflammt. Sie gab all ihren Erzählungen einen glücklichen Ausgang, der auch mich beglückte: zum Schluß heirateten sie, bekamen viele Kinder, und noch gestern erhielt ich Nachrichten von ihnen.

Mit der Zärtlichkeit einer echten Fee ließ sie einen Cruzado heimlich in meiner Hand verschwinden und legte vor aller Augen ein feines Leinentischtuch aus ihrer Aussteuer hinzu. Als sie mir

Lebewohl wünschte, drückte sie mich ans Herz, und die Tränen meiner Mutter schienen mir nicht heißer als die ihren.

Mein Vater begleitete mich zur Bahn. In Vila verspeiste jeder von uns zunächst in einer Kneipe eine Portion Kutteln, dann gingen wir zum Bahnhof, wo wir Senhor Gomes trafen, der erst im Augenblick der Abfahrt erschien.

«Hier übergebe ich Ihnen den Kleinen. Tun Sie bitte für ihn, was Sie können, trotz meiner Armut werde ich mich Ihnen eines Tages, so Gott will, erkenntlich zeigen. Und du, du weißt Bescheid: die Welt gehört den Männern!»

Ich wußte es und wußte es zugleich nicht. Aber ich tat so, als wüßte ich es. Und um zu zeigen, daß ich guten Muts sei, bereit, zu kämpfen und zu siegen, stieg ich in den Eisenbahnwagen, als ginge gar nichts besonderes vor.

Ich staunte selbst über meine Gelassenheit, sei es beim Abschied zu Hause, sei es in diesem Augenblick. Aber kaum setzte der Zug sich in Bewegung, kaum rückte mein Vater auf dem Bahnsteig, in Tränen gebadet, immer mehr in die Ferne, da erblindeten mit einemmal meine Augen, und ich heulte verzweifelt los.

Ich hatte einen vollgestopften Koffer bei mir. Vier rohleinene Bettücher, fünf Kopfkissen, eine Flanelldecke, eine Matratze, einen wollenen Anzug, zwei Hemden, zwei Unterhosen, fünf Handtücher, sechs Flaschen alten Roncão-Wein und ein halbes Dutzend Bauernwürste.

Wein und Räucherwaren waren für meinen Onkel bestimmt, sofern er mich erwartete. Wäre er nicht da, sollte ich jemand anderen damit beglücken. Zunächst einmal war schon die Gewißheit, daß all die Kostbarkeiten mich begleiteten, ein Trost. Mir war, als begleitete mich Agarez.

Von der Douro-Brücke in Porto aus überblickte ich die Stadt, in der ich zum erstenmal fern vom heimischen Nest gelebt hatte. Da waren die Türme des Doms, auf die ich gestiegen war, um die weiten Horizonte zu erspähen, Ribeira, das ich durchwandert und dabei das Elend einer jeden Haustür belauscht hatte, Fontainhas, das mir das Andenken an einen Sankt Johannes ohne alle Heiligkeit geschenkt hatte. Bis dorthin kannte ich die Welt. Und die war nicht gut. Ob der Rest besser sein würde?

Der Zug raste dahin. Und ich, ergeben auf meinem Platz, sah ihm dabei zu. Was tun? Ich wurde ins Unbekannte weggeschickt und konnte nichts tun. Berge, Täler, Flüsse, Häuser und Menschen, auf die ich die Augen richtete, verschwanden fast im selben Augenblick. Es war, als flöhe Portugal vor mir und ich vor ihm.

Hinter dem Rossio-Tunnel hielt die Dunkelheit in einem Gewirr von Plätzen und Avenuen an, durch die der Zug fuhr. Ohne Neugierde noch Mut, diesen Tag mit zusätzlichen Erregungen zu füllen, ließ ich mich wie ein vertrauensseliger Blinder führen. Und blind schlief ich in einem schmutzigen Bett ein.

Am nächsten Tag schifften wir uns gegen Abend ein. Kaum hatten wir die Schiffsplanken betreten, verschwand Senhor Gomes in der zweiten Klasse, in der er reiste.

In der gesamten dritten gab es nur Tränen und Durcheinander. Niemand verstand sich auf etwas anderes. Der Geruch des weißen Desinfektionsmittels der Pissoirs brannte in der Nase. Aus der ersten Klasse klang undeutliche Musik herunter. Anfangs saß ich auf einer Treppenstufe. Dann auf einem Handkoffer. Zuletzt irrte ich benommen, seekrank, ziellos durch die engen Gänge des Schlafsaals. Bis ein Matrose mit tätowiertem Arm, der vorüberging, mich am Hosenboden packte, in die Luft hob und auf die Matratze dicht unter der Kabinendecke warf. Dort erbrach ich mein Mittagessen und hörte dabei die Flüche derer, die unter mir protestierten. Ich erbrach mich von neuem und schlief ein.

Am Morgen kletterte ich von meinem Hühnersitz herunter und stieg zum Oberdeck hinauf. Von Land war keine Spur mehr zu sehen. Nur weites, ruhiges, endloses Meer.

Während meine Augen über die blaue Wüste irrten, dachte ich an das Haus, in dem ich die vorletzte Nacht geschlafen und im Nachbarzimmer Stöhnen gehört hatte. Die Seufzer stammten von zwei Personen, aber offenbar nicht von Kranken. Sie hoben sanft an, wurden nach und nach stärker, bis sie sich fast bis zur Verzweiflung steigerten. Dann verstummten sie jäh, und gleich darauf hörte ich Wasser ins Waschbecken fließen. Gegen neun Uhr morgens erschien Senhor Gomes bester Laune und fragte mich, ob mir das Panorama, das ich durchs Fenster sah, gefalle. Ich sagte ja, ohne darüber nachzudenken. Die gewaschenen Hemden und Unterhosen, die auf den Balkons flatterten, erinnerten mich an einen Festtag in Agarez, wenn aus jedem Fenster eine Fahne wehte. Karren rumpelten vorüber. Ich empfand eine nie gekannte Ruhe, während mein Blick das Leben auf der langen Gasse verfolgte, die geradeaus abwärts führte, bis sie sich im Spiegel des Flusses verlor.

Doch dann hatte ich meinen Rastort verlassen müssen, hatte Stunden um Stunden auf dem Konsulat gewartet und war schließlich mit abgestempelten Papieren in eine riesige Barkasse gestiegen, die am Kai vertäut auf den Wellen tanzte. Der Motor wurde angeworfen, und bald danach legten wir am Rumpf eines Schiffes an, das höher war als die heimatliche Ulme. Es hieß *Arlanza.*

Jetzt, in seinem Schiffsbauch, erinnerte ich mich wieder an eine mit weißer Wäsche beflaggte Stadt, die ich auf meiner Netzhaut bewahrte, und das an einer Gassenecke eingefangene unauslöschliche Bild eines Gitarre spielenden Blinden, während ein blutjunges, bildhübsches Mädchen mit ausgestreckter Hand sang.

Ach Lissabon der Entdeckungen…

DER ZWEITE TAG

Die Wellen schwollen und schwanden immer auf die gleiche Weise. Dann und wann fühlte ich einen Ruck im Magen, und wieder erbrach ich Stöße von säuerlich-gelblicher Flüssigkeit. Schließlich erbrach ich nur noch trocken.

So verging der Tag, langsam, quälend, während ich fastete, weil mir schon der Geruch nach Essen zuwider war. Bis die Nacht allmählich sank und sich verstohlen über die Unendlichkeit breitete. Von Senhor Gomes keine Spur. Bittere Tränen der Verlassenheit rannen mir aus den Augen.

Aber das Leben war das Leben, und alles veränderte sich. Nach einer Woche stöhnte niemand mehr in den Ecken. Die Klänge eines Akkordeons erfüllten fröhlich das Deck; neue Sterne erglänzten am Himmel, und riesige Haie begleiteten das Schiff; die Pantomime der fliegenden Fische unterhielt die Reisenden. Ein heftiger Sturm, der eines Morgens mit seinen Wogen das Oberdeck überflutete, löste Panik an Bord aus – sogleich wurden die Rettungsboote für alle Fälle flott gemacht –, gab aber zugleich einem jeden die Möglichkeit, seinen Mut zu zeigen. Doch da waren auch einige, die sich vor Angst in die Hose machten! Dann ließ der Wind nach, das Meer beruhigte sich, und die Seereise verlief ruhig wie bisher. In jedem Hafen, in dem wir anlegten, konnte man Bananen für einen Tostão kaufen, und Buben meines Alters tauchten und brachten zwischen ihren Zähnen die Münzen an die Oberfläche, welche die Passagiere ihnen von Bord aus zuwarfen. Wenn die Glocke läutete, holte ich mir mein Essen in einer Blechbüchse, und die Kichererbsen, wiewohl madig und schlechtgekocht, schmeckten mir gut. Samstags (an Bord gab es Samstage) wusch ich mir mein Hemd. Und an einem sonnenhellen Montag tauchte Brasilien auf.

Ich riß die Augen auf und sah nichts, so viel gab es zu sehen. Da waren Inseln, und Hügel, und Häuser, und Schiffe und winkende Menschen, und tiefer Kummer in meinem Innern. Wieder wandte ich den suchenden Blick nach der zweiten Klasse. Wieder kein Zeichen von Senhor Gomes. Ob einer jener weißgekleideten Männer, die auf dem Kai warteten, mein Onkel war? Sicherlich nicht. Wer Kinder hat, soll auch für sie sorgen... – hatte er gesagt.

Doch Senhor Gomes tauchte schließlich im Augenblick der Ausschiffung auf, desgleichen mein Onkel am Ende des Landestegs, der die *Arlanza* mit dem Land verband. Er hielt mein Foto in der Hand, das gleiche wie mein Paßbild, das ich ihm mit einer langen Widmung auf der Rückseite gesandt hatte, und als ich nahe herankam, fragte er nach meinem Namen.

«Ich bin nämlich dein Onkel...» erklärte er, nachdem ich mich ihm vorgestellt hatte.

Wer hätte das gedacht! Tief brünett und schwerhörig, pechschwarze Augen und ein halber Goldzahn, der in seinem Mund schimmerte, hatte er nicht die geringste Ähnlichkeit mit meinem Vater, der blond und rosig war wie ein Cherub. Mit Ausnahme der Statur. Darin gehörte er zur Familie. Aber im übrigen... Immerhin: er war mein Onkel. Und Senhor Gomes hatte seine Mission erfüllt.

Kaum hatte er uns verlassen, wurde ich aufgeklärt: ich sah schlimmer aus als ein Wilder. Ich wußte nicht, wie man spricht, ich wußte nicht, wie man geht, ich wußte gar nichts. Und unverzüglich wurde ich in einen Laden geführt, der Kleider von der Stange verkaufte, denn der Anzug, den ich trug, mochte gerade noch unter Bauern durchgehen. Hinter einer spanischen Wand zog ich den von den Schwestern Pinta zusammengenähten Jammerfetzen aus und einen neuen Khakianzug an. Dann vertauschte ich in einem großen Hutladen meinen Hut, der ebenso wenig taugte, gegen einen neuen. In meinem ungewohnten Staat erkannte ich mich kaum wieder.

«Jetzt kann man dich wenigstens vorzeigen... Und Vorsicht im Verkehr. Schau dich um, bevor du die Straße überquerst. Und merk dir, was du siehst. Dies hier ist die berühmte Rua do Ouvidor...»

Als ich aber das erste Schaufenster bewundern wollte, befahl mir die gebieterische Stimme dieses Fremden, der zugleich mein

Herr war, weiterzugehen, und zwar mit auswärtsgerichteten Fußspitzen.

Casa Soares & Comp., Kommissionen und Konsignationen – konnte ich gerade noch auf der Eingangstür lesen, durch die ich hinter ihm verschwand.

«Ach! Mein lieber Freund, wie geht's, wie steht's?... Gut, danke. Das ist ein Neffe von mir... Ist soeben von drüben gekommen... Sieht man sofort... Ein Tierchen, das aus der Höhle geschlüpft ist... Laß ihm Zeit... Das ist der Stoff, aus dem sie gemacht sind... Kann ich Ihnen versichern... Genau so ist damals der Vicomte von Morais... Liegt auf der Hand... Die Ernte... So um fünfzehntausend Arrobas... Und die Börsennotierung... Niedrig... Wir werden sehen... Ich rufe an. Hotel Globo. Ich fahre morgen weiter...»

Wir aßen in einem Restaurant, und abends konnte ich nicht einschlafen, so benommen war ich, auch wegen des Lichts, das ins Zimmer drang, und wegen des Lärms draußen. Frühmorgens endlich schlief ich ein, aber da klopfte schon der Zimmerkellner an die Tür.

Hier war Copacabana, dort Botafogo, drüben Nicterói, da vorn die Kirche Candelária, dies war die Avenida do Mangue, und nun standen wir vor dem Bahnhof der Leopoldina Railway.

Die nächsten Ortsnamen las ich durchs Zugfenster. Petrópolis, Entre Rios, Recreio, Cisneiros... Die Landschaft konnte ich schon nicht mehr wahrnehmen. Die Gebirgszüge, die Flüsse und die Wälder waren so überwältigend, daß sie nicht mehr in meine Augen paßten.

Auf dem Bahnhof, an dem wir ausstiegen, warteten eine schwächliche Lampe und der Schwarze Anacleto auf uns. Der Koffer, die einzig mir verbliebene Gewißheit, wurde grob aus dem Eisenbahnwagen gestoßen, und hinter ihm stieg ich in einen großen Karren, den endlose Ochsengespanne zogen, er setzte sich langsam in Bewegung und knirschte nicht einmal wie die in Agarez. Anacleto, der auf der Deichsel stand, schwang einen riesenlangen Stachelstock, an dem ein langer Peitschenstrick hing. Gleich nach der Ankunft im Dorf ritt mein Onkel zu Pferde voraus, er hatte es eilig, sagte er. Die schwarz und schwärzer werdende Nacht löschte alle Hoffnung in der Seele. Und ich begann zu weinen, voller Schrecken und Angst. Schrecken, mich allein auf der Welt zu wissen, und Angst vor diesem so nachtfinsteren, schwülen, unwirklichen Brasilien mit seinen furchterregenden Geräuschen, ohne ein einziges in der Ferne schimmerndes Lichtchen.

Die Peitsche klang weiter durch das Dunkel. Der Junge, ein kleiner Neger, den ich beim Verlassen des Zuges undeutlich wahrgenommen hatte, marschierte als Führer voran. Dann und wann weckte die Stimme des Fuhrmanns die Schatten und schrie:

«Du kriegst gleich was zu spüren, Lausebengel, wenn du einnickst!»

Dann hörte er mich schluchzen. Er beugte sich über mich, legte mir liebevoll die Hand auf die Schulter und redete auf mich ein. Die Hälfte seiner Worte waren in seiner Sprache gesprochen. Sie waren nicht zu verstehen. Aber sie verströmten Zärtlichkeit. Irgendwann blieb der Karren schläfrig stehen. Anacleto stand auf, ließ die Peitsche knallen, drohte dem Jungen und redete mir weiter gut zu.

«Kleiner Herr, laß doch. Warum weinen?»

Außerdem waren wir fast am Ziel. Ich würde merken, daß es keinen Grund gab, weiter zu weinen.

Dort stand der Rest der Familie (ob es wirklich eine Familie war?). Meine Tante, zwei Kinder aus erster Ehe, Dona Candinha und Senhor Adalberto, und dessen Frau, Dona Néné. In ihrer zweiten Ehe mit meinem Onkel hatte sie nur ein sehr weißes, sehr blondes Kind zur Welt gebracht, dem Vernehmen nach ein genaues Ebenbild meines Vaters, das wenige Monate nach der Geburt gestorben war.

Ich begann, wie ich es gelernt hatte:

«Ich bitte um deinen Segen ...»

«Gott segne dich ...» und meine Tante, untersetzt, fett, bebrillt, Warzen im Gesicht und falsche Zähne im Mund, streckte mir ihre kurze, schweißige Hand zum Kuß entgegen.

«Guten Tag, Senhora.»

«Grüß Gott, Kleiner ...» und Dona Néné maß mich von oben bis unten; sie roch ganz nach Frau.

Vor Dona Candinha mit ihrem schiefen Mund und ihrem so gut wie kahlen Kopf wurde ich befangen und verstand auch nicht, was sie antwortete, aber ich wußte bereits, daß sie als Kind Hirnhautentzündung gehabt hatte. Senhor Adalberto, quittengelb und hager, mit dichter Mähne und vorstehenden Augen, wartete nicht auf meine Begrüßung. Er streckte mir die Hand hin und sagte:

«Erfreut, junger Mann.»

Meine Tante wandte den Blick nicht von mir. Sie sprach von meinem Großvater väterlicherseits und von meinem Vater. Sie war eine entfernte Base. Nach meiner Mutter fragte sie nicht einmal (ihre Ehe mit meinem Vater, der sich mein Großvater heftig widersetzt hatte, war nicht einmal hier auf Zustimmung gestoßen...). In einem bestimmten Augenblick, als ich auf eine Frage von Senhor Adalberto antwortete, ertappte ich sie dabei, wie sie Dona Néné Zeichen machte. Und ich weiß nicht warum, ich hatte das Vorgefühl, daß beide sich gegen mich verschworen. Gegen wen denn sonst? Als hätte ich nichts bemerkt, öffnete ich meinen Koffer und überreichte die mitgebrachten Geschenke. Den Wein, die Würste und die Leinenhandtücher (außer das der Tante Maria Ambrósia), die ebenfalls zu überreichen ich mich entschlossen hatte.

«Das ist hundertjähriger Roncão!» erläuterte ich in der Überzeugung, daß es kein besseres Gütesiegel auf der Welt gab.

Doch ich hätte lieber schweigen sollen. Sogar mein Onkel sah aus, als hätte er nie von Roncão gehört. Niemand legte den Geschenken die geringste Bedeutung bei, nicht den Flaschen und schon gar nicht dem Übrigen. Enttäuscht kam ich zu dem Schluß, daß ich von dieser Begegnung nur zwei Dinge im Gedächtnis bewahren müsse: die Zeichensprache zwischen meiner Tante und der Schwiegertochter und die Mißachtung meiner Mutter gegenüber.

Dann wurde zu Abend gegessen. Man wies mir den Platz am untersten Tischende an. Mein Onkel an der Stirnseite begann allen zuzuteilen, und einander ablösende Hände reichten mir einen vollen Teller mit schwarzer Brotsuppe. Sie schmeckte wie Feuer, so gepfeffert war sie. Schüchtern klagte ich, ich könne die Glut in der Kehle kaum aushalten.

«Iß!» lautete die Antwort meines Onkels. «Und hör auf, dich zu beschweren.»

Ich schluckte den Mischmasch und mit ihm die darauf fallenden Tränen aus Wut und afrikanischem Pfeffer.

Am nächsten Tag erwachte ich in dem Land, das mir Glück bringen sollte.

Nach dem, was ich sah, war Brasilien, das Brasilien, das mich reich machen sollte wie jedermann, ein riesiges, mit einem halben Dutzend Stützpfeilern an einem Bergrücken lehnendes Haus, dazu Scheunen und Pferdestall an der einen Seite, ein riesiger Vorplatz, Wassermühle, Schweine- und Kuhstall darunter, am Ufer des Flüßchens, zur Rechten im Obstgarten reich tragende Orangenbäume, und ringsherum dichter Baumbestand.

Aber bald darauf wurde die Aussicht freier. Da waren kilometerlange Kaffeepflanzungen, Hänge voller Zuckerrohr, mit Reisfeldern bepflanzte Niederungen, ausgedehnte Urwaldflächen (denn bisher hatte ich nur abgeholzten Wald gesehen), grasbedeckte Hügel überall, auf denen große Viehherden weideten, die Zuckerrohrmühle, das Maschinenhaus, die Brennerei, ein Fluß, so breit wie der Corgo daheim* – und allerwärts Neger und Negerinnen.

Hinter meinem Onkel herstapfend, der mir die Fazenda zeigte, sah ich, hörte ich und merkte ich mir Namen. Inhame, Maniok, Quiabo, Mango, Ananas, Jacarandá, Tukan, Araponga... Nichts, was ich in Agarez gelernt hatte, kam mir hier zu Hilfe. Nicht einmal die Vogelnester waren gleich. Einige, die an Bäumen hingen, glichen Lampions. Die Vögel sangen ganz anders, die Früchte schmeckten anders, und wo man es am wenigsten erwartete, tauchten Schlangen in Tarnfarben auf, riesig, bildschön, immer mit dem Kopf in der Luft, lauernd.

Die erste Zeit galt der Eingewöhnung. Ich brauchte dem Senhor Adalberto, der in Derrubada den Bau von Kolonistenbehausungen leitete, nur seine Mittagsration zu bringen. Mit vier Pfählen aus Braúna-Hartholz wurden ein paar Meter gestampfter Erde eingegrenzt, darauf wurde ein Rahmen aus leichterem Holz errichtet, der Käfig mit Astwerk und Latten verschlossen, das Ganze mit Lehm beworfen, mit Sapéstroh gedeckt, und das Haus war fertig. Füllen und Binden – so lautete die Devise. Der Vater von Schiefmaul hätte hierzulande eine gute Figur gemacht, obgleich er den Ruf eines geschickten Maurers genoß, mit seinen Häusern aus Berggestein, das an Ort und Stelle behauen wurde und deren Bau Jahre erforderte!

Doch Vergleiche anzustellen lohnte nicht. Um zum Baugelände zu gelangen, mußte ich über den Monte Pequeno wandern. Fünfzig oder hundert Mann in Reih und Glied, ohne Hemd, fast alle schwarz, schweißglänzend, säten Mais. Mehr brauchten sie darüber nicht zu wissen. Was für ein Unterschied zwischen ihrer Arbeitsweise und einer ähnlichen Feldbestellung in Agarez, wie sie dort üblich war! Nach der Heuernte wurde der Dung auf den Acker gestreut, er wurde untergepflügt, und mein Vater verteilte brüderlich Maiskörner und Bohnen in die Furchen. Dann wurde geeggt, und danach gruben Frauen und Kinder, spitze Stecken in der Hand, die auf der Oberfläche verbliebenen Saatkörner einen um den anderen ein.

Hier war an derlei Zeremonien nicht zu denken! Die Arbeiter, einen Sack über der Hüfte, rannten fast über die steilen und verrußten Hänge, sprangen über dicke, kreuz und quer liegende, noch rauchende Baumstümpfe, hoben den Spaten eine Handbreit, ließen vier oder fünf Körner in das Loch fallen, warfen die Scholle darauf, und fertig. Nun brauchte man nur noch zu warten. Man mochte es kaum glauben, daß so gepflanzter Mais überhaupt keimte und gedieh, und dazu noch vier Stengel nebeneinander, ohne Hacken, Jäten, Begießen. Und daß ein jeder von ihnen drei oder vier Kolben hergab. Alle Leute indes garantierten mir, daß das so sei, und wenn sie das sagten, mußte es wohl so sein.

Doch das war nicht das einzig Erstaunliche! Was mir im Freien Verwunderung entlockte, fand seine Entsprechung im Innern des Hauses, wo die andere Welt stets ihre Geheimnisse zu offenbaren bereitstand, und zwar durch Vermittlung von Inês, dem Medium der Fazenda, einer pechschwarzen, blatternarbigen Schwarzen mit glänzenden Augen, die, wie meine Tante versicherte, den Geist meines Großvaters väterlicherseits schon mehrmals verkörpert hatte. Zahllose Verstorbene erzählten durch ihren Mund das Leben, das sie im Jenseits führten. Man brauchte sie nur zu rufen. Meine Tante hatte bereits mit ihrem Vater, mit ihrer Mutter, mit dem ersten Gatten, mit ihrem Sohn Juca (ihrem berühmten Sohn Juca, der in der Blüte seiner Jugend verstorben war und kleine Kopfkissen stickte) Zwiesprache gehalten und außerdem mit allen bekannten Toten aus S. João do Aventureiro, wo sie vor ihrer

Witwenschaft gewohnt hatte. Mein Großvater war gekommen und hatte zu ihr gesagt:

«Ich lebe an einem schönen Ort und brauche nichts.»

Er war ganz gelassen zu ihr gekommen und war gelassen davongegangen, wie es seine Art war. Leider liefen die Dinge nicht immer so reibungslos. In letzter Zeit und immer, wenn Inês in Trance verfiel, sagte ein Hotelbesitzer aus Cataguazes, der vor kurzem gestorben war, solche Dinge zu ihr und führte sie auch aus, daß die Unglückselige am Ende der Plackerei völlig erschöpft war.

Mein Onkel indes weigerte sich hartnäckig, daran zu glauben, aber einfach nur, weil er nie an einer Sitzung teilgenommen hatte. Sobald dies geschehe, würde er sich dem Augenschein beugen müssen.

Unsicher auf einem so schlüpfrigen Gelände, das zu betreten ich nie erwartet hatte, schaute ich verblüfft auf dieses blatternarbige Geschöpf, aus dem heraus mein Großvater erklärte, ihm gehe es gut, und sicherlich mit derselben Stimme, mit der er mir das Salve Regina in Übersetzung beigebracht hatte:

Salve Regina
Die mir als Mutter
Der Barmherzigkeit begegnet,
Seid mir gesegnet…

Sollte dergleichen möglich sein? Als meine Tante die Ungläubigkeit in meinen Gedanken las, nannte sie zuverlässige Einzelheiten. Wenn das Tischchen sich bewegte, fragte sie nur:

«Wie heißt du?»

Und alle konnten den vollen Namen deutlich verstehen.

«Wo bist du geboren?»

«Agarez. Trás-os-Montes. Portugal.»

Wer durfte nach einem solchen Beweis noch zweifeln? Nur aus Widerspruchsgeist oder aus Dummheit…

Ich antwortete nicht und grübelte weiter nach. All das warf natürlich ein ernstes Problem auf. Da hier aber schließlich nichts dem glich, was ich kannte… Blumen, die sich Senhor Valadares nie hätte erträumen können, blühten überall auf den Berghängen, ohne daß sie jemand sah; was war meine Ulme im Vergleich zu den Jacarandás! Statt Ackerstücken gab es hier ganze Fazendas. Und vier oder fünf Ochsenpaare, um einen Karren zu ziehen! So mochte es wohl mit allem übrigen sein... Daß ein Neger mit einem Galgengesicht mir mein linkes Bein gesundbetete, das von Wundrose befallen war, und es von einem Tag auf den anderen heilte, stimmte schon. Aber als meine Tante auch diesen Beweisgrund anführte, um mich zu überzeugen, erwiderte ich, daß man auch in Agarez ein lahmes Pferd heilen konnte...

Ich segne dich wieder und wieder
Auf dem Kopf und am Schwanz,
Gleich ob du Kröte oder Kröterich,
Ob Spinne oder Spinnerich,
Ob Biest, und noch so schauerlich...

Sie lachte höhnisch los. Und war verwundert, daß ich ihr nicht schon früher all die Torheiten aus meinem Dorf erzählt hatte...

Ich war einfach niedergeschmettert. Diese sonderbare Welt brachte meine Phantasie in Aufruhr. Und meine undeutliche Angst vor den Hexen von Roalde, wo übrigens die Tante auf die Welt gekommen war, verkehrte sich in echten Schrecken, wenn ich nachts allein in der Kammer mit ihrem zwei Meter hoch gelegenen Fenster zur Straße hin lag, in einem durch und durch verwunschenen Haus. Und alle darin schliefen tief. Mein Onkel hätte mich fertiggemacht, wenn ich ihn geweckt hätte, um ihm meine Angst zu gestehen. Senhor Adalberto und Frau schnarchten am Ende des Ganges, weit weg. Nur die schwarze Joana konnte mir helfen. Mit gesträubten Haaren, stockendem Atem und wild pochendem Herzen schlich ich los. Und klopfte leise an ihre Tür.

«Senhora Joana... Senhora Joana...»

«Was gibt's, Kleiner?»

Dann öffnete sie und breitete eine Matte über eine lange Kiste, auf der ich in tiefen Schlaf sank, beschützt von ihrer guten Gesellschaft.

Morgens weckte sie mich früh, noch bevor mein Onkel aufstand und meine Angstzustände bemerken konnte. Er war zwar gutherzig, gewiß, aber bei seinem Naturell, Gott behüte... Ich fühlte mich beschämt und versprach, künftig mutiger zu sein. Aber im Lauf des Tages kehrte die teuflische Litanei wieder: es war einmal ein Mischling namens Geraldino, der sich in einen Werwolf verwandelte; da war Paulina, die Mauleselin eines Priesters, die Kinder fraß; da war der Neger Dingsda von der Wundrose, der mehr wußte als alle Ärzte zusammengenommen; da war vor allem Inês, die in ihrem Innern die gesamte verstorbene Welt empfing. Wenn ich daher wieder angstgeschüttelt im Bett lag, flüchtete ich in den schützenden Schatten der Negerin, gleich, was immer mein Onkel sagen und tun mochte.

In Brasilien gehörten die Nächte den umherirrenden Seelen. Wer es wagte, zur Unzeit das Haus zu verlassen, stieß sogleich auf irgendeinen bleichsüchtigen, in ein Tier verwandelten Christenmenschen. Sogar Joana erkannte diese Unglückswürmer, sobald eines von ihnen in den Hof trat, um etwas zu kaufen.

«Der verwandelt sich freitags in einen Werwolf...»

Fast immer waren es Schwarze oder Portugiesen. Sofern sie schwächliches Blut hatten, wußte man schon Bescheid. Spanier und Italiener verwandelten sich selten. Ein Türke nie. Daher war Durrabada nur von Leuten dieses Menschenschlags besiedelt. Denn nur solche starken Naturen vermochten sich gegen den mächtigen Zauberspuk neidischer Hexenmeister zu wehren. Ein Neger oder Portugiese fiel ihnen unverzüglich zum Opfer. Daher stellte mein Onkel, weise wie er war, sie nie als Kolonisten ein, so sehr sie auch bitten mochten. Er konnte für das beste Ackerland seiner Fazenda nur tüchtiges Personal gebrauchen.

An Geschichten von Geistererscheinungen fehlte es nicht, fuhr die Negerin fort. Und sie erzählte in ihrem schleppenden Tonfall, während sie Baumwolle aus den Hülsen zupfte, was dem Senhor Adalberto einmal in der Nacht der Heiligen Drei Könige zugestoßen war, als er aus Moacir heimwärts ritt.

Wenn man das Landgut von Junqueira verließ, mündete die Landstraße in die Weiden von Cruz Alta ein. Der Mond schien. Senhor Adalberto stieß das Tor auf und ließ es zuversichtlich zuschlagen. Und als er aufblickte, stand ein Tier dicht vor ihm und versperrte ihm den Weg. Weiß wie Schnee. Kein Fohlen, kein Kalb, auch kein Jaguar, obwohl es von all dem etwas an sich hatte.

Kaum sah sein Pferd das Gespenst, da bäumte es sich auf. Senhor Adalberto hielt sich fest im Sattel, zog die Zügel stramm, hieb dem Tier die Sporen in die Flanken und versuchte, der Erscheinung auszuweichen. Aber das Roß, das sie streifen mußte, weil sich der Weg dort zwischen Zaun und Fluß hindurchzwängte, drängte die Flanke gegen das Gitter, verletzte sich am Stacheldraht und blieb stehen. Nun zog Senhor Adalberto den Revolver und drückte ab. Das Gespenst schien es zu genießen! Wieder drückte er ab. Bei jedem Schuß stieg sein Pferd auf der Hinterhand und wäre um ein Haar gestürzt. Senhor Adalberto schoß seine Waffe leer. Doch nichts geschah. Die Gestalt rührte sich nicht. Senhor Adalberto sah, daß sein Ende nahe war. Er küßte sein Skapulier und befahl seine Seele dem Herrgott. Das rettete ihn. Sofort raffte das verängstigte Pferd sich auf, ließ Schweifhaare im Stacheldraht hängen und stürmte los. Und so, dicht am Hang vorbei, schoß es wie der Blitz zwei Handbreit von dem noch immer reglosen Hexenspuk vorüber. Und hielt erst vor dem Wohnhaus an. Es hatte geflügelte Hufe bekommen. Kaum stand es im Stall neben den anderen Tieren, wieherte es so beglückt, als wäre es auferstanden.

Mein Onkel weigerte sich hartnäckig, an diese und andere Geschichten zu glauben, und als die Tante ihm ins taube Ohr blies, ich verbrächte meine Nächte bei Joana, sprach er mich mit gerunzelter Stirn und strenger Miene darauf an. Ob ich mich nicht schämte, eine so traurige Figur abzugeben! Ob ich hergekommen sei, um ein Mann zu werden oder um an den Rockzipfeln der Dienstmädchen zu hängen, nur aus Angst vor Jenseitsseelen! Somit hatte er recht gehabt, als er meinem Vater antwortete: Wer Kinder in die Welt setzt, soll auch für sie sorgen... Verwünschte Stunde, da er beschlossen hatte, mich in Rio zu erwarten...

Zwei Ohrfeigen wären mir lieber gewesen. Aber die verächtlichen Worte aus seinem Mund waren nicht umsonst gesprochen. Noch am selben Abend blieb ich standhaft in meiner Kammer. Und klopfte nie mehr an Joanas Tür.

Ich hatte mich eingewöhnt. Schon kannte ich die Macht der Tante, schon konnte ich mir ausrechnen, was ich von meinem Onkel zu erwarten hatte, und was Spiritismus und Geistererscheinungen betraf, so mußte ich mich selber fragen, wieso ich imstande gewesen war, auf den Blödsinn solcher Albernheiten hereinzufallen ...

Nun spielte mein Onkel einen seiner großen Trümpfe aus. Er verkaufte zu einem günstigen Preis seine verhältnismäßig kleine, mustergültige Fazenda, auf der wir lebten, und kaufte eine neue, riesige und billige, halb verlassene an der Grenze von Minas Gerais. Das war seine Spezialität. Für ein Spottgeld erwarb er durch die Abschaffung der Sklaverei ruinierte Landbesitze, brachte sie in Schuß und veräußerte sie zu Höchstpreisen. Das jetzige, das zu den ertragreichsten der Mata-Zone gehört hatte, war völlig verfallen. Von den Söhnen des alten Eigentümers einer Bank verpfändet, war es schließlich öffentlich versteigert worden. Und mein Onkel machte sein Geschäft.

Nach diesen Monaten spiritistischer Quälereien erfüllte das unverhoffte Abenteuer, Urwald zu roden und Brachland fruchtbar zu machen, mich mit Begeisterung. Und als die ganze Familie ins Unbekannte aufbrach, war ich der Frohgemuteste, ohne es mir anmerken zu lassen. Im Zug bis nach Sousa Pais und den übrigen Weg im Ochsenkarren, kam ich mir vor wie ein Pionier. Bei der Ankunft jauchzte ich. Der Busch wuchs durch Türen und Fenster ins Haus; unter dem Untergeschoß hausten Schlangen; vergessene Bilder an den Wänden, Reste von Möbeln und zerrissene Briefe forderten die Einbildungskraft heraus; in den leeren Sklavenhütten, Nebengebäuden des Gutshauses, schienen die Peitschenhiebe noch blutige Striemen zu schlagen ...

Für Onkel und Tante, Senhor Adalberto, Dona Néné und Dona Candinha besorgte ein alter Sklave, der seiner einstigen Herrschaft treu geblieben war und sich seinen neuen Gebietern gefällig zeigen wollte, Strohsäcke und Bettücher, auf denen sie schlafen konnten. Ich schlief auf einem Tisch und benutzte mein Jackett als Kopfkissen. Mir war, als wären wir ausgezogen, um Brasilien zu erobern.

Am nächsten Tag gingen wir ans Werk. Mein Onkel war der geborene Organisator. Zunächst nur mit Hilfe einiger die Familie begleitender treuer Kolonisten – Inês und ihr Mann an der Spitze – riß er Altes ein, rodete, säte, pflanzte, jätete und baute, und bald darauf fuhr das große Schiff mit voller Besatzung und geblähten Segeln dahin.

Ich wurde mit den Hofarbeiten betraut. Der Neger Juvenal wurde mein Lehrmeister. Er und die Beschimpfungen meiner Tante lehrten mich in Kürze die alltäglichen Pflichten. Morgens mußte ich die Wassermühle in Gang bringen, die Kühe melken, die dem Haushalt die Milch lieferten, die Schweine versorgen, die Pferde aus dem Stall auf die Weide führen, sie striegeln und satteln, Holz hacken, den Hof fegen und die Kundschaft bedienen, die zum Einkauf von Tabak, Zuckerrohrschnaps, Trockenfleisch, braunen Bohnen ankamen oder Korn gegen Maismehl eintauschen wollten. Nachmittags hieß es wieder, die Wassermühle in Betrieb setzen, wieder die Schweine betreuen, die Kälber in den Stall bringen, Räude heilen und im Buschland neugeborene Ferkel und Kälbchen suchen. Bei diesen Arbeiten half mir der Negerjunge Virgolino.

Bei Sonnenuntergang mußte ich die Post in Sousa Pais holen. Nach meiner Rückkehr wartete die Buchführung der Fazenda auf mich. Schließlich mußte ich dafür sorgen, daß Türen und Fenster des Gutshauses gut verschlossen waren. Ich war der letzte, der zu Bett ging, und der erste, der aufstand. Ich fand zwischen Morgen und Nacht keine ruhige Minute.

Denn mein Onkel forderte von einem jeden die Höchstleistung und von mir ein gerüttelt Maß Arbeit. Den anderen sah er manchmal etwas nach. Mir gegenüber war er unerbittlich. Eines Abends, bald nach meiner ersten Einarbeitung, ich füllte gerade die Lohnliste aus, überreichte er mir ein Paket mit Banknoten und einen Revolver und sagte:

«Morgen früh bringst du diese vierzig Contos de Réis zur Grund- und Gebäudebank nach Palma.»

Verstört, verblüfft blickte ich ihn an. Er wollte nichts von Einwänden wissen. Er hatte mir den Auftrag erteilt. Alles übrige war meine Sache. Und ich legte die Strecke von hundert und sovielen Kilometern zu Pferd und mit der Eisenbahn zurück, bereit, den ersten, der sich mir in den Weg stellte, niederzuknallen.

Der Onkel hatte sich mühsam hochgearbeitet und kannte keinen anderen Triumph. Doch wenn der mit einer Mission Beauftragte diese zu seiner Zufriedenheit erledigt hatte, konnte man den Beifall in seinem Gesicht lesen, obwohl er ihn nicht in Worte faßte. Und das geschah bei meiner Rückkehr, als ich ihm die

Empfangsbestätigung aushändigte. Mir schien, daß seine Gesichtsfalten sich plötzlich glätteten.

Die Tante hingegen war hocherfreut, wenn sie meine Bemühungen fehlschlagen sah. Von der ersten Stunde an witterte ich in ihr einen Feind. Und die Zeit bestätigte meine Befürchtungen. Obwohl mit Gütertrennung verheiratet, hatte sie immer in der Überzeugung gelebt, daß das Vermögen des Ehepaars einst vollständig in die Hand ihrer Kinder übergehen werde. Und nun hatte unversehens ein Neffe des Ehemanns in der Tür gestanden, mithin mutmaßlicher Erbe einer Hälfte des Besitzes. Bis zu einem bestimmten Punkt verstand ich ihre Verzweiflung. Doch das war kein Grund, so ungnädig mit mir umzuspringen. Sie bemühte emsig ihre Phantasie, um ins Negative zu verwandeln, was positiv an mir war. Sie fand Vergnügen daran, am Ende eines Tages vor meinem Onkel die lange Liste meiner echten oder erfundenen Fehlleistungen zu entrollen. Und trotz der Anstrengung, die mich der jähe Übergang vom alten Leben zu dieser Schufterei kostete, rang ich meinem Willen und meinem Körper alle vorhandene Tatkraft ab, um meine Aufgaben so gut wie möglich zu erfüllen, nicht nur aus natürlichem Schwung heraus, sondern auch als Abwehr gegen ihren Haß.

Eines Morgens erschien Kolibri mit leerem Bauch. Sie hatte geworfen. Es galt, das Kalb zu finden, schon wegen der Würmer. Ich durchstreifte das Buschland von Retiro, Handbreit um Handbreit. Nichts. Die Kuh hatte ihr Kalb an einem sicheren Plätzchen versteckt. Beim Mittagessen fragte der Onkel nach dem Kalb. Ich antwortete, ich hätte es bislang nicht entdecken können. Er schwieg. Nachmittags suchte ich die gesamte Hochsteppe Meter für Meter ab. Der gleiche Mißerfolg.

Abends lag die Tante ihm in den Ohren. Mit mir sei er ja gut bedient! An einem Ort wie diesem brauchte man einen anderen, einen ganzen Kerl mit Verantwortungsgefühl... Das Kälbchen sei sicherlich durch bloße Nachlässigkeit gestorben. Man habe mich ja auch im Schatten ausruhen sehen, statt daß ich suchte...

All das hörte ich von meiner Kammer aus. Die Taubheit meines Onkels zwang seine Frau, laut zu sprechen, und ich lauschte vom Bett aus der Unterhaltung. Vor lauter Wut konnte ich nicht einschlafen. Frühmorgens stand ich auf, führte die Milchkühe auf die Weide, melkte sie, versorgte die Schweine, brachte die Wassermühle in Gang, sattelte das Pferd meines Onkels und machte mich in aller Eile auf die Suche nach dem Kalb. Es schlug Mittag, und noch immer Null auf meinem Kontoblatt. Erschöpft kam ich am Haus an, blutend, von Zecken übersät, elend. Mein Onkel sah mich an und brachte nicht den Mut auf, mich rundheraus herunterzuputzen. Er beschränkte sich bei Tisch darauf, den Schaden zu beklagen, den der Verlust eines Tieres, sicherlich ein prachtvolles Jersey-Exemplar, durch Sorglosigkeit verursacht hatte. Ich brachte irgendeine Entschuldigung vor und stand vom Tisch auf, ohne gegessen zu haben. Nachmittags hatte ich nicht mehr Glück. Als ich zurückkehrte, war ich ein Bild der Demütigung. Mein Onkel saß mit mürrischer Miene bei Tisch. Das Abendessen glich einer Totenwache. Die Tante kreuzfidel. Am nächsten Tag setzte niemand mehr Hoffnung in meine Bemühungen. Außer mir. Wie am Vortag und dem Tag davor machte ich mich mutig ans Werk, versuchte aber eine neue Taktik. Ich schlich mich an Kolibri heran, versteckte mich im Gebüsch und wartete. Sobald die Verschlagene weiterging, folgte ich ihr Schritt für Schritt. Immer auf allen Vieren kriechend, damit sie nichts merkte. Sie trottete, trottete, weidete, gab sich absichtslos, bis sie sich entschied, ihr Euter zu entlasten. Ich ließ sie ihre Schuldigkeit tun und wieder aus dem Versteck herauskommen. Kaum war ihr Junges allein, stürzte ich mich wie ein Tiger darauf. Ich packte es mit der rechten Hand bei den Hinterbeinen, mit der linken bei den Vorderbeinen, legte es mir über die Schultern, und ohne auf Unkraut und Zecken zu achten, kehrte ich schweißüberströmt zum Gutshaus zurück. Ich sperrte den Findling ein und ging meiner Wege.

Beim Mittagessen schickte die Tante sich an, mir nochmals mit weinerlicher Miene meine Manioksuppe vorzusetzen, aber da hatte sie sich getäuscht. Als mein Onkel mich nach dem unglücklichen Kalb fragte, das zu dieser Stunde fraglos die Bäuche der Geier füllte, erwiderte ich wortkarg, er könne es im Stall besichtigen. Es sei kein Jersey, sondern ein Zeburind.

Die Verwunderung und die Enttäuschung der Tante konnten nur noch mit der Verwunderung und der Enttäuschung von Kolibri wetteifern, als sie ihr Junges aus dem Korral nach ihr jammern hörte.

Auf die Beschaffenheit eines jeden Dinges neugierig und dafür empfänglich, kam mir mit Ausnahme dieser unglücklichen Stunden ganz Brasilien vor wie ein Zauberreich. Da scharrte ein Gürteltier bei meinem Anblick ein Loch und grub sich im Handumdrehen im Erdboden ein; hübsche blitzschnelle Pakas rasten quer über die Pfade; da gab es Tukane mit wunderlichen Schnäbeln; riesengroße Ameisenhaufen, die Grenzbefestigungen glichen. Es war Neuland für neue Augen. Wenn das Gutstor hinter mir zuschlug, begann für mich das Leben. Die Affen schaukelten auf den Luftwurzeln, die Faultiere dösten in den Embaúbas, eine reife Ananas füllte die Luft mit ihrem Duft... Dieses Stückchen Minas Gerais glich einem Winkel im Paradies.

Mit meiner Kelle Salz in der Hand schrie ich:

«Schu! Schu! Schu!»

Das Vieh kam aus seinen Schattenwinkeln getrabt und galoppierte die Hügel herab. Stolze Zeburinder, die ihre Höcker wiegten; schwerfällige holländische Kühe, deren Euter im Gras schleiften; zarte Kälber mit kaum sprießenden Hörnern; schwerfällige Arbeitsochsen; und endlich der König der Hörnerwelt, Pfau, der offizielle Deckstier, der ganze Stolz meines Onkels. Riesenhaft und stets bereit, besprang er die läufigen Färsen, versetzte ihnen einen massiven Stoß und stieg befriedigt von ihnen herab. Mitunter kam seine Brut mißgebildet zur Welt. Schon mehrere Kühe waren daran eingegangen. Doch keiner erging es wie der armen Schwalbe.

Das war eine scheue Jersey-Kuh, die gerne Gehege einriß. An einem Nachmittag, an dem ich das Vieh zusammentrieb, bemerkte ich ihr Fehlen. Sie war trächtig und stieß mit den Hörnern nach links und rechts. Ich fand sie halbtot auf einem Hügelkamm. Sie hatte ihr Kind zur Hälfte geworfen, die andere Hälfte steckte noch drinnen. Sie brüllte vor Schmerzen. Ringsum traten die Geier von einem Fuß auf den anderen. Sie rückten näher, doch trotz allem wehrte sich die Kuh. Zutraulich ließ sie mich herankommen. Ich strich ihr über das Maul, und sie leckte mir die Hand. Ich krempelte mir die Hemdsärmel hoch und schickte mich an, ihr beizustehen. Ich zog, zerrte, aber es half nichts. Das Junge war von der Rasse des Vaters, und es kam nicht heraus.

Nun überlegte ich es mir anders. Mit aufgeklapptem Messer drang ich in den Bauch der Unglückseligen ein und begann ohne

Rücksicht auf die süße, sanfte Hitze, die ich spürte, draufloszuschneiden. Das Kalb kam zerstückelt heraus. Ich zog alles ans Licht. Als meine Arbeit beendet war und die Kuh nur noch die Reste ihres Kindes beriechen konnte, glich sie einem wimmernden Menschenwesen.

Aber die Größe von alldem schrumpfte durch die Brille der Tante. Sie sah die Welt nach dem Maß ihrer Glaubenssätze, der Interessen ihrer Verwandtschaft und der Wut, die sie auf mich hatte. Sie steigerte den Durchfall eines Ferkels zu einer Epidemie, die für Minuten stillstehende Wassermühle zu einer Ruine, ein verlorengegangenes Saatkorn zum Verlust einer Ernte. Ohne Seelengröße, brachte sie ihre Tage damit zu, Ränke und kleine Gemeinheiten auszuhecken, deren Opfer immer ich war, selbst wenn die Ungerechtigkeit zum Himmel schrie. Entweder sah mein Onkel das böse Spiel nicht oder er tat, als sähe er es nicht. Und erst fern vom Hof, wenn ich ein unbezähmbares Pferd mit dem Lasso fing, wenn ich die Stiere kämpfen sah oder beim Brandmarken mithalf, bekam ich das Gefühl, das Leben rein und frei einzuatmen. Das volle, freigebige, weitgeöffnete Leben, das sogar Lord, der Zuchteber, weniger Augenweide als Pfau, Tag für Tag genoß. Mir nichts dir nichts besprang er die Jungsauen, grunzend, schäumend und vor Wonne fast eindösend. Unter ihm duckte sich die Gefährtin willig und ergeben. Auch in Portugal führte man die Kühe dem Stier zu und die Sauen dem Zuchteber, aber in Paços, in Tocaia sah niemand zu. Ich zumindest blieb, so oft ich das Mutterschwein hinführte, draußen vor der Stalltür stehen. Hier aber nicht. Ich brauchte nur die Augen offen zu halten, und ich sah, was ich sehen wollte.

Diese Natürlichkeit war ansteckend. Sie erregte die Sinne, die nach einem anstrengenden Arbeitstag sogar noch wacher zu sein schienen.

Kaum kam der Abend heran, mußte ich die Post in Sousa Pais holen. Aber zu dieser zunächst als zusätzliche Last empfundenen Arbeit gesellte sich jetzt eine geheime Hingabe. Ich ritt die alte Havana, die nur für diesen Dienst gebraucht wurde, und verzehrte mich schon eine halbe Stunde später aus der Ferne nach Dona

Ester aus der Apotheke, die ihren Mann mit dem Stationsvorsteher betrog. Während ich auf den fast immer um eine halbe Stunde verspäteten Zug wartete, sog ich ihr Lächeln ein, das sie, tief ausgeschnitten aus ihrem Fenster lehnend, an eine Nachbarin verschenkte. Dann nahm ich die Korrespondenz in Empfang und kehrte mit verhängten Zügeln nach Hause zurück, noch immer in Gedanken an sie und bereits von einem neuen Wahnbild angezogen.

Zuerst durchquerte ich das Landgut Avelar, wo der Mulatte Artur mit Unserer Lieben Frau gesprochen hatte. Obwohl es ein tief verehrter Ort war – Christi Mutter in Person war dort gewesen –, schaute ich weder links noch rechts und drückte meinem Pferd die Sporen in die Flanken. Dann ritt ich durch ein finsteres Bambusgehölz in unsere Fazenda ein. Langsam öffnete ich das Tor, bemüht, sein Quietschen zu vermeiden. Überreste der alten Angst. Die Stute erkannte ihr vertrautes Gelände und wieherte. Unwillkürlich zitterte ich. Der Mondschein fiel voll auf das Gras. Am Wegrand käute das rastende Vieh wieder. Ich verlangsamte den Schritt der armen Havana, von der der Schweiß tropfte. Die friedliche Umgebung besänftigte mich nach und nach. Doch bald tauchten die ersten Schatten des alten Steppenlandes auf, bevölkert von den giftigen Buschschneiderschlangen. Hier war Benedito Zandonelli eines Nachts gebissen worden und, aufgeblasen wie eine Kröte, jämmerlich verendet. Wieder spornte ich die Stute an, deren Hufe kaum den Erdboden berührten. Schließlich ritt ich in die Niederung ein, wo die Ziegelei lag, und ich erglühte in einem Traum der Wollust, in dem ich Belmira auszog, die mein Vorüberreiten nicht einmal wahrnahm.

«Ihr Mann kann nicht mehr, und sie sieht sich nach andern um...» hatte mir einmal Juvenal anvertraut.

Langsam ritt ich an ihrer Haustür vorbei und spähte durch die Lehmritzen ins Innere des erleuchteten Hauses. Ich sah sie nicht, stellte mir aber vor, sie wäre im Haus, ebenso ausgehungert wie ich.

Ich kam heim, übergab meinem Onkel die Post, sattelte ab, striegelte und tränkte die Stute, brachte sie auf die Weide und machte mich an meine Buchführung.

Catarino	– Drei Zuckerstangen,
Artur	– Zwei Liter Schnaps,
Valentim	– Eine Hacke Marke *Kaiman*,
Christóvão	– Ein halber Meter Zopftabak.

Ich schrieb so lange, bis alle Seiten des Ausgabenbuches mit dem nötigen roten *G* – Gebucht – beschriftet waren. Wenn die Soll- und Haben-Seite voll war, addierte ich und machte den Übertrag auf der nächsten Seite.

Wenn ich früh fertig war, warf ich im Wohnzimmer noch einen Blick in den *Diário da Manhã*, um ein paar Nachrichten über die dröhnende Kampagne gegen Dr. Artur Bernardes* zu lesen. Darunter echte Briefe, nach dem Zeugnis französischer Fachleute, gerichtet an Dr. Raul Soares, die Marschall Hermes da Fonseca als proletenhaften Sergeanten beschimpften. Mutmaßungen wurden darüber angestellt, wer den Briefwechsel ans Licht gezerrt hatte. Vielleicht der Sekretär des Führers der minensischen Opposition. Senhor Adalberto tippte eher auf den Verrat irgendeiner Geliebten des augenblicklichen Gouverneurs von Minas Gerais.

«Ein großer Journalist, dieser Edmundo de Bettencourt!» befand mein Onkel. «Ein Meisterschuß!»

Es schlug elf. Die Tante rief meinen Onkel, um ihm die Ohren mit Anklagen gegen den Kerl (der Kerl war ich) vollzublasen. Ich bat die beiden um ihren Segen. Sie segneten mich und gingen nacheinander hinaus, sie mit der Lampe in der Hand, während er seine Brille ins Etui legte.

Dann zündete ich eine Kerze an und ging durch das Haus, um nachzusehen, ob Türen und Fenster fest verschlossen waren. Ich kehrte ins Büro zurück, griff nach einem Schreibblock, einem Umschlag, der Mappe, dem Tintenfaß, der Feder, und so ausgerüstet, mit pochenden Schläfen, durchquerte ich den Salon und das Eßzimmer, betrat die Küche und schickte mich an, den Rest erotischer Rastlosigkeit in Etelvinas Kammer zu kasteien.

Die Mulattin lag auf ihrer Pritsche, die Hände unter dem Kopf verschränkt, und in dieser Stellung verwandelte sie sich in meinen Augen in zwei Brüste und zwei Schenkel. Ich kniete auf der Strohmatte nieder, die ihr als Bettvorleger diente, breitete meine

Siebensachen quer über ihr Bett, eine Handbreit von ihr entfernt, und wartete fiebrig auf das Wunder.

Es kamen Worte.

«Der Kleine soll schreiben:

João:
Ich habe niemandem Erklärungen zu geben. Wenn ich poussiere, geht's mir gut.»

Ich schrieb:

«Mein lieber João:
Ich freue mich, daß du guter Gesundheit bist. Auch mir geht es gut, gottlob. Ich habe Deinen Brief erhalten, in dem du dich über mein Verhalten beschwerst. Es tut mir weh, daß du den bösen Zungen Glauben schenkst, die dir in den Ohren liegen...»

Aber ich las ihr vor:

«João:
Ich habe niemandem Erklärungen zu geben. Wenn ich poussiere, geht's mir gut.»

Alle schliefen. Dann und wann bellte Xingu düster zum Mond auf. Der Laut ging vom Gutshof aus, durchflog die Stille und den Mondschein, reiste, reiste, bis er auf den Monte Redondo traf. Dann kehrte er wieder als Muhen der Holländerkuh, deren Sohn im Korral eingesperrt war. Zur Wärme der Erde gesellte sich die Hitze jener runden, spitzen Brüste und jener Schenkel, die ich immer ihre Röcke spannen sah...

Geruch nach etwas Salzigem erfüllte alles. Er drang in die Nase, juckte auf der Zunge, rann mir durch die Adern. Meine Natur geriet in Aufruhr. Mit aufeinandergepreßten Zähnen starrte ich die Mulattin an. Sie tat, als verstünde sie mich nicht, und wies mein stummes Begehren mit ein paar mehr Worten für ihren gehörnten Ehemann zurück. So konnte ich nicht weitermachen. Oder ich mußte mich auf sie werfen, wie Pfau es mit den stierigen Kühen tat. Aber zu dem natürlichen Schrecken, zum ersten Mal dem Körper einer Frau zu begegnen, kam die Angst vor meiner

Tante. Und dann, manchmal schon sprungbereit, wich ich zurück. Jedenfalls hielt mein Verlangen lebendig und schmerzhaft an. Und nur mit Mühe konnte ich den Briefumschlag zu Ende schreiben.

Hochwohlgeboren Herrn
João Lourenço
Gefängnis
Stadt Palma

Schwankend verließ ich die Kammer. Noch in meinem Zimmer sah ich die Mulattin vor mir. Zwei Schenkel und zwei Brüste. Ich sah sie vom Bett aufstehen, zum Küchenbecken gehen und den Krug füllen. Ich hörte Wasser rauschen, hörte sie das waschen, was ich selbst ungewaschen als das Beste im Leben begehrte. Dann kläffte Xingu wütend irgend jemanden an. Doch er verstummte bald. Das war der Liebhaber der großen Hure, der Carolino. Auf Zehenspitzen kam die Mulattin geschlichen, um zu sehen, ob ich schlief. Ich schlief... Dann kehrte sie mit der gleichen Vorsicht zurück und öffnete dem Glückspilz das Fenster. Und mir blieb nichts übrig, als während der verbleibenden Nacht in mir die Kühlung jener Quelle zu finden, die den Durst des anderen stillen mochte.

Langsam wurde ich ein Mann. Der Saft der Tropen trieb mein Wachstum voran. Doch während der Körper sich entwickelte – jeden Tag schien mir aufs neue, ich passe nicht mehr in meine Kleider –, wuchs in meiner Seele nur die Bitterkeit. Bitterkeit, weil ich mich von der Tante ungerecht gehaßt wußte, weil ich für meinen Onkel ein Fremder war, weil ich im Schoß der Freiheit unterdrückt wurde. Mit der Fazenda ging es gewaltig voran. Die alten, gejäteten Kaffeepflanzungen waren wie verwandelt; die bereits von uns angelegten waren eine Augenweide; die üppigen Weiden waren von Vieh bevölkert; in den Zuckerrohrfeldern war kaum durchzukommen; die mit Mais eingesäten Felder grünten; die Schweine in ihrem Koben wurden fett. Und ich: verlangte nach Zärtlichkeit, ohne sie zu erlangen, verzehrte mich vor Begierde, ohne sie stillen zu können, plagte mich ab mit der Arbeit ohne ein Wort der Anerkennung. Doch da war noch Schlimmeres. Obgleich ich fähig war, wie ich bewies, meinen Pflichten nachzukommen – ich erfüllte meine Aufgaben auf dem Gutshof und hielt meine Buchführung auf dem laufenden –, war meine pionierhafte Begeisterung der ersten Zeit erlahmt. Mein zunehmend nachdenklicher Geist verlangte nach neuen Abenteuern. Doch darüber war ich mir klar: ich würde meine Phantasie nie einholen.

Wie dem auch sei, eines stand fest: die nach Etelvina gierenden Nächte durften nicht so weitergehen. Das Luder zermürbte mich. Je ungeduldiger ich wurde, desto unnahbarer gab sie sich. Verzweifelt nahm ich nun meine Zuflucht zu Juvenal, der mir erklärt hatte, wie ein Mann sich selbst lenkt. Aber schon vermochte ich nicht mehr selbst den Instinkt zu befriedigen, der die Beteiligung eines weiblichen Körpers verlangte. So beschloß ich, mit der Frau des Töpfers zu sprechen. Ich zögerte mehrere Tage, versuchte auf tausend Arten, ein Gespräch anzubahnen, erinnerte mich an die blöde Frage «Willst du, Matilde?» aus meinen Seminaristenzeiten und erklärte ihr schließlich meine Absicht auf so natürliche Weise, daß ich selber staunte. Im Gegensatz zu meinen Befürchtungen wurde sie nicht böse und versprach, mich heute nach der Rückkehr von der Post zu erwarten.

Blitzschnell erledigte ich Hin- und Rückweg. Ich hatte es eilig. Die unglückliche Havana dampfte. Mit hüpfendem Herzen erreichte ich die Niederung. Ich saß ab, versteckte die Stute zwischen den Guavenbäumen, und da der Mond schien, schlich ich durchs Gras zu dem zwei Schritt vom Haus gelegenen Schweinestall. Drinnen hörte ich Stimmen, und nach einer Weile glaubte ich, deutlich die des Ehemanns zu erkennen. Trotzdem blieb ich. Meine Not war groß. In den Schatten einiger Nieswurzbüsche geduckt, atmete ich kaum und hatte Angst wie ein Dieb vor dem Diebstahl. Jede Sekunde dauerte für mich eine Ewigkeit. Ob sie mich angelogen hatte? Wenn sie nun nicht kam? Aber sie hielt ihr Versprechen. Als ich schon fast verzweifelte, ging die Küchentür langsam und geräuschlos auf, die begehrte Gestalt erschien auf der Schwelle, und behende wie eine Geistererscheinung kam sie heran. Sie flüsterte mir ins Ohr, ihr Mann könnte Verdacht schöpfen, es müsse schnell gehen, im Stehen... Ich nickte zustimmend. Solange ich das verzehrende Feuer in der Begegnung mit einer Frau löschen konnte, war mir jedes Mittel recht. Aber ich hatte mich getäuscht. Kaum hatte ich ihr den Rock hochgehoben und mich an sie gepreßt, stellte ich fest, daß dies nicht genügte. Daß ich sie auf den Erdboden werfen, ihren welken, zahnlosen Mund küssen, sie beißen, sie mit aller Kraft an mich reißen und von der lauwarmen Rauheit ihrer Schenkel zur süßen sanften Weichheit vordringen müsse, die ich mit den Händen im Leib von Schwalbe gefühlt hatte...

Sie ließ mich meinen Hunger nach Wunsch stillen. Zum Schluß zog sie mir alles vorhandene Bargeld aus der Tasche.

Verklärt bestieg ich Havana. Nun wußte ich, was das war! Jetzt kannte ich die Frau! Ich kam ganz glücklich nach Hause. Ich lieferte die Post ab und wollte nach meinem Reittier sehen, als die Tante lässig fragte, warum meine Hosenknie so erdig seien. Ich war vernichtet. Das alte Biest! Ich sei vom Pferd gefallen... Mein Onkel war feinfühlig genug, keinen Ton zu sagen.

Ich weiß nicht, ob die Tante an meinen Sturz glaubte. Etelvina hingegen, die erriet todsicher, was geschehen war. Vielleicht, weil ich an jenem Abend nicht ihr anbetend zu Füßen lag, war sie am nächsten Tag unausstehlich zu mir. Sie mäkelte an allem herum, was ich tat. Ich schälte den Reis schlecht, das herbeigeschleppte Brennholz war grün, das gepflückte Quiabo-Gemüse war ungenießbar. Die Tante frohlockte. Endlich war ihr gelungen, was sie anstrebte: mich auf dem Gutshof ins Abseits zu treiben. Schon lange hatte Virgolino, anfangs mein Freund, sich mit ihr verbündet. Ich war gezwungen gewesen, ihn wegen eines Ferkels zu bestrafen, das er hatte verenden lassen, als es in der Umfriedung festgeklemmt war. Und als sie merkte, daß er gekränkt war, sah sie ihm so viel nach, überschüttete sie ihn mit soviel Aufmerksamkeiten – heute eine Pastete, morgen eine Scheibe Guavenpaste –, daß es ihr gelang, aus dem Lausebengel einen getreuen und ergebenen Verbündeten zu machen. Immerhin war mir Etelvinas Zuneigung verblieben, und obwohl sie mich bisweilen herzlos behandelte, bot sie mir doch einen Halt. Jetzt aber war ich ganz verlassen.

Mitten in diesen Kämpfen und Kümmernissen kamen Briefe von meinem Vater, in einem geschwollenen Stil, ohne Punkt und Komma meiner Schwester diktiert, vollgestopft mit guten Ratschlägen und Nachrichten aus Agarez. Zunächst: ich solle Verstand annehmen, solle mich fügen, solle Onkel und Tante zu Willen sein; sodann: er habe die Abzahlung für den Preis der Überfahrt erhalten; endlich: zusammenfassender Bericht der großen Ereignisse aus der Heimat: der Tod der Dingsda, die Heirat der Soundso, der Mehltau, der die Weinstöcke befallen hatte, der erhöhte Zehnte.

In seinem letzten Brief bestand die Hauptneuigkeit in der feierlichen Messe, die mein Onkel zu Ehren Unserer Lieben Frau von der Zuflucht in Auftrag gegeben hatte. Viel Volk hatte der Feier beigewohnt, bewegt hatten alle der Predigt des Herrn Priors gelauscht, der mir erst jetzt den törichten Auszug aus dem Seminar verziehen hatte. Man möge über dieses Beispiel von Glauben nachdenken, das die Jahre und die Entfernung nicht hatten erschüttern können. Und auch die Macht der Mutter Gottes, die das Flehen des getreuen Lamms in einer Stunde der Anfechtung so barmherzig erhört hatte.

Wieder und wieder las ich die Rede, die mein Vater zusammengefaßt hatte, und erinnerte mich an den Abend des Gelöbnisses. Ein entsetzlicher Brand im Urwald von Grotão. Jene Feuersbrunst mitten in finsterer Nacht. Mein zerzauster Onkel brüllte die hundert und mehr Männer an, die eine Feuerschneise schlugen, ein verzweifelter Versuch, dem Geloder den Weg abzuschneiden. Das furchterregende Krachen der erhitzten Bambusstämme. Angsterfülltes Geschrei von Affenhorden, die sich in den Kronen der Kokosnußpalmen von Rauch und greller Lohe umzingelt sahen. Sicheln, Buschmesser, Hacken und Äxte hieben auf den Buschwald ein, es klang wie Säbelgerassel. Und als die erste Flammenzunge, die sich wie eine Zündschnur um eine Liane wand, die Feuerschneise übersprang, blieb nur ein letzter Ausweg: eine Messe für Unsere Liebe Frau von der Zuflucht. Dann, das Wunder, der Tag, der kühl und frischgewaschen anbrach, und die übriggebliebene Glut, die mitten im Gehölz der Perobas rauchte, der Ipé-Stämme, der Garapas, der Braúnas, all der verkohlten Hartholzbäume, deren noch grünbelaubte Kronen wie hartnäckige Hoffnungsbanner winkten.

Das Leben hatte seine Schliche und Reize! Widersinniges aller Art, wo und wann man es am wenigsten erwartete. Zeichen der Erneuerung in einem Friedhof aus Ruß, und die religiöse Inbrunst meines Onkels, die auf einem Altar gefeiert wurde!

Himmel und Hölle scherten ihn im allgemeinen überhaupt nicht! Was ihm am Herzen lag, war seine Fazenda und was sie mit ihren mehr oder weniger Hektaren Urwald wert war. Als er sah, daß er mit dem Feuer auf keine Weise fertig wurde, hatte er alles auf eine Karte gesetzt. Und da dies gelang, schrieb er einen Scheck über fünfhundert Milréis aus, als Bezahlung für das Latein. Der Prior, klar, entsprechend geschmiert, hatte dieser nie erlebten Frömmigkeit gehuldigt... Und die Aufrichtigkeit meines Vaters, der die Posse erzählte, konnte einem geradezu leid tun. Er, gewiß, er glaubte an Unsere Liebe Frau von der Zuflucht! Aber mein Onkel... In Sachen Religion war er noch schlimmer als ich, der ich nicht einmal das Credo mehr auswendig wußte, als ich in der Gemeindekirche von Cachoeira mit der Kerze in der Hand die Patenschaft für das jüngste Kind von Zé Marques übernahm.

«... *Und Dein eingeborener Sohn, Unser Herr, der gezeugt wurde durch das Werk und die Gnade des Himmlischen Heiligen Geistes...*»

Das «*Ich glaube an die Gemeinschaft der Heiligen, an die Vergebung der Sünden, an die Auferstehung des Fleisches, an das ewige Leben*» sauber aufzusagen, war für mich eine Strafe. Sogar die Heiligenbilder auf dem Altar schienen entsetzt über mein schlechtes Gedächtnis, umso mehr, als es sich bei mir um einen ehemaligen Seminaristen handelte. Nur Unser mit gesenktem Haupt ans Kreuz geschlagene Herr wirkte so entsagungsvoll wie einer, der auf alles gefaßt ist...

Ich hatte wirklich fast die ganze Glaubenslehre vergessen. Ich tat das nicht absichtlich. Es war einfach so gekommen. Seit meinem Weggang aus Agarez hatte ich nicht mehr gebetet. Abgesehen von meinem Glaubensverlust bemerkte ich auch in meiner Umgebung keinen Funken Glauben. Und als Pater Guilherme mich das Credo aufsagen hieß, war ich verwundert zu hören, daß auch in Brasilien das Credo Teil der Andacht war. Er, Pater Guilherme, brachte mich wahrhaft zum Lachen, wie er so in seinem Priestergewand dastand, als nähme er alles todernst. Kaum hatte er sich vor dem Altar umgedreht, um *Orate Fratres* zu befehlen, sah ich ihn schon mit der Trompete am Mund, puterrot, mit geschwollenen Halsadern wegen seiner Halskrause, einen Samba begleiten: *Wer im Glashaus sitzt, der werfe nicht mit Steinen …*

Senhor Adalbertos große Leidenschaft war die Musik. Er war so versessen darauf, daß er eine kleine Kapelle zusammenstellte, mit dem Verwalter Macário, den zwei Brüdern Mendes und mit Balbino, der freitags zum Werwolf wurde. Der Pater kam zum Geburtstag meines Onkels, und als er die Instrumente glänzen sah, gab es für ihn kein Halten mehr. Auch er schwärmte für Sechzehntel. Da vergaß er die Uhr und spulte sein Repertoire herunter, während die muntere Negergesellschaft sich auf dem Gutshof das Kreuz verbog. Und so wie dieses Mal sah ich ihn nun immer: fettleibig, hochrot im Gesicht, pausbäckig ins Mundstück der Trompete blasend, während ihm der Schaum aus den Mundwinkeln trat.

Ich war in der Tat ein vollendeter Ketzer geworden. Von dem gesamten himmlischen Hofstaat war mir nur ein unscharfes Bild des Heiligen Antonius verblieben, der mir bei der Suche nach den im Savannenwald versteckten Kälbern beistehen mußte:

O mein Pater Sankt Antonius
Der du in Lissabon geboren bist
Und in Rom heiliggesprochen wurdest …

Es galt, das Gebet fehlerfrei dreimal aufzusagen. Und das brav gesuchte Kalb tauchte denn auch auf, lebend oder tot.

Die Religion in diesem Land! Es gab da einen fanatisch angebeteten Gott, und die Tante stand an der Spitze der Gläubigen. Aber einen Gott, der nicht in der Fibel stand, einen teuflischen, dessen Oberpriester Cristóvão war. Seit langem schon hatte der ehemalige Sklave Inês' Ansehen weit in den Schatten gestellt, war diese doch nur ein den Geistern des Jenseits geöffneter Leib. Außer ihrer Brauchbarkeit, über das Leben, das bekannte Seelen in der Ewigkeit führten, Auskunft zu geben, verfügte sie sonst über keinerlei Macht. Cristóvão hingegen heilte Krankheiten, entfachte und löschte Leidenschaften, brachte Zerwürfnisse zuwege, behob Donnergrollen, vermehrte oder verminderte Ernten, behexte und enthexte, rief Regen herbei. Und als die Tante in ihm so viele Tugenden entdeckte, ließ er sich auch nicht bitten. Der Zaubermeister war der große Mann auf der Fazenda geworden. Er löste all ihre Probleme. Er wohnte in Granjinha, in einem von Kaffeepflanzungen umgebenen einstöckigen Haus. Er bediente die Kunden einen nach dem anderen, doch dann und wann führte er sie zusammen zu einem großen Tanzvergnügen.

Im Mondschein drehten sich die Paare, aneinander klebend, unter einem Dach aus Bananenblättern. Etelvina, glückselig in den Armen ihres Liebhabers, fand kaum Platz, um mit ihren üppigen Hüften zu wackeln. Die alten Negerinnen, die ringsherum hockten, rauchten Tonpfeifen. Kaffee und Zuckerrohrschnaps gab es in Hülle und Fülle. In der feuchtwarmen Nachtluft verbreite sich ein zäher Geruch nach Schweiß und billiger Brillantine. Bald stimmte Oscar einen wütenden Streitgesang mit Porfírio an:

Hier singt der Mulatte,
Und erst sagt er Nein.
Der Neger, der mit mir singen will,
Seif erstmal das Maul sich ein...

Und er wiederholte:

Der Neger, der mit mir singen will
Seif erstmal das Maul sich ein;
Wäscht er es nicht sauber,
So singt er mit mir nicht, nein...

Das ging so, bis der andere sich bei der Ehre gepackt fühlte. Und schon begann ein auf «ein» endender Widergesang, der nicht mehr aufhörte. Dann und wann wurden Seufzer laut, Schreie und Schüsse ertönten aus dem Dunkeln. Heimliche Pärchen und herausgeforderte Nebenbuhler liebten sich, entjungferten sich und brachten sich im Schattendüster um, trunken von Zuckerrohrschnaps, von Versen und Lüsternheit.

Gegen Morgen tauchte Cristóvão auf dem Gutshof auf. Das Akkordeon hörte auf zu spielen, das Tanzen endete, und inmitten der Grabesstille, die ihn umgab, blickte der Alte mit glasigen

Augen zum Himmel auf, und aus seinem zahnlosen Mund drang ein geheimnisvolles Klagelied:

Der Hahn kräht, Sinhá...
Der Hahn kräht, Sinhá...
Der Tag bricht an, Sinhá...
Der Tag bricht an, Sinhá...
Ich gehe fort, Sinhá...
*Ich gehe fort, Sinhá...**

Ob die Zuhörer nun den Schmerz dieser verhüllten Klage mitfühlten und sie respektieren wollten, oder ob sie diese als Zeichen für das Ende des Festes auffaßten, jedenfalls zerstreuten sie sich allmählich.

Am nächsten Tag polterte mein Onkel und rief die Polizei auf den Plan. Aber Cristóvão bat um Verzeihung, schwor Treue, die Tante mischte sich ein, mein Onkel verzieh, die Behörden drückten ein Auge zu, wer gestorben war, wurde begraben, und nicht lange danach fand das nächste Tanzfest statt.

Ich mußte mir ein Herz nehmen und ernsthaft mit meinem Onkel reden. Ich mußte ihm offen erzählen, was vorging. Ich mußte ihn über die Niedertracht der Tante aufklären. Über die skandalöse Protektion, die sie dem Hexenmeister als Entgelt für verschiedene Zaubereien angedeihen ließ; über die Art, wie sie unter der Hand seine Angehörigen und Anhänger mit Lebensmitteln aus dem Lagerhaus versorgte, über die tausend Willkürlichkeiten, die sie täglich beging, wenn sie den Onkel weit weg wußte, im Schlamm an der Spitze seiner Arbeiter auf der Reispflanzung, oder wenn es galt, die in den Kesseln der Zuckerraffinerie kochende Melasse zu filtrieren. Bei dieser Gelegenheit mußte ich ihm aber auch von mir sprechen, von dem elenden Leben, das ich auf diesem verfluchten Gutshof führte, und das nur, weil ich mich weigerte, bei dergleichen Schuftigkeiten mitzumachen. Doch eine innere Stimme hieß mich schweigen. Sie war doch seine Frau... Sie schliefen zusammen... Und bekanntlich ist im Bett jede Schlampe imstande, dem Mann den Kopf zu verdrehen. Vom übrigen gar nicht zu reden. Und gesetzt den Fall, er würde, statt mir für die Warnung zu danken und meine Beschwerde zu bedenken, böse auf mich? In diesem Fall müßte ich aufs Ganze gehen und ihm enthüllen, was sie mit dem Gebräu des Hexers anstellte. Daß sie es der schwarzen Brotsuppe beimischte, die sie uns hinterher auftischte… Eine schwerwiegende Anschuldigung, die ich vielleicht lieber verschweigen sollte. Ob Etelvina, der ich diese Vertraulichkeiten aus einer Zeit verdankte, in der wir uns noch verstanden hatten, den Schneid hätte, heute zu ihren damaligen Worten zu stehen? Gewiß zweifelte ich selbst an der Wirksamkeit des bösen Zaubers. Nachdem wir all das Zeug geschluckt hatten, liefen die Dinge weiter wie bisher oder wurden sogar noch schlimmer. Und das, beiläufig gesagt, vertiefte nur die Wut der Giftmischerin… Sie wollte um jeden Preis, daß ich den Kopf verlöre, damit sie mich beliebig gängeln konnte. Doch das Gegenteil trat ein: ich hielt die Augen auch weiterhin offen. Ich merkte mir den Tabak, den Schnaps, den braunen Zucker, das Trockenfleisch und den gestreiften Baumwollstoff, die insgeheim den Lagerraum verließen, und ich wußte wohl, daß, wenn mein Onkel beim Posteingang nicht zu Hause war, die Briefe seiner Freundin verschwanden. Die Zauberei sollte bewirken, daß ich nichts merkte und daß mein Onkel seine Geliebte aufgab. Ich aber sah alles, und mein Onkel war noch immer verliebt. Daher lachte ich heimlich über die Tränklein. Aber die Absicht war gut, und wir schluckten das Giftgemisch… Und gleich, ob mit oder ohne Ergebnis, die Gaunerei ging weiter, und sie mußte angezeigt werden. Die Frage war: wird mein Onkel bereit sein, die Sache ernst zu nehmen?… Das bezweifelte ich. Nein. Vorsicht, Vorsicht, Schnabel halten. Umso mehr, als Gefahr bestand, daß dann Dona Sinhazinha* in die Affäre hineingezogen würde… Gott bewahre!

So wurde sie genannt, doch in den Telegrammen, die mein Onkel ihr gelegentlich zwecks Vereinbarung des Treffpunkts sandte und die ich aufgeben mußte, stand ihr richtiger Name: Dona Maria Cardoso Pessanha. Sie wohnte in Cataguazes und kam dann und wann zu Besuch auf die Fazenda. Beim ersten Mal täuschte meine Tante eine Ohnmacht vor. Sie warf sich auf ein Sofa und tat, als stürbe sie. Mein Onkel setzte sich neben sie auf einen Stuhl, fühlte ihr den Puls, und während er feststellte, daß ihr Herz regelmäßig schlug, trällerte er leise:

Margarida, wenn du pinkelst...
Margarida, wenn du pinkelst...[*]

zur Melodie von *Margarida geht zur Quelle.*

Sie war jung und hübsch, und alle mochten sie. Mein Onkel ging höchst respektvoll mit ihr um, als wäre sie eine hochgestellte Besucherin. Er hieß mich Tico-Tico den Damensattel auflegen, und sie ritten zusammen lange Vormittage aus. Die Tante, viel älter als sie und als er, geriet aus dem Häuschen, wenn sie das Paar ausreiten sah. Und ich genoß insgeheim das Schauspiel. Nach Ablauf einer Woche reiste sie ab, und alles kehrte zum Normalzustand zurück.

Der Normalzustand war das Altbekannte: Gezeter und Drohungen den lieben langen Tag, und abends, im Schlafzimmer, hackte sie auf mir herum. Der ist dies, der ist das, der ist jenes... Hab nie einen Jammerlappen wie den gesehen... Heute hat er das Kalb der Canária nicht auf die Weide getrieben...

Mein Onkel sagte nur:

«Ach Frau, laß uns zu Bett gehen!»

Sie hörte ihm nicht mal zu! Und lag ihm weiter in den Ohren. Und ich griff zu meiner Schreibfeder und begann, den letzten Brief meines Vaters zu beantworten. Doch es lohnte nicht, ihn zu betrüben. Wozu sollte ich ihm die Wahrheit erzählen, wenn ich sie selbst hier verbergen mußte?

Mein Onkel stand immer mit dem linken Fuß auf. Zum Glück tauchte sein mürrisches Gesicht nicht früh genug auf, um den Leckerbissen zu verderben, den Senhor Frederico Andreas, der deutsche Ingenieur, in einer Kasserolle auf kleiner Flamme zubereitete. Er kam jedes Jahr zur Zuckerrohrernte. Er war glatzköpfig und sehr blond, und ihm fehlten drei Finger, die ihm ein Getriebe abgezwackt hatte. Gleich ob Sommer, ob Winter, nahm er im Morgengrauen ein kaltes Bad (wenn ein Fluß in der Nähe war, nahm er es im Fluß) und aß anschließend einen Teller Maisbrei, den er selbst mit Wasser, mit Fubá-Blüten, Zwiebel, Öl und Salz zubereitete. Die Tante stellte ihm die Küche zur Verfügung.

Und vor Sonnenaufgang kam er zum Wecken in meine Kammer und holte mich zum Frühmahl. Noch schnarchte die ganze Fazenda. Das waren gute Stunden, die ich mit dem Freund vor dem Kochtopf und dann am Tisch beim Verzehren des brüderlichen Gerichts verbrachte. (Eines Tages bereitete der Maisbrei uns Magendrücken. Doch gottlob lief alles gut ab.) Er hatte keine Familie, zumindest erwähnte er sie nie. Mit seiner kleinen Statur und dem rosigen Gesicht kam er mir ebenso jung vor wie ich selbst es war. Uns verband eine natürliche Zuneigung, die in dem Gefühl wurzelte, daß wir sorglos in einem Käfig mit schlafenden Raubtieren miteinander spielten...

Wenn mein Onkel drinnen zu husten begann, war unser Bankett zu Ende. Wir verabschiedeten uns, und jeder ging seinem Tagwerk nach.

Wie erwartet, wollte mein Onkel über die Gründe des neuesten ihm berichteten Mißgeschicks aufgeklärt werden. Ich lieferte ihm die Einzelheiten, die ihn außerstande setzten, Radau zu schlagen. Er saß auf und ritt mit gerunzelter Stirn davon. Vom Gutshof aus, wo ich Holz hackte, sah ich ihn durch den Hohlweg nach Ingá hinaufreiten, bis ich ihn im ersten Abschnitt der Kaffeepflanzung verschwinden sah. Die zehn Minuten Interregnum waren verstrichen. Die Tante begann ihre Herrschaft. Argumente gab es nicht für sie. Sie klammerte sich an das Widersinnige, und davon ging sie nicht ab, glücklich, einen Anhaltspunkt zu haben. Jeder Vorwand kam ihr zustatten. Gleich, ob die Mühle wegen Wassermangel stillstand oder weil ein Rohr verstopft war. Der Schuldige war immer ich. Und das Schlimmste war, daß ich mich darauf einließ. Sie wurde blind vor Zorn. Anfangs bereitete es mir Spaß, zuzusehen, wie sie aus dem Häuschen geriet, die Fäuste vor meiner Nase ballte, ihre falschen Zähne fletschte, wild darauf, ihre Wut auf mich abzuladen, aber ohne den Mut, bis zum Äußersten zu gehen. Sie wußte, daß ich sie im entscheidenden Augenblick mit folgenden ganz einfachen Worten zum Verstummen bringen konnte, wie es schon so oft geschehen war:

«Schlagen Sie ruhig zu, denn wenn mein Onkel zurückkommt, dann...»

Nur die Angst vor seiner Reaktion hinderte sie am Zuschlagen. Und doch wäre es besser gewesen, sie ihre Wut anstauen zu lassen. Da sie ihre Machtlosigkeit fühlte, verquickte sie den alten Haß mit dem neuen Ärger, und das machte alles nur schlimmer ... Schon heulte ich los. Während der ersten Kampfphase stellte ich mich ihr mit furchtlosem Gesicht entschlossen entgegen, bereit, mich bis zum letzten zu verteidigen. Doch dann hielt ich es nicht länger aus. In mir wuchs eine solche Angst, eine so tiefe Bedrükkung, daß ich tränengebadet kapitulierte. Das rührte sie nicht. Sie schrie auf mich ein, bis zum Überdruß. Sie beschimpfte meine Mutter, verhöhnte unsere Armut, unterstellte, ich sei das Werkzeug übler Machenschaften meines Vaters. Sie wußte freilich nicht, daß von einem bestimmten Augenblick an mich nichts mehr treffen konnte, ganz gleich, was sie mir an den Kopf werfen mochte. Das Leid hatte meinen Körper ganz gepackt, da war für nichts anderes mehr Raum. Nicht einmal ein Wort der Zärtlichkeit hätte etwas auszurichten vermocht ... Das auch nicht kam. Im Gegenteil. Selig, mich erniedrigt zu sehen, setzte Etelvina ein spöttisches Lächeln auf, und der noch grausamere Virgolino pfiff einen Samba. Und was die beiden Verwandten, Dona Néné und Senhor Adalberto, anging – wozu hätten sie sich auf meine Seite stellen sollen?

Nach seinem üblichen Rundgang durch die Fazenda erschien mein Onkel zum Mittagessen. Bei Tisch bemerkte er meine roten Augen. Vor allen fragte er mich, was denn los sei. Ich zuckte die Achseln. Die verwirrte Tante warf hastig eine Frage hin oder stimmte die eintönige, gewohnte Litanei ihrer Leiden an. Daß sie die ganze Nacht nicht zur Ruhe gekommen sei. Daß sie, während alle anderen friedlich schliefen, in Todesängsten umherwandern mußte, ohne daß auch nur einer ihr zu Hilfe eilte ...

Sie sprach die Wahrheit. Sie litt an Atemnot. Und da ich einen leichten Schlaf hatte, wachte ich häufig von ihrem Stöhnen auf, das durch das stille Haus tönte. Inzwischen war ich daran gewöhnt. Doch in der ersten Zeit, als ich in den toten Nachtstunden von ihren unsteten Ach- und Weh-Rufen erwacht war, die sie bald vor meiner Tür, bald am andern Ende des Ganges ausstieß, hatte ich es mit der Angst bekommen. Nur einen Menschen aus Stein hätte ein derartiges Unglück nicht gerührt. Man mußte Mitleid mit ihr haben, wenn man sie in Gedanken gequält im Bett keuchen oder durch die leeren Räume pilgern hörte. Das waren schlimme Erstickungsanfälle, die jeder Behandlung Hohn lachten.

Doch wenn sie sich danach ihrer Leiden bediente, um ihre Niedertracht zu vertuschen, ekelte sie mich an. Nur aus Selbsterhaltungstrieb riß ich ihr nicht die Maske ab.

Ich sagte auch deshalb kein Wort, weil ich wußte, daß mein Onkel um jeden Preis erfüllen wollte, was er in der Casa Soares & Companhia versprochen hatte: einen Mann aus mir zu machen. Einen Mann aus mir zu machen, bedeutete für ihn: sich nicht um die Schikanen der Tante zu kümmern (oder vorzugeben, daß er sich nicht darum kümmerte) und mir zunehmend schwerere Verantwortungen aufzubürden. Nach der Geschichte mit der Bareinzahlung auf der Bank in Palma hatte er von Mal zu Mal mehr von mir verlangt. So beschloß er plötzlich, ohne Vorankündigung, mit der gesamten Familie ans Meer zu fahren. Somit hatte ich allein die Fazenda zu verwalten. Ich schlief mit einem Karabiner am Kopfende, ich erteilte Macário, dem Verwalter, Anweisungen, ich ließ säen oder ernten. So verbrachte ich einen Monat mit Lenken und Leiten, als Herr und Besitzer von allem und von allen. Das war eine der schwierigsten Prüfungen, die er mir auferlegte und die ich mit seiner schlichten Bemerkung «sehr gut» bestanden hatte, als ich ihm die Leitung seines Gutsbesitzes wieder übergab. Er sprach wenig mit mir. Nur das Allernotwendigste. Morgens und abends erteilte er mir seinen Segen, am Mittagstisch und beim Abendessen erkundigte er sich nach dem Fortgang meiner Arbeit, und damit basta. Er schien zu fürchten, Worte könnten die Blutsbande, die uns vereinten, allzu sichtbar machen.

Auch so konnte ich ihn gut leiden. Ich bewunderte seine Kühnheit und seine Beharrlichkeit. Und auch die bescheidene Art, wie er im Gegensatz zu meiner Tante seine Rolle auf der Bühne des Schicksals spielte. Er behandelte die Neger menschlich, wenn er auch bei der geringsten Unbotmäßigkeit den Kopf verlor. An einem bestimmten Zahltag hätte der mit seinem Lohn unzufriedene Jesuíno ihm fast den Bauch durchlöchert. Gott wollte, daß das durch das Bürogitter geschleuderte Messer in einer Bretterwand steckenblieb. Was geschah? Er zog den

Revolver und drückte solange ab, wie Kugeln im Lauf steckten. Der Verstockte hatte das Glück, daß sein Chef ein schlechter Schütze war. Im Grunde war er gerecht und großzügig. In seiner Umgebung litt niemand Hunger. Er ließ alle hart arbeiten, aber an Maniokbrei und braunen Bohnen fehlte es nie. Fiel, ein Neger aus der Sklavenzeit – der mir bei meiner Ankunft die Matratze geliehen hatte –, sprach von ihm immer als von der echten Verkörperung seines einstigen Herrn, Oberst Vítor. Das war der frühere Fazendabesitzer, den die Totschläger des Majors Euclides ermordet hatten. (Major Euclides, der eine Tochter dreißig Jahre in einem Zimmer gefangen gehalten hatte, ohne ihr auch nur zu erlauben, sich die Fingernägel schneiden zu lassen! Er hatte sie überrascht, als sie mit einem Viehtreiber plänkelte. Der Bursche wurde unverzüglich kastriert, an einen Pfahl gebunden und zu Tode gepeitscht. Das eingesperrte Mädchen, das sich weder waschen noch kämmen durfte, glich einem Tier, als Gott es zu sich nahm.) Der Major war der eingeschworene Feind des Obersten, und eines Tages, als in Palma Wahlen stattfanden, befahl er seinen Caboclos, den Mischlingssklaven, die Wahl für ihn zu gewinnen, koste es, was es wolle. Notfalls sollten sie Oberst Vítor erledigen. Ein vertrauenswürdiger Untergebener streute daraufhin den Wählern Sand in die Augen, während die übrige Mestizenbande mit Prügeln über sie herfiel. Als Oberst Vítor eingreifen wollte, fiel er, zu Tode geknüppelt. Und niemand brachte den Mut auf, ihm ein Grab zu schaufeln und ihn hineinzubetten. So blieb er mitten auf der Straße liegen und faulte. Bis die Geier im Wiegeschritt nahten und ihm die Eingeweide herausrissen. Sie ließen nur die blanken Knochen übrig, die danach die streunenden Hunde zernagten. Senhor Adalberto wollte schwören, daß es noch ein Stückchen Schädel gäbe, in einer Puderdose verwahrt. Und zwar im Besitz eines unehelichen Sohnes – des Senhor Zeca. Der rechtmäßige Sohn, der junge Senhor Leandro, hatte das Vermögen seines Vaters vergeudet. Er hatte die Fazenda kurz nach seinem Studium geerbt. Aber er war nicht vom Schlage des Herrn Oberst. Er verbrachte seine Tage mit Lesen, während die Kaffeepflanzungen ausdörrten und vom Urwald verschlungen wurden. Und dann kam das Elend, die Hypothek, und mein Onkel erwarb den gesamten Reichtum für einhundertundfünfzig Contos.

Er liebte die Hängematte und die Literatur, der junge Senhor

Leandro. Bei unserem Einzug hatte ich selbst im Büro die *Verrückten Worte* des Dichters Alberto de Oliveira* mit einem Bild des Verfassers gefunden.

Verrückte Worte, sie entführt der Wind…
Und wohin führst du sie, so durch die Luft…

Und das Ergebnis ist bekannt. Doch zum Glück erlebte dieser Landbesitz noch einmal die goldenen Zeiten der Vergangenheit. Der tägliche Schweiß, den die jetzigen Sklaven dafür aufbrachten, wurde nicht in Betracht gezogen. Wer zum Beispiel erinnerte sich noch daran, daß einer von ihnen vom Seminaristen zum Gutshofburschen aufgerückt war?

Ich bereute es nicht. Ich hatte mit dem Wechsel aber auch nichts gewonnen. In Lamego hatte ich zumindest immer Dinge gelernt, die mich interessierten. Hier verfügte ich über keine Sekunde, die nicht der täglichen Arbeit gewidmet war. Niemand wollte etwas von meinen heimlichen Wünschen und Hoffnungen wissen. Die Fohlen, die Ferkel, die Kälber hatten täglich jemanden, der für sie sorgte. Ich nicht. Ich war eine schlichte Arbeitsmaschine. Und die Tante versuchte diesen Augenschein mit allen Mitteln zu verstärken. Ihr Liebling war und blieb Virgolino. Mit der festen Absicht, mich zu quälen, verwöhnte sie ihn zur Vesperzeit mit Brot und Käse, mit süßem Reis und Grießbrei. Für mich genügte Maisbrei und Kandiszucker. Abends lag sie wie üblich meinem Onkel in den Ohren. Einmal hielt sie ihm eine Streichholzschachtel mit Schmeißfliegenlarven vor die Nase, die sie gemeinsam mit dem Burschen aus dem Nabel eines Widders geklaubt hatte. Da konnte er mal sehen, bis zu welchem Grad ich meine Pflichten vernachlässigte… Als hätte ich vier Hände und könne alles zur selben Zeit bewerkstelligen!

So verstrichen die Monate, ohne daß der Kalender eine Veränderung brachte. Die Schweine fraßen ebensoviel Fubá am Tag von Sankt Johannis wie am Sankt Martinstag. Wichtig war, daß sie fett wurden. Dann, an einem Wochenende, packte Bonifácio eines an den Ohren, saß rittlings auf und stieß ihm ein Messer ins Herz. Der Rest war meine Sache – der kleine Knecht mußte es abbrühen, aufschneiden, vierteilen, Ohren, Schwanz, Lenden und gelegentlich einen Schinken für die Tante abschneiden und den Rest im Kleinhandel verkaufen. Falls ich es nicht zusammen mit der Lohnliste der Leute im ganzen nach Sousa Pais zur Casa Miranda schleppte. Die Dienstleistungen der Kolonisten wurden immer in Naturalien bezahlt. Da es aber auf der Fazenda nicht alles gab, was sie benötigten, deckten sie ihren Bedarf im Laden der Ortschaft, der uns den Betrag der Löhne abzog, uns den Wert des Schweins gutschrieb und ihnen im Tausch gegen Stoffetzen und Trödel ihren Taglohn entpreßte.

Damit der Betrieb aber reibungslos lief, durfte es weder Sonn- noch Feiertage geben. Nur zu Weihnachten wurde gefeiert. Da ließ man aus Rio Kartoffeln kommen, Stockfisch, Olivenöl, Oliven, Kastanien und Nüsse – Andenken an ein Portugal, das mein Onkel nicht vergessen konnte. Nach dem Reglement stand mir ein halbes Dutzend Rohkastanien zu. Das machte niemanden arm. Zum Heiligen Abend bereitete meine Tante eine grüne Suppe.[*] Den Kohl dafür brachte Zé Marques, das Maisbrot buk sie im Herd. Das Ganze war eine fade Angelegenheit, die in der Erinnerung aber nicht übel schmeckte. Bald war es Mitternacht, man ging schlafen und mußte bis zum nächsten Jahr warten.

Und so waren bald vier Jahre vergangen. Das wußten nur der Herrgott und ich. Ich zählte Tag um Tag. Und wußte die schwärzesten Stunden auswendig. Die Woche des Jätens zum Beispiel inmitten des Negerschwarms und nur, weil mein Onkel glaubte, ich hätte von seinen Bohnensamen verkauft. Die Tante hatte mir den Auftrag dazu erteilt, und als mein Onkel böse wurde, war ich der Schuldige.

«Raus mit dir! Oder halt, ran an die Arbeit, das stärkt den Rücken.»

Also ging ich. Als der Samstag herankam, war ich halbtot. Aber ich kehrte auf den Gutshof zurück, weil kein anderer Schwerarbeiter aufzutreiben war, der sogar sein Leben aufs Spiel setzte, um Schlangen mit der Schlinge einzufangen, als Lieferung für das Institut in Butantan[*] im Tausch gegen Serum, das man den Gebissenen einspritzte.

Doch auch so kam es bald darauf zum Auftritt am Gatter der Zuckermühle. Ich hatte eine Ladung Fubá geholt. Vier Arrobas

Maismehl auf dem Rücken. Ich war durchgeschwitzt. Mein Onkel kommt mir entgegen und sagt ohne Umschweife: du bist entlassen. Oder, sofern ich bleiben wollte, bekäme ich nur noch die Hälfte meines Gehalts. Das Trinkgeld von dreißigtausend Réis im Monat, wann sollte ich da den Rest meiner Überfahrt, den ich noch schuldete, bezahlen – zusätzlich fünfzehn Prozent Zinsen an Zé Ferrador, den Hufschmied? Aber ich blieb. Wohin sollte ich sonst gehen? Nur ins Kaufhaus von Aarão & Companhia in Juiz de Fora, das mein Onkel schon früher erwähnt hatte, vielleicht weil er die Bezichtigungen der Tante leid war oder sich endlich entschlossen hatte, mir das schwere Kreuz von den Schultern zu nehmen, das ich in seinem Haus schleppte. Sollte ich Lust verspüren, im Handel zu arbeiten, so könnte er das für mich vermitteln... Er brauchte nur hinzuschreiben, und sie würden bestimmt zusagen... Natürlich müßte ich mich zunächst mit einem bescheidenen Posten zufrieden geben... Dann, wenn ich eingearbeitet wäre, würden die Dinge anders aussehen... Ich erklärte kurz und bündig, ich zöge meine augenblickliche Lage vor. Die Tante, die der Unterhaltung beiwohnte, spielte die Liebenswürdige, um mich zu ermutigen. Ich indes bestand auf meiner Ablehnung. Wenn es etwas gab, was mir widerstand, so war es der Ladentisch. Im tiefsten Innern nährte ich einen einzigen Wunsch: Studieren. Aber wie ihn verwirklichen?

Im übrigen beharrte mein Onkel nicht auf der Kündigung. Es lag auf der Hand, daß er das nur so hingesagt hatte.

Im Grunde wünschte er mich bei sich, aus dem Bedürfnis heraus, jemanden von gleichem Temperament in der Nähe zu sehen, der wußte, was schweißtreibende Arbeit war. Einige Zeit später aber kam der Tag, da er mir mit befangener, zitternder, mutloser Stimme von neuem vorschlug, die Fazenda zu verlassen.

In der Küche war nicht genug Wasser gewesen. Und trotz aller Versuche – ein Bohrloch nach dem anderen längs der gesamten Wasserleitung, um die verstopfte Stelle zu entdecken – gelang es mir nicht, den Mangel zu beheben. Etelvina brachte das Mittagessen zu spät auf den Tisch, und die Tante nutzte die Gelegenheit, wieder einmal die Schleusen ihres Grolls zu öffnen. Dabei verlor sie jedoch den Kopf so vollständig, daß mein Onkel hereinkommen konnte, ohne daß es jemand merkte. Stumm schaute er sich die wilden Gebärden an, hörte die Beschimpfungen, sah meine verzweifelten Tränen und verschwand. Bald darauf, bei Tisch, fragte er mich, ob ich das Gymnasium von Ribeirão besuchen wolle.

Ohne Zaudern sagte ich ja. Abgesehen davon, daß mir nach nichts anderem der Sinn stand, wußte ich, daß der zwischen der Tante und mir ausgetragene Zweikampf seit langem zu ihren Gunsten entschieden war. Natürlich fand ein Plan wie der vorgebrachte in ihrem Haß keinen Platz, und sie wurde weiß vor Zorn, als sie den Vorschlag hörte. Doch da sie auf frischer Tat ertappt worden war, konnte sie auf keinen unumschränkten Triumph mehr hoffen.

Wenige Tage danach reiste ich ab, Sieger und Besiegter zugleich. Mein Onkel begleitete mich, und ich wurde Schüler des Ribeirenser Gymnasiums und wohnte als Externer im Haus eines Italieners, seines Gevatters, den ich dem Namen nach seit langem kannte. Tatsächlich hatte im Eßzimmer der ersten Fazenda ein Blättchen mit der Aufschrift an der Wand gehangen:

Cláudio Cerrutti
röstet Kaffee nach den modernsten Methoden.
Rua Afonso Pena 32 bis 38.
Ribeirão.

Dieses Blättchen hing über dem Brustbild eines kahlköpfigen Mannes mit Schnauzbart, in Uniform, mit Sternen auf dem Rockkragen, betitelt Dichter-Soldat, wie darunter zu lesen stand. Damals hatte ich Senhor Adalberto gefragt, wer der Mann sei.

«Das weißt du nicht?!»

«Nein.»

«Hast du in Portugal nie von ihm gehört?!»

«Nie.»

«Das klingt unglaublich! Was für eine Unwissenheit! Was für eine Schande! So wisse, es ist Gabriele d'Annunzio. Merk es dir.»

Ich merkte mir alles. Cláudio Cerrutti röstete Kaffee nach den modernsten Methoden, und der Dichter-Soldat war ein gewisser Gabriele d'Annunzio.

Im Gymnasium wurde ich von Professor Morais ausgefragt. Ich wußte überhaupt nichts. Ich hatte alles vergessen. Ich war schlechter als ein Schüler der vierten Klasse. Überdies hatte das Schuljahr bereits begonnen. Aber ich zeigte solchen Lerneifer, daß er mich um meines Ehrenworts willen, ich würde mich mächtig anstrengen, in die sechste Klasse einstufte.

Zufällig war ein Sohn des Italieners, Jorge, einer meiner Mitschüler. Er war zweimal sitzengeblieben. In meinem Alter – mit sechzehn Jahren – führte er bereits das Leben eines fertigen Mannes. Er stellte den Frauen nach, spielte im Tierlotto, rauchte, besaß Flinten und Pistolen, spielte Fußball, und wenn Senhor Eusébio, der Rektor, ihn in den Karzer sperrte, widersetzte er sich, begehrte gegen ihn auf und versuchte die Karzertür einzutreten. Eines Tages verprügelte er sogar den Präfekten.

Zu unserer Gruppe gehörten auch die beiden Celsos, die bald meine Freunde wurden, Brüder von Maria Manuela – welche die Lehrerbildungsanstalt besuchte und mir immer den Krawattenknoten band, wenn wir uns trafen –, dazu Quim Junqueira, mit dem ich mich später anlegte, und drei Mädchen: Lia, Rute und Guajajara. Alle jünger als ich.

Rute, klein, dick, mit blauen Augen und rotblondem Haar, wirkte auf mich immer wie ein herrenloses Hündchen. Und ich streichelte sie. Guajajara, groß, stark, brünett, hatte eine so einschmeichelnde Stimme, daß man sie sofort gern haben mußte. Lia wurde meine erste große Leidenschaft.

Vor ihr hatte ich auf der Fazenda eine gewisse Zuneigung für Norma und Iracema empfunden. Norma war in Morro Velho als Begleiterin ihrer Schwester erschienen, die gerade ihre Hochzeitsreise antreten wollte. Nun geschah es, daß in jener Nacht Senhor Adalberto mit seiner Frau, Dona Nénê, im Zimmer neben meiner Kammer schlief. Obgleich es ein Gästezimmer war, war es nur ungenügend eingerichtet. Deshalb hatten sie ihres den Neuvermählten gegeben und waren in dieses gezogen. Von dem irrigen Gedanken besessen, daß zwei Schritt von mir entfernt eine Entjungferung stattfinden würde, konnte ich kein Auge zutun. Splitternackt bei gelöschtem Licht im Bett liegend, war ich in der Finsternis ein gespanntes wachsames Stück Schatten und wartete nur darauf, die Braut schreien zu hören. Juvenal hatte mir versichert, daß die Bräute in der ersten Nacht loskreischten.

Doch davon war nichts zu hören. Plötzlich wurde im Zimmer nebenan gesprochen. Das war Dona Néné. Ich konnte alles verstehen, was sie sagte. Sie beschwerte sich über ihr Leben. Ihr «Negerlein» Adalberto habe ihr es seit zwei Wochen versprochen und tue es nicht... Sie habe so große Lust drauf. Sie spüre gewaltiges Verlangen danach... Senhor Adalberto blieb stumm. Dona Néné bat immer und immer wieder ihren «Neger», er möge sie doch befriedigen... Sie nannte ihn beharrlich «mein Negerlein», «mein Schätzchen». Dann sprach Senhor Adalberto. Solche Verworfenheit hätte er nie erwartet. Ob sie sich nicht schäme, so schändlich zu reden, wo sie doch sein Unglück zur Genüge kenne. Er könne nur in langen Abständen. Sie wisse doch, daß es so sei... Verdammtes Weib! Elendes Weib, die ihr Leben lang nur an Dummheiten dächte, an Schweinereien, bloß um ihn zu demütigen! Aber er würde ihr noch eine Kugel in den Kopf jagen. Und sich selbst zwischen seine Hörner. Ziegenschlampe! Scheißhexe!

Dona Néné weinte. Sie weinte lange. Dann ließ ihr Schluchzen allmählich nach und hörte schließlich auf. Das Haus wurde grabesstill. Am Ende des Hausflurs, im Zimmer der Brautleute, schien alles lautlos vor sich zu gehen, jedenfalls drang kein Geräusch an meine Ohren. Doch dann fing Dona Néné wieder zu jammern an. Und ich hatte geglaubt, sie sei eingeschlafen, dabei lag die große Hure wach und ließ nicht locker. Senhor Adalberto möge ihr verzeihen. Sie gestehe, sie sei tatsächlich grausam gegen ihn gewesen, obwohl sie es nicht absichtlich getan habe. Sie habe eben so großes Verlangen... Und wie. Sie könne der Versuchung nicht widerstehen. Senhor Adalberto wurde weich und begann gleichfalls zu weinen. Aus Verzweiflung zu weinen. Nun schickte Dona Néné sich an, ihn zu trösten. Er solle sich nicht betrüben, es genüge schon, wenn er wolle... Senhor Adalberto beruhigte sich und sagte bald darauf ergeben:

«Sieh mal zu, ob es dir gelingt... Aber vielleicht gelingt es nicht...»

Nun biß Dona Néné ihn irgendwo, denn Senhor Adalberto stöhnte und klagte:

«Du tust mir weh, Néné. Beiß nicht so fest...»

Doch das scherte sie wenig! Senhor Adalberto schrie lauter. Und warnte sie:

«Morgen wird mein Hals ganz dick sein ... Und alle werden es merken.»

Aber Dona Néné wollte von nichts wissen. Schließlich konnte Senhor Adalberto, allem Anschein nach. Und nun stöhnte Dona Néné, sie stöhnte, bis ich nichts anderes mehr hörte als das Knirschen meiner Zähne.

Am nächsten Tag erkannte ich, wie hübsch Norma war. Doch in ihrer Gegenwart und angesichts der Aufmerksamkeit, die sie meinen fünfzehn Jahren schenkte, empfand ich statt Berückung Beklemmung. Meine zerschlissenen Hosen, das gestreifte Hemd und die nackten Füße mit den Hornhäuten lähmten den Mut, der bei jedem unwägbaren Blick ihrer Augen auflebte. Nach Cataguazes zurückgekehrt, hatte sie noch die Liebenswürdigkeit, mir eine Zeitschrift zu schicken.

Dem jungen ...

Das war der erste Liebesbrief, den ich erhielt. Freilich bestand er nur aus der Anschrift. Aber ihre weibliche Schrift, mit der sie meinen männlichen Namen schrieb, genügte, um mein Herz höher schlagen zu lassen. Ich mochte sie so, wie ich als kleiner Junge jedes Jahr die Birnen von Sankt Johannis gemocht hatte, die im Garten der Rebéis wuchsen, reiften und verschwanden, ohne daß ich sie gekostet hatte. Selbst wenn sie mich um ein Paar Hosen bat (ich lieh ihr die neuen) und sie zum Reiten anzog, brachte ich nicht den Mut auf, zu begreifen, daß sie mir damit ein Stückchen ihrer Jungfräulichkeit schenkte. Ich sah sie weiterhin als Senhora, parfümiert, in Seide gehüllt, und sah mich nach wie vor als Gutshofburschen, schmutzig, barfuß, ein Schweinehirt. Mit einem Wort: unwürdig für alles, was von ihr kommen mochte ...

Mit Iracema, die eine Zeitlang später auftrat, liefen die Dinge anders ab. Auch ihre Schönheit bewunderte ich und zeigte es ihr auch. Aber das verschwörerische Lächeln meiner Tante, sobald sie uns zusammen sah, ließ mich rechtzeitig innehalten. Sie war ihre Enkelin, Tochter der Dona Clotilde, die in Congonhas wohnte, und ich fühlte, man wollte mich einwickeln. Auf diese Weise wäre die Frage um die Erbschaft zur Befriedigung aller geklärt… Sie weinte ausgiebig neben mir, bedrängte mich unablässig, aber alles war zu Ende, bevor es wirklich begonnen hatte.

Lia war wirklich meine erste Leidenschaft. Sie glich einer Engländerin, die ich eines Tages in Leça beim Baden gesehen hatte, als ich Hausdiener in Porto war und die Herrschaften den Sommer am Strand verbrachten. Wir sprachen über die Schule, über Filme (zu jener Zeit lief im Parkkino *Die Sünderin* mit Pina Menicchelli), ich machte für sie die Hausaufgaben, ich lieh ihr meine Hefte, doch weiterzugehen, dazu brachte ich nicht den Mut auf. Die Liebe, die ich empfand, gestand ich ihr in den Aufsätzen, die Professor Morais uns aufgab. Er hatte eine Schwäche für Landschaften, und so sagte er mit seiner tiefen Stimme:

«Am Montag bringt ihr mir alle eine Landschaftsbeschreibung.»

Ich entwarf zwei verschiedene Fassungen derselben erfundenen Landschaft und brachte meiner Muse als Geschenk die Schilderung mit, die ich am gelungensten fand. Immer bereicherte ich das Bild mit einem klaren Wasserlauf und sattem Grün an beiden Ufern, damit die Ausflügler – darunter ein jungverliebtes Pärchen – sich bequem lagern konnten; in einer Entfernung von fünfzig Metern nach beiden Seiten pflanzte ich ein kleines Gehölz mit zwei sehnsuchtsvoll gurrenden Juriti-Vögeln; darüber malte ich einen Himmel blau wie ihre Augen und eine Schöpfersonne, die das Idyll liebkoste. Die Arbeit gefiel ihr und auch Senhor Professor Morais.

Wenn ein Lehrer ihren Namen aufrief, zitterte ich auf meinem Platz. Ich war sicher, daß sie nichts richtig beantworten würde, und ihre vor allen zur Schau gestellte unverantwortliche Unwissenheit schnitt mir ins Herz. Während ich so litt, stand sie auf, schlank, geschmeidig, mit blauen, boshaften Augen, schritt zur Schiefertafel und kritzelte Dummheiten darauf mit solcher Gelassenheit, daß man hätte meinen können, sie gäbe Wunderdinge von sich. Sie nahm das Ganze nicht ernst. Die Lehrer wurden unmutig, wiesen sie zurecht, aber sie hörte ihnen kaum zu. Sie kehrte in ihre Bank zurück, lächelnd, seelenruhig, lebensfroh. Die anderen Mitschülerinnen kannten sich in Grammatik aus, in Geschichte, Geographie… Sie verstand nur zu lachen und eine schneeweiße, enge Bluse zu tragen, in der ihre Brüste sich rund und klein abzeichneten. Im Grunde hatte es mir dieser sorglos fröhliche Zauber angetan. Und so versuchte ich der Klassenerste zu sein, um ihre schwachen Leistungen wettzumachen. Ich wollte für uns beide lernen. Und ich kam mir vor wie der Herr der Welt, wenn ich am Schluß jedes Aufrufs vom Podium stieg und in ihrem Gesicht dankbaren Beifall für meinen glänzenden Auftritt zu lesen glaubte.

Am späten Nachmittag dann schlenderte ich an ihrer Tür vorüber. Wenn sie nicht am Fenster saß, ging alles gut. Doch wenn sie dort saß, stolperte ich, wurde puterrot, und der Boden floh unter meinen Füßen.

Samstags nach der Schule ging ich mit Jorge ins Haus von Onkel Hugo. Ein Fuchs zog uns in einer zweisitzigen Charrette dorthin. Jorge füllte den Kasten unterm Kutschbock mit Dynamit und Kartuschen, und am nächsten Tag trieb eine Unzahl toter Fische an der Oberfläche des Piratininga-Flusses, und die Savanne hallte von Schüssen wider. Onkel Hugo wohnte mit seiner Frau, Dona Eleonore, auf dem Landgut Boa-Vista, zwei Léguas von Ribeirão entfernt. Sie lebten allein, und anscheinend freudlos. Er war Senhor Cerruttis Bruder und empfing uns mit offenen Armen, als wären wir die Söhne, auf die er ein Leben lang vergebens gewartet hatte. Dona Eleonore briet arme Ritter, kochte Frikassee, und das Abendessen war immer ein Festmahl. Onkel Hugo, schon betrunken, sprach dann von seiner Heimat, seinem vielgeliebten Kalabrien. Wir wollten wissen, ob er Rom kennengelernt hatte, Neapel, die Blaue Grotte und den Vesuv. Onkel Hugo hatte nichts von alldem gesehen. Er gab uns jedoch zu verstehen, daß sein Geburtsdorf, S. Genardo, mehr wert war als all das zusammen. Frühmorgens weckte er uns väterlich zu unserer üblichen Arbeit. Und bald danach, im Astwerk versteckt, wirkte er trotz seiner Beleibtheit nicht älter als wir, wenn er den Ruf des Inhambu und des Trocal nachahmte. Dann und wann fiel ein Schuß. Aber eine Ewigkeit brauchte das Schießmanöver auf den kleinen Caxinguelê, der, von Ast zu Ast hüpfend, den ganzen Urwald durchquerte, bevor er sich ergab. Mehr als zwanzig Schüsse waren notwendig, um ihn zu erlegen. Bis er sich von einem Sucupira-Baum löste und uns zu Füßen fiel, ohne Kraft, noch länger solcher Grausamkeit zu widerstehen.

Am Montag wußten wir unsere Schulaufgaben nicht. Zum Glück hatten wir nur Englisch, Geographie und Portugiesisch. Mister Robertson war ein Heiliger; in Geographie konnte mir keiner das Wasser reichen; und was das Portugiesische betraf, so schmiedete ich sogar Verse...

Ich ahmte den *Juriti* von Casimiro de Abreu* nach, der auf Seite 353 der *Antologia Brasileira* von Eugénio Werneck stand:

In meinem Land, im Laubgesäusel
seufzt der Juriti...

In Agarez seufzte natürlich keinerlei Juriti, dafür seufzte irgendein anderer Vogel... Alle wollten, ich solle diese Verse, die Jorge überall herumzeigte, zur Veröffentlichung in der *Stimme von Ribeirão* freigeben. Doch ich ließ es nicht zu, denn ich wußte genau, daß das nichts war als ein schlecht abgeschriebener Casimiro de Abreu...

Ich las alles, was mir in die Finger geriet. Ich kannte das Leben aller Verfasser, die in der Sammlung vorkamen, auswendig, und liebte Silva Jardim* nur, weil er in einem Vulkan ums Leben gekommen war und José do Patrocínio* in einem Nachruf gesagt hatte, die Worte eines gewissen Guizot paßten so gut auf ihn: «Zwei ebenso große wie schwierige Dinge sind notwendig für den Ruhm eines Menschen: Heimsuchungen ertragen und mit Festigkeit entsagen; an das Gute glauben und beharrlich darauf bauen.»

Drei Tage nach der Nacht, in der ich Armindas Kammer verlassen hatte und mich im Wohnzimmer Senhor Morais, meinem Professor, gegenübersah – dem mit den Landschaftsbeschreibungen –, traten bei mir die ersten Anzeichen der Krankheit zutage. Jorge stellte sofort die Diagnose. Noch versuchte ich schamvoll, mein Unglück zu vertuschen, aber Jorges Mutter entdeckte alles an meiner Wäsche. Senhor Cláudio kam zu mir und riet mir, mich einem Krankenpfleger des Hospitals anzuvertrauen.

Er war eine ebenso gute Seele wie sein Bruder Hugo, besaß aber nicht dessen Phantasie. Er verbrachte seine Tage in der Zukkermühle, die neben seinem Wohnhaus lag, und irrte zwischen Mahlsteinen, Flaschenzügen und laufenden Treibriemen umher. Ohne die Kraft, mit seinem Sohn fertigzuwerden, erwartete er Wunder von meinem Beispiel als guter Schüler. Und das Gegenteil war zu beobachten. Sein Einfluß auf mich zeitigte seine ersten Früchte...

Die Ferien nahten, und noch war ich nicht wiederhergestellt. Aber ich sah keinen anderen Ausweg, als sie auf der Fazenda zu verbringen. Alle, Weiße und Schwarze, hießen mich wie einen Erbprinzen willkommen. Sogar die Tante machte trotz ihres Grolls, der hinter den Brillengläsern in ihren Augen funkelte, gute Miene zum bösen Spiel. Meine Erkrankung sprach sich herum, ohne daß ich erfuhr, wie, und stieß allerseits auf Nachsicht und Mitgefühl. Bubenstreiche... Und ich verbrachte hier, was ich mir nie erträumt hätte: einige stille Tage.

Ich kehrte in die Stadt zurück und ging gleich ins Kino. Gerade, als ich eintrat, raste der Arizona-Expreß über die Rocky Mountains. William Duncan, der den Ingenieur beim Eisenbahnbau spielte, war in die Heldin, Pearl White, verliebt, die in einem Erste-Klasse-Abteil saß und in einem Buch las; sie war die Tochter des Hauptaktionärs des Unternehmens. Die Banditen hatten die Brücke über den Schwarzen Canyon vermint. In diesem Augenblick fuhr der Zug aus dem Tunnel und bog auf den Paß ein. Ich klammerte mich an meinen Sitz. Einer der Briganten, der fürchterlich schielte, steckte die Zündschnur an, und alles flog in die Luft. Die Pianistin hörte mitten in ihrem Walzerspiel auf, und der folgende Teil wurde auf die nächste Mittwochvorstellung vertagt.

Bei meinem ersten Rundblick durch den Zuschauerraum sah ich Jorge neben den Gebrüdern Celso sitzen. Ich trat zu ihnen. Sie wetteten, ob und wie die Heldin gesund und munter der Explosion entkommen sei. Sie wetteten um Geld, ob ich mitmachen wollte? Warum nicht!

Vor mir entdeckte ich Rute, Guajajara und die anderen Mitschülerinnen, nur nicht Lia. Verwundert schaute ich Jorge an. Er verstand meine stumme Frage und erwiderte einsilbig, sie gehe nicht mehr in die Schule, weil ihre Mutter gestorben sei. Sie kehrte nie mehr zurück.

Plötzlich ging das Licht aus, und Max Linder erschien auf der Leinwand. Als erstes flüsterte er einem dickköpfigen Maulesel, der nicht vorwärts wollte, etwas ins Ohr. Kaum machte er den Mund auf, lief der Esel los, selig über das ihm anvertraute Geheimnis. Bei jedem Witz bog sich das Publikum vor Lachen. Er war wirklich sehr komisch... Aber nur für den, der nicht wußte, wie ich es wußte, daß er, Max Linder, sich die Pulsadern aufgeschnitten hatte, um der Traurigkeit ein Ende zu bereiten... Die Celsos, die Künstlerbilder sammelten, wußten es ebenfalls. Jorge auch. Trotzdem gerieten sie aus dem Häuschen vor Vergnügen. Schafsköpfe! Konnte man sich des Lebens freuen, wenn Lia zu Hause den Tod ihrer Mutter beweinte!

Auch Professor Morais schämte sich am darauffolgenden Samstag nicht, die übliche Landschaftsbeschreibung aufzugeben! Als wäre es nicht unmenschlich, einen Menschen zu folgender Niederschrift zu zwingen:

> *«Es war ein kühler, duftender Morgen. Die Vögel zwitscherten im Obstgarten. Paulo öffnete das Fenster...»*

Vielleicht hatte er allen Grund, noch die kühlen, duftenden Morgen zu schätzen, die aus einem Tintenfaß keimten. Während ich bereits diese falschen lyrischen Ergüsse zum Kotzen fand.

«Note zwei: Ihre Beschreibungen werden langsam fad. Es fehlt ihnen die Lebendigkeit, die Fröhlichkeit...»

Doch nicht Senhor Morais zuliebe hatte ich einst die glücklichen Schilderungen meines Frühlings abgefaßt...

Bei den anderen Lehrern trat das gleiche ein. Da ich beim Verlassen des Podiums nicht mehr das beifällige Lächeln von Lias blauen Augen sah, war es mir gleichgültig, ob ich gute oder schlechte Noten erhielt. Und so verdarb ich mir meinen guten Ruf. Zum Glück ging das Schuljahr seinem Ende zu.

Diesmal begleitete mich Jorge. Ich hatte meinen Onkel um Erlaubnis gebeten, ihn mitzubringen. Er war damit einverstanden. Und so fuhren wir denn. In Recreio, wo wir auf den Anschlußzug warten mußten, verbrachten wir die zwei Stunden im Haus von Dona Micas. Jorge kannte alle Frauen Brasiliens. Kaum betrat er ein Freudenhaus, hörte man:

«Heilige Jungfrau! Seht doch bloß! Der Jorge!»

Und sie hängten sich wie Kletten an ihn. Sie glichen ausgehungerten Mannsbildern, die sich um ein wildes junges Ding drängelten. Und ich stand verloren in einer Ecke, oder es nahm sich eine meiner an, die entweder Geld brauchte oder ähnlich geartet war wie ich.

Am dritten Tag auf der Fazenda traf eine aufsehenerregende Nachricht ein: mit dem Sechs-Uhr-Zug sollte Dina, die Patentochter meines Onkels, ankommen. Gleichfalls, um ihre Ferien auf dem Landgut zu verbringen.

Der Fuhrmann Anacleto fegte pfeifeschmauchend den Ochsenkarren mit der Bambusmatte sauber, spannte das Verdeck auf und zockelte nach Sousa Pais. Jorge und ich ritten, die Flinte geschultert, auf dem Abkürzungsweg zu Pferd hin.

Dina mußte ein hübsches Mädchen sein. Ganz ohne Zweifel. Und überdies eine Patentochter meines Onkels ... Sie mußte einfach bildhübsch sein!

Mein Onkel wollte uns unsere Erwartungen nicht nehmen. Er sagte ja, ohne ein Wort mehr. Und so warteten wir.

Der Schnellzug pfiff in der Ferne, schnaubte wütend näher, verlangsamte seine Fahrt, hielt einige Augenblicke, schnaufte von neuem und verschwand in Richtung Aracaju. Auf dem Bahnhof blieb von all dem – von den beschleunigten Herzschlägen, als der erste weibliche Kopf erschien, von dem Abfahrtssignal und dem Pfiff der Lokomotive – ein dürres, reizloses kleines Ding übrig, auf das ich pflichtbewußt zuging und das ich fragte, ob es zur Fazenda Morro Velho wolle. Es sagte verschüchtert ja. Sie war es, die so sehnlichst erwartete Dina!

Der Ochsenkarren begann sich den Berghang hochzuquälen. Als wir beim Landgut Avelar an der von einem Kreuz bezeichneten Stelle vorüberfuhren, erzählte ich, ein Mulatte namens Artur habe hier Unsere Liebe Frau gesehen und habe sogar mit ihr gesprochen!

«Mit Unserer Lieben Frau?!» rief Jorge erstaunt und parierte sein Pferd durch.

«Es scheint so ...»

Abergläubische Dummbärte! Warum widerfuhren solche Dinge niemals ihm? Das mußte ein herrliches Erlebnis sein...

Endlich fuhr die Karawane in Morro Velho ein. Und wir hatten nicht den Schneid gehabt, auch nur ein Wort mit dem jungen Ding zu wechseln! Es war eben häßlich.

Nur der alte Anacleto behielt seine immerwährende Seelengröße und machte die Honneurs des Hauses.

«Wir sind jetzt auf der Fazenda.» verkündete er voller menschlicher Wärme.

Wortlos hörte sie zu. Und wir, fünfzig Schritt zurück! Als hätten wir Angst, uns die Krätze zu holen! Nach der zweiten Biegung begann eine in der Krone eines Ipé-Baums sitzende Turteltaube zu gurren. Ich saß ab, um die Pferde zu halten, während Jorge schoß. Als der Schuß losging, stieg Kolibri, der gerne scheute, und traf mich mit der rechten Vorderhand am Kopf. Blut schoß heraus. Wir legten zwei Taschentücher zwischen Haar und Mütze, saßen auf und ritten im Galopp an dem jungen Mädchen vorbei. Sie möge entschuldigen, ich sei verletzt. Verstört stand sie im Karren auf, aber nur ein hübsches Gesicht war würdig, sich um mich Sorgen zu machen...

Kaum war sie im Haus, wollte sie sofort wissen, ob meine Verwundung schlimm sei. Ich sagte trocken nein. Sie sei nicht der Rede wert. Sie hörte zu, und ihr Gesicht leuchtete vor Erleichterung auf. Nun verspürte ich den Wunsch, sie näher anzusehen. Unbedeutend, in der Tat. Die Augen, groß, schwarz, rein und traurig, waren freilich irgendwie interessant. Das übrige... Breite, zu hohe Stirn, viel zu volle Brüste im Vergleich zu dem kleinen, schmächtigen Körper.

Am nächsten Tag wollte sie selbst mich verbinden. Sie bat darum mit einem mir bislang unbekannten Zartgefühl. Ich nahm ihr Angebot an. Während sie mir das Haar rings um die Wunde beschnitt, klärte sie mich darüber auf, daß der Riß bis auf den Knochen ging. Und sie fragte, ob die Arnikatinktur brenne und ob die Wunde mir wehtue.

Alte Zeiten kehrten mir ins Gedächtnis zurück, als unter ähnlichen Umständen mein einziges Hilfsmittel darin bestanden hatte, mir die Wunde zu lecken, wie es herrenlose Rinder tun, die auf dem Hochland auftauchen. Ich erinnerte mich an den Hufschlag in meine Ellenbeuge, deren Narbe mich tagaus, tagein an die

Unmenschlichkeit der Tante erinnerte. Mein Onkel war unterwegs nach São Paulo, und ich hatte Fieber und Schmerzen und mußte die Schweine und Kälber mit einer Hand versorgen! Als ich nach dem Unfall blutend nach Hause gekommen war, hatte ich folgenden Trost erhalten: Schade, daß mir nicht der Arm rundweg abgesäbelt worden sei! Sie wollte mir nicht einmal Alkohol geben. Ich wusch die Wunde mit Zuckerrohrschnaps und legte ein Pflaster aus Spinnweben darauf.

Ich hatte nur das kennengelernt, und jetzt Dina, die fragte, ob ich Schmerzen litte, und bedauerte, daß sie mir soviel Haar abscheren müsse! Und allmählich wuchs in mir eine unendliche Zärtlichkeit für das häßliche kleine Geschöpf, das viel zu volle Brüste für einen so kleinen Körper hatte...

Als die Wunde verheilt war, hatte ich ihr meine Enttäuschung bei ihrer Ankunft bereits vergeben. Jorge indes blieb ungerührt. Er sprach mit ihr, tanzte mit ihr, aber nur aus Höflichkeit. Er nannte mich romantisch und sentimental. Ich schickte ihn zum Teufel und blieb bei meiner Einstellung. Obwohl ein neuer Hausgast, Zèzéti, einen Mestizenkörper vorzuweisen hatte, der jedem Mann das Blut in die Ohren jagte, empfand ich in Dinas schlichten Armen Ruhe, Stille.

Eines Abends jedoch, als wir alle um den Eßtisch saßen, mein Onkel las Zeitung, die Tante stopfte Socken und Jorge plauderte mit Senhor Adalberto, ließ ich es ihr gegenüber an Achtung fehlen. Sie saß mir gegenüber. Ohne die Augen von Pérez Escrichs* Roman zu heben, begann ich ihren Fuß sanft zwischen meinen zu drücken. Sie reagierte nicht. Ich drückte fester, noch immer in mein Buch vertieft. Sie rührte sich nicht. Nun hob ich den Fuß, hob ihn höher, bis ich ihn mit der linken Hand fassen konnte. Ich legte ihn auf mein Knie und ließ die rechte Hand ihr Bein hinaufgleiten. Ich gelangte bis zum Schenkel, aber da war mir plötzlich, als beobachteten alle mein böses Tun. Blitzschnell ließ ich ihr Bein los, das jedoch nicht auf den Fußboden schlug, wie ich schon erwartet hatte. Und dann saß ich eine Ewigkeit, angeblich in meine Lektüre vertieft, und starrte auf die Buchstaben, die über das Papier tanzten.

Sie wird dir ein so schändliches Benehmen nie verzeihen! – dachte ich. Und mit vollem Recht. Doch warum zum Teufel hatte sie nicht den Fuß zurückgezogen, als ich mein Spiel begann? Es hätte nur eines kleinen Rucks bedurft. Sie hatte sich wehrlos meiner Begierde überlassen... Verfluchte Versuchung! Und nun mußte sie blitzwütend auf mich sein, sie, die so gut, so hilfsbereit war...

Zum Glück hatte es niemand bemerkt. Wenigstens das... Somit wußten also nur wir zwei, daß ich ihr Bein bis zum Schenkel abgetastet hatte... Übrigens war es an gewissen Stellen warm und weich... Wäre der Tisch schmaler gewesen, ich wäre womöglich weiter vorgedrungen... Schlimm genug! Empfand ich Reue, oder war ich schamlos genug, über eine solche Schamlosigkeit auch noch Betrachtungen anzustellen?!

Die Ärmste, sie wurde nicht einmal böse. Als Schlafenszeit war, wünschte sie mir eine gute Nacht und ging so gutgelaunt zu Bett wie an den vorangegangenen Abenden.

Am nächsten Morgen mußte Jorge mich gegen die Gewohnheit wecken. Am Abend zuvor war verabredet worden, daß wir Schlag sieben aufbrechen würden. Doch zur vereinbarten Stunde schlief ich noch den Schlaf des Gerechten. Auf dem ganzen Weg sprach nur er. Ob ich mich nicht schämte, so eine Figur abzugeben. Ich führte mich auf, als sei ich imstande, Himmel und Erde hinzugeben für eine Eselin in Röcken! Ehrlich gesagt! Wie die Menschen sich veränderten! Nicht einmal jagen könne ich. Und wenn wenigstens die parfümierten Agutis und Wasserschweine, denen ich jetzt nachspürte, nur einen Bruchteil so viel wie die echten wert wären, wäre es noch hinzunehmen. Aber das waren ja Monster, Vogelscheuchen, auf die ich mir recht was einbilden konnte. Jawohl, Senhor!

Gottlob bellte inzwischen Liró los. Jorge rannte in die Schlucht, und ich blieb im Dickicht zurück, spähte in das Gewirr von Stengeln und Ästen und sah darüber unwillkürlich das Flechtwerk meines eigenen Lebens.

So wie die Luftwurzeln dem Geflecht Festigkeit gaben, so gab es auch in meinem Leben verschlungene Fäden, die es zusammenhielten. Einige verloren sich unversehens, kaum daß sie sich gezeigt hatten. Ohne Anfang und Ende, waren sie nur flüchtige Namen. Domherr Freitas, Senhor Oliveira, Inês, Benedito Zandonelli. Andere traten deutlicher hervor und waren eine Zeitlang im Gefüge des Gewebes zu sehen. Mein Onkel, die Tante, Virgolino, Lia, Dina… Doch obwohl sie Gegenwart besaßen, hatten sie keine Vergangenheit. Ob sie auch Zukunft haben würden?

Dagegen waren zwei durchgehende, lange Fäden sichtbar, die von weither kamen, sich verschlangen, festhielten, festbanden und Dauerhaftigkeit verhießen. Bänder der Seele, bezeichnet durch fünf und sechs Buchstaben – Vater und Mutter, nur sie gaben echte Festigkeit und dem Webstoff Bedeutung. Ihr Wille war die Kette, und ihre Menschlichkeit war der Schuß. Dank dieser treuen, festen Bindungen konnte ich jetzt ein Stück widerstandsfähigen Stoffes statt eines Flickenteppichs in der Sonne ausbreiten…

Währenddessen glitt der Paka blitzschnell an mir vorbei und stürzte zu Jorges Füßen zu Boden. Der Schuß füllte die Grotte und hallte lange in den Schluchten wider.

Der Postbote hatte einen Brief für Dina gebracht. Die Familie rief sie zurück. Im übrigen gingen die Ferien ihrem Ende zu.

Jorge weigerte sich, sie mit mir zum Bahnhof zu begleiten. So tat ich es allein. Wie bei der Herfahrt saß sie in Anacletos Karren. Diesmal zwang ich jedoch mein Pferd, dicht hinter der Rüstleiter des Wagens zu traben. Wir sagten nichts, was der Kutscher, der auf der Deichsel hockte, nicht hätte hören dürfen. Einfache Worte über einfache Dinge. Und als der Pfiff zum Abfahren ertönte, drückten wir uns mit gleicher Schlichtheit die Hand.

Auf dem Rückritt zur Fazenda dachte ich nach, auf demselben Weg, auf dem ich sie vor kurzem so sehr gekränkt hatte. Wie unmenschlich! Allerdings hatte Jorge dabei mitgewirkt… Dieser Jorge! Ob ich mich nicht in ihm getäuscht hatte? War er wirklich der Bewunderung würdig, die ich ihm zollte? Die Art, wie er das Mädchen behandelt hatte… Wer verachtete so seinen Nächsten… Häßlich, häßlich war sie… Die Ärmste! Womöglich würde sie mir schreiben, wie sie es versprochen hatte… Die Frauen!… Lia… Ja, von Lia würde ich gerne Briefe erhalten… Dort kam jetzt das Landgut Avelar in Sicht und somit der Ort des Wunders!… Nein, Gespenster und Gespenstererscheinungen gab es nicht auf dieser Welt. In dieser Hinsicht hatte Jorge vollkommen recht. Aber wie er sich Dina gegenüber benommen hatte. Dina! Und wenn sie mir wirklich schreiben würde?! Sie würde nur ihre schönen Worte vergeuden ... Ich würde ihr natürlich nicht antworten. Ich mochte sie auch nicht gern, und damit fertig! Die Wegbiegung, an der Kolibri gestiegen war, und eine junge Turteltaube hoch oben auf dem Wipfel des Ipé-Baums ... Zufälle gibt es! ... Sie wußte wirklich, wie man eine Wunde verbindet. Natürlich verstünde Lia sich darauf im Notfall ebenso gut oder noch besser ... Arme Lia! Die Mutter war ihr genau in dem Augenblick gestorben, als sie gute Noten in Portugiesisch erzielte ... Am letzten Unterrichtstag hatte sie die ganze Klasse nebst Professor Morais überrascht, als sie in einem Atemzug aufsagte:

«Mehrere Hauptwörter in der Einzahl erfordern das Eigenschaftswort in der Mehrzahl, und wenn sie von verschiedenem Geschlecht sind, übernimmt das Eigenschaftswort die männliche Deklination, die den Vorrang hat!»

Vielleicht war die Mutter schon damals krank, und sie hatte sich daher eigens angestrengt, wenigstens in einem Fach gute Noten nach Hause zu bringen. Und sie hatte vielleicht auch deshalb gewisse Besonderheiten meiner letzten Landschaftsbeschreibung nicht beachtet, die mich soviel Mühe gekostet hatte ... Jetzt weinte Dina natürlich im Zug! ... Schon beim Abschied hatte sie kaum die Tränen zurückhalten können ... Zum Teufel mit ihr! Seltsame Farbe, die der Kaffeepflanzung! Das war mir nie aufgefallen ... Das Bleigrau von Särgen ... Die Kuh Schwalbe ganz selig mit ihrem Kalb, das diesmal so gesund und lebendig zur Welt gekommen war ... Aber was für ein Teufelspech für ein Mädchen, so häßlich zu sein. Kolibri schläft unschicklicherweise ein und stolpert ... Brauchst wohl die Sporen, was! Die Ziegelei ... Der Schweinekoben, und der Ort, wo zum ersten Mal ... So ein Elend! ... Da wusch das Weibsstück seine Wäsche, fast versunken zwischen den großen Blättern des Inhame, und die beiden jüngsten Kinder spielten in der Nähe ... Die Lausbuben stammten wohl vom Vater, oder würde er sonst von Sonnenaufgang bis Sonnenuntergang täglich Lehm kneten, um sie mit Maisbrei und braunen Bohnen vollstopfen zu können? Da kam der Unglücksrabe auf der Landstraße daher und schleppte seine Blutarmut mit, durch die er zum Hahnrei geworden war wie ein Ochse! Sieht aus wie ein trockener Dachziegel. Und dieser Gaul immer stumpfsinniger und lahmer! Nein, keinen traurigen Trab! So ist's recht: Galopp, Galopp! ... Nur eiserne Eingeweide halten so ein

Gerüttel aus... Sieh, die beiden großen Buschmeisterschlangen, die sich paaren! Das Vieh, das im Binsenröhricht von Pequília frei weidet. Und jetzt auch im Zuckerrohrfeld! Das Wasser der Mühle, das über die Ufer tritt... Immer dieser Virgolino! Vollreife Guavenbirnen im Garten am Flußufer. Dina liebte Guavenbirnen und Mangofrüchte. Regen! Kommt gerade recht. Die Reisfelder gingen schon ein vor Durst...

Mit ihrer Abreise verwaiste die Fazenda. Noch war Zèzéti da, aber nur, um zum Grammophon Walzer und Polkas zu tanzen. Alles, was Menschlichkeit war, hatte sich mit Dina verflüchtigt. Das sah man sogleich im Fall von Catarinos Sohn. Als das Bürschchen eine Pistole entladen wollte, die er aus einem Stück Rohr gebastelt hatte, schoß er sich die Ladung in den Bauch. Und aus dem Loch kam der Maisbrei vom Mittagessen und der Kot des nächsten Tages zum Vorschein. Seine Därme und sein Magen waren durchlöchert nach Auskunft des Arztes, der nur einen Blick auf das Kind warf und gleich wieder verschwand. Kein Wort des Trostes für den armen Schlingel, der dalag und stöhnte und um Wasser bettelte und es sogleich durch das Loch herausurinierte und immer leiser «Wasser! Wasser!» murmelte, bis er am nächsten Tag starb. Und alle Welt kummervoll um ihn geschart, wehklagend und sich bekreuzigend, und da war keiner imstande, dem Unglückskind durch die meilenweite glühende Wüste hindurchzuhelfen, bis er die letzte Oase erreichte, wo sein Durst enden würde. Dina allein (so dachte ich, während das Kerlchen in Todesschmerzen lag und der Tee, den man ihm einträufelte, aus seinem Leib auf das Rupfenbett rann und von dort auf den Fußboden) wäre imstande gewesen, unverzagt dort auszuharren und die Lebenshoffnung aufrechtzuerhalten. Nur sie hätte genug Geistesgegenwart und Nächstenliebe aufgebracht, die Schweinerei aufzuwischen und zwei weiße Laken zu beschaffen, die dem Bett ein frisches, reines Aussehen gegeben hätten. Da sie aber fort war, blieb dem Unglücksbuben nichts übrig, als elendig einzugehen, ausgestreckt auf der schmutzigen Pritsche, und zu stöhnen, vor Durst zu fiebern und auf seinen Bauch zu sabbern.

Nur sie verstand es, dem Elend mit greifbaren Taten abzuhelfen, die ihrer reinen Hingabe für den Nächsten entsprangen. Daher hatte Trostlosigkeit geherrscht, als Anacletos Karren sich in

Bewegung setzte. Sogar mein an die ihn umgebende moralische Öde so gewöhnter Onkel hatte bei ihrem Abschied ein betretenes Gesicht gemacht. Es hatte geschienen, als schrumpfe die alte Lebenskraft in seinem Gesicht. Nur die Tante zeigte sich befriedigt. Von neuem hatte sie ihr Reich in der Hand. Vierundzwanzig Stunden später war kein Mensch mehr in der Lage, die trostlose Einsilbigkeit bei den Mahlzeiten zu verscheuchen. Jorge faßte sich ein Herz und sprach von der Jagd, Zèzéti suchte es ihm an Mut nachzutun und die Tanzfeste von Palma im Haus des Obersten Juvêncio zu schildern, doch sogleich kehrte das Stillschweigen wieder, lastend und kalt. Dina war es gelungen, die Schatten dieses Hauses so weit zu verscheuchen, daß nicht nur die für wenige Tage gekommenen Besucher, sondern auch die ständigen Hausbewohner überzeugt waren, es hätte sie niemals gegeben.

Vielleicht war das der Grund, daß mein Onkel, der auf dem erst vor kurzem bebauten Land die nimmermüden Brennesseln schon wieder wachsen sah, von der Möglichkeit zu reden begann, die Fazenda zu verkaufen: Daß er sich womöglich entschließen werde, sein immer wieder vertagtes Versprechen, Portugal zu besuchen, zu erfüllen und vielleicht sogar dort zu bleiben, wenn alle sich dort wohlfühlen würden. Er erklärte jedoch, daß ihn kein Heimweh dazu bewege. Nur der Wunsch, nicht zu sterben, ohne vorher vier Tränen auf dem Grab der Eltern vergossen und den Wünschen der Familie Genüge getan zu haben. Seit langem verzehrte meine Tante sich danach, ihren Reichtum in Roalde, wo sie wie ein Hund Hunger gelitten hatte, zur Schau zu stellen...

Anfangs lachte ich insgeheim über derlei Wahngedanken, ich war überzeugt, daß mein Onkel sich niemals von hier losreißen würde. Doch eines Tages nach dem Mittagessen wünschte er, mit mir auszureiten. Die Einladung wunderte mich, aber ich nahm sie an. Und unterwegs begann er gegen alle meine Erwartungen, die Zeit seiner Kindheit, seiner Jünglings- und Mannesjahre aufleben zu lassen, die er an den Ufern des Pinhão und des Douro verlebt hatte, anfangs als Viehtreiberjunge, der für seine Ochsen Grünfutter auf den Gütern von Junco und Noval stahl, danach klopfte er Steine, pflanzte Rebschößlinge, beschnitt Weinstöcke und jätete Unkraut in den Weinbergen. Und er erzählte, was er abends in den Kelterhäusern erlebt hatte, wenn das Winzerpersonal Wein trank und Blindekuh spielte. Die Weiber waren so schweinisch, daß sie sogar in den Most pißten... Er erinnerte sich an die Sache mit Zé Varandas, heute Fazenda-Besitzer in São Paulo, der mit knapp siebzehn Träger wurde. Sie luden ihm eine solche Last Weintrauben auf den Rücken, daß er wie ein Pflock auf der Stelle stehen blieb und weder vor- noch zurückgehen konnte. Der Aufseher fragte ihn dann, ob er nicht mehr könne. Und er antwortete, können könne er schon, nur die Beine wollten nicht mittun... Mein Onkel wollte sich totlachen. Von seinem Thema mitgerissen, kam er nun zu seiner Musterung. Senhor Valadares, damals diensttuender Sekretär im Rathaus, war sein Patenonkel. Bevor er sich zur Musterung meldete, räucherten sie ihn zu Hause mit Maisblättern aus.* Totenbleich betrat er das Musterungszimmer; der vierschrötige Arzt horchte ihn ab, horchte nochmal und schickte ihn friedlich nach Hause mit der Weisung, seine Schwindsucht auszuheilen...

Während er erzählte, tauchte er in dem Buschwerk auf und unter, durch das sich der Weg schlängelte. Meinen Kolibri zügelnd, ritt ich stumm hinter ihm her und dachte an die Gründe, die ihn dazu veranlassen konnten, mir von seinem früheren Leben zu erzählen, das ich übrigens bereits vor meiner Ausreise kannte. Es war die Biographie meines Vaters, mit leichten Abweichungen. Bis dahin hatte ich ihn nie ein Wort über jenen bitteren Abschnitt seines Daseins verlauten hören, der ihn manchmal mit Stolz, manchmal mit Scham erfüllte. Und nun plötzlich tat er mir die Pforten seines Herzens auf!

Wir ritten weiter. Maniokstäucher, Papayabäume, Ananasbäume, Avocadobäume, Bananenstauden, Mandarinenbäume, Kaschubäume lockerten die dichtbestandene, trostlose Kaffeepflanzung auf, die sich einförmig den Hügel hinaufzog, sich bis zur Grotte senkte, von neuem bergan klomm, kräftig und stets in Reih und Glied, bis sie sich auf der Anhöhe verlor und mit dem Urwald verschmolz.

«Das grüne Gold Brasiliens!» rief er lehrhaft aus.

Unter einem Zeltdach aus Quiabo-Gemüse beschloß er, etwas davon für meine Tante zu schneiden. Wir saßen ab, um zu ernten.

Plötzlich, als wäre alles Gesagte nur der Introitus zur Messe gewesen, die er zu zelebrieren gedachte, blickte er mich todernst an und änderte den Tonfall. Er beabsichtige in der Tat, die

Fazenda zu verkaufen und nach Portugal zurückzukehren. Er sei alt und müde. Der Mensch, den er sich als Nachfolger für die Leitung dieser Gutswelt gewünscht habe, sei ich gewesen. Im Hinblick auf diese Aussicht habe er mich nie hinreichend entlohnt. Da ich ja später der Eigentümer des Ganzen werden würde… Nun hätten die Dinge sich aus verschiedenen Gründen anders entwickelt… Im übrigen sehe er, daß ich Bücher liebte und mit einer abgeschlossenen Schulbildung wohl nicht schlecht ausgerüstet sein werde. Ich solle also studieren. Medizin, Rechtswissenschaft, wonach mir der Sinn stehe. Ich könne wählen: entweder in Ribeirão bleiben oder mit ihnen nach Hause fahren und in Coimbra ein neues Leben beginnen. Ganz wie es mir beliebe. Und in der Gewißheit, daß mein Studium finanziell gesichert sei. Auf diese Weise wolle er mir zahlen, was er mir schulde. Denn was das Vermögen betreffe… Kurzum, es lohne nicht, weiteres zu erwarten. Er habe sich so entschieden… Das sei also zwischen uns abgemacht. Vorläufig, solange der mutmaßliche Käufer seine Zahlungsbedingungen nicht akzeptiert habe und sein Anwalt dessen Vorschlag auf Abzahlungen in Wechseln auf lange Sicht überprüfe, solle ich mit Jorge ins Gymnasium zurückkehren. Und ein Mann werden.

Ein Mann werden! Das Losungswort, das er mir immer zugerufen hatte. Der Tagesbefehl, den ich seit meiner Landung in kritischen Augenblicken immer wieder aus seinem Munde gehört und dessen Sinn er mir nie erläutert hatte. Ich hätte ihn gerne gefragt: Hat das Ziel, das Sie mir zeigen, dieselbe Bedeutung für Sie wie für mich? Denn ein Mann zu sein, bedeutete nicht, Fazendas zu erschließen und zu verkaufen, auch nicht, sich Geliebte anzuschaffen und sie ins Haus zu nehmen und noch weniger, mit dem Gewehr auf unzufriedene Neger zu zielen. Aber vielleicht wußte er das selber und sprach nur im Namen der wirklichen Tugenden, die er gleichfalls besaß: unbeugsamen Willen, Ehrbarkeit, die alle anerkannten, natürliche Einfachheit und die Gabe, sich selbst treu zu bleiben, gleichgültig, ob die Besucherinnen hübsch waren wie Zèzéti oder häßlich wie Dina. Und ich sah ihn noch in Cisneiros, bei meinem Antrittsgang ins Gymnasium, als er sagte:

«Lerne, Junge, und wenn du in den Ferien nach Hause kommst, vermeide es, Senhor Adalberto zu beleidigen und dich mit deinem Wissen aufzuspielen. Begreife, daß niemand herabgesetzt werden will, und daß es nicht nötig ist, Menschen zu verletzen...»

Ungeachtet dieser hochherzigen Warnung hatte ich bei meiner Rückkehr auf die Fazenda den Kopf verloren, als ich behauptete, Camões sei größer als Guerra Junqueiro.*

«Was zum Teufel ist daran so wichtig?» lenkte er versöhnend ein.

Aber Senhor Adalberto bestand darauf, *Das Alter des Ewigen Vaters* über die *Lusiaden* zu stellen, und ich widersprach. Am Ende des Streitgesprächs, als sein Stiefsohn wütend aus dem Zimmer stob, ließ er ihn gehen und wies mich betrübt zurecht:

«Ich hatte dir doch ans Herz gelegt...»

Ein Mann zu werden! Ich hatte mich ehrlich bemüht, einer zu werden, indem ich den Blick auf die guten Seiten seines Charakters gerichtet hielt und ohne dem Reichtum nachzutrauern, den er mir hatte schenken wollen und nicht hatte schenken können. Die Tante und ihr Anhang sollten unbesorgt alles behalten. Ich würde meinen Weg gehen und andere Schätze suchen...

Und als wir zum Haus zurückkehrten und ich den Sack mit krummen und spitzen Quiabos auf den Küchentisch ausleerte, war mir, als schüttete ich auf die Fazenda, bei deren Aufbau ich mitgeholfen hatte und die Tausende von Contos wert war, eine Handvoll Früchte der Verwünschung aus.

Jorge erlegte jetzt hastig seine letzte Jagdbeute ohne meine Mitwirkung, denn ich hatte meine alte Jagdleidenschaft völlig verloren. Diese Monate waren für ihn ein wahrer Vernichtungsfeldzug gewesen. alles mußte sterben: Juriti-Vögel, Wildschweine, Affen, Steißhühner, Tauben, Jaós, Pakas, Kotias – alles, was ihm vor die Flinte kam. Er aß, er schlief und er jagte. Nach dem Abendessen tanzte er mit Zèzéti, doch kaum hatte mein Onkel uns eine gute Nacht gewünscht, fiel er aufs Bett und schnarchte. Frühmorgens sprang er taufrisch aus den Laken und rannte zu Pequília, der vortreffliche Jagdhunde besaß und wie er ein großer Jäger war. Anfangs hatte ich die beiden begeistert begleitet, doch in letzter Zeit machte ich entweder gar nicht mehr oder nur noch lustlos mit. Ich blieb lieber im Bett liegen und las oder dachte an die Gespräche mit meinem Onkel, unschlüssig, ob ich in Ribeirão bleiben oder abreisen sollte, ohne Neigung, die ausufernde Fröhlichkeit zu teilen, die sich übrigens an dem Morgen in ausweglosen Trübsinn verkehrte, als wir gemeinsam ins Gymnasium zurückkehrten.

Neben dem, was in der Stadt geschah, hatten wir aus verschiedenen Briefen auch erfahren, daß die Schwester der Celsos ihre Hochzeit gefeiert hatte – sie hatte einen Tanzwettbewerb gewonnen und ihren Partner, einen Apotheker, geheiratet – und daß Senhor Morais um Guajajaras Hand angehalten hatte. Natürlich vermuteten wir alle, die Tatsache, daß er mit einer seiner Schülerinnen verlobt war, werde unserem Portugiesisch-Lehrer die gewohnte Gelassenheit rauben. Und wir waren entschlossen, ihn in der ersten Schulstunde auf den Arm zu nehmen. Vor allem ich, da sein Liebestriumph bei einer Mitschülerin das Gefühl des Scheiterns in meinem Herzen verstärkte. Von wegen! Er verhielt sich, als hätte sich nichts Besonderes ereignet. Er fragte uns reihum unregelmäßige Zeitwörter ab und ließ anschließend Tomás die Grammatik einer Stanze aus den *Lusiaden* logisch analysieren! Sie beginnt folgendermaßen:

> *So furchterregend kam sie und so schwer,*
> *daß unsere Herzen schlimme Angst befiel.**

Der Hurensohn. So eine Frechheit!

Zum Glück war Professor Paulo Teixeira Caboclos Größe von anderem Kaliber. Abgesehen davon, daß er Dichter war – er hatte Sacadura Cabral und Gago Coutinho* bei ihrer Ankunft auf der Insel Fernando Noronha poetisch besungen –, wußten wir, daß er Manaus unter dem Druck des Gouverneurs verlassen hatte, daß er während des Krieges in Deutschland der Spionage bezichtigt wurde, daß er Doktor Artur Bernardes, den Präsidenten der Republik, bekämpft hatte und deshalb während der Ferien verhaftet, nach Rio de Janeiro überführt und dort eingesperrt worden war. Doch da stand er wie früher, stramm, winzig, und lehrte französische Zeitwörter, sein Kragen gestärkt wie immer, die Geheimratsecken noch ausgeprägter. Auf der Fazenda hatte mich sein Artikel, der ihm die Haftstrafe eingetragen hatte, mit Begeisterung erfüllt; er war in der *Stimme von Ribeirão* veröffentlicht worden, die mein Onkel, seit ich das Gymnasium besuchte, abonniert hatte. Er sprach von der Freiheit des Gedankens, von der Achtung vor der menschlichen Würde, er klagte die Tyrannen als Gewissensmörder an und kam zu dem Schluß, Brasilien sei der Feudalstaat von einem halben Dutzend Gaunern. Ergebnis: Verhaftung und Festsetzung. Er aber hatte tapfer Widerstand geleistet und wurde allgemein als Held gefeiert, und als solchen sahen wir ihn auch an.

Beim Verlassen des Gymnasiums erzählte Rute mir von Lia. Diese hatte ihr geschrieben und von ihrem Leben berichtet. Sie führte den Haushalt. Sie mühte sich den lieben langen Tag mit ihren kleineren Geschwistern ab und weinte der Zeit in Ribeirão nach. Sie schickte ihren Mitschülerinnen Küsse und mir herzliche Grüße...

In jener Nacht schrieb ich ein langes Gedicht. In letzter Zeit hatte ich wahllos Verse verfertigt. Aus dem geringsten Anlaß kam ein Sonett zustande, eine Ode, etwas Namenloses, jedoch Gereimtes. Ich füllte ganze Schulhefte mit Vierzeilern, in denen sich Schmerz auf Herz reimte, Wehmut auf Demut, Stern auf fern, Mondschein auf Dasein, Chrysalide auf Sylphide, und so weiter. Aber ich schmiedete nicht nur Verse. Ich ging nach wie vor zu den Freudenmädchen und kühlte die Hitze des Wetters und des Herzens mit Speiseeis in Anastácios Kneipe.

Gerade in diesem anrüchigen Café des Syrers fand der Diebstahl statt.

Eines Nachmittags, nach einer vernichtenden Note in Geschichte, lud Jorge die Jungens unserer Gruppe zu einer Limonade ein. Die Schulstunde hatte von der Minensischen Verschwörung gehandelt, davon, was Tiradentes angezettelt hatte,* und was daraus entstanden war. Jorge hatte keine Ahnung von der Sache. Er wußte weder, wer der Held, noch, was sein Ziel gewesen war. Professor Arlindo kannte keine Nachsicht, wenn es um Tiradentes ging. Entweder man wußte haarklein und auswendig Name, Alter, Beruf und «die große Rolle, die dieser legendäre Held im Kampf um die heilige Freiheit des brasilianischen Volkes gespielt hatte», oder man verdiente nicht mehr als eine Null im Aufsatzheft. Trotz seiner Null oder vielleicht gerade deswegen lud Jorge die engsten Freunde zu einer Erfrischung ein. Er bestellte zwei Runden und spendierte schließlich beim Bezahlen von dem Wechselgeld auch noch Zigaretten für alle. Wir hatten getrunken, hatten uns amüsiert und traten auf die Straße. Draußen strahlte er:

«Acht Limonaden, vier Erdnußriegel, ein Eis, und dabei bring ich mehr Kleingeld nach Hause, als ich mitgenommen habe... Nicht mal Tiradentes hätte eine Großtat wie die fertiggebracht!»

Niemand wußte, worum es ging. Erst als ich auf dem Heimweg nachbohrte, erklärte er mir, daß er einen Weg entdeckt hatte, um den dem Kneipenwirt bezahlten Betrag zurückzubekommen. Er hatte sich an die Theke gelehnt, ein Brett zurückgeschoben, aus dem er den Nagel gelöst hatte, und die Hand in die Kasse gleiten lassen... Ich fand das ekelhaft. Und das war nun mein bester Freund! Ich brachte nicht den Mut auf, ihn bei seinem Vater anzuschwärzen, auch nicht, meine Klassenkameraden vor ihm zu warnen. Aber ich ging ihm jetzt aus dem Weg. Ich wartete nicht auf einer Gartenbank, bis er seine Nachsitzübung im Arbeitszimmer von Senhor Eusébio abgeleistet hatte, und nie mehr besuchten wir zusammen Onkel Hugo.

Aber der Verlust dieser Freundschaft und vor allem die erlebte Enttäuschung hatten mich in angstvoller Einsamkeit zurückgelassen. Mit ihm war mein zuversichtlicher Optimismus geschwunden. Nun schien mir die Welt weniger natürlich und sehr viel düsterer. In Portugal war mein Leben ein unablässiger Abschied von geliebten Menschen und Dingen gewesen. Dann, auf der Fazenda, war es mir versagt geblieben, mit jemandem richtig vertraut zu werden. Im Gymnasium hatte Lia meine Seele erhellt, aber sie war wie ein Komet vorbeigezogen. Dann kam Dina. Doch leider hatten ihr trotz mancher Tugend, die sie besaß, die Reize gefehlt, derer ich auch bedurfte. So war nur Jorge übrig geblieben. Und Jorge hatte sich nun als ein gemeiner Dieb entpuppt. Und Ribeirão kam mir allmählich so leer und wesenlos vor wie der Gutshof von Morro Velho.

Freilich war da das staatsbürgerliche Vorbild von Professor Caboclo. Doch gerade die sittliche Größe seines Verhaltens machte ihn unnahbar. Obgleich aus Fleisch und Blut, wirkte er auf uns wie eine mythologische Gestalt. Wirklich und uns nahe war nur Pater Júlio. Unglücklicherweise war er gestorben, als niemand es erwartet hatte. Alle verehrten ihn. Nicht, daß er Messen zelebrierte. Es war einfach der gute und heilige Mensch, den wir in ihm bewunderten, und nicht der Kollege der zahlreichen Glaubensbeamten, die wir kannten. Der Mensch, der nie von Himmel und Hölle sprach, der selten den Namen Gottes in den Mund nahm, dafür aber Güte, Mitgefühl und Zuversicht ausstrahlte. Jede Generation, die das Gymnasium besuchte, hatte von der vorigen die Achtung vor dem alten Mann geerbt, der durch die Straßen ging und dabei eine Spur fleischgewordener Heiligkeit hinterließ.

Kaum machte die Nachricht von seinem Tod die Runde, lief ich, um ihn zu sehen, auf dem Bett ausgestreckt, umgeben von den ausgestopften Tieren, welche die vielen Regale seines Hauses füllten. Ein Herzschlag hatte ihn niedergestreckt. Und da lag er nun wie irgendeines der katalogisierten Exemplare, knochenhager, schneeweiß, ganz in Schwarz, ohne wie ein Leichnam zu wirken. In seiner Bescheidenheit schien er zu sagen, es sei überflüssig, ihn zu beerdigen. Man brauche ihn nur in einem der Wohnzimmerschränke aufzubewahren und ein Schildchen darunter zu heften.

Trotzdem trugen wir ihn am nächsten Tag auf den Schultern zum Friedhof. Es war ein gemächlicher Spaziergang, wie er ihn mit seinen siebzig Jahren gewöhnlich unternommen hatte, still und wehmutsvoll, ohne Tränen und Wehklagen, und alle Trauergäste, die ihn begleiteten, waren davon überzeugt, daß die Stadt ärmer geworden war. So zumindest verstand ich es...

Dann wurde das Tage zuvor freigewordene Haus gegenüber meinem Fenster neu vermietet. Zuerst kamen die Möbel, nagelneue, dann schraubte ein Arbeiter ein gelbes Schild mit dem Namen des neuen Mieters an die Tür:

DR. ESTÁCIO CAMARGO
ARZT

Am Nachmittag, als ich vom Gymnasium heimkam, wohnte schon jemand dort. Und am Abend, kaum läutete die Glocke des Park-Kinos, erschien die Arztfrau am Fenster. Sie war schmächtig, hatte eine sehr weiße Haut und schwarzes, welliges Haar.

Von meinem Arbeitstisch aus konnte ich einen Teil des Wohnzimmers sehen, in dem sie, während ihr Mann bereits im Hospital war, Klavier spielte. Ihr Lieblingsstück begann mit einigen einzelnen, jähen und kraftvollen Akkorden. Dann stieg aus der Tiefe eines ich weiß nicht wie bodenlosen Abgrunds ein unbestimmter Laut, vielleicht des Aufbegehrens, vielleicht des verzweiflungsvollen Kampfes, der von Sekunde zu Sekunde an Heftigkeit zunahm. Wieder brachen die schmerzvoll aufbegehrenden Akkorde herein. Schließlich verklärte sich alles zu einer zarten, kurzen Aria. Dann hämmerten abermals die unerbittlichen Klänge. Und von neuem der Laut des dunklen Kampfes, der aus Brunnentiefe hochstieg, aufstieg, bis er an die Oberfläche gelangte. Aber das dauerte nur kurz. Wie die aus Nebelschwaden tauchende Sonne sank etwas Anmutiges, Durchscheinendes und Verklärendes aus einem hohen, reinen Melodienhimmel und bannte alles Leiden.

Sie stand vom Klavier auf und trat ans Fenster. Sie tat, als sähe sie nicht meinen Schatten, der sie von meinem Zimmer aus hypnotisierte. Vielleicht, damit ich ihre rundlichen weißen Arme bewunderte, trug sie eine ärmellose Bluse. Bald darauf kehrte ihr Mann heim. Sie lief zur Haustür, und sie küßten sich leidenschaftlich, ohne Rücksicht auf etwa zuschauende Fußgänger. Sie traten ins Zimmer und lehnten sich nebeneinander aus dem Fenster. Obgleich sie neben ihm stand, verbarg sie mir nicht den schlanken Hals, auch versagte sie mir nicht, ihre Brüste zu ahnen, die ihr Ausschnitt leider nicht preisgab.

Das vor mir aufgeschlagene Buch war mir nun verhaßt. Unruhig und uninteressiert an aller Weisheit, war mir nur danach, zu weinen oder jemanden anzufallen. Schließlich rief hinten Dona Luciana zum Abendessen. Ich mochte ihre Makkaroni auf italienische Art. Dazu gab es geriebenen Käse, Tomatentunke, Fleisch und manch anderes. Jorge sagte keinen Ton. Er aß hastig und stand vor allen anderen auf. Senhor Cláudio wollte etwas über das Betragen seines Sohnes im Gymnasium erfahren. Schön… Er hörte sich meine Antwort mit spöttischem Lächeln an. Nach dem Abendessen gingen alle in der Rua Floriano Peixoto und im Stadtpark spazieren. Auch Dr. Camargo kam, eng an seine Frau geklammert. Schließlich waren sie frisch verheiratet. Aneinanderklebend drehten sie zwei oder drei Runden durch den Park und waren mit einemmal verschwunden. Als ich in mein Zimmer zurückkehrte, waren die Fenster des gegenüberliegenden Hauses geschlossen. Nachts träumte ich von der Frau des Arztes. Am nächsten Tag wartete ich erregt auf die Stunde des Klavierspiels. Ich dachte mir eine höchst verzwickte Geschichte aus zu der Musik mit ihren herben, abgehackten Klängen. Es war die Romanze einer unglücklichen Liebe, in welcher der Ehemann den Henker spielte und sie eine Taube ohne Fehl war. Doch leider kehrte Dr. Camargo zurück, und das Paar fiel einander in die Arme wie am Vortag. Die Geschichte paßte nicht dazu. Ich mußte eine andere erfinden.

Ich erfand sie im Gymnasium, nachmittags nach dem Vieruhrunterricht, zur Vesperstunde, als wir in Zweierreihen vor dem Korb mit Butterbroten vorbeimarschierten, die der Präfekt bewachte, damit jeder nur eine Ration herausnahm. Dabei bildeten die Freunde Gruppen und vesperten gemeinsam. Vorher, zu der Zeit, als ich noch nicht wußte, daß Jorge Anastácios Kneipenkasse bestehlen würde, hatte ich mit ihm die Erdnußriegel geteilt, die ich in der Kantine kaufte. Jetzt setzte ich mich in den Schatten der Wand, dicht neben das Bächlein, das durch den Hof rann, kaute allein mein mir zustehendes Pausenbrot und dachte an die Frau des Arztes. Quim Junqueira lief in einigem Abstand mit hervorquellenden Augen umher und knurrte böse. Seitdem ich ihm die Darstellende Grammatik ins Gesicht geschleudert hatte, beschimpfte er mich nur noch aus der Entfernung. Er mochte bellen, so viel er wollte. Solange er vor meinen Augen nicht wagte, Verse wie diese zu singen:

Brasiliens Mißgeschicke
waren zwei, jetzt sind es drei:
Erst war's die Ameise, dann der Italiener,
doch jetzt ist der Portugiese dabei

machte es mir nichts aus, wenn er sein chauvinistisches Gift verspritzte.

Manchmal kamen die Celsos dazu. Doch seit ihre Schwester geheiratet hatte, war unsere Freundschaft abgekühlt. Dennoch waren sie mir lieb und wert geblieben. In ihrer Gesellschaft besuchte ich sonntags das Landgut von Félix, um dort Orangen und

Mangos zu lutschen, bis das Fußballspiel losging. Denn dann hielt sie nichts. Und ich, der ich mir wenig aus dem Zusehen machte, begleitete sie bis zum Fußballplatz, ging dann an der Bahnlinie entlang, in der resignierten Gewißheit, auf Ataúlfo zu stoßen mit seinem ewig skrofulösen Gesicht, der gleichen geistesabwesenden Miene und der gleichen zartfühlenden Ausdrucksweise. Immer wieder gestand er, für die Abfassung von Kinovorschauen geboren zu sein. Er hatte bereits alle Eigenschaftsworte des Wörterbuchs auf sämtliche Stars von Hollywood verteilt. Er zeigte eine vollständige Liste herum. Pearl White, sublim. Norma Talmadge, fatal. Mary Pickford, divin... Und er zählte weitere auf. Dann führte er das letzte, von ihm ersonnene Plakat vor:

RIBEIRENSER PARK-KINO

GIBT SICH DIE HOHE EHRE, EUER EXZELLENZ ZUR URAUFFÜHRUNG EINES FILMS EINZULADEN, DER SIE MIT SEINER ERGREIFEND ERSCHÜTTERNDEN TRAGIK MITREISSEN WIRD ...

In der Ferne pfiff der Sechs-Uhr-Zug. Er fuhr so langsam vorbei, daß Jorge häufig im Fahren auf ihn aufgesprungen war, um in die Stadt zurückzukehren. Doch weder Ataúlfo noch ich hatten es eilig, zurückzufahren. Es dunkelte. Mein Kamerad erzählte jetzt von einem im Herzen der Abruzzen verborgenen leerstehenden Häuschen, in dem Pina Menichelli eines Nachts mit einem gewissen Angelo Soundso geschlafen hatte. Die Verführung hatte an einem Frühlingstag in freiem Feld auf einem Heuhaufen begonnen. Dann hatte der junge Mann, ein Dörfler, den Kopf verloren, und der Akt war auf der Pritsche der Hütte, seines Zufluchtsortes, vollzogen worden...

Und während er zu Ende erzählte, wie der Held wegen dieser Liebschaft, die so ländlich idyllisch begonnen hatte, zum Räuber und Mörder wurde, drückte er sich einen Pickel am Kinn aus.

Ich war erleichtert, als ich von meinem Onkel einen Brief erhielt, in dem er mir die Abreise ankündigte. Wenig oder nichts fesselte mich noch an jene sonnige Kleinstadt mit ihren alten Zedern im Stadtpark, mit ihrem zweistöckigen Gymnasium und ihrer Kaffeerösterei in der Rua Afonso Pena. Ich hatte hier die Zeit verbracht, die eine Illusion nähren kann. Einen Zeitraum, der von blinder Verzweiflung bis zu hellsichtiger Hoffnung reichte. Mittlerweile hatte meine Unruhe hier keinen Raum mehr.

Meine Abschiede fielen nach Form und Inhalt verschieden aus. Senhor Cláudio sagte:

«Drück' mich ganz fest, denn wir sehen uns nie wieder.»

Der Rektor des Gymnasiums drückte sich weniger tragisch aus:

«Leb wohl. Bleib so, wie du bist, mach von dir reden, damit wir durch die Zeitungen hier von dir hören.»

Rute, die Ärmste, löste sich in Tränen auf. Sie hatte in mir den Meister gefunden, den sie sich immer gewünscht hatte. Und sie weinte hemmungslos.

Die *Stimme von Ribeirão* äußerte sich in einer ganzen langen, trauervollen Spalte. Sie begann so:

«In Kürze wird unser geschätzter Abonnent und ehrenwerter Unternehmer Senhor ... in Begleitung seiner liebenswürdigen Familie nach Portugal abreisen ...»

Anschließend wurden die Tugenden meines Onkels nach Bedeutung gestaffelt aufgeführt. Zum Schluß kam ich an die Reihe, «preisgekrönter Schüler unseres Gymnasiums».

Und von Ribeirão blieben Rutes Tränen, der prophetische Tonfall des Rektors, Cláudios endgültiges Lebewohl und die melancholische Zeitungsspalte.

Nur der Bahnhofsvorstand, der mich vor den Ferien in Schuluniform hatte einsteigen sehen, fragte mit einem Hoffnungsschimmer:

«Sie fahren doch mit Rückfahrkarte, oder?»

Auch er sah entmutigt drein, als ich ihm sagte, ich hätte nur die Fahrkarte für eine einfache Fahrt.

Auf Morro Velho bereitete die Familie sich auf die Begegnung mit der Zivilisation vor.

Die Kleideranproben fanden am Spätnachmittag vor dem Abendessen statt. Mein Onkel schaute und schaute wieder und erteilte seine Ratschläge:

«Kürzer, Néné, nur einen Fingerbreit kürzer.»

Die Tante wirkte ohne Brille in einem orangefarbengetönten Kleid wie ein unreifer Kürbis. Meinem Onkel indes gefiel sie so.

Im übrigen hatte sie auch noch einen zu kurzen Hals. Und Dona Maria, die Modistin, entschuldigte sich für den Hut, der einfach fürchterlich war:

«Das ist das Beste, was aufzutreiben war... Sie können's mir glauben!...»

Nur Dona Néné sah von Kopf bis Fuß großartig aus.

«Nicht so fest, Néné, du tust mir weh...»

Ich konnte nicht vor ihr stehen, ohne mich an die Hochzeitsnacht von Normas Schwester zu erinnern. Ich sah sie immer nackt vor mir. Das Bedauerliche war, daß Vetter Adalberto, obwohl er nur von Zeit zu Zeit konnte, zum wilden Löwen wurde, sobald jemand ein Auge auf seine Frau warf.

Die Tante wußte nicht, wie man auf hochhackigen Schuhen geht. Sie wußte es nicht und konnte es auch nicht, weil ihre Füße anschwollen.

«Eiweiß oder das Herz», diagnostizierte Dr. Moreira.

Flache englische Absätze waren nicht mehr in Mode. Aber sie mußte solche tragen. Und bei der Hauptprobe, während Tochter und Schwiegertochter mit hohen Hacken auftraten, sah sie sich gezwungen, daherzuwatscheln wie eine lahme Ente.

Stumm verglich ich den törichten Ärger der Tante wegen dieser und anderer Kindereien – ihr Verdruß, den Fächer nicht anmutig schwenken zu können! – mit der beherrschten, tiefen Traurigkeit meines Onkels. Er tat mir bitter leid, wenn ich sah, wie er den Verwalter Macário über den Fortgang der Gutsarbeiten ausfragte.

«Man sollte jetzt mit dem Jäten in Tiefe-Grotte beginnen», schlug er vor. Aber gleich darauf winkte er verlegen ab: «Ich sage das nur so als Anregung. Verständigen Sie sich lieber vorher mit Senhor Genico. Bitten Sie ihn um Anordnungen per Post.»

Macário indes gehorchte ihm wie zuvor. Und ängstlich, fast heimlich leitete er nach wie vor die fünfhundert Kolonisten auf Morro Velho.

Und er lieferte auch noch für das Fest von Cachoeiro das alljährliche geröstete Spanferkel. Die Tante war in Sachen Ferkel unschlagbar. Sie steckte ihm Oliven in die Augenhöhlen, geröstetes Maniokmehl in den Bauch und ein Petersilienzweiglein in den Hintern.

Das girlandenumhüllte Tier fuhr zum Fest und kam zurück.

Am nächsten Tag wurde es endgültig auf den langen Eßtisch des Speisezimmers aufgetragen.

Seit der Einführung dieser Tradition war ich beauftragt, das Tier aus den Klauen der Herren von Cachoeiro zu retten. Im gelben Khakianzug mit Krawatte um den Hals ritt ich Kolibri und begleitete Virgolino, der das Tablett mit dem Verblichenen auf dem Kopf balancierte. Für ihn ein zweistündiger Ritt im Schritt. Ich kam an, lieferte die Spende im Bazar ab und wartete. Gaffer stellten sich ein. Bis die Versteigerung begann und eine Aura der Erwartung die Stunde meines Triumphes ankündigte. Weisungsgemäß überbot ich jeweils um zehn Milréis. Und ich kehrte mit dem Geschenk, das mich gelegentlich fünfhundert Milréis gekostet hatte, auf die Fazenda zurück. Mein Onkel nahm das Wechselgeld aus einem Conto in Empfang und lachte befriedigt. Im nächsten Jahr wiederholte sich das Schauspiel. Doch diesmal, als mein Onkel von der Gabe sprach, erzitterte ich. Ich konnte mich nicht mit der Vorstellung befreunden, die Eselsrolle der vergangenen Jahre zu spielen... Dennoch dachte ich, es wäre grausam, ihn um die letzte stolze Selbstdarstellung eines hohen Herrn zu bringen. Und ich ritt hin. Die anfangs lahme Versteigerung belebte sich zum Schluß. Innerlich verklemmt erhöhte ich jedoch jedes Angebot trocken um fünfzig Milréis. Und ich gewann, wie immer. Mein Onkel hieß mich das Wechselgeld, das ich ihm übergeben wollte, in die Tasche stecken, und sagte schwermütig, seine Spanferkel seien zum letzten Mal nach Cachoeira geritten.

Am nächsten Tag, beim Mittagessen, trat Stillschweigen ein. Es kam mir vor, als würde ein Familienmitglied verspeist.

Und nun setzte der Strom der Tränen ein und der Chor der Seufzer, deutliche Beweise für die aufrichtige Trauer der Kolonisten, die gekommen waren, um sich zu verabschieden. Zé Marques, der seinen Sohn mitgebracht hatte, um für ihn den Segen des Paten zu erbitten, sowie eine leere Literflasche für den Segen des Schnapsfasses, klammerte sich schluchzend an mich und bat:

«Compadre*, wenn Sie durch Barcouço kommen, grüßen Sie doch bitte meine Angehörigen ...»

Er war nach seiner Eheschließung, gleich nachdem er seine Frau geschwängert hatte, ausgewandert, hatte sich nach der

Ankunft mit einer Schwarzen zusammengetan, hatte nichts mehr von sich hören lassen und lebte, immer betrunken, im Kreise der Mulattenbrut, die er zeugte. Jetzt erst erinnerte er sich an seine andere Familie...

Er wollte etwas über das Schicksal des Kalbes erfahren, das er halbpart mit mir aufgezogen hatte. Ich schenkte dem Patenkind meinen Teil.

Cristóvão, durchdrungen von der Rolle des Wahrsagers, sagte uns eine angenehme Reise voraus und tauschte mit der Tante letzte Heimlichkeiten.

Und die anderen, die noch in der Abschiedsstunde gekommen waren und sich am Portal und am Zaun drängten, winkten mit Taschentüchern und Hüten. Es waren Männer und Frauen aller Hautfarben und Rassen, die wie Haustiere ergeben von Hand zu Hand gingen und jede Herrschaft hochleben ließen.

Ich drehte mich im Sattel von Kolibri um und sah sie zum letzten Mal. Sie und den Gutshof meiner Unglücksjahre. Dort standen die Wassermühle, der Schweinekoben, die Stallungen, der Vorratsschuppen, alle Stationen meines Leidensweges. Und die Worte kamen mir in den Sinn, die Maria da Purificação in Agarez während der Karwoche gesprochen hatte und über die ich nicht mehr lachte:

«Die Fußtritte, die sie ihm gaben, zählten einhundertundfünfzig...»

«Achtundsiebzigmal zerrten sie ihn an dem Strick, den er um den Hals trug...»

Die Tante blickte aus Anacletos Ochsenkarren lächelnd auf den Leidensweg. Sie würde in anderen Landstrichen herrschen...

Etliche Kolonisten riefen vom Ufer des Ingá uns ein Lebewohl zu. Mein Onkel auf Ligeiro rührte keine Hand. Er war wie aus Stein. Wir fuhren an der Ziegelei vorüber, am Ruhesitz, an der Kaffeepflanzung des Kleinguts Avelar. All das, was so greifbar gewesen war, kam mir jetzt unwirklich vor... In Sousa Pais saß meine Tante ab, und ich mußte fast lachen, als ich sie so sah, in ihren Rüschenrock eingezwängt. In dieser Beziehung waren die anderen nicht viel besser. Nur mein Onkel hielt auf eine gewisse Würde. Für ihn schämte ich mich nicht, aber für alle übrigen. Ich wußte, daß es unwürdig war, mich ihrer zu schämen, und doch fühlte ich Scham. Und ich wollte nicht daran denken, wie unser Einzug in die Halle des ersten Hotels ausfallen würde.

Der Zug lief ein, wir machten es uns in einem Zweite-Klasse-Abteil bequem. Während wir auf Rio zufuhren, wurde mir klar, wie wenig mir all die Leute bedeuteten. Mit Ausnahme meines Onkels hatte ich keinen einzigen auch nur halbwegs lieb gewonnen. Sie waren für mich nur Attrappen gewesen. Solange meine Gefangenschaft auf der Fazenda gedauert hatte, war zwischen uns nie etwas gewesen, was sich mit Freundschaft hätte verwechseln lassen; und doch mußte ich sie als Verwandte ansehen! Später, im Gymnasium, hatte ich es als notwendig empfunden, das Wort Familie (die Familie von Morro Velho) als gesellschaftlichen Wert aufrechtzuerhalten, und ich hatte dies auch getan. Doch jetzt sah ich sie wie Fremde, die mir in der Dunkelheit eines anderen Lebens schattenhaft begegnet waren. Mir schien, ich würde, sofern man mich plötzlich fragte, wer meine Tante oder Dona Néné seien, antworten:

«Hören Sie, ich weiß es nicht mehr ...»

Und nicht einmal die kleine Mahlzeit, welche die beiden Damen mir auf ihren Knien anboten, brachte mich ihnen menschlich näher. Ich sagte «vielen Dank» und blickte auf den schlammigen Paraíba hinaus. Rasch, tosend floß der Fluß vorbei und führte Treibgut mit. Stämme, Äste, Planken und sogar Überreste von Hütten, die er unterwegs mitgerissen oder zerstört hatte.

In Entre-Rios erwartete uns Dina mit ihren Eltern. Sie kamen, um Abschied zu nehmen. Mein Onkel hatte ihnen am Abend zuvor unsere Durchfahrt telegraphisch mitgeteilt. Dina blickte mich mit ihren großen Augen liebevoll an. Sie war bleich und abgemagert. Ich begrüßte sie. Sie antwortete kaum. Ihre kleine Hand leistete dem übermäßigen Druck der meinen schwachen Widerstand. Mit erloschener Stimme wünschte sie mir eine gute Reise. Ich murmelte ein kurzes Dankeswort und verstummte. Was hätte ich ihr sonst sagen sollen? Ich hätte ihr gerne versichert, daß es mich schmerzte, sie zu verlassen, doch das war zu wenig. Sie nutzte einen Augenblick allgemeiner angeregter Unterhaltung, um mir heimlich zwei dicke Briefe zuzustecken. Sie bat mich inständig, ich möge sie erst auf hoher See öffnen und lesen. Sie hatte die Nacht mit der Niederschrift verbracht. Ich schämte mich, ihr als Gegengabe nichts hinterlassen zu können. Ich wollte ihr sagen, daß ich ihr antworten würde, doch mittlerweile hatte sie sich schon Dona Néné zugewandt. In wenigen Sekunden würde der Zug weiterfahren. Ihre Augen wurden feucht, und sie begann mit dem Taschentuch zu winken. Bis ihre tränenblinden Augen meinen Augen entschwanden, ihr weißes, winkendes Taschentuch, die Gestalt, die mit dem weißen Taschentuch winkte, die Bahnstation, auf der die Gestalt stand, das Dorf, in dem die Bahnstation lag und endlich das Paraíba-Tal, das ihre Heimat beherbergte.

Der Gebirgszug, der in der Ferne eine undeutliche Verheißung gewesen war, begann nach und nach das Aussehen einer grauen Wolke zu verlieren. Von einem Augenblick auf den anderen wurde er höher, felsiger, wirklicher und näher. Mit einem Pfiff tauchte der Zug in seinen Bauch. Und enttauchte ihm gleich darauf wieder. Dann kam eine schwindelerregende Schlucht, in deren Tiefe Embaúba-Bäume geisterten. Über ihnen schwor Dina mit ihrer deutlichen Zeichenschrift, sie werde bis zu ihrer Todesstunde auf mich warten. Und genau auf dem Viadukt versicherte sie, daß sie ohne meine Liebe nie glücklich werden könnte. Und andere Gefühlsseligkeiten mehr. Und auf die Frage, die ich ihr in Gedanken stellte – ob sie denn nicht begriffen habe, daß ich außerstande sei, mich mit ihren mageren Beinen abzufinden, mit ihren viel zu großen Brüsten, mit ihrem kleinen schmächtigen Körper, mit ihrem knochigen, reizlosen Gesicht –, antwortete sie kurz, an dergleichen Dinge dächte sie überhaupt nicht. Sie weigerte sich einzusehen, daß in der Welt der Güte, der Freude und des Friedens, die sie mir anbot, eine Kraft fehlte, derjenigen ebenbürtig, die mich getrieben hatte, ihr Bein unter dem Tisch von Morro Velho zu ergreifen. Und ihr «Stets die Deine» kam in dem Augenblick, als der Wasserfall, der jetzt die Landschaft erfrischte, am schönsten anzusehen war, wie er über uns aus den Höhen herabstürzte. Dann verschwand der Wasserlauf, den er geschaffen hatte, im Passionsblütenmeer, und der Zug pfiff verzweifelt, ich weiß nicht warum.

Die Familie knabberte schläfrig an ihrem Vesperbrot. Ein Junge mir gegenüber las ein Buch von Samuel Smiles – *Hilf dir selbst!*

Die Stunden vergingen, und mit ihnen Norma, Iracema, Dina, undeutliche Sehnsucht nach Ribeirão, und sogar Lias blaue

Augen. Ein endloser Halt auf einer Bahnstation. Dann ein neuer Gebirgszug, nackt, gezackt und schwarz.

Zum zweiten Mal öffnete meine Tante ihren Proviantkorb. Zum zweiten Mal erklärte ich, nicht hungrig zu sein... Dabei hatte ich Hunger, aber nicht nach Pasteten und Guavenpaste. Ich verspürte Hunger danach, zu sein wie jener Fluß, der nun wieder neben uns herfloß, frei, stark und reißend, der auf seiner Oberfläche jetzt aber andere Trophäen mitführte: das künstliche Gebiß meiner Tante, das mich gebissen hatte, und ihr Rüschenkleid, für das ich mich schämte.

DER DRITTE TAG

Bald darauf erschien Petrópolis, in nelkendurchduftetes Halbdunkel gehüllt. Dann begann die Abfahrt nach Rio, bedächtig, steil, im dichten Schleier der Nacht. Bis die lichtgefüllte, flache Bahnhofshalle der Leopoldina Railway der betäubenden Reise ein Ende setzte.

Nun bot die Stadt eine andere Wirklichkeit. Den einfältigen kleinen Jungen, der sie bei der Ankunft der *Arlanza* voller Schrecken und Verzweiflung in sich aufgenommen hatte, gab es nicht mehr. Der Wagen, der diesmal mit mir in atemberaubendem Tempo auf der Avenida do Mangue entlangraste, brachte die Dinge in Bewegung, verwandelte sie aber deshalb nicht in Sternensplitter. Im Hotel Globo, wo wir abstiegen, empfing uns ein betreßter Portier, auf meinem Nachttisch stand ein Telefon, das Frühstück wurde aufs Zimmer gebracht – alltägliche Belanglosigkeiten. Auch die Guanabara-Bucht brachte am nächsten Tag meine Gefühle nicht zum Sieden. All die Schönheit war in meinen Augen kein Nebelfleck mehr. Das Formlose begann, Linien, Farben und Formen zu zeigen. Die riesige, blaue Muschel, die große und kleine Inseln mit Grün betupften, und ringsum die Kette der Berge, jeder ein riesiger, über den Wasserrand geneigter Narziß, dienten den Träumereien der Einbildungskraft lediglich als körperliche Gewißheiten. Die Welt forderte angesichts jeder Verzauberung meine Hellsicht. Sollte wieder ein Taxi einen armen Fußgänger überfahren und der Fahrer, um Unannehmlichkeiten zu vermeiden, ihn mitten auf der Fahrbahn liegen lassen, würde ich der Unmenschlichkeit zumindest durch ein Wort des Einspruchs entgegentreten.

Dies würde ich tun, genau so wie ich das in der Casa Soares & Companhia geführte Zwiegespräch mit all seinen Anspielungen mit gespitzten Ohren verfolgen würde. Mein Onkel, eingedenk des geringschätzigen Empfangs, der mir am Tag der Landung zuteil geworden war, übte diesmal Rache:

«Hier ist das aus dem Nest gefallene Vögelchen, das mich bei meiner Ankunft aus Portugal begleitete... Wissen Sie noch? Bester Schüler des Gymnasiums von Ribeirão und künftiger Doktor von Coimbra...»

Der Geschäftsführer stellte sich ahnungslos.

«Sehr geehrt, meinen Glückwunsch...»

«Danke, gleichfalls sehr angenehm...» erwiderte ich mit spöttischer Miene.

Ich war äußerlich und innerlich gewachsen. Keine Spur mehr von der früheren Verwirrung. Ich achtete auf die Durchtriebenheit der Sprecher und auf die feinsten Schattierungen der Unterhaltung. Die annähernde Anzahl Arrobas der nächsten Kaffee-Ernte, Einzelheiten über Soll und Haben des Fazenda-Einkäufers, die Zahlungsbedingungen des getätigten Verkaufs, die drohende Wirtschaftskrise, das Heimweh, das den Senhor Marques seit zwanzig Jahren plagte – nach seinem Dorf, nach der Mutter, die im vergangenen Winter an Altersschwäche gestorben war, und den Esel von Schwager, der das halbe Dutzend ererbter Olivenbäume hatte eingehen lassen...

Ich hatte gelernt, das Leben objektiv einzuschätzen. Ich stand mit beiden Füßen auf der Erde. Die Wörter, die Gebärden und selbst das Schweigen nahmen endlich ihre rohe Ausdrucksform an.

Als ich wieder in der Rua da Quitanda stand und alles sich so gründlich unterschied von dem, was mir an dem weit zurückliegenden Tag der Ankunft widerfahren war, lächelte ich innerlich über den damals dort vermuteten schimärischen Sesam. Aushängeschilder, Kaufläden, Schaufenster und verkäufliche Waren.

«Was kostet *Hilf dir selbst* von Samuel Smiles?» fragte ich in einer Buchhandlung.

«Neun und fünfhundert.»

«Geben Sie es mir.»

Alles so einfach, klar, greifbar. Handlungen und Gefühle wurden von derselben Sonne beschienen, die aus dem Standbild des Pedro Álvares Cabral ein Standbild von Pedro Álvares Cabral* machte und aus der Avenida Rio Branco eine schöne, lange und offene Straße der Freiheit und Gewißheit.

Wir schifften uns auf der *Andes* ein. Ein Dampfer wie die *Arlanza* der englischen *Royal Mail* mit dem gleichen Schlingern und dem gleichen Geruch des Desinfektionsmittels, das im Wörterbuch Chlorkalk hieß.

Gegen Abend stieg der Anker aus dem Hafenschlamm über dem Heck auf. Langsam begann der Bug zu wenden, langsam entfernte sich das Brasilien meiner Leiden. Zuerst das harte Massiv der Stadt; sodann das gewundene Band der Uferstraßen; danach der Zuckerhut; schließlich die zunehmend verschwimmende Küstenlinie. Große und kleine Erscheinungen eines Ganzen, das ich mit kindlichen Tränen benetzt hatte. Mit Tränen, deren mir nun keine mehr geblieben waren.

«Ich will nicht einmal daran denken, daß ich mich entferne...» sagte mein Onkel mit einem erstickten Seufzer.

«Ich auch nicht...» pflichtete Senhor Adalberto bei.

Ich hörte ihnen unbewegt zu. Hinter dem Nebel, der nach und nach alles bedeckte, blieb das Land zurück, in dem ich fünf Jahre meines Lebens gelassen hatte. Und die bekümmerte Seele, die vergaß, daß sie nicht nur traurige Bilder mitnahm, weigerte sich, diesen nur noch erahnten Boden mit vorzeitigen wehmütigen Erinnerungen zu beladen.

In den folgenden Tagen befreite der düstere Ozean meiner ersten Reise sich von vergangenen Schatten. Die Wellen waren windgeformte Wasserfalten, Recifes Sandbänke waren im Geographiebuch beschrieben, und die schweifenden fliegenden Fische, welche die Passagiere zerstreuten, kamen auch in der Predigt von Pater António Vieira* vor. Die einzige verstörende und verwirrende Gemütsbewegung überkam mich, als der Leichnam von Senhor Porfírio, einem Landsmann und Ladenbesitzer, der während der Überfahrt an Schwindsucht starb, in tiefer Nacht dem Meer anvertraut wurde. Er war während der ganzen Reise fiebrig und bekümmert gewesen und voller Angst, nicht mehr lebend das Land zu erreichen. Und er erreichte es auch nicht. Ein heftiger Blutsturz raubte ihm die letzten Hoffnungen.

«Ich bin am Ende...»

«Seien Sie doch vernünftig!»

«Mein ganzes Leben habe ich darauf gehofft, in Covelo begraben zu werden, in einer Gruft, die ich mir habe bauen lassen, und nun liege ich hier...»

Durch die Luke sah man das Meer ungeduldig rückwärts fließen, dem Heck zu. Die kühnsten Wellen schlugen hart gegen die Scheibe und verschwanden. In seiner Grausamkeit zeigte das Schicksal seinen sterbenden Augen eine Welt in Aufruhr, die keine Friedensverheißung bereithielt.

«Denken Sie doch nicht an so traurige Dinge ...»

«Ich fühle sie aber!»

Und der Tod kam, ohne Morphium und ohne Luft für die Lungen. Er kam und erwürgte ihn erbarmungslos am Abend eines wunderschönen Tages. Und so mußte man ihn dort zurücklassen, einsam und namenlos, in einem Grab der unaufhörlichen Unruhe.

Ich verscheuchte den Alptraum dieses Todeskampfes ohne Hoffnung auf eine Ruhestätte und las Machado de Assis. In der *Sammlung Werneck* des Gymnasiums standen nur Auszüge aus seinen Büchern. Ich hatte mir aber *Quincas Borba* gekauft und konnte jetzt mit Rubião* träumen.

Endlich konnte ich die Augen an Druckbuchstaben sättigen und dank des literarischen Nachschlüssels in das Innenleben der Personen und Dinge eindringen. Die üppigen Hüften einer widerwärtigen kleinen Engländerin, die Trägheit des Stewards John und die Schwermut des Schlagersängers vom Bordorchester, stundenlanges Stehen an der Reling – all das wurde im Licht der geliehenen Erfahrungen verständlicher. Jeder Roman bot Lernstoff. Ich verschlang *L'Epave de Cynthia* von Jules Verne und erinnerte mich wieder an den von dichtem Nebel gefolgten Sturm, der auf der ersten Reise das Schiff in Verwirrung gestürzt hatte. Umgelegte Rettungsgürtel, die angstvoll kreischende Sirene, die Besatzung in Alarmbereitschaft, Tränen und Gebete ...

«Lies bloß nicht zuviel ... Treib's nicht zu weit!»

«Wer soviel liest, verschießt ...»

Der vernünftigen Bemerkung meines Onkels mußte die Tante ihre übliche Säure hinzufügen. Sie konnte freilich nicht wissen, daß ich in dem letzten in der Bordbibliothek ausgegrabenen Roman ihr Abbild gefunden hatte. In den alten Geschichten von Perez Escrich und von Zevaco hatten mich nur die Handlungsstränge gepackt, genauso wie in den in Ribeirão gesehenen Abenteuerfilmen. Doch nach und nach entdeckte ich, daß die Verfasser mit Hilfe der Personen, die sie zum Handeln trieben, gültige

Sinnbilder alltäglicher Wirklichkeit zu schaffen suchten. Die Verkörperung des Bösen, dessen lebendes Beispiel die Tante war, fand eine ideale Wiedergabe, die Megäre hieß...

Nach einigen weiteren Tagen tauchte Portugal aus dem Meer. Zuerst war es ein Vorgefühl aus der Ferne, nur Verlangen und Hunger nach dem Land. Dann das unbestimmte Versprechen eines Vaterlandes. Endlich der massive Umfang eines Berges. Als ich meine Erregung gebändigt hatte, erstrahlte ein buntschillerndes Lächeln in der verschwommenen Sinnestäuschung. Schwarz ging in Braun über, Braun in Gelb, Gelb in Grün, und bald darauf wogten Äste und Zweige an den Uferhängen. Und mit dieser vertrauten Gegenwart, von der Erinnerung wiedererkannt – die Pinie der rauchenden Feuer meines Vaters, der Olivenbaum vom Palmsonntag und der Weizen vom Brot aus Favaios* – kam auch die Aussicht auf Agarez, das unter dem Schutz Unserer Lieben Frau von der Zuflucht auf der Höhe des Gebirges schimmerte. Der Dorfplatz, die Gasse, unser Haus, meine wartende Mutter, die auf der Türschwelle saß und alte Romanzen sang:

Dona Silvaninha
geht durch den langen Gang...

Lissabon, bleich und hingegossen, stieg jetzt langsam aus dem Meer, aus dem Tejo und den Hügeln in einer Aura von Harmonie, die dem machtvollen Bild anderer Städte entgegenstand, das meine Netzhaut bewahrt hatte. Etwas Endgültiges lag im ermüdeten Profil der Stadt. Der Fluß, der zu ihren Füßen floß, hatte auch nichts mit dem stürmischen Paraíba gemein. Vermutlich war er, wie unser Geographielehrer im Gymnasium erklärt hatte, am Alter der Flüsse gealtert. Doch genau diese Ruhe brauchte ich jetzt, denn ich war überdrüssig all der heftigen Eindrücke, die ich noch bis zum Ende der Reise an Bord erlebt hatte.

Auf dem Schiff wurde abends getanzt. Und bei diesen Tanzereien schien der Körper einer Spanierin, welche die Kabine Neunzehn bewohnte, das Phantom Etelvinas wiederaufleben zu lassen. Ihre Hüften in schuppengelbem Kleid, das an eine reife Ananas erinnerte, füllten den Tanzsaal. Und ihre Augen einer brünstigen Schlange hypnotisierten die Reisegäste. An einem besonders stimmungsvollen Tanzabend befahl mir mein Onkel,

Dona Candinha aufzufordern. Ich weigerte mich kurz und bündig, versteht sich. Ich wußte, daß sie nicht an der Hirnhautentzündung schuld war, die sie in diesen Zustand versetzt hatte. Wer sie ertragen konnte, der sollte sie herumschwenken. Wäre sie meine Schwester gewesen, dann wäre das noch etwas anderes... Jetzt aber ohne jede Verpflichtung der Königin des Festes begegnen zu sollen mit einer derartigen Tanzpartnerin im Arm, das war zuviel verlangt. Mein Onkel zitterte vor Wut. Er blickte mich mit den gleichen verfinsterten Augen an wie in jener Nacht, als ich auf der Fazenda rundweg erklärte, ich könne diese gepfefferte Suppe nicht schlucken, und verließ den Raum. Ich zuckte nur die Achseln. Sollte er doch zum Teufel gehen. Ich achtete ihn, ich war bereit, ihn anzuhören, wenn er etwas Vernünftiges vorzubringen hatte, doch wenn er glaubte, nach Belieben über mich verfügen zu können, streikte ich. Mit der Sklaverei von Morro Velho war endgültig Schluß. Er mußte ein Einsehen haben. Dies war ein englisches Schiff, ein jeder hatte seinen Paß in der Tasche, jedermann war frei und sein eigener Herr. Wenn er Gehorsam erwartete, sollte er sich wenigstens Dona Néné einfallen lassen. Natürlich nicht. Und gab mir stattdessen Dona Candinhas krummes Gesicht zu benagen. Vielen Dank!

Beim Abendessen erklärte er, noch immer wütend, eine böse Tat komme nie allein. Er habe nicht erwartet, daß dieses Sprichwort sich als so wahr erweisen werde.

«Gib mir deinen Teller, Néné.»

Dona Nénés draller behaarter Arm schob sich duftend vor meinen Augen vorbei.

«Und nun deinen, Adalberto.»

Der Schwiegersohn zögerte keine Sekunde.

«Du auch.»

Mechanisch hob sich meine Rechte. Aber mein Mund lehnte ab.

«Ich mag nicht.»

«Iß, das tut dir gut...!»

«Vielen Dank.»

Die Verteilung war beendet, und er kaute stillschweigend.

«Man zieht sie mühsam auf, und dann!» stieß er zwischen zwei Bissen hervor.

«Ich hab's dir immer gesagt...»

Die Tante goß frömmelnd Öl ins Feuer. Aber die Lage hatte sich geändert, und der gelassene John, der uns bediente, gab dem Speisesaal eine Atmosphäre der Ausgeglichenheit. Stets beherrscht, lächelnd und rosig, glich er mit seinem Hin und Her einem Weberschiffchen.

Kaum hatte er die Platte mit dem Ragout fortgeräumt, trug er etwas auf, von dem mein Onkel mir absichtlich nicht anbot. Ich antwortete mit einer Herausforderung, unterstützt von der Ruhe des Stewards:

«Ham and eggs (gesegnet sei Mr. Robertson vom Gymnasium!)...»

«Yes, Sir.»

Er machte eine kleine Verbeugung, entfernte sich steif und füllte gleich darauf meinen Teller mit Eiern, Schinken und Oliven aus Elvas. Sprachlos schaute mein Onkel zu. Und auch die anderen. Als ich anschließend um eine süße Speise bat, saß ich bereits allein am Tisch.

Abends war es üblich, zum Onkel in die Kabine zu gehen und ihn um seinen Segen zu bitten. Ich ging nicht. Mochte die *Andes* auseinanderbrechen, mochte die Welt platzen, ich würde um keinen Preis hingehen. Ich schlenderte bis in die tiefe Nacht auf dem Deck umher, um meine Auflehnung vor mir zu rechtfertigen, außen eisig und innen glühend.

Am nächsten Morgen kamen mir des Onkels halber Goldzahn und die Brille der Tante als so lächerliche Sinnbilder verarmter Gottheiten vor, daß ich es kaum glauben wollte, wieviel Gewalt diese Gestalten über mich gehabt hatten. Da standen sie auf ihrem Sockel, bedrohlich und doch machtlos. Auch die Wogen prallten blind gegen das Schiff, während es seine Bahn pflügte und die von bloßem Zorn Bewegten bezwungen zurückließ.

Nachmittags wurden auf dem dichtgedrängten Deck Spiele und Tauziehen veranstaltet. Auf der einen Seite zogen zwanzig Matrosen, bärenstark, schlank, sonnengebräunt; auf der anderen eine gleiche Anzahl Passagiere, fett, weichlich, vom Schatten der Kolonialwarengeschäfte gebleicht. Beim ersten Ruck geriet alles durcheinander, halt fest, Senhor Araujo, stemm dich dagegen, Senhor Guimarães! Schon rutschte das in der Mitte des Seils festgebundene Taschentuch über die Trennlinie, und die Portugiesenmannschaft versuchte mit Gestöhn und Geschnaufe, die drohende Niederlage abzuwenden, als ich mit innerem Erschrekken entdeckte, daß es am Ende derselbe tätowierte Arm von der *Arlanza* war, der jeden, wie damals mich am Hosenboden, in die Luft heben würde, der ihm in die Quere kam.

Die Stahlmuskeln achteten niemanden, selbst wenn dieser Niemand ein armseliger Emigrant von zwölf Jahren war, allein, verloren im Laderaum eines Schiffs. Und ich beschloß aufzubegehren. Verstohlen schlang ich das Ende des Seils um eine Relingstange und schaute abseits der nutzlosen Anstrengung der Matrosen zu. Da war der Beweis: ein tätowierter Arm kann uns nur demütigen, wenn unser Wille es zuläßt...

Die Seeleute Ihrer Majestät lachten über den Witz. Aber der lusitanische Stolz klagte:

«Wer hat sich diesen Scherz erlaubt?»

«Ich.»

«Du unverschämter Kerl! Man sollte dir...»

Solange der Trick nicht entdeckt worden war, hatten schon alle triumphierend frohlockt. Besonders mein Onkel.

«Haltet euch ran, Leute! Daß mir keiner schlapp macht!»

Doch danach, vielleicht weil er mein Vorgehen als persönliche Herausforderung ansah, spielte er den Cato. Auf jeden Fall war meine Absicht erreicht worden. Mit oder ohne Beleidigungen – ich hatte bewiesen, daß man das Seilende nur um eine Eisenstange zu schlingen brauchte, um eine Schmach zu verhüten.

Von diesem Tag an übersah mich die gesamte Familie. Und ich war wütend! Ich aß weiterhin, was mir mundete, las von morgens bis in die Nacht hinein und suchte dann und wann den Horizont ab. Aber sobald unser Schiff landete, würde ich ihnen Bescheid sagen!

Und hier stand ich nun und beobachtete das Anlegemanöver, halb gefesselt, halb Interesse heuchelnd, entschlossen, keinen Schritt zur Versöhnung zu tun. Meine zusammengebissenen Zähne widersetzten sich jedem wie auch immer gearteten Nachgeben. Die Welt, in die ich von Bord gehen würde, gehörte mir. Ein Gefühl der Unanfechtbarkeit umfing mich beim Betreten heimatlichen Bodens. Entweder kam mein Onkel mir mit ausgestreckter Hand entgegen, oder ich würde bis zum bitteren Ende durchhalten.

Und mein Onkel kam. Er kam menschlich, von gleich zu gleich, ohne ein bitteres Wort, ohne gerunzelte Stirn. War das

Reue, oder fühlte auch er seine Wurzeln von der Geburtserde erwärmt?

Das Wiedersehen mit meinen Eltern fand drei Tage später statt. Die Briefe hatten gelogen. In ihnen waren während der fünf vergangenen Jahre das frische Gesicht meiner Mutter, der kluge Glanz ihrer Augen und vor allem die aus ihnen strahlende Geistigkeit unverändert geblieben. Mein Vater hatte keinen Hauch von Alter und Müdigkeit durchschimmern lassen. Und doch waren beide verändert! Die ich nun sah und in die Arme schloß, waren Wesen, die sich von den in meiner Erinnerung wohnenden völlig unterschieden. Beiden fehlten fünf Jahre. Und da ich diese Zeitlücke nicht ausfüllen konnte, zögerte ich in meinem Überschwang.

«Du bist ganz schön stämmig geworden, Bursche!»

Auch sie zauderten angesichts meines tropischen Wachstums. Die Entwicklungsphase meines Lebens gehörte ihnen nicht, und es wurde ihnen schwer, den Knaben, der ausgereist war, mit dem hochaufgeschossenen jungen Mann, der zurückkehrte, in Einklang zu bringen.

Auch eine andere Kälte lähmte uns: die Armut. Die Ferne hatte alles mit Sehnsucht vergoldet. Die Wirklichkeit indes war unabänderlich dieselbe geblieben.

«Warum trägt mein Vater so zerschlissene Hosen?»

«Kennst du an mir andere? Soll ich mir welche stehlen? Oder hattest du gedacht, du würdest mich reich wiedersehen?!»

Außer den Kosten für die Überfahrt hatte ich ihm geschickt, was ich auf die Seite hatte legen können.

«Ich habe geschickt, was ich konnte ...»

«Wer behauptet das Gegenteil? Hast du nicht mitgekriegt, daß ich Barrosa seinen Acker abgekauft habe? Ich schulde ihm noch die Hälfte ...»

Landbesitz war die große Besessenheit von allen. Sie teilten sie unter sich auf wie die römischen Soldaten Christi Hemd, falls nötig, mit Krallen und Zähnen. Aus jedem Morgen Land zogen sie die Krumen, die sie dringend zum Leben brauchten. Und für dieses magere Brot gaben sie die eigene Seele hin. Schmutzig, zerlumpt, verroht, glichen sie statt Menschenwesen wandelndem Dung auf der Suche nach der Grube. An das Strohlager des Viehs wandten sie mehr Hygiene als an ihr eigenes Rupfenbett. Und als die Reisegesellschaft in Seide und Leinen in unsere ärmliche Hütte trat, erkannte ich das Elend, in dem ich aufgewachsen war. Eilfertig fuhr meine Schwester mit ihrer Schürze über die schmutzigen, wackeligen Stühle.

«Bitte macht keine Umstände...»

Zerfressen von Demütigung versuchte ich den starken Mann zu spielen.

«Das wird sie nicht verwundern!... Sie wissen doch, wie das bei uns ist...»

Während mein Vater die anderen aufklärte, erinnerte er gleichzeitig den Bruder, die Schwägerin und den Sohn an ihre bescheidene Herkunft. Er vergaß dabei, daß meine Verwandten reich zurückkehrten und daß nur ich mich ganz im grausamen Spiegel der Wahrheit wiedererkannte.

«Du hättest doch drüben bleiben können, bis du auch ein reicher Knopf geworden wärst! Wer hat dich gerufen? Nun bist du gekommen, nun halt auch den Nacken steif! Und hör auf mit diesem Geplapper! Red, wie die Leute hier reden, denn so versteh ich dich nicht...»

Mein Vater, der wenig Gehör hatte für die Musik der Wörter, ging nicht so sehr darauf ein. Aber meine Mutter erhob heftigen Einspruch gegen meine brasilianische Aussprache.

«Red gefälligst Portugiesisch, Junge!»

Sie liebte das Klassische, selbst wenn sie gelegentlich über Silben stolperte. Unermüdlich las sie eine geraffte Bibelfassung, die sie als ihren ausschließlichen Besitz betrachtete, und zog daraus unerschöpfliche Schätze.

Es war ein Mann im Lande Hus mit Namen Hiob...

Sie schmeckte die Sätze ab, als äße sie Weizenkörner. Der Kompilator hatte die Litanei der Geschlechterfolgen und der Gesetze ausgemerzt und den Weg für jeden Helden frei gemacht, der, sobald er auf der Bühne stand, seinen Schicksalsweg ohne Unterbrechung bis zum Ende beschritt. Moses, Josuah, Noah, Abraham, Holofernes, Jonas, David, Esther, Ruth und Rahel verkörperten das Leben in prallster Ausdruckskraft. Und die Taten dieser einzigartigen Seelen, erzählt in einer zugleich zugänglichen wie auch anmutig klassischen Sprache, füllten ihre erregte Phantasie. Nach Vollkommenheit hungernd, brauchte sie den Zauber des Wunderbaren ebenso wie die Harmonie des Alltäglichen. Ich hingegen brachte nur einen aus Leiden bestehenden eintönigen Roman in ungewohnter Ausdrucksweise mit. Und sie vermochte nicht, einem so rauhen wie wirklichen Kreuzweg zu folgen, und noch weniger, ihn in meiner Person gegenständlich zu machen. Sie hörte am Herd den Bericht meiner Abenteuer in Morro Velho und begann über den zwölfjährigen Buben zu weinen, den sie hatte ausreisen sehen.

«Mein armer kleiner Junge! Er ging so hübsch und so zart von uns… Wenn ich daran denke…»

Vergeblich versuchte ich ihre Zärtlichkeit auf mich zu lenken. Noch wohnte der andere in ihrem Herzen.

Mein Vater, irdisch, einsilbig, hartnäckig, wiederholte nur immer wieder denselben Kehrreim:

«Du hast es so gewollt… Du warst darauf versessen… Du hast die Quittung dafür bekommen…»

Auch er fand es schwierig, den fünf Jahre breiten Graben zu überspringen.

«Und was nun?»

«Ich will studieren.»

«Meinetwegen!»

Ich antwortete nicht und fühlte mich von einer Mauer der Einsamkeit umschlossen wie damals, als ich aus dem Seminar heimkam. Eine Mauer, die übrigens nur sie errichteten, wenn auch aus anderen Gründen als damals. Der Lehrer war gestorben; Senhor Pedrosa, sein Nachfolger, zeigte noch immer ein hartes Herz; Onkel Faustino war in Winterschlaf verfallen; und die alten Kameraden, Ró, Godinhos, Grillenkönig, Albertino, Schiefmaul und Raúl, waren nach Übersee ausgewandert oder verdienten sich ihren Lebensunterhalt in Lissabon oder im Douro-Gebiet. Der Heimatboden schien verlassen. Nur Senhor Valadares war der Vergangenheit treu geblieben, saß in seinem jetzt etwas verwahrlosten Garten, die nie ausgehende Pfeife im Mund, und flößte noch immer dieselbe Achtung ein.

«Ich habe heute Senhor Valadares gesehen. Ich habe den Hut vor ihm gezogen, aber er hat mich nicht erkannt…»

«Er ist jetzt blind. Der Arzt sagt, es ist der Star.»

«Und Senhor Oliveira?»

«Der macht's immer noch. Und lebt nur Gott weiß wie!... Er strotzt vor Schulden!... Die Medikamente und die Sauferei...»

«Ich möchte ihm guten Tag sagen.»

«Geh, er wird sich freuen...»

Da er auch Brasilianer war und seine Krankheit ihm das Ausgehen verwehrte, begleiteten mich alle bei meinem Besuch. Geschickt nutzten sie die Gelegenheit, um so einen ersten Kontakt zur Gesellschaft von Agarez zu wagen. Nachdem sie die verhungerten Verwandten kleingekriegt hatten, war ihnen nach höheren Beziehungen zumute. Das Geld war ihnen zu Kopf gestiegen. Seit ihrem Auszug aus der Fazenda sah sich jeder bereits als Graf oder Gräfin auf dem Stadtplatz wandeln. Sie hatten vergessen, daß es hier ebenso viele Klassen wie Einwohner gab. Der Reiche, der Wohlbestallte, der Arme, der Bettler, der Verwalter des Reichen, der Diener des Wohlbestallten – die einen wie die anderen reckten sich auf ihren Holzpantinen. Und nun kam die Enttäuschung. Die früheren Arbeitgeber meines Onkels oder die Erben ihrer Landgüter und ihres Hochmuts nahmen die Rückkehr jener neugebackenen Millionäre gar nicht zur Kenntnis. Und die anderen hielten wohlweislich auf Abstand.

«Lebt Senhor Arnaldo noch?»

«Er lebt noch.»

«Herrscht er noch über gutes und schlechtes Wetter?...»

«Tut er...»

«Und seine Frau, Dona Luísa? Ist sie noch immer so stolz?»

Die ganze Familie kannte sie bereits dem Namen nach und fürchtete sie. Ihre weißen Handschuhe, die Ohrfeigen, die sie an ihre Dienstboten austeilte, und das Brautkleid mit italienischen Spitzen, das sie in der Kirche getragen hatte, waren Legenden, die sie in dreißig Jahren Urwaldleben nicht vergessen hatten.

«Das sind Leute, mit denen wir nicht verkehren...»

«Anmaßendes Volk, darauf kann man verzichten...» bekräftigte Dona Néné.

Tatsächlich tat sich ihnen keine wichtige Haustür auf. Nun versuchten sie, den Eintritt bei Senhor Oliveira zu erzwingen.

Schlimm war, daß die Tante nur auf Morro Velho nach etwas ausgesehen hatte. Fern von dort war sie eine Nichtigkeit. Von ihrer Bedeutung überzeugt, riß sie den Mund weit auf. Im Gespräch über Spiritismus und anderen brasilianischen Aberglauben, den der Hausherr geringschätzig abtat, erzählte sie die Geschichte von Sankt Johannes dem Abenteurer, die sie für unbedingt wahr anpries. Eine so törichte, so unsinnige Geschichte, daß Senhor Oliveira schließlich nicht länger an sich halten konnte:

«Aber meine Senhora, um Gottes willen ...»

«Sie ist wahr. Ich schwöre es Ihnen!»

«Was heißt hier wahr, sie ist nicht mal halbwahr! Wir sind doch intelligente Menschen, Menschen unserer Zeit!»

Mein Onkel funkelte sie wütend an. Aber sie, auf ihre lange Praxis in Sachen Zauberspuk und Hexerei gestützt, gab sich nicht geschlagen.

«Ich versichere Ihnen, die Erde tat sich auf, und der Neger versank bis zum Gürtel. Ich habe ihn gesehen! Dann kamen die Aasgeier und knabberten ihn an. Zuerst stachen sie ihm die Augen aus ...»

«Blödsinn!»

Senhor Oliveira erstickte fast am Rauch seiner Zigarre aus abessinischem Tabak und hustete herzzerreißend. Zwischen zwei Anfällen widersprach er:

«Blödsinn!»

Dona Nénė war grün von Leberschmerzen und Beschämung. Schadenfroh lachte ich mir ins Fäustchen.

Seit meiner Abreise von der Fazenda hatte ich auf diese Stunde gewartet. In den Hotels, auf dem Schiff, in den Eisenbahnzügen und selbst noch bei der Ankunft hatte sie die lächerlichsten und bloßstellendsten Peinlichkeiten zu beschwören gewußt. Doch der Reichtum war ihr stets zu Hilfe gekommen. Sie brauchte nur die beringte Hand auszustrecken, damit die Dienstboten oder die Verwandten sich vor den Brosamen verneigten, die sie ihnen hinwarf, und vom höhnischen Lächeln zum dienstfertigen Säuseln übergingen. Im Haus von Senhor Oliveira indes half ihr kein Gold. Obwohl die Peinlichkeit auch mir zusetzte, sah ich mit teuflischem Vergnügen, wie sie sich immer auswegloser blamierte.

«Sie können's mir glauben: Es war kein Trick! Ich habe Ihnen den Vorfall wahrheitsgetreu wiedergegeben. Wort für Wort. Ich erinnere mich sogar ...»

Sie ließ nicht locker, unbekümmert gegen die Verlegenheit aller und die Atemnot des Gastgebers.

«Und wenn du uns etwas vorspieltest, meine Tochter?»

In seiner Menschlichkeit wollte Senhor Oliveira mit Dona Palmirinhas Hilfe die Lage retten.

«Aber gern...»

Sie setzte sich ans Klavier und wischte sich die feinen Hände mit einem weißen Taschentuch ab.

«Vom Königlichen Konservatorium in Brüssel...» erklärte ihr Vater, um meinen Onkel zu beeindrucken.

«Hervorragend!...»

Und der Walzer meiner Kindheit erwachte langsam und traurig unter den zarten, leichten Fingern der Tochter des Brasilianers. Kaum erfüllten die ersten Klänge das Wohnzimmer, als die ganze in mir zurückgedrängte Kraft der Empfindung zum Ausbruch kam. Ich konnte die Tränen nicht zurückhalten.

«Was ist denn?! Erinnerst du dich noch daran? Na sowas, sowas...»

Im breiten, gedunsenen Gesicht Senhor Oliveiras leuchtete väterliche Zärtlichkeit.

«Es ist nichts...» entschuldigte ich mich und wischte mir die Tränen aus den Augen.

«Diese jungen Leute!...»

Mein Onkel blickte verblüfft und verständnislos auf meinen Gefühlsausbruch.

«Empfindsam, Ihr Neffe!...»

«Ich sehe es...»

Beim Abendessen zu Hause herrschte der Zorn. Zutiefst gedemütigt, wie wir uns fühlten, hielt uns keine Achtung mehr zurück. Die Tante, von allen Seiten bedrängt, glich einem gestellten Raubtier.

«Alle beobachten nur mich... Und er, ein blutjunger Bengel, hält seine Andacht bis in die Nacht hinein?»

Alle blickten verwundert. Na sowas!

«Das stimmt», bestätigte ich.

Wie gewohnt flüchtete sie sich aus der Verteidigung in den Angriff. Da sie sich von so vielen Hunden gehetzt sah, wies sie ihnen ein neues Angriffsziel.

«Also los, erzähl...» forderte mein Onkel aufgebracht.

«Ihr hättet es sehen sollen! Auf dem Bett kniend, mit erhobenen Händen...» und sie lachte teuflisch, als hätte sie mich nackt vorgeführt.

Ihre Atemnot hatte sich wesentlich gebessert, aber sie stand immer noch nachts auf und spähte durch die Schlüssellöcher.

Angewidert maß mich mein Onkel.

«Laß doch endlich die Dummheiten und sieh zu, daß du schläfst...»

Ich antwortete nicht. Selbst wenn ich gewollt hätte, ich wäre außerstande gewesen, zu erzählen, was in mir vorging. Fünf Jahre hindurch hatte ich Gott vergessen, und nun war ich mit einemmal einer heftigen mystischen Anwandlung verfallen. Es war Osterzeit. Ohne Übergang war ich vom angriffswütigen, ungezügelten Urwald übergewechselt in eine sanfte, wohlgeordnete Welt, die eine alte Liturgie mit Litaneien, geweihten Zweigen, Seide und Halleluja heiligte. Wenn, während das Kreuz der Pfarrkirche vorübergetragen wurde, über der Klinke der Haustür ein kleiner Lorbeerzweig sich bog und auf der Kommode in einer leeren Flasche von Magnesiumsprudel, den mein Vater trank, ein Kamelienzweig sich mit schimmerndem Weiß umgab, sank ich willenlos in die Knie. Pedro Só, der Sakristan, trug noch immer denselben mit Wachsflecken übersäten glänzenden Überrock, und der Gekreuzigte war, wie einst, mit Stiefmütterchen geschmückt. Und obwohl der alte Prior gestorben war und die fremde Gegenwart des neuen die Wiederbegegnung mit der einstigen Andacht ein wenig erschwerte, erwachte all die tiefverwurzelte zerknirschte Gläubigkeit in mir. Aus den dunklen Gründen meines Geistes erstand ein Erlöser-Christus, der den Tod menschlich machte und das Leben heiligte. Ein Christus, den ich im Grunde nie verraten, wenn ich ihn auch manches Mal verleugnet hatte.

Die Enthüllung meines wiedergefundenen Glaubens besänftigte die Tante nicht. Im Gegenteil. Ich forderte nach wie vor ihren Hohn heraus und sogar die Verblüffung meines Vaters, der das Stichwort nutzte, um mich rückwirkend an den Ohren zu ziehen:

«Jetzt spielst du plötzlich den kleinen Heiligen, und als es nötig war... Wärst du in Lamego geblieben, wie könntest du heute dastehn! Gesund an Leib und Seele und bald an der Spitze einer Gemeinde. Das wäre dein Glück gewesen und unseres dazu, denn ich hab wohl gesehn, was Pater Zé geerbt hat und was ihm heute gehört: die Hälfte der Ebene von Celeiroz.»

«Das konnte nicht sein...»

«Und warum nicht?»

«Oh!...»

Der moralische Nebel der Kindheit zerfloß langsam. Überrascht entdeckte ich, daß ein Reinheitsdurst in mir lebte, den ich bislang nicht vermutet hatte. Und genau er hatte mich vom Seminar entfernt, und nur er war der Grund für meine jetzige religiöse Leidenschaft.

«Ist es wegen der Sache...?»

«Zum Teil...»

«Das gibt es doch nicht! Du glaubst wohl, dieses Leben ändert sie?... Sie bleiben doch nach wie vor Männer. Schau dir Pater Capão an! Allein von einer Freundin hat er sieben Kinder... Im letzten Monat hat er in Galegos eine Messe gelesen, und am Altar lehnte seine Flinte. Er hatte sich mit einem Mädchen von da eingelassen, und sie hatten ihn absichtlich hingerufen, um ihn zusammenzuschlagen, und er ging bis an die Zähne bewaffnet in die Kirche, und keiner krümmte ihm ein Haar. Schlaukopf!»

Diese bei einem so aufrechten, ehrenhaften und sich selbst treuen Menschen unbegreifliche Nachsicht tat mir weh.

«Das ist reine Schamlosigkeit!» widersprach ich.

«Das wird ihn wenig kümmern! Er hat Geld, und alles übrige ist ihm Wurst.»

Die tragische Alltagswirklichkeit ließ ihn bei anderen Unwürdigkeiten hinnehmen, die er für sich immer verabscheut hätte. Hier bestimmten Jahrtausende der Leiden und Entbehrungen jedes Gefühl.

«Wenn du deine Weinstöcke so kurz schneidest, wirst du wenig Wein ernten...»

«Und wenn ich so die Fruchtaugen sprießen lasse, ernte ich überhaupt nichts!»

Die erschöpfte Erde gab nur noch Krumen her. Und man begrenzte seinen Hunger nach dem Maß der Brotkruste. Als Sklaven der Natur gelangten sie nur im Gebet über sie hinaus.

«Ich gebe zu, daß die Erde arm ist. Aber man müßte sie düngen, anderes einsäen, neuen Anbau ausprobieren...»

Meine Dummheit sah nicht, daß das Problem widersprüchlich war und daß ich im besonderen Fall meines Vaters ungerecht war. Wenn es jemanden gab, der für Neuerungen aufgeschlossen war, dann er. Aber eine Schwalbe allein machte noch keinen Sommer, und auch die gesellschaftlichen Bedingungen erlaubten keine Abenteuerflüge.

«Auf diesem Weg kommen wir nie aus der Sackgasse heraus...»

«Hör zu, scher dich um deinen eigenen Kram und laß mich in Frieden! Und nun geh vespern...»

Die Scheibe roher Schinken und das Brot aus Favaios besänftigten vorübergehend die Bitternis dieser Mißhelligkeiten, die auch meine Schwester nicht aus der Welt zu schaffen wußte. Auch sie hatte sich von mir entfernt. Etwas fehlte an der einstigen Geschwisterliebe.

«Wo ist die Mutter?»

«In Pordeus, harkt Streu zusammen.»

«Ob ich hingehe?»

«Das mußt du wissen...»

Obgleich solcherart entmutigt, machte ich mich frohen Herzens auf den Weg.

Von ferne hörte ich sie weltvergessen inmitten der blühenden Pinien singen. Sie sah mich kommen, verstummte, und das Scharren der Harke in den Piniennadeln schabte an der Stille.

«Kann ich dir helfen?»

«Vielen Dank, ist nicht nötig. Vater wird gleich mit der Eselin kommen...»

Niemand brachte den Mut auf, es mir deutlich zu sagen: Ich störte.

Meine Reise nach Coimbra wenige Tage später erinnerte in nichts an meinen quijotesken Marsch nach Lamego, Jahre zuvor. Gemeinsam war ihr nur die dunkle beharrliche Macht des mich treibenden Schicksals. Die Reise in Gesellschaft meines Onkels und Senhor Adalbertos, im Auto bis nach Vila und von dort mit dem Schnellzug, war nur für mein Inneres beunruhigend.

Vom Fenster eines Hinterzimmers im Hotel Mondego aus, in dem wir abstiegen, sah ich auf die Stadt. Es regnete. Der Blick schweifte trostlos über die glitschigen Flächen uralter Dächer. Vom hohen Turm der Universität fielen düstere Glockenschläge.

Ein kurzatmiger Zug keuchte pfeifend durch die tiefliegende Straße. Feuchte Trauer hüllte alles in Dunkel.

«So berühmt, und dabei ...» klagte Senhor Adalberto.

«Bei Sonne ist es ganz was anderes!» erklärte eilends Senhor Teles, noch ein Verwandter, dem wir einen Empfehlungsbrief von seiner in Agarez wohnenden Schwester überbracht hatten.

«Mag schon sein ...» wagte mein Onkel zu sagen. «Die Zeitungen in Brasilien schreiben doch nicht unüberlegt drauflos. Sie reden von Serenaden, vom Mondlicht, von den Dichtern ...»

«Hör zu, Dichter! Die gibt es in Massen. Hier gibt es Orte der Inspiration wie Sand am Meer ... Die Grotte dos Esteios, der Felsen der Sehnsucht, der Felsen der Meditation, die Alleen von Choupal ... Wir werden noch Gelegenheit haben, all das zu besichtigen. Wann fahrt ihr zurück?»

«Morgen früh.»

«Unwiderruflich!» bekräftigte Senhor Adalberto, der in Sachen Poesie Guerra Junqueiro die Treue hielt.

«Schon so bald?»

«Wir haben nur den Schüler hergebracht ...»

Kaum näherten sie sich einem Baudenkmal, betraten ein Museum oder besuchten eine Kirche, übrigens im Schlepptau meines Vaters, der begierig war, zu sehen und zu lernen, flohen sie entsetzt.

«Interessant!» erklärte mein Onkel und suchte die Tür zur Straße.

Da sie über keinen Kunstverstand verfügten und sich der einfältigen Demut verweigerten, angesichts eines Kunstwerks zu staunen, kehrten sie ihm den Rücken.

«Dann wenigstens die Universität!» beharrte Senhor Teles empört. Das wäre ja, als führe man nach Rom und wollte den Papst nicht sehen!

«Einverstanden. Aber ich habe dringend etwas Geschäftliches zu erledigen. Ich erwarte wichtige Post aus Brasilien ...»

Als guter Kapitalist im Ruhestand beugte sich Senhor Teles dem Beweisgrund.

«Das ist natürlich etwas anderes ...»

Am nächsten Morgen fuhren sie mit dem Frühzug ab. Auf dem Weg zum Bahnhof gönnten sie weder dem Fluß noch den schwatzenden Wäscherinnen einen Blick.

Ich ging als Interner in die Privatschule Santo António, Heim und Lehranstalt des Dr. Almeida in einem, ein schmutziges, armseliges, wie mit dem Taschenmesser zurechtgeschnittenes Stockwerk, in dem das einzige lächelnde Möbelstück die schwarze Tafel war, sobald sie mit Kreide beschrieben wurde.

Als fertiges, langaufgeschossenes Mannsbild fühlte ich mich zwischen Schulkameraden von zehn und zwölf Jahren einigermaßen befangen. Selbst der Schulleiter ging mir kaum bis zur Schulter. Freilich gab es keinen Ausweg als am Anfang zu beginnen. Zwar nicht mit dem B-a-ba von Senhor Botelho, aber fast.

Und nun verschloß Phoebus in den Wassern
vor dem gläsernen Wagen den kristallnen Tag.

«Wer ist dieser Phoebus?»

Arinto, der bereits die fünfte Klasse besuchte, dachte nach, grübelte und grübelte und kam zu dem Schluß, daß es sich um Febo Moniz* handelte. Und Dona Adélia, Dr. Almeidas Frau, glich einem weißen Bärenweibchen, das mit seiner Beute spielt.

Sie war mit ihrem Mann durchgegangen, als beide im zweiten Studienjahr waren. Die schöne Romanze mündete natürlich in Kindern und Hunger. Die Eltern der Braut, alte Landadlige aus dem Ober-Minho, begütert und beschränkt, verfluchten die Tochter, die ihr Wappen mit Schimpf besudelt hatte. Der Galan war übrigens völlig mittellos. Ein Onkel, ein Priester, hatte die Versöhnung herbeizuführen versucht. Aber statt sich zu demütigen, rümpften die Täubchen die Nase. Und damit begann das Elend. Das Internat war der letzte Versuch in einer Reihe von gescheiterten Unternehmungen. Mit einem halben Dutzend Schulbänken aus zweiter Hand und etlichen Landkarten gründeten sie diese Privatschule. Er unterrichtete Wissenschaften und sie Sprachen. Blutjung wie sie waren, hätte man sie am liebsten aus diesen Mauern befreit, hinaus auf die Straße des Glücks. Jedenfalls zahlten sie ehrlich den Preis ihrer Liebe und bereiteten den acht Schülern, die wir insgesamt waren, den Weg zur Kultur. Am Spätnachmittag, wenn das Licht sanft auf die Flußinseln sank, öffnete Dona Adélia die Wohnzimmertür und rief ihren Mann, der Mathematik lehrte, mit ruhiger, wohltönender Stimme.

«Löst mal dieses Problem, ich komme gleich wieder...»

Er blieb eine halbe Stunde aus und kehrte rot im Gesicht zurück.

Regelmäßig, mit zeitlicher Zuverlässigkeit, kamen die Kinder zur Welt. Sie waren seit drei Jahren verheiratet und hatten bereits drei Sprößlinge.

Während die Zeit verstrich, lernte ich ihr sorgenvolles Leben besser kennen. Sie gaben Gegenstände ins Leihhaus, sahen sich von protestierten Wechseln, von Gläubigern an der Haustür bedrängt. Von beiden war sie die Rührigere. Sie erteilte Unterrichtsstunden, versorgte das Haus, feilschte mit den Straßenverkäufern am Fuß der Treppe, stellte sich mutig den Widrigkeiten. Er schlief nach beendetem Stundenplan, spielte Klavier und las.

Auf dem Bücherbord seines Schreibtisches standen die Werke von Bernardim Ribeiro, António Nobre, Cesário Verde, Eça de Queiroz, Antero de Quental, Fialho de Almeida und anderen[*].

«Wenn Ihnen das etwas sagt, bedienen Sie sich...»

Und ich schloß mich im Zimmer ein, verschlang Verse und schaute in die Landschaft hinaus. Durchs Fenster sah man die Stadt, wie eine Krippe auf dem Hügelhang errichtet. Alte Häuser mit verblichenem Farbanstrich, die an entfärbte Blütenblätter einer großen Blume erinnerten. Unten schleppte der Fluß Sand und Hirtengedichte mit.

So glasklar ziehen die Wasser auf ihrem Weg...[*]

Der trostlos trübe Eindruck bei der Ankunft war von der Wirklichkeit und der Überlieferung wie weggefegt. Jeder Winkel besaß außer seiner eigenen Poesie die Geschichte, die das Moos vergoldete. Der Tang des Liebesbrunnens glich wahrhaft dem von Inês de Castro vergossenen Blut; das stehende Gewässer von Santa Clara-a-Velha spiegelte das gepeinigte mütterliche Antlitz der Gattin des Troubadour-Königs[*], im Palast von Sub-Ripas konnte man noch die Schreie der Maria Teles[*] hören... Literatur und Sage umgaben die Natur und die Baudenkmäler mit verklärendem Hauch.

«Sie wollen Jura studieren?» fragte mich eines Tages Dona Adélia.

«Vielleicht.»

«Möchten Sie Anwalt werden?»

«Schriftsteller, meine Senhora...»

«Ach ja!?»

Sie war blond und sommersprossig, auf ihren Lippen spielte gewöhnlich bissiger, fast teuflischer Spott, den ich als stolze Herausforderung gegen die Welt deutete. Auf meine Erwiderung indes blieb sie ernst.

«Aber schreiben Sie denn?»

Bescheiden erwiderte ich: «Ja.»

«Das müssen Sie mir zeigen.»

Dazu brachte ich nicht den Mut auf. Überdies hätte ich eine vorzeitige Enttäuschung befürchten müssen. Vorderhand wollte ich mich mit der voraussetzungslosen und unerprobten Hinnahme eines Schicksals begnügen, von dem ich nicht einmal selbst wußte, ob ihm meine Kräfte gewachsen sein würden. Als Entgelt für diese Freizügigkeit würde ich die beiden fortan anders sehen, obgleich sie sich weiterhin durchkämpfen, am Essen sparen und nach dem Monatsgeld gieren würden.

Ende Juli bestand ich die Prüfung der ersten zwei Gymnasialklassen und war drauf und dran, die Neuigkeit zu verheimlichen, wenn ich an den Alptraum der Ferien in Agarez dachte. So begnügte ich mich mit der Nachricht, ich würde die Prüfung im Oktober ablegen. Die unter jüngeren Kameraden verbrachten Monate, Schülern, mit denen ich nur über Schulstunden und Lehrpläne reden konnte, hatten mir zur Entdeckung eines unerhörten Reichtums verholfen: die von Büchern umgebene Einsamkeit. Und die Trompetensoli von Senhor Adalberto, das von hungrigen Menschen überfüllte Haus, die Brosamen meines Onkels und die Spinnereien der Tante würden dieses einzigartige Erlebnis stören. Immerhin sandte ich ein Telegramm und fuhr ab.

Die Szene auf dem Bahnhof von Vila glich einer Beerdigung. Herablassend segnete mich mein Onkel, und die restliche Abordnung verhielt sich noch wortkarger. Ich begriff aber erst, was hier vorging, als mein Vater den Mut aufbrachte, klagend hervorzustoßen:

«Wir wissen schon, daß du schlecht abgeschnitten hast!...»

«Na hör mal! Wer hat dir denn das gesagt?»

Es war, als würde ein Toter aufgeweckt.

«Recht hat die Mutter gehabt! Immer wieder hat sie gesagt, abwarten und Tee trinken... Noch heute früh hat sie versprochen, sie würde den Pfad von Unserer Lieben Frau von der Zuflucht auf Knien hinaufrutschen, wenn ihr Herz sie nicht getäuscht hatte...»

Die Deutung meines einsilbigen «Ankomme morgen» hatte in der hellsichtigen Heimtücke der Tante eindeutig ergeben: Durchgefallen.

«Und so einer will Doktor werden! Alles, was recht ist! Ich möchte wissen, wo ihr bei ihm Intelligenz entdeckt habt... Ich jedenfalls habe nie eine Spur davon gemerkt! Da habt ihr den Salat...»

Doch sie geriet durch die empfangene Ohrfeige keineswegs aus der Fassung. Sie befahl ihrem Dienstmädchen, zur Feier des Tages einen Kuchen zu backen, und schien bei Tisch die Munterste zu sein. Sie zog ihre Krallen ein und wartete auf eine günstigere Gelegenheit.

Sie war nach wie vor die alte Intrigantin, wie üblich umgeben von Heilerinnen und Heilern. Nur leider vergaß sie, daß der Schauplatz ein anderer geworden war. Jede Inês und jeder Cristóvão, die sie jetzt umgirrten, schröpften sie nach Vermögen und lachten sich hinter ihrem Rücken ins Fäustchen. Leute aus dem eigenen Dorf hatten sie aus purem Neid – der Wahrheit die Ehre! – darauf aufmerksam gemacht. Doch sie änderte sich nicht. Ihre letzte Heldentat auf diesem Gebiet lief von Mund zu Mund. Sie hatte eine Heilige in Soutelo aufgesucht, um mit dem Geist ihrer Tochter, Dona Clotilde, die plötzlich in Congonhas gestorben war, in Verbindung zu treten. Dabei hatte sie darauf gedrungen, die gesamte Familie, meinen Onkel eingeschlossen, auf die Pilgerfahrt übers Gebirge mitzuschleppen.

«Eine Affenschande!» platzte mein Vater heraus, der sie begleitet hatte. «Ich bin gezwungen worden, mitzulaufen! Und dort? An all den Spuk zu glauben, den ich dort mitanhören mußte! Ich hätte sowas nie für möglich gehalten!...»

Sie wußten, daß er den Gebirgszug Fußbreit für Fußbreit kannte, und so hatte er ihnen als Führer dienen müssen, ob er wollte oder nicht.

«Was für eine Frau! Wenn die endlich abzieht, mache ich drei Kreuze.»

Endlich gingen ihm die Augen auf. Empfänglich für weibliche Liebenswürdigkeiten, war er ein gefügiges Opfer ihrer Verhätschelungen und Verwöhnungen geworden. Von so vielen

Aufmerksamkeiten umschmeichelt, sah er in allem das Geschenk eines freigebigen Herzens. Und war somit unfähig, sich ein eigenes Urteil über sie zu bilden. Ihm fiel nicht einmal auf, daß ihm zusammen mit der schmackhaften Frikadelle eine giftige Andeutung vorgesetzt wurde:

«Der wird dir noch allerhand Ärger einbringen, dieser Bursche…»

«Wird er, wird er… Man weiß wirklich nicht, wozu man Kinder in die Welt setzt…»

«Gestern hat man mir einen Haufen Lumpereien erzählt…»

«Ich weiß schon, worum es geht…»

Indessen hatte die Zeit es übernommen, die nackte Wahrheit ans Tageslicht zu bringen. Hinter ihrer großmütigen Maske erschien das tückische Gesicht.

Bei meiner Mutter, die scharfsinniger, feinfühliger und eben eine Frau war, war dieses – allerdings ohne gleiche Beharrlichkeit versuchte – Verführungsverfahren mit Pasteten und schönen Worten rundweg gescheitert. Selbst einem Blinden wäre aufgefallen, daß die beiden Frauen herzliche Feindinnen waren. Sie begrüßten einander zwar liebevoll, zeigten sich aber innerlich die Zähne.

«Wenn ich mit ihr rede, denke ich an meinen Sohn. Ein übles Weibsstück, das ihn sogar behexen wollte!»

Die Zeit der Klausur, in der ich Lehrbücher verschlang, hatte meine sonnengebräunte Haut gebleicht. Auch meine brasilianische Aussprache hatte sich verflüchtigt. Kein anderes Hindernis stellte sich nunmehr zwischen uns.

«Jetzt bist du wieder ganz du selbst!»

Meine Vorstellungen, meine Denkungsart und meine Reaktionen waren ihr weniger wichtig als diese vergangenen Fehler. Sie erwartete von mir Außergewöhnliches; nichts, was ich zu tun gedächte, würde sie verwundern. Sie lebte in der Überzeugung, daß ich für eine große Zukunft vorbestimmt war.

«Du hast in meinem Bauch mit mir geredet, Sohn!» vertraute sie mir eines Tages an. «Ich habe das nie einem Menschen erzählt. Nicht einmal Vater! Der Zauber wäre gebrochen gewesen, wenn ich das Geheimnis nicht bewahrt hätte, bis du ein Mann geworden warst…»

«Gott steh mir bei! Das ist doch reiner Aberglaube…»

«Aberglaube? Hör zu: du wirst mir noch dankbar sein!... Kommt Zeit, kommt Rat...»

Ich umarmte sie lachend.

«Wenn du dir so sicher bist, Mutter...»

Nachdem der Abgrund von fünf Jahren überbrückt war, verband uns von neuem ein heiliger Geheimpakt. Daher trafen die Einflüsterungen der Tante, die auf meinen Vater wirkten, bei ihr auf taube Ohren.

«Dein Kleiner leistet sich weiß Gott allerhand Unverschämtheiten...»

«Er ist ein Junge. Das gehört zu seinem Alter...»

«Schön, ich wollte dich nur gewarnt haben...»

«Vielen Dank, aber junges Volk will seine Freiheit genießen...»

Die vom Blitz der Karwoche in mir ausgelöste mystische Verzückung war verebbt, und heißhungrige Männlichkeit streifte jetzt ziellos durch Weinberge und Wälder. Meine Liebelei mit Sílvia, die gleich nach meiner Ankunft aufgeblüht und während der Monate in Coimbra verblaßt war, flammte wieder auf zu einem uns beide verzehrenden Lodern. Von einem mit frühreifen Feigen übersäten Feigenbaum herab bat ich sie um einen Kuß. Sie wurde rot wie eine Kirsche, und ihr Mundwinkel, in dem schwarzer Flaum vielversprechend sproß, zitterte vor Erregung. Die im Blusenausschnitt sichtbaren Ansätze ihrer Brüste wirkten wie Bojen auf einem weißen Meer.

«Gibst du mir einen?»

Als ich sie zögern sah, sprang ich vom Baum, ohne etwas zu erwarten. Verschreckt floh sie. Ich holte sie im Garten ein, und zwischen den Ranken des Weinspaliers sog ich mich an ihren Lippen fest.

Aber auf der Kirchweih war ich nicht mehr zu halten. Während des Festes Unserer Lieben Frau von der Zuflucht glaubte ich, der Berghang bräche herunter. Nachmittags warb ich in der Bruderschaft mit ernster, andachtsvoller Miene Helfer an und spielte den Präses. Und abends, beim Volksfest, wälzte ich mich zwischen Felsen und Gebüsch wie ein richtiger Kerl.

«Was ist denn mit dir los?»

Die Geschichte auf der Fazenda wiederholte sich, als ich mit Hosen nach Hause kam, die ich mir mit dem Lehm der Ziegelei beschmutzt hatte.

«Hast du schon den Anzug deines Sohnes gesehen?»

Mein Vater, keusch, schamhaft, deutete eine entsagungsvolle Geste an.

«Er ist halt so...»

«Ja, weil niemand auf mich gehört hat. In Freiheit dressiert... Ein Tunichtgut... Jetzt betet er schon nicht mehr!»

Viel Lärm um nichts... Sie wußte wohl, daß, wenn sie auf Morro Velho außerstande gewesen war, mich Mores zu lehren, sie es hier umso weniger fertigbringen werde. Ihr Haß fand keine Ruhe. Und je mehr ihr der Triumph entglitt, desto wütender ging sie zu jedem neuen Angriff über.

Bisher hatte ich mich aus instinktiver Abwehr verteidigt; jetzt empfand ich sogar Mitleid mit ihrer ohnmächtigen Halsstarrigkeit. Das war die einzige Größe, die ihr verblieben war. Seit jenem unglückseligen Auftritt im Haus von Senhor Oliveira hatte sie in zunehmendem Maße Pech gehabt. Die Familie schob ihr die Schuld an der fortschreitenden Vereinsamung zu, in der sie sich gefangen sah. Was nicht ganz der Wahrheit entsprach – das sei nebenbei angemerkt. Dafür gab es noch andere Gründe. Zu Anfang hatten die Instandsetzung des Weges zu Unserer Lieben Frau von der Zuflucht, die Geldzuwendungen an die Feuerwehrmänner von Vila, an die bedürftigen Verwandten und die Armen der Gemarkung meinem Onkel den Ruf eines öffentlichen Wohltäters eingebracht. Es war zwar kein echtes Ansehen, aber doch etwas Ähnliches. Der Aderlaß indes drohte endlos anzuhalten, und eines Tages drehte der Mäzen den Geldhahn zu. Genug war genug. Fortan erntete er keine Begrüßungen mehr, keine Verneigungen, nichts.

«Eine Horde undankbarer Zeitgenossen!» klagte Senhor Adalberto empört.

Er konnte nicht begreifen, daß die Bedeutung hier von Tatbeständen abhing, die mit Geld nichts zu tun hatten. Obgleich Senhor Valadares blind und arm war, ging kein Mensch an ihm vorüber, ohne vor ihm den Hut zu ziehen. Während mein Onkel, der mit Sämichlederschuhen und Krawattenperle die Messe besuchte, immer so wirkte, als wartete er darauf, daß man ihm sein Pferd zum Spazierritt vorführe, schien Senhor Arnaldo, der steif und feierlich vor den Stufen zum Hauptaltar saß, Teil des

Kircheninnern zu sein. Wer ihn vom Kirchenschiff aus betrachtete, konnte ihn kaum von einer gemeißelten Säule unterscheiden.

«Reisen Sie zurück!» riet Senhor Oliveira meinem Onkel unumwunden, als dieser den Weitblick der neuen Länder rühmte und sich über die heimische Enge beschwerte.

«Reisen Sie zurück! Wer sich einmal an die Länder dort gewöhnt hat, findet sich hier nie mehr zurecht. Ich zumindest, wäre meine Gesundheit stabiler...»

Die Krise, an der die ganze Welt krankte und die der Geschäftsführer der Casa Soares & Companhia vorausgesagt hatte, tat das ihre. Der Preis für Rohkaffee war gesunken, und der Käufer der Fazenda hatte nicht einmal die erste Rate abzuzahlen vermocht. Es hagelte Briefe und sorgenvolle Telegramme des Sachverwalters, und die einzige Lösung bestand in der unverzüglichen Rückkehr und der Annullierung des Verkaufsvertrags.

«Diese ganze Panik scheint mir reichlich übertrieben...» meinte mein Onkel, Ruhe vortäuschend. «Aber der Fall verdient, bedacht zu werden. Im übrigen hatte ich schon ein wenig Heimweh nach drüben...»

«Ich auch...» bekräftigte die Tante.

«Heimweh?» stöhnte Dona Néné. «Schön, vielleicht empfiehlt es sich, den Schnabel zu halten...»

«Ja? Dann braucht man wohl kein Wort mehr darüber zu verlieren. Morgen werden wir uns um unsere Papiere kümmern.»

Tage darauf verkaufte mein Onkel sein Auto, Senhor Adalberto packte seine Trompete ein, die Tante schmückte zum letzten Mal den Altar Unserer Lieben Frau von der Zuflucht, und alle wünschten ihrer Heimat Lebewohl.

Erst im Hotel Santa Justa in Lissabon konnte ich einen Augenblick, als ihr Mann wegsah, nutzen, um mich vom samtweichen Hals der Dona Néné zu verabschieden, die, in Pelze gehüllt, verführerisch duftete. «*Beiß nicht so fest, Néné...*»

Von allen konnte einem Senhor Adalberto am meisten leidtun. Trotz des Wassers Marke Vidago*, das er trank, waren seine Augen noch immer gelb und geschwollen. Blutarm und traurig, wie er war, hatte er in der alten Welt keine Tröstungen gefunden. Ohnmächtig, bleich, mit eingepackten Samba-Noten, kehrte er zurück. Mein Onkel würde wie immer kämpfen, meine Tante mit ihrem Hexenspuk weitermachen, Dona Néné nach wie vor Wollust verströmen. Selbst Dona Candinha nahm einen Traum mit auf die Reise: einen Papagei wie den zu finden, den sie dort zurückgelassen hatte. Aber er?

Als die *Kap Arkona* diese menschliche Ladung aufnahm und die Anker lichtete, war mir, als würde mir ein totes Gewicht von der Seele genommen. Ich empfand auch keine Gewissensbisse dabei, auf dem Kai zu stehen, konventionell zu winken und mir Tränen reinster Erleichterung aus den Augen zu wischen. Der zwanghaften Empfindung der Abhängigkeit, die ich in ihrer Nähe im Grunde immer verspürt hatte, stellte sich jetzt ein erhebendes Gefühl der Befreiung entgegen. Überzeugt, daß ich die Tante nie mehr wiedersehen würde, verglich ich die *Kap Arkona* mit einem erlösenden Sarg, in dem das Gespenst dieser tückischen Frau, die ein ungerechtes Verhängnis mir in den Weg gestellt hatte, in die Tiefen der Hölle abdampfte. Es war auch an der Zeit! Endlich konnte ich Samuel Smiles *Hilf dir selbst* nutzbringend lesen…

Während ich durch die Straßen der Stadt bummelte, glaubte ich, nicht mehr der Alte zu sein. Neues Blut pochte in mir. Auch die Unwissenheit jagte mir keine Angst mehr ein. Ich war achtzehn Jahre alt. Aber was hatte das zu sagen? In gut zwei Jahren war die Gymnasialzeit abgelaufen. Mit zwanzig würde ich auf die Universität gehen. Dr. Almeidas Heim würde nach wie vor die Zelle dieser Erlösungsphase sein. Und dann…

Ich forderte von der Zukunft nicht die üblichen Wohltaten. Ich verlangte von ihr schlicht und einfach das Geschenk der Kultur und der Schönheit – die einzigen Trugbilder, die mich in ihren Bann schlugen. Ich mußte natürlich auch ans Essen denken. Die Nachteile eines im praktischen Gebiet schlecht verwurzelten Lebens stachen mir im Internat tagtäglich in die Augen. Dr. Almeida und seine Frau gehörten zu dieser Rasse unverbesserlicher Irrer, die stets auf ein Wunder hoffen und dennoch zur Armut und zu Schwindeleien verurteilt sind.

Aus diesem Grunde würde ich mich nach einem ordentlichen Beruf umsehen müssen, mit dem ich mein tägliches Brot verdienen konnte, ohne den Traum zu verraten, den ich in meinen Gedanken hegte.

«Willst du noch immer Doktor der Rechte werden?» fragte mein Vater in den Ferien, mißtrauisch geworden wegen meines mangelnden Interesses für die Einkünfte eines Rechtsanwalts, den er in Vila befragt hatte.

«Vielleicht Arzt...», und ich lenkte das Gespräch in eine andere Richtung.

Ich verbrachte meine Tage in einer Art Fieberwahn, während ich das Gebirge von einem Ende zum anderen durchstreifte.

«Wozu rennst du denn wie ein Wahnsinniger hin und her und bringst dich dabei fast um?»

«Was weiß ich...»

Ich wußte nichts, rannte aber. Und wenn ich den höchsten Gipfel, den steilsten Felsen erklommen hatte, lag ich Stunden in der Sonne ausgestreckt, mit dem Bauch in die Luft, und starrte in das reinste Himmelsblau.

Ich hatte nie die Zeit gefunden, Dinge und Wesen ausgiebig anzuschauen. Endlich sättigte ich diesen rasenden Hunger und verfolgte staunend die vorsichtigen, besonnten Schritte einer Eidechse, das Verhalten einer sich entfaltenden Blüte, den dichten bedächtigen Weg einer Wolke. Und wenn ich auch nicht den endgültigen Sinn einer jeden Erscheinung, eines jeden Erschauerns entdeckte, so bewahrte ich davon zumindest die Erregung, sie entdeckt zu haben. In der Kindheit verwirrt und in der Jugend versklavt, konnte ich erst jetzt vor jedem Schößling wiedergeboren werden, neben jedem Bach herlaufen, mit jedem Vogel entfliegen. Manchmal empfand ich lediglich die Wollust des Schauderns. Etwas wie ein vorgewarntes Erbeben des Fleisches. Doch nach solchen Augenblicken war ich von so unruhiger Angst beseelt, daß mein einziger Ausweg darin bestand, mich voll in den Abgrund der Sinne zu stürzen. Dann begann ein lüsterner Rundgang durch die Umgebung des Dorfes, der eines Tages in dem irrwitzigen Vorhaben gipfelte, Venância, einer unglücklichen Alten, die im Teich Wäsche wusch, einen Antrag zu machen.

«Könnte Tante Venância mal näherkommen?»

«Was willst du, Kleiner?»

Bei meinen ersten Worten hielt sie mit Schrubben inne und sah mich an, wie man ein widerwärtiges Tier ansieht.

«Schamloser Kerl! Achte wenigstens das Alter!»

Ich rannte weg, ohne indes innerlich abgekühlt zu sein. Darin blieb ich so wild und natürlich wie auf Morro Velho.

«Das wird zuviel!» sagte Dr. Almeida, als ich ihm davon sprach, drei Gymnasialklassen in eine packen zu wollen.

«Nein, das wird es nicht.»

«Aber dann erst im Oktober. Denn in den Ferien müssen Sie lernen...»

«Einverstanden.»

Ich war es leid, immer hinter den anderen herhinken zu müssen. In Ribeirão mochte das noch angehen. Dort war der Altersunterschied zwischen mir und meinen Schulkameraden wenig aufgefallen. Doch jetzt ging er mir auf die Nerven. Im Internat glich ich Gulliver unter den Zwergen; und im Gymnasium bei den Prüfungen wurde es einfach peinlich. Ich hatte noch einen anderen Grund für meine Eile: Die Angst, mein Onkel möchte unter dem wohlbekannten Einfluß den Geldhahn zudrehen und mir den Monatswechsel sperren.

«Überlegen Sie es sich gut! Schauen Sie: Es wird schwierig sein! Die Lehrer schätzen dergleichen immer weniger...»

«Aber ich schätze das.»

In meiner Hartnäckigkeit war ich gesonnen, Hindernisse, je höher sie wurden, desto bereitwilliger zu überwinden. Von Natur schüchtern, blickte ich den Schwierigkeiten entsetzt und zugleich verführt ins Auge. Ich erbrach beim bloßen Gedanken an eine Prüfung. Dabei bereitete ich mich innerlich auf das Abenteuer vor, mehrere auf einmal zu bestehen!

Monatelang in meinem Zimmer eingeschlossen, suchte ich verbissen, meinen Geist auf die Welt der Zahlen, der Bedeutungen, der Gesetze der Grammatik auszurichten. Aber die Phantasie hinterging mich. Ich begann, eine Seite Geschichte zu lesen, und schon rissen die Geschehnisse mich mit. Ich ergriff Partei, erhob Einspruch, klatschte Beifall, als wäre ich Zeitgenosse der Protagonisten. Mit dem Feuer des Jüngers lernte ich ganze Sätze auswendig, welche die großen Gestalten in großen Augenblicken der Nachwelt hinterlassen hatten. *Tu quoque fili!... I don't think much of a man that is not wiser today than yesterday... Du haut de ces pyramides, quarante siècles vous contemplent...* Im übrigen trug die Umwelt zu diesem Höhenflug bei. Im ganzen Hause herrschte poetische, verhungerte Anarchie. Auf der einen Seite spielte Dr. Almeida, der seine Schulstunden vergaß, ganze Nachmittage lang Beethoven, und zwar so romantisch wie möglich; und seine Frau trug in ihrem Französisch-Unterricht mit Emphase Corneille und Racine vor.

Borner toute ma gloire à régner sur votre âme,
Vous obéir, moi-même, et mettre entre vos mains
Le destin d'Alexandre et celui des humains.

In das Weiß der Togen gehüllt oder vom Stahl der Panzer beschützt, erschienen die menschlichen Taten mir makellos. Keine Unreinheit des Blutes, kein Verdacht von Verrat, kein Schatten von Berechnung, keine Versuchungen des Hochmuts auf dem Weg der Heldenhaftigkeit, der Liebe, des Opfers und des Ansehens. Keine Unreinheit in der Durchsichtigkeit des Kristalls. Überwältigt ließ ich mich mitreißen.

In jenen entflammten Stunden tauchte auch Jorges Bild aus dem Dunkel des Vergessens und leuchtete mit epischem Glanz in der unwirklichen Welt von Ribeirão.

«Wer ist der Bursche?» wollte ein halbwüchsiger Mitschüler eines Nachmittags wissen, an dem ich in meinem Koffer wühlte und sein Bild dabei zum Vorschein kam.

«Ein junger Brasilianer ...»

Mehr sagte ich nicht. Es wäre mir unmöglich gewesen – die Gründe hierfür wußte ich selber nicht –, jemandem zu erklären, was für mich diese kraushaarige Gestalt in hohem Kragen, Leinenanzug und spitzen Schuhen bedeutete. Freilich war unsere Freundschaft nach seiner Gaunerei in der Kneipe erkaltet. Voller heiliger Empörung hatte ich kaum mehr das Wort an ihn gerichtet. Der Moral von Agarez verhaftet, war ich außerstande gewesen, die Lausbüberei des Diebstahls zu verzeihen oder gar zu verstehen, daß seine rastlose und umstürzlerische Jugend ein märchenhaftes, magisches Brasilien versinnbildlichte, in dem ich selbst, wie ich jetzt zu meinem höchsten Erstaunen entdeckte, ein von halb Portugal ersehntes Abenteuer erlebt hatte. Ich hatte nie wieder ein Wort von ihm gehört. Doch an keinen anderen Altersgenossen bewahrte ich so viele Erinnerungen, und ohne ihn zu nennen, stand er immer lebhaft vor meinem Geist, wenn ich eine beliebige Hörerschaft mit dem Bericht meiner tropischen Heldentaten in Erstaunen versetzte. Entweder hatte er bei vielen mitgewirkt, oder er hatte die anderen gefördert...

Im Licht dieser inneren Rehabilitierung versuchte ich, mit seiner Nähe die Leere von Wochen und Monaten zu füllen, wenn niemand an meiner Seite mit mir in derselben verzehrenden Flamme erglühte.

«Mein lieber Jorge:
Ich schreibe dir aus Coimbra...»

Ich entwarf die ersten Zeilen, als mir die Entfernung bewußt wurde, die uns trennte. Worte würden nichts bewirken. Im übrigen waren die Unternehmungen, in denen ich mich nunmehr zu versuchen gedachte, wiewohl jugendlich und kühn wie die alten, von einem anderen Kaliber.

«Man denkt an wirklich wilde Tiere, aber sie fressen einen nicht...» meinte Dona Adélia mit leisem Spott, als sie mit mir das Prüfungszimmer betrat und meine Verwirrung sah.

«Ich weiß...»

Trotzdem zitterte ich. Abgesehen von der Demütigung, die ich stets in Gegenwart von Prüfern empfand, vertraute ich den mir zu Gebote stehenden Waffen nur wenig. Das im Laufschritt angeeignete Wissen hatte ich schlecht verdaut. Mein Pech, daß ich wieder auf die Dienste meiner Willenskraft zurückgreifen mußte. Im Prüfungszimmer hatte ich einen Kampf auf Leben und Tod zu bestehen. Wie in einem Gerichtssaal konnte jede vom Richtertisch kommende Frage über das Schicksal des Angeklagten entscheiden. Aber ich stritt so hartnäckig, ich suchte den Sieg so ehrlich zu erringen, daß die Jury, gleich ob überzeugt, gleich ob einfach beeindruckt von soviel innerem Drang, sich Bahn zu brechen, mich die Prüfung bestehen ließ. Und als der Schuldiener verkündete, daß ich bestanden hatte, biß ich für den Rest des Kampfes nur noch die Zähne zusammen. Noch ein Sprung wie dieser, und ich würde meine eigene Zeit besiegt haben. Und alles würde eine neue Bedeutung gewinnen, wenn ich das negative Zeichen der verlorenen Jahre positiv umzumünzen verstünde.

«Und nun? Bleiben Sie bei uns?» wollte Dr. Almeida wissen. Es fiel nicht leicht, an der Ruhe seiner Augen abzulesen, ob das Licht, das sie erleuchtete, Ausdruck von Trägheit, Skepsis oder reiner Seelenruhe war.

«Vielleicht werde ich das Gymnasium besuchen...»

Mit gesteigertem Vertrauen auf meine Schwingen verspürte ich Lust, zu den ersten Probeflügen anzusetzen. Ich hatte mir die Freiheit verdient; folglich wollte ich sie auch auskosten. Wer drei Jahre in einem bezwungen hatte, würde die zwei noch fehlenden ohne die Notwendigkeit von Klausuren bewältigen.

«Das tut uns leid, aber Sie tun wohl recht daran. Wir hoffen nur, daß Sie dieses Haus in guter Erinnerung bewahren...»

«Ohne Frage... Es waren zwei Jahre, die ich nie vergessen werde...»

Ich log nicht. Ich verdankte ihnen mehr, als sie selber vermuteten. Wenn ich an ihr unsicheres, wirtschaftlich beengtes, aber an Liebe, Empfindsamkeit und Kultur reiches Leben dachte, fand ich die Antwort, die meine Seele seit langem von mir forderte. Bei ihnen hatte ich zum ersten Mal gelernt, daß das von gewissen Werten entleerte Dasein wenig oder nichts bedeutete. Nicht als schlechten Familienvater stellte Dona Adélia uns Byron in ihrem Unterricht vor – es war der Dichter des *Childe Harold* und der Held von Missolongi, der in ihren Worten vor uns erstand. Wie hätte ich ohne diese unbeirrte Lehre aus Dichtung und Musik, aus Traum und stolzer Armut dem vertraulichen Zeichen zu entsprechen vermocht, das die unsichtbare Hand der Zukunft mir entgegenhielt?

Im Gymnasium machten sich unpersönliche und pünktliche Lehrmeister nun daran, meine Stunden mit Wissen zu füllen. Doch weder schienen die Theoreme, die sie vorführten, Wurzeln in der Erde zu haben, noch war deutlich zu ersehen, daß die Gesetze, die sie verkündeten, Teil des Lebens waren. Ohne Dr. Almeidas wärmespendende Musik und Dona Adélias Leidenschaft, die ihren Unterricht so fruchtbar machte, verloren die trocken und trostlos heruntergeleierten Schulstunden alle Würze. Und die Klasse döste dahin.

Die Zimmer der Abiturklassen lagen im Ostflügel eines alten, schönen Gebäudes, das einst ein Kloster gewesen war, und die

Landschaft trat unbehindert durch die Fenster ein. Weit auf einen großen, harmonischen Park geöffnet, der in breiten Terrassen den Hang hinabglitt, umrahmten diese Fenster aus Kastanienholz eine Symphonie aus Bergen und Farben, die der durchsichtige Fluß spiegelte. Und die Vektoren, die Flugbahnen, die Salze, die Säuren, die Algen und die Chromosomen quälten wie Alpträume. Ich strengte meine Aufmerksamkeit an im Versuch, in diesem Meer von Sinnestäuschungen Fuß zu fassen. Doch sobald mir etwas halbwegs klar wurde, floh der Geist aus dem Klassenzimmer und verbündete sich mit dem Wipfel einer Palme, die im sonnenhellen Raum schwebte.

Das war eine Lehrzeit en gros, die mich stopfte und hungrig zurückließ. Und da wir unseren Hunger nicht stillen konnten, versuchten wir wenigstens, das Stopfende zu bekämpfen. Und das gelang uns mit Fußtritten gegen den Ball in den Pausen. Nach jedem Spiel fühlten wir Erleichterung.

Die Weite des Ozeans kannte kein Einsehen. Wenn Briefe ihn überquerten, hatten sie bei der Ankunft bereits alle Wärme eingebüßt. Ich öffnete sie, und sie lagen kalt in meiner Hand und beschränkten sich auf ein paar Zeilen.

«*Lieber Neffe:*

Ich hoffe, du bist gesund, das wünschen wir Dir alle. Uns geht es soweit gut, Gott sei Dank. Ich habe Deine Nachrichten erhalten und danke Dir dafür. Durch die Post sende ich Dir einen Scheck auf zweitausend Escudos. Senhor Adalberto läßt grüßen sowie das gesamte Personal. Deine Tante hat noch immer mit ihren Nieren zu tun. Sie segnet Dich.
Und das tut auch Dein Onkel.»

Das schmerzte. Und schließlich schämte ich mich für die Ergüsse in meinen eigenen Briefen. Unmerklich zog ich mich allmählich zurück, bis ich zur belanglosen Form der laufenden Rechnung gelangte. Da ich von mitteilsamem Temperament war, mußte ich mich weiß Gott wie anstrengen, um meiner Feder die Trockenheit abzuringen, die ich in mir nie vermutet hätte, wenn ich bedachte, an wen sie gerichtet war. Aber die Antworten klangen wirklich so einsilbig, so unzugänglich, daß ich keinen anderen Ausweg sah, als den Rest jeder Gefühligkeit, die in mir beständig wiederaufzuleben drohte, völlig zu verdrängen.

Nun übertrug ich die Wärme der Eigenschaftswörter auf andere Briefwechsel. Ich hatte Sílvia – die aus Mißtrauen gegen meine unzuverlässigen Liebesschwüre vernünftigerweise geheiratet hatte – aufgegeben und machte den Klassenkameradinnen den Hof. Zuerst tat ich Matilde schön, die mich immer an ein Strohbündel in Erwartung eines Streichholzes erinnerte. Dann kam Guiomar an die Reihe, romantisch wie eine süße, honigfarbene Kamelie. Nun verzehrte ich mich nach Gabriela, klein, schmächtig, die immer auf einem Traggestell zu schreiten schien. Sie war die Leidenschaft des gesamten Gymnasiums. Und ich, ohne zu wissen warum, war mit einemmal gleichfalls verrückt nach ihr. Man erzählte sich, vor dem Verlassen der Wohnung probe sie vor dem Spiegel Gebärden und Haltungen, außerdem würde sie nur einen reichen jungen Mann heiraten. Doch ich schlich ihr trotzdem getreulich aus der Entfernung nach, und eines Morgens, als ich den stummen Kult nicht mehr ertragen konnte, seifte ich mir das Haupthaar mit Brillantine ein, trat ihr in den Weg und schüttete ihr mein Herz aus. Die Straße war verlassen. Sie sah mich hochmütig an, sagte ein paar unfreundliche Dinge und schloß mit einem gefühllosen Nein. Niedergeschmettert beharrte ich auf der Aufrichtigkeit meiner Gefühle und versprach, schriftlich niederzulegen, was ich sonst noch alles zu sagen hatte. Mein Brief folgte, erhielt aber keine Antwort. Ich schickte einen zweiten. Auch dieser blieb unbeantwortet.

In diesen beiden verschwendeten Sendschreiben hatte ich ihr all meine überschüssige Zärtlichkeit zu Füßen gelegt. Ich wurde mager wie ein Fischgrat und überließ mich der Eingebung. Ich verfaßte Sonette – meine Lieblingsform des Gedichts.

Freilich hatte ich im Musenreiche nur geringe Fortschritte erzielt. In Ribeirão hatte ich Casimiro de Abreu nachgeahmt; jetzt, schon ernsthafter belesen, äffte ich Antero de Quental* nach. Auf einen Schlag gelangen mir vierzehn philosophische Zehnsilber, die das Unendliche zum Erbeben brachten. In den Vierzeilern war ich weniger erfolgreich. Aber ich glänzte in Terzinen und gab darin mein Letztes. Als ich Dr. Marinho, dem berühmten Sänger und Dichter der Akademie*, vorgestellt wurde, las ich ihm kurzerhand meine letzten Hervorbringungen vor. Ich weiß selbst nicht, wie ich mein Schamgefühl überwand, aus dem heraus ich meine geheimen Schätze sonst vor aller Welt verbarg. Trotz Dona Adélias Drängen hatte ich ihr nicht eine Zeile gezeigt. Doch vor einem echten oder jedenfalls als solchen angesehenen Dichter lohnte es, die Schüchternheit zu überwinden.

«Ein Wurf!» urteilte er schließlich.

Starr und argwöhnisch blickte ich in sein Raubvogelgesicht mit den funkelnden pechschwarzen Äuglein hinter den Brillengläsern.

«Kein Zweifel! Ein großer Wurf!»

Gott sei Dank! Das war die erste befugte Segnung, die ich empfing. Ein vom Ruhm Geweihter, mit dieser Aureole, die den Menschen zum Gott macht, hatte meine Hoffnung nicht getäuscht. In Ribeirão hatte Jorge schon meine Verse veröffentlichen wollen. Doch dort war ich meiner Berufung als Dichter noch nicht sicher gewesen, und er hatte nichts von Dichtung verstanden. Jetzt aber kam die Ermutigung aus berufener Quelle. Und als ich sie empfing, fühlte ich mich als Herr der Welt. Sogar fähig, der Gleichgültigkeit Alvarengas zu begegnen, dem schärfsten Stachel, der in meiner Eigenliebe steckte.

Seit ich das Internat verlassen hatte, aß ich jeden Sonntagabend im Haus von Senhor Teles zu Abend, jenem entfernten Verwandten, der uns bei der Ankunft in Empfang genommen hatte. Als Industrieller im Ruhestand, wartete er still und zuversichtlich in aller Behaglichkeit auf seinen Tod. Seine Frau, Dona Olinda, hingegen nicht. Obwohl gleichaltrig, feilschte sie auf dem Markt, als stünde sie am Anfang ihres Lebens. Sie waren ein rührendes, schlichtes Paar, und die Tatkraft der Frau hielt sie beide jung. Aus dieser Ehe war ein eigenartiger Sproß hervorgegangen: Alvarenga. Das erste Mal, als wir uns sahen, war ich am Vorabend glattgeschoren worden. Von einem Trupp hinterrücks gekapert, der mit Hilfe von Scheren und Schabernack die Vortrefflichkeit der Tradition zu beweisen suchte, stand ich gerupft vor ihm. Und ein nachlässig gekleideter, schlaksiger entfernter Vetter mit Melonenschädel mußte die Empfindsamkeit des einem Fradique Mendes* nacheifernden Dandys entsetzen.

«Ah! Du bist der aus Agarez?… Wie geht es Dona Luísa?»

Anscheinend lebte für ihn im Dorf niemand mehr, der der Erwähnung wert gewesen wäre, außer jener alten Vogelscheuche.

Nicht einmal seine Tante. Wirklich nur dieses eingebildete Weib, das er, wie er hinzufügte, noch vor kurzem im Haus der Grafen von Vilariça getroffen hatte.

«Ich glaube, es geht ihr gut. Sie wird immer verrückter...»

«Verrückt? Na hör mal! Eine höchst distinguierte Dame!...»

Das genügte, damit er sich am darauffolgenden Sonntag zur Abendessenszeit empfahl. Wir begegneten uns im Hausflur, er ging und ich kam, kein guten Tag, kein guten Abend. Hochnäsig ging er dicht an mir vorbei, den Blick ins Unendliche gerichtet.

«Sind Sie meinem Sohn begegnet?» wollte Dona Olinda wissen, sicherlich, um seinen unerwarteten Fortgang zu ergründen.

«Ich bin ihm begegnet, aber er schien zerstreut...»

«Wie üblich... So ein Dickschädel!»

Sie hatte verstanden, daß Alvarenga nicht mit mir sprechen wollte, und wechselte das Thema. Sie betrachteten ihn als eine Art von heiligem Ungeheuer. Weder sie noch ihr Mann konnten begreifen, wie einem früheren Gemüsehändler und einem bescheidenen jungen Mädchen eine so nutzlose wie beunruhigende Blüte hatte entsprießen können.

«Ah! Er ist intelligent, sehr intelligent! Aber seine Intelligenz nützt ihm nichts. Sie bringt ihn nur in Verruf...» In der Anklage lag eine Zärtlichkeit, die ihn von allen begangenen und künftigen Sünden freisprach. Nun sah ich das erste Menschenwesen, von dem nichts gefordert und nichts erwartet wurde, mit anderen Augen an.

Genau am darauffolgenden Sonntag mußte auf Dr. Marinhos Empfehlung der vom Hornstoß eines Jungstiers verletzte Held das Bett hüten.

«Man stelle sich vor, so ein Wahnsinn! Sich in die Stierkampfarena zu wagen, ohne das Geringste vom Handwerk zu verstehen!» stöhnte seine Mutter.

«Zum Glück war das Tier noch jung», warf sein Vater ein. «Er hätte draufgehen können! Steigen Sie mal in den vierten Stock hinauf und leisten Sie ihm ein Weilchen Gesellschaft. Die erste Tür links.»

Ich fand ihn schläfrig dösend zwischen Rüstungen, Wappenschildern und Büchern von Valle-Inclán. Kaum war ich eingetreten, wurde er munter, und um mich zu beeindrucken, stellte er mir seine Schätze vor. Trophäen, die zur Geschichte des Universitätslebens gehörten, Reliquien von Vorfahren, Zeugnisse von Komplotten, um die Nachfahren von Dom Miguel* wieder auf den Thron zu setzen, ein Plan, um den Kastiliern Olivença* wegzunehmen, und vor allem literarische Projekte, die, sobald verwirklicht, die Welt in Erstaunen versetzen würden. Um seine letzte Behauptung zu untermauern, sagte er einen Vierzeiler auf. Er rezitierte ihn hoheitsvoll wie ein König, der Perlen vor die Säue wirft:

Adelaide, ich wollte nur,
Du wärst mein innigstes Mein;
Ich wäre der Glassturz,
Und du meine Heilige aus Elfenbein.

Dann las er mir eine Reihe von Gedanken vor, mit roter Tinte auf kleine Papierschnitzel geschrieben. Das war der philosophische Teil. Doch all das war trotz seiner Merkwürdigkeit von geringer Bedeutung. Nach dem Vorbild von Oscar Wilde, den er zitierte, war sein Leben größer als sein Werk. Und er ging dazu über, mir die Gründe dafür auseinanderzusetzen.

Es war schon gegen Abend, und überdrüssig, alle Gelegenheiten nacheinander verstreichen zu sehen, an denen ich mich angesichts solcher Schaumschlägereien hätte in Szene setzen können, murmelte ich beiläufig, auch ich sei Dichter, und Dr. Marinho, den er sicherlich kenne, habe sogar ein Sonett gelobt, das ich ihm gezeigt hätte.

«Ein Sonett?» rief er aus, völlig verwandelt. «Du hast ein Sonett geschrieben?»

Nach seinem Vierzeiler klang ein Sonett von mir wie ein Wunder.

Und nun, zuversichtlich geworden, bekannte ich bescheiden, daß ich viele geschrieben hätte. Etwa zwanzig bis dreißig.

Staunend blickte Alvarenga mich mit anderen Augen an. Mit hochbefriedigten, gönnerhaften und dankbaren Augen, die zu sagen schienen:

«In unserer Familie hat ein echter Dichter gefehlt. Schön, dann magst du es sein!»

Dieser großmütige Verzicht, der Dr. Marinhos Segnung gewaltig verstärkte, war der Beginn unserer Freundschaft. An den darauffolgenden Sonntagen aß er zu Hause, und die Zeit schmiedete uns zusammen. Was mich betraf, so lernte ich ihn nicht nur zunehmend zu schätzen, sondern wurde auch nicht müde, seine ritterliche Liebenswürdigkeit und atemberaubende Einbildungskraft zu bewundern. Eines Tages, als wir aus Figueira da Foz* in einem Zug voller Fischhändlerinnen zurückkehrten und nach einer Nacht im Kasino mit Glücksspiel, Frauen und Wein den Schlaf der Gerechten schliefen, werden wir vom Schaffner geweckt, und er tritt ans Fenster, sieht das mit violetten Blüten übersäte Mondego-Tal und ruft begeistert aus:

«Das mutet an wie ein Kotzbrei Gottes!»

Das starke Bild verletzte die Gefühle einiger Mitreisender. Doch es traf zu: der in der aufgehenden Sonne ausgebreitete mostfarbene Teppich sah unwiderstehlich wie ein riesiges Erbrechen des Schöpfers nach einer Sauferei im Himmel aus.

Noch komplizierter als Jorge in Ribeirão, brachte er jeden Beobachter aus der Fassung. In seiner Persönlichkeit waren unlösbare Widersprüche versammelt. So die unmenschlichste, blindeste Eigensucht im Verein mit der unmittelbarsten Bereitschaft, dem Nächsten zu helfen. Was mich betraf, so hatte ich bisher von niemandem solch beharrliche und beständige Unterstützung erfahren. Seit meiner denkwürdigen Lesung des Sonetts betrachtete er sich als meinen Standartenträger. Wo immer er auftrat, hatte er das Sagen. Wenn jemand behauptete, ich würde bestimmt kein Dante werden, forderte er den Sprecher unweigerlich zum Duell heraus. Andererseits kannte ich keinen empfindlicheren Menschen als ihn. Der leiseste Mangel an Aufmerksamkeit beleidigte ihn tödlich. Ohne die geringste Erklärung abzugeben, ließ er sich gekränkt wochenlang nicht blicken. In seinem Bohèmeleben besaß er ein Liebesnest, fruchtbar wie alle Nester. Die besagte Adelaide, die er unter dem Glassturz seines Herzens bewahren wollte, bekam ein Kind. Und obgleich er sie mit seiner Eifersucht zu Tode quälte, während er sie mit leidenschaftlichen Strophen krönte, betrachtete er sich für den Sproß, den sie in die Welt setzen würde, nicht verantwortlich. Genau so wie hinter den lärmenden Nachtbanketts die gegenwärtigen Tränen seiner Mutter und die vergangenen Plackereien seines Vaters in Vergessenheit gerieten, so waren auch die Ergebenheit des jungen Mädchens und die uneheliche Geburt seiner Söhne die Voraussetzung für seine gefühlsgeladenen Stunden. Natürlich und formenhörig, freimütig und doppelzüngig wie er war, schwamm er – ein erheiterndes Schauspiel – in einem Meer von Widersprüchlichkeiten. Theoretisch sah er die Familie als höchsten Ausdruck des gesellschaftlichen Lebens an. Er verschlang ganze Bibliotheken über Wappenkunde auf der Suche nach möglichen berühmten Vorfahren und fühlte sich tief gekränkt, wenn jemand auch nur eine Silbe seines Namens vertauschte. Carlos Alvarenga Teles de Araújo Pessanha – ließ er unverkürzt auf seine Visitenkarte drukken. Die betrübliche Tatsache indes, daß er durch eine Heirat die wohlklingenden Beinamen einbüßen würde, veranlaßte ihn, in der Ehe die höchste Entwürdigung des Individuums zu sehen.

«Die Verehelichung ist eine Vergewaltigung!» behauptete er. «Man stelle sich vor: ein Mann wird dazu verdammt, sein Leben lang mit derselben Frau zu schlafen! Pflichtgemäß lieben! Gott bewahre!»

Er duldete nicht die Eintönigkeit des Alltags. Und er floh vor ihr auf alle erdenkliche Weise. Manchmal, indem er greifbare Taten beging; zu anderen Zeiten, indem er sie erdachte.

Obgleich mich seine Verantwortungslosigkeit anzog, stürzte ich mich nach der Rückkehr in mein Zimmer wieder verbissen in die Arbeit, bemüht, wenigstens die bescheidene Aufgabe zu erfüllen, zu der er nicht fähig gewesen war: die Gymnasialzeit zu beenden. Ich hatte die sechste Klasse hinter mir und wollte dem Alptraum im Oktober ein Ende setzen. Ich hatte mir einen strengen Stundenplan auferlegt und büffelte wütend. Zusammen mit einem Mitschüler, Albano, der es ebenso eilig hatte wie ich. Wir hatten gemeinsam die Volksschulbank gedrückt und stützten uns gegenseitig.

Aus diesem beidseitigen Bemühen und aus dem Wunsch, die Zusammenarbeit nicht zu unterbrechen, entstand die Einladung seiner Eltern an mich, den Rest der Ferien mit ihm auf ihrem Landgut in Revidães am Douro zu verbringen.

Ich wurde herzlich aufgenommen und verbrachte dort einen Monat, der mir wie im Flug verging. Umgeben von Weinbergen und Obstgärten, war das Haus ein Steinnest zwischen Blattwerk. Wenn ich die Augen von dem zähen Lehrbuchtext hob, glitt der Blick über den mit Hecken und Bäumen bedeckten Hang und tauchte tief in die Kühle des Flusses. In unseren Mußestunden jagten und fischten wir. Sonntags stiegen wir nach Rendim hinauf und aßen im Herrenhaus eines Schwagers meines Schulkameraden zu Abend. Abends gab es Tanz. Dabei traf sich die Jugend der Umgebung, und keiner wurde vor dem Morgen müde. Und die Zeit verstrich, ohne Stunden zu kennen.

Bei einer dieser wöchentlichen Tanzvergnügungen lernte ich Helena kennen, die Tochter eines Beamten der Stadtverwaltung von Pesqueira, die nach einem Bräutigam Ausschau hielt. Bei den ersten Schritten eines Tangos warf sie sich mir in die Arme, als ließe sie sich auf eine Wiese fallen. Ich erschrak über diese hitzige Inbesitznahme, und nur mit Mühe gelang es mir, sie meinem schüchternen Freund aufzuhalsen, der später eine glückliche Gattin aus ihr machte.

Außer meiner fehlenden Berufung zum Eheleben fühlte ich Gabrielas Bild im Herzen derart fest verwurzelt, daß ich es dort für die Ewigkeit eingepflanzt glaubte. Ich konnte schwerlich ahnen, in welch kurzer Zeit und auf welch ungewöhnliche Weise der Zufall besagte Wurzeln der Luft übergeben würde. Zurück in Coimbra, meldete ich mich am festgesetzten Tag zur Prüfung, und alles lief wunschgemäß. Begeistert forderte Alvarenga eine würdige Feier für meine Leistung: ein Abendessen im Freien. Er gab das Losungswort weiter, und schon waren wir, eine kunterbunte Bande, unterwegs nach Tentúgal*, auf den Spuren der Tradition. Stockfischgericht, Wein in Strömen, und unversehens brachte der Teufel das Gespräch auf das junge Mädchen. Einer der Anwesenden, Romão, prahlte, er habe sie mitten auf der Rua da Alegria geküßt, und zwar genau an der Stelle, wo ich ihr meine fehlgeschlagene Liebeserklärung gemacht hatte. Nun kam meine unglückliche Leidenschaft zum Durchbruch. Ohne ein Wort zu sagen, stieß ich den Tisch mit den Knien um und stürzte mich auf ihn. Es entstand eine wilde, bald allgemeine Schlägerei, bei der sogar die Gitarre, die das Festmahl verschönert hatte, als Angriffswaffe mitwirkte. Ich glaube, der Angeber zerbrach sie auf meinem Kopf. Im Morgengrauen kehrten wir zurück, im Wagen zusammengekauert, betrunken und voller Beulen, einige schlafend, und ich entleerte meinen Magen durchs Fenster. Als ich am nächsten Morgen erwachte, war an der Stelle, wo am Vorabend die Alraune gewuchert hatte, nur noch ein Grab.

Anfangs dachte ich, mein Kater rühre von dem Krawall und dem Erbrechen her. Doch dann stellte ich zu meinem Schrecken fest, daß ich irrte. Die Wirkung ging tiefer und drang in alle Winkel meines Wesens. Es war, als wäre ich innerlich reingefegt worden, als wäre damit ein großer, bislang verschlossener Raum freigelegt. Und ich fühlte zum ersten Mal den herben Geschmack völliger Bereitschaft. Fortan würde alles, was ich tat oder wünschte, eine vorsätzliche Wahl meiner absoluten Verantwortung sein.

Daher stellte ich meine früher getroffene Entscheidung, Medizin zu studieren, in Frage. Hatte ich richtig gewählt? Hatte ich alle Folgen meines geplanten Schrittes wohl erwogen? Würde ich ihn später nicht bereuen?

Ich kam zu dem Schluß, daß ich meine Entscheidung aufrechterhalten müsse. Ohne erzieherische Eignung, unbegabt für Sprachen, Feind von Gesetzesbüchern und Urteilssprüchen und vor allem hungrig auf Freiheit, würde ich nur in der Kunst des Hippokrates einen Beruf und zugleich einen menschlichen Weg finden, der mit dem übereinstimmte, den ich ohne Diplom irgendwelcher Art einzuschlagen versuchte. Ich würde somit zwei Herren dienen und beiden dieselbe Ergebenheit und dieselbe Treue widmen. Mit den ehrlichen Diensten, die ich dem einen leistete, würde ich mein tägliches Brot verdienen; für das unermüdliche Bemühen, das ich dem andern schenkte, würde ich nichts erhalten. Der war reiner Opferdienst.

Nach meiner Immatrikulation an der Universität veröffentlichte ich mein erstes Buch mit Versen. Eine ärmliche Sammlung von Sonetten und Liedern, die ich später vernichtete. Von Alvarenga gedrängt, der sich feenhafte Vorstellungen von einer Veröffentlichung machte, sparte ich von meinen täglichen Ausgaben den notwendigen Betrag und ließ meine gereimten Seufzer im Druck erscheinen. Die gewisse Wollust, die ich empfand, als ich die Druckfahnen in die Hand bekam, war mit seiner Aufregung kaum zu vergleichen. An dem Samstag, an dem das Bändchen auf den Buchmarkt kam, war er wie im Fieber. Endlich besaß seine Sippe ein greifbares Wappenbild. Meilenweit von dem Schrecken entfernt, der sich meiner bemächtigt hatte, verstand er nicht, daß ich nur einen verstohlenen Blick in die Schaufenster warf und floh. Stolz und zuversichtlich bezog er Wachposten vor dem

Wunderwerk, um es vorzeigen, es rühmen, es verteidigen zu können, ohne auf die Qualen zu achten, zu denen ein derartiger Schritt mich verurteilte. Die Luft der Unwirklichkeit, in der er lebte, hinderte ihn daran, festen Boden zu betreten. Kaum waren die ersten Kritiken erschienen, einige bösartig oder dumm, andere gerecht, und alle abfällig, sah Alvarenga nur einen Weg, den ich rundweg ablehnte: die Angelegenheit mit der Faust auszutragen.

Es war ein verheerendes Debüt, das jedoch zwei Vorzüge hatte: Verpflichtung und Objektivierung. Gleich ob gut oder schlecht: ich war in die Schranken getreten; gedruckt sah man die Mittelmäßigkeit deutlicher.

Doch bald sollte ein Umstand eintreten, der den Tonfall meiner Stimme veränderte. Angesichts des ersten Leichnams, den ich sezierte, gewannen bestimmte Wörter, die mir bislang hohl geklungen hatten, plötzlich einen mir neuen Gehalt. Tod war eines von ihnen. Wenn ich auch nie die Nacht vergessen hatte, in der mein Großvater das Salve Regina in der Mitte abbrach, so war ich dennoch vor dem Anblick der Alptraummaske zurückgeschreckt. Der Sarg wurde durch die Straße getragen, ich nahm die Mütze ab, und die Unterhaltung ging weiter. Jetzt indes lag der Tote vor mir in seiner gleichgültigen Strenge. Und ein verstörtes Menschenwesen stieg aus den Tiefen eines bis vor kurzem noch so selbstsicheren jungen Mannes. In der *Ballade von der Leichenhalle*, die ich dann schrieb, unterzeichnete ich wahrhaftig meinen Pakt mit Orpheus. Alles menschliche Elend und alle Lebensangst im tiefsten Verzweiflungsschrei. Alvarenga blieb beim Lesen des Gedichts die Luft weg. Empört über die nackte, modrige Grausamkeit hielt er nach Kräften dem aufwühlenden Schlag stand und sprach sehnsuchtsvoll von meinen alten, gefühlvollen Sonetten. Eine neue Phase trat in unsere Beziehungen ein. Wir würden Freunde bleiben, doch er würde seinen Weg der Konventionen und Konfusionen glücklich weiterverfolgen, wie ich den meinen der Aufruhr und Hellsicht. Bis dahin waren die Vorbehalte, die ich gegen bestimmte Seiten seiner Persönlichkeit gehabt hatte – ohne dabei die ihm gebührende Dankbarkeit zu mindern –, von den moralischen Grenzen meiner bäuerlichen Herkunft bestimmt gewesen. Jetzt lag der Fall anders. Meine Schranken waren anderer Natur. Die Welt der echten Kultur gab mir die ersten Zeichen. Ich war bereits von Dr. Marinho zur Mitarbeit an *Vanguarda** aufgefordert worden, jener literarischen Zeitschrift der Modernistengruppe, und ich hatte mich begeistert der Erneuerungsbewegung angeschlossen. Als Jünger der Carlistenromane Pio Barojas konnte Alvarenga nicht die neue Zeit der Romane von Proust und Gide verstehen und noch viel weniger die doppeldeutige Sinnlichkeit, welche diese Romanciers auf jeder Seite bekundeten. Er, der männliche Immoralist, geriet über die Herren Charlus und Nathanael aus der Fassung. Ich mühte mich, ihn zur Vernunft zu bringen – nachdem ich die beiden Verfasser auf anderen, bedeutsameren Ebenen zu rechtfertigen versucht hatte –, indem ich ihm zeigte, wieviel Mut und Originalität in diesen heiklen Enthüllungen zutage traten. Doch in seinem «Marialvismus»*, aus einem Guß und unteilbar, ließ er sich nicht beirren.

«Es gibt Dinge, die man nicht tut, geschweige denn schreibt!»

Als er an der Wand meines Zimmers das letzte Geschenk eines mir befreundeten Malers sah, eine Frau mit den überbreiten Hüften eines Tieres, das werfen will, blickte er wie ein Puritaner.

«Verbrenn diese Schweinerei!»

Ich hatte stets seinen Konventionalismus und seine Oberflächlichkeit mißbilligt. Und nun, immer aufmerksamer der Stimme des Echten und Tiefen lauschend, konnte ich sie noch weniger ertragen. Nach meiner Abreise aus Morro Velho hatte ich mein Gewissen eine Zeitlang beurlaubt. Ich war meinen Schulverpflichtungen nachgekommen und hatte den Mund gehalten. Aber die ersten literarischen Höhenflüge hatten es geweckt. Was bislang ein intimes, spontanes Sichluftmachen gewesen war, hatte jetzt ein Publikum bekommen. Folglich schuldete ich meinem Leser Zuverlässigkeit, ich mußte seinem Vertrauen entsprechen. Ich durfte die Wahrheit nicht im Tintenfaß begraben und auch nicht die falsche Aufrichtigkeit im Halbschatten der Wörter. Doch wie sollte er dergleichen Forderungen des Geistes begreifen?

Dieses scharfe Verantwortungsbewußtsein, das ich in den Tagen des Mißgeschicks gelernt und das die Kunst jetzt wiederbelebt hatte, das sollte nun mein Vaterland unerwartet und aufs Widersinnigste zu erweitern versuchen. Bisher hatte es mich vergessen, aber eines schönen Morgens ließ es durch den Gemeindevorsteher von Agarez an der Schultür eine Musterungsliste anschlagen, auf der ich als sein einberufener Verteidiger stand. Mein Vater übermittelte mir die Nachricht brieflich und schlug mir gleichzeitig Abhilfe vor:

«Sag mir, ob ich mich an jemanden wenden soll oder ob du dich dort freistellen lassen kannst.»

In dem natürlichen Anarchismus des Bauern zeigte er mir den einzigen Weg, den ein Landmann gegen die Tyrannei des Staates sieht: die Einschaltung irgendeines Senhor Valadares, im vorliegenden Fall unter Zuhilfenahme der unvermeidlichen, Unheil abwendenden Einräucherung mit Maisstroh. Ich nahm die Sache nicht zur Kenntnis. Auf meine menschliche Unantastbarkeit vertrauend, verschmähte ich diese tausendjährige Erfahrung, ließ die Sache laufen, ging nicht zur ersten Musterung, und als ich dann gezwungen war, mich der Kommission vorzustellen, war ich verloren.

«Hier, ein Kriegsdienstverweigerer, Herr Major.»

Der Vorsitzende war ein Major.

«Aha! Dann wird er die Folgen zu tragen haben.»

«Welche?» fragte ich.

«Die doppelte Dienstzeit...»

Nackt und mager vor den drei Unbekannten, die mich mit Waage und Eichmaß einschätzen sollten, spürte ich zum ersten Mal den Schrecken eines hoffnungslosen Kampfes. Bis dahin war ich selbst in den verzweifeltsten Augenblicken stets mein eigener Herr gewesen, um nachzugeben oder zu widerstehen. Jetzt besaß ich keinen eigenen Willen mehr. Ich war nur noch passive Entrüstung, die Befehle entgegennahm.

Gegen die Verdopplung der Unterjochung aufbegehrend – als wäre nicht schon die normale ausreichend –, setzte ich mich hin und schrieb beharrlich Jammerbriefe auf Stempelpapier, ein konkreter Appell an abstrakte Mächte. Sie brachten nichts ein. Die Anträge wurden abgewiesen. Erst als der diensttuende Sergeant der Kasernenschreibstube es satt hatte, sie entgegenzunehmen und weiterzubefördern, erledigte sich die Sache von selbst. Er diktierte ein halbes Dutzend wundersame reglementäre Sätze, und in seinem Antwortschreiben ließ das Vaterland mitteilen, daß die Exkommunizierung aufgehoben sei. Ich besaß nach wie vor keinen eigenen Willen mehr, doch meine Sünde der Widerspenstigkeit war vergeben. Ich war und blieb einfacher gemeiner Soldat.

Unverzüglich einberufen und in meinen Rekrutenstiefeln schwimmend, strammstehend ohne zu blinzeln, hörte ich, was «Unser Herr Adjutant» Cunha über die Pflichten eines Menschen meines derzeitigen Standes zu sagen hatte. Man traute seinen Ohren nicht! Vom Stiefelputzen bis zum ruhmreichen Tod auf dem Schlachtfeld war alles einbegriffen. Da die Spielregeln jeden Einspruch verboten, ließ der Instrukteur seiner Phantasie freien Lauf. Und als er am Schluß vieler Heldenhaftigkeiten wieder auf dem Boden der Tatsachen stand, war die Heimatscholle, die ich mit Zähnen und Krallen zu verteidigen hatte, nicht Agarez, sondern der Kasernenhof, auf dem gleich darauf die ganze Kompagnie unter Trommelschlag in der sengenden Hitze Marschieren übte.

«Ich will, daß die Scholle ...»

Nach langen Rekrutenmonaten, in denen ich, im theoretischen Unterricht unaufmerksam und beim Exerzieren tolpatschig, immer eine armselige Figur abgab, wurde ich als Offiziersanwärter entlassen; nach dem anschließenden Reserveoffizierskurs wurde ich zum Fähnrich befördert. In der Schlußprüfung hielt der Vorsitzende des Prüfungsausschusses, ein Oberst, in einem bestimmten Augenblick nicht länger an sich.

«Das ist einfach schamlos! Ich habe vierzig Jahre Dienstzeit hinter mir und nie einen derartigen Versager erlebt!»

Ich antwortete mit einem solch ätzenden Lächeln, daß am Prüfungstisch eine Panik ausbrach. Leutnant Afonso, viel verstörter als ich, beugte sich hinüber und vertraute dem Ohr des Hundesohns ein Geheimnis an.

«Ach, er ist Dichter! Hab's doch gleich gesehen! Aber vergessen Sie nicht, daß ich hier die Zügel in der Hand halte ...»

Der Leutnant verteidigte die Ehre der Provinz. Als ich das erste Mal mit ihm gesprochen hatte, wäre das fast das Ende aller Mühen gewesen. Ich stand schon auf der Schwelle des Kriegsgerichts. Ich verwechselte die Litzen, degradierte ihn unabsichtlich, antwortete falsch auf seine Ermahnungen, und so strengte er aus all diesen Gründen eine Klage gegen mich an. Mangel an Achtung gegenüber dem Vorgesetzten, Geist der Unbotmäßigkeit, Anmaßung, und so weiter. Doch als der Schreiber, der die Strafpredigt zu Papier bringen sollte, meinen Geburtsort wissen wollte, verebbte die anklägerische Wut.

«Haben Sie gesagt, Sie sind aus Agarez?!»
Ich nickte.
«Zerreißen Sie das, Gouveia! Ich bin nämlich aus Donelo!»
Wir fielen einander in die Arme, und fortan hatte ich einen Beschützer. Und zwar so sehr, daß er in dieser Notlage sogar die Musen zu meiner Verteidigung zu Hilfe rief.

Ich bestand die Prüfung und vergaß nie mehr den Tag, an dem ich hinter Schloß und Riegel meiner Gefängniszelle im alten Kloster, das als Kaserne diente, durch die Fenstergitter hindurch dem Fest der Parade beiwohnte.

«Ich schwöre, treu zu sein... und kampfbereit...»

Die Stimme des Hauptmanns Moreira, der die ganze Kriegsschule wie ein Echo antwortete, hallte grabesdüster in den Gelassen des mächtigen Baus wider. Die Fahne der Ehrenkompanie flatterte am polierten Mast. Der Himmel strahlte wie auf Bestellung.

«... bis zum letzten Blutstropfen...»

Ich hatte mich für die Feierlichkeit im Sonntagsanzug eingefunden. Und der niedergeschmetterte und wütende Instrukteur – der dem Feierakt vorstehende General war imstande, uns beide erschießen zu lassen, mich wegen Disziplinlosigkeit und ihn, weil er mich nicht genügend gedrillt hatte – blies mir nach bestandener Gefahr in meiner Zelle den Marsch, und dort versprach ich ihm gegen alle Normen und Vorschriften mit leiser Stimme und in Zivilkluft das, was die anderen draußen in Uniform gebellt hatten. Es war eine unsinnige Herausforderung, die zum Glück ins Schwarze traf. Natürlich liebte ich das Vaterland und war bereit, es zu verteidigen, sollte es sich als notwendig erweisen. Doch es klaffte ein Abgrund zwischen dem inneren Versprechen und der Rhetorik des Herrn Hauptmann: Zivilist aus Temperament, ging ich aus dieser harten Lehrzeit der Reglements und des Gehorsams auch als Zivilist aus Überzeugung hervor. Nun wußte ich aus eigener Anschauung, daß ich mich in einer Uniform oder in Habachtstellung nie als freier Bürger fühlen würde.

Im übrigen waren da noch andere Gründe, warum ich die Kaserne und den Kastengeist, ihr Ergebnis, verabscheute. Ein Militärcoup hatte die konstitutionelle Regierung gestürzt und eine Diktatur errichtet*. Und die Schäden, welche die Militärmacht im

Verwaltungsleben des Landes anrichtete, hatten auch die Universität erreicht, die an sich schon reichlich autoritär und aggressiv war. Eine ungewöhnliche Reform, welche die Lehrmethoden und das Prüfungssystem noch veralteter gestaltete, brachte die Studentenschaft in Aufruhr. Es gab Versammlungen, Diskussionen, Anträge und dann Proteste. Da wir nichts erreichten, nahmen wir unsere Zuflucht zum Streik. Sofort marschierte das Militär durch die Porta Férrea, das Eingangstor zur Universität, und schon begann eine Unzahl unverantwortlicher Übergriffe.

Diese erste unmittelbare Berührung mit der bewaffneten Macht war eine bittere Erfahrung. Wir alle wußten, daß die Chronik der Menschheit eine lange Liste von Gewalttätigkeiten ist. Doch keine Unterdrückung in der Vergangenheit, und mochte sie noch so eindrücklich geschildert worden sein, ließ sich mit der greifbaren Wirklichkeit vergleichen, eine Kavallerieattacke auf den Fersen zu spüren. Die ganze Stadt glich einem Schlachtfeld. Niemand fühlte sich mehr in irgendeinem Winkel sicher. Panik hatte sich in den Seelen eingenistet. Friedliche Straßen, in denen altgewohnte besonnte Stille waltete, schreckten auf vom Klappern der Hufe auf dem Pflaster. Die Fakultätshöfe verwandelten sich aus Zufluchtsorten der Wissenschaft in lärmende Kasernen. In einem einzigen Augenblick war Minervas gesamter Tempelbau zerfallen.

Als einige Kommilitonen den Streik brachen, fielen wir mit Prügeln über sie her. Während der Vorlesung über Hygiene kippten wir mitten im Hörsaal, in dem ein halbes Dutzend Verräter saß, einen mit Backsteinen beladenen Lastwagen um, bevor die Patrouille davon Wind bekam. Viele, die bis vor kurzem enge Freunde gewesen waren, standen sich jetzt mit zusammengebissenen Zähnen gegenüber. Haß erzeugte Haß. Die Brüderlichkeit der Studentenschaft war in die Brüche gegangen.

Wir waren zwar besiegt, hatten aber nicht aufgegeben, und unsere Rache bald darauf war unerbittlich. Sehr geschickt war die feierliche Eröffnung des Studienjahres mit der Durchführung eines anthropologischen Kongresses zusammengelegt worden. Durch die Anwesenheit von Ausländern gebremst, würden wir nicht den Mut zu feindseligen Ausschreitungen aufbringen. Nicht einmal die Schwere der begangenen Kränkung wurde in Betracht gezogen! Im Festsaal mit seinem majestätischen Prunk tobten wir wie wilde Tiere. Wir beschimpften, wir pfiffen, wir spuckten den Rektor an, der für uns bisher ein unantastbares Sinnbild der Autorität gewesen war. Wir hinderten den Festredner daran, uns seine Eröffnungsrede aufzuzwingen, wir bewarfen die Ehrengäste mit Dutzenden von Eiern und Körben voller Tomaten und Zwiebeln, wir tanzten rings um die Blaskapelle, als die Festordner die Universitätshymne aufspielen ließen in dem Glauben, sie könnten uns damit zur Vernunft bringen. Versessen auf Ordnung und Gehorsam, suchten sie die Rädelsführer des Aufstands zu entdecken und zu bestrafen und wollten nicht einsehen, daß sie einer Kollektivreaktion junger Menschen guten Glaubens gegenüberstanden, die jene erste tragische Enttäuschung nicht verzeihen konnten.

Da die Universität sich als unfähig erwiesen hatte, auf unsere dringenden Fragen zu antworten, und nunmehr ohne moralisches Ansehen dastand, rückte sie in meinem Leben auf einen Platz zweiten Ranges. Die gesamte Lehrbürokratie – Vorlesungen, Testate, Zwischenprüfungen, Abschlußprüfungen – hatte für mich keinerlei Bedeutung mehr außer allenfalls die, so rasch wie möglich einem derartigen Räderwerk zu entrinnen. Nur außerhalb und dagegen konnte der Geist fortschreiten.

Im Schatten der Freiheitsfahne der *Vanguarda* fand die unangepaßteste Unruhe Hoffnung. Die kleinen Gruppenzwiste, der persönliche Ehrgeiz einiger, die Mißerfolge und Schwierigkeiten verhinderten nicht, daß der Traum weite, edle Horizonte hatte. Mochte der eine oder andere nur einen Lehrstuhl erstreben, gemeinsam wollten wir die Sonne. Die einzelnen Nummern der Zeitschrift gelangen heldenmütig und ärgeniserregend. Wir lebten in unablässiger Herausforderung, unnachsichtig, unnachgiebig, überzeugt von unserer Sendung der Erneuerung. Wir waren wenige, aber eines Sinnes, und forderten ganz Portugal heraus, das blind in seinem gewohnten Alltag weiterlebte, in seiner Angepaßtheit, in seiner Rhetorik. Alle graphischen und literarischen Experimente wurden unternommen, alle Versuche gewagt. An dem Tag, an dem jemand, ich weiß nicht mehr, wer, die Vaterschaft Christi einem Zenturio zuschrieb, wurde fast die gesamte Auflage an die Redaktion zurückgeschickt. Wir aber tranken auf die Gesundheit des römischen Soldaten, wir legten zusammen, und das Blatt lebte furchtlos weiter, um die eigene Universität regelmäßig in Harnisch zu bringen, die sich mit Beschimpfungen und Flugblättern rächte. Wir alle entdeckten um die Wette unseren Autor. Joyce, Chestov, Bergson, Fernão Mendes Pinto*, Dostojewski leisteten uns an den Caféhaustischen Gesellschaft. Ein menschlicher Regenbogen umspannte die Welt. Getreu der Größe der Vergangenheit, bemühten wir uns, ihr Stetigkeit und Erneuerung zu geben. Wir erhoben die Vorläufer auf die Sockel des Verstehens und des Ruhms, stolz auf sie und auf uns. Sogar in den Künstlerkneipen entrollten wir das Banner des Aufruhrs in der herkulischen Anstrengung, das in der Tradition versteinerte Coimbra in seinen Grundfesten zu erschüttern. Dr. Marinho sang. Roseira, gleichfalls Dichter, spielte die Gitarre. Doch selbst im *Fado** suchten wir die Sonnenseite zu finden, die Reinheit des Ausdrucks, in gesunder Ablehnung vulgärer Gefühlsseligkeiten und touristische Schwärmereien. Wir wollten die Echtheit eines örtlichen Portugal sein, dem wir Weltgültigkeit verschaffen wollten. An den von Weiden verhangenen und von Nachtigallen bevölkerten Flußufern versuchten wir, Camões' bebend-männliche Lyrik, die wir als den dauerhaftesten Teil seines Werks erachteten, wiederzubeleben, während andere in Schwermut dahinschmachteten.

Vielleicht entfremdete dieses Übermaß an Suche und Bewußtseinswerdung uns menschlich voneinander. Als Literaten im Sinn der Polemik verblieb uns wenig Zeit, auf den in nächster Nähe lebenden Mitmenschen zu achten. Und ich war erstaunt, unter all den Genossen der Unangepaßtheit und der Illusion keinen Freund benennen zu können, den ich dann und wann so gerne gesehen hätte wie Alvarenga. Als gute Kameraden, die sie allesamt waren, wiesen sie dennoch die Mängel ihrer eigenen Tugenden auf. Intellektualisiert von Kopf bis Fuß, streiften sie kaum die Wirklichkeit. Sie waren Platoniker in der Liebe, Theoretiker im Sport, Metaphysiker im Zusammenleben. Die Überzeugung, einmalig zu sein, trennte sie vom einfachen Volk und machte sie unfähig für eine dauernde Berührung mit den elementaren Kräften der Natur.

«Also bis später.»

«Wohin gehst du?»

«Zu den Huren.»

So vieler Abstraktion müde, reagierte ich auf solche Weise. Die Kunst vermochte nicht mein Blut zu kühlen, die Kräfte des Instinkts zu schwächen. Manchmal versuchte ich den Geschlechtstrieb zu zügeln, gewisse innere Antriebe zu objektivieren und zu disziplinieren. Unmöglich. Es kam die Stunde, und der Samenstrom riß alles mit. Ich entbrannte in einem Streitgespräch, um eine Idee zu verteidigen, solange ich nicht fühlte, daß meine Wurzeln aus der Erde gerissen wurden. Weiter konnte und wollte ich unter keinen Umständen.

Und das gleiche trat fern von den aufreizenden Spitzfindigkeiten der Clique ein, wenn ich auch dort Anzeichen von Entmenschlichung feststellte.

Um mein mangelndes Interesse am Universitätsalltag in gewisser Weise zu neutralisieren und einem allzu zehrenden Nachtleben entgegenzuwirken, war ich in den Campus Morgenstern* gezogen, der von rauhen, fleißigen Nordportugiesen bewohnt wurde. Getreu ihrer Küche und ihren Felsen, wollten sie mit ihrem Diplom in der Hand ebenso wild heimkehren, wie sie gekommen waren. Alles an ihnen war wirklich und gradlinig. Und außer den erwähnten praktischen Vorteilen – das Vorbild des fleißigen Studiums, die Zusammenfassungen der gehörten Vorlesungen, die eingehaltenen Stundenpläne, die lange voraus notierten Prüfungsdaten und so weiter – spürte ich einen gewissen Frieden im Schoß solcher Natürlichkeit. Einer jedoch, Santos, fiel aus dem Rahmen der Gruppe. Eines Nachts, als ich fest schlief, klopfte er an die Kammertür und bat mich inständig, ihn zu begleiten. Ich sprang aus dem Bett und folgte ihm schweigend durch die mondgebadeten Gassen der Oberstadt. Die Häuser glichen Leichen, so bleich waren sie.

«Worum geht es denn?»

«Stell keine Fragen, um Gottes willen …» flehte er.

Wir stiegen die Couraça hinunter, zum Fluß hinab, der dort unten mit seinen blumenverzierten Inselchen dahindöste.

«Noch weiter?»

«Noch weiter.»

Wir bogen in die Uferstraße ein, überquerten die Eisenbahnbrücke, und erst draußen vor den Stadttoren blieb mein rätselhafter Freund unter einem Fenster stehen. Wir warteten eine Stunde, zwei, drei, und qualmten wie die Schlote.

«Ich halt's nicht mehr aus!» wetterte ich, von der Nachtfeuchtigkeit durchnäßt. «Entweder du sagst, was los ist, oder ich kehre um.»

«Ich bin verliebt...»

«Fabelhaft, und sie?»

«Wohnt hier, in diesem Zimmer. Aber sie weiß gar nicht, daß ich vorhanden bin...»

Empört brauste ich auf und beschimpfte ihn. Ich verlangte in mir und in den anderen lebendige Empfindungen aus Fleisch und Blut. Ich verzieh Schwachsinn wie den meiner einstigen Vernarrtheit in Gabriela nicht. Sah ich sie zufällig, errötete ich vor Scham. Ich hatte mich in ein Mannequin verguckt. Ich hatte einen Mythos statt einer Frau geliebt.

Diesen Festlandfrieden, den ich vorübergehend in Frauenhäusern oder bei den Mahlzeiten im Campus empfunden hatte, konnte ich später, wiewohl nur kurz, in ganzer Fülle allein mit Alice erleben. Im Garten des Hauses, in dem sie wohnte, stand ein großer Feigenbaum, der einen Ast über die efeuberankte Mauer streckte. Um halb zehn Uhr tauchte ihre Gestalt aus dem Dämmer und beugte sich über meine Augen. Gleich darauf empfing uns die mitverschworene Nacht, und die Hitze unserer Leidenschaft erwärmte den Nachttau.

Wieviele Monate verbrachte ich werbend vor ihrer Tür! Es ging der Frühling, es kam der Herbst, und ich bat immer hartnäckiger, immer leidenschaftlicher ihre ehrlichen schwarzen Augen um Liebe. Und langsam, langsam gewöhnten sich diese beiden Seen der Stille an mein heftiges Flehen. Bis ich eines Tages erreichte, daß sie mich anhörte. Es war früh am Morgen. Auf allen Gesichtern lag tauige Frische. Mädchen mit breiten Hüften, barfuß, lebendig, kamen von den Feldern, gebeugt unter schweren Lasten von Früchten und Gemüsen. Der Fahrer der ersten Straßenbahn war noch nicht ganz wach. Arbeiter auf Fahrrädern und zu Fuß eilten vorbei. Kaufmannslehrlinge putzten Schaufenster. Ein Junge an seinem Kammerfenster sagte etwas Unanständiges. Und unsere Vertrautheit entstand und wuchs über die Straße da vorn hinweg, durch die Anpreisungen der Gemüsefrau, das muntere Radeln des Brotausträgers, den fröhlichen Morgengruß des Brennholzmannes, die empörten Dummheiten der Fischfrau hindurch.

Es war eine wunderbare Offenbarung des Lebens, so langsam durch greifbare Wirklichkeiten zu wandern neben diesem liebenswerten, zurückhaltenden Menschenwesen. Die Worte, die wir sprachen, galten nichts. Sie hoben durch ihren Gegensatz nur die der anderen hervor, die um Reisigbündel feilschten und gelbe Rüben kauften.

«Heilige Mutter Gottes, meine Augen sollen meinen Mann nicht mehr sehen, wenn ich lüge! ...»

«Sie sind nicht frisch ...»

«Ich schwör's bei der Gesundheit meiner Kinder ...»

Diesmal glaubte ihr die Hausfrau.

«Bei der Rettung meiner Seele, ich verdiene keine zehn Réis daran ...»

Doch auch so verkaufte sie ihre Ware nicht. Sie hob den Korb auf den Kopf, hörte die Haustür zuschlagen und polterte:

«Leck mich doch!»

Immer höher erglänzte die Sonne. Auf dem Asphalt verschmolzen nach und nach unsere Schatten. Die letzten Häuser der Straße blieben zurück.

Ohne es einander einzugestehen, suchten wir instinktiv den Frieden der Natur. Vom gleichen Bedürfnis völliger Gemeinsamkeit getrieben, schritten wir durch silbrige Ölbäume, schweigend, innig, in letzter Läuterung.

Endlich, nach tausend Vortäuschungen und Lockmitteln, hatte die Liebe an meine Tür geklopft. Aller vorausgegangene Anschein hatte angesichts des gegenwärtigen Augenscheins jede Bedeutung eingebüßt. Keine bisher erfahrene Gemütsbewegung war mit dem Frohlocken zu vergleichen, das ich jetzt vor jeder Begegnung verspürte. Ich war rastlos wie ein kleiner Junge in Erwartung des versprochenen Festes; von vorneherein von Glücksgefühl durchdrungen, kostete ich die Früchte schon beim Gedanken an die Freude, sie zu pflücken.

Und am Ende fügte ich ihr Leid zu! Nachdem die ersten Zeiten des Hingerissenseins verstrichen waren, legte eine ich weiß nicht welche Verlockung des Bösen, eine hartnäckige Verzweiflung, eine Unfähigkeit zu dauerhaftem Frieden die Wurzeln meiner Leidenschaft bloß. Entweder kam ich zu ihr noch angesteckt von der literarischen Dialektik der *Vanguarda* oder angeekelt von der Fadheit des Campus, wo jedes Mitglied einem Grammophon glich, das seinen Vorlesungstext herunterleierte.

«*Das Wasser der Kanäle, Mühlgräben und Ableitungsaquädukte, Talsperren und Wasserreservoire, errichtet von Privatpersonen oder Gemeinden...*»

Unruhig und verletzend verteidigte ich in unserem zweisamen Paradies das Recht auf Alleinsein eines jeden. Und schon kam die Antwort: ein stummer Tränenstrom. Bitteres Schluchzen eines Menschen, der weiß, daß es da, wo die Hoffnung Platz findet, keine Einsamkeit gibt. In den Stunden tiefster Entmutigung mißtraute ich der Aufrichtigkeit meiner eigenen Zuneigung, außerstande, ihre Widersprüche zu begreifen. In solchen Augenblicken wollte sie, blind vor Verzweiflung, sich töten, Wahnsinniges begehen. Und weit entfernt, ihn zu besänftigen, verhärtete dies noch den Arm des Henkers. Da ihre Natur schlicht war, forderte sie Schlichtheit. Während in mir zwei widerstreitende Menschen wohnten. Der Bauernbursche aus Agarez auf seinem Bildungsweg, nüchtern, bedächtig, instinktiv darauf aus, seine Art fortzupflanzen; und der Dichter, nach dem Unbedingten gierend, gegen die Bedingheit der irdischen Dinge aufbegehrend, ungesellig und aufrührerisch. Gleich mächtig, forderten diese beiden Kräfte gleichwertige Annahme. Und das wachsende Gefühl, daß nur die eine in Alices Herzen Zuflucht fand, verschärfte noch den Schmerz dieses Bewußtseins.

«Lieben Sie sie wirklich? Täuschen Sie sich nicht?»

«Ich liebe sie.»

Die Vertiefung des literarischen Lebens hatte meinen Bekanntenkreis erweitert. In der letzten Zeit ging ich häufig in das Haus von Dona Olímpia, der Frau eines Architekten, gleichfalls ein verrückter Musensohn. Sie war gebildet und empfindsam und sah sich gerne im Kreise junger, interessierter Menschen. Und da sie auch erfahren und verständnisvoll war, trank ich in schutzlosen Stunden bei ihr Tee und schüttete ihr mein Herz aus.

«Aber wollen Sie sie denn heiraten?»

«Ich weiß es nicht...»

Sie saß unentschlossen und ein wenig abwesend.

«Da fällt es schwer, Ihnen zu helfen...»

Hinter klugem Verstummen lauerte eine Welt der Enttäuschungen. Weder sie noch ihr Mann vermochten das Fegefeuer ihrer Ehe zu verbergen, in dem sie dahinlebten. Kaum lockerte sich das Gummiband, das die Maske ihres öffentlichen Gebarens festhielt, erschienen beide in ihrer natürlichen Wesensart, unglückselige Schauspieler ihrer eigenen Komödie. Dem ursprünglichen Irrtum, der sie zusammengeführt hatte – die gegenseitige Gutgläubigkeit, daß Orpheus und Eurydike sich wiedergefunden hätten – und den vor allem sie nie vergeben sollte, die sie sich als junges Mädchen eingeredet hatte, ein Genie zu heiraten, diesem Irrtum hatte die Zeit neue, schwerwiegende Beweggründe für die Disharmonie hinzugefügt: das Problem der Kinder, das Kreuzfeuer von Schwiegermüttern und Schwiegervätern, und das Alter, das beide Tag für Tag ungeduldiger machte. Manchmal schien er die tägliche Zündschnur für dieses gegenseitige tiefe Mißverstehen zu sein. Neurotisch, leicht reizbar, unbeständig im Denken und Handeln wie er war, hätte allein die Geduld eines Hiob ihn ertragen können. Doch man brauchte die beiden nur über Literatur – vor allem über Literatur – reden zu hören, damit das Licht der Wahrheit aufleuchtete. Die Frau, sicher und kämpferisch in der Beweisführung, verwandelte sich in der Hitze des Streitgesprächs. Dann schien sie das Geschlecht zu wechseln. Und diese männliche Kraft brachte ihren Mann aus der Fassung, der sich fast immer gezwungen sah, die Waffen zu strecken. Dann versuchten sie ihren kämpferischen Groll mit komödiantischer Schamlosigkeit zu tarnen: sie küßten sich zynisch. Doch hinterher verrieten ein unbedachter tiefer Seufzer oder ein vorsichtig vorgebrachter Rat den Schaden, den diese stürmischen Auseinandersetzungen angerichtet hatten.

«Seien Sie vernünftig... Denken Sie mal scharf nach und überstürzen Sie nichts.»

Die Taktik, die sie mir vorschlug, kam von einem Menschen, der alle Illusionen des Gefühls verloren hat. Aber ich liebte Alice und wünschte von allen möglichen Wegen nur den strahlendsten einzuschlagen.

Mein Unglück war, daß ich ihn nicht erkennen konnte. Ich wußte, daß auch sie mich liebte. Bei keiner anderen Frau hatte ich eine so dichte, leidenschaftliche Ausstrahlung gespürt. Ich brauchte sie nur zu treffen, und schon war mir, als entzündete meine schlichte Gegenwart ihr Inneres. Die mir entgegengestreckte Hand brannte, ihre Augen schienen glühende Kohlen im Weiß ihres Gesichts. Und der Instinkt schwang wie zu den Zeiten mit Dina – nun glücklicherweise ohne Einschränkung – betört das königliche Zepter, angesichts seiner Allmacht dankbar erkennend, daß alles, was es an Zerbrechlichem und Weiblichem im Leben gab, sich ihr dankbar und glücklich beugte. Doch bei dieser Thronerhebung des Männlichen fühlte der Dichter sich vergessen. Und er verzieh nicht. Wenn unsere Sinne, vom gleichen Reiz getrieben, sich im Schoß der Nacht umschlangen, durchbrach ein unerwartetes Lebewohl die festliche Stille.

«Du gehst schon?»

«Ich habe Dienst in der Geburtshilfe ...»

Und ich überließ sie der Verzweiflung ihrer erwachten Jungfräulichkeit und ging, um der Entbindung eines unbekannten Leibes beizuwohnen.

Doch nicht nur der Groll des Poeten riß mich aus ihren Armen. Da war noch eine andere Macht im Spiel. Meine farblose Universitätslaufbahn belebte sich plötzlich, als ich zum ersten Mal verblüfft eine Niederkunft miterlebte. Ich hatte schon früher eine Menge Tiere werfen sehen und in Morro Velho sogar der Kuh Schwalbe in ihrer Not beigestanden. Doch alles gewann in der Nacht ein anderes Gesicht, als ich im weißen Kittel, verloren in der Menge der Kommilitonen, dem Ritual beiwohnte, das der Meister vor uns durchführte. Was ich bisher nur als rein animalischen Vorgang angesehen hatte, gewann mit einemmal unvermutete Bedeutung. Unter dem stummen Staunen aller wurde in tätigem Schweigen als feierliche Amtshandlung das Leben geboren. Ein Haarbüschel, die Andeutung eines Gesichts, die Deutlichkeit eines Arms, das Durchschneiden der Nabelschnur, und der gierige Freiheitsschluck ...

Als dann die Erregung im Hörsaal verebbte und das tätige Schweigen durch die Leere des Alltags ersetzt wurde, veränderte sich in mir die Vorstellung, die ich von meinem Studium hatte. Dem kalten Tisch im Leichenschauhaus stellte sich die warme Wiege der Mutterschaft entgegen. Nun hatte ich die zweite Grenze gefunden, welche die Dimensionen des Berufes absteckte, den ich ergreifen wollte.

Mittlerweile trafen Nachrichten aus Agarez und Silva Pais ein, von der runden Handschrift meiner Schwester gemalt oder in die eigenwillige Schönschrift meines Onkels gepreßt.

Senhor Adalberto war gestorben. Nach einer Notoperation war er einer inneren Blutung erlegen. Ich hatte ihm meinen bereits unter der Ägide von *Vanguarda* veröffentlichten zweiten Band Gedichte geschickt, für den er sich bedankte:

«Dein Buch hat mir die Sprache verschlagen. Machst du dich über die Welt lustig, oder meinst du es ernst?»

Er hatte von Dichtung immer wenig verstanden. Nur die Aufrichtigkeit seiner Antwort sprach ihn frei.

Ich glaubte noch immer, seine Bauchrednerstimme zu hören und seine Froschaugen auf mich gerichtet zu sehen. Das wöchentlich eingenommene Kilo Bikarbonat und die Trompetensoli hatten Agarez in Staunen versetzt. Aber Agarez hatte ihn bereits vergessen und womöglich auch Dona Néné. Sie war fortan frei, sich einen zu suchen, der öfter konnte als er. Der in seiner Tasche aus Zebufell zurückgelassene Revolver bedrohte sie nicht mehr. Sein Besitzer ruhte auf dem Friedhof von Cachoeira neben den verkrüppelten Söhnen, die er ihr opferwillig gemacht hatte. Die Blutsverwandtschaft beider hatte den Kindern eine vollkommene Geburt und ein normales Wachstum verwehrt. Armer Senhor Adalberto! Man begriff nicht, wozu er in diese Welt gekommen war. Krank und gedemütigt – abgesehen davon, Sklave der Sinnlichkeit seiner Frau zu sein, war er stets der Schäferhund meines Onkels gewesen –, hatte er als einzige Daseinsberechtigung ein halbes Dutzend strohgedeckte Häuschen in Morro Velho hinterlassen.

In Morro Velho... Wie fern und nebelverhangen! Nach dem kurzen Zeitraum von neun Jahren glichen die dramatischsten Ereignisse auf der Fazenda aus dem Leim gegangenen, staubigen Möbeln auf einem Dachboden. Jetzt war die Fazenda für mich abstrakt, unwirklich, und nur dank angestrengter Einbildungskraft vermochte ich die dort verbrachten bösen Stunden wieder zu erleben, und auch so sah ich sie in einem unerwarteten Licht. Nicht einmal die Tante erschien mir jetzt so hassenswert, wenn sie die Interessen der Ihrigen mit Zähnen und Krallen verteidigte.

Es war einfach menschlich. Und sogar bewunderungswürdig, wenn ich die Dinge richtig einordnete. Welche Hartnäckigkeit! Welch unglaublicher Kampfesmut! Und welche Grausamkeit der Götter!... Alle Kinder waren ihr weggestorben, eines nach dem anderen. Allein Dona Candinha war übriggeblieben.

Daß das Gürteltier auf den Baum geklettert ist,
Das hast du gelogen...

Selbst die Gassenbuben lachten, wenn sie den Mund aufmachte.

«Nach dem Hinscheiden ihres Adalberto, ein Verhängnis für uns alle, scheint deine Tante nicht mehr dieselbe zu sein. Ich hatte schon das Schlimmste befürchtet. Glücklicherweise hat sie sich mit Hilfe von Arzneien wieder aufgerappelt, und die Dinge gehen ihre alte Bahn. Ich bin dabei, die Schlucht zu durchbrechen, eine Landstraße nach Silva Pais zu bauen und elektrisches Licht im Haus legen zu lassen... Aber das Schicksal ist wirklich launisch. In diesem Augenblick erhalte ich die Nachricht, daß Iracema, die über Rückenschmerzen klagte, an einer Lungenschwäche leidet...»

Brasilien hatte meinem Onkel seine frühere Statur wiedergeschenkt. In Portugal war er geschrumpft. Als herbe Urwaldgestalt hatte er außerhalb seines tropischen Rahmens die einstige Größe verloren, wenn er Baudenkmäler besuchte und Unsinn redete. Während seines Aufenthaltes in Agarez hatte er daran gedacht, ein Landgut im Douro-Gebiet, das wir uns angesehen hatten, zu erwerben. Doch er widerstand der Versuchung, dort Herr zu sein, wo er einst Sklave gewesen war. Die mit beschnittenen Rebstökken bepflanzten Terrassen, die mühsam ein paar Tropfen flüssiger Sonne hergaben, hatten ihn enttäuscht. Als geborener *Bandeirante*, als brasilianischer Pionier, brauchte er ein Tätigkeitsfeld nach dem Maß seines Brustkorbs. Nur in der rauhen Weite der Sertões atmete er ungehindert. Dort beschmutzte er weder die Blumen der Zivilisation noch verriet er seine eigene Natur.

«Ich bin alt und taub, aber noch immer rüstig und kampfbereit. Wer mit dem Zeichen des Arbeitstiers auf der Stirn geboren ist, muß seine Tage schuftend beenden...»

In regelmäßigen Abständen kamen seine objektiv berichtenden Briefe. Jeder Hauch warmer Zuneigung war geschwunden. Und vielleicht zeichnete sich sein halsstarriges Abenteurerprofil gerade deshalb auf den weißen Briefbögen deutlich ab.

«Deine Tante wird immer klappriger, und ich leide an Harnstoffvergiftung. Aber ich lasse nicht locker...»

Wenn auch die Bande der Zuneigung schwach geworden oder sogar abgestorben waren, da ich fern von ihm und allem dortigen Geschehen lebte, so bewunderte ich deshalb nicht weniger seine Lebenskraft und seinen Unternehmergeist, der mit dem Alter nicht nachzulassen schien. Mir gefiel, daß im Familienwappen diese vorbildliche Breithacke zu sehen war. Ich wußte, daß ich zur Arbeit verurteilt auf die Welt gekommen und dem Erbe des Schweißes verpflichtet war. Ich würde nie die Großtat eines Bruders meiner Großmutter vergessen, von dem seit langem keine Nachricht mehr gekommen war und der plötzlich im Alter von neunzig Jahren auf der Fazenda auftauchte und sich stundenlang an die Dreschmaschine stellte. An dieser Maschine arbeiteten vier Schwarze, die sich in Abständen ablösten; und der Alte kam an, stellte sich an die Handkurbel und wäre keinen Schritt gewichen, wenn ich ihn nicht dazu gezwungen hätte. Von einem anderen Verwandten erzählte man sich, er habe die Rüstleiter eines Karrens gepackt und so die Zugochsen zum Stehen gebracht. Es war mir ein lieber Gedanke, daß diese Sippe kräftiger, tüchtiger Menschen, die mein Vater in Agarez verkörperte, auf Morro Velho vertreten blieb. Solcherart fühlte ich mich doppelt angehalten, die tausend Widrigkeiten und Feindseligkeiten, die in der letzten Zeit von allen Seiten auf mich einstürmten, gebührend zu bestehen und zu bezwingen. Nach einer gewissen Zeit der Begeisterung hatte ich die *Vanguarda* verlassen, wo meine Unruhe keinen Platz mehr fand und ich die Beziehungen zu den meisten Mitgliedern der Gruppe abgebrochen hatte; als Kandidat der Extremisten für den Universitätssenat war ich geschlagen worden und hatte mir nur Feinde eingehandelt; als widerborstig in den Hörsälen verschrien, hatte ich mir die Antipathie der Professoren zugezogen; im Campus galt ich als eine Art häusliches Unheil; und Alvarenga begriff immer weniger den Kahlschlag des Mißverständnisses, der Tag für

Tag zwischen uns größer wurde. Da er unfähig war, das Oberflächliche vom Tiefen zu unterscheiden, das, was im Körper schmerzt und das, was in der Seele schmerzt, was mutwillige Gegenwehr hervorruft und was überlegte Antworten erfordert, tadelte er meine jähzornige Reaktion auf bestimmte Angriffe und sah meiner augenscheinlichen Gleichgültigkeit in anderen Fällen entmutigt zu.

«Weißt du, was heute ein Typ aus Porto am Kaffeehaustisch behauptet hat, als du vorbeigingst?»

«Keine Ahnung...»

«Du wärst sein Diener gewesen... Ich war drauf und dran, ihn zusammenzuhauen. Aber dann begriff ich, daß *du* ihm in die Schnauze schlagen müßtest.»

«Kein Gedanke!»

«Was? Du willst keinen Finger rühren?»

«Wieso denn? Ich war es doch...»

«Ehrenwort?»

«Wenn ich's dir sage! Und gegen Tatsachen...»

«Jedenfalls ist das eine Lumperei von dem Kerl!»

«Was soll ich machen. Ich werd' schon sehen, daß ich ihm eine Ohrfeige verpasse, aber auf andere Weise...»

Er blickte mich verzagt an. Ganz entschieden paßte nicht mehr viel von mir in sein mythisches Weltbild. Er wechselte das Thema:

«Und wie steht's mit den Prüfungen?»

«Es geht so...»

«Früher hast du noch immer etwas dazu gesagt... Jetzt hältst du einfach den Mund!... Wir können nur hoffen, daß du uns Bescheid sagst, wenn du dein Diplom bekommst, damit wir das Ereignis gebührend feiern können...»

«Wir werden ja sehen...»

Ich mochte ihn weiterhin gern, war aber seine Saufereien und die seiner Kumpane leid. Als Zeferino zum Abschied von seiner Junggesellenzeit ein Essen in dem Landhaus gab, das sein Vater über einer Felswand von Conraria hatte bauen lassen, ging es so wüst zu, daß die Bande schließlich das gesamte Mobiliar den Abhang hinunterkippte. Bei Tagesanbruch war ich noch damit beschäftigt, die Horde im Taxi nach Hause zu fahren und ins Bett zu befördern. Wirklich wahr! Wo ich ohnehin kaum Zeit zum Studieren hatte und mich von tausend Problemen behelligt sah.

Ich liebte und vernichtete die Liebe; als Mitglied einer fortschrittlichen literarischen Gruppe hatte ich dieser den Rücken gekehrt und war wieder allein; einst vom Blitz des Glaubens erleuchtet, war ich von neuem in die Finsternis des Unglaubens gestürzt; am Vorabend der Abreise ins praktische Leben zerrissen mich Qualen.

«Siehst mir ziemlich finster aus, du! Entweder du änderst dich grundlegend, oder du bist verratzt...»

«Ich mich ändern?!»

Ich hatte den Eindruck, als hätten die Jahre gewisse Züge meines Charakters verhärtet. Es war etwas wie eine fortschreitende innere Erstarrung, an der alle Pfeile der Doppeldeutigkeit, des Konventionalismus, der Interessen und der Machenschaften abprallten. Dieses Monolithische an mir erschwerte mir zunehmend mein Alltagsleben, in dem erfolgreiches Vorwärtskommen Gefügigkeit, Nachgiebigkeit, Anpassung erforderten. Doch obgleich ich deutlich die Vorteile eines Andersseins sah, wußte ich, daß ich verurteilt war, dem Leben den harten Tribut der Aufrichtigkeit zu zahlen. Ich war aus einem Guß geboren worden, ich wollte aus einem Guß bleiben, ohne Rücksicht auf die Folgen.

Praktisch vereinzelt – bis zu den Kommilitonen, die vorsichtig und vorausschauend nur Wert darauf legten, gute Noten zu erzielen, reich zu heiraten, die Zukunft zu gestalten, ohne mehr wissen zu wollen –, kam ich mir vor wie eine irrende Seele, wenn ich zum Hörsaal ging oder durch die Krankenstationen wanderte. In den Stunden tiefster Verzweiflung suchte ich bei der Kunst einen Hauch Erleichterung. Und statt das Leiden zu mildern, vermehrte sie es nur. Das vernichtende Bewußtsein meiner Grenzen und die Schwierigkeit, mich auszudrücken, die mir fast bei jedem Satz Tränen der Wut entpreßten, verwandelten den Schöpfungsakt in ein Inquisitionsgericht, in dem ich gleichzeitig die Rolle des Richters, Henkers und Angeklagten übernahm. Nachdem das kollektive Hochgefühl der *Vanguarda*-Zeit verraucht war, hatte sich das Gefühl verstärkt, das ich immer verspürt und das den Bruch zum Teil verursacht hatte: daß nämlich der Künstler ein einsamer Büßer sei, der sich dem Unbedingten zu stellen habe. Jetzt setzte ich den leichtfüßig frechen Strohfeuern von einst den strengen, dumpfen, hartnäckigen Kampf wider die Schatten der Eingebung entgegen.

«Ist das ein neues Buch?»
«Ja.»
«Kann man es lesen?»
«Ja.»
Doch schon bei den ersten Versen erbleichte Alvarenga. Der Glauben, der leuchtend gekommen war wie eine Verkündigung, war nach langem schmerzvollem Todeskampf erloschen. Das Göttliche war nichts anderes gewesen als eine trügerische Luftspiegelung. Was ich für ein Zeichen der Gnade gehalten hatte, war lediglich die Überzeugung gewesen, sie von weitem gesehen zu haben. Als einem im wesentlichen religiös Veranlagten fehlte mir indes die notwendige Demut. Und als ich meiner bewußt wurde, sagte ich Gebete auf, denen ich keinen Sinn beilegte oder deren Schönheit ich nur geschmäcklerisch kostete. Von der letzten Glut dieses Feuerbrandes aus Täuschungen und Enttäuschungen war glühende Asche übrig geblieben, die mir die Hände versengte.
«Das darfst du nicht veröffentlichen! Das ist zu gewalttätig... Die Meute wird dich kreuzigen...»
Mit diesem Urteil in den Ohren übergab ich das Original der Druckerei. Und fünfzig oder hundert Exemplare, je nach den Papierresten, die der Druckereibesitzer auftreiben konnte, würden sich hinterher in meinem Zimmer stapeln oder auf den Regalen der Buchläden liegenbleiben, genau wie die vorhergegangenen. Die Leserschaft drehte ihnen den Rücken zu, die Kritiker verrissen sie, ich selbst bekam Zweifel an meinen Hervorbringungen. Und doch hätte ich diese Verse weder anders schreiben noch unterlassen können, sie zu schreiben. Ich brachte es auch nicht über mich, sie in der Schublade liegen zu lassen, abgesehen davon, daß ich mir das Geld für die Veröffentlichung vom Munde absparen mußte. Schon seit langem kam der Monatswechsel aus Brasilien verspätet und verringert an – wobei ich nie geglaubt hatte, er würde so lange eintreffen! Mein Vater hatte mit seinem gesunden Bauernverstand schon immer gegen die unsinnigen Ausgaben protestiert. Ich mußte ihm recht geben, und doch erschien ich weiterhin in den Schaufenstern – in schlecht ausgestatteten, mageren Broschüren. Ich glaubte zwar nicht an Gott, ich glaubte aber an die Dichtung.

Die alte Universitätssitte, am Ende des Semesters «gerupft» zu werden, schien mir, auf meine Person angewandt, doppelt widersinnig. Ich hatte diesen Brauch immer bekämpft und betrachtete Umhang und Soutane als anachronistische Sinnbilder einer toten Vergangenheit.

«Ich bin gegen die Uniform!» sagte ich gewöhnlich und gab dem Wort damit einen erweiterten Sinn, der Togen umfaßte, Uniformen, Talare – alle Kostüme, die den Menschen mit äußerlicher Würde ausstatten.

«Ich bin Zivilist.» fügte ich hinzu. «Daher sehe ich mich nur als Durchschnittsbürger ohne besondere Ausstaffierung.»

Und so erschien ich in den Hörsälen in meinem gewöhnlichen Pfeffer-und-Salz-Anzug, der, selbst frisch gebügelt, die blasse Erscheinung seines Besitzers keineswegs verbesserte.

«Kommst du morgen auch so?» wollten die Hausgenossen wissen.

«Klar.»

Sie lachten. Ich merkte ihre Absicht und erhob Einspruch. Wenn ich nie die Universitätskluft getragen hatte, war es nicht gerecht…

«Zieh ihn ruhig wieder an…»

Kaum hatte am nächsten Nachmittag der Pedell die Abschlußnoten vorgelesen, als ich von zwanzig starken Armen in die Luft gehoben wurde, und schon fiel ich zu Boden, so wie ich auf die Welt gekommen war. Einer hatte mich am Kragen gepackt, ein anderer an den Rockschößen, ein dritter am Hosenbund, und alles fiel der Teufelswut zum Opfer. Fast augenblicklich wurden acht Opfer auf diese Weise gehäutet und dem Gelächter der Zuschauer preisgegeben. Das Zerstörungsfieber hatte den Saal angesteckt, und schon waren es nicht mehr nur die Studenten, die sich an dem Ritual beteiligten. Die festliche Erregung griff auf Unbeteiligte über, und überall liefen Unbekannte umher, einen Kleiderfetzen in der Faust.

«Nackt!» murmelte ich ergeben und schämte mich wie ein Zönobit.

Bestimmte Zonen meines Körpers betrachtete ich als unantastbar und hütete sie als persönliche, fast weibliche Intimsphären. Ich sperrte meinen Geist zwar weit auf, sah mich aber ungern nackt. Nicht einmal in der Badehose am Strand fühlte ich mich wohl.

Es war Oktober, und der feuchte Windhauch verursachte mir eine Gänsehaut. Die anderen gewaltsam entkleideten Kommilitonen rannten mit lautem Hallo durch den Hof der Universität, in einer gesunden Abwehr gegen die Kälte und die Schwermut, die jeder erreichte Abschluß mit sich bringt, und mischten weiße Flecken ins Schwarz der übrigen Studententrachten. Sie gaben einander Klapse auf den Hintern, lachten, spaßten, während ich, stillstehend und nachdenklich, ihnen neidisch zusah.

«Leih mir den Umhang», bat ich endlich einen Kollegen.

In das schwarze Schweißtuch gehüllt, vor Kälte schlotternd, allein, eilte ich gleich darauf durch das weite Hochschulportal davon.

In den schmalen, schmutzigen Gassen sank die Nacht. Während ich meines Weges ging, hielten vor den Türen sitzende alte Frauen in ihrem Schwatz inne und schauten verständnisinnig dem gewohnten Schauspiel nach. Der seit langem erloschene Mutterinstinkt erwachte für kurze Zeit in ihren Augen. Als müßte ich mich dagegen verteidigen, nicht noch einmal von jener verspäteten Zärtlichkeit auf die Welt gebracht zu werden, schlang ich das Tuch eng um mich. Nicht einmal am Tag der Musterung war ich mir so ausgesetzt vorgekommen, war ich so befangen gewesen. Dann und wann blies ein Windzug unter mein leichtes Schutzkleid und blähte es auf. Dann mußte ich kämpfen und mich an eine Mauer lehnen, um bedeckt zu bleiben. Mitten auf der Straße splitternackt dazustehen, würde über meine Kräfte gehen…

«Arzt!»

Ich sagte das Wort und vermochte nicht die Segnung einer neu erworbenen Würde zu empfinden, in meinen Händen die heilige Fackel brennen zu sehen, die Äskulap in den Finsternissen der Zeit entzündet hatte und die dank nachfolgender Geschlechter von Jüngern das Licht der Hoffnung in alle Winkel der Welt getragen hatte. Der einsilbige Laut rief mir nur nach Formaldehyd riechende ausgeweidete Leichen ins Gedächtnis, mit dem Stethoskop abgehörte symptomatische Geräusche, Trinkgelder für den Pedell und geisttötende Prüfungen mit auswendig gelernten, heruntergeleierten Vorlesungstexten. Ich versuchte mich dem zu widersetzen, mich auf die Tage zuvor ersonnene Synthese zu stützen: eine erlernte Technik und ein übernommenes Apostolat… Die Meister hatten mir das Wissen überliefert; die Schule war der Tempel der Einweihung… Aber die geistige Anstrengung war nichts wert. Kaum gab ich dem Hengst meiner Einbildungskraft nicht mehr die Sporen, und schon hämmerte diese eine Silbe von neuem, ohne erhebendes Echo in meinen Ohren.

Arzt! Die unglücklichen Kranken, die auf den Beistand eines Herrn Doktors wie mich warteten! Ich würde eine feine Figur abgeben, sollte ich gezwungen sein, ohne die geringste Hilfe einen Patienten ernsthaft zu untersuchen und zu beraten!

Als ich wieder in meinem Zimmer war, nach Abstreifen des Umhangs von neuem nackt, besah ich mich im Spiegel. Die Klarheit des Kristalls warf sogar meine Gefühle zurück. Welch elender Körper und welch armseliger Geist! Keine körperliche Kraft, und noch weniger eine geistige. Außen wie innen ein Gerippe…

Ich bekam Mitleid mit mir. In der Stunde, in der ich vom Leben die innige Freude am Sieg zu verdienen geglaubt hatte, stand das Bild eines niedergeschmetterten Menschen vor mir.

Wenige Tage danach verließ ich Coimbra, weil mein Onkel meinen Monatswechsel vor einiger Zeit gestrichen hatte. Über die Dauer meines Studiums im Bilde, hatte er seine Berechnungen angestellt und im haargenau richtigen Augenblick die Quelle, die mich ernährt hatte, zugestopft.

In Agarez wurde ich von den einen feindselig, von den übrigen zurückhaltend empfangen. Für die Reichen war meine Gegenwart dazu angetan, die gesellschaftliche Ordnung, die dort herrschte, seit die Welt Welt war, zu untergraben. Noch waren die alten Arbeitgeber meiner Mutter am Leben sowie diejenigen, denen mein Vater mit der Hacke in der Faust gedient hatte und für die ich selbst in meiner Kindheit beim Begießen die Laterne gehalten hatte. Deren Söhne hatten in einem Meer von Vergünstigungen und Vorrechten Schiffbruch erlitten. Und sie verziehen nicht, daß einer ihrer früheren Knechte ohne die geringste Begünstigung von oben triumphiert hatte. Die Episode mit Gustavinho im Café, die Alvarenga so sehr beeindruckt und die Widerstandskraft meines gekränkten Stolzes auf die Probe gestellt hatte, war bereits Ausdruck dieser Verärgerung gewesen. Und wenn die Jungen sich so verhielten, hätte es eines Wunders bedurft, wenn die Alten anders gehandelt hätten.

Die vorsichtige Reaktion der Armen hatte andere Gründe. Zu

einem Gemisch aus Neid und Bewunderung und sogar einem gewissen Klassenstolz gesellte sich bei ihnen ein Gefühl der Abwehr. Das Dorf hatte immer ohne ärztliche Hilfe gelebt. Mittelohrentzündung und Nagelgeschwür brachen von allein auf nach endlosem Geheul, das die Mauern der Häuser erzittern ließ. Die Krankheit, die an eine Tür pochte, war ein Schauspiel für alle, bei dem keiner seinen Beistand in Form von Hausmitteln und Ratschlägen verweigerte. Chronische Verletzungen, die in Malvenblättersud und Gottergebenheit gebadet wurden, begleiteten den Kreislauf der Jahreszeiten.

«Feliciana ist gestorben...»

«Ihre Stunde war eben gekommen...»

Sie betrachteten die Schäden des Fiebers, die Zerstörungen durch den Krebs, die galoppierende Schwindsucht als zugehörig zum Rhythmus der eigenen Natur und konnten sich nicht vorstellen, daß man dem Fluß des Verhängnisses einen Deich des Widerstandes entgegensetzen könne. Die Kirchturmglocke für ein totes Kind zu läuten, war ebenso natürlich wie das Abendläuten. Wenn die große Glocke der Gemeinde ihren lauten Ruf ertönen ließ, lief noch ein erschrecktes Beben über die Flur. Wenn aber die kleine Glocke ertönte, achtete niemand darauf.

«Mir scheint, ich höre Glockengeläut...»

«Das ist ein Kind.»

Und die Feldarbeit ging weiter, fern vom Frühlingskatarrh, der die Kinder des Dorfes dezimierte.

«Gott bringt seine Ernte ein.»

Ohne jede andere Erklärung für die Todesfälle wurden sie als Pläne der Vorsehung hingenommen. Und jeder, der gegen diese tausendjährige Verdammnis ankämpfte und die anderen zur Pflicht aufrief, sich gegen das Verhängnis zur Wehr zu setzen, wurde argwöhnisch beäugt.

Mein Vater indes ließ eine Messe der Danksagung für Unsere Liebe Frau von der Zuflucht lesen, und da füllte sich die Kapelle. Als ich ihm sagte, daß ich nicht dabei sein würde, zeigte er sich so beleidigt, daß ich nicht den Mut aufbrachte, auf meinem Entschluß zu beharren. Ich stieg den Berghang hinauf, trat in die Wallfahrtskapelle ein und betrachtete das Schauspiel mit so neutralen und sachlichen Augen, daß ich eine Gänsehaut bekam. Unter diesem Dach hatte ich die Festrede auswendig vorgetragen, überzeugt, daß ich mit Gott sprach. Und auf demselben Altar hatte ich die erste Kommunion empfangen. Damals waren die Spitzen des Leinentischtuchs, die Seide des Altarschmucks, der Kelch, die Hostie und das Weihwasser für meinen Geist lebendige Sinnbilder, heilige und beschirmende Gegenwart gewesen. Die Zeit hatte alles ausgebleicht. Meine Mutter, den Rosenkranz in der Hand, dankte Gott inbrünstig für die Gnade, mich über den niedrigen Stand der Familie hinausgehoben zu haben; mein Vater neben ihr unterstützte sie dabei. Wem sollten sie für das Wunder danken, einen Sohn zu haben, den sie schon nicht mehr verstanden?

«Was war denn in der Kapelle Unserer Lieben Frau von der Zuflucht los?» fragten die Lasttiertreiber von Jorjais, als der Pilgerzug herabgestiegen kam.

«Mein Junge hier ist Arzt geworden...»

Sie stellten mich zur Schau, wie sie es mit den Mastschweinen auf dem Weihnachtsmarkt am Zweiundzwanzigsten taten.

«Das da hat's in sich, es hat mächtig Kartoffeln gemampft!»

Das Tier grunzte vor Vergnügen, während mein Vater ihm die Rückenborsten glättete. Mir hingegen widerstrebte das elterliche Kraulen. Ich empfand die Schamlosigkeit dieser Zurschaustellung wie auch den eigenmächtigen Mißbrauch meiner Person, die er voraussetzte, als widerwärtig. Ich ertrug es nicht, daß sie aus mir ein Vorführungsobjekt und sogar ein unmittelbares Erzeugnis ihrer Bemühungen machen wollten. Es hatte mir nie zugesagt, vorgezeigt zu werden, zudem war ich durch eigene Anstrengung dorthin gelangt, wo ich nun stand. Das Geld meines Monatswechsels, das mein Onkel mir geschickt hatte, entstammte meinen einstigen körperlichen Anstrengungen. Ich schuldete niemandem etwas.

Wenige Tage vergingen, als jemand angstvoll an die Tür klopfte. Es war Lúcia. Ihr Bruder lag im Sterben, und der Arzt aus Celeiroz, der ihn behandelte, wollte meine Meinung hören. Mir fiel das Herz in die Hosen. Eine ärztliche Untersuchung! Und zwar gleich an Ort und Stelle! Verteufeltes Pech! Konnte ich einem alten, erfahrenen Kollegen etwas Neues sagen? Und zu allem Überfluß hieß der Kranke Guilherme Teixeira ...

Nach meiner Rückkehr aus Brasilien hatte ich auf der Tanzerei, bei der ich mich in Sílvia vergafft hatte, zur Entlastung meines Gewissens auch mit Lúcia getanzt. Und sie hatte mir beim Walzertanzen so fest die Hand gedrückt, daß ich nicht anders konnte, als am nächsten Tag in den Laden ihres Bruders zu gehen, gleich nachdem ich ihn in den Linienbus nach Porto hatte steigen sehen. Wie auf Kohlen hatte ich geredet und phantasiert und dabei das Gelände vorbereitet. Und am selben Abend erreichte ich das übrige. Aber Guilherme, von dem jedermann behauptete, er sei der Geliebte seiner Schwester, bekam Wind von unserem Treffen im Pinienwald von Borralheda und begann uns nachzuspüren. Ohne die moralische Kraft, mich ihm entgegenzustellen, ergriff ich die Flucht, sobald das Dienstmädchen des Hauses, das Lúcia als Wachposten aufgestellt hatte, ein Zeichen gab. Obwohl sich unsere Beziehungen in dieser Richtung bewegten, erschien er eines Tages in Coimbra mit einer deftigen Harnstoffvergiftung. Ich brachte ihn zu einem Facharzt, stand ihm bei, so gut ich konnte, und sah ihn während meiner nächsten Ferien wieder, als er, abgemagert und totenbleich, mit der Flinte in der Faust hinter mir herschlich. Aber seine Nierenverhärtung verschlimmerte sich, und das einzige Heilmittel war das Grab.

Ich sprang aus dem Bett und begleitete das junge Mädchen. Ein herrlicher Lebensbeginn! Die Nacht war stürmisch. Ferne Blitze lachten höhnisch am düsteren Himmel, und meine alte Ulme mit ihren windgepeitschten ausgestreckten Astarmen glich einem mitten auf dem verlassenen Dorfplatz aufgescheuchten Gespenst. Wir sprachen auf dem ganzen Weg kein Wort.

Dr. Fernando Antunes wartete im Wohnzimmer zwischen gestickten Sofakissen und Venushaarsträußen unter einer an der Wand hängenden Königsschlangenhaut. Er gratulierte mir und entschuldigte sich. Er hätte gerne meine Meinung über diesen verzweifelten Fall gehört. Vielleicht könnte die neue Medizin etwas ausrichten...

So beflissen wie möglich dankte ich ihm für seinen Glückwunsch und den Sympathiebeweis, während ich argwöhnisch zu ergründen suchte, was hinter seinem Lächeln verborgen lag. Wollte er von mir ehrliche Hilfe, oder stellte er mir insgeheim eine Falle, damit ich meinen Beruf mit einem Mißerfolg begann?

«Sehen wir uns also den Kranken an...»

Nach der Posse das Drama...

Mit dem Schritt eines Schmugglers betrat ich das Zimmer. Lúcia am Kopfende des Bettes weinte. Ob wirklich etwas zwischen ihnen gewesen war? Die rastlosen Augen des Bruders hefteten sich bald auf mich, bald auf sie. Sein Puls war kaum zu spüren. Sein Atem hörte sich im Stethoskop an wie das Röhren eines auslaufenden Schiffes. Seine Beine fühlten sich an wie Klumpen. Er keuchte wie ein Läufer beim Erreichen des Ziels. Er hatte kaum noch Leben in sich.

Ich konnte nicht umhin, Mitleid mit dem Mann zu empfinden, der sterbend den Geliebten seiner Schwester vor sich sah – eine doppelte Qual, sofern er die Niedertracht begangen hatte, selber ihr Liebhaber gewesen zu sein. Liebevoll tätschelte ich ihm die Wange.

«Senhor Guilherme, seien Sie unbesorgt, es geht Ihnen schon besser...»

«Ja, ja...»

Es war die Antwort eines Menschen, der todsicher wußte, daß er den Abzug einer Waffe nicht mehr würde bedienen können.

Während einer neuen Beratung wechselten wir ohnmächtige, formelhafte Worte.

«Stimmen Sie mit mir überein, Herr Kollege? Sagen Sie es frei heraus!»

«Oh, Herr Doktor, um Gottes willen! Medizinisch gesehen haben Sie fraglos alles nur Mögliche getan...»

«Gut denn.»

Da ich aber im verkrampften Gesicht des Sterbenden die Verzweiflung eines gefallenen Gegners zu lesen vermeint hatte, fühlte ich den wütenden Zwang, ihm auf die Beine zu helfen, damit wir uns von gleich zu gleich gegenübertreten könnten. Ich eilte ins Krankenzimmer zurück und gab ihm alle Spritzen, die ich in meinem Notköfferchen mitgebracht hatte, alles, was ich an Serum hatte beschaffen können, und in den zwei nachfolgenden Tagen bis zu seinem Ende wich ich keine Minute von seinem Lager. Die ganze Familie war mir für meine Bemühungen dankbar. Nur er ließ sich nicht hintergehen. Noch beim Erlöschen blitzte in seinen Augen der gleiche rätselhafte Haß. War es die Wut der beleidigten Bruderliebe oder der Zorn der ohnmächtigen Eifersucht?

Doch nicht die Rolle, die ich gespielt hatte, löste den Aufruhr um diesen Tod aus. Niemand hatte das Wunder einer Auferstehung erwartet, und die Empörung über meine verflossenen Beziehungen zu dem jungen Mädchen war verraucht. Was Agarez so leidenschaftlich beschäftigte, war, daß der Verblichene ohne Beichte gestorben war. Die Betschwestern im Verein und der Priester hatten vom Morgen bis in die Nacht darum gekämpft, doch er, erklärter Freimaurer, war seinem Atheismus treu geblieben. Maria da Purificação stöhnte an seinem Krankenbett:

«Ach, Guilherme, du wirst deine Seele verlieren!»

«Den Körper, Senhora Maria, den Körper verliere ich ...»

Lúcia hatte keinen Lärm schlagen wollen, bekannte aber später, sie hätte gute Lust gehabt, die ganze Meute die Treppe hinunterzuwerfen.

«Er hat tapfer ausgehalten, das ist sicher! Ein schöner Tod. Davor muß man den Hut ziehen! ...»

Diese Bemerkung erlaubte ich mir zu Hause, als das junge Mädchen als Entgelt für meine Bemühungen ein Dutzend Eier gebracht hatte.

«Und was hat ihm das genützt? Sie haben ihn begraben wie einen Hund ...»

«Er verfault auch so. Seid beruhigt ...»

«Und seine Seele?»

«Welche Seele denn?»

«Das weißt du nicht? Im Religionsunterricht hast du das doch mitbekommen, oder ...»

Wohin waren die glücklichen Zeiten, da meine Mutter zu ihrem Trost mich im Chorhemd bei der Messe ministrieren sah! ...

«Das walte Gott! ...»

«Was für ein Türke du geworden bist, mein Junge!»

Türke war in diesem Haus die schlimmste Bezeichnung für Unglaube und Verdammnis.

Mein Vater indes stimmte mit mir überein.

«Wenn er nicht ans Jenseits glaubt, wozu sollte er dann schwindeln? Das wäre ziemlich schamlos gewesen! Soll ein Mann nicht Herr seines eigenen Todes sein?»

Trotz unserer häufigen Zusammenstöße freute ich mich darüber, daß er immer stärker auf seinen Grundsätzen beharrte. Mit zunehmendem Alter wurden seine Erklärungen immer knapper, karger. Er schien den Geist seinem mageren Körper anpassen zu wollen. Früher hatte er seine Stimme Senhor Arnaldo gegeben, ohne ergründen zu wollen, ob dieser auf der Seite der Fortschrittlichen oder der Rückschrittler stand. Wer ihm jetzt mit Wahlen kam, dem wurde gebührend Bescheid gestoßen.

«Alles geht vor Hunger ein, aber erst bei diesem Schwindel erinnern sich die Gauner an unsereinen! Das Volk sollte beim Wahltag seine Steuererklärung in die Urne stecken!»

Und dann predigte er einen naiven Sozialismus, den er übrigens nach Maßgabe seiner Einkünfte in die Tat umsetzte. Auch ihn knebelte der Hunger, doch niemand öffnete bereitwilliger seine Haustür, wenn es darum ging, den Armen eine Wegzehrung zu geben und den Bedürftigen einen Notgroschen.

In den langen Unterhaltungen, die er mit Senhor Arnaldo führte, seit der verarmt war – er hatte so viele Weiber unterhalten, daß er schließlich schon morgens von Haus zu Haus betteln gehen mußte –, erzählte dieser ihm Schauermärchen über Rußland. Dort herrsche furchtbare Hungersnot. In bestimmten Gegenden würden sogar Kinder gebraten und verzehrt. Das habe in der Zeitung gestanden ...

Mein Vater ließ sich nicht einwickeln.

«Mein Doktorsohn sagt nein, es gebe dort im Gegenteil viel Fortschritt ...»

Der andere zog klugerweise vor, einen Rückzieher zu machen. Intelligent und gebildet, wie er war, kam ihm sogar sein Unglück zuhilfe. In seiner Armut und Bedürftigkeit trat er den früheren Dienern wie ein Gleichgestellter gegenüber. Und da er trotz seines tiefen Falls in die Bedeutungslosigkeit die Zeiten der Herren und der Knute verteidigte, hörten die anderen ihm gutgläubig zu und nahmen seine Lesart der Ereignisse an. Plötzlich erschienen die unbestreitbarsten Tatbestände, die haarsträubendsten Ungerechtigkeiten, die abscheulichsten Tyranneien, von ihm erklärt, in einem dämonischen Licht. Manchmal zögerte mein Vater mit seinem gesunden Menschenverstand und mißtraute diesen sibyllinischen Gedankengängen. Doch Senhor Arnaldo häufte seelenruhig Beweisgrund auf Beweisgrund, bis er jeden Einspruch entkräftet hatte. Erst dann erhob er sich von der wackeligen Küchenbank und ging fort, ein Maisbrot unter der Jacke. In seiner wohlhabenden Zeit war er immer krank gewesen, doch seine

Armut hatte ihm eine eiserne Gesundheit geschenkt. Und wenn er sich auf das Maisbrot und die Bohnensuppe unseres Haushalts stürzte, versicherte er, daß ihm dies besser schmecke als die Lekkerbissen von einst. Äußerst zartfühlend, ließ er sich die Abneigung, die er gegen mich hegte, nicht anmerken. Meine Stellung, meine Ideen und meine Bücher paßten nicht in sein Weltbild. Und er untergrub nach Vermögen meine Standpunkte, getreu den Wertvorstellungen der Klasse, von der er sich nie losgesagt hatte.

Einer ähnlichen Folgerichtigkeit war Pater Lobato, der neue Gemeindepfarrer von Agarez, am wenigsten fähig. Meiner Generation zugehörig und Sohn bescheidener Eltern wie ich, verleugnete er täglich seine Herkunft. Im Drang aufzusteigen, reich zu werden, groß zu sein – hundert Faß Wein im Keller zu besitzen und König des Volkes zu werden –, hielt ihn keine Rücksicht ab, und alle Mittel waren ihm recht. Wenn ich ihn am wenigsten erwartete, stieß ich im Gebirge auf ihn, wo er, hinter Felsen hokkend, das Gekakel der Rebhühner nachahmte.

«Die Hinterlist nützt nichts! Bewahren Sie Ihre schöne Stimme für den Kirchengesang auf…»

Er wurde puterrot, doch bei der ersten Gelegenheit, wo er ohne Jagdbeute zurückkehrte, wurde er rückfällig. Eine alte Frau aus Justes hatte er derart beschwatzt, daß sie ihm im Tausch gegen ein schäbiges Vordach aus Beton ihre bildschöne herrschaftliche Veranda aus Granit überließ, die er vor seiner Hausfassade anbauen ließ, um sich ein Ansehen zu verschaffen.

Als sein aufrichtiger Freund und beeindruckt von bestimmten Aufwallungen von Großzügigkeit und Selbstverleugnung, mit denen er sich offenbar dann und wann freizukaufen hoffte, versuchte ich, sobald er unsere Gemeinde übernahm, ihn zur Vernunft zu bringen und darauf hinzuwirken, daß er in seinem Heimatdorf als würdiger Vertreter eines Christus der Armen und der Unterdrückten auftrete. Doch das hieß kaltes Eisen schmieden wollen. In seinem Blut wütete die Sünde des Ehrgeizes. Bis ich enttäuscht auf mein Apostelamt verzichtete. Wenn wir uns am Bett eines Sterbenden trafen, tat ein jeder seine Pflicht, und damit guten Tag. Hätte ihn doch wenigstens das Büßerhemd meiner Mißbilligung gezwickt. Da war mir, ein Übel gegen das andere gerechnet, Senhor Arnaldos Sehnsucht nach Dom Sebastião* doch lieber.

Im übrigen überzeugte ich mich allmählich davon, daß ich doch nicht lange im Dorf verbleiben konnte, so daß beide zum Teufel gehen mochten. An die Eröffnung einer Praxis war ohnehin nicht zu denken. Nur, wenn ich bereit war, Hungers zu sterben. Was die andere Möglichkeit betraf, so hatte Bürgermeister Barros seinem Medizin studierenden Sohn die einzige freie Stelle, die im Landkreis zu besetzen war, vorbehalten und hatte erklärt, er würde nie einen stadtbekannten Bolschewisten zum Kreisarzt ernennen; ja, er wäre um ein Haar soweit gegangen, mitsamt seiner Familie das Haus zu verlassen, als eine bei ihm zu Gast weilende Verwandte plötzlich schwer erkrankte und darauf beharrte, ich solle sie untersuchen. Daher gab es für mich aus all diesen Gründen nur eine Lösung: Koffer packen!

Davon abgesehen, war auch die häusliche Luft nicht gerade einladend. Die Tugenden meines Vaters, die ich aufrichtig bewunderte, und die Empfindsamkeit meiner Mutter, die uns so innig vereinte, waren zu manchen Stunden nicht mehr wahrzunehmen und verschwanden unter unverbesserlichen Fehlern und schlechten Gewohnheiten. Starrsinnig bis zur Torheit, fanatisch in Haß und Leidenschaft, betrachteten sie jede abweichende Meinung als persönliche Beleidigung. Da sie sich um nichts und wieder nichts wegen Menschen und Besitz verstritten, standen sie mit dem vertrautesten Nachbarn auf dem Kriegsfuß. Und bei derartigen Zerwürfnissen forderten sie mein Gemeinschaftsgefühl. Schlossen sie aber Tage darauf mit dem Feind Frieden, zwangen sie mich zur Wiederaufnahme freundschaftlicher Beziehungen.

Als ich unter lautem Geschrei gerufen wurde, einem epileptischen Jungen zu Hilfe zu eilen, erwachte mein Vater, der seinen Mittagsschlaf hielt, erkannte die Stimme und verbot mir, den Kranken zu besuchen.

«Es ist die Frau des Klempners. Sag ihr, du kommst nicht.»

«Na so was! Warum denn nicht?!»

«Sie hat mich neulich am Brunnen beschimpft ...»

«Das tut mir sehr leid, aber ich bin Arzt, und wenn der Kranke mich braucht, dann ist es meine Pflicht, zu ihm zu gehen.»

«Wenn ich's dir doch sage! Sie sollen den aus Celeiroz rufen.»

Wie kam ein Mensch wie dieser zu einer solchen Einstellung?

«Hab doch endlich ein Einsehen ...»

Er maulte mehrere Tage hindurch. Eifersüchtig auf seine Autorität als Familienoberhaupt bedacht, vermochte er sich nicht mit der Vorstellung abzufinden, daß ein anderer Mann mit eigenem Willen mit ihm unter dem gleichen Dach wohnte. Er wurde von meiner Mutter und meiner Schwester verwöhnt und bedient wie ein kleiner König. Die drei bildeten eine geschlossene Freimaurerloge. Manchmal überraschte ich sie ungewollt bei Geheimsitzungen, von denen ich natürlich ausgeschlossen war. Daß ich das Elternhaus im Alter von zehn Jahren verlassen hatte, war ein Verhängnis gewesen. Ich war aus dem engen Kreis, in dem sie lebten, ausgetreten und daher des bevorrechteten Platzes im Schoß der Sippe endgültig verlustig gegangen. Ich war da, ohne da zu sein. Sie überwachten meine Schritte wie einen unter Vorbehalt geduldeten Besucher. Sie begriffen nicht einmal, daß ich ohne ihre Vermittlung mit Menschen der Umgebung verkehren konnte. Dazu kam der besondere Umstand, daß ich gezwungen gewesen war, meine Laufbahn auf sie gestützt zu beginnen. Das war ihnen offensichtlich recht, doch in dieser Welt hat alles seinen Preis. Für diese Vergünstigung forderten sie Unterwerfung, Zusammenleben und sogar das Anvertrauen intimster Angelegenheiten, die ihre verzehrende krankhafte Neugierde befriedigten. Jeden blauen Briefumschlag, den meine Schwester auf dem Postamt abholte, verwandelten sie in eine Denkaufgabe. Da dieser mit Siegellack hermetisch verschlossen war, erhitzten sie ihre Phantasie. Und so bauten sie angesichts des Poststempels oder der geringsten Bewegung, die ich beim Empfang des Briefes machte, eine Welt aus Mutmaßungen auf.

«Er kommt aus Lissabon ...» sagten sie nebenbei.

Alice hatte gleichfalls ihren Kreuzweg begonnen, um ihr Leben zu verdienen. Aus ihrem Verbannungsort in der Beira, wo sie seit ihrer Abschlußprüfung in Erwartung einer Stellung, die im *Amtsblatt* ausgeschrieben werden sollte, dahinvegetierte, fuhr sie dann und wann auf einen Sprung in die Hauptstadt, um an einem weiteren nutzlosen Wettbewerb teilzunehmen.

«Ist sie reich?»

«Wer?»

«Als wüßtest du's nicht! ...»

Es war ein unablässiges Versteckspiel, dem ich nur geringen Reiz abgewinnen konnte. Obgleich ich in Sachen Gefühle und

Absichten nichts zu verbergen hatte, setzte ich mich gegen dergleichen hartnäckige, verschlagene Schnüffelei heftig zur Wehr.

«Die Ärmste, selbst dort vergißt sie dich nicht…»

Ich stellte mich taub und ging auf mein Zimmer, um mutlose Briefseiten zu lesen, die auf ähnlich geartete antworteten…

«Zuerst hält man die Weltkugel in der Hand, wie der Jesusknabe… Und dann löst die Kugel sich auf, sich auf…»

Meine Liebelei schleppte sich in häuslicher Eintönigkeit dahin. Seit langem wußten wir beide, daß wir uns nie verstehen würden. Doch keiner von uns wagte den ersten Schritt, um das Übel mit der Wurzel auszureißen. Insbesondere Alice nicht. Penelope webte das Tuch des Betruges, ohne zu begreifen, daß diese Treue es in einen Alptraum verwandelte, sie vergaß, daß die Liebe ein Spiel ist, in dem man immer verliert. Das ganze Rätsel liegt in der Art beschlossen, wie jeder auf die Niederlage antwortet. Ihre war unglücklicher. Sie hielt weiter Totenwache, statt die Leiche ihrer Leidenschaft zu begraben und in der Erinnerung das unverbrüchliche Abbild ihres ersten Lächelns zu bewahren. Sie verwechselte Beständigkeit mit Lebendigkeit. Die Natur hatte ihr die Gnade der Empfindsamkeit verwehrt. Sie verstand nur intellektuell oder sentimental zu reagieren. Es tat einem weh, sie ein Gedicht aufschlagen und es lediglich von außen, mit Fleiß, lesen zu sehen.

Diese Unfähigkeit, in die Tiefen der Seele hinabzusteigen, in die Höhlen des Seins durch die versteckten Ritzen bis zur Zuneigung und zur Vernunft vorzudringen, riß in unseren Unterhaltungen täglich Hohlräume quälenden Schweigens auf, die auf irgendeine Art und Weise gefüllt werden mußten. Doch die Worte weigerten sich, diesem Drängen nachzukommen; kamen sie aber, schmeckten sie vor lauter Belanglosigkeit fade.

In den Briefen ging es ebenso. Wenn ich meine Briefseiten nicht mit dunklen Abstraktionen füllte, verkleisterte ich sie mit Alltäglichkeiten. Und erhielt den Gegenwert: Plattheiten oder, noch schlimmer, Beteuerungen oder Selbstverleugnung, die auf dem Papier mißverständlich klangen.

«Mach dir über mich keine Sorgen. Geh deinen Lebensweg, ohne an mich zu denken…»

Sehr gut. Das Schlimmste waren die Folgen der Großmut... Das Geschenk setzte eine Gegengabe voraus...

«Ein Mann aus Paradela möchte, daß du seine Schwiegertochter besuchst...»

Die Augen meiner Mutter glitten mit schlecht verhohlener Neugierde über die Schönschrift.

«Geht es ihr gut?»

«Gewiß.»

Ich verspürte Lust, ihr diese beklemmenden Seiten entgegenzustrecken und ihr zu sagen: Lies! Lies, und sieh mit deinen eigenen Augen, ob es sich lohnt, ein Idyll solcher Art zu belauschen...

Aber ich schämte mich, eine Nacktheit wie diese vorzuzeigen.

«Zieh dich um, zieh Schuhe an und kämm dich. In diesem Aufzug glaubt der Kranke bestimmt nicht an die Medikamente, die du ihm verschreibst. Man muß dem gleichen, der man ist...»

Stufe um Stufe war ich durch meine naturgegebene Nachlässigkeit in gründliche Schlamperei abgerutscht. Tage vergingen, ohne daß ich mich rasierte, ich machte Krankenbesuche in Hosen, die mit dem Blut des am Morgen erlegten Feldhasen beschmiert waren. Ohne Anreiz zu irgendwelcher geistigen Tätigkeit, von den früheren Gefährten der *Vanguarda* in den Zeitungen befehdet, fern von den Buchläden, von den Freunden vergessen, hatte ich mein Selbstvertrauen bis auf einen winzigen Rest eingebüßt. Und ich überließ mein Schiffchen der Strömung. Ich vernachlässigte mein Aussehen und ließ mich völlig gehen.

Meine stets auf meinen Triumph vertrauende Mutter, die auf alle hemmenden Umstände achtete, führte mir die drohenden Gefahren vor Augen.

«Nimm dich zusammen, verlier nicht den Mut! Und sieh zu, daß du in der Stadt eine Anstellung findest. Bleib nicht hier! Dies hier ist nichts für dich.»

Mein Vater war anderer Meinung. Ich sollte bleiben. Ich sollte mir Zeit lassen. Im Augenblick sei wohl nichts zu machen, weil ich als Revolutionär verrufen war und nicht die Messe besuchte. Aber eines Tages würde das Rathaus neu besetzt werden, und dann würde der den Ton angeben, der Gitarre spielte...

Von dem Ansehen geschmeichelt, das ihm ein Doktor im Haus einbrachte, und wenig überzeugt von meinem Sinn fürs praktische

Leben, wünschte er, ich sollte an Ort und Stelle meine Zukunft aufbauen, geführt von seiner Hand, wobei er nicht im entferntesten ahnte, welche zunehmend verwickelter werdenden Probleme mir zusetzten.

Mein letztes veröffentlichtes Buch war ein Reinfall. Ich hatte es vor der Drucklegung geahnt, zuinnerst davon überzeugt, daß es besser wäre, das Manuskript in die Schublade zu packen und dort ausreifen zu lassen. Ihm fehlte das handwerkliche Können. Es war vorläufig nur das Gerippe eines imaginären Körpers. Aber ich mußte mich von ihm befreien, es aus meinen Gedanken reißen und zur Tagesordnung übergehen. Dennoch hatte ich keinen so verheerenden Mißerfolg erwartet. Die Kritik entdeckte darin nur Fehler. Keine einzige Tugend. Angesichts eines so vernichtenden Verrisses verlor ich den Kopf. Mein verletzter Stolz gewann über die Mahnungen der Vernunft die Oberhand. Ohne an mein Erzeugnis zu glauben, ging ich dazu über, es blindweg zu verteidigen, wie ein Tier, das sein Junges verteidigt, so verkrüppelt es auch sein mag. In diesem Augenblick wäre mir ein freundschaftliches Wort zustatten gekommen. Damit hätte ich die tausend Stolperschritte, die mir in meinem Zorn und meiner Dickköpfigkeit nun unterliefen, vermieden.

«Senhor Arnaldo sagt, man lästert über dich in der Zeitung...»

«Und wenn schon...»

«Wozu schreibst du solche Bücher? Wozu muß alle Welt über dich herziehen?»

Ich blickte meinen Vater vereinsamt an.

«Misch dich nicht in mein Leben, und Senhor Arnaldo soll das Gleiche tun... Und wenn jemand von Roalde wegen eines Kindes herkommen sollte, ich bin auf der Jagd in Borralheda. Wo ist der Hund?»

Dann und wann verzweifelte ich an meinem menschlichen Maß, wenn ich es an einer unvorhergesehenen Elle maß. Codinhas, der nicht einmal die fettgedruckten Großbuchstaben des *Comércio** lesen konnte, kam mit seinem fieberheißen Töchterchen in den behaarten Armen zu mir.

«Lassen Sie mir mein Kind nicht wegsterben, Herr Doktor!»

Die Dummheit, die sonst sein Gesicht prägte, war vom Schimmer tierischer Aufrichtigkeit verdrängt worden. Seine Frau mit ihren dürren Hüften bot geringe Gewähr, noch einmal gebären zu können. Und Codinhas drückte das kranke Geschöpf an seine Brust und stöhnte. In den glücklichen Zeiten bei Senhor Botelho hatte er gelernt und Torheiten gesagt, die alle Welt zum Lachen brachten; jetzt brachte er ohne das geringste Wissen und nur vom Schmerz geschüttelt die Steine zum Erweichen.

«Sei beruhigt, dein Kind stirbt nicht...»

Sein saurer Schweißgeruch, seine tabakgebräunten Zähne, seine Ohren voller Ohrenschmalz, weit entfernt davon, ihn zu schmälern, gaben ihm Größe. Sie schienen die ihn belebende moralische Kraft zu vervollkommnen.

«Ich zahle, was Sie verlangen...»

«Du zahlst gar nichts. Sei kein Blödmann!»

Unsicher in meiner Rolle, von seiner ursprünglichen Natürlichkeit angezogen und zugleich abgestoßen, fuhr ich in meiner Untersuchung fort.

«Geh nach Vila und hol dir diese Medizin. Wenn sie kein Serum haben, sollen sie es telefonisch in Porto bestellen.»

«Soll ich es auf der Post bestellen?»

«Esel, in der Apotheke!»

«Und wenn sie zu hat?»

«Schön, ich sehe schon, daß du es allein nicht schaffst. Ruf den Sakristan.»

Demütig und erleichtert übergab Codinhas das Kindchen seiner Frau und ging Só holen.

«Hast nicht gerade das große Los gezogen, Mädchen! So ein Einfaltspinsel!»

«Der Ärmste, Gott hat ihm wenig Kopf geschenkt, das ist wohl wahr. Aber schauen Sie, er ist gut wie das Brot!...»

«Schreib doch an jemanden, Mensch! Häng nicht so trübe rum! Irgendein Freund kann dir doch dort was beschaffen!...» beharrte meine Mutter, die, abgesehen von anderen Beweggründen, mich nicht länger mit einer Zigeunerin am Bändel sehen wollte.

«Briefe bringen nichts ein. Nur wenn man hingeht...»

«Dann geh.»

«Und das Geld dazu?»

Als sein Kind von der Diphterie geheilt war, kam Codinhas und brachte mir ein Entenpärchen. Als Maria Brás, die ich entbunden hatte, vom Wochenbett aufstand, gab sie meiner Schwester drei Dutzend Eier. Selbst wenn sie gewollt hätten, sie hätten nicht mehr aufbringen können. Und nur die Armen erkrankten. Die Reichen verbrachten den Winter in der Sonne und den Sommer im Schatten. Lungenentzündung und Wechselfieber bekamen nur ihre Knechte. Von Zeit zu Zeit hatte es der eine oder andere von ihnen mit der Leber oder der Gicht zu tun. Doch dann kurierten sie sich in Chaves oder in Vidago aus.

«Wenn du fahren willst, beleihen wir einen Acker. Mach dir deshalb keine Sorgen.»

Eine Hypothek aufzunehmen, war bei uns zu Hause der letzte Ausweg. Dieses Hilfsmittel hatte schon meine Reise nach Brasilien ermöglicht, und als mein Onkel während meiner letzten Universitätsjahre meinen Monatswechsel zu beschneiden begann, hatte mein Vater sich dieser Zuflucht wieder erinnert.

«Beende dein Studium, sieh zu, daß du fertig wirst. Und wenn ich mir Geld gegen Zinsen auf Cortinha da Fonte leihen muß...»

Das war damals nicht notwendig geworden, und gottlob brauchte ich sein Angebot auch diesmal nicht anzunehmen. Keinesfalls wollte ich ihn vom Schatten der Gläubiger gequält wissen.

«Ich fahre Ende des Monats mit dem, was mir verblieben ist. Hinterher sieht man weiter...»

Hier konnte ich nicht länger bleiben, einfach weil ich nicht einmal als Arzt mein Bestes zu leisten vermeinte. Eine Stimme, die nur ich hörte, flüsterte mir unablässig zu, ich würde nirgends meinen Mann stehen können, solange ich an den häuslichen Herd gebunden wäre. Daher wollte ich abreisen, auch wenn ich auf der ganzen Welt kein Plätzchen sah, in das ich paßte.

Coimbra stieß mich zurück, wie ein Huhn, das auf einem frischen Gelege brütet und die herangewachsenen Küken verstößt. In die Enge seiner Gäßchen paßten nur Kapuzen und Kapellen. Abseits von Vorlesungen und Hurereien war kein Platz für andere Tätigkeiten oder Aufregungen. Die Professoren sahen sich in den von ihnen bewunderten Mumien wieder; und die Jugend brannte im Feuer ihrer eigenen Begeisterung.

«Schau, wer da kommt! Auf Durchreise, natürlich?»

Niemand nahm an, daß ich etwa gekommen wäre, weil ich auf Leben im Schatten dieser Schwingen hoffte. Man hätte meinen können, die Studienjahre wären ein Zwischenreich im Leben der Glückspilze gewesen, denen Minerva zulächelte. Eine zeitlose Zeit, völlig losgelöst von Vergangenheit und Zukunft.

«Zufällig bin ich ein paar Tage hier ...»

Es ist traurig, Gast in einer Stadt zu sein, wo man einmal Gastgeber gewesen ist. Nicht einmal das Pflaster der Gehsteige scheint uns wiederzuerkennen.

«Um was zu tun?»

Es war, als hätte ich sie auf frischer Tat ertappt. Selbst die Kommilitonen aus jüngster Zeit waren in meiner Gegenwart befangen. Ich war auf einmal als Fremder Zeuge von Dingen, die nur die Eingeweihten wissen durften. Alvarenga war auf Drängen einer Gräfin Soundso, bewandert im Bereinigen von skandalumwitterten Liebesaffären, drauf und dran, sich die Last einer Ehe auf die Schultern zu laden und der angebeteten Elfenbeinheiligen als Sockel zu dienen; der platonische Santos hatte einem Dienstmädchen im Campus ein Kind gemacht; zwei oder drei Kommilitonen, die zu Universitätsassistenten aufgerückt waren, trugen Gamaschen und Melonen und stellten bei den Abendempfängen ihre Bräute zur Schau – reiche Alentejanerinnen oder Töchter von Industriellen aus Covilhã[*].

Immerhin glaubte ich, daß Dona Olímpias Freude, als ich an ihre Tür klopfte, aufrichtig war. Allerdings waren ihre Kinder erkrankt, so daß mein Besuch ihr gerade recht kam. Ich schaute sie mir an, verordnete Rezepte und ging ins Wohnzimmer zurück.

«Was gibt es Neues?»

«Nichts. Da meine Kinder in diesem Zustand sind, sehe ich kaum noch jemanden. Mein Haus kommt mir vor wie ein Hospital ...»

«Und Ihr Mann?»

«Ist ausgegangen. Der Ärmste, er steckt bis über die Ohren in Arbeit! Er ist gerade mit dem Plan für das Irrenhaus fertig geworden und plagt sich im Augenblick mit dem Entwurf einer Korkfabrik.»

«Gibt es neue Filme?»

«Nichts von Bedeutung.»

«Geben Sie den Buben diese Medizin, morgen komme ich wieder und schaue nach ihnen.»

«Und Ihre Liebesromanze?»

«Geht so ...»

«Streng geheim, wie!»

«Leider nur rein sachlich.»

Schließlich bereitete mir der alte Buchhändler Lara den Empfang, den ich von den anderen erwartet hatte. Neben dem Laden war er Besitzer der Druckerei, die alle meine Bücher unter Bedingungen druckte, die ihm kaum einen Gewinn eingebracht haben dürften. Makellos in Anzug und Umgang, lächelte er mir immer väterlich zu und verwies mich an den Meister der Werkstatt, wenn ich mit einem Manuskript in der Hand erschien.

«Besprechen Sie sich mit Machado ...»

Der kleine Band erschien, niemand kaufte ihn, und ich beglich die Rechnung, sobald ich meinen Monatswechsel erhielt.

«Lassen Sie das doch! Das hat Zeit ...»

«Vielen Dank, aber mir ist es so lieber.»

«Das Geld könnte Ihnen fehlen ...»

Ohne mich von dem Opfer abbringen zu wollen, das meine karge Geldbörse den Musen brachte, als sei dies der greifbare Beweis für die Echtheit meiner künstlerischen Hingabe, versuchte er es mir dennoch so erträglich wie möglich zu machen.

«Und wie steht es mit neuen Schöpfungen? Machen Sie weiter! Verlieren Sie nicht den Mut! Veröffentlichen Sie!»

«Ich muß erst sehen, ob ich eine Anstellung finde... Ob ich Geld verdienen kann ...»

«Geld ist das Wenigste!»

«Das Schlimmste ist, daß ich ohne es ...»

«Schreiben Sie! Schreiben Sie!»

Als ich ihm die zarte Hand drückte, fragte ich mich, inwieweit seine Worte aufrichtig waren (erst später erfuhr ich, daß er alles sammelte, was ich in Druck gab). Jedenfalls waren das die ersten Worte seit meinem Studienabschluß, die mich an meine Bestimmung zum Künstler erinnerten und die mich mahnten, sie nicht zu verraten.

Schließlich wurde ich aufgefordert, eine Zeitlang den Bezirksarzt von Sendim zu vertreten, was mich verpflichtete, ihm am Ende des Monats die Hälfte des Gehalts abzuliefern. Das war eine in jeder Hinsicht unsichere Lösung, die ich nur annahm, weil die Notwendigkeit mich zwang und weil der Ort dreißig Kilometer von Coimbra entfernt lag. In schweren klinischen Fällen würde ich mich an das Krankenhaus oder an Fachkollegen wenden können und hatte Bibliotheken, Buchläden und eine Druckerei zur Verfügung.

Das am Fuß der Serra von Singral kauernde, nach Norden gerichtete, eiskalte Dorf verdiente nicht die geringste Beachtung. Und die Honoratioren des Ortes waren auf den ersten Blick ebenso uninteressant. Pater Cândido, lahm und asthmatisch, hustete; Dionísio, der einer Kreuzung aus Mensch und Fuchs glich, schlürfte Erdbeerschnaps; Raimundo, großsprecherisch, verkaufte Ehrbarkeit und Kattun gleichzeitig; und Senhor Augusto, der Majoratsherr, handelte mit Autos. Doch trotz der örtlichen und menschlichen Farblosigkeit des Dorfes begann ich sein Herz hoffnungsvoll abzuhören. Wer weiß, ob es nicht wie meines schlagen würde: in einem nur scheinbar eintönigen Rhythmus?

Als ich die Einladung des Kollegen annahm, konnte ich kaum ahnen, daß ich das schaurige Erbe einer Typhusepidemie antreten würde; und als ich sie schon so gut wie möglich bekämpfte und dabei auf das Leben fluchte, konnte ich nicht im entferntesten voraussehen, was ich ihm schulden würde. Da ich alle Hände voll zu tun hatte, solange sie wütete, und jede Stunde des Tages und der Nacht auf den Beinen war, blieb mir keine Zeit, an mich zu denken oder über das fremde Bett zu murren. Zum Glück starb niemand. Und dieser Sieg, den ich dem Eifer und dem Zufall verdankte, schuf um mich herum eine Aura der Zuversicht, die durch Deolindas Niederkunft besiegelt wurde.

Seit drei Tagen stak das Kind in ihrem Bauch fest, und die Hebamme hatte sie aufgegeben; so wurde ich gerufen. Aufgeregter als ihr Mann, faßte ich mir ein Herz, krempelte die Hemdsärmel auf und machte mich an die Arbeit. Aber als das arme Ding, das nicht zu den beherztesten gehörte, die Geburtszange auf dem Tisch sah, die schon mehr einem Pflug glich, begann es so wütend zu pressen, daß es mir fast den Knirps ins Gesicht schleuderte.

Als ich das Bübchen heil auf der Welt sah, war ich ebenso erleichtert wie sie.

Und das begründete meinen Ruhm...

Ich wohnte allein in einem gerade erst gebauten Häuschen. Ich hatte ein prachtvolles junges Mädchen angestellt, Isabel, das morgens kam, kochte, das Bett machte, fegte, die Wäsche wusch und abends fortging. Zwischen vier nackten Wänden blühte meine asketische Neigung auf. Beschränkt auf das Allernotwendigste, ohne das Verlangen, ein Möbelstück oder einen Wandschmuck zur Verschönerung der Leere zu erwerben, begann ich, sie mit meiner Einbildungskraft zu bevölkern. Der Winter war gekommen, und starke Windstöße pfiffen im Kamin. Vor dem Feuer sitzend, die Schreibmappe auf den Knien, füllte ich Blätter ohne Ende mit Tinte. Manchmal blieb das Mädchen länger, um Socken zu stopfen oder Hemden auszubessern, und setzte sich neben mich.

«Der Herr Doktor schreibt so viel!»

Sie sprach durch die Nase, als wäre ihr Nasenbein gespalten, aber diese Stimme durchbrach ein wenig das Eintönige ihrer stillen, zurückhaltenden, sauberen und gesunden Natur. Sie war Zeugin meiner Intimsphäre, ohne sich dessen bewußt zu werden, jedenfalls ließ sie es sich nicht anmerken. Und das war der Frieden. In Agarez, wo jeder Winkel von der Vergangenheit sprach – hier eine Kindheitsszene, dort ein Ferienspaß, da der Entschluß, das Priesterseminar zu verlassen –, hatte ich dem Tintenfaß nicht einen Vers zu entringen vermocht. Wann immer ich es versuchte, hatte sich zur Mißbilligung der Familie diese lähmende Stimme gesellt.

«Warum zerbrichst du dir so den Kopf? Laß doch die Schreiberei!»

Sogar meine Mutter schalt mich vom Bett aus, wenn sie mitten in der Nacht erwachte und Licht in meiner Kammer sah. Ruhm sollte ich ernten, einverstanden, aber dieser Ruhm mußte vom Himmel fallen.

Hier hingegen konnte ich arbeiten, Landschaft und Menschen waren mir fremd, ich war mutterseelenallein mit mir und hörte nur die bewundernden Bemerkungen des jungen Mädchens. Mit ihren Worten stärkte sie unabsichtlich mein Schriftstellerbewußtsein. Schon um ihre Verblüffung wachzuerhalten, mußte ich stundenlang Arabesken aufs Papier malen.

Auch Alice hatte endlich einen Arbeitsplatz gefunden. Sie wurde im fernsten Bezirk von Alto-Minho angestellt und würde im Schatten der Bäume ihre Jugend vergeuden. Obwohl sie über diese Verbannung jammerte – untergebracht in einer Pension für Durchreisende und Staatsbeamte, wo sie als alleinstehende Frau den Klatsch eines Bergfleckens über sich ergehen lassen mußte –, unternahm sie keinen Schritt, um ihre Lage zu verbessern. Auf keinen Fall stellte ich sie mir in meiner Dichterklause vor, in die tatsächlich nur ich hineinpaßte.

Unumschränkter Herr des Hauses, glich ich einem fiebrigen Gespenst, wenn ich in den Stunden schöpferischer Ekstase durch seine Räume wanderte. Mit lauter Stimme sagte ich die Verse auf, die ich erdachte, oder las mir ganze, noch tintenfeuchte Seiten vor. Die Vorsehung wollte, daß Isabel nicht lesen konnte. Als Sklavin für alle Dienstleistungen redete sie mich achtungsvoll mit «Herr Doktor» an und verließ das Schlafzimmer gleich nach dem Beischlaf. Der Unmenschlichkeit solcher Beziehungen bewußt, beschwichtigte ich meine Gewissenlosigkeit mit dem Gedanken an die Herzlichkeit, die zwischen uns herrschte, an den großzügigen Lohn, den ich ihr zahlte, und besonders an den literarischen Ertrag, den dieses Erlebnis mir brachte. Ich faßte das Problem nüchtern zusammen: persönlich besaß ich alles, was ich benötigte; was das Mädchen betraf, so schien es nicht mehr zu wünschen. Und ich ging zur Tagesordnung über. Noch immer liebte ich Alice oder glaubte zumindest, sie zu lieben. Unser Briefverkehr verlief im gewohnten Rhythmus, und augenscheinlich ging alles nach Wunsch. In Wirklichkeit hatte sich nichts geändert. Die gleichen Abstraktionen oder die gleichen Belanglosigkeiten. Ein oder zwei Mal schnitt ich heldenhaft die Frage der Heirat an, und sie lenkte zartfühlend ab. Schon vermochte keine Verstellung mehr die Unaufrichtigkeit meiner Worte zu verhehlen.

Mit dem Schöpfungsfieber kam der Hunger nach der Stadt. Trotz allem gab es dort eben Kinos und Geselligkeit. Und samstags, nachdem der letzte Patient abgehorcht und behandelt worden war, ging ich nicht, ich flog durch die Pinienwäldchen und Wiesen dem Bahnhof entgegen.

«Laufen Sie, Herr Doktor! Sie haben noch fünf Minuten...»

Die Harzzapfer, an mein meteorhaftes wöchentliches Vorüberrasen gewöhnt, lenkten meine Schritte je nach Stunde und Verspätung der Züge.

«Rennen ist überflüssig. Den kriegen Sie nicht mehr.»

«Kriege ich!»

Querfeldein durch Maisfelder rennend, muß ich allen wie ein Verrückter vorgekommen sein, aber ich erreichte meinen Zug.

«Dritter, hin und zurück.»

Und ich fiel der Länge nach halbtot in das leere Abteil.

Manchmal kam noch ein Anruf in dem Augenblick, wenn ich die Praxis schließen wollte. Dann erklomm ich gereizt den Berghang und liebäugelte vom Kopfende des Krankenbettes aus mit Coimbra, das sich fern in der Sonne rekelte.

«Schöner Ausblick!»

«Das ist der Reichtum, den wir besitzen...»

Das aussatzgezeichnete Gesicht der Kranken fand noch Ausdruckskraft genug, um ihre Worte zu unterstreichen. Ihre im wunden Fleisch begrabenen Augen bewahrten noch die Lebhaftigkeit, mit der sie von ihrem Aussichtspunkt auf die Welt weiter, frischgewaschener Horizonte blickte.

Die gesamte Gegend war vom Aussatz verpestet. Und obwohl ich im Krankenhaus viele von derselben Krankheit befallene Unglückliche untersucht hatte, war ich betroffen, sie hier zu sehen, verstreut wie modrige Pilze in der gesunden Landschaft. Ein schwer zu fassender Widerspruch herrschte zwischen der Schönheit des großartigen Panoramas und den zerfressenen Körpern der Unglücklichen. Zerfallene Ohren, verstümmelte Hände, entstellte Füße, eingebettet in einen Rahmen olympischer Ruhe, den das ferne Meer mit seinem in das Azur des Himmels übergehenden Azur des Wassers krönte.

«Wo fehlt es bei Ihnen?»

«An den Nieren...»

Sie sprach nicht von dem anderen Leiden, das sie verzehrte, für das sie keine Heilung kannte und an das sie sich gewöhnt hatte. Ich fragte mich, aus welchem Grund keines der Elendsgeschöpfe seinem Dasein ein Ende setzte und sich dadurch von dem Fluch befreite. Keiner der Patienten konnte sich an einen Selbstmord erinnern. Im Gegenteil. Hartnäckig, beharrlich klammerten sie sich ans Leben und stellten schließlich ganz natürlich ihre Seuche zur Schau. Zé aus Cardeal, in der ganzen Gegend bekannt, schon ohne Nase, ging so weit, in der Tasche stets einen Becher mitzuführen, um in den Kneipen der Umgebung, durch die er kam, ein Glas Wein zu trinken.

«Lassen Sie mal sehen...»

Ich tat, als sähe ich die rötlichen Knoten auf ihrer Brust nicht.

«Das wird sich bessern. Nehmen Sie ein paar Tabletten...»

Ich hatte ihr bereits die Unannehmlichkeit verziehen, mit der sie mich zwang, das Wochenende zu Hause zu verbringen. Welche Bedeutung hatte schon ein Film, mochte er noch so blendend sein, oder ein mit Geschwätz verbrachter Abend im Vergleich zu solch einem teuflischen Schicksal?

In der darauffolgenden Woche dachte ich den lieben langen Tag an den Samstag. Und als er nahte, hielt mich keiner zurück. Beim Einfahren in Coimbra pfiff der Zug gellend. Und mir war, als dränge der Ankündigungspfiff aus meinem Innern.

Schon gegen Ende meines Studiums hatte ich zwei Professoren kennengelernt, der eine vom Gymnasium, der zweite von der Universität, Gonçalo und André, zu denen meine Beziehung von Tag zu Tag enger wurde. Ich traf sie regelmäßig am Kaffeehaustisch nach dem Mittagessen, befriedigte meinen Heißhunger nach Nachrichten, besuchte sie abends zu Hause und las ihnen meine neuesten Schöpfungen vor. Da sie älter und gebildeter waren als ich, konnte ich bei jedem neuen Treffen an ihnen mein eigenes inneres Wachstum ablesen. Sie waren grundverschieden und ergänzten sich in gewisser Weise. Gonçalo, kühl, skeptisch und feinsinnig, fing Sinn und Absicht des Gehörten in der Luft auf. André, impulsiv, überschwenglich, reagierte vor allem auf das Farbige und Malerische der Themen und Umstände. Mit ihrer mir vorbildlich erscheinenden geistigen Ernsthaftigkeit, wiewohl unerbittlich im Urteil, legten sie selbst in ihre abwertenden Worte stets die Sanftmut der Herzlichkeit. Und wenn ich spät in der

Nacht das Arbeitszimmer des einen oder des anderen verließ, Gonçalos karg und streng wie seine Intelligenz, Andrés angefüllt mit Barock genau wie sein Temperament, nahm ich, wenn auch nicht lorbeergekrönt, dennoch das mit, was ich brauchte: Ansporn, um weiter zu machen.

Ich dankte meinen Göttern für diese beiden Ankerplätze in dem stürmischen literarischen Meer, durch das ich segelte, allseitiges Angriffsziel meiner früheren Gefährten der *Vanguarda*, die mir alle immer weniger die Spaltung der Gruppe verziehen, deren Hauptverantwortlicher ich gewesen war. In ihrer Wahrheit festgefahren, konnten sie nicht begreifen, daß das Abenteuer, wiewohl nicht selten auf Kosten der Vernichtung, zum Kern der menschlichen Natur gehört. Mich hatten Gründe des ästhetischen Widerspruchs und Gründe der menschlichen Freiheit gezwungen, sie zu verlassen und einen anderen Weg zu beschreiten. Und statt mit Sympathie zu verfolgen, was ich in meiner neuen Zielsetzung veröffentlichte, versteiften sie sich auf die persönliche, unangenehme Seite unserer Beziehungen.

Durch die giftige Sprache des Dichters Fontes blieb ich im Bilde über diese unbarmherzigen Angriffe, die in den Zeitungen abgedruckt oder an den literarischen Stammtischen laut wurden. Mit seinem schönen Wieselkopf ergötzte er sich daran, die Zeitungstexte zusammenzufassen oder die Unterhaltungen wiederzugeben. Obwohl er wußte, daß ich ihn sehr bewunderte und noch mehr schätzte – ich hatte ihn dem Bett zu entreißen vermocht, in dem er gänzlich verlassen dahinsiechte, und ihm ein kostenloses Krankenhauszimmer beschafft –, verschonte er mich nicht. In krankhaftem Sadismus fügte er zu den eigenen Schmähschriften – er verfertigte sogar Wortspiele aus den Titeln meiner Bücher – die Verderbtheit der anderen hinzu und lachte selbstherrlich, wenn ich innerlich platzte. Er litt an Rückenmarksschwindsucht und lebte praktisch in Cafés, umringt von jungen Dichterlehrlingen, denen er schmeichelte und die er dann gegen die älteren aufstachelte. Und so herrschte er, als bissiger Ränkeschmied. Und doch besaß er echtes Talent, und wenn ich ihn verließ und mir schwor, ihn nie wiedersehen zu wollen, wußte ich wohl, daß ich mich belog.

Am nächsten Tag fuhr ich mit dem Zwölf-Uhr-Zehn-Zug zurück – mit ein paar Büchern für die Woche und drei Pfund Suppenfleisch. Die Fahrt dauerte eine schwermütige, gemächliche Stunde, während der die Leuchtkraft der Caféhaus-Stunden verglomm. Die Reise erinnerte mich immer an eine Brückenfahrt zwischen Traum und Wirklichkeit. Sogar die dazwischenliegenden Tunnel, die der Zug mit den dunkelwerdenden Abteilen durchquerte, halfen, diesen Eindruck aufrechtzuerhalten. Licht und Schatten, Licht und Schatten, Licht und Schatten...

Die Bahnstation lag fünf Kilometer von Sendim entfernt. Wenn ich diese, je nach Jahreszeit bei Sonne oder Regen, zu Fuß zurücklegte, käute ich die genossene geistige Kost wieder, oder ich dachte über die Launen des Schicksals nach, die mir ein anderer Pilger dieser selben Wegstrecke veranschaulichte – mein alter Professor, Landbesitzer der Gegend, dem ich häufig begegnete. Anfangs fuhr er auf seinem von einem engbrüstigen Maulesel mühsam gezogenen Karren vorüber. Doch plötzlich wurde er zum Minister ernannt und wechselte das Fahrzeug. Sein Regierungsauto tauchte mich mit hundert Studenkilometern entweder in eine Staubwolke oder überschüttete mich mit Schlammspritzern. Ich fluchte hinter ihm her und stellte mich weiterhin der Siedehitze oder dem Platzregen. Eines Tages indes gab sein hoher Chef, nachdem er seinen Parteigeist ausgenutzt und ihn veranlaßt hatte, einige dem Regime feindlich gesinnte Universitätskollegen zu entlassen, ihm den Laufpaß. Und am darauffolgenden Montag hockte er wieder auf seinem ärmlichen Eselskarren, Zügel in der Hand, mit hängenden Ohren. Das war meine Rache.

Wenn ich das Dorf betrat, hörte ich aus dem Mund der einen und anderen den neuesten Krankenbericht. Der Kleine von Albino lag mit Masern im Bett. Einer der Fetais hatte sich am Fuß verletzt. Julião ging es schlechter. Die Frau des Hufschmieds war verzweifelt. Und eine Menge Menschen saß dichtgedrängt in meinem Wartezimmer.

So nannten die Dorfbewohner wie auch ich das Zimmer, das der Gemeinderat mir im Erdgeschoß des Pfarrhauses überlassen hatte. Vier nackte Wände und eine Bretterwand, welche den Raum in zwei Abteilungen trennte. Außen drei Pinienholzstühle; drinnen ein Instrumentenschrank, ein Waschbecken, ein mit

Fläschchen und Spritzen bedeckter roher Tisch und eine breite Bank wie in den Schlachthöfen.

«Ist das alles armselig!»

Das hörte ich aus dem Mund der Lehrerin aus Torno, der diese grausame Bemerkung entfuhr. Sie hatte sich am Vorabend beim Dienstmädchen vormerken lassen. Ich kannte sie bereits vom Sehen, zog aus diesem Grunde meinen besten Anzug an und kämmte mir die Mähne.

Kaum war sie, hochgewachsen, blond, rosig, üppiger Busen, der ihr Seidenkleid spannte, mit wohlgeformten Beinen eingetreten, als sie den Raum mit Sinnlichkeit auflud.

«Worum geht es, wenn ich fragen darf...»

Mit gezierter Stimme erklärte sie, sie habe drei Tage ihre Unterrichtsstunden versäumt und brauche ein ärztliches Attest.

Ich blickte sie bezaubert an.

«Waren Sie denn krank?»

«Nein. Ich bin in Lissabon auf einem Ball gewesen...»

Von der Antwort entwaffnet und Wollust witternd, beschloß ich, einmal im Leben meine Bedenken über Bord zu werfen. Immerhin ärgerte ich sie noch einige Minuten lang.

«Ich sehe, Sie sind mutig... Haben Sie die Verantwortung bedacht, die Sie mir abfordern?»

Ihr Gesicht drückte eine so kindliche Enttäuschung aus, daß ich lächeln mußte.

«Mal ernsthaft, muß es wirklich sein?»

Sie heuchelte einen Seufzer der Erleichterung.

«Ich glaube schon...»

Sie legte ein Blatt mit Amtsstempel vor mich hin, nannte Namen, Eltern, Nummer ihres Personalausweises und nahm gleich darauf das gewünschte Attest entgegen, als hätte ich ihr ein Geschenk überreicht.

Sie verdarb alles, als sie nach dem Preis fragte.

«Ich bitte Sie, Senhora! Beleidigen Sie mich nicht!»

Außerstande, weiblicher Anziehungskraft zu widerstehen, wo immer ich ihr begegnete, hatte ich nachgegeben, mit prickelnden Sinnen und gelähmter Willenskraft. Aber ich hatte gehofft, daß meine Nachsicht wenigstens verstanden worden wäre.

«Verzeihung.»

«Schon gut...»

Der Zauber war verflogen. Wiewohl bekleidet, stand die Eva von eben jetzt als parfümierte Vogelscheuche vor mir, zahllosen anderen nackten gleich, die ich nach verrauchter Erregung verworfen hatte.

«Nehmen Sie bitte zur Kenntnis, daß dies das erste und letzte Attest ist, das ich aus Gefälligkeit ausgestellt habe!»

Blutrot blickte sie von neuem die verputzten Wände an, den rohen Pinientisch, die einsame Geranie, die Isabel jeden Tag auf das Fensterbrett stellte, und versuchte, mich mit einem hoffnungsvollen Auf Wiedersehen zu beruhigen.

«Einen schönen Nachmittag!» antwortete ich trocken.

Auf meinen Rezeptblock, Geschenk der Firma *Beta*, kritzelte ich nach der Prozession der geplagten Patienten fiebrig Sätze und Bruchteile von Gedichten, die mir einfielen.

Scheiße. Eiter. Fäulnis.
Aus welchem Grund
Mußte ich
Der unselige Orpheus
Dieses Alltags sein?
Verse aus menschlichem Lehm
Wie Ziegel aus Fleisch und Leiden.
Keinerlei Geheimnis, keinerlei Sinn...
Zwischen Schmerz und Klage
Nur der Abgrund des geahnten Todes.

Manchmal mißtraute ich einer so dem Zufälligen verpflichteten Verskunst. Als ich die *Vanguarda* verließ, getrieben von gesellschaftsbedingter Unrast, die nicht in den ästhetischen Rahmen paßte, in dem die Bewegung sich verkapselt hatte, ahnte ich nicht im entferntesten, daß ich die Hände so tief in die Wirklichkeit tauchen würde. Zu jener Zeit war meine Erfahrung mit fremdem Leiden die in einem Krankenhaus gewesen, und dort hatte offizielle Vorsicht es bereits gezähmt. Jetzt aber stieß ich alle Augenblicke darauf, ohne Maske oder spanische Wand. Schwindsüchtige, die ihre Lungen ins Becken spuckten, während ich sie abhorchte, Krebskranke, die sich von Morphium ernährten, Aussätzige, in deren Gegenwart es mir nie gelang, dem Ekel zu entgehen. Tage hindurch – und Nächte, wenn es sich so ergab – hörte ich Klagen, Stöhnen, Schluchzen und mußte jeder Verzweiflung noch hilfloser zu Hilfe kommen als selbst Pater Cândido. Er konnte zumindest das ewige Leben nach dem Tode versprechen...

Nach erfüllter Berufspflicht kam die schöpferische Hingabe an die Reihe. Ich legte das Seziermesser beiseite und griff zur Feder. Und ich hatte den Eindruck, daß ich auf dem Papier die gleichen Eiterbeulen aufstach wie auf meiner Schlachthofbank. Die Seiten bluteten wie aufgerissene Wunden, und die Gedichte glichen Schmerzensschreien. Ich vermutete zu Recht, daß dergleichen Roheiten auf keinerlei Sympathie stoßen würden. Hätte ich bestimmte Kanten wegfeilen, einen bestimmten bitteren Nachgeschmack versüßen, eine gewisse Schwarzmalerei vergolden können, meine Bücher wären auf mehr Gegenliebe gestoßen. Doch das hätte ihnen die Echtheit geraubt. Und so machte ich weiter wie bisher. Als Zeuge von Schreckensszenen vermochte ich das Unsagbare nicht mehr zu rühmen. Die Gewalttätigkeit lag im Leben selbst.

Über meinen Praxisräumen und meinen Versen bewegte sich die Welt des Priors. Seine Schwester, Dona Estefânia, überwachte das Hauswesen, das sich aus der ganzen Gemeinde versorgte. Von unten hörte ich ihre Schritte und Unterhaltungen. Ihre Kommandobrücke war das Küchenfenster, welches das gesamte Dorf überblickte. Ihrer schwachen Augen wegen benutzte sie ein Fernglas, um die Horizonte abzusuchen. Während die Dienstmagd Geschirr spülte, berichtete sie dieser von den Entdeckungen, die sie von ihrem Ausguck aus machte.

«Da kommt ein Mann den Berghang herunter... Er schleppt etwas auf dem Rücken...»

«Vielleicht ein Sack Kartoffeln...»

«Nein. Es sieht aus wie ein Zicklein...»

«Wäre fein, wenn es für uns bestimmt wäre...»

«Was du nicht sagst! Und wie! Warte... Jetzt sehe ich es schon besser... Zicklein oder Ferkel, ganz gewiß...»

«Wenn es ein Ferkel ist, können Sie's vergessen. Seit ich zurückdenken kann, ist uns nie sowas als Geschenk ins Haus geflogen...»

«Hat vielleicht jemals einer um ein Ferkel gebeten? Möge der Heilige Geist dich lenken, Himmelsseele...»

«Ich wette meinen Kopf, daß es geradenwegs ins Haus des Doktors wandert!...»

«Sprich ein Gebet. Sprich ein Stoßgebet, statt Unsinn zu reden...»

«Der hat die ganze Woche eine Kranke aus Sourabas behandelt...»

«Ach, Heilige Königin, ich kriege Zuckungen!... Wir haben nämlich nichts fürs Abendessen... Das restliche Fleisch ging fürs Mittagessen drauf.»

«Machen Sie sich deswegen keine Sorgen. Wir schlachten einfach ein Huhn.»

«Der Herr Prior würde aber lieber Zicklein essen. Hühnersuppe hat er satt. Ah, der Kerl ist vor Júlia Tralhãos Tür stehengeblieben...»

«Hab ich's nicht gesagt!»

«Was hast du gesagt, Weib?!»

«Daß es uns diesmal vor der Nase vorbeiflitzt... Júlia ist nämlich aus Sourabas...»

«Du spinnst wohl! Da kommt er wieder... Mögen die Engel dich geleiten, Kind Gottes...»

«Aber gewiß doch!»

«Was weißt denn du!»

«Wir werden ja sehen! Im übrigen sind wir alle Kinder Gottes! Nicht nur Ihr Bruder hat einen Bauch...»

«Bist du dämlich! Da, schon steht er im Hof... Wundertätige Liebe Frau vom Erbarmen, ich bete heute abend einen Rosenkranz für dich... Rasch, zünde den Herd an und setze Wasser auf. Und nimm zwei gehäufte Löffel Kaffee, diese Leute mögen ihn stark...»

Diese Szene wiederholte sich ständig. Zuerst der Hypnoseversuch mit Hilfe des Fernglases, dann die Heuchlerin: «Sie hätten sich nicht die Mühe machen sollen»; schließlich der das Haus durchströmende Kaffeeduft.

Das alte, eingefahrene Portugal der Herren und Knechte, hier war es lebendig wie eh und je. Mit leeren Händen sollte niemand um Gerechtigkeit, himmlischen Trost, Unterweisung oder Gesundheit bitten! Als Schmarotzer am Volk forderten Priester, Arzt, Lehrer und Richter im Namen Gottes, des Wissens, des Gesetzes oder des Äskulapstabs von ihm jede Form des Zehnten, angefangen beim Greifbarsten: dem Obolus der Früchte der Erde. Jeder Gesalbte, der in seiner Kirche einen Gottesdienst abhielt, warf zuallererst einen Blick auf den Altar der Opfergaben. Gläubig und unterwürfig wie vor tausend Jahren, stöhnte der Bauer, leerte aber das Pökelfaß, den Speicher und den Stall. Bei diesen Gottheiten in Ungnade zu fallen, wäre der völligen Verdammnis in dieser oder in der nächsten Welt gleichgekommen. Der *Staatsanzeiger* und das *Bistumsblatt* ernannten keinen Staatsbeamten und Seelenhirten. Sie verkündeten Allmacht. Und wehe dem, der sich weigerte, ihre Oberhoheit anzuerkennen! Der würde sich von einem Tag auf den anderen umsehen, so wie ich mich in Kürze umsehen sollte, umgröhlt von Schmährufen.

Der Aufrichtigkeit meiner beruflichen Absichten sicher und zunehmend weniger bereit, auf meine Freiheit zu verzichten, hatte ich zu arbeiten begonnen, ohne jemanden um Erlaubnis zu bitten. Ich hatte vergessen, vor dem Polizeichef des Bezirks Kotau zu machen, den Bürgermeister um seinen Segen zu bitten, anderen Potentaten Ergebenheitsbesuche abzustatten. Und ich begriff die Schwere des begangenen Verbrechens erst, als Raimundo vor mir herumzudrucksen begann. Ich hatte gleich nach meiner Ankunft seine Mutter gerettet, und er bezeigte mir seine Dankbarkeit auf jede erdenkliche Weise. Die neue, letzte, war die peinlichste.

«Verzeihen Sie, wenn ich Sie belästige, aber ich glaube, ich muß Ihnen erzählen, was vor sich geht...»

«Sprechen Sie sich aus, Mann!»

«Es handelt sich um Ihren Kollegen in Fornos...»

Nun folgte der ausführliche Bericht einer systematischen, finsteren Hetzkampagne in der Praxis, in der Apotheke, im Klub, im Rathaus, selbst am Krankenbett.

«Er nennt Sie sogar verrückt! Sagt, Sie machen futuristische Verse ohne Hand und Fuß, Sie sind ein Bolschewist, der als Student nichts getaugt hat, und daß er nie ein von Ihnen verschriebenes Medikament einnehmen würde...»

Was ich während meiner Studienzeit über die moralische Erbärmlichkeit meiner Berufsklasse gehört hatte, glich eher einem Kindermärchen als der Wirklichkeit. Die Korruptionswelle war auch gegen ihre Tür geschwappt. Und wenige widerstanden der Infektion. Die Mehrheit ließ sich anstecken. Ohne jede menschliche Achtung horchten diese entarteten Erben der alten väterlichen praktischen Ärzte die Kranken ab, indem sie ihre Geldbörsen abtasteten. Als Industrielle in der Kunst des Heilens senkten sie ihre Wurzeln in die verschwörerische Freundschaft schmutziger Kurpfuscher, die sie mit Ware belieferten. Durch teuflische Machenschaften vereint, führten sie ihr Opfer in die Stadt, nachdem sie jeden Unglücklichen einzeln ausgesaugt hatten, und lenkten ihn auf den endlosen Kreuzweg, auf dem mitverschworene Chirurgen ihm den Blinddarm, die Gallenblase, die Mandeln oder irgendein anderes Organ herausnahmen. Solange sie die Börse des Opfers klimpern hörten, tanzte die Runde weiter. Und ihre letzte Krankenhausrechnung legten sie auf den Sarg des Verstorbenen. Damit aber das Räderwerk harmonisch weiterlief, galt es, den Wettbewerb der Gleichgesinnten zu verhüten und noch mehr den der wenigen Ehrlichen, die noch dann und wann in Erscheinung traten. Und so empfingen sie jeden neuen Kollegen mit aufgepflanztem Bajonett und mit schußbereiter Knarre, wenn er von meiner Sorte war.

«Los! Spucken Sie alles aus. Tun Sie sich keinen Zwang an. Ich bin Kummer gewöhnt...»

«Na ja, es ist eine schamlose Geschichte...»

«Ich verstehe...»

«Stellen Sie sich vor, er sagt, Sie sind aus Ihrem Dorf geflüchtet, weil Sie dort eine Frau bei der Entbindung umgebracht hätten! Von Ihrem Privatleben ganz zu schweigen...»

«Und wie reagieren die Zuhörer darauf?»

«Die Anhänger stimmen in den Chor ein; die anderen hören zu...»

Ich lachte. Ich hatte bisher niemanden verachtet, doch ich mußte es lernen.

«Also vielen Dank für Ihre Warnung, und lassen Sie den Karren laufen, wie er läuft. Eselsstimmen gelangen nicht zum Himmel. Das Volk muß über die Angelegenheit urteilen.»

Und das Volk urteilte, indem es alle Augenblicke an meine Tür klopfte.

«Verzeihen Sie, wenn ich Sie bis ins Gebirge hinauf bemühe, aber mein Mann ist von einem Olivenbaum gestürzt und hat sich das Rückgrat gebrochen...»

In verzweifelten Fällen wie in diesem gab es nur ein Mittel: den Schmerz auf irgendeine Weise zu betäuben. Und bei diesen Gelegenheiten half der Dichter wirksam dem Mann im weißen Kittel. Die Einbildungskraft kam der Wissenschaft zuhilfe, und im Handumdrehen vergaß der Leidende seine Leiden.

«Werde ich wirklich wieder gesund?»

«Ganz gewiß!»

«Und daß ich den unteren Teil nicht bewegen kann?»

«Das wird nur kurze Zeit dauern. In ein paar Tagen, fünf oder sechs, werden Sie bestimmt in der Verfassung sein, daß Sie in einem neuen Krieg die Heldentat vollbringen könnten, die Sie mir eben geschildert haben. Fabelhaft! Ich muß immer wieder daran denken! Und Sie hatten keine Angst, im Niemandsland die Hose herunterzulassen?!»

«Wenn man jung ist...»

«Und mutig! Das werde ich gleich in Sendim erzählen. Und werde es in einem Buch verwenden. Sie verdienen es...»

Ich kam nicht über den Totenschein hinaus. Er aber reiste ins Jenseits fast so gottergeben wie Raúl Pessanha, der einige Zeit davor mit einer übel infizierten rechten Hand in die Praxis gekommen war.

«Wir müssen Sie ins Krankenhaus einliefern, um Ihnen die Hand zu amputieren...»

«Ich bin schon zu alt dafür. Es lohnt nicht mehr. Wenn Sie das noch irgendwie hinbiegen könnten, wäre ich schon zufrieden. Denn so sterbe ich einfach weg...»

Ich drückte das Geschwür nach allen Regeln der Kunst, preßte den Eiterschwamm aus und tauchte die Hand hinterher in ein heißes Bad mit Permangansäure. Er hielt die Behandlung mit stoischer Ruhe aus und sagte nur zum Schluß:

«Der Schlag soll mich treffen, wenn ich nicht verheizt bin!»

Er war es nicht. Drei Monate später konnte er schon wieder seinen Acker bestellen. Und nun ging es mit ihm aus gewöhnlicher Altersschwäche zu Ende.

«Ich habe Sie rufen lassen, Herr Doktor, und Sie werden bestimmt nicht erraten, warum!...»

«Es geht Ihnen natürlich schlecht...»

«Genau das. Aber diesmal ist das Heilmittel der Sarg. Meine Zeit ist um... Ich wollte mich nur von Ihnen verabschieden und

Ihnen für diese Hand danken, die ich mit ins Grab nehme. Es hätte mir leid getan, ohne sie zu sterben, glauben Sie mir!»

Reinaldo litt fast bis zur letzten Minute. Die Nordwindböen, welche die Nacht durchfegten, halfen dem eisigen Regen, durch den Alentejaner Umhang zu dringen. Das Laternenlicht erlosch gleich nach dem Verlassen des Dorfes. Am pechschwarzen Himmel war kein Stern zu sehen. Die Nagelstiefel scharrten über die Steine, rutschten aus und suchten rückwärts im durchweichten Kies Halt. Vorneweg fluchte mein Führer. Aber die Dummheiten, die er bei jedem Ausrutscher von sich gab, vermochten nicht die Klagen des Sterbenden zu unterdrücken, dessen Zustand er mir beschrieben hatte und die wir im Innersten unserer Seele hörten.

«Er hat einen Bauch wie ein Weinschlauch! Und er stöhnt und stöhnt, daß es einem durch Mark und Bein geht...»

Nach zwei Stunden Marsch, nachdem wir in einen Wallgraben gefallen waren und das Wasser uns bis zu den Leisten ging, erschlaffte der menschenfreundliche Feuereifer meines Begleiters. In einer Nacht wie dieser das Haus zu verlassen, bringt nur ein Verrückter fertig! Verwünschte Stunde, in der er sich bereit erklärt hatte, mich zu holen! Wo er überhaupt mit dem Kranken gar nichts zu schaffen hatte...

«Und wenn Sie an seiner Stelle wären?»

Beschämt verstummte er. Und machte den Mund nicht eher auf, als bis wir zur Hütte des Sterbenskranken gelangten, dem ich mittels eines Katheters dazu verhalf, eine schmerzhafte Weinpipe voll zu urinieren.

Auf dem Heimweg begegneten wir dem Allerheiligsten, das der Prior auf dem Rücken von Pereiras Esel an die Brust drückte. Das Gewitter und die Dunkelheit machten nicht einmal ihm achtungsvoll den Weg frei. Sie zwangen auch ihn, strauchelnd und tastend durch die Regengüsse und die Finsternis zu reiten. Der Führer hob die Laterne vor dem Esel, der ihn mit seinen schwefelgelben Augen ansah. Jetzt steckte der Erzpriester die Nase aus dem Halstuch, ließ seiner Brust einen beherrschten Asthmaseufzer entweichen und fragte:

«Komme ich noch rechtzeitig?»

«Wenn Sie sich beeilen...»

Was Rosa Garrido betraf, so entriß ich ihrem Schoß nach langen Qualen stramme Zwillinge.

«Einer hätte genügt, Frau!»

«Mein Mann will aber zwölf, und je schneller, desto besser.»

Mit ihrem Spiel von *Nimm und Gib* bevölkerten und entvölkerten Leben und Tod die Welt. Während in Fornos der Standesbeamte das Standesregister vollschrieb, schaufelte Marcolino auf dem Friedhof neue Gräber. Und Benevides, der alle Beerdigungen im Dorf mitmachte, untersuchte die aufgeworfene Erde und erkannte die Überreste der vergangenen Toten.

«Reste von António Mendes... Reste von Maria Arruda... Reste von Joaquim da Cerrada... Reste von meinem Manuel...»

Aber niemand erwartete, daß ich die natürliche Ordnung störte. Man mochte mich, weil ich diese in bestimmten Augenblicken weniger düster und in anderen eher heiterer machte.

Die Kampagne meines Kollegen in Fornos war kläglich gescheitert. Wenn er im Wagen vorüberfuhr, hing in seinem gedunsenen Gesicht nur noch das höhnische Grinsen eines geschlagenen Gauners. Er genoß den Ruf, alle neu im Bezirk auftauchenden Wettbewerber zu verfolgen. Und er machte ihnen das Leben derartig zur Hölle, daß sie samt und sonders wieder abzogen. Kaum war ich in Sendim eingetroffen, lud er mich vor, damit ich mein Diplom registrieren ließ und meinen Beitrag entrichtete. Von der Steuer war ich vorläufig noch befreit. Ich erfüllte aber die andere gesetzliche Formalität. Er war so unwissend, daß er nicht einmal das lateinische «villa regalensi natus» begriff. Ohne ein Begrüßungswort, und sei es ein geheucheltes, ging er sofort zum Angriff über. Was ich nicht erwartet hatte, war, daß er so weit gehen würde, wie er es später tat. Angewidert hatte ich Raimundos erstes Warnsignal in den Wind geschlagen. Doch nach einiger Zeit erreichte das Ärgernis solche Ausmaße, daß ich dem Kerl eine Botschaft zukommen lassen mußte. Entweder er stellte sofort seine Machenschaften ein, oder ich würde ihm alle Knochen brechen. Und er solle nicht glauben, dies sei eine bloße Einschüchterung. Ich wolle ihn nur offen und ehrlich auf das vorbereiten, was ich auch tatsächlich zu tun gedächte. Und da der Apotheker Nazaré sich gleichfalls an der üblen Nachrede beteiligte, erhielt auch er ein paar Worte der Warnung. Sollte er den Patienten, denen ich Rezepte ausstellte, weiterhin einreden, ich verschriebe ihnen Pferdekuren, so würde ich an ihm ein Exempel statuieren. Mit der Peitsche würde ich ihn dazu bringen, die Säfte zu schlucken, und dann würden wir ja sehen, ob er sie aushielt oder nicht.

Das waren Versprechungen, die ich buchstäblich auszuführen gedachte, doch eher zugunsten meiner Kranken als zu meinen eigenen Gunsten. Persönlich war mir mein Ruf gleichgültig; aber ich würde ihnen nicht soviel helfen können, wie ich wollte, wenn meine berufliche Autorität untergraben wurde.

Das Heilmittel wirkte. Was die Regeln des Anstandes nicht zustande brachten, bewirkten meine rohen Drohungen. Fortan ließ man mich in Frieden. Der mit den Pillen verstummte; und der andere, in seinem Auto verschanzt und scheel lächelnd, machte sich vor Angst in die Hose. Wenn wir gemeinsam als Sachverständige ein Gutachten auszuarbeiten hatten, war er lammfromm.

Auf diese Weise konnte ich einige Jahre hindurch hingebungsvoll Gesundheit und Hoffnung in viele Heime bringen. Und konnte zugleich das friedliche Landleben genießen. Häufig aß ich im Haus von Senhor Augusto zu Abend, spielte in Raimundos Kneipe Bisca und ging in Gesellschaft der beiden und Dionísios, höchsten Meisters in dieser Kunst, auf die Jagd. Wir holten ihn gewöhnlich bei Tagesanbruch ab, er steckte die Nase aus dem Fenster, um die Sterne zu «eximinieren», und wenn ihm ihre Stellung zusagte, zog er sich an und kam herunter. Er erging sich gerne in Aussprüchen und Metaphern, war abergläubisch, ließ sich die Rebhühner von den anderen jagen, füllte aber die Stunden mit Scherzen und malerischen Schilderungen. Er nahm immer die gleiche Wegzehrung mit: Brot und rohe Speckwurst, die er im Freien briet. Er zündete ein Reisigfeuer an, wickelte das Essen in ein Kohlblatt, röstete es auf dem Feuer und kaute es dann gemächlich, während er seine Geschichten erzählte. Eines Tages auf dem Monte de Vez, als er sein Ritual begann, schnappte die knochenmagere Hündin, die ihn stets begleitete, mit einem unvermuteten Sprung ihm seinen Wurstbissen vom Munde weg. Augenblicklich reagierend, packte Dionísio das Tier an den Hinterbeinen, sprang auf und schwenkte es wie einen Dreschflegel. Und er schüttelte es so lange und so heftig, bis das Unglückstier den heruntergeschluckten Bissen erbrach. Und Dionísio packte das Wurstende, wusch es ab, hielt es von neuem in die Glut und verzehrte es genießerisch, während wir Tränen lachten.

Neben diesem friedlichen Berufsleben führte ich das andere, aufregendere des Dichters fort, stattete, wenn immer möglich, zweimal wöchentlich Coimbra meine Blitzbesuche ab. Kaum war ich aus der *Vanguarda* ausgeschieden, hatte ich auch schon eine unabhängige Zeitschrift, *Facho*, gegründet, die bei der Geburt einging. Meine löblichen Absichten, aus ihr einen Leuchtturm des neuen Lichts zu machen, reichten nicht aus. Ich hatte meine Kräfte überschätzt. Ich hatte vom Programm meiner alten Gefährten abzuweichen vermocht, ich hatte den Mut aufgebracht, die Bewegung zu verlassen und allen voraussehbaren Folgen die Stirn zu bieten, aber mir fehlte die Sprache, zu sagen, wohin ich wollte. Und so erlitt ich Schiffbruch. Schon die erste Nummer war ein Reinfall. Sie war einfältig und ungestüm. Fast ausschließlich von mir abgefaßt, stellte sie außer meinem ausdrucksvollen Gestammel noch eine Tatsache zur Schau, die sie niemandem empfehlen konnte: meine Einsamkeit. Mit der Zeit indes lernte ich, klarer auszudrücken, was ich bislang nur herauszustottern vermocht hatte; ich warb Mitarbeiter und konnte dann ein neues Blatt herausbringen, *Trajecto*, das ich leitete, dem aber Gonçalo und André ebenfalls eng verbunden waren.

Wir wünschten uns eine im Gegenständlichen verwurzelte, aufbegehrende Kunst der Sprache. *Vanguarda* hatte die Wirklichkeit nie genügend einbezogen. Die in ihrem Gefüge erschütterte alte bürgerliche Welt zuckte in Todeskrämpfen, und obgleich jenseits der Landesgrenzen die ersten Zeichen eines neuen, menschlichen Morgenrots aufflammten, verharrte sie in ihrer sich selbst kasteienden Ichbezogenheit. Diese starrsinnige selbstbeobachtende Haltung minderte die Spannweite der von mir angestrebten erneuernden Bemühungen, auf die ich rechtmäßig stolz war, die aber nur im Ästhetischen Früchte gezeitigt hatten. Einige der großen Namen, deren sie sich rühmte, waren entweder bereits vergessen, oder sie standen schon auf dem Bücherregal der Geschichte. Sie waren Meilensteine der Literatur, doch als Gegenpole zu gegenwärtigen Ängsten hatten sie jede Bedeutung verloren. Andere Bewußtseinsebenen wetteiferten miteinander, auf einer umfassenderen, großzügigeren Suche. Ein Wind aus Widerspruch, Anklage und Brüderlichkeit fegte unerbittlich durch die Vorhallen der Elfenbeintürme.

Wir wußten, daß wir etliche Gefahren auf uns nahmen, wenn wir unsere Feder allzu tief in die rote Tinte tauchten. Wenn die gemeinschaftsbewußte Stimme allzu laut nach Gerechtigkeit schrie, mußte sie schließlich eintönig werden. Eine Seite Prosa, die hartnäckig Mißstände aufzählte, mußte schließlich zu einem öden Bericht verblassen. Und anstelle von Gedichten und Romanen würden wir nur Schmähschriften und Reportagen zustandebringen. Den schöpferischen Individualismus auf dem Altar des Kollektivs zu opfern hieße, auf der Erde die Flamme der Eigenart und des Unvorhergesehenen zu löschen. Daher suchten wir einen Weg der verantwortungsvollen Freiheit, auf dem weder der Mensch verraten, noch der Künstler geleugnet würde. Uns war keine Verzweiflung fremd, und wir erstickten nicht den Schrei der Unterdrückten mit opiumvernebelten Melodien. Getreu der Lehre der Vergangenheit und den Blick den Horizonten der Zukunft zugewandt, lebten wir die Gegenwart als bewußte Menschenwesen aus Fleisch und Blut, verurteilt zur konkreten Dauer unseres Körpers. Vergänglich und abhängig, wußten wir indes, daß nur der das Leben verdient, der imstande ist, alles dafür einzusetzen. Und so gingen wir vor. Wagemutig und offen, wurde jede veröffentlichte Nummer ein weiterer Schritt auf unserem Weg. Neben dem eigenwilligen Gedicht stand die engagierte Seite Prosa. Die gleiche warme Huldigung galt dem Weisen, dem Schriftsteller, dem Philosophen, dem Heiligen oder dem Politiker, die im Laboratorium, auf dem Schreibtisch, in der Klause, im Lehrstuhl oder auf der Rednertribüne eine aufrichtige Botschaft der Menschlichkeit hinterließen. Wiewohl Individualisten, verstanden wir uns dennoch nicht als Gesellschaft von Einsamkeiten. Wir erträumten eine in gemeinsam bemühter Zusammenarbeit vereinte Welt, in der jeder in seiner unverletzbaren eigenen Sphäre leben konnte.

Die Forderungen der Zeitschrift und der Ansporn, den ich aus der zunehmend beifälliger werdenden Aufnahme zog, bewirkten, daß ich der Einbildungskraft und der Feder keine Ruhe gönnte. Ich arbeitete hauptsächlich im Bett, bis zu der Stunde, da meine

Sprechstunde begann. Und ausgerechnet an einem Tag, an dem ich erfolglos hinter der Maske seiner tausend Widersprüche das wahre Gesicht der Hauptperson einer Erzählung zu finden suchte, stempelte das Leben mich zum Mitspieler in einer wahren Geschichte mit unvorhergesehenem Ausgang.

«Draußen wartet jemand, der Sie sprechen möchte…»

«Lassen Sie ihn hereinkommen.»

Ich legte die Feder beiseite, glättete das Leintuch und wartete.

«Erlauben Sie!»

Er begrüßte mich und hielt mir einen kleinen Tragkorb entgegen.

«Vor allem anderen bringe ich Ihnen hier eine bescheidene Erinnerung…»

«Aber ich bitte Sie! Recht vielen Dank!»

«Sie haben mir nicht zu danken.»

Ich rief das Dienstmädchen.

«Isabel, nehmen Sie das mit…»

Das Huhn gackerte in seinem Korb, und wieder trat Stille ein.

«Kommen Sie wegen einer Beratung?»

«Gottlob bin ich gesund… Es geht um meinen Sohn. Er hat sich nicht bei der Musterung gemeldet, und heute muß er unwiderruflich ein Krankheitsattest vorlegen. Ich möchte versuchen, ihn freistellen zu lassen…»

«Aber das kann ich leider nicht tun!»

«Na gut, wenn's nicht geht…»

Da war das Geschenk, da war der Präzedenzfall mit der Lehrerin aus Torno, da war meine Abneigung gegen das Militär. Aber in diesem Augenblick hätte ich nicht einmal meinem Vater den erwünschten Gefallen tun können.

«Schön, dann muß ich eben an eine andere Tür klopfen…»

«Sehr richtig. Aber hören Sie: nehmen Sie bitte Ihr Geschenk wieder mit…»

Er machte ein ernstes Gesicht.

«Was geschenkt ist, ist geschenkt. Denken Sie nicht mehr daran.»

Befangen kratzte ich mich am Kopf.

«In Fornos werden Sie das Gewünschte leicht bekommen…»

«Sicherlich. Aber mir fehlt die Hauptsache…»

Ich atmete erleichtert auf.

«Geben Sie mir mal von da meine Brieftasche. Auf der anderen Seite. Richtig. Wieviel brauchen Sie? Zwanzig? Fünfzig?»

«Wenn ich nämlich nach Coimbra muß...»

«Hundert?»

«Hundertundfünfzig, wenn es Ihnen nichts ausmacht...»

«Hier, bitte... Wenn Sie mehr brauchen... Lassen Sie mal sehen...»

«Danke. Das reicht.»

Als er gegangen war, kam Isabel wütend herein.

«Sie sind immer so dumm! Und lassen sich von einem Schwätzer einwickeln! Ein unmöglicher Mensch sind Sie!»

Nach dem Mittagessen wußte bereits die halbe Ortschaft Bescheid.

«So also verdient man sich schon am frühen Morgen seinen Tageslohn! Hundertundfünfzig, wie? Die können Sie in den Wind blasen! Heißt der Dingsda etwa Anastácio?»

«Hören Sie, ich weiß es gar nicht.»

«Der ist ein ausgekochter Schlaufuchs!»

«Vielleicht. Aber mit mir war er anständig. Denn er hätte den Rest auch noch nehmen können, wenn er gewollt hätte...»

Nach einiger Zeit zur selben Stunde kündigte Isabel mir den erneuten Besuch des Helden an.

«Jetzt können Sie ihm wieder auf den Leim gehen, wenn es Ihnen Spaß macht...»

Ich lachte nur.

«Erlauben Sie?»

«Hallo!»

«Sie hatten nicht mehr mit mir gerechnet, oder?!»

«Na aber! Wie kommen Sie darauf?»

«Nämlich... Schön, ich komme nämlich, um Ihnen meine Schuld zurückzuzahlen... Bitte sehr.»

«Legen Sie es dorthin. Und nun? Haben Sie bekommen, was Sie wollten?»

«Gott sei Dank! Der Junge ist befreit. Die Menschen sind schwach...»

«Nicht alle...»

«Das stimmt. Und aus diesem Grund bin ich hier.»

«Ich verstehe nicht...»

«Denn Sie waren der einzige Mensch, den ich nicht kaufen

konnte. Das Geschenk war klein, das ist schon wahr! Auf jeden Fall... Ja noch mehr: Und auch der einzige, der mir bis zum heutigen Tag Vertrauen geschenkt hat...»

Bei allen Fehlern versuchte ich, die Würde des Berufs zu wahren. Leider genügte das nicht, um dort weitermachen zu können. Der Kollege, den ich vertreten hatte, beschämt über eine so große Anzahl von Krankheitsattesten, hatte seine Arbeit wieder aufgenommen. Nun würde ich jedoch ohne die mindeste wirtschaftliche Grundlage nicht durchkommen können. Da er aber seine Bequemlichkeit liebte und dank einem unerfindlichen Gesetz oder Gott weiß welchem Beschützer sich weigerte, Fornos zu verlassen und nach Sendim, dem Ort der Praxis, umzuziehen, beschlossen die besser gestellten Bewohner des Dorfes, die sich an die Wohltat einer dauernden ärztlichen Betreuung gewöhnt hatten, meinen Weggang zu verhindern. Und so zahlten sie mir fortan ein Gehalt von fünfhundert Escudos, während ein Ausschuß unter Raimundos Vorsitz den Fall endgültig zu klären suchte. Die nach langen Verhandlungen erreichte Lösung fußte auf der gleichen Freizügigkeit. Der diensttuende Kreisarzt, der für Belästigungen nicht zu haben war, würde seinen frühzeitigen Ruhestand beantragen und die Entschädigung von einigen Contos de Réis aus Privathand erhalten, sofern die freigewordene Stelle durch mich besetzt würde.

Das war ein vorbildlicher Interessenausgleich, doch was die letzte Klausel betraf, so forderte der auf dem laufenden gehaltene Bürgermeister politische Garantien, bevor er der Abmachung zustimmte. Und die gab ich nicht. Daher fiel die Sache ins Wasser. Mein politischer Leumund überwog alles.

«Und wenn Sie sich unmittelbar mit dem Zivilgouverneur ins Benehmen setzten?» schlug Raimundo vor.

«Kein Gedanke daran!»

So wiederholte sich die Komödie von Agarez. Dort hatte die Absegnung von Barros gefehlt; hier fehlte die von Oberst Borges.

«So kommen wir weder vorwärts noch rückwärts...»

«Lassen Sie's gut sein.»

«Ich bin fast sicher, ein Wort aus Ihrem Mund...»

«Ich auch. Ich verkaufe aber meine Seele dem Teufel nicht.»

«Na schön. Das Schlimmste ist der Rest. Wenn Sie nur von den

Kranken abhängen, können Sie nicht überleben; und dann sind wir wieder ohne Arzt, fernab vom Amtsbezirk und der Gnade Ihres elenden Kollegen ausgeliefert...»

«Und was soll ich tun?»

«Was alle Leute tun... Die Dinge sind nun einmal so.»

«Mann, Sie kennen mich zur Genüge, um zu wissen, daß ich kein Mensch bin, der gerne nachgibt! Die Dinge sind nun einmal so, weil niemand sich zur Wehr setzt und alle Welt den Schwanz einzieht...»

«So ist es... Aber unter diesen Umständen läuft unser Kontrakt zu Sankt Michael ab... Und sobald die Sache erstmal schiefgegangen ist, will kein Mensch mehr einen Finger rühren...»

«Sehr gut denn.»

«Überlegen Sie sich die Sache doch noch einmal bis morgen...»

«Sie ist überlegt.»

Der Amtswurm hatte seinen Charakter ein wenig angenagt. Wenn man Jahr für Jahr aus beruflichen Zwängen lügt, betrügt man schließlich die eigene Seele. Wenn er, praktisch und berechnend wie er war, der vor allem den Nutzen und die Zweckmäßigkeiten im Auge hatte, auf seinem Wege auf Grundsätze stieß, trat er sie weder in den Boden, noch hob er sie auf. Er wich ihnen einfach aus und schützte Zeitnot vor.

Genauso, wie ich es schon gegenüber Pater Lobato in Agarez getan hatte, hatte ich mehrmals versucht, ihn zur Vernunft zu bringen und ihm zu beweisen, daß derartige Eigensucht vor keinem moralischen Standpunkt bestehen konnte. Doch auch hier mußte ich aufgeben. Im übrigen hatte die Zeit mich gelehrt, daß in wesentlichen Dingen niemandem zu helfen ist. Gonçalo pflegte zu sagen, das menschliche Problem liege einzig und allein in den Chromosomen. Man werde einfach gut oder böse geboren. Ich erhob Einspruch gegen eine so unbedingt biologische Schicksalsergebenheit. Ich brachte die Erziehung vor, den Einfluß der Umwelt und die Lebensweise. Mir schien, daß die den Menschen umgebenden Kräfte manches vermöchten, daß sie ihn zumindest antrieben, wie der Wind uns treibt, wenn er weht.

«Ja, er treibt uns, aber wir spannen die Muskeln und gehen unserer Wege. Niemand hat je dem Winde zuliebe seine Richtung geändert.»

«Wenn es aber ein Wirbelsturm ist...»

«Den gibt es nicht. Nur in Florida.»

Manchmal verbrachten wir Tage mit derartigen Streitgesprächen. Seine Skepsis bereitete mir Kummer. Ich sah darin eine Beleidigung meiner vertrauensvollen Veranlagung.

«Reagieren Sie!» Fast forderte ich es von ihm.

Er lächelte spöttisch.

«Reagieren ist schon Sein. Aus dem Nichts läßt sich keine Kraft ziehen. Wenn jemand meint, daß er reagiert, gehorcht er schlicht und einfach dem Antrieb der Zellen...»

«Und wie steht es mit meinen Anfällen von Mutlosigkeit?»

«Sie haben Höhen und Tiefen... Andere leben ständig im Erdgeschoß... Der Mensch bleibt sich immer gleich...»

Obwohl ich mich geschlagen sah, beharrte ich doch noch einmal auf meinem Standpunkt, indem ich mich auf das Beispiel von Alice stützte, die der Zufall mir zugebracht hatte. Trotz der vielen Tugenden, welche sie besaß, wären wir gescheitert, wenn wir geheiratet hätten – ich mußte mir eingestehen, daß dies früher oder später eintreten würde. Somit genügte für das Glück eines jeden nicht seine eigene Wesensart. Viele Gegebenheiten mußten zusammenkommen...

«Und wer sagt Ihnen, daß Sie sie heiraten werden?»

«Das sage ich.»

«Wir werden ja sehen. Unsere Vorsätze sind das eine, ein anderes unsere Handlungen. Geistig kann man alles ersinnen, doch das eigentliche Problem liegt in der trägen Widerstandskraft der Natur...»

Schließlich mußte ich ihm recht geben. Am Ende hatten weder die Soutane, noch die Tante, auch nicht die Not die Überhand in meinem Kampf gewonnen, den ich seit meiner Kindheit ausfocht. Mochte mein Vater gegen Ansichten wettern, die er für abwegig hielt, mochte Raimundo mir noch so dringlich raten, mich anzupassen, mochten Berge der Feindseligkeit am Horizont drohen. Mochte ich mich manchmal mutlos fühlen, im Innern war ich sicher, daß es keiner Macht gelingen würde, mich von meinem Weg abzubringen oder zurückzuhalten.

Mit dieser Schicksalsgläubigkeit ausgesöhnt, zählte ich nun die Tage, die noch fehlten, bis ein weiteres Kapitel des beschwerlichen Abenteuers vollendet war, das ich ohne eigenen Willen vor dreißig und einigen Jahren angetreten hatte. Welche neuen Arbeiten erwarteten mich? Welche Siege? Welche Enttäuschungen? Ich wußte es nicht. Aber der Vorstellung, zur Begegnung mit dem Unbekannten aufzubrechen, wohnte ein verwirrender Zauber inne. Zu sein, wo ich nicht war, zu sehen, was ich nicht sah, war immer der Hunger, dem ich nie genug Nahrung bewilligt hatte. Ich kam an, verschlang die menschliche und die andere Landschaft mit einem Schluck und schritt mit dem gleichen Heißhunger weiter. Anfangs von der ländlichen Atmosphäre begeistert, hatte ich sie auf vielerlei Art gepriesen. Doch der Schatten der Eintönigkeit sank heimtückisch auf jede Verzückung. Ich ging den Bisca-Partien in Raimundos Kneipe so geschickt wie möglich aus dem Weg, ich fand Dionísios Aussprüche weniger witzig, ich machte höhnische Anmerkungen zu Senhor Augustos Eleganz, ich behandelte zwar meine Kranken genauso sorgfältig wie früher, doch mit einem Anflug von Ungeduld. Ich ertrug auch Isabels Vertraulichkeiten nicht mehr so willig. Von der Gewohnheit verführt, fühlte sie sich als Teil meines Lebens. Sie wurde sogar eifersüchtig auf eine Marktverkäuferin aus Fornos. Ihrer Ansicht nach verdiente nur Alice meine Liebe. Sonst niemand. Nicht einmal sie selbst. In dem Gewissensfrieden, den ihr diese Unabhängigkeit schenkte, sah sie sich als ihre Vertreterin völlig berechtigt, die Vorteile des Interregnums zu genießen. Mit beifälliger Miene brachte sie mir morgens den gewohnten Brief ins Schlafzimmer.

«Hier ist er. Und sehen Sie zu, daß Sie Verstand annehmen ...»

Ganz unvermittelt spielte sie auf die Heirat an.

«Wenn Ihre Frau Ihnen zur Seite steht, wird alles besser ...»

Der Gutmütigkeit, mit der ich sie früher angehört hatte, stellte ich nun nachsichtige Verstimmung entgegen.

«Geh und kümmere dich um deine Angelegenheiten ... Geh ...»

Alles wurde mir langsam lästig. Die leeren, geschrubbten Räume, die nach Seife rochen, die weiße Nacktheit der Wände, die eiskalte Klösterlichkeit des ganzen Hauses. Nur in meiner mit Büchern vollgestopften Schlafkammer fand ich etwas Frieden, vielleicht weil sie das Abbild desselben Zimmers war, das ich seit Jahren auf meiner Netzhaut trug. In dem kurzen, schmalen, harten Bett wachte ich wie in Coimbra mit eiskalten Füßen auf, die, aus dem Laken gestrampelt, zwischen den Eisenstäben steckten. Doch selbst in diesem Unterschlupf fand ich nicht den erquickenden

Schlaf oder die schöpferische Schlaflosigkeit von einst. Außerstande, einen derartigen inneren Aufruhr zu begreifen, weinte das arme Geschöpf in untröstlicher mütterlicher Verzweiflung vor sich hin. In Stunden körperlicher Vertrautheit streichelte ich wortlos ihr erhitztes Gesicht. Auch schmerzte mich das Grausame an dieser Stummheit, die ich so gern durchbrochen hätte und doch nicht konnte. Schließlich war sie einige Jahre meine Frau gewesen. Hätte Alice es besser geschafft? Fest steht, daß ich sie, ohne es zu wollen, durch meine Wortkargheit, meine Einsilbigkeit und barsche Reden bitterlich kränkte.

«Du kannst gehen, und morgen brauchst du nicht so früh zu kommen...»

Wie ein verjagtes Tier ging sie hinaus, ohne den Grund der jähen Verabschiedung zu begreifen.

Den Launen und Widersprüchen des Dichters fremd, schlummerte das Dorf im Frieden erfüllter Pflichten. Die winselnden Töne einer Fiedel trafen mein Ohr. Das war das örtliche Orchester, zusammengesetzt aus nachtschwärmenden, der Müdigkeit trotzenden Bauern.

Ich trat ans Fenster, um zuzuhören. In den von Kuhfladen und Morast verdreckten Gassen, durch die sie in aller Herrgottsfrühe mit dem Spaten über der Schulter gegangen waren, spielten sie jetzt ein gefühlsseliges Liedchen. Und als ihre Musik sich hinter der Gassenecke verlor, blieb ich wie angewurzelt noch stundenlang an derselben Stelle stehen, festgebannt wie die verirrte Seele einer anderen Welt, die der unseren angehören wollte und nicht konnte.

Ich war dort in der Tat ein zwiespältiger Bewohner. Trotz allem Augenschein – manchmal ging ich selbst in die Falle – hatte mein Geist in weiter Ferne geweilt, verloren oder wiedergefunden im Land der ruhelosen Menschen. Jetzt kämpfte er auf der anderen Seite der Grenze. Und zwar so heftig, daß das Hin- und Herschwanken der Schlachtenfront den Fußboden des Hauses zu erschüttern schien. Auf einer großen, an die Wohnzimmerwand gehefteten Landkarte verfolgte ich mit bedrücktem Herzen jede Offensive. Dann und wann trieb dröhnender Triumphgesang die Hoffnung an. Doch am nächsten Tag zwangen Zeitung oder Rundfunk sie gedemütigt zum Zurückweichen.

Aus diesem Todeskampf, den ich da abhorchte und der solange dauern würde, wie der Faschismus benötigte, um die Umzingelung der Freiheit zu vollenden, konnte nichts Objektives und Gelassenes entstehen. Solange ich in existentieller Panik den Boden der iberischen Halbinsel unter meinen Füßen schwanken fühlte, waren die Blätter, die ich jetzt vollschrieb, Fieberkurven. In gewissen Stunden kamen selbst die Worte, in die ich die Angst zu übertragen versuchte, mir falsch oder belanglos vor. Aber ich besaß keine anderen Kampfwaffen. Und ich machte Kanonenkugeln aus ihnen. Wenn das Gedicht fertig war, legte ich es nicht zum Reifen in die Schublade, sondern fuhr eilends nach Coimbra, um es vorzuzeigen. Das Rattern des Zuges, das mitunter sogar den Rhythmus einiger Verse beeinflußt hatte, machte mich jetzt nur noch ungeduldig. Jede Station, jeder Halt, jede Verzögerung bedeutete für mich eine Möglichkeit verringerten Triumphes.

Sie werden nicht durchkommen!
Es brennt die Saat, doch nicht brennt das Saatkorn,
Das die Sonne des Lebens wieder erweckt!
Es sterben Söhne und Töchter der Nation,
Ein Volk stirbt nicht!

Der Morgen graute, als ich Andrés Haus verließ nach der Nacht, in der ich ihm diese weißglühenden Strophen vorlas, eher Versprechungen des Instinkts an die Verzweiflung als Gewißheiten der Vernunft gegen den Zweifel. Die Schaltknöpfe des Rundfunkgeräts drehend und auf alle Geräusche darin lauschend, als horchten wir das Herz der Welt ab, vergaßen wir die Stunden. Doch kein Leitstrahl brachte uns noch ein tröstliches Zeichen. Die Welle der Tyrannei überflutete die fünf Kontinente.

«Alles ist verloren...» hörte man aus jedem Mund.

Vom Unterdrückerstiefel zermalmt, war auch *Trajecto* erledigt. Für die letzte Nummer hatte ich ihr ein tiefbetrübtes Requiem und einen spöttischen Nachruf verfaßt. Ich wollte, die Zeitschrift solle zwischen einer Sehnsuchtsträne und einem hochmütigen Lächeln ins Grab sinken.

Nun war sie tot. Und es war, als wäre etwas in meinem Innern gestorben.

Zu Hause, fern von Krieg und Tyrannei, wartete das Dienstmädchen auf mich mit immerwährender Ergebenheit und Geduld.

«Sie haben ja nichts gegessen!»

«Tut nichts, tut nichts...»

«Fühlen Sie sich schlecht?»

«Ich weiß nicht...»

Ich brannte auf mehreren Scheiterhaufen gleichzeitig. Der Mensch wünschte Bürgerrechte, der Künstler schöpferische Freiheit, der Arzt Berufswürde – und keiner der drei empfing seinen Anteil. Der Henkerstrick würgte alle drei in derselben Schlinge.

«Ich brate Ihnen ein Steak, wenn Sie wollen...»

«Danke. Ich bin satt.»

Die üble Stimmung im Dorf, die anstrengende Arbeit und die Trostlosigkeit, in der ich dahinlebte, untergruben schließlich meine stets schwach gewesene Gesundheit. Schon rannte ich nicht mehr im Galopp den Berghang hinauf wie früher. Tiefe Müdigkeit lähmte mir die Beine. Aber zur Erschlaffung des Körpers gesellte sich die noch beklagenswertere des Geistes. Von fortwährenden Enttäuschungen entmutigt, hatte die Seele ihre Spannkraft eingebüßt.

«Was hältst du von den letzten Nachrichten aus Spanien? Wer wird gewinnen? Man hätte meinen sollen, die Republik würde die Frage lösen, und nun...»

Entsetzt las ich den Brief wieder und wieder. Wieso hatte Alice noch nicht begriffen, daß es in diesem Kampf für mich nicht um Gewinnen oder Verlieren ging, sondern um Leben oder Sterben?

«Schreiben Sie heute nicht an die Senhora?»

«Nein.»

Was hätte ich ihr sagen sollen? Vielleicht hinderte ihr Frausein sie daran, sich Problemen gesellschaftlicher Ordnung grundsätzlich zu stellen. Dank ihrer schaffenden Natur kann die Frau auf das Leben vertrauen, selbst wenn sie es zu ihren Füßen zusammenbrechen sieht. Aus ihrem fruchtbaren Schoß werden neue Söhne geboren. Nur wurde meine männliche Einsamkeit desto schmerzlicher, je deutlicher in ihr die Frau zutage trat.

«Toledo ist gefallen...» Wiewohl zartfühlend, legte Senhor Augusto seine Trümpfe auf den Tisch.

«Das steht eines Tages wieder auf...»

Als Erzkatholik, stets wie aus dem Ei gepellt, autoritär und der Form verschworen, stellte er die unbeugsame Geistesverfassung des Feudalismus dar. Auf den Lippen seiner Frau, Dona Ângela, spielte unablässig ein duldsames Lächeln, das wohl ihm zugedacht war. Eine Art verschwiegener Zärtlichkeit... Beide nahmen mich auf wie einen braven und zugleich verlorenen Sohn. In ihrem Haus verbrachte ich die behaglichsten Stunden. Doch trotz dieses herzlichen Verhältnisses tat sich unverzüglich ein feindseliger Graben auf, wenn es um Ideen ging und er seine Krallen zeigte.

«Diesmal wird mein Freund nicht gewinnen...»

«Das wird sich zeigen...»

Ich versuchte, ihm fest in die Augen zu blicken, damit er darin ein unverrückbares Nein gegen die vollständige Niederlage erkenne, die er in seinen Gedanken wog. Plötzlich begann er vor mir zu schwanken wie ein Trugbild. Benommen lehnte ich mich an die Wand.

«Was ist Ihnen? Fühlen Sie sich unwohl?»

«Ja. Ich möchte zu Bett gehen.»

Am nächsten Morgen fand Isabel mich derartig im Fieber glühen, daß ich sie kaum erkannte.

Verstört lief sie zu Raimundo, und der rief eilends Dr. Silvério aus Pontão herbei, der bald darauf mit seiner gewohnten Ruhe ins Zimmer trat.

«Was ist das denn?!»

Er zog das Thermometer aus einer Tasche, schob es mir unter die Achsel, und einige Minuten lebte nur das Quecksilber, stieg und gewann Bedeutung in der Kammer.

«Und Ihr Treibhaus?» fragte ich aus meinem vom Fieber vernebelten Gedächtnis heraus.

«Blüht und gedeiht! Jetzt lohnt es sich, es zu besichtigen.»

Er war ein ehrenhafter und fähiger Mann, unsere Beziehungen waren freundschaftlich, wir arbeiteten in schwierigen Fällen gut zusammen. Anfangs hatte ich ihn nicht verstanden. Er war mir als uninteressierter Eigenbrötler vorgekommen. Eine über die Weste hängende goldene Uhrkette gab ihm etwas bürgerlich Provinzielles. Doch eines Tages stellte ich fest, daß sich hinter seinem so gewöhnlichen Aussehen ein Dichter verbarg, der täglich das Wunder vollbrachte, dessen ich nicht fähig war: zur gleichen Zeit in und außerhalb der Welt zu leben. Das entdeckte ich durch reinen Zufall. Ich ging an seinem Haus vorüber, wollte mich nach einem Kranken erkundigen, den wir gemeinsam untersucht hatten, und klopfte an seine Haustür...

«Der Herr Doktor ist im Treibhaus...»

Über meine Anwesenheit bestürzt, versuchte er noch die Tür zu schließen und sein Geheimnis zu verbergen.

«Sind das Blumen?» fragte ich und streckte die Nase hinein.

«Orchideen.»

Voller Neugierde trat ich ein. Hunderte von Blumentöpfen standen katalogisiert auf Borden, und Dutzende von Käfigen hingen von der Decke herab. Darinnen Pflanzen ohne den geringsten erkennbaren Reiz.

«Häßlich sehen sie aus...»

«Und wie!»

Doch langsam, schwerfällig begann er zu reden. Und nach einer Weile glich das verglaste Geviert einem Heiligtum pflanzlicher Gottheiten.

«Es sind fast alles Scheinschmarotzer», erklärte er. «Sie gedeihen in der Äquatorialzone, mit Ausnahme einiger weniger schönen, meistens kleinen... In Portugal kennen wir lediglich ein paar wilde Abarten, die als Kräuter bekannt sind. Das Spinnenkraut, das Bienenkraut... Doch in Buçaco gibt es eine seltene Art, die *Neotia Nidus-Avis*, unterirdisch, die sich nur offenbart, wenn die Blüte aus dem Untergrund dringt und sich dem Sonnenlicht öffnet...»

«Wie haben Sie all das gelernt?...»

«Durch Lesen. Ich kaufe Bücher, habe Zeitschriften abonniert.»

«Haben Sie diese Leidenschaft schon lange?»

«Seit meinem Medizindiplom. Ich habe immer seelisch gelitten, wie es ja den meisten Menschen geschieht... Nun wissen Sie doch, daß die Medizin in diesem Kapitel manches zu wünschen übrigläßt... So daß ich... Schauen Sie: das ist meine Art zu beten...»

«Und verkaufen Sie die Blumen?»

«Hier?»

«Oder verschenken Sie sie?»

«Wer will sie schon? Ich habe wunderschöne Exemplare, die entstehen und vergehen, ohne daß sie jemand außer mir jemals zu Gesicht bekommt. Zufällig kann ich Ihnen heute eine eigene Züchtung zeigen. Eine Zwitterpflanze, die ich mit einem Namen getauft habe, der Ihnen ein Lächeln entlocken wird. Ich habe sie *Dulcineia* genannt. Seit acht Jahren warte ich auf sie. Es ist eine *Brasso-Cattleya*. Sie ist gestern erblüht.»

Fünf Flügel von mattem Lila, Kelchblätter und Blütenblätter in derselben Farbe, rahmten eine gefranste, jungfräuliche Lippe mit einer Wurzel aus verblaßtem Altgold.

«Schön ist sie, nicht wahr?»

Wie ein Bräutigam seine Braut blickte er sie mit zärtlichen Augen an.

«Außergewöhnlich!»

«Sie können sich die Arbeit nicht vorstellen, die sie mich gekostet hat. Ein Kindchen wie dieses aufziehen ist schwerer als einen Sohn aufziehen.»

«Kann ich mir denken.»

«Vielleicht doch nicht.»

Dann beschrieb er mir in allen Einzelheiten die Entwicklung eines solchen Wesens von der Saat bis zur Blüte. Jahre um Jahre wissenschaftlicher und mütterlicher Geduld. Die optimale Säure des Nährbodens, sechsundzwanzig Grad beständiger Treibhauswärme, Feuchtigkeit fast bis zum Sättigungsgrad, streng dosierte Lüftung...

«Das muß eine Stange Geld kosten...»

«Kann ich Sie versichern! Im Winter brennt ständig ein Ofen... Dieses Prachtstück zum Beispiel habe ich mir aus England kommen lassen. Es ist eine *Odontioda Schroederae*. Hat mich fünfzehn Pfund Sterling gekostet...»

Jetzt verstand ich, warum er stets ärmlich gekleidet herumlief.

«Ein Treibhaus mit Orchideen ist entweder reine Enttäuschung oder reines Entzücken. Gegenwärtig ist hier nicht viel zu sehen. Kommen Sie in einem Monat wieder, und Sie werden staunen.»

«Ja, ich komme gern!»

Ich bin nie wieder hingegangen. Ich gehe heute, ich gehe morgen, ich ließ die Zeit verstreichen, während ich in den Cafés von Coimbra den Umgang mit diesem mystischen Züchter wirklicher

Blumen gegen mystifizierende Gärtner von Rhetorikblumen vertauschte…

«Haben Sie heuer Hübsches vorzuzeigen?…» murmelte ich in der Benommenheit einer tropischen Hängematte.

«Und ob! Werden Sie gesund und kommen Sie! Lassen Sie mich mal das Thermometer sehen.»

Vierzig Grad Fieber brachten ihn nicht aus der Ruhe. Er untersuchte mich weiter, und erst als er meinen Bauch abtastete, klang in seiner Stimme etwas von der Erregung mit, in der er mir seine *Dulcineia* gezeigt hatte.

«Sie müssen unverzüglich hier raus», sagte er abschließend.

Um zehn Uhr an einem traurigen Mittwoch erschien Senhor Augusto, um mich zu holen. Gleich darauf saß ich schon in seinem Wagen, in eine Bettdecke gemummt und von Kopfkissen umgeben, und meine Augen sagten Isabel Lebewohl, die in Tränen gebadet vor der Haustür stand, und blinzelten Raimundo zu, der sich mit zusammengebissenen Zähnen auf dem Gehsteig aufgepflanzt hatte.

Durch meinen Fiebernebel hindurch wirkte das Dorf völlig unwirklich. Die Menschen, die aus ihren Fenstern schauten, das unregelmäßige Pflaster, über das der Wagen holperte, der Ochsenkarren, der plötzlich die Straße versperrte, verblaßten auf der Netzhaut, um einem Nebelschleier voller Mondlicht und Melodie zu weichen. In diesem Augenblick war Sendim nur noch die gefühlvolle Weise, in die die Musikkapelle in tiefer Nacht das ganze Dorf einhüllte.

«Geht's Ihnen gut?»

Ich nickte ein Ja. Ich segelte durch ein stilles Meer voller Ohnmachtsanfälle. Ohne Verse in der Tasche zum Vorlesen für meine Freunde, ohne geistige und gesellschaftliche Verpflichtungen – ich hatte mich nie so frei gefühlt. Äußerlich eingemummt und betreut, innerlich jeglicher Pflicht enthoben. Endlich hatte sich die Gnade der Verantwortungslosigkeit auf mich gesenkt.

«Wie geht's?»

Ich winkte mit den Wimpern. Schade, daß die dreißig Kilometer so rasch vorüberrauschten und die Wirkung des Morphiums so schnell verging.

Schon halb betäubt stieg ich auf den Operationstisch mit einem verworrenen Gefühl aus Überraschung und Panik. Obgleich ich mit den mich umgebenden Gegenständen vertraut war – Apparate, Glasschränke, Dosen, Schalen, Fläschchen –, war mir, als sähe ich sie zum ersten Mal. Ich schärfte das Gehör in Erwartung von Worten und stellte verwundert fest, daß sich hier alles durch Winke, durch Blicke bewegte, als wage niemand, das Stillschweigen zu brechen. Und ich fragte mich selbst, ob ich noch auf Erden weilte oder ohne es zu merken, die Schwelle zur anderen Welt überschritten hatte.

Professor Amado zog behutsam den sterilen Kittel an, während sein Assistent die Instrumente anordnete. Im halbgeöffneten Mund der Schwester Camila schimmerten zwei schlecht eingesetzte Goldzähne. Aufdringlicher Geruch nach Jodtinktur. Drei, vier, fünf... zählte ich in Gedanken. Dr. Amado rückte zusehends ins Ungefähr... Schwester Camilas Zähne begannen sich übereinander zu schieben... Ich fühlte die Hälfte meines Körpers entschlummern. Und ich merkte auf und überwachte den noch empfindlichen Rest, während ich mich mühte, Schwester Camilas Zähne zurechtzurücken. Denn in Wahrheit saßen nur zwei schief... Doch mein linkes Auge sah schon nicht mehr richtig. Und das rechte unterschied nur ein formloses Stückchen Email in Schwester Camilas Mund. Zehn, zwölf, siebzehn... Das völlige Erlöschen ließ auf sich warten! Das unbefehligte Herz schlug weiter... Fünfundzwanzig, vierzig... Plötzlich hob sich aus dem Abgrund des Verzichts, in dem ich ruhte, einer der Arme – welcher, vermochte ich nicht zu bestimmen –, hob sich mutig, noch bereit zu kämpfen. Blieb aber reglos in der Luft hängen, ohne Gegner, auf den er seine Wut einhämmern konnte. Die Angst wurde weiß wie ein Leintuch. Professor Amado war nurmehr in hundert Meilen Entfernung erahnbar... Bis der Fluß der Unruhe ins Meer der Gleichgültigkeit mündete. Der Rächerarm sank schwerfällig, unbeweglich, ohnmächtig in den leeren Brunnen. Und der letzte Bewußtseinswinkel lag im Schatten, im Halbdunkel, in der Finsternis.

Als ich aus der Vorhölle aufstieg, in die ich gestürzt war, und die Augen aufschlug, saß Alice neben mir. Rasch wischte sie eine unbesonnene Träne fort und glättete meine Bettdecke, um ihre Rührung zu tarnen.

«Mut! Das Schlimmste ist überstanden.»

«Hoffentlich...»

Ich fühlte nur die Hälfte meines Körpers. Und ich wußte, sobald meine Wahrnehmungsgabe ganz erwacht war und mit der fortschreitenden Wiedergewinnung dieses entglittenen Teils begann, würde jeder eroberte Millimeter eine Steigerung der sich anbahnenden Kreuzigung bedeuten. Dennoch fing ich an, sie glühend zu wünschen. Es mochte schmerzen, soviel es wollte, ich wollte mich ganz.

Der Mensch überholte den Kranken. Und mußte ihm wieder den Vortritt einräumen, sobald der Schmerz mit all seinen spitzen Zähnen zurückkehrte.

«Um Gottes Willen, Herr Kollege! Sedativa werden doch nicht umsonst hergestellt...»

«Immer mit der Ruhe. Heute abend...»

«Ich kann nicht mehr!»

«Na, na!»

Aber in der wiedergefundenen Einheit des Fleisches, so schmerzhaft sie war, fand ich die des Geistes wieder. Und auch die des eigenen Lebens, denn das zerfetzte Bild, das ich von ihm auf der Netzhaut der Seele bewahrt hatte, setzte sich nach und nach wieder zusammen.

Laudato sii, mio signore,
con tutte le tue creature,
specialmente messer lo frate sole...

Wenn auch mit langsamen Schritten, war ich doch bald auf dem Weg der Besserung. Der Wink der Dichtung war das Zeichen der Hoffnung. Beruhigt schickte Alice sich an, mich zu verlassen.

«Sobald ich wieder auf den Beinen bin, müssen wir ernsthaft über unsere Zukunft sprechen...»

«Werd erstmal gesund. Werd gesund und vergiß alles übrige. Denk nicht an uns, denk an dich...»

Die alte Selbstverleugnung, die, weil sie so großherzig war, sich fast in eine Beleidigung verkehrte.

«Es fällt mir immer schwer, dir zu erklären, was in mir vorgeht... In Briefen wird das von Mal zu Mal ...»

«Du brauchst mir nichts zu erklären. Ich verstehe schon.»

Ich würde es sicherlich niemals fertigbringen. Doch ich benahm mich so. Wenn sie für das, was sie mir gab, nichts verlangte, was wollte ich mehr? Sobald sie, wie weiß ich nicht, von meiner Krankheit erfahren hatte, war sie in rastloser Panik aus dem letzten Winkel der Provinz herbeigeeilt, ohne an die Schwatzbasen zu denken und auf die Gefahr hin, ihre Stellung zu verlieren. Und kehrte, Gott weiß für wie lange, zurück, ohne von mir auch nur ein Wort der Hoffnung hören zu wollen.

Der Urenkelin eines Schotten, der, aus dem nebligen Norden zugereist, in diesem mittelmeerischen Boden Wurzel geschlagen hatte, rann ein besonderes Blut durch die Adern, das fähig war, gleichzeitig zu vereisen und zu erglühen. Äußerlich ein rundliches, stilles Gesicht, ein tatkräftiger und etwas schwerfälliger Schritt, ein strahlender Blick wie die Sonne am klaren Himmel. Drinnen Kälte und Hitze. Anfangs, als sie sich in den Fängen der Leidenschaft zappeln sah und merkte, daß ich von ihr zurückwich, weinte sie aus reiner Schwäche an der Mauer des vom Feigenbaum beschatteten kleinen Gartens. Dann kehrte die Polarruhe ihrer Herkunft in ihr Herz zurück. Und die Tränen versiegten. Sie hatte weder die weitherzige, unerschöpfliche Mütterlichkeit Dinas noch die mit einem Gran Ironie verbrämte Passivität Isabels. Nein. Ihr eigen war eine zugleich tätige und zurückhaltende, rastlose und ruhige Leidenschaft, für die ich gelegentlich ein schlichter Vorwand zu sein schien.

Ich hätte nie gedacht, daß die Tage der Genesung so lustvoll verstreichen könnten. Der Körper wird ohne Sprünge und Wachstumsweh wiedergeboren. Es ist eine sanfte, fortschreitende Rückkehr der Lebenssäfte zum geschwächten Stamm, der allmählich die Farbe der Schwäche verliert und die der Kraft gewinnt. Ich hätte mir aber auch nicht vorstellen können, daß es so schwerfallen würde, das Ende dieser Erneuerung hinzunehmen. Völlig hergestellt, gesund und einsatzfähig, schauen wir verblüfft auf jede sich anbahnende Anstrengung. Wir waren von alten Verpflichtungen entlastet, nun müssen wir sie mit doppeltem Mut wiederaufnehmen. Und wir fliehen eigensinnig, wie die wilden Pferde den Sattel fliehen.

«Wann fängst du wieder an zu arbeiten?»

«Irgendwann, nächstens ...»

Meine Krankheit hatte den Todeskampf der Praxis in Sendim abgekürzt. Doch wenn ich meine Arbeit wieder aufnahm, so bedeutete das nicht, daß ich in eine bereits eroberte Stellung zurückkehrte. Es bedeutete schlicht und einfach, eine neue zu erobern, von vorne anzufangen. Und unentschlossen, schüchtern, mit einer Ratlosigkeit, wie ich sie am Tag meiner Abschlußprüfung empfunden hatte, schleppte ich mich durch die Cafés.

«Wenn du siehst, daß du dort nichts erreichst, komm hierher. Du ißt das, was wir haben, und kannst dabei behandeln, was sich gerade ergibt.»

Agarez. Die schützenden Flügel meines Vaters, bereit, mich wieder zu beherbergen, doch mit dieser kleinen Einschränkung:

«Du mußt aber Verse und Politik beiseite lassen und dich um dein Leben kümmern.»

Das fehlte noch! Und als ich ihm antwortete, berührte ich das Thema überhaupt nicht.

«Wenn du es im Alentejo probiertest? Ich habe gehört, in Mértola sei eine Stelle frei. Wenn du willst, gebe ich dir einen Empfehlungsbrief mit ...»

«Gott behüte! Ich würde in diesen Niederungen vor Trauer sterben ... Ich brauche Berge ...»

«Dann eben die Provinz Minho ...»

«Noch schlimmer.»

«Gut. Aber du mußt dich entscheiden!»

«Immer mit der Ruhe.»

Nicht einmal Alvarenga verstand soviel Zaudern. Obwohl er ein Weltmeister der Faulheit war – wenn es um mich ging, stimmte er sofort in den Chor der Freunde ein, die mich immer mit der Faust am Pflug sahen. Für sie hieß mein Schicksal: Arbeiten. Da sie meine in der Kindheit erlebte Mühsal kannten und Zeugen meiner späteren Schinderei gewesen waren, sahen sie meine Zwangslage als naturgegeben an. Keiner von ihnen konnte sich vorstellen, daß sich in das Blut von hartnäckig schuftenden Kärrnern und Maultiertreibern der Blutstropfen eines Tagdiebs verirrt haben könne, vererbt von einem weniger erdgebundenen und weniger unterwürfigen Vorfahren. Nun war aber gerade dies faulpelzige, kontemplative Teilchen dank der Krankheit sichtbar an die Oberfläche getreten. Auch der Landstreicher forderte seine Stunde der Verantwortungslosigkeit, der Muße, des Wiederkäuens. Der Vernünftigkeit müde, des nie ganz Ich-Seins, des Mitschleppens eines gezähmten Anderen, träumte ich von meiner eigenen menschlichen Einheit, für die ich stundenlang vor einem Glas Mineralwasser sitzen konnte, statt von triumphalen Aussichten einer Arztpraxis im Süden oder Norden des Landes zu träumen.

Diese Arbeitslosigkeit trug bösartige Früchte in der Gesellschaft des stets zu bissigen Unterhaltungen aufgelegten Fontes oder im Haus von Dona Olímpia, wo der ungefiederte Genius der Nation sich gegenwärtig plusterte und die Streitgespräche siedeten. Nach errungener Doktorwürde hatte ich dank meiner beruflichen Tätigkeit den Vorteil genossen, einigermaßen gegen literarische Schikanen gewappnet zu sein. Ich kam, ich hörte, ich schäumte, doch spätestens am nächsten Tag konnte ich einpakken. Und selbst wenn der Geist nach den Nadelstichen sich weiterhin an den Pranger der Kasteiung klammerte, übernahm das Leben die Aufgabe, ihn zu befreien. Nun aber, mit ständig im Morast steckenden Füßen, vermochte ich nicht immer, wie ich es wünschte, meine einstige Unbezwingbarkeit aufrechtzuerhalten. In ihrer Eile, vorwärts zu kommen, glich die jüngste Generation einer aufs Verschlingen der vorangegangenen erpichten heißhungrigen Meute. Ruhmsüchtig schmiedete sie Ränke, verleumdete und vernichtete, was ja noch den Spielregeln der Generationen entsprach, doch vor allem haßte sie, was bereits unannehmbar war. Etliche der Wütigsten waren noch nicht trokken hinter den Ohren. Sogar in der Hinsicht war *Trajecto* eine weitgespannte und freizügige Zeitschrift gewesen. In vielen Punkten waren wir uns einig. Wie sie wünschte ich mir eine im Gesellschaftlichen verwurzelte Kunst, sofern es überhaupt eine gab, die das nicht gewesen wäre. Ich forderte indes, daß keine noch so bedrückende Wirklichkeit den Künstler erdrücke und ihn der schöpferischen Freiheit beraube. Als unbußfertiger Individualist widersetzte ich mich dem kollektiven Kirchenchor, der Leugnung des Bunten und Vielfältigen.

Nun war in den Salons der Orakelpriesterin aber gerade das Individuum abgeschafft worden. Wer dort in der Einzahl sprach, brannte gleich darauf in den Flammen der Hölle. Und ich sprach doch zu meiner und ihrer Verteidigung.

«Sie sind einseitig. Alle beten sie nach demselben Katechismus. Sie tragen Scheuklappen!» fuhr es mir nach Beendigung der Streitereien heraus, als ich mit meiner Gastgeberin allein war.

«Und Sie, als Sie anfingen?»

«Zumindest besaß ich die Tugend, bewundern zu können. Um auf meinem Werk zu bestehen, brauchte ich kein anderes zu leugnen. Ich wußte, daß die Kultur trotz augenscheinlicher Sprünge einen unterirdischen Zusammenhang besitzt... Soll ich Ihnen etwas sagen? Im Grunde interessiert die Kunst Sie nicht die Bohne... Sie benutzen sie nur... Und das tut mir weh!...»

«Seien Sie nicht ungerecht!»

«Wäre ich es doch...»

Am Ende beschloß ich, mich wieder vor den Karren zu spannen. Ich begann, in der Praxis eines Hals-Nasen-Ohren-Arztes zu arbeiten. Obgleich die allgemeine Arztpraxis – der Kranke in der Gesamtheit seiner körperlichen und seelischen Verfassung gesehen – eher mit meiner beruflichen Begabung übereinstimmte, konnte ich die Vorteile der Spezialisierung nicht leugnen. Auf diese Weise könnte ich mich vielleicht in der Stadt niederlassen, hätte mehr Zeit zum Schreiben und würde meine Gesundheit schonen, die immer empfindlich gewesen und inzwischen ernstlich gefährdet war. Doch die nun beginnende Lehrzeit erforderte große Anstrengungen. Nachdem ich den ganzen Tag hindurch Nasen, Ohren und Rachen untersucht hatte, mußte ich abends einen Teil meiner Anatomiekenntnisse auffrischen, Vergessenes nachlernen, Techniken und Theorien studieren. Ich hatte mir gelobt, mich so gut wie möglich vorzubereiten. Von meinem Vater hatte ich die Denkweise geerbt, alles, was ich mir vornahm, tadellos auszuführen. Also legte ich mich ins Zeug. Ich widerstand den Versuchungen des Schlafs zu seinen Stunden und operierte

Mittelohrentzündungen im Leichenschauhaus, statt den Musen zu lauschen.

Im übrigen entdeckte ich auf jenem kleinen medizinischen Gebiet einige spannende Neuigkeiten. Das mauergleiche Drama der Taubheit zum Beispiel – eines der schwerwiegenden Tribute, die der Mensch dieser Zivilisation des nervenzerfetzenden Lärms in Zukunft würde zahlen müssen. Bislang hatte ich die Blindheit als schwerstes menschliches Abgesperrtsein angesehen, weit entfernt zu vermuten, daß es ein noch schlimmeres gab: den Verlust des Gehörs. Erst jetzt vermochte ich die Einsamkeit eines Geschöpfes ohne mögliche Zwiesprache in seiner Ausweglosigkeit abzuschätzen. Und plötzlich sah ich bestimmte Eigenarten im Verhalten meines Onkels, die ich nie begriffen hatte, in neuem Licht. Die Aufmerksamkeit, die er dem Geschwätz gönnte, mit dem die Tante ihn Tag und Nacht belästigte, war im Grunde leicht zu erklären. Da er zunehmend schwerhöriger wurde, fand er in ihr die einzige Gesprächspartnerin, die ihm dazu verhalf, den Schrecken der drohenden fortschreitenden Vereinsamung zu überspielen.

Aber der dem Spekulum und der Stimmgabel noch so beharrlich und bewußt gewidmete Alltag brachte mir dennoch nicht die seelische Beruhigung. Das Gefühl der Leere, welche das Ende von *Trajecto* in mir hinterlassen hatte, wucherte in mir wie ein Krebsschaden.

So schüttete ich Alvarenga mein Herz aus.

«Willst du ein bißchen Luft schnappen, reisen?» fragte er mich ohne Umschweife.

«Wie denn?»

«Mit dem Auto.»

«Du machst wohl Späße.»

«Ehrenwort. Wenn es dich reizt, so habe ich einen Freund, der dich mitnimmt.»

Mallarmés Gedicht begann in meinem Gedächtnis zu klingen:

> *La chair est triste, hélas! et j'ai lu tous les livres.*
> *Fuir! là-bas fuir!*

«Mann, du weißt doch, wie scharf ich darauf bin!»

«Hast du Geld?»

«Etwas.»

«Dann kümmere dich um deinen Paß.»

«Und wer ist der Typ?»

«Lopes vom Stoffgeschäft. Er fährt mit Castro vom Landgut da Corredoura nach Frankreich und Italien. Der eine wegen Moden und der andere, um Reisschälmaschinen einzukaufen. Du wirst also gefahren. Umsonst. Und brauchst nur das Hotel zu bezahlen.»

«Und sie, sind sie einverstanden?»

Es schien mir nicht sonderlich verlockend, in Gesellschaft von zwei mir praktisch Unbekannten ins Ausland zu reisen, noch dazu mit Geschäftsleuten, und sie drei oder vier Wochen zu ertragen. Aber ich war so unglücklich, so traurig, so verbittert, daß ich nicht zögerte.

«Wenn sie mich mitnehmen wollen, fahre ich mit.»

Mochte Agarez auf seinen Feldern schwitzen, mochte Alice ihre Liebe veredeln, mochte Portugal seine *Fados* seufzen. Ich würde Länder kennenlernen, in denen die Vergangenheit sich stolz rechtfertigte und die Zukunft heldenhaft geschmiedet wurde. In Europas Ferse vereinsamt, erreichte uns lediglich das schwache Echo prophetischer Rufe und freiheitlicher Entladungen. Und diese blutarmen Rückströme sagten mir wenig. Ich wollte die Brandung naturecht erleben, im Mund den Salzgeschmack der Sturzwelle schmecken und in Kastilien beginnen, wo die Feuersbrunst die Hoffnung verschlang, und in Latium enden, wo die Rhetorik sie verfälschte. Wenn ich mir die Füße in der Glut des Halbinselhochlands verbrannt hatte und meine Ohren vom Lärm der Piazza di Venezia betäubt waren, würde ich zumindest den Raum meiner Verzweiflung abgeschritten haben.

Die Abfahrt fand in einem grauen Dezember bei Tagesanbruch statt. Aus Angst, Coimbra könne mich mit seinem Vogelleim festhalten, verließ ich mein Zimmer auf Zehenspitzen. Und im Wagen schloß ich noch geräuschlos die Tür. Wer wollte in einer so entscheidenden Stunde nicht Vorsicht walten lassen?

Vorne saß der Fahrer, ungeduldig wie das Pferd vor dem Rennen; neben ihm Castro, der seinen lüsternen Schnurrbart glättete und im voraus die Köstlichkeiten von Paris genoß; dahinter Lopes, ganz Umsicht, und ich.

Kaum hatte das Auto sich aus den Gäßchen der Stadt geschlängelt, brauste es auf der Landstraße mit hundert Stundenkilometern los. Und frisch wie die Bilder eines lebendigen Films begannen die heimatlichen Dinge auf der morgendlichen Leinwand vorüberzugleiten. Die ehrbaren, bescheidenen, eintönig grauen Olivenbäume; die bohèmehaften Pinien, geckenhaft, ausdauernd; die kriechenden Weinstöcke, schwarz, weinerlich. Und Dörfer und Städtchen und ewig gleiche Städte – Pranger, Kirche und Friedhof. Der gleiche Hunger, die gleiche Trostlosigkeit, das gleiche persönliche wie gemeinsame Elend von West nach Ost eingestanzt. Ein unglücklicher Briefträger, einer von jenen portugiesischen Briefträgern, die Nachrichten aus Brasilien in das hinterste Dorf von Estrela bringen, hob mitten auf der Landstraße einen ausgestreckten Arm und bat, mitgenommen zu werden. Er stieg ein, drückte sich in die Ecke und erzählte eine sehr lange, sehr ergreifende Geschichte. Dutzende von Kilometern täglich zu Fuß, ein erbärmliches Gehalt und eine Schar Kinder. In einer nur ihm bekannten Ortschaft stieg er aus. Sein breitrandiger Hut blieb lange ausgestreckt in der Luft und winkte und winkte. Der Heimatboden sagte uns Lebewohl. Schon war der Schiefer zu Ende, und runde Granitbrocken wie steinerne Brotlaibe folgten. Schwarzer Ginster klammerte sich an diese Dürre, an diese Härte, besessen von Vaterlandsliebe. Nebelschwaden. Ein neues Sinnbild der gegenwärtigen Stunde Lusitaniens, die Fernando Pessoa in einem kürzlich von *Trajecto* veröffentlichten schönen Gedicht verewigt hatte:

Weder König noch Gesetz, weder Frieden noch Krieg
Bestimmen mit ihrem Wesen und Sein
Diesen matten Glanz der Erde,
Die Portugal ist im Traurigsein …

Bei meiner Abreise nach Brasilien war eine Sehnsucht voller Tränen in jedem Ding verblieben. Alles war in mir, und ich in allem gewesen. Was mich enttäuscht hatte, hatte mich zugleich getäuscht. Und die Erinnerung an die Wiege, die ich im Herzen trug, war rein, ländlich und rührend gewesen. Warum widerfuhr mir jetzt nicht das Gleiche?

Der Film lief weiter. Zerfallene Schlösser, Strohmieten, Flüsse aus Stein.

Im Wagen waren alle stumm vor Ergriffenheit – oder einfach schläfrig?

Obwohl ich wußte, daß am Ende die Netzhaut das Beste des Gesehenen bewahren würde, schrieb ich in ein Heft, wie ich es in der letzten Zeit täglich getan hatte, alle Reiseereignisse, manchmal in lakonischen Stichwörtern, dann wieder ausführlich. Die Reisegefährten beobachteten mich jedesmal argwöhnisch von der Seite, sobald ich zu kritzeln begann.

Dann kamen wir an. Vom Café aus, das den Platz beherrschte, lasen wir den mit schwarzen Buchstaben an die Wand gemalten Stationsnamen. Vilar Formoso. Die Sprache der Heimat in fünf Silben gespiegelt... Fuentes de Oñoro, das dann folgte, gehorchte bereits einem anderen kehligen Sprachgesetz, war schon eine andere Welt.

«Guten Tag.»

«Buenos.»

In Agarez, wo eine tiefe Rinne die Äcker teilte, sammelte man die Kastanien auch jenseits der Grenzscheide auf, wenn der Baum eine ausladende Krone hatte.

«Wenn du auf mein Feld kommst, gibt's was!»

«Geh und kämm die Affen!»

«Verdammter Sohn einer...»

Aber sogar diese Beschimpfungen schmeckten gut. Wir hatten sie gemeinsam in der Schule des Senhor Botelho gelernt. Dort gab es keine Unterbrechung in der lehmigen, armseligen Erde, im staubigen Stoppelfeld, im Grün der Saatfelder. Doch hier teilte eine imaginäre Linie die Erde, das Stoppelfeld und das Grün. Ja noch mehr: sie durchtrennte die Sprache! In einem blauen Schilderhäuschen, mitten in die Ebene gepflanzt, gewährleistete ein Wachposten mit übergehängtem Gewehr diese Metaphysik.

«Hoy no pasarán. Han cerrado la frontera – heute kommen Sie nicht rüber. Die Grenze ist zu!» warnte die Magd, die uns bediente.

Die Verfügbarkeit der Wörter! Steine, umhergerollt vom ausdrucksstarken Schwung eines jeden Volkes, und der Gletscher, der sie anstößt und sie glättet, ist ebenso mächtig wie launisch. Er läßt sie ebenso rätselhaft in einem Gebirgstal zurück und verurteilt sie zum ewigen Vergessen aus innerer Trägheit, wie er ihre Richtung und ihre Bedeutung ändert – und macht tot Scheinendes lebendig, und neu, was nur scheinbar gealtert war –, oder er verfeinert und entwürdigt sie im gleichen Augenblick – ein gleicher Klang, der auf der hohen Kuppel eines Verses schimmerte oder im ärmlichen Unterbau einer Beschimpfung flackert. No pasarán... In Pepitas Mund ein belangloser Hinweis auf den Verkehr, im Mund von Tausenden von Mitkämpfern der sinnbildhafte Schrei einer guten Sache!

Ja, der abstrakte Streifen war vorhanden, und Pepita glaubte an ihn, obwohl das von ihr auf den Tisch gestellte und von jenseits der Grenze stammende Brot nach Brot schmeckte. Ehre dem Schmuggler, der sich neben uns setzte. Dieser zumindest, als ich ihn fragte, welcher Nation eine kleine Pinie angehöre, die steif am Horizont ragte, erwiderte in seiner zusammengestoppelten Sprache entschieden:

«Pues, hombre, keiner. Da ist Niemandsland.»

DER VIERTE TAG

Franco!

Mar Nacional

de todos los rios

espirituales

de España![*]

Dieses Plakat empfing uns, sobald wir am folgenden Nachmittag das Niemandsland durchquert hatten. In seiner schwarzen Druckschrift auf der Wand des Zollamtes wollte es Verherrlichung und Programm zugleich sein. Obgleich andere im Innern des Gebäudes versicherten, *Los Cesares eran generales invictos – Die Cäsaren waren unbesiegte Generäle* –, oder warnten, in jedem Unbekannten könnte ein *espión – ein Spion* – stecken, so beschmutzte nur dieses Plakat meine Netzhaut wie ein dunkler Fleck. Daß Spaniens geistige Strömungen in einen Kasernensöldner münden sollten! So wandelten sich also im Register der Gegenwart die Zeichen der Größe ...

«Arriba Franco!»

Nein. Zumindest ich würde widersprechen. Die iberische Mutter würde mir den Arm abhacken, wenn ich als Antwort auf die anmaßende Herausforderung des Zollbeamten den Arm zum Gruß des Tyrannen höbe.

«Arriba!»

Sogar Júlio, der Fahrer, mimte den Römer, während er gleichzeitig einen der heimischen Flüche brummte.

Gleichgültig gegen die Vorteile dieser vereinfachenden Verstellung, welche die Prüfung der Pässe abkürzte und auf der Landstraße die Strenge der fortgesetzten Schützenpatrouillen abschwächte, ließ ich meine zur Faust geballten eiskalten Hände in den Hosentaschen und stand hartnäckig starr, selbst als ich deutlich sah, daß der kaiserliche Gruß, dem entsprochen wurde, nur die schlichte, heuchlerische oder dankbare Begrüßung – in Sachen Höflichkeit waren sie Meister – der kleinen portugiesischen Fahne war, die auf der Kühlerhaube des Wagens den Weg bahnte. Der praktisch denkende Lopes erhob entsetzt Einspruch:

«Sehr schlecht! So verstehen wir uns nicht. Entweder wir alle bemühen uns, Verwicklungen zu vermeiden, oder unser Wein wird Essig!»

Ich gab ihm recht. Ich begriff durchaus, daß hier jede Uneinigkeit nur Unannehmlichkeiten verursachen und jeden Augenblick in einen Alptraum verwandeln konnte. Aber zur Festigkeit meiner Überzeugungen gesellte sich ich weiß nicht welches Gebot der menschlichen und tellurischen Landschaft, die meine Augen entdeckten, so befangen, als machten sie sich einer Entweihung schuldig. Männer meines Alters, einarmig, lahm, blind, verkrüppelt, fürs ganze Leben behindert; alte Männer, alte Frauen und Kinder, alle in Trauer; und die riesige Bühne eines der Verlassenheit und beklommenem Schweigen ausgelieferten Landes in Erwartung des letzten Aktes der Tragödie.

«Ihr könnt alles von mir verlangen, nur das nicht. Das ist mir rein körperlich nicht möglich. Und obendrein nach diesem Schauspiel… Und wenn auch nur aus reiner Achtung…»

Das Herz des Kaufmanns tat einen raschen Zwischenschlag in einer unvorhergesehenen ehrlichen Aufwallung, fing sich aber sofort wieder:

«Ich gestehe, auch mich stoßen gewisse Gewalttätigkeiten ab. Ich bin immer gegen Gewalt gewesen. Ich sehe aber ganz und gar nicht ein, daß wir uns wegen einer schlichten Formalität Scherereien einhandeln.»

«Da täuschen Sie sich aber gewaltig! Unter gewissen Umständen kann eine Geste, die bei anderen Gelegenheiten nicht die geringste Bedeutung hätte, ein Akt der Mitschuld werden…»

«Lassen wir die Philosophie aus dem Spiel. Mitschuld! Mich interessiert nur eines: weiterzufahren und meinen Geschäften nachzugehen. Der Rest sind Flausen!»

«Aber hören Sie doch ...»

«Ich habe gesagt, was ich zu sagen hatte.»

«Arriba España!»

Diesmal war es ein brünettes Bürschchen, das die schrille Stimme und eine spindeldürre Hand hob. Da er kein Gewehr über der Schulter trug, antwortete ihm niemand. Der zitternde Schrei und der erhobene Arm verloren sich in der Stille der gewaltigen Hochebene.

«Mit einer derartigen Einstellung hätten Sie zu Hause bleiben sollen ...»

«Das hätte ich weiß Gott tun sollen. Ich bitte Sie um Entschuldigung.»

«Entschuldigungen bringen nichts. Sehen Sie lieber zu, daß Sie uns die Dinge erleichtern helfen, statt sie zu erschweren.»

Der Abend sank, als am Horizont die stumpfen Dächer von Ciudad Rodrigo auftauchten. Und das Herannahen der ersten dicht bewohnten Stadt verschärfte die Ängste unserer Reisegesellschaft. Während der Wagen fuhr, reinigte die durch die offenen Fenster hereinströmende Luft die lastende Atmosphäre im Innern. Doch das fiel jetzt fort, wo uns jeden Augenblick neue bewaffnete Streifen zum Halten zwangen.

«Los, heben Sie zum Teufel die Hand!»

«Bleiben Sie doch ruhig.»

«Also wirklich... Hätte ich das geahnt!»

«Ich habe Sie bereits um Entschuldigung gebeten ...»

«Das haben Sie getan. Und was habe ich Ihnen geantwortet? Daß mich Entschuldigungen nicht interessieren. Ich wünschte, Sie würden sich anders aufführen, wie es übrigens Ihre Pflicht wäre!»

«Pflicht ...»

«Ja, Pflicht! Stellen Sie sich vor ...»

Jähes Bremsen schüttelte uns durcheinander.

«Was ist los?»

«Die haben mir befohlen, zu halten», brummte Júlio gereizt.

Zwei Soldaten kamen näher.

«Portugiesen! Fahren Sie weiter. Weiterfahren ...»

Die lusiadische Unterstützung der Sache der Putschisten war also zu etwas nütze... Obwohl der alte Traum von der Annexion auf allen angriffsfreudigen Landkarten lebendig und offen sichtbar war – ein von der Algarve bis Katalonien vereintes Iberien –, brachte die uneingeschränkte politische Unterstützung, die mit Proviant und Waffen beladenen Güterzüge und die an der Grenze zurückgeschickten Fahnenflüchtigen uns wenigstens eine höfliche Geste ein.

Nachdem die letzte Sperre von Uniformen überwunden war, ließ die Spannung spürbar nach. Aller Aufmerksamkeit sammelte sich jetzt auf die Suche nach dem Hotel, zu dem gewundene Gäßchen führten. Aber erst nachdem wir hinter den Mauern der vom Tourismus zur *Posada* umgewandelten alten Burg verschanzt waren, atmeten meine Reisegefährten erleichtert auf.

«Bis hierher sind wir also gekommen...»

«Und wir haben noch einen weiten Weg vor uns, keine Sorge.»

«Mit Ihrer wertvollen Zusammenarbeit...»

Sie blickten mich an mit einem Gemisch aus Zorn und Achtung. Im Grunde wußten sie es zu schätzen, daß jemand mitreiste, der mutig genug war, die ihnen fehlende menschliche Würde unangetastet zu bewahren. Doch andererseits wäre ohne mich für sie alles leichter verlaufen. Und ich fühlte, daß ich ihr Angebot, mich mitzunehmen, in gewisser Weise mißbraucht hatte. Meine einzige Rechtfertigung war, daß ich meine Reaktionen angesichts einer Wirklichkeit, welche die gewagtesten Vorstellungen übertraf, vorher nicht gekannt hatte. Wie hätte ich trotz Zeitungen und Rundfunk die apokalyptische Welt vorhersehen können, die Hernando, der Kofferträger, mir von der Höhe des Bergfrieds aus beschrieb? Mit erloschener Stimme – aus Angst oder aus Schamgefühl? – schien Spanien selbst vor dem Gitter eines Beichtstuhls seine Seele auszuschütten: die Liste seiner Sünden in einen Rosenkranz der Schrecken verwandelt. Fürchterliche Schlachten, Massenerschießungen, Vergewaltigungen, Brandstiftungen, Gemetzel – ein Alptraum aus Haßgelüsten und Racheakten. Bis das Gespenst seines Bruders, der an der Madrider Front im Kampf gegen die italienischen Bataillone gefallen war, ihm den Mund versiegelte.

Unten, auf dem vom Mondlicht schwach erhellten großen Platz, bewegte sich ein Trauerzug aus Priestern, Witwen, Kriegsversehrten und Waisenkindern bußfertig vorwärts. Vergebens versuchte der der Vergangenheit treue kastilische Geist dann und wann, die Eintönigkeit der schaurigen Wellenbewegung hier und dort zu durchbrechen. Der Ausbruch von Gesprächigkeit vermochte keine dauerhafte Bresche in die schweigende Mauer zu schlagen. Die eingeatmete Luft war tödlich, sie gehörte nicht dem Leben an.

«Miren ustedes, caballeros ...»

Ob sie es nun wußte oder nicht, daß der Mensch nur den Ausweg kennt, dem Höhepunkt der Gefühle den Höhepunkt der Sinne gegenüberzustellen, jedenfalls machte die ewige Celestina uns höchst ehrbar auf ein paar hübsche Señoritas hinter den Fenstergittern an der Straßenecke aufmerksam ... Doch keiner ließ sich verlocken. Nicht einmal Castro. Als ich kurz darauf allein ins Hotel zurückkehrte, ging er wie die anderen an meinem Zimmer vorüber, die brennende Kerze in der Hand – die einzige vom Krieg genehmigte Beleuchtung.

«Schon?» fragte ich verwundert.

«Wer hat denn in einer solchen Umgebung den Mut? In Frankreich werde ich mich schadlos halten ...»

Verklärt von dieser Aussicht und von der kläglichen Flamme des Kerzenstummels ging er weiter, während Lopes, der das vor mir aufgeschlagene Notizheft bemerkte, zusammenzuckte.

«Oh! Oh! Sie schreiben das doch nicht etwa auf?!»

«Aber natürlich!»

«Sie sind aber halsstarrig! Sie scheinen es geradezu darauf anzulegen, uns Scherereien einzuhandeln ... Erst spielen Sie mit dem Feuer, und hinterher beschweren Sie sich ... Lassen Sie sich gesagt sein ... Wenn Sie glauben, daß ...»

Eine am Ende des Ganges auftauchende Gestalt brachte seine Predigt zum Verstummen.

«Gute Nacht.»

«Bis morgen.»

Doch Senhor Lopes' Ängste und Drohungen würden mich nicht dazu bringen, aufzugeben. Lopes mochte zum Teufel gehen. Weder er noch alle Mächte der Welt zusammengenommen wären dazu imstande. Das Problem lautete: festzustellen, ob die Wörter hier noch irgendeine Bedeutung besaßen. Entwürdigt wie sie waren in den unzähligen Losungen, die uns seit der Grenze begleiteten, auf Fassaden, Kirchen, Mauern und sogar Baumstämme gemalt oder genagelt, war ihnen weder Reinheit noch Sinngehalt geblieben. Ich schrieb das Wort Freiheit, und es gelang mir nicht, aus jedem Buchstaben das für sie vergossene Blut spritzen zu sehen. Schon in Sendim, während der ersten Augenblicke des Krieges, war ich beim Versuch, meiner Empörung Ausdruck zu geben, vom gleichen Zweifel befallen gewesen. Doch fern vom Schauplatz, auf dem das Drama abrollte, hatte ich mich täuschen können. Jetzt nicht mehr. In jedem Gesicht stand eine stumme Forderung zu lesen, in jedem verlassenen Pflug, in jeder Ruine. Eine Forderung, die kein Satz befriedigte. Taten! – schien selbst die Ruhe der Dinge zu schreien! Das Schlimmste war dies: wenn ich, außerstande – oder unfähig? –, zur Waffe zu greifen und mitzukämpfen, darauf verzichtete, wenigstens meine Stimme zum Einspruch zu erheben, wenn ich entsagend der Versuchung des Schweigens nachgäbe, welche menschliche Rechtfertigung würde mir dann noch verbleiben? Da ich also nichts anderes tun konnte, und obwohl ich wußte, daß ich falsches Gold verwendete, würde ich versuchen, es in echtes zu verwandeln. Waren denn nicht die Dichter die Zauberer dieser Alchimie? Waren nicht sie es, die in den Schicksalsstunden der Geschichte dem durch die Gewalt geschändeten Wort die geraubte Würde zurückgaben?

Und als der erste Morgenschimmer durchs Fenster drang, schlug ich mich noch immer mit dieser Aufgabe herum.

«Sind Sie fertig?» fragten bald darauf die Gefährten, die bereits gepackt hatten.

«Gleich.»

Augenblicke später glitt der Wagen mit abgestelltem Motor verstohlen die Gasse hinunter, die zur alten Festung führte.

Nebelumhüllt erwachte allmählich Kastilien. Und sein weitausgestreckter Leib, den die Landstraße wie ein Peitschenhieb zeichnete, ließ unter dem Taumantel leisestes Erbeben spüren. Die Farben des Regenbogens versuchten im dichten Grau zu erstrahlen. Das Rot und Ocker der kleinen Äcker, das wäßrige Grün der Fluren, das rostige Gelb einer altersschwachen Hütte. Schläfrige Ulmen, knotige Pappeln, krummwüchsige Steineichen standen hier und da im freien Feld, über das der tiefhängende mürrische Himmel Beklemmung deckte und das die Sonne nach und nach freudlos beleuchtete. Unheildrohende Raben hüpften auf Stoppelfeldern. Kreuzförmige Telegrafenmasten zwangen den Augen in peinigendem Nacheinander das Bild eines endlosen Leidens auf …

Die Erregungen des vergangenen Tages und die im Kampfgebiet zugebrachte Nacht – die meine hatte ich durchwacht und hatte von Stunde zu Stunde Schüsse gehört, doch das wußte nur ich – hatten allen eine Kruste der Anpassung aufgedrückt. Andererseits hatte die anfängliche Überwachung nach dem Überschreiten der ersten Grenzschranken nachgelassen. Nur dann und wann tauchten hinter einer Korkeiche oder in einer Schlucht ein paar Guardias Civiles auf, die nun weniger tückisch und nahezu harmlos wirkten. Hätten diese Zwerge im Umhang mit ihrem eckigen Dreispitz auf dem Kopf in dem riesigen strengen Rahmen der Landschaft nicht den Karabiner am Schulterriemen getragen, sie hätten uns eher Mitleid eingeflößt, statt uns Achtung aufzuzwingen.

«Aber sie tragen ja Waffen! …» wiederholte Lopes meine Bemerkung. «Sie machen ja große Entdeckungen!»

Sein logischer Triumph verstärkte noch das Gefühl der Beruhigung, das sie mehr und mehr empfanden. Und als ich mich anschickte, das Lorca zugeschriebene Gedicht aufzusagen, ließen sie mich reden.

Spanien!

Gib nichts auf Klagen und Wanken
und falsche Ergriffenheiten;
Die besten Ergebenheiten
sind große Gedanken.
Und wenn dann und wann das Übel,
das dich traf, dich blutiger straft,
so steh auf, tollkühn und unbeugsam,
und bevor du versinkst, entmannt,
zerspring, in tausend Stücke entbrannt,
lieber tot als versklavt!

«War ein begabter Kerl …» mußte Lopes anerkennen. «Ist das der, den sie umgebracht haben?»

«Genau der. Sie haben ihm sein Talent nicht verziehen, und nicht seine Widerspenstigkeit. Hört euch an, was er über die Guardia Civil geschrieben hat:

Die Pferde sind schwarz.
Die Hufeisen sind schwarz.
Auf den Mänteln schimmern
Flecken aus Tinte und Wachs.» *

Aber das plötzliche Auftauchen von Salamancas Türmen, die mit der Wucht eines Angriffs in den Himmel stießen, und die wieder häufiger und immer beängstigender werdenden Straßenpatrouillen bereiteten der dichterischen Freiheit ein Ende. Kaum hatte ich die Romanze beendet und begonnen, Unamunos Bild wachzurufen – dem meine Bewunderung bereits den Besuch verziehen hatte, den er auf Einladung der Regierung zusammen mit anderen ausländischen Intellektuellen Portugal abgestattet hatte –, überwog die Stimme der Vernunft die der Ergriffenheit.

«Schluß. Hören Sie gefälligst damit auf!»

«Warum?»

«Mit diesen Burschen ist nicht zu spaßen. Die lochen einen wegen nichts und wieder nichts ein …»

«Ich glaube, die hören gar nicht, was ich sage! …»

«Egal.»

In der nun eintretenden Stille summte nur der Motor. Und als wir auf der römischen Brücke über den Tormes fuhren und ich in die säuerlichen Gesichter der anderen blickte, hätte ich dieses verlegene Schweigen um ein Haar mit einem heillosen Gelächter entlarvt.

In ihrer rosafarbenen Tönung kam die Stadt mir vertraut vor. Wiewohl sie – als vorläufiger Regierungssitz – mit Uniformen und Schulterstücken vollgestopft war, schwebte doch der schützende Schatten des großen Biskayers* überall. Ich sah ihn unter den Arkaden der Plaza Mayor plaudern, sah ihn in der alten Kathedrale vor dem Altarbild des Hauptaltars meditieren und sah ihn nach seiner Verbannungszeit in Fuerteventura seinen Lehrstuhl wieder einnehmen mit der Würde des Fray Luís Ponce de León*, der aus den Verliesen der Inquisition zurückkehrte:

Dicebamus hesterna die … *

Fünf Jahre eingekerkert, hatte der große Augustiner zum ersten Mal in der Welt, gleichgültig gegen die Gewalttätigkeiten der Tyrannei, die gleichmütige Fortdauer des Wissens zu verkörpern verstanden. Und diese Lehre geistigen Mutes hatte auf der Halbinsel niemand besser erlernt als der Verfasser des *Tragischen Lebensgefühls.* Der Schrei «Tod der Intelligenz!», zu dem die uniformierte Dummheit sich in seiner Gegenwart erdreistet hatte, als er in seiner Eigenschaft als Rektor der Universität den Vorsitz bei einer öffentlichen Feierstunde führte, hatte die entsprechende Antwort erhalten:

«Dies ist der Tempel des Intellekts, dessen Oberpriester ich bin. Und Sie entweihen seine heiligen Hallen. Sie werden siegen, weil Sie mehr als genügend rohe Kraft besitzen. Aber Sie werden nicht bekehren, denn um zu bekehren, muß man überzeugen. Und um zu überzeugen, müßten Sie das besitzen, was Ihnen in diesem Kampf fehlt: Vernunft und Recht.»

Die heldenhafte Sühne hatte ihn das Leben gekostet. Sie hatte ihn jedoch von dem beklagenswerten Irrtum freigekauft, vorübergehend sich zur nationalistischen Sache bekannt zu haben. Sich selber treu, hatte er in der schicksalhaften Stunde nicht gezögert. Zwischen feigem Stillschweigen und mitschuldiger Rhetorik hatte er den natürlichen Ton seiner Stimme gewählt: den unerschrockenen Widerspruch. «Ich gehöre der ewigen Ordnung an ...» hatte er eines Tages verkündet. Und in dieser Haltung war er gestorben, frei und mit sich selbst versöhnt. Als Mystiker ohne Gott, verwurzelt in einem Spanien, um das er litt, hatte er die Jahre durchlebt, verzehrt vom Hunger nach dem Absoluten. Und das Absolute war seine letzte Ölung geworden.

Ähnlicher Hunger hatte die Heilige Teresa* heimgesucht, seine ältere Schwester in Kastiliertum und menschlicher Größe, die mich in Ávila erwartete, an dem Kreuzweg, wo sie die Sandalen des weltlichen Staubs abgestreift hatte.

In meiner Zeit in Coimbra hatte ich die Füchse des Hauses beauftragt, mir aus ihrer Heimat alle auffindbaren Schmöker zu besorgen, die ich ihnen für zwanzig Escudos das Kilo bezahlen würde. In einer dieser Erwerbungen nach Gewicht befanden sich die Gesammelten Werke der gelehrten Frau. *Las Moradas*, als erstes, sodann *Castillo Interior* hatten mich zu einem ergebenen

Leser ihrer Schriften gemacht. Ich war in die Maschen dieser zugleich schlichten wie vergeistigten, mütterlichen wie kämpferischen Persönlichkeit geraten, die sich in einer einfachen, volkstümlichen Sprache voller Anmut und Feinsinn äußerte, in der jedes Wort Systole und Diastole eines Herzens war, das nie aufhörte, menschlich zu schlagen, obwohl es vor Gottesliebe brannte. Zum ersten Mal fand ich in einem Geschöpf die tätige Freude an den Früchten der Erde und die sinnende Sehnsucht nach dem Manna des Himmels harmonisch vereint. Schließlich hatte ich sie in meinen iberischen Kalender mit einem Gedicht eingeschrieben, das Alvarenga entsetzte. Der verratenen Natur der Frau mehr zugeneigt als der verwirklichten Berufung der Nonne, war das Gedicht, wiewohl eine Huldigung, auch eine Entweihung. Tot und beerdigt, in Verwesung übergehend, sah sich die Nonne entzaubert der Leere der Ewigkeit gegenüber, in einer Art umgekehrter Ekstase...

Langsam trübt sich der Glanz meiner Augen!
Es modert das Mark meiner Knochen!
Es wachsen die närrischen Nägel an meinen Fingern
Gegen die Fläche meiner geschrumpften Hand!
Es schwelt in mir die Fahlheit so stark,
Daß mich der Ekel vor meinem Nichts begeifert!

Dort ragten die wirklichen Mauern der unwirklichen Burgen, die sie im Sturm genommen hatte. Aus Granit von Gredos, der Serra, wo ein neuer Glaube, Gewehr in der Hand, nun auf weltliche Art den ihren fortführte, als wollte er den Geist, der sie einst beseelt hatte, unbezwinglich bewahren. Vom Zauber dieser sinnbildhaften Zinnen gefangen, vermochte ich den gebannten Blick nicht von ihnen loszureißen. Welche bekräftigende Macht besaßen gewisse Naturen, die an jedem Ort, durch den sie kamen, den Stempel ihrer unauslöschlichen Gegenwart hinterließen? An all die vielen Soldaten, die hier heldenmütig gekämpft hatten, war keine Erinnerung geblieben. Dagegen verkündete das gesamte Bollwerk den Namen der Karmeliterin, als hätte die Hand der Vergangenheit es nur errichtet, um in Stein die Kraft und Härte ihres Willens zu bezeugen!

Aber Lopes hatte es eilig. Die Nähe der Guerrilleros hatte das Polizeiaufgebot rings um die Stadt verstärkt. In der Ferne hörte man das Knattern eines Maschinengewehrs. Ein Aufklärungsflugzeug jagte dicht über dem Wagen dahin. Die kalte Hochlandluft, in der ich noch den mystischen Duft spürte, mit dem die Nonne sie durchtränkt hatte, roch nach Pulverdampf.

«Los, vorwärts! Und drück' aufs Gas!»

«Halten Sie mal. Wir müssen dort hinein und uns wenigstens ansehen...»

«Ich will nichts sehen. Los, weiter!»

Nicht einmal Valladolid, das uns mit dem spitzenreichen Lächeln der Stirnseite von San Pablo empfing, vermochte die kopflose Flucht aufzuhalten.

«Der Palast der Grafen von Ribadavia, in dem Philipp II. geboren wurde...» erklärte ich, den Führer in der Hand.

«Was geht der mich an! Weiter. Bloß weiter!»

Das Gespenst des Krieges indes begleitete uns. Die Trauer der Seelen und der Landschaft wurde immer lastender. Tückisch hatte der Wirbelsturm mit der gleichen blinden Wut das Empfindsame und das Unempfindsame, das Heilige und das Weltliche fortgerissen. In einer verlassenen Ortschaft hatte das noch ragende Kreuz einer niedergebrannten Kirche nur einen Arm. Das Rundfenster der zerstörten Rosette auf der Fassade glich einer leeren Augenhöhle, die uns auf der Landstraße nachstarrte.

GEFAHR!

Das verwüstete Dorf, das als nächstes auftauchte, war in ein Waffenlager verwandelt und machte den Eindruck, als könnte es bei jedem kräftigen Aufprall des Wagens in den Löchern der Hauptstraße in die Luft fliegen.

«Vorsicht!» stöhnte Castro angstvoll.

«Fahr! Fahr weiter!»

Schmutzige Soldaten mit der Waffe in der Faust begleiteten wachsam und stumm den Tanz des Autos durch den aufgewühlten Kies. Auf dem kleinen Platz schliefen Scharen hundsmagerer Kinder auf dem Erdboden.

GEFAHR! GEFAHR!

Statt zwischen den sauberen Schildern, die bisher sicherlich die Ortschaft begrenzt und ihren Namen gezeigt hatten, siechte sie jetzt zwischen zwei unheildrohenden Warnschildern dahin. Der Krieg hatte die Zeichen des Alltags verändert. Er hatte die friedfertigen durch die angriffswütigen ersetzt oder die schreckenerregende Bedeutung der von der Zeit gelöschten neu belebt.

TORQUEMADA

Und alle Scheiterhaufen des Fanatismus und der Unduldsamkeit loderten in mir hoch. In einer unwillkürlichen Abwehr gegen das Gespenst, das in Büßerhemd und Halseisen vor mir aufzusteigen schien, begann ich es zu beschwören. Nein, in den gegenwärtigen Zeiten konnte eine Sache der vergangenen Zeiten nicht triumphieren. Und welcher redliche Mensch würde im übrigen glauben, daß Caudillos die Apostel der christlichen Zivilisation wären, die diese an der Spitze von marokkanischen Schwadronen, Nazibataillonen und faschistischen Divisionen verteidigten? Die Gesetzlichkeit, die Ordnung, die Demokratie standen auf der anderen Seite. Und dort würde in letzter Instanz auch der Sieg stehen, mochte der Kampf noch so wechselhaft sein. Die Welt schritt vorwärts und nicht rückwärts, wenn es auch manchmal so aussah. In einer objektiven historischen Perspektive gab es nur scheinbar Rückschritte. Sicherlich, da waren noch die Ketzergerichte. Jedoch getarnt, geheim, nächtlich, ohne den Mut, mit offenem Visier ans Tageslicht zu treten. Keine Macht wagte es, sie bei Namen zu nennen und ihre Verbrechen öffentlich gutzuheißen...

Stumm und verdrossen heuchelten meine Zuhörer Schläfrigkeit, während ich sprach. Unfähig zu einer klaren Stellungnahme, zu Widerspruch oder Beifall, flüchteten sie in vorsichtigen Abstand.

Endlich tauchte fast unvermittelt Burgos ins Blickfeld, die in eine deutsche Kaserne – «die Kräfte des Guten» – verwandelte Stadt, hinter heruntergelassenem Visier in einer flachen, schweigsamen Landschaft. Als ich die Türme seiner Kathedrale sah, so rein, wie ich sie erträumt hatte, konnte ich nicht an mich halten:

«Da ist sie!»

«Wo?»

Sie suchten die Tankstelle. Und ich deutete hingerissen auf die geflügelten Pfeile.

«Dort!...»

«Quatsch!»

Auch wenn sie sich über mich lustig machten, konnte ich die Augen nicht abwenden. Die durch aufgeklebte Papierstreifen geschützten Kirchenfenster und die ringsum gestapelten Sandsäcke gaben der göttlichen Wohnstatt das Aussehen einer Barrikade. Drinnen trug womöglich selbst Christus eine Gasmaske. Doch nichts vermochte meine stille Liebelei zu stören.

«Hallo, hallo, tun Sie mir doch bitte die Freundlichkeit, mir zu sagen, welche Straße nach Vitória führt ...»

Verblüfft über mein spanisches Kauderwelsch, wies uns die befragte ernste Senhora den Weg.

«Rechts abbiegen.»

VIVA FRANCO!

Die von der unverantwortlichen oder entwürdigten Hacke irgendeines Menschen in die Erde gegrabene Lästerung schmerzte mich diesmal bis ins Mark.

«Wie weit so eine Entweihung gehen kann!»

«Was für eine Entweihung denn?»

«Dort. Haben Sie's nicht gesehen?»

«Ach das? Ich dachte, es wäre was anderes.»

Eingeschüchtert versuchte Lopes wieder einmal, den Kopf in den Sand zu stecken.

«Das ist doch einfach erbärmlich!» beharrte ich.

«Regen Sie sich bloß nicht auf, Mann! Die sind hier zu Hause und können schreiben, was sie wollen. Damit haben wir doch nichts zu tun.»

«Ich schon!»

«Wird Ihnen viel nützen ...»

CALLE DE D. RAMON Y CAJAL

Die bloße Erinnerung an den großen Wissenschaftler, den unser Professor für Histologie während meines Studiums unermüdlich gerühmt hatte, besänftigte mich. Auch wenn das ewige Spanien nur so, gelegentlich und unauffällig, das edle Antlitz immer noch dem zeigte, der es wahrhaft liebte. Deshalb beruhigte sich mein gequältes Herz.

Doch eine dauernde Beruhigung war auf einer Reise unmöglich, auf der die Beruhigungsmittel sich so selten einstellten und wo auf Schritt und Tritt Echolaute oder Narben des großen Leides zu hören und zu sehen waren.

MIRANDA DE EBRO

Der Fluß zu Füßen der Stadt führte nicht mehr das Wasser mit, das rings um seinen Ursprung vom Blut der gefallenen Kämpfer gerötet war. Doch noch immer erinnerte er an die Wut der Schlachten. Und ich lenkte eine Zeitlang seinen Lauf ab, damit er neben mir herfloß und mir seine Erinnerung zuflüsterte.

Bis die Angst sich dermaßen steigerte, daß sie auf die vertrauliche Stimme verzichtete. Nun aber sprach die ganze in tiefe Trauer gehüllte Natur mit der beredsamen Stummheit ihrer Wunden.

Die noch vor kurzem ebene und offene, nur innerem Widerstand günstige Landschaft hatte plötzlich die Brauen kämpferisch gerunzelt. Und ein Name verkörperte die mit dem Zorn ihrer Kinder verschwisterte Erde:

GUIPÚZCOA

Selbst die Zunge zögerte, die dichtgedrängten Silben auszusprechen. In ihnen war die Qual eines erstickten Schreis beschlossen.

Gleichfalls stammelnd, begann der Geist vorwärtszuschreiten. Die menschliche Würde hatte ihm die Tore ihrer Bastion aufgetan.

«Nach San Sebastián?»

Ein schweigender, trauriger Arm hob sich und blieb wie ein gezielter Pfeil in der Luft hängen.

Wirklich vorbildlich, dieses Bollwerk! Kein sichtbares Zeichen der Unterwerfung. An den Mauern, befreit von den Landkarten, die bis dorthin Portugal schmähten und ihm seine Oberhoheit raubten – das kaiserliche Spanien von Sagres bis Barcelona –, waren nur Kugeleinschüsse zu sehen. Keine Porträts, keine Spruchbänder, auch keine Sinnbilder. Statt die parteiische Rechtgläubigkeit des Reisenden durch die erhobene Hand auf die Probe zu stellen, begrüßte jeder Einwohner den Ankommenden mit einer brüderlichen Geste.

«Guten Abend ...», und er zog achtungsvoll den Hut.

Selbst der Schnee drückte die Kälte und die Einsamkeit der

Seelen aus, er krönte die in der Ferne auftauchenden Gebirgszüge mit Hoffnungslosigkeit. Und ich, der ich alle Stationen des bürgerlichen Leidenswegs auswendig kannte, erklärte sie den andern.

«Hier war es ... Über den Hang dort schaffte es keiner. Auch durch diesen Engpaß nicht ...»

Von Einschüssen übersäte Felswände, eingestürzte Überführungen, bombardierte Brücken, zerfetzte Bäume, verkohlte Häuser veranschaulichten die Wut des Kampfes. Beeindruckt wiegte Lopes den Kopf, und seine Empörung wuchs, je näher die Grenze kam.

«Was für eine Barbarei! Ich muß zugeben ...»

«Das Schlimmste steht noch bevor ...»

«Schlimmer? Nicht möglich!»

«Wenn ich es Ihnen sage ...»

Die beiden wollten es nicht glauben. Gezwungen, von einer Erregung in die nächste zu wechseln, weigerten sie sich instinktiv, nach jedem bereits getanen Schritt den nächsten zu tun. Doch bald darauf überzeugte sie die Wirklichkeit.

«Wie das alles aussieht!»

Ausgeweidet, geschwärzt lag Irúns Leiche zu unseren Füßen, entweiht von der unmenschlichen Verachtung der Mörder. Angesichts eines gleichgültigen Europa war das Raubtier der Apokalypse Straße um Straße und Haus um Haus vorgedrungen, bis es die Mauern der Freiheit samt ihren Fundamenten niedergerissen hatte.

«Sie haben recht. Das Schlimmste hatte wirklich noch gefehlt ...» mußte Castro zugeben.

Tief betroffen sahen wir alle, daß noch schlimmer als der Krieg seine Trümmer waren, der Kot des nutzlosen Heldenmuts, die satanische Unfruchtbarkeit seiner Spuren. Was, wiewohl niederschmetternd, hinter uns lag, bewahrte noch Leben, und daher vermochte der Selbsterhaltungstrieb zumindest die Hoffnung auf Flucht zu nähren. Hier jedoch beschlich völlige Mutlosigkeit den Geist, dörrte die Tatkraft der Verzweiflung an der Wurzel aus.

«Was ist das?»

Auf zwei Lastwagen zusammengepfercht, von Männern der Guardia Civil begleitet, warteten Dutzende von gefesselten Gefangenen auf den Befehl, zur Schlachtbank geführt zu werden. Zusammengetrieben sollten die Ketzer des heiligen Kreuzzuges die Strafe für ihren Freiheitswunsch empfangen.

Keiner antwortette. Beim Vorüberfahren senkten wir verstört den Blick vor dem tragischen Spott, der in den Augen der besiegten Kämpfer funkelte, und das Auto setzte seine Fahrt fort.

«Scheiße, mich gruselt's...»

Trotz der empfindlichen Kälte wischte Castro sich den Schweiß von der Stirn. Und wiederholte hemmungslos:

«Lumpenbande!»

Bei der Zollstation stand das Entsetzen noch auf allen Gesichtern zu lesen. Beim Ausfüllen der Formulare zitterten noch die Hände. Und als wir nach visierten Pässen auf die Straße treten wollten und der Zollbeamte hinter seinem Schalter *Arriba Franco* brüllte, antworteten sie mit dem Rücken zu ihm, in einer grotesken Panik, die jede Haltung verloren hatte.

Unser Fahrer war es, der gleich danach aufatmend die allgemeine Erleichterung in Worte faßte:

«Endlich, Teufel nochmal! Noch eine halbe Stunde in dieser Hölle, und ich wäre geplatzt!»

«Eine Hölle, weiß Gott...» bekräftigte ich nach einigen Sekunden in einem laut geführten Selbstgespräch.

«Und doch frage ich mich, ob die nicht doch der vorzuziehen ist, die wir haben...»

«Der, die wir haben? Na hören Sie mal!» rief Castro aus, als hätte ich ihn angegriffen.

«Zumindest ist diese hier durch die Höhe des Blutzolls begründet. Während unsere...»

«Sie werden doch wohl keine Vergleiche anstellen wollen!» unterbrach Lopes mich entrüstet.

«Genau das tue ich. Die eine kostet das Blut von Tausenden von Menschen, die sie bekämpfen; die andere wurde ohne jeglichen Widerstand errichtet...»

«Halt mal, halt mal! Sie bringen alles durcheinander! Sie verwechseln die Sachverhalte. Diese Typen sind von uns völlig verschieden... Man sieht auf den ersten Blick, daß sie einen blutrünstigen Instinkt haben... Aber die Streiterei bringt nichts ein...»

Unsicher geworden, wehrte sich der Kaufmann recht unglücklich gegen die Gewissensbefragung, während wir auf der internationalen Brücke vor dem belagerten französischen Zollamt darauf warteten, abgefertigt zu werden.

«Ich verwechsle überhaupt nichts. Zunächst handelt es sich um den gleichen militärischen totalitären Faschismus; und was das Temperament betrifft, so sind wir gleichfalls Halbinselbewohner, zum Schlimmsten fähig. Sollte die Gelegenheit eintreten, dann möge Gott sich des Gegners erbarmen. Es hat in Portugal schon Zeiten gegeben... Und selbst jetzt...»

Unser Wagen schob sich ein halbes Dutzend zögernde Schritte vorwärts.

«Vos passeports, s'il vous plaît.»

«Halbinselbewohner, gewiß, aber mit einem andersgearteten Gefühlsleben...»

«Wir tun hinterrücks, was die vor aller Augen tun...»

«Lumpenhunde!» wiederholte Castro wie besessen.

«Der Mann da wird von Ihnen gleich die Lumpenhundepapiere fordern...»

«Soll er doch, dieser Sohn einer Hure! Ist dies das Land der Freiheit oder nicht, Monsieur? Ah! Gut... Dann darf man sich doch mal Luft machen, n'est-ce pas?»

Der Beamte prüfte ruhig und methodisch die Pässe, ohne auf das an seine Ohren dringende erbärmliche Französisch zu achten. Kühl verglich er das Foto eines jeden mit dem Original, stellte objektive Fragen und forderte konkrete Antworten, und als er die Wagenpapiere musterte, ging er noch genauer vor.

Bei jedem Zögern, das er zeigte, versuchte Castro ihn abzulenken. Er indes ließ sich nicht aus der Ruhe bringen, er prüfte und verglich.

Aber alles war in bester Ordnung. Schließlich, wie zum Scherz, fragte er:

«Rien à déclarer? Tabac, boissons alcooliques...»

«Rien.»

Mit neutraler Geste und unbewegtem Gesicht gab er uns unsere Dokumente zurück.

«Au revoir.»

«ScheißdieWandan.»

Das schwankende lusitanische Temperament hatte ebenso schlecht auf die spanische Gewalttätigkeit wie auf den französischen Gleichmut reagiert. Man hatte sich in beiden Klimaten unwohl gefühlt. Im einen hatte man in den Gittern der Leidenschaft gesteckt; im anderen zappelte man in den Maschen der Vernunft. Und wenn man aus dem ersten schweigend und verschreckt geflohen war, so machte man sich aus dem zweiten unter Grobheiten mit gleicher Eile davon.

Während ich über diese Doppelsinnigkeit nachdachte, die uns auszeichnete und uns zugleich zu unheilbarer Einsamkeit verurteilte, und während meine Augen die Liebkosung von Europas erstem Frührot fühlten, ermaß ich die Weite des Abgrundes, den ich überwinden mußte, um diese Helligkeit zu verstehen, diese

Sanfte Helligkeit
Von einer Sonne versendet
Mit maßvoller Heftigkeit
Verhülltes Licht das blendet.

Verschwiegene Durchsichtigkeit
Die ahnen läßt
Die verborgene Offenkundigkeit
Die sie nie verläßt.

Und sie beschränkt und verzehrt
Manch eines Sicht
Aus dessen Netzhaut vermehrt
Die Lohe bricht.

Sofern alles, was ich aus Büchern gelernt hatte, wirklich stimmte, und die Musen, die mir jetzt ins Ohr flüsterten, auch nicht logen.

Leider unterbrach die Redseligkeit meiner Reisegefährten mein Sinnen und verjagte die Eingebung. Unfähig zu vertiefter Einsicht, sprangen sie von einem Thema zum anderen, mit einem besessenen Eifer, der sich für die bis vor kurzem erzwungene Zurückhaltung schadlos hielt. Das offene Meer auf der einen Seite und die Ferienhäuser auf der anderen schienen obendrein die Gemüter zum Ausschwärmen einzuladen. Kein Widerspruch mehr in Wesen und in Dingen. Alles war liebenswürdig, anständig, versöhnlich. Die Menschen und die Natur gingen Hand in Hand, in einem beständigen Bemühen um Gleichgewicht und Harmonie. Daher fand das Zwiegespräch, um das ich mich bis Bayonne vergeblich bemüht hatte, erst abends mit Madame Bernech statt, bei der wir auf Empfehlung eines Polizisten abgestiegen waren.

«Wir sind versessen auf das Absolute, vous comprenez?»

«Non.»

«...des gens perpétuellement inquiets, perpétuellement désespérés, que finissent par ne plus contrôler leurs propres passions...»[*]

Wie kompliziert ein Mensch war! Ich hatte ihr anfangs den spanischen Charakter verständlich zu machen gesucht, hatte in seinem Namen gesprochen und damit jede Verantwortung für seine Impulse und seine Überschwenglichkeiten übernommen.

«Ce n'est pas cela. Vous êtes tout simplement des barbares.»

«Si vous voulez. Mais des barbares, que la Rome Impériale a latinisés et que la Rome papale a convertis.»

«Moi aussi, je suis catholique. Mais il faut faire la part des choses... être raisonnable...»[*]

Sie war katholisch, apostolisch, französisch, die gute Frau Wirtin. Daher verstand sie nicht das zerstörte Irún, das zerstörte Bilbao, das zerstörte Madrid, all das Zerstörte. Ihr Mann, Monsieur Gaston, der erschien und sich ins Gespräch mischte, verstand von alldem auch nichts.

«Verdun? Ah! Oui, évidemment... ça, c'est une autre affaire. C'était la dignité de la France, la liberté...»[*]

Vergeblich versuchte ich sie davon zu überzeugen, daß Irún, Bilbao und Madrid gleichfalls die Freiheit bedeuteten. Die Freiheit, die der internationale Faschismus dort ebenso zu erdolchen versuchte, wie der preußische Imperialismus Verdun bombardiert hatte. Sie waren überzeugt, daß Frankreich die einzig bedeutende Wirklichkeit der Welt war, daß nur ihre Heldenepen Größe und Würde besaßen.

«Nous avons aussi notre dignité. A l'heure actuelle, peut-être la seule dignité véritable.»

«Mais non, voyons. Ce que vous avez, c'est de la folie.»[*]

Es war nutzlos, weiterzustreiten. Die gallische Eigensucht bequemte sich keinem Beweisgrund. Und so beendete ich unsere Unterhaltung mit einer naheliegenden Prophezeiung:

«Continuez! Continuez, commodément à l'abri de la ligne Maginot et de ce chauvinisme impénitent, et vous verrez ce qu'il en est. L'Allemagne nazie est là pour quelque chose...»[*]

Mit triumphierender Skepsis wünschten sie uns eine gute Nacht. Dafür schenkte das verständniswilligere Hausmädchen Yvonne mir zu später Stunde ohne Worte ein Gran menschlichen Gemeinschaftsgefühls. Vor dem Bürgerkrieg war sie die Geliebte eines asturischen Schmugglers gewesen.

Doch der zarte Schoß der reizenden Demoiselle entzog sich mir trotz des tiefen Fingerspitzengefühls ihres Romeo aus Oviedo, außerstande, den brennenden Durst eines Dichters zu stillen. Gegen Morgen verabschiedeten wir uns, als hätten unsere Körper nicht einmal die gegenseitige Wärme kennengelernt.

Auf der Weiterreise dauerte der Alptraum der vergangenen Tage fort, gleichgültig gegen die idyllische Frische der Landstraße, die fruchtbare Ebenen durchschnitt, parallel zur steinernen Stämmigkeit der Pyrenäen, der Mauer, welche die Tragödie von mir trennte. Die hohe Kordillere, schneebedeckt, bot allenfalls eine oberflächliche Betäubung gegen einen tiefen Schmerz. Als wir in Lourdes ankamen – das ich leider nicht aus unserem Fahrplan streichen konnte –, entriß Lopes seinem Wortschatz die seltensten Eigenschaftswörter und ließ sie von der Drahtseilbahn auf die aus geweihtem Wachs bestehende Stadt fallen, glücklich, das Jerusalem seiner aufgesetzten Religiosität gefunden zu haben. Ich hörte ihm zu, fremd und fern, und von meinem Innersten getrieben, richtete ich mein Fernglas auf das entgegengesetzte Blickfeld. Das Verlogene an diesem unter uns ausgebreiteten Thermalbad der Seelen, das im Schatten einer neureichen, weltläufigen Mutter Gottes blühte, belebte in meinem Innern das Bild einer echten Welt, geschützt von Unserer Lieben Frau von der Zuflucht, die auf ihrem Felsen thronend noch immer ihren gekreuzigten Sohn beweinte.

Agarez! Als ich es verließ, hatte ich gedacht, ich hätte es in der Vorhölle des Vergessens zurückgelassen, und nun stand es lebendig vor meinem Geist und diente mir als Richtschnur wie zu den Zeiten von Porto und Brasilien, wiewohl ohne die einstige Tyrannei. Jetzt begriff ich genau die Begrenztheit der Meßlatte. In Wahrheit maß sie nur das ihr Zugemessene. Doch wenn die Gegenüberstellung gerechtfertigt war – welch strenges Eichmaß! Wer würde sich erdreisten, den Glauben der Touristenhorden, die hier bequem Gewissen und Geldbörse erleichterten, auf die gleiche Waage mit der Hingabe der bescheidenen Bauern zu legen, die dort in der Ferne auf Knien den steilen Pfad emporkrochen, der zur Wallfahrtskirche auf dem Bergkamm führte?

So sehr ich allen Lehren der Reise aufgeschlossen war, wollte doch jene heimatliche Lehre, die ich in mich aufgenommen hatte, als ich es gar nicht erwartete, nicht aus meinen Gedanken weichen. Die Verwurzelung in der Heimatscholle! Nach so vielen Wanderungen, nach so vielen Leiden, nach so vielem Studieren war die Nabelschnur noch immer mit dem Mutterboden verbunden. In meinen Chromosomen lagen wirklich eine Landschaft, eine Umwelt, ein geographisch feststehender, lebendiger Wohnort verankert! Mochte mein Körper über alle Wege der Welt gehen, mochte mein Geist in alle Himmelsrichtungen fliegen – sie würden, wohin sie auch immer gelangten, stets das Mal ihrer Herkunft tragen, die unverwechselbare Eigenart, gleichsam den Geschmack von Heimaterde, wie es der Geschmack von Früchten ist. Glücklich die Zigeuner, die im umgekehrten Sinn auf der endlosen Landstraße dahinwanderten! Ohne Vaterland und ohne festen Wohnort, ziellos treibend durch Raum und Zeit, gleichgültig gegen ethische, gesellschaftliche und politische Werte, ließen sie sich nur von einer Norm lenken: zu leben. Während sie frei und ungehemmt nach Lust und Laune umherzogen, litt ich, mit Händen und Füßen an einen Pranger von Bedingtheiten gefesselt. Sogar die Elemente schienen sich verschworen zu haben, mich ihn fühlen zu lassen. Es war der Vorabend des Weihnachtsfestes. Und die Garonne, die statt des vorlaut brodelnden Douro-Flusses jetzt meinen Heiligabendspaziergang begleitete, bedeckte sich und die Uferstraße mit Nebelschwaden. Und je dichterer Dunst mich umschloß, desto heller glänzte in der Erinnerung das übernatürliche Licht, das die christliche Lehre in meinem Kindersinn entzündet hatte. Schon bei der Ankunft in Toulouse, als wir durch die breiten, düsteren Straßen gefahren waren, hatten meine Augen begierig eine Heimstätte gesucht, wo sich rings um den brennenden Holzklotz das Wunder von der Geburt Christi in den Herzen vollziehen würde.

Leider war die Verzeichnung dieses Tages der inneren Erneuerung im Kalender die eine Seite, eine andere die Seelenverfassung der Sterblichen, die ihn feierlich begingen. Eifrig ihren gerupften

Puter, Hahn oder Fasan unter den Arm geklemmt, täuschten die wenigen bis an die Ohren vermummten Fußgänger, die der Abendkälte trotzten, niemanden über ihre wahre Gesinnung hinweg. Sie eilten so hastig an ihresgleichen vorüber, daß sie weniger Menschen guten Willens und Trägern ritueller Speisen glichen als heißhungrigen Wölfen auf dem Weg zu ihrer Höhle, die Jagdbeute in den Krallen. Die menschliche Eigensucht erwies sich als unverändert blindwütig.

Im Saint-Sernin herrschte die gleiche Kälte, die gleiche Einsamkeit. In dem weiten Kirchenschiff, eher dafür geschaffen, die Majestät des Himmels zu bezeugen als die Ängste der Erde zu beherbergen, war trotz der Gebete und Bußgesänge keine nahe oder ferne Geburt des Gottessohnes zu ahnen. Im Schattendunkel des übergroßen, nackten romanischen Bauwerks konnte nur klösterliche Entsagung Wärme spüren.

Dann kam mein Christuskind in der trostlosen Krippe des Café Coq d'Or zur Welt, zwischen einer heimtückisch auf dem Tisch zurückgelassenen Flasche Champagner und einem Bohémien mit gesunder Leber, Monsieur Pilot, der sich erbot, sie zu leeren. Als Sozialist und Engel der Vorsehung und Verkündigung brachte er nicht nur die frohe Botschaft von der bevorstehenden Ankunft des himmlischen Messias, sondern auch die von der für später zu erwartenden eines anderen, irdischen Messias, der dafür bestimmt sei, Frankreich und die ganze Welt von der verfluchten Sklaverei des Kapitals zu befreien. Nein, nein, hier handele es sich nicht um ein Subjekt von der Sorte des Monsieur Blum, dieses Scheißintellektuellen, dieses Kapauns, dieses Hohlkopfes, der das spanische Proletariat elendiglich betrogen hatte. In dieser Beziehung sollte ich ganz beruhigt sein.

Er schäumte. Und er ließ in einer einzigen Rauchwolke die Caporal-Zigaretten aufgehen, die er mit zittrigen Fingern rollte und eine an der anderen anzündete. Währenddessen trieb der Schaumwein seinen Adamsapfel hinter der schlaffen Halshaut sichtbar hervor. Nach jedem Schluck rülpste er geräuschvoll.

Der verheißene Führer war von anderem Kaliber ... Aufrichtig, befugt und kämpferisch. Er war weder bereit, dem Bürgertum die Revolution zu bezahlen, noch jedes Einzelwesen in eine Ameise zu verwandeln. Ein Mensch im Dienste der Menschen. Die Persönlichkeit des einzelnen würde geachtet und der Gesamtheit tatkräftig gedient werden... Ich möge ein Einsehen haben, aber er werde mir nicht seinen Namen nennen. In Kürze werde er erstrahlen wie eine Frühlingssonne über dem gesamten Erdkreis... Diese Gewißheit müsse mir genügen.

Skeptisch und geduldig sah ich die Stunden verstreichen und maß dabei die Dauer dieses revolutionären Selbstgesprächs, das auf keine Frage eine Antwort verlangte und keinen Einwand ermöglichte. Seltsam, die Franzosen! Im Grunde, im Grunde wußten sie nicht, was ein Zwiegespräch ist. Die Unterhaltung der Menschen, mit denen ich bisher gesprochen hatte, bestand nur aus Aussagen, Beweisführungen, Schlußfolgerungen und vollzog sich unter Ausschluß des Gesprächspartners... Der Portugiese duldete keine fremde Meinung und bekämpfte sie daher mit Feuer und Schwert; sie hingegen verachteten sie einfach...

Bis es endlich Mitternacht schlug.

«Joyeux Noël!»

«Joyeux Noël!»

Ich versuchte mit allen Mitteln, diese alkoholische, anarchistische Verbrüderung zu vergeistigen. Zwei Bürger des Weltalls, in einem sinnbildhaften Augenblick zufällig vereint... Aber die Zweisamkeit stellte sich nicht ein, das Freudenfeuer der Liebe flammte nicht auf.

Wieder mußte Agarez mir zu Hilfe kommen, als mein Herz zwischen den eiskalten Laken des Hotel Gambetta verzweifeln wollte. Mit einem Wiegenlied, das nur ich hörte, stellte mein Dorf die verlorenen Stunden wieder her und bevölkerte sie mit Stockfischkroketten, mit armen Rittern, mit gekochtem Winterkohl und mit häuslicher Wärme. Am Ende der pantagruelischen Fata Morgana wogen meine Lider bleischwer. Auch die Uhr meines Vaters mit ihrem krummen Zeiger duselte vor sich hin. Und schon brach auf allen Seiten eine ungewohnte, unwiderstehliche, überschwengliche Fröhlichkeit aus.

«Fröhliche Weihnachten!»

«Fröhliche Weihnachten! Und auf nächstes Jahr!»

Der große Augenblick war gekommen. Der Erlöser wohnte wieder auf der Welt.

«Geben Sie mir Ihren Segen...»
«Gott segne dich.»
Und zur wohlklingenden Stimme meiner Mutter, die eine alte Weise sang, schlief ich ein.

Als ich wahrhaft erwachte, hatte ich bereits Montpellier besucht, wo ich in meiner Einfalt gehofft hatte, in der alten Medizinischen Fakultät die Erinnerung an Francisco Sanches* gefeiert zu sehen, und war in Nîmes, wo ich mir die im Priesterseminar Santo António erlernte Römische Geschichte wieder ins Gedächtnis rief. Als ich die Arena in Natur sah, begriff ich endlich Dona Adélias geringschätzige Miene, wenn sie von diesem oder jenem Gracchus oder Caius sprach. Sie wechselte von Athen nach Rom über, als wanderte sie von einem Planeten zum anderen. Ohne es deutlich auszusprechen, meinte sie Barbaren, wenn sie die über die ganze Welt verstreuten Legionen Latiums behandelte. *Panem et circenses*... Nicht mehr, oder nur wenig mehr... Und sie schloß ihre Schulstunde mit einem Lächeln, das mir immer als eine mittelbare Huldigung für das Hellas der vorigen Lektion vorgekommen war. Die Erklärung für diese Geringschätzung stand mir jetzt vor Augen: die zur Schau gestellte Großartigkeit einer Zivilisation von Gesetzgebern. Arles und Orange später und selbst Avignon fügten diesem Staunen ohne Ergriffenheit nichts hinzu, die einzige Ehrung, die ich dem Monumentalen entgegenzubringen vermochte. Das antike Theater, der Triumphbogen und der Palast der Päpste waren Ausdruck der gleichen pharaonischen Prunksucht, der gleichen funktionellen Kunst, die sich ohne Freiheit und ohne Phantasie den Forderungen der Macht unterwarf.

Dann kam Marseille mit seiner kosmopolitischen Lebendigkeit, das den peinlichen Eindruck meiner ersten Berührung mit dem imperialistischen Geist der Vergangenheit zerstreute. Die ganze Cannebière entlang bezog sich alles auf die Gegenwart. Jetzt forderte das Mittelmeer die Sinne. Ein schläfriges blaues Mittelmeer, eine stille, wogenlose Weide, auf der glücklich und sicher alle Nymphen und alle Segel schwammen.
«Welch herrliches Meer!»

Die von tausend Schiffbrüchen und Verhängnissen heimgesuchte lusiadische Seele ließ es sich vertrauensvoll auf diesem Wasserrasen wohl sein. Und wie gute, in einem sicheren Hafen gelandete Seeleute stimmten wir alle für eine Nacht an den Kais, wo nur die Wollust ihr Schiff vertäute... Aus allen vier Himmelsrichtungen kommend, kannte die an jeder Tür harrende Lust das Bedürfnis jedes Heißhungrigen. Das hüllenlose Afrika, der verschleierte Orient, die elfenbeinfarbene Lüsternheit des Nordens und die brünette Sinnlichkeit des Südens befriedigten freizügig die unvermutetsten Launen des Verlangens. Und als gegen Morgen die Sonne die Uferstraße vergoldete, als der Wagen die Kilometer fraß und nach und nach die Zaubernamen auftauchten – Cannes, Antibes, Nizza –, träumten Lopes und Castro sich gesättigt und betört in die Rollen königlicher Prinzen hinein und hatten Vaterland und Herkunft vergessen. Jedoch Prinzen nach portugiesischer Mode:

«Und wenn wir uns in Monte Carlo ein Spielchen leisteten?»

«Warum nicht!»

«Ihr werdet euch ruinieren, und hinterher werdet ihr euch beschweren...» warf ich spöttisch ein. «Aber denkt daran, daß es im Casino einen Nebenraum gibt, der für die bankrott gegangenen Selbstmordkandidaten reserviert ist...»

Am Fenster lehnend, ein Auge auf die Landschaft, das andere auf die beiden gerichtet, wartete ich darauf, daß das Roulette ein heilsames Loch in ihre Kapitalistenbörsen bohren würde.

Indessen riskierten sie nur ein paar Tostões, unruhig, besorgt inmitten der leichtsinnigen Heiterkeit, welche die Säle erfüllte. Castro bestimmte dank seiner im Figueira da Foz erworbenen Kennerschaft die Einsätze. Als er sich nach dem Verlust der letzten Spielmarke gesund und munter wieder draußen auf der Straße sah, wischte er sich die Schweißperlen von der Stirn und wiederholte niedergeschmettert seine alte Litanei:

«Lumpenhunde, hier hätte ich doch beinahe Haare lassen müssen!»

«Grazie tante, Signore.»

«Prego.»

Mussolini musterte uns mit schreckenerregender Miene vom Grenzplakat herunter. Darunter erklärte ein Spruchband seine Wut:

NOI TIRAREMO DIRITTO*

Wie Franco in Fuentes de Oñoro empfing auch er die Besucher am Eingangstor zum Vaterland mit anmaßendem Gesichtsausdruck und angriffswütigen Sprüchen.

«Portoghesi molto buoni...» rühmte der Zollbeamte, der auf die Gleichgesinntheit der Regimes baute.

«Tutto il mundo buono», erklärte ich.

«No. Inglesi no sono buoni. Inglese è puzzone, puzzone, puzzone! Noi faremo un' avanzata su Londra!»*

«Yes.»

Draußen sank der Abend in gesegneter Ruhe. Ein Wachposten mit Schnurrbärtchen, Umhang und Feder am Hut, pfiff und stolzierte selbstgefällig auf und ab.

«Fertig.»

«Danke.»

«Arrivederci.»

Der Grenzen nicht achtend, fern aller Unstetigkeit, spiegelten das Blau des Himmels und das Blau des Meeres einander in vollendeter Reinheit. Auch das Land, gleichgültig gegen Schranken und trennende Sinnbilder, bewahrte das gleiche lächelnde, klippenreiche Aussehen. Nur die Menschen hatten sich verändert. Die kurz zuvor erlebte kalte, maßvolle Verachtung hatte einer theatralisch herzlichen Wärme Platz gemacht.

«Ich mag diese Italiener immer lieber! Schon in Brasilien habe ich bei einigen gewohnt, und ich habe noch immer Heimweh nach ihnen. Menschlich bis in die Haarwurzeln! Diese Manie nun, England erobern zu wollen und dabei die *Traviata* zu singen, ist natürlich ein Hirngespinst... Der Militarismus des *Duce* ist ihnen zu Kopf gestiegen.»

Castro war empört. Er war ein bedingungsloser Bewunderer der faschistischen Errungenschaften. Auf dem Gebiet der Industrie kenne er keine fortgeschrittenere Nation... Ein Flugwesen allererster Ordnung; bei weitem die besten Automobile, die auf dem Markt waren; nicht zu reden von landwirtschaftlichen Maschinen...

Als Antwort zeigte ich auf den Ausspruch, der uns von einem Abhang entgegenwinkte:

MUSSOLINI HA SEMPRE RAGIONE

Und ich fügte hinzu:
«Wenn ein Machthaber immer recht hat, verzichtet er auf den Verstand des Volkes. Dann ist er einer gegen fünfzig Millionen. Wie finden Sie das?»
«Wenn er intelligenter ist als alle anderen zusammengenommen, finde ich das richtig.»
«Ich nicht, selbst dann nicht!»
Doch San Remo nahte, und die Unterhaltung erstarb.
«Signore, viene dalla Spagna?»
«Oui.»
«Una disgrazia è la guerra! Una disgrazia ...»
«Voi farete un'avanzata su Londra ...»
«Una disgrazia, Signore ...»
Das war der Zimmerkellner. Schwarze Augen und die Schmachtlocke des Dichters.
«Inglese è puzzone, puzzone, n'est-ce pas?»
«Sono amico di tutti ...»*
Ich lachte und warf spöttisch hin:
«Da haben Sie Ihre Krieger, Senhor Castro!»
«Die Schwulsäcke zählen nicht.»

Und tatsächlich unternahm am Morgen der *barbiere* eine neue *avanzata* auf London. Er war ein Held des Abessinienkrieges. Er war in Addis-Abeba einmarschiert. Und nun wollte er seinen Auftritt in England wiederholen und Seine Britannische Majestät ins Kerkerloch stecken. Einfach so und in aller Kürze.
«Der hat mich überzeugt! Das alte Albion soll nur seine Rechnung mit dem Himmel machen ...»
Obgleich ich im Hinblick auf den Faschismus nicht unvorbereitet gekommen war, fand ich in dieser Leichtfertigkeit der Parteigänger genügend Anlaß, Pfeile abzuschießen. Welche Größe konnte ein politisches System für sich in Anspruch nehmen, das die Gewissen auf solche Art und Weise entmündigte?
«Hören Sie lieber mit Ihren Spötteleien auf.»
«Gut, ich werde nur wie die Esel mit den Ohren wackeln. Wenn es das ist, was Sie wünschen ...»
«Ich wünschte, Sie würden sich zuerst umsehen und dann sprechen.»

«Das tue ich, seit ich hergekommen bin. Ich frage, ich beobachte, und ich bemühe mich besonders, die Spruchbänder zu entziffern. Schauen Sie, da ist wieder eines. Diesmal geht es um die theologischen Tugenden eines braven Landsers ...»

CREDERE, OBBEDIRE, COMBATTERE

Lopes neben mir las – Glauben, Gehorchen, Kämpfen –, hörte meine Bemerkungen und blieb stumm. Das Übermaß an Aussprüchen und Fratzen widerte sogar einen Mann wie ihn an. Und ich nutzte diese Schwäche, um meiner Empörung Luft zu machen.

«Das ist kein Regime, das ist eine Operette! Der Kerl mag Autobahnen, Brücken, Sportstadien bauen und wozu er sonst noch Lust hat, aber das Endergebnis wird die Katastrophe sein.»

Diesmal antwortete mir ein friedfertiger christlicher Werbespruch:

VISITATE SANTA MARGHERITA LIGURE

Meine Mutter verehrte die Heilige. Beim gemeinsamen Gebet daheim fehlte nie ihr Name auf der Liste der Glückseligen.

«Für Santa Margarida de Ligúria, Ave Maria ...»

Doch das war in Agarez gewesen. Denn dort begannen die Menschen den Gottesdienst mit der Litanei, während man hier auf einer Kirchenmauer lesen konnte:

LA PACE RIPOSA SOPRA LA NOSTRA FORZA ARMATA*

Und das Kinnladengesicht des Genies bekräftigte wild die gelesene Behauptung.

Denn der von mir immer mehr in die Enge getriebene Castro wollte sich auf einmal dafür verbürgen, daß Mussolini ein Genie sei. Beethoven, Napoleon und ein Student der Mathematik, den er in Coimbra kennengelernt habe, hätten genau so ein Gesicht.

«Manche Leute lassen sich durch das berauschen, was in die Ohren geht. Bei Ihnen passiert das, wie ich sehe, durch die Augen. Behalten Sie das Wort Genie im Gedächtnis, Sie werden es bald brauchen, um es einem zu geben, der es wahrhaft verdient!»

Meine harten, heftigen Kommentare bewirkten genau das Gegenteil dessen, was sie erreichen sollten. Das fühlte ich, konnte sie aber nicht zurückhalten. Meine im Vaterland jahrelang unterdrückte und nach dem Überschreiten der Grenze durch die

Kriegsschrecken auf Schritt und Tritt geknebelte Stimme hatte sich in Frankreich endlich frei zu Wort melden können. Und nun wies sie jeden Maulkorb zurück, umso mehr in einem Land, in dem das Wort so etwas wie ein zweites Mundbrot war. Sogar diese Entdeckung hatte ich gemacht: hier zu sprechen, stellte, genau wie in Brasilien, außer einer Form der Mitteilung zugleich ein menschliches Vergnügen, eine Art von zu Wort gekommener Sinnlichkeit dar...

«Es gibt greifbare, unwiderlegbare Errungenschaften!» beharrte Castro.

«Ganz sicher. Aber welche Regierungsform hat die nicht aufzuweisen?»

Sanft glitt die Landschaft vorbei, unberührt von unserem nutzlosen Streitgespräch. Von jedem Hügelhang, aus jedem Dorf, von jedem Bauernhof kam ein bescheidener, friedlicher, christlicher Gruß. Weinstöcke, Olivenbäume und Zitronenbäume gaben den bestellten Äckern etwas Vertrautes.

«Ich staune, wie unempfindlich man sein kann gegen den offenkundigen Widerspruch zwischen dem Klassizismus dieser versöhnlichen Natur und dem Barock solcher Prahlereien... Dies ist kein Land von Kriegern!»

«Das war es einmal.»

Bis dahin reichte Castros Bildung.

«Das Italien von heute ist von dem des Augustus ebenso weit entfernt wie das gegenwärtige Griechenland von dem des Perikles...» entgegnete ich.

Doch meine Gesprächspartner kannten weder den Namen des Perikles, noch war einem von uns daran gelegen, den Bogen zu überspannen. Als Mailand auftauchte, fühlten wir uns alle erleichtert. Und obgleich die anmaßenden Spruchplakate weiterhin die Mauern verschandelten, gingen sie zwischen den Werbeplakaten unter. Sie waren einfach Plakate unter Plakaten.

Von den Reisegefährten bald darauf befreit – sie fuhren nach Varselli weiter, um das Reisanbaugebiet zu besuchen –, machte ich mich auf einen Rundgang durch die große Stadt, auf der Suche nach dem anderen Italien, von dessen Vorhandensein ich wußte. Und ich fand es nach und nach in den bescheidenen Gassen, in den heimlichen Tuscheleien, in der Aufrichtigkeit gewisser

Stunden, in denen Verstellung unmöglich wird. Der Frieden beruht… Und doch war in niemandem Frieden. Alle hatten Angst vor dem eigenen Schatten. Die Menge bewegte sich, regte sich und stimmte zu. Aber man ahnte in ihr das instinktive Bewußtsein, daß sie auf einem Vulkan ging. Daß das ganze rhetorische Bauwerk von einem Augenblick zum anderen in die Luft fliegen könnte. Gerade das Übertriebene der Kundgebungen machte sie verdächtig. Sie kamen mir vor wie Ausbrüche der Angst. In den alten Kirchen oder vor den alten Wandgemälden hatte das Volk keine Angst, wenn es Schweigen bewahrte. Bei den öffentlichen Kundgebungen hingegen mußte es fortgesetzt Beifall klatschen, um sich noch am Leben zu fühlen.

Nein. Mittels riesiger Landkarten, großmäuliger Sprüche an den Wänden, Uniformen, Trommelwirbeln und Absingen von Nationalhymnen wurde das faschistische Italien nicht zu einer großen Staatsmacht, stellte es das Römische Reich nicht wieder her. Nicht die krakeelende Grimasse eines Größenwahnsinnigen, die an jeder Straßenecke drohte, konnte eine Nation auf den Weg zur *più alta giustizia sociale** führen. Ich blickte zu dem von Flugzeugen gefleckten Himmel auf, ich schaute Vorbeimärschen der faschistischen Jugend zu, ich sah den gedemütigten Negus in Groschenheften abgebildet, ich hörte die letzten Nachrichten aus Spanien, das jener Apostel der Latinität mit Feuer und Schwert beherrschte, und blieb bei meiner Überzeugung. Die Lüge mußte ein Ende haben. Die Reden, die Kundgebungen, die Feste und die Phrasendrescherei vermochten nicht über die Einsamkeit hinwegzutäuschen, die man in den Gesichtern las. Dank einigen Jahren der Eingewöhnung schien die Kollektivlunge sich an die stinkende Luft des überall eingeatmeten Konformismus gewöhnt zu haben. Doch die Stunde des Erwachens mußte kommen. Im Hotel zeigten die Angestellten auf die erste Frage eilig ihr Parteibuch vor. Dann, durch ein Trinkgeld beruhigt, vertrauten sie mir die Wahrheit an. Ein Elend. Hunger, Rationierungen, Haß und widerspenstige Verzweiflung. Der Staat war der unumschränkte Herrscher. Jeder Bürger schlichtweg ein Funktionär. Und was auf den ersten Blick die Einordnung des einzelnen in die Gemeinschaft zu sein schien, bedeutete einfach die vollständige Zerstörung der menschlichen Person. Niemand war mehr Herr seines Körpers, geschweige denn seiner Seele. Jeder hielt den Mund.

Beim ersten Anzeichen von Ungeduld drohte Verhaftung. Das Ohr der Polizei war sogar im innersten Kreis der Familie gegenwärtig. Die Eltern fürchteten sich davor, von ihren fanatisierten Kindern angezeigt zu werden. Rizinusöl läuterte die Eingeweide und die Gewissen. Fälle von kurzfristiger Liquidierung waren stadtbekannt. In den Zuchthäusern moderten die Aufsässigsten vergessen dahin.

Ich wußte wohl, daß jede Macht Gewalttat bedeutet, daß jedes Joch eine Last ist, und versuchte daher das, was unabänderliches Verhängnis war, von dem zu trennen, was lediglich empörende Willkür bedeutete. Außerdem versuchte ich, aus dem Urteil, das ich mir gebildet hatte, die aus Unterrichtung und Deutung entstandenen möglichen Irrtümer auszusondern. Doch die offenkundigen Tatsachen übernahmen es in den meisten Fällen, mir die Aufgabe zu erleichtern.

In den Pausen zwischen meinen Bemühungen, die Lage zu begreifen, liebte ich eine vorgebliche Jugoslawin namens Nella. Ich sah sie zum ersten Mal in der Silvesternacht. Wie ich trieb sie verloren durch die Menge und ruderte gegen den Menschenstrom an, der die Straßen füllte. Die Hoffnung, die in der Welt zu dieser Stunde kurze Einkehr hielt, zeigte sich eher als rasende Begierde, als explosive Hemmungslosigkeit. Im trampelnden Gröhlen, das die Nacht durchdröhnte, machte sich weniger die Freude Luft, welche das Heraufkommen der Zukunft begrüßte, als die Auflehnung gegen die Gegenwart. Als verblüffter Zuschauer eines solch ungewohnten wirbelnden Flutstroms ließ ich mich von der Menschenwoge mitreißen. Und so führte uns einer der Strudel zusammen. Wir hakten einander ein und wanderten zu Fuß durch die Via Cavour, die uns wenige Meter lang erschien, in Wirklichkeit aber etliche Kilometer mißt. In einem Esperanto aus Italienisch, Portugiesisch, Spanisch, Französisch und Lateinisch verständigten wir uns. Zunächst unter Schwierigkeiten. Dann fast ganz natürlich, weil die Augen den fehlenden Wortschatz ergänzten, während dieser sich allmählich klärte.

«Amore mio ...»

An jeder Kreuzung blieben wir stehen und staunten über den unverfälschten allgemeinen Gefühlsausbruch, der hier, auf der Erde, die Größe und Schönheit eines Gewitters am Himmel hatte, eben weil er von keinem Dirigenten geleitet wurde. Etwas von einem Warnsignal lag darin. Von vorweggenommener Rache...

Als wir uns schließlich in der mitverschworenen Stille des Hotels auszogen und uns auf die natürliche Weise der Tyrannei der Sinne überließen, brach das Morgengrauen aus der Nacht, wie der Keim eines Saatkorns aus der Erde bricht.

Spät erwachten wir aus den Zuckungen unserer zufälligen Liebe, beide bereichert durch eine neue menschliche Erfahrung. Ich hatte aus dem Mund dieser Unbekannten eine falsche und phantastische Geschichte gehört mit gewalttätigen Todesfällen, stürmischen Leidenschaften, verzweifelten Tränen und launenhaftem Verrat wie dem, in meinen Armen zu liegen; sie hatte in das Notizbuch ihrer Abenteuer die Einfalt eines wilden Dichters eingetragen, der den aufgewendeten Lire ein leichtgläubiges Lächeln hinzugefügt hatte.

Wenn wir auch beschlossen hatten, unsere intimen Zusammenkünfte zu wiederholen und dies dann auch geschah, pilgerte ich dennoch allein durch die Stadt und deren Außenbezirke, um Museen, Kirchen und Baudenkmäler zu besuchen. Ich wünschte mir keinen Begleiter, während ich Leonardos *Abendmahl* betrachtete, Sant'Ambrogio bewunderte und Stendhals Spuren nachging. Nur für mich allein, ohne polemische Reaktionen, würde ich die Kleinheit dessen, was ich wußte, was ich gesehen und geträumt hatte, nutzbringend mit der Größe dessen vergleichen können, dessen Vorhandensein ich mir niemals auch nur hatte vorstellen können. Die Welt, die ich in meinen Sinnen und in meinem Verstehen trug, schien mir barbarisch im Vergleich zu solcher Empfindungsfähigkeit, solchem Feinsinn, solcher Vollendung. Offenbart in Stein, auf der Leinwand, in Bronze oder einfach in der Wesensart, bot sich mir ein einzigartiges menschliches Universum, bereit für alle Abenteuer und fähig aller Verwirklichungen. Jetzt erkannte ich, auf welcher Erde und unter welchem Himmel die schöpferische Einbildungskraft wohnte, der Scharfsinn des Geistes, die Anmut des Lebens.

Doch gerade die Klarheit dieser Entdeckung trübte meine Stellung als Portugiese. Nachdem ich staunend Mantegnas *Cristo Morto* in der Pinakothek von Brera betrachtet hatte, fragte ich meine Eigenliebe, ob im Land meiner Herkunft wenigstens eine so natürliche und kraftvolle Darstellung des Gottessohnes denkbar sei, ganz zu schweigen von dem Wunder einer derartigen Malkunst. Obwohl ich die verneinende Antwort schon wußte, suchte ich dennoch weiter in den Museen, in den Bibliotheken, in den Reliquienschreinen der Kunst und des Denkens einen lusiadischen Namen. Einen, der sich, und sei es ohne jene Kraft und Kühnheit, aus der nationalen Mittelmäßigkeit auf eine Ebene schlichter weltgültiger Verbindungen erhoben hätte. Vergeblich klopfte ich an alle Türen. Und ein Gefühl der Minderwertigkeit überkam mich. Als ich ein Ölbild von Ribera in einer Galerie entdeckte, weinte ich fast vor Ergriffenheit. Der Maler war nicht in Portugal geboren – José Ribera, Spanier aus Valencia, hatte er signiert –, doch immerhin war er ein Bewohner der Halbinsel und stand dort neben Pollaiuolo.

Dieses quälende Bewußtsein der Armut meines Vaterlandes wurde noch durch die Notwendigkeit verschärft, wegen erwarteter Briefe das Konsulat aufzusuchen. Zunächst die Schwierigkeit, Straße und Gebäude zu finden; sodann das Schauspiel einer Spelunke, die mich empfing, und dort ein Beamter, der nicht einmal Portugiesisch sprach.

Doch da lag die erhoffte Post: Briefe von Alice und von meinem Vater.

Meine Schwester Maria hatte viele Ohrfeigen von ihrer Lehrerin bekommen – Dona Margarida, Besitzerin der schwersten Hand, die je in Agarez gewirkt hatte –, damit ihre Schönschrift mich in Porto oder in Lamego lesbar erreichen konnte. Doch ich hatte Porto und Lamego verlassen, hatte mich in die Welt gestürzt, und nun war es nach dem Urwald von Brasilien Mailand, in das die von meinem Vater diktierten Nachrichten sich vorwagten.

«*Mein lieber Sohn:*

Hier haben wir deinen Brief erhalten und mit Freude vernommen daß du gesund und munter angekommen bist waren wir doch in Sorge es hätte dir etwas passieren können Mutter weinte alle Augenblicke und sagte dieser Mensch wagt sich einfach in die Welt hinein die voller Krieg ist und dort werden sie ihn umbringen und ich werde ihn nicht wiedersehen aber jetzt ist sie zufrieden und glücklich. Du wirst erfahren haben daß das Mastschwein eingegangen ist das nämlich das du noch ganz klein gesehen hast und das ist ein großes Unglück für uns gewesen. Ich hätte es gerne in Donelo für fünfhundert verkauft aber dann sagten sie das ist zu billig und als es schon sehr fett war daß es von allen bewundert wurde starb es durch eine Krankheit. Der Zé Serralheiro hat es gegessen der mich für die Schmiede um Schmalz gebeten hat aber dann hat er es aufgegessen weil hier herum alles hungert. Die Mutter sagt du sollst recht vorsichtig sein und dich in nichts einmischen. Schließlich ist jetzt die Stelle von Provezende ausgeschrieben worden jetzt wo der Bürgermeister ausgefallen ist aber du treibst dich in aller Welt herum. Es haben sich nur zwei beworben einer der vorläufig da war und ein anderer. Es heißt der von auswärts ist mehr wert aber der bleibt nicht da. Dieses Jahr ist das Dreikönigsfest gut verlaufen. Die ganze Bande hat gesungen es lebe der Herr Doktor auf dem Bonbonpapier er ist ein ehrbarer Mensch und hat Geld für alles.

Grüße von Maria und den Segen von der Mutter und von mir deinem Vater.»

Im zweiten Umschlag fand ich eine neue Botschaft.

«Mein lieber Sohn:

Wir hoffen, daß es dir gut geht. Wir sind recht bekümmert weiß Gott. Du weißt daß Silvino der Patin das Buch geschickt hat das du vor deiner Abreise veröffentlicht hast und sie hat dafür bei den reichen Leuten geworben. Und nun sagen sie sie werden in der Zeitung gegen dich losziehen um zu sehen ob sie dir deinen Arztschein wegnehmen und dann werden sie alle Leute gegen uns aufhetzen. Lúcia schwimmt in Tränen sie hat sich hier nicht mehr sehen lassen das hat sie nicht von dir erwartet wo sie doch eine so gute Freundin von dir gewesen ist und du hast sie noch schlechter behandelt als die anderen und sie kann nicht mehr essen noch trinken du bist wirklich zu schlecht zu ihr gewesen sowas tut man einfach nicht wegen der anderen ist es mir nicht leid aber wegen ihr schon. Wir haben überhaupt nichts geahnt wie du weißt du hast deine Bücher fortgeräumt und wir hatten es noch nicht gelesen und da kommt uns Lúcia außer sich daher mit dieser Nachricht die Mutter hat einen so schweren Schock abgekriegt daß sie Mühe hatte wieder zu sich zu kommen und uns ging es nicht viel anders und sie hat mich gebeten ich soll ihr das Buch zeigen aber weil die Mutter diesen Schlag bekommen hat ist sie fortgegangen und als sie zurückkam habe ich ihr gesagt ich hätt es verbrannt damit sie eine solche Niedertracht nicht zu Gesicht bekommt denn niemand hätte etwas davon erfahren ohne diesen Schweinehund Silvino. Und nun wird der Sohn von Senhor Oliveira sehen ob er ein Exemplar besorgt denn alle wollen es sehen und sagen es ist von der Regierung verboten worden und daß es zehntausend Réis kostet meine Nerven sind in Fetzen und ich zittere am ganzen Leib.

Grüße von Maria und den Segen von der Mutter und von mir deinem Vater.»

Wieder las ich diese mir vertrauten Töne. Das tote Mastschwein, verzehrt von Zé Serralheiro, das Hoch auf den Herrn Doktor am Dreikönigstag, die Machenschaften des Rathauses und das durch mein Buch hervorgerufene Ärgernis waren wieder der Gruß der getreuen Welt, der über die Höhen der Pyrenäen hinweg in mir widerhallte. Eine Welt, so quälend und tyrannisch wie die, welche Riberas Hand gezwungen hatte, das Bild zu signieren, und die Hand so vieler anderer in Iberien Geborener fügte ihrem Namen ihr Ursprungsland hinzu. Eine in ihren Ritualen eingeschlossene und in ihren Sprichwörtern verdichtete Welt, derb, unbeholfen, doch auf noble Weise treu einem halben Dutzend Wahrheiten, die sich in allen Umständen und selbst mit mangelhaftem Satzbau bestätigten. Im ersten Brief wurden Elend und Hunger ehrbar dargestellt, auch das warme Pochen der Liebe und die enttäuschten Bestrebungen wurden ohne falsche Scham ausgebreitet. Sodann, wenn auch auf Bonbonpapier, wurde mir das Verschwenderische meiner Reise vorgeführt. Im zweiten die instinktive Panik, das zornige Unverständnis und die summarische Verdammung. Das Gute und das Schlechte im selben gefühlsseligen, ethischen und richterlichen Mörser vermengt. Schade, daß es so war, sicherlich, doch was konnte man mehr von ihrer Beschränktheit als analphabetische Ackerbauern, als Sklaven der Erde verlangen? Sie hatten ja viel getan, hatten mich von dort fortgestoßen und sich hartnäckig dagegen gewehrt, daß ich ihnen in Armut und Schweiß nacheiferte. Nur bestand nun, dank meines herrlichen Arztberufs, meine Pflicht darin, zu sparen und reich zu werden. Doch jetzt entpuppte ich mich als Verrückter. Hatte überm Studieren den Verstand verloren. Nichts hatte ihr tausendmal wiederholter Rat genutzt:

«Laß die Schreiberei und den Blödsinn und kümmre dich um dein Leben ...»

Ich hatte mich taub gestellt, ich hatte nicht auf die Gelegenheit zu einer Berufung warten wollen, ich verschleuderte das halbe Dutzend in Sendim verdienten Zwanziger auf einer Weltreise, und zu alldem veröffentlichte ich auch noch weiterhin Bücher wie das, welches das gesamte Dorf in Aufruhr versetzt hatte. Daher folgte nach den liebevollen Befürchtungen vom Vorabend das vernichtende Urteil: «Du bist wirklich ein rechter Lump gewesen.» Und im Licht der Kerze, die ihnen leuchtete, war ich das in der Tat gewesen. Ich hatte Lúcia und die anderen als Kanonenfutter verbraucht. In meiner Künstlerblindheit hatte ich mich ihrer frei bedient, ohne die leiseste Besorgnis, daß sie sich an gewissen Merkmalen wiedererkennen könnten. Es war übrigens nicht das erste Mal und würde sicherlich auch nicht das letzte Mal sein, daß ich so vorging. In einer Novelle, die ich einmal veröffentlicht hatte, erinnerte die Hauptperson so stark an einen mir befreundeten Arzt, daß es zu Auseinandersetzungen zwischen uns kam. In Wirklichkeit war es kein Vergehen gewesen. Ich war weit davon entfernt, schmutzige Wäsche in aller Öffentlichkeit zu waschen. Es kam nur einfach manchmal vor, daß meine Einbildungskraft sich in der Wirklichkeit verkörperte. Im Fall von Lúcia zum Beispiel war mir die Gelegenheit geschenkt worden, die alte verborgene Neigung unserer tierischen Natur zur Blutschande in flagranti zu entlarven. Welcher Schriftsteller hätte sich eine derartige Gelegenheit entgehen lassen? Zu Papier gebracht, hatten die Personen jedoch nichts mehr mit den Menschen gemein, auf die sie sich bezogen. Don Quijote, der gegen die Windmühlen anstürmte, war längst nicht mehr der wahnsinnige Edelmann Luis Quijada, den Cervantes gekannt hatte. Aber die vermeintlichen Opfer beschwerten sich. Und nun bezog ich aus der Hand dessen, von dem ich sie am schwersten ertrug, die Strafe, der die Geschichtenerzähler nun einmal ausgesetzt sind.

Immerhin schlossen beide Briefbotschaften auf die gleiche, standhafte und entschiedene Weise: *«den Segen von der Mutter und von mir deinem Vater».* Keine Enttäuschung vermochte das

Licht, das diesen Menschenwesen leuchtete, zum Erlöschen zu bringen. Gleich ob sie verdient war oder nicht, sie brachten unter allen Umständen denen, die sie liebten, die gleiche Wärme entgegen.

Auch Alice kam mir entgegen, in einem mit Kommata versehenen Brief, in dem ihre weibliche sibyllinische Hellsicht das körperliche Abbild unserer räumlichen und sogar psychologischen Lage getroffen hatte.

«Ich habe den Eindruck, daß die Erde sich entzwei gespalten hat und daß jeder von uns beiden auf seinem Stück steht...»

Mich brachte diese fast unpersönliche Art, die Wirklichkeit zu objektivieren, zur Verzweiflung. Man hätte meinen können, sie wog ihre Worte, bevor sie sie niederschrieb, damit sie nicht ihre Gefühle über das notwendige Mindestmaß hinaus verrieten. Die bittere Erfahrung der ersten Zeit, als sie sich der Selbsttäuschung eines gefundenen Glücks überlassen hatte, erlaubte ihr nicht, aus sich herauszugehen. Sie bewahrte sich im Staubecken unserer Beziehungen stets einen Abflußkanal für Notfälle. Hochwasser würde nie mehr den Damm überschwemmen können... Manchmal reagierte sie auf das, was ich sagte oder tat, auf eine Weise, daß es aussah, als gebrauchte sie die Regeln der Liebe vorsätzlich gegen den Strich, um allein zu leiden und die Ergriffenheiten, die sie mir hätte mitteilen oder mit mir teilen sollen, unbeteiligt zu beobachten. Als lebendige Flamme entfachte mein Temperament Feuerbrände zu allen Stunden und in alle Richtungen. Sie jedoch widerstand dem Geloder, und die Flammen verzehrten sie nicht. Nach jedem Brand sah ich sie staunend unberührt, unverändert, Herrin ihrer selbst, wie sie unauffällig die Funken abschüttelte, die sie noch umsprühten. Spielt keine Rolle, schien sie zu sagen. Und ging zur Tagesordnung über. Verzweifelt versuchte ich dann, sie gegen mich zu kehren und hielt ihr selbstzerstörerisch die Angriffswaffen hin. Sie verschmähte es, sich ihrer zu bedienen. Sie gab sich nicht besiegt und wollte auch mich nicht besiegen. Immerhin legte sie die endgültige Lösung unseres Problems in meine Hände. Ich würde entscheiden müssen, ob es die Mühe lohnte, auf dem gemeinsamen Weg fortzuschreiten. Und sonst aber, die gesamte Verantwortung für unser Scheitern zu übernehmen.

«Ich weiß, daß diese Reise, die, wie du schreibst, für dich entscheidend ist, aus eben diesem Grunde auch für uns entscheidend sein wird. Bleibt zu erfahren, in welcher Hinsicht. Im Augenblick scheint mir wichtig, daß sie für dich so gut wie möglich verläuft und daß du alles siehst, was dich interessiert. Eine Gerechtigkeit solltest du mir bitte widerfahren lassen: daß ich mich nie der Selbsttäuschung hingegeben habe, dich in deiner Zweiheit als Menschen und Künstler an mich zu fesseln...»

Ich ließ sie ihr widerfahren. Doch gerade hier setzte unsere Unstimmigkeit ein. Weder war sie imstande, mich ganz hinzunehmen, noch war ich es, mich geteilt hinzugeben.

Lopes und Castro waren zurückgekehrt. Und wieder begann das Rennen durch den aufreizenden Widerspruch zwischen einer versöhnlichen Landschaft, in der die Kunst wie in ihrem natürlichen Umfeld gewachsen war, und dem Willen eines Gewaltherrschers, der sie mit Panik verdüsterte.

Das Siegel des Bösen, das die Tyrannei der Wirklichkeit aufdrückte und das bereits in Pisa sichtbar gewesen war – wo der künftige bußfertige Galileo mit mir die Spitze des schiefen Turms erklomm, um seine erste subversive Erfahrung zu machen –, schien mir die vollkommene Synthese im Herzen von Florenz zu finden. Als ich die Stadt aus den Feldern des Arno aufsteigen sah, die mich an die des Mondego erinnerten, fiel mir der Vers von António Nobre ein:

O Coimbra ohnegleichen, Blume der Städte!

Hier, ja, hier stimmte das Bild. Blume der Städte war wirklich die Bezeichnung, die der aus tausend sichtbaren und unsichtbaren Bestandteilen geschaffenen urbanen Anmut entsprach. Der Geist, wie er in ihren Straßen, in ihren Palästen, in ihren Kirchen sichtbar wurde. Der Turm der Kathedrale schien die Gleichung des Gleichgewichts zu sein; Dantes und Michelangelos Genie beschirmten jeden Winkel; die Grazien von Botticellis Frühling begegneten mir an jeder Straßenecke. Und inmitten von soviel Schönheit, von soviel Vollkommenheit, von soviel Harmonie brannte noch die Erinnerung an Savonarola auf der Piazza della Signoria:

per iniqua sentenza...[*]

Während ich die Inschrift auf dem abgeschliffenen Stein entzifferte, auf den die Touristen traten, ohne sich der Entweihung bewußt zu werden, fühlte ich, wie gewisse, noch schlaffe Kräfte in meinem Innern sich endgültig zu einer entschlossenen, gerechten Widerspenstigkeit strafften. Da die Hand der Unduldsamkeit unerbittlich war, da sie bei jeder Gelegenheit unbarmherzig und hart vernichtete, blieb nur ein Ausweg: ihr ein ebenso unnachgiebiges und hartnäckiges Nein entgegenzusetzen. Nie hatte die Freiheit Scheiterhaufen angezündet und den Geist verbrannt. Das Verbrechen der Inquisitionen gehörte allein den Inquisitoren. Eine schwarze Spur der Unterdrückung durchzog die Geschichte. Wo immer der Drang sich zeigte, zu entdecken, zu begreifen, zu schaffen, da trat auch schon die Macht der Unterdrückung auf den Plan, die Übertreter der Gewohnheitsgesetze, der Gleichgültigkeit, der Anpassung zum Verstummen zu bringen oder zu vernichten. Von Sokrates bis zu Giordano Bruno führte eine ununterbrochene Kette von Verfolgern und Verurteilten. Was seinerzeit an Bord der *Andes* eine instinktive Reaktion gegen die Übermacht meines Onkels gewesen war und sich anderen gegenüber durch die Jahre mehr oder minder so fortgesetzt hatte, sollte deshalb jetzt eine unwiderrufliche klare Entschlossenheit werden. Nieder mit den Unterdrückern des menschlichen Gewissens, immer und unter allen Umständen!

Doch erst in der Basilika von Sankt Peter in Rom gelang es mir, den Geist in einer unverhofften poetischen Katharsis zu klären, vielleicht weil dort die am lautesten zum Himmel schreienden Verfolgungen wurzelten oder ihre Rechtfertigung empfangen hatten und weil an diesem Ort die Gründe zur Klage des einstigen Gläubigen, der im Tabernakel des verlorenen Glaubens selbst enttäuscht wurde, am deutlichsten zutage traten. Jeder Schritt, den ich durch das Kirchenschiff tat, gab den Rhythmus meiner Verse an.

Oh Herr, vor Deinem Angesicht,
Oder vor dem der Dich bildet oder verwittert,
Schließt sich mein Herz, Deiner Liebe Licht
Gewiß, im Innersten verbittert!

In diesem Schloß, das Felsen wiegt
Und Deinen Namen, Deine Macht verkündet,
Hier, menschlich und besiegt,
Bin ich zu Widerspruch und Kampf erwacht!

In deines Hirtenstabes väterlichem Schatten
Lebt in mir auf das Lamm, das irrend säumt
Und weidet seine Sünde auf den Matten,
Die diese Herde wiederkäuend träumt.

Unter dem Golde Deines Mantels, der mich kühlt,
Fühl ich, wie ich der Bruder werde
Des augenlosen Maulwurfs, der sich wühlt
Hinab ins warme Reich der Erde!

Zusammengepreßt vom Gewicht so vielen Marmors, so vielen Porphyrs, so vielen Goldes, war der Schrei aus meinem Innern wie ein Seufzer hervorgebrochen. Und erst nachdem ich ihn gehört hatte, wurde mir bewußt, aus welchen Tiefen er aufgestiegen war und bis wohin sein Widerhall drang. Der Prunk der Mausoleen, die Pracht der Altäre, der Glanz und die Majestät der Paramente und Kultgeräte gehörten zu einer Religion, die von allen Lastern des Reichtums zerfressen war. Und ich hatte die Milch der Geistigkeit im Schoß eines anderen Glaubens eingesogen. In dem der Katakomben, die zwei Schritt weiter in tiefster Demut der Welt das Herz öffneten und in ihrer Schlichtheit eine derartige Zurschaustellung verabscheuten. Wenn auch die Unterschrift des Heiligen Paulus nachweislich gefälscht und Christi Fußabguß gleichfalls eine Erfindung war – hier lagen die Knochen der Märtyrer, hier waren die in den Schoß der Erde gegrabenen Gänge, das Siegel der Entsagung, das die Überzeugung beglaubigte. Und das sprach zum Innersten meiner Seele, trug mich auf eine Wertebene, die der Unglaube nicht entwertet hatte. In dem gewaltigen Gebäude, das Bramante erbaut hatte, wendete sich im Gegenteil alles an die Sinne, bejahte das Zeitliche, verherrlichte das Vergängliche. Nicht einmal die Kunstwerke vermochte ich ruhigen Gemüts zu betrachten, wenn ich sie mir getrennt vorstellte von dem zweideutigen Rahmen, der ihnen Unterschlupf gab. Betört und zugleich bekümmert sah ich mir die Sixtinische Kapelle an. Außergewöhnlich fürwahr die *Schöpfung* dort oben am Kapellengewölbe, und großartig vor allem das *Jüngste Gericht* an der hinteren Wand mit dem herzzerreißenden Gesicht des Künstlers auf der geschundenen Haut, die Sankt Bartholomäus in der Hand hält. Aber die einfache Vorstellung, daß der rissige Stuck herunterfallen und daß das gesamte Gemälde früher oder später Staub werden könnte, legte über das vermeintliche Heiligtum des Unsterblichen einen Hauch der Vergänglichkeit. Diese an so sichtbar unbeständige Werte gebundene kapitalistische Kirche war nicht die meiner Angehörigen. Nicht die meiner Heimat und nicht die des Paters Alberto de Sanfins, dessen Soutane ich getragen hatte und der imstande war, das Stück Brot aus dem Mund zu nehmen, um es den Armen zu geben.

Fern von dieser Selbstkasteiung füllten Lopes und Castro ihre Reisesäcke mit dem, was ich verwarf. Sie bewunderten den Altar von Sankt Peter, sie kauften Andachtsgegenstände, sie schlichen sich in die Pilgerzüge ein und empfingen den Segen des Papstes sowie einen ganzen Armvoll Ablässe. Das Kolosseum, die Ehrensäulen, die Triumphbögen und das Forum Romanum entlockten ihnen ebenso viele Begeisterungsrufe wie Mussolinis Bauten. So mußte ich diesen Überschwang mit einem Kübel kalten Wassers abkühlen.

«Gewiß, gute Steinmetzen, in der Tat. Widerstandsfähige, funktionsfähige Konstruktionen. Aber als es mit der Funktion zu Ende gegangen war, dienten sie keinem Zweck mehr ...»

«Ist das alles?! ...»

Eine tiefe Unvereinbarkeit der Vorstellungen, des Geschmacks und der Empfindungen machte unsere Beziehung von Tag zu Tag unerfreulicher. Aber die Verurteilung zum selben Transportmittel, mein instinktiver Ortssinn und eine gewisse ungezwungene Sicherheit angesichts des Unbekannten, die bei bestimmten Gelegenheiten der Unternehmung zustatten kamen, hielten uns zusammen. Auch wußte ich von Orten und Dingen, die ihnen unbekannt waren – dank meiner Vorschläge hatten sie schon manchen Abstecher in den Reiseplan eingebaut –, und sie fürchteten deshalb, mit einer geringeren Ausbeute als ich nach Hause zurückzukehren. Daher hängten sie sich widerwillig an mich.

Abends indes gaben sie mir frei. In Schale besuchten sie die Oper. In Lourdes hatten sie gebetet, in Monte Carlo Roulette gespielt und mußten nun auch noch dieser Vorschrift der zivilisierten Welt Genüge tun.

Währenddessen machte ich Notizen oder studierte den Wanderweg des nächsten Tages, den ich, wann immer möglich, allein unternahm, wie etwa den Morgenbesuch zu San Pietro in Vincoli, den ich ihnen unterschlug, um den *Moses* von Michelangelo zu sehen. Ich ließ sie schlafen und verließ das Hotel auf Zehenspitzen. Ich wollte ohne sie vor dem Standbild stehen.

«Zum Teufel, er hat ja Hörner!»

«Vous dites?»

Fern von der Reisegruppe, zu der er gehörte, hatte ein französischer Seminarist, der, gleichfalls verblüfft, neben mir stehengeblieben war, einen Stich im Trommelfell verspürt.

«Qu'il a jusqu'à des cornes.»

«Des cornes?!»

«Oui.»

Wie närrisch rannte er in die Sakristei und bat den Reiseführer um entsprechende Vorkehrungen, einen abgehärteten Priester, der ihn beruhigte. Die Hörner waren Sinnbild der göttlichen Gnade...

Wenn auch meine Reaktion wie die eines Wilden wirken mochte, besaß sie doch die Aufrichtigkeit einer Begegnung. Nie hatte eine menschliche Schöpfung mich so sehr und so tief erschüttert. Der alte Patriarch aus der *Bibel* unserer Familienabende, den ich mir als Kind nur sehr nebelhaft vorstellen konnte, wie er aus den Händen Gottes auf der Höhe des Berges Sinai die Gesetzestafeln empfing und das Rote Meer trockenen Fußes durchschritt, stand wirklicher vor mir, als wenn ich ihn in Fleisch und Blut gesehen hätte. Ich hatte bereits andere Augenblicke inneren Bebens erlebt. In der Certosa di Pavia hatte sich zur Reinheit der Kunst die Reinheit des Lebens selbst gesellt. Neben den gemeißelten Marmorstandbildern wandelten ebenfalls gemeißelte Seelen, die der versteinten Stille die pulsende Gelassenheit entgegenstellten. Die kontemplative Gegenwart der Mönche, vom Bart bis zur Kutte nur ein Lichthof aus Weiß, belebte gleichsam die Leblosigkeit der ruhenden Standbilder und gab der Ewigkeit Wärme. Im Dom von Florenz hatte mich ebenso die Kraft und Wahrheit seiner späten Pietà gepackt; ihr Schöpfer hatte sie in einem Augenblick der Verzweiflung zerschlagen, in der Gestalt des Joseph von Arimathia ist er in diesem unvollendeten Werk der wahre gekreuzigte Christus. Doch keine Ergriffenheit konnte sich mit der jetzigen, in jeder Hinsicht einzigen vergleichen. Es war das Staunen des Sterblichen angesichts des Unsterblichen. Das Standbild machte auf mich den sonderbaren Eindruck, lebendiger zu sein als ich selbst. Die Augen des Sehers funkelten in ihren Höhlen, das stürmische Blut des Kämpfers rann durch die Adern, der Bart wogte im Wüstenwind.

Nachmittags in der Galeria Borghese tat es mir um Bernini leid. Die Wurzeln seiner in einen Lorbeerbaum verwandelten Daphne wirkten auf mich wie die schwächlichen Wurzelfasern einer schwimmenden Seerose. Fest verankert in der Erde stand nur der große Führer und Gesetzgeber des hebräischen Volkes, der statt eines Sachwalters des Himmels die Entschlossenheit der Erde war.

Es gab jedoch auch andere, ebenfalls eindrucksvolle Darstellungen von Kraft und Vollkommenheit, selbst wenn sie sich auf die Grenzen des Natürlichen beschränkten. Werke, in denen das Genie es nicht nötig hatte, die Formen zu dehnen, um Kraft zu vermitteln, noch sie mithilfe von Allegorien zu veredeln. Wieder war es ein Meißel, diesmal ein griechischer, der mich dies lehrte. Im Museo delle Terme offenbarte der Torso der Aphrodite von Kyrene jedem Besucher ein betörendes Teil der hellenischen Welt. Aufs Wesentliche beschränkt – die Zeit hatte diese reinigende Verstümmelung übernommen –, stand alles, was das Leben an Schönem, Harmonischem und Verheißungsvollem zu bieten hatte, auf einem Sockel. Die Nacktheit des Bedeutungsvollsten in einem idealen Frauenkörper war hier ohne Verkleidung und Sündhaftigkeit dargestellt. In seiner enthüllten Fülle schien das steinerne Fleisch zu erbeben. Und man war versucht, es zu küssen, nicht aus Wollust, sondern als Huldigung an die heitere Fruchtbarkeit aller in ihm versinnbildlichten Leiber, die einer Menschheit von Göttern das Leben schenkten.

Allein diesem Abglanz eines begeisternden Universums zuliebe, das Dona Adélia in ihrem Unterricht beschrieben hatte, lohnte es sich, Lopes und Castro Tausende von Kilometern hindurch zu ertragen. Doch auch wenn ich nicht den gesamten erahnten

Reichtum erfassen konnte, würde ich jene unverhoffte Offenbarung dankbar im Gedächtnis bewahren, würde ich fortan dem großen Meister der Renaissance für das überwältigendste Wunder Dank schulden, das auf dieser Erde zu erleben mir geschenkt wurde.

Das war das einmalige Vorrecht der Ewigen Stadt: daß man in ihr in einem einzigen Augenblick Jahrhunderte der Einzigartigkeit und Verschiedenartigkeit erleben konnte. Während man in Florenz nur eine berauschende, ruhmreiche Seite der Geschichte des menschlichen Schöpfergeistes las, schlug sich hier neugierigen Augen ein ganzes Buch auf. Übereinander gelagert, Seite an Seite, heimisch oder von weither zusammengetragen und in dem riesigen Museum Großstadt aufbewahrt, bekundeten hervorragende Werke aus verschiedenen Epochen einzigartige Sehweisen der Wirklichkeit, vielfältige Auffassungen des Daseins.

Und man begriff, warum jede Herberge, jedes Hotel, sei es das Albergo del Orso oder ein beliebiges anderes, den Namen eines von ihm beherbergten berühmten Gastes festhielt. Dante, Rabelais, Goethe, Keats ... Ein jeder der Großen hatte Spuren hinterlassen, weil alle gekommen waren, um ihren Durst in dieser unerschöpflichen Quelle zu stillen. Starke Naturen, von Unruhe zerrissen auf der Suche nach der Fülle, wollten wissen, ob sie auf dem richtigen Weg waren. Und keiner kehrte ohne Antwort zurück, denn der Mund des Orakels hielt viele bereit.

Aus meiner Nichtigkeit heraus befragte auch ich es von der ersten Stunde an unablässig. Aber die Fragen, die ich ihm stellte, waren fast immer ungenau, verworren, widersprüchlich. Auch verstand ich in den meisten Fällen die vernommene Antwort nicht genau. In meinem Geist begannen erst jetzt das Wesentliche und das Zweitrangige endgültig die Grenzen abzustecken, und noch immer suchte die zarte Stimme der Wahrheit ihr tiefes Echo aufzuspüren.

Einfacher als diese Vereinigung mit der Vergangenheit, die den ganzen Einsatz des eigenen Wesens erforderte, war die Identifikation mit der Gegenwart, die lediglich die Steigerung ihrer gedankenlosen Seite verlangte.

Der Duce hielt auf der Piazza di Venezia eine Ansprache. Und die Menge, wie jene, die einst Nero im Kolosseum gefeiert hatte, begeisterte sich an jedem Wort, an jeder Gebärde, an jeder Grimasse des neuen Cäsaren.

«Der Kerl redet ja nicht, er brüllt! Was für eine Hammelherde! ...»

«Still doch!»

Lopes und Castro hätten gerne zu dieser Herde gehört, um in dieses gefühlige Nirwana hinabzutauchen. Aber meine Gegenwart zügelte ihre instinktive Aufwallung.

Infolge der Entfernung erreichten uns wie kehlige Schüsse nur Satzfetzen, Ausrufe und auseinandergerissene Silben. Von seinem Olymp aus dirigierte der uniformierte Größenwahnsinnige, den Arm wie einen Taktstock schwingend, den Fieberwahn der Menge.

«Klatscht doch! Ziert euch nicht!»

Wir wohnten dem Ereignis am Rand des Versammlungsplatzes aus der Entfernung bei und befanden uns daher außer Reichweite der Wächter über die allgemeine Begeisterung. Deshalb gab es nicht einmal eine Rechtfertigung für etwaiges Klatschen.

«Los, los!»

Wut spiegelte sich auf den verkrampften Gesichtern der beiden wider. Bis einer von ihnen sich Luft machte, so beleidigend, wie er nur konnte.

«Wir klatschen nicht, keine Angst. Wir würden aber gerne sehen, was Sie täten, wenn es Stalin wäre ...»

Ich blickte ihn spöttisch an.

«Vielleicht würde ich auch dann nicht klatschen.»

Als wir Rom verließen, fügte jede Ruine zwischen den sanften Schirmpinien, welche die Landstraße säumten, der unbändigen Fülle empfangener Eindrücke einen Hauch von Schwermut hinzu. Das Lichtbad sollte fortdauern, doch wieviele Wunderwerke waren mir in der Hast entgangen, wieviele Schönheiten hatte ich aus Unverständnis nicht richtig gesehen, wieviel Wahrheit aus Bildungsmangel nicht erfaßt! Warum konnte der Dichter nicht bleiben und in diesem Land der Künstler Seele und Verstand verfeinern? Warum sagte er sich nicht los von den analphabetischen Reisegefährten, den analphabetischen Eltern, dem analphabetischen Vaterland und wurde neu geboren an einem Ort der

Welt, wo die eigenen Wurzeln sich in etruskische Gräber senken konnten?

Tatenlose Quälerei. Das unerbittliche Gesetz der Umstände, die verstockte Beharrlichkeit der Empfindungen, die feige Trägheit der Gewohnheiten waren stärker als die Vernunft. Mochten meine Augen noch so weit geöffnet sein, mochten sie auf der Netzhaut festhalten, soviel sie nur konnten, mehr war nicht möglich. Der Verurteilte mußte früher oder später in die heimische Höhle zurückkehren und mit dem Geifer der Verzweiflung den bestmöglichen Kokon weben.

In diesem Heißhunger des Armen, der Schönheit scheffelt, nahm ich kaum noch die umfassende Volksverführung wahr, die mit ihren Schlagwörtern die Landschaft und die Baudenkmäler versperrten. Ich hatte mir mein Urteil über den Scharlatan und seine Rhetorik gebildet und konnte ihn jetzt übersehen. Ob er seine Allheilmittel von einem Palastfenster aus verkaufte oder auf Panzerwagen und Traktoren thronend, kam für mich aufs gleiche heraus. Er war und blieb der Scharlatan, in der vollen Bedeutung des Wortes.

Dennoch konnte ich nicht begreifen, wie das intelligenteste Volk, das ich bis dahin kennengelernt hatte, sich von einem Menschen wie diesem so einfältig verhöhnen ließ. Jeder Italiener, den ich befragte, gleich ob gebildet oder ungebildet, schien mir eher Funken zu sprühen statt verstandesmäßig zu folgern. Dabei waren sie alle Menschen von solch geistiger Lebendigkeit – und außerdem oder folglich von einem unbändigen, zu jeder Stunde und unter allen Umständen behaupteten Individualismus –, daß der Taschenspieler ihnen mit Blödsinn über Blödsinn die Ohren vollbellte und ihnen Staub über Staub in die Augen blies!

CREDERE, OBBEDIRE…

Mochten ihm auch nur wenige noch glauben, so gehorchten ihm doch alle. Was war da zu machen! Der Diktator verstand seine Macht zu nutzen, die ihm unbedacht geschenkt worden war. Die kollektive Leichtfertigkeit mußte teuer bezahlt werden. Noch war die rettende Stunde fern, die das Volk in Mailand am Silvesterabend im voraus gefeiert zu haben schien… Ein Italien der notdürftig geflickten regionalen Unstimmigkeiten und unüberwindlichen Eigensüchteleien, das sich dennoch dem Willen eines einzigen Mannes beugte! Ich dachte wieder an die gesellschaftlichen und wirtschaftlichen Gründe, die in den Handbüchern den Faschismus erklärten. Aber sie befriedigten mich nicht ganz. Obwohl sie schwer wogen, wog neben ihnen ebenso schwer oder schwerer die Bannkraft jenes mystifizierenden Katechismus, der zunächst durch das Wort übermittelt – und ich hatte seine hypnotische Macht nachprüfen können – und sodann von den Mauern herab durch Schlagworte verbreitet wurde, mit einer hartnäckigen Eintönigkeit, die mich einschläferte. Stets versprachen diese Sprüche dieselbe charismatische Größe des Hirten und forderten stets dieselbe passive Unterwürfigkeit der Herde.

Aber auch in der Stimme der Volksverführer durfte man auf Überraschungen gefaßt sein.

COLUI CHE NON E CAPACE
DI MORIRE PER LA SUA FEDE
NON E DEGNO DI PROFESSARLA*

Endlich ertönte aus dem Mund des großen Anführers eine weltgültige Wahrheit!

«Jetzt bin ich einverstanden ...» erklärte ich.

Aber Castro mißtraute dieser unerwarteten Versöhnungsgeste. Und beschloß, ihr zu widersprechen.

«Das ist offensichtlich ein Schlagwort.»

«Sind Sie sicher?»

«Ich schätze ...»

«Wenn also nicht mal dieser Brustton überzeugt, dann setzt doch den Tenor ab!»

Das gab den Ausschlag. Und schon erreichte das Streitgespräch solche Siedehitze, daß Lopes schließlich wütend schrie:

«Schweigen Sie! Schweigen Sie, oder ich werfe Sie aus dem Wagen.»

Wir fuhren in Richtung Padua, wo, wie ich hoffte, der Schirmherr der Stadt ein Wunder wirken und in den heimatlichen Gehirnen ein Fünkchen gelassenen Einverständnisses entzünden möge. Aber ich sollte mich irren. Bei der Ankunft, nachdem ich ihnen ohne Nutzen den Giotto in der Kapelle der Scrovegni gezeigt hatte, steckten sie vor dem Grab des Wundertäters ihm um ein Haar die ökumenische Hoheit in die Tasche. Die vaterländische Begeisterung hinderte sie, vom Geburtsort des Körpers zur Wahrnehmung des Geistes überzugehen. Sie beschränkten den alle Grenzen überschreitenden Ruhm des Franziskaners auf eine Gemeindeberühmtheit.

«*Via del Santo*» las ich auf den Schildern, welche die Fremden leiteten.

«... António de Lisboa*» fügte Lopes hinzu.

«... Oder dos Olivais...» schlug Castro vor, der aus Coimbra stammte.

«Lassen Sie ihn einen Heiligen sein, ohne Zusatz. Der Heilige, durch Antonomasie... Es ist sogar hübsch, daß sein Name nicht einmal ausgesprochen wird und niemand weiß, daß er Portugiese ist.»

«Na so was! Er ist unser, wir müssen ihn als Unsrigen einklagen...»

Noch enttäuschter als vor meiner Ankunft, verstummte ich mürrisch und schlenderte durch Venedig, bevor ich dort ankam. Dort würde ich mich unbekannt und flüchtig in die lange Reihe der Erwählten eingliedern, die dorthin gegangen waren, um zu schaffen, zu lieben oder einfach den Überdruß an einer Welt abzuschütteln, die sie nicht verstand. Mein Name würde nicht in die Marmorfassade eines Palastes gemeißelt werden, kein Gondoliere würde ihn auf die Liste setzen, die er jedem Besucher auswendig auftischte: Byron, Shelley, Browning, Rilke, d'Annunzio... Doch deshalb gehörte ich nicht weniger zu der Schar mit meinen Klagen, meinen Leidenschaften und meinen Versen. Und wenn die Klagen und die Leidenschaften im Verhältnis zur Bedeutungslosigkeit ihres Herrn und zum Rang des Landes und der Komparsen, an die sie sich richteten, wenig oder nichts wogen, verdienten die Verse dennoch ebenso viel Achtung wie die der anderen, einzig durch die Tatsache, daß sie echt waren.

Ja, denn die Gabe der Dichtung konnte mir niemand abstreiten! Alice würde sich dessen genau so sicher sein. Und diese Sicherheit flößte ich ihr täglich durch die Augen ein und sandte ihr durch Luftpost Gedichte über Gedichte. Da die Originale der Gnade des ersten Polizisten ausgeliefert waren, der meinen

Koffer durchsuchen würde – wie Lopes vom Beginn der Reise an voraussagte –, und da ich das Bedürfnis verspürte, mich mit einem Menschen selbst auf große Entfernung zu verständigen, schrieb ich sie ab und legte sie meinen Liebesbriefen bei. Von Rom war an sie das poetische Erlebnis

Michelangelos und mein Moses

abgegangen, das unmittelbar angesichts des Standbildes entstanden war; was würde ich ihr aus der Stadt an der Adria schicken?

Wenige Stunden später hatte ich das Gedicht schon ins Reine geschrieben und in einen Umschlag gesteckt. Ich hatte es an Bord des *Vaporetto* gekritzelt, der uns vom Ende der Autostraße in die Stadtmitte gebracht hatte und mit dem ich schlafwandlerisch durch die unvorstellbarste Straße geglitten war, die ich bis dahin gesehen hatte. Einige Fahrgäste neben mir nannten in einem Sprachengemisch die Brücken, die Gebäude und die Kirchen, die einander ablösten. Aber ich hörte sie kaum. In meinen Ohren erklang eine andere Musik. Eine, die jenseits der Worte sang, sogar jenseits derjenigen, deren ich mich bediente, um das Unaussprechliche auszusprechen...

Aus dem Lagunenschlamme taucht der Traum.
Aus Marmor, Seide und Kristall
Steigt er zum Himmel auf und schwebt
Irreal
Und greifbar und gereckt;
Traum eines Europäers, oriental,
Maler und Architekt.

Heimliche Gondeln gleiten durch ihn hin,
Beladen mit der Liebe Bürde.
Und zahme Tauben voller Würde
Wohnen in seinen zaubrischen Palästen,
Taubenschläge
Wogende Festen.

Ich war so überwältigt von diesem Szenenbild, das gemalt und flüchtig wirkte, daß ich beim Aussteigen fast Gefährten und Gepäck vergaß. Ich mochte mich noch so sehr bemühen, es wollte mir nicht gelingen, das in meinen Gedanken mitgebrachte Venedig mit dem angeschauten Venedig in Einklang zu bringen. Das andere war viel greifbarer, obgleich ich es nur im Buch gelesen oder in der Phantasie gesehen hatte. In meiner Sinnenverwirrung betastete ich sogar die Steine, um zu sehen, ob die Wirklichkeit wirklich war. Schon nachdem ich auf den Kai von San Marco gesprungen war, auf festen Füßen stand und die ersten Schritte tat, schien mir, als schwankte auch der Platz und mit ihm die Basilika, der Dogenpalast, der Uhrturm, die Alte Bibliothek, die Loggetta und der Campanile. Der emblematische Löwe mit ausgebreiteten Schwingen auf seiner Säule, die vier vor den byzantinischen Kuppeln galoppierenden Bronzepferde und die kreisenden und die Stunden schlagenden *Mori* waren nichts als fühlbare Sinnbilder dieser verankerten und angeketteten Bewegung, die Venedig war.

Als ich anschließend die unerläßlichen Pilgerorte aufsuchte, erwies die Ergriffenheit, die ich vor den Werken von Canova, von Tintoretto, von Veronese, von Guardi, von Tizian oder beim Betrachten von Verrocchios Reiterstandbild des Colleoni empfand, sich als farblos im Vergleich zu der Trunkenheit, die sich meiner von der ersten Stunde an bemächtigt hatte und alle Sinne im selben Hochgefühl vereinigte.

Recht hatten die Liebhaber der Schönheit und die Liebhaber des Lebens, in dieser Oase der Welt Zuflucht zu suchen. Nur in ihr atmete der Geist das Unsagbare auf natürliche Weise ein, fand der Körper auf natürliche Weise zur Freude. Etwas Unsagbares, das die Seele nicht der Erde raubte, und eine Freude, die nicht auf dem Gewissen lastete.

Als die Flut sank, die des Meeres und die der Einbildungskraft, weckte der Schlick des Lebens die Sinne und rief sie zur Tafel. Nun ergriffen die Musen die Flucht, und die Reisegefährten verstärkten die Speisekarte des Hotels London, indem sie zusätzlich Schinken mit Ei bestellten. Da wir zwangsläufig in Erster-Klasse-Hotels untergebracht waren – ohne dies hätten wir keine Benzinbezugsscheine erhalten –, setzte ich mich immer etwas ängstlich an den Tisch und sah zu, wie der Kellner ihnen die winzigen Portionen vorlegte. Ihr atavistischer lusitanischer Hunger verschlang die gereichte Kostprobe mit einem Gabelbissen und kaute dann wäßrig auf den Zähnen. Manchmal übten Befangenheit und Geiz eine wohltätige Wirkung aus. Doch wenn der Hunger sich allzu geräuschvoll meldete, gab es Ärger. Dann kam der Geschäftsführer, erging sich in wortreichen Erklärungen, und alles endete in einer gehaltvollen Sonderzulage.

«Was die Verköstigung betrifft, müssen wir zugeben, daß sie doch zu wünschen übrigläßt...»

*La nuova civiltà fascista vittoriosa sulle democrazie in disgregazione** vermochte der Logik ihres Magens nicht standzuhalten.

Im übrigen geschah in Italien, was in Spanien geschehen war: je näher wir der Grenze entgegenfuhren, desto tiefer sank die reaktionäre Begeisterung der beiden. In ihnen waltete so etwas wie ein harmloser, instinktiver Opportunismus, weshalb sie auf die Annehmlichkeiten mit der Blindheit und der Zielsicherheit von Tieren zusteuerten, die durstig die Quelle aufspüren. Wenn dieser sechste Sinn in Tätigkeit trat, hielt nichts sie zurück – weder die Scham vor den Worten noch die Bedeutung der Taten. Bis aller gewitterte Honig geschlürft war und der Blütenkelch das leere Herz zeigte. Dann begann der schlaffe, wortkarge Rückzug.

Sie ergänzten sich. Lopes, ruhiger als sein Reisegefährte, entwarf angesichts jedes neuen Umstands mit ein oder zwei Worten den einzuschlagenden Weg und gab gewissermaßen den Ton zum Handeln an. Und Castro schritt unverzüglich zur Tat. Er spielte die Rolle des Außenministers und ließ sich in schwierigen Augenblicken von dem andern durch Zwischenrufe lenken. Ich hatte beide erst am Vorabend unserer Abreise kennengelernt, wußte aber, daß trotz ihrer gegenseitigen guten Beziehungen erst der Anlaß der Reise sie zusammengeführt hatte. Daher konnte ich nicht umhin, über diese Erscheinung einer spontanen Rangfolge nachzudenken, die mir vom ersten Augenblick an auffiel. Und einen ähnlichen Eindruck, wie ihn diese selbstverständliche Abstufung auf mich machte, mußten sie bei meinem unbotmäßigen Individualismus empfinden, der stets bereit war, die Wertordnung zu untergraben. Auf jeden Vorschlag zum Konformismus, zur Anpassung, zum Ausgleich, zur Nachsicht antwortete ich mit einem entschiedenen Nein. Stets stießen in unserer Gruppe zwei unversöhnliche Meinungen aufeinander. Nach dem Problem des

Faschistengrußes war das noch ernstere der Notizhefte aufgetaucht, die ich vollkritzelte. Weder Lopes noch Castro wußten genau, was ich da hineinschrieb. Aber sie vermuteten es. Und beim Anblick dieser bloßstellenden Dokumente verloren sie den Kopf.

«Sie scheinen uns unbedingt Ärger einbrocken zu wollen! Aber merken Sie sich eines: wenn es Scherereien gibt, lassen wir Sie stehen wie einen Hund. Wir rühren keinen Finger, um Sie zu retten...»

«Sie werden ihn rühren! Einfach, weil Sie für meine Gegenwart hier moralisch verantwortlich sind. Der Bandit reist in Ihrem Wagen mit...»

So ärgerte ich sie teuflisch, angewidert von so viel Feigheit. Und ich lachte insgeheim, wenn ich sah, wie sie in jedem Zollamt meinen alten Handkoffer den Blicken der Beamten entzogen. Sie richteten es immer so ein, daß er nie untersucht wurde. Sie öffneten bereitwillig die ihren und zeigten beflissen den Inhalt mit schmutziger Wäsche und Rosenkränzen. Sie hatten Dutzende davon eingekauft, jeden für einen Pfifferling. Aber der Papst hatte sie gesegnet, und nun waren sie ein Vermögen wert. Ein Mordsgeschäft. Dank ihrer Reliquien würden sie Verwandte, Freunde und Bekannte mit Geschenken überhäufen, und das Ganze hatte sie kaum etwas gekostet. Wenn ein etwas aufmerksamerer Beamter sich über die ungewöhnliche Menge wunderte, lächelten sie einfältig. Und Castro erklärte in seiner Eigenschaft als Wortführer, wir seien alle tief religiös und gehörten überdies kinderreichen, gleichfalls frommen Familien und noch dazu einem katholischen Land an.

«Sagen Sie, daß ich als Kind sogar Priester werden wollte, wenn Sie meinen, daß das hilft...»

Sie konnten kaum ermessen, mit welcher Bitterkeit ich ihnen gelegentlich solch schneidenden Hohn an den Kopf warf. Dies waren weniger Angriffe als Ausbrüche der Verzweiflung. Obwohl ich wußte, daß ich allzu stark verallgemeinerte, konnte ich in gewissen Augenblicken nicht verhindern, daß sie mir als Sinnbilder meines Vaterlands vorkamen, als Spiegel der Wirklichkeit, zu der ich verurteilt war. Sie waren in jeder Beziehung ungehobelt, im Auftreten wie in der Art, auf das zu reagieren, was sie sahen, und ich mußte sie ertragen, wenn sie traurige Figuren abgaben, mußte ihnen in Stunden der Ergriffenheit aus dem Weg gehen und sie danach vergessen, wenn es mich dennoch drängte, mich mitzuteilen.

Und so widersinnig es klingt, waren sie schließlich für mich lebende Folterer einer unheilbaren Einsamkeit. Angesichts der Kleinlichkeit ihrer Handlungen, der Engstirnigkeit, die sie in der Welt des Geistes offenbarten, der Schamlosigkeit, mit der sie logen oder der machiavellistischen Bedenkenlosigkeit, mit der sie die Wahrheit verdrehten, mußte ich mich schließlich fragen, ob es wirklich die Mühe von einem halben Dutzend Dickköpfen lohnte, die in Portugal ihr Leben damit zubrachten, eine Ethik zu verkünden, einen Stein zu behauen, eine Seite zu schreiben, eine Idee zu verteidigen. In ihrer Unempfindlichkeit würden die Mitbürger weiterhin die Apostel mit Händlerohren anhören und die Werke der Kunst mit hartnäckig geschlossenen Augen anschauen. Was nützte diesen beiden Männern die ganze große Lehre der Wahrheit, der Schönheit, der Vollkommenheit, die sie seit über einem Monat ständig in sich aufnahmen? Sie kehrten mit der Korkeichenrinde zurück, in der sie steckten, unempfindlich gegen das leiseste Erbeben des Gefühls, gegen den zartesten Schatten einer Beunruhigung, gegen den folgewidrigsten freien Gedanken.

Nach jedem Streit und wenn die darauffolgende schlechte Laune verraucht war, nahm ich, weil ich mich mit soviel Verstocktheit nicht abfinden konnte, geduldig meine Belehrungen wieder auf. Aber das war reiner Zeitverlust. Als wir durch Alpenland fuhren, rüttelte nicht einmal die Großartigkeit der Landschaft in ihrer jetzt unzugänglichen Würde – über kristallklare schlummernde Seen geneigte schneegekrönte Berge – sie aus ihrer gewohnten armseligen Spießbürgerlichkeit auf. Hier waren die Cäsaren aller Zeitalter durchgezogen, ohne daß der Marschtritt ihres Ruhms die Stille der Gipfel und der Gewässer gestört hätte. Willkommenes Stichwort für eine leichte Betrachtung darüber, wo die Blindheit der Macht, die Machenschaften der Habgier, die Unanständigkeit des Opportunismus und alle Formen menschlicher Nichtswürdigkeit auf den Tadel des Gewissens hätten hören sollen.

Aber woher denn! Achtlos und ungeniert, ohne der Zeitlosigkeit der Formen, die der Schöpfergeist ersonnen oder die Natur angenommen hatte, ein dankbares Lebewohl zu sagen, tauchten der eine wie der andere schließlich glückselig in die Finsternis des Tunnels, der das Gebirgsmassiv durchquerte, als wären sie in einen erholsamen Schlaf gesunken.

Da die Landstraßen durch meterhohen Schnee unbefahrbar waren, blieb kein anderer Ausweg, als auf die Eisenbahn zurückzugreifen. Es war ein überwältigender Anblick, als der Zug wie ein Tausendfüßler, der in seiner Höhle überwintert hatte, aus dem Dunkel tauchte. Uns empfing eine Schweiz, die vom Kopf bis zu den Füßen in einen Burnus gehüllt war. Das Weiß sank von den Bergspitzen herab, bedeckte die Gebirgshänge und breitete sich über Schluchten und Täler. Und zeigte uns zum ersten Mal eine Welt ohne Gegensätze, eine Albinowelt, in der die Unruhe mangels Widersprüchen aufgehört hatte.

Menschlicher Ausdruck dieses kosmischen Weiß war Mademoiselle Marguerite, die mir bei der Ankunft in einem kleinen Hotel von Martigny zulächelte. Sie besaß weder Yvonnes spröde Anmut noch Nellas einschmeichelnde Wollust. Dafür eine offenherzige, ruhige Heiterkeit, gleich ob in den Gesichtszügen, in den Bewegungen oder in den Worten. Ich wußte bereits, daß jedes Volk seinen eigenen Lebensstil besitzt, seinen Charakter, eher Ergebnis der Umwelt als der Rasse. Die Dürre und Weite der iberischen Hochebene, die Lieblichkeit der gallischen Erde und die transalpine Sonne erklärten das Kastilische, das Französische und das Italienische besser als das durch die Adern rinnende Blut. Daher hatte ich nach der Männlichkeit, dem Maß und der Lebhaftigkeit jetzt das kollektive Abbild der Mäßigung vor mir. Vielleicht ruhte im geheimen Brunnen eines jeden Einzelwesens Aufruhr und Unordnung. Aber die Fassade war ruhig wie die Landschaft. Ohne befreiende Horizonte verblieb einem jeden eingegrenzten Leben nur die Zuflucht zur Brüderlichkeit oder zumindest zum harmonischen Zusammenleben mit dem Nachbarn. Und selbst die Atmosphäre des Hotels schien mir familiär, häuslich, nicht im Sinne der Vermischtheit, sondern im Sinne der Eintracht. Ich konnte die Besitzer nicht von den Angestellten unterscheiden, weil die einen wie die anderen arbeiteten, die gleiche Kleidung trugen, Ramuz* zitierten und den Verfasser des *Grünen Heinrich** kannten. Nach dem Abendessen, als ich ausgehen wollte, stieß ich auf Marguerite, die uns bei Tisch bedient hatte und nun in die Seiten einer Lebensbeschreibung von Amiel* vertieft war.

Was uns außer der Jugend, dem Instinkt und der Zentripetalkraft der Außenwelt zusammenbrachte, war der Zauber der gedruckten Schrift, die ich seit einem Monat entbehren mußte, schließlich konnte ich ja die volksverführerischen Plakate, die regierungshörigen Zeitungen und die Touristenführer nicht gut zu dieser Kategorie zählen. Hinzu kam, daß Amiel einer meiner Lehrmeister war, den meine eigene Schüchternheit heimlich bewunderte, eine Schüchternheit, die, wiewohl entschädigt, mich in den Tiefen meines Wesens schmerzte. Ihn in seinem eigenen Land wiederzufinden, an jenem Tag und in den Händen einer Frau, schien mir ein Sinnbild. Und es machte mir ihr Drama durchsichtig, es war ganz und gar umgebendes Eis, innere Einsamkeit und weibliche Fürsorglichkeit.

In der Einflußsphäre dieses zwiespältigen Lebens, äußerlich ruhig und im Innern bewegt, verlief der Abend, und Marguerite, die mütterliche, fand es schön, einfach weil sie sich einbilden konnte, es sei in Zärtlichkeit eingehüllt, aber ich hielt es für hoffnungslos, denn ich wußte, daß es Wüsten gibt, in denen kein Saatkorn keimt.

Am nächsten Morgen indes wurde das Gespräch ausführlicher. Der während der Nacht gefallene Regen und die prachtvoll aufgehende Sonne machten die Wege und die Herzen begehbar. Als ich sie mit den Skiern auf der Schulter den Berg herabkommen sah, blühend in ihrem Pullover, in derben Stiefeln, weißer Wollmütze und mit rosig gesundem Gesicht, drängte der Jäger von Agarez den Literaten vom Abend zuvor in den Hintergrund. Ich ging ihr ebenso natürlich entgegen, wie sie auf mich zukam. Nun sprachen wir von uns, von unserer Kindheit, von unseren Plänen, von unserem Leben. Und meine Vergangenheit, ohne etwas von ihrer Bitterkeit zu verlieren, wurde mir auf wundersame Weise leichter, sie verlor ihre finstere Alptraummiene und erschien jetzt wie ein farbiges, einzigartiges Abenteuer, das ein fahrender Ritter endlich seiner Dame zu Füßen legte.

Frei von allen pathetischen Umständen, in Kapitel reinster gesellschaftlicher Schönschrift eingeteilt – Kindheit in sauberer Wiege, behütete Schulzeit, Jugend nützlich und sportlich –, war ihre Lebensgeschichte wie eine rosafarbene Romanze, welche die Stimme einer Fee mir halblaut vorlas. Eine Romanze, von der nur die glückliche, unschuldige Gestalt der Heldin im Gedächtnis blieb, die sich auf einem ebenen Schauplatz bewegte.

Zusammengefaßt ergeben die beiden Berichte ein Ganzes an Vollkommenheit, das uns ideal erschien. Und gewissermaßen aus gegenseitiger Dankbarkeit wechselten wir ununterdrückbare Worte, die wir dann staunend als Ausdruck der Zuneigung erkannten. Und so entstand wie eine Blume im Schnee unser Idyll, und der erste Kuß krönte es so keusch, daß wir ihn wiederholen mußten, um die Sünde zu kosten. Adam und Eva, die in uns wohnten, wußten, daß Mann und Frau nur sündigend den unstillbaren Durst löschen, den sie nach einander spüren und dadurch einander durchsichtig werden.

Doch nun, da wir gestillt und gelöst waren, verdunkelten sich Grund und Folgen dieser Begegnung. Welche unauslotbare Absicht hatte sie ermöglichen wollen, und welchen Widerhall würde sie im Leben eines jeden von uns finden? Wir weigerten uns beide, sie als schlichtes Ergebnis des Zufalls zu werten und ihr die fortschreitende Zersetzung und das völlige Vergessen vorauszusagen. Weder der Stolz des Geistes noch die Selbstsucht der Sinne fanden sich mit einem solchen Beginn und einem solchen Ende ab. So versuchten wir, ihr Bedeutung zu geben und ihr im stürmischen Erleben jedes Zusammenseins Dauer zu sichern. So sehr, daß es fast zum Ärgernis wurde.

«Nanu, schon wieder eine Eroberung? Sie sind ein Glückspilz! In jedem Ländchen Ihre ...»

«Sie sind im Irrtum.»

Castro blickte mich starr an.

«Wollen Sie mich verhöhnen, oder was?»

«Diesmal meine ich es ernst.»

Er lachte.

«Wenn ich es Ihnen doch sage!»

«Sagen Sie es ihr. Sagen Sie es ihr ...»

Ja, ihrer Reinheit und nicht seiner Unreinheit mußte ich die Gewähr der Treue geben. Doch mit welchen Worten, die meine Zweifel und meine Ratlosigkeit nicht verrieten? Noch immer siedete das Blut in den Adern, die Seen spiegelten die Ruhe der

Berge, die Zeit verstrich, und jede Gewißheit wurde ungewisser, jede Minute wurde schmerzlicher. Was für ein Kreuzweg von Widersprüchen war doch das Menschengeschöpf!

Nach ein paar Tagen reisten wir ab. Vergebens zählte ich die Vorteile auf, wenn wir weiter von hier aus unsere Ausflüge planten, ich rühmte die Schönheit der Orte, die wir noch nicht besucht hatten, ich versuchte auf jede Art und Weise den unvermeidlichen Augenblick hinauszuzögern. Lopes rief zum Aufbruch. Das Interessanteste hatten wir ja gesehen – und somit: weiter! Es ist höchste Zeit. Marguerite weinte still im verlassenen Salon des Hotels. Draußen schneite es wieder. Ironie des Schicksals: die unsichtbare Hand des Zufalls hatte es sich zur Aufgabe gemacht, die Stunde weiß zu übertünchen, die in uns schwarz war von der Hoffnungslosigkeit dieses Lebewohls.

In Genf hielt der Wagen auf meine Bitte vor dem Denkmal Rousseaus, das auf seiner Insel die stille Betrachtung weiterführte, deren Geheimnis und Gabe die Standbilder besitzen. Bronzen folgt der Geist in ihnen ewig und geradlinig dem im Leben eingeschlagenen Weg.

Der seine führte geradenwegs in die zusammenhanglose, stürmische Welt der Leidenschaften, in der das Individuum mit dem Kollektiv lediglich einen Schutzvertrag unterschrieb. Eine den ungewöhnlichsten Launen von Körper und Seele geöffnete Welt, bevor das einschnürende Korsett des Fortschritts über uns kam, das die Wissenschaft uns umlegt und die Technik festzurrt.

«*Vous décrivez, Monsieur, avec tant de force les horreurs de la civilisation qu'il prend envie de marcher à quatre pattes en lisant vos ouvrages...*»* hatte Voltaire ihm geschrieben in dem Versuch, durch den Hebel des Spotts den Bau aus überschwenglichen Hymnen zu erschüttern, den sein andersgläubiger Zeitgenosse im Jahrhundert der Aufklärung dem Naturmenschen errichtete. Denn die Zivilisation war dies: der im richtungslosen Urwald der Instinkte eingefangene und in die Deichselstangen der normativen Vernunft gezwängte Mensch.

Das Schlimmste ist, daß aus dem Beispiel und den Werken des einen der riesige fruchtbare Stamm des romantischen Baums mit all seinen bekannten und noch zu erkennenden Ästen wuchs. Die mit Füßen getretene Thérèse und die ins Findelhaus gegebenen Kinder bedeuteten nichts. Es kam darauf an, die Freiheit des Künstlers, des Philosophen und sogar des gemeinen Zweifüßlers eifersüchtig zu verteidigen, damit sie sich ohne alle Fesseln auf den Pfaden des Natürlichen bewegen konnten. Von den Büchern und der Unterweisung des anderen blieben nur die pessimistische Hellsicht, das ätzende Lachen und die schöpferische Trockenheit – die Schalheit eines Lebens, dem die heimlichen Vertraulichkeiten des Unbewußten, die Überraschungen der Ursprünglichkeit und die Schätze der Einbildungskraft versagt waren. Wer von beiden stand wohl der Wahrheit näher? Wem von beiden sollte man Gehör schenken?

Arme Marguerite! Ein halb Dutzend Schritte von ihrem Kummer entfernt, nahm ich bereits die Maske ab und fragte mich das, was ich zur Genüge kannte. Ich hatte meine Wahl lange vorher getroffen. Diese fromme Pilgerfahrt hatte nur dazu gedient, sie zu rechtfertigen. Der Dichter suchte Zuflucht im laubreichen Schatten des älteren Bruders... Wirklich erbärmlich. Der einzige Milderungsgrund, den ich vielleicht zu meiner Verteidigung anführen konnte, war, daß ich litt. Ich litt wie ein Hund, weil ich war, wie ich war. Das mochten die vertraulichen Seiten sagen, die ich täglich niederschrieb, selbst wenn auf der Ebene der Aufrichtigkeit ich manches an ihnen zu bemängeln hätte, wie an denen über Amiel, der mir die Tore zu jenem Land aufgeschlossen hatte, und an denen über Rousseau selbst, der sie hinter mir schloß.

Während wir von neuem auf den Landstraßen Frankreichs dahinfuhren, verschärfte sich noch empfindlicher dieses schmerzliche Gefühl der Zweideutigkeit des Literarischen, der unvermeidlichen Künstlichkeit, die jede Seite in sich barg. Ganz abgesehen von den tausend Vorsichtsmaßnahmen und Behutsamkeiten, welche die innere Stimme diktierte – trotz dem bewußten Bemühen, die Pforten zum Innersten weit aufzusperren – , klangen die Sätze, aufs Papier geworfen, einfach unecht und konventionell, allein deshalb, weil sie formuliert worden waren. Der gewählte Blickwinkel für den Beginn, die grammatikalische Anordnung, die sich anschloß, das Auswählen und Ausmerzen der Vokabeln raubten ihnen jede Wahrheit. Was in meinem Innern Aufruhr und Wirrnis war, gewann in ihnen Haltung und Klarheit. Und die

Seele fühlte sich zur Karikatur gemacht. Ach, die unabhängige Sprache des Schweigens! Doch genau hier begann die Kreuzigung des Schriftstellers. Der Frieden der Stummheit war ihm verwehrt. Als Galeerensträfling des Wortes, als Diener des Ausdrucks mußte er darin das Märtyrertum seiner eigenen Einzelhaft erleiden.

Fern von inneren Selbstzerfleischungen wechselte die von den Wagenfenstern gerahmte Landschaft ständig. Nachdem die Bergspitzen des Jura unsere Augen überfallen hatten, verloren sich die Blicke auf den versöhnlichen Hängen Burgunds und liebäugelten mit der sanft gewellten Côte d'Or ohne Terrassen und ohne Brachland, wo freigebig der Wein der reichsten Tische der Welt gedieh.

Vom reichlich begossenen Mittagessen beschwert, gaben die Reisegefährten nur von Zeit zu Zeit ein Lebenszeichen von sich.

«Das Gewächs, das wir da gesüffelt haben, hat mich nicht sonderlich begeistert... Bei all der Propaganda...»

«Mich auch nicht, um ehrlich zu sein...»

«Schön, freilich war die Marke auch keine von den berühmten...» warf ich ein.

«Wenn es nur das wäre. Aber auch wenn wir die anderen Wundersorten nicht probiert haben, möchte ich schwören, daß wir zu Hause besseren Stoff haben.»

«Zumindest gleichwertigen.»

«Besseren. Mir scheint sogar, daß es auf der Welt keine Weine gibt wie die unsrigen. In Italien ist mir nichts Außergewöhnliches aufgefallen. Und hier... Neulich hat mir ein Freund bei der Hochzeit seiner Tochter einen Roten aus Meda vorgesetzt... Zum Teufel mit dem Musigny. So ein Rachenputzer!»

«Der Meda ist gut, das stimmt.»

Zum zweiten Mal herrschte Frieden in Warschau. Die Reizerreger waren verschwunden, und die Anlässe zu einem guten Einvernehmen nahmen ständig zu. Die herausfordernden Schlagworte blieben immer weiter zurück, und Paris kam immer näher.

Paris! Die Hauptstadt der Gegenwart – so hatte ich sie auf der Rückfahrt von den Hauptstädten der Vergangenheit zu sehen gewünscht... Nie war ich wie so viele Portugiesen – die durch meine Reisegefährten würdig vertreten waren – begierig darauf gewesen, sie kennenzulernen und mich in ihr, einfach indem ich ihren Asphalt trat, als gebildeter Weltbürger zu fühlen. Hungrig auf Offenbarungen, die mein Geist hier nicht finden konnte, hatte er seine Fühler nach anderen Städten ausgestreckt. Zuerst Rom, Florenz, Venedig – die Ruhe der verwirklichten Abenteuer. Dann sollte das große Herz des gegenwärtigen Europa an die Reihe kommen – mit dem Beben und den Sehnsüchten eines modernen Herzens. Es war spät, als ich endlich darin einzog, durch lange breite Verkehrsadern, die es nach allen Richtungen verlängerten, als wollten sie seine Wärme in die vier Winkel der Erde tragen. Auch der glückliche Umstand, daß wir zur Nachtzeit eintrafen, kam mir zugute. Ich würde auch einschlafen und es dabei im aufmerksamen Dichterohr schlagen hören, und ich würde schon auf seinen Rhythmus eingestimmt erwachen.

Und so geschah es. Im Dachgeschoß eines alten Hotels untergebracht, ging ich am nächsten Morgen ans Fenster und sah Montaigne mir von der anderen Straßenseite her zulächeln, und ich wünschte ihm mit der gleichen Leutseligkeit einen guten Morgen, überzeugt, daß der Geist hier entweder behender wurde oder seinen Witz verlor. Von der Überlieferung beeinflußt, glaubte ich in der Umgebung eine lockere Gewandtheit zu entdecken, feiner als die Luft, die ich einatmete.

In seinem gewohnten knappen Stil erklärte Tavares, der erste Portugiese, den ich aufsuchte, dieses anregende Fluidum.

«Das ist das Geheimnis dieses Landes: hier ist sogar die Faulheit schöpferisch.»

Er war wie immer, bedächtig, schläfrig, sanftmütig und Herr einer unverwüstlichen inneren Tatkraft. Eines Tages hatte er sich gegen Abend mit einem kleinen Handkoffer und einem halben Dutzend Francs in der Tasche in den Bummelzug gesetzt und war abgefahren. Als ich am Samstag von Sendim kam, erzählte André mir noch ganz erschüttert die Neuigkeit.

«Tavares hat Selbstmord verübt ...»

«Was, was? Selbstmord?»

«Er ist zu dem Schluß gekommen, daß er das nicht länger aushalten kann, und ist ohne einen Zwanziger und die Lungen heraushustend nach Paris abgedampft.»

Alle hatten den plötzlichen Entschluß als Wahnsinnstat angesehen. Arm und krank, wie konnte er in der großen Stadt überleben? Die von Zeit zu Zeit eintreffenden knappen Nachrichten schienen Hunger und Todeskampf zu bestätigen. Aber seine Willenskraft hatte Kassandras Schwarzseherei Lügen gestraft. Da stand er vor mir, so heiter am Seine-Strand, wie ich ihn am Mondego-Ufer gekannt hatte, und augenscheinlich wohl bestallt und kerngesund.

«Was ist aus dir geworden, Mann Gottes? In Portugal hält dich jeder für tot oder auf dem Wege dorthin...»

«Tot sind die selber aus purer Feigheit!»

«Und die Gesundheit?»

«Prima.»

Hinter seinen Brillengläsern gaben zwei ein wenig boshafte, halb entrückte, halb aufmerksame Augen seinem rundlichen Gesicht einen Anschein von östlichem Gleichmut.

«Du weißt nicht, wie froh ich bin, dich stramm und wetterfest in diesem Babylon zu sehen... Du mußt allerhand durchgemacht haben!»

«Nicht der Rede wert. In einem großen Land schlägt sich einer immer durch...»

Wir schlenderten gegen den Strom am Fluß entlang, und meine Aufmerksamkeit wurde ziemlich abgelenkt durch die Bücherstände, an denen wir vorüberkamen.

«Wieviel geschrieben wird!» stöhnte ich schließlich.

«Wir befinden uns in einer Zeit gewaltiger Produktion... Und die Literatur kann davon keine Ausnahme machen...»

«Und du hast an dieser Inflation nie mitarbeiten wollen...»

«Ich arbeite in der Malerei mit...»

«Ich wußte gar nicht, daß du malst!»

«Ich mache so ein paar Dinge. Ich habe immer gerne Puppen gezeichnet... Aber ich weiß, daß das nicht viel wert ist.»

«Und davon lebst du?»

«Nein. Ich gebe Stunden, arbeite im Rundfunk, übersetze Filmuntertitel...»

Mit tiefer, ein wenig eintöniger Stimme offenbarte er mir seinen skeptischen Optimismus, seine illusionslose Hartnäckigkeit.

«Ich beneide dich nur um deinen Mut!» gestand ich nach einer Weile.

«Na so was! Willst du noch mehr als du schon hast?»

«Ich brauche einen ganzen Haufen, um zu der Schufterei zurückzukehren.»

«Geh halt nicht!»

«Ich habe es dir doch gesagt. Ich bleibe zwei oder drei Wochen, und dann reicht's. Die Zeit, die der Besitzer des Wagens bleibt.»

«Schick den Kerl doch zum Teufel und deine Provinz dazu! Du mußt dir hier alles in Ruhe ansehen. Vor allem mußt du die heimische Fauna kennenlernen, die hierherum haust. Das wird dir ein dickes Buch füllen...»

«Ah! Dann hausen hier also Landsleute von uns?»

«Wir Portugiesen hausen immer mehr oder weniger in allen zivilisierten Landstrichen. Wir regen uns wie die anderen, machen den Eindruck, als lebten wir, aber in Wirklichkeit überwintern wir nur irgendwie in Erwartung der Sonne und des Dungs von daheim.»

Die Sonne und der Dung von daheim... Dies erwartete mich hier, poste restante.

«Mein lieber Sohn:

Ich habe deinen Brief erhalten aus dem ich ersehe daß du über meinen nicht glücklich warst aber für uns ist das hier noch schlimmer weil wir nicht wollen daß über uns im Dorf geredet wird uns wagt hier niemand ein Wort zu sagen wir haben es von außerhalb erfahren denn wenn jemand auf mich zukommt dann hat er keine Lust mehr mit mir zu reden. Der Eukalyptusbaum in Tafona hat dran glauben müssen sie haben ihn mit Sichelhieben bearbeitet und ihn bis aufs Mark geschält ich weiß nicht ob er eingeht ich glaube es war Zé da Tia wegen einem Kuß den du seiner Tochter gegeben hast wenn ich wüßte ob das stimmt würde ich eines Nachts in seinen Weinberg gehen und ihm eine schöne Reihe von Weinstöcken zusammenhauen aber vielleicht war er es nicht und dann hätte man Gewissensbisse. Ich sage davon der Mutter nichts und ich lasse sie nicht aufs Feld nach Tafona gehen und niemand weiß es außer mir und Maria und wir verbergen es auch damit es niemand erfährt und halten auch den Mund damit sich niemand aufregt. Es hat den Anschein daß sich alles beruhigt.

Grüße von Maria und den Segen von der Mutter und von mir deinem Vater.»

Es war bewegend, aus einem Land wie diesem eine solche Briefseite in den Händen zu halten. Es war, als hätte ich soeben, gestempelt und mit Absender versehen, eine Erdscholle aus Agarez geschickt bekommen.

«Gute Nachrichten?»

Ich lachte.

«Es sind keine Nachrichten. Es ist das Kapitel eines Romans ... Geschrieben mit dem Spaten, versteht sich.»

Und ich zeigte ihn vor.

Tavares las ihn und wurde ernst.

«Darin schlägt uns niemand. Wir sind Naturkinder wie am Tag der Schöpfung. Alle riechen noch nach Lehm. Nach dem Lehm von dort, natürlich. Selbst die, die sich für entwickelt halten ...»

Die Richtigkeit dieser Worte, bissig und zugleich liebevoll, bekam ich gleich darauf in der Redaktion von *Combate* zu spüren, dem Wurstblatt der politischen Exilportugiesen.

«Die Genossin Elisa ... Genosse Gouveia ... Hier unser Doktor, der auch Dichter ist ...»

«Sehr angenehm.»

Im Wohnzimmer dahinter waren noch mehr Menschen. Die einen saßen, andere standen, rauchten, stritten, gestikulierten, und aus dem leidenschaftsgeladenen, rauchigen Durcheinander tauchte eine Handvoll bedruckter Blätter auf, von denen ich schon einige Nummern in Portugal gelesen hatte. An den Wänden die alten Schlagworte der Revolution:

PROLETARIER ALLER LÄNDER VEREINIGT EUCH!
DAS PROLETARIAT KÄMPFT FÜR DIE BEFREIUNG
DER GANZEN MENSCHHEIT.
DIE PROLETARIER HABEN NICHTS ZU VERLIEREN
ALS IHRE KETTEN,
ABER SIE HABEN EINE WELT ZU GEWINNEN!

Es sprang in die Augen, daß die Zeitung, statt die Summe von Bemühungen, die Zusammenfassung eines in angestrengtem, verständnisvollem Zusammenwirken erarbeiteten gemeinsamen

Denkens zu sein, nichts war als das letzte Gefecht aller in der Verzweiflung der Ohnmacht und des Heimwehs. Ein Zwiegespräch zwischen den Gesprächspartnern fand nicht statt. Jeder hielt nach Kräften seinen Monolog, und sobald ein vernünftiger Einwurf den Gefühlsausbruch störte, spürte man die gespannte Gewalttätigkeit eines mühsam zurückgehaltenen Faustschlags.

Ich erzählte möglichst objektiv von Portugal. Doch nach den ersten Worten hörte niemand mehr zu. Jede Heudiele flammte auf eigene Rechnung und Gefahr auf und achtete nur auf das Lodern des eigenen Feuers. Nicht einmal Navarro, den ich schon in Coimbra zur Zeit der *Vanguarda* kennengelernt und den zu treffen ich hier nicht erwartet hatte, bildete eine Ausnahme. Obwohl er sich von den anderen unterschied in der Art, wie er sich unter ihnen bewegte und seine Beweisgründe logisch entwickelte, klammerte er sich in einem gegebenen Augenblick an irgendeine meiner Behauptungen und nahm sie zum Vorwand, um sprühend loszulegen. Wenn er geendet hatte, hüllte er sich in die unsichtbare *Capa* des Ideen-Stierkämpfers und blickte hinaus auf die Straße, als hätte er die Arena verlassen.

«Was für eine Meute!» platzte ich in der Tür heraus.

«Dabei waren noch nicht einmal alle da. Einige kuriose Typen fehlten. Der alte Dr. Luciano vor allem, der für sich allein eine Abhandlung des Menschlichen ist. Aber so war es besser. Ein Getränk wie dieses muß man schluckweise genießen.»

«Kein Mensch versteht den andern. Das war ja wie ein Gespräch von Tauben ...»

«Gerade darin liegt doch der Spaß. Ein jeder von ihnen gehört zu seiner Partei, deren Führer er ganz offensichtlich ist, und trägt ein fix und fertiges Ministerium in der Tasche ...»

«Es stimmt also, was zu Hause gemunkelt wurde ...»

«Und sie wissen nicht mal die Hälfte! Schau: Alle sind ehrbar, aufrichtig, und alle sind es leid, zu leiden. Aber wie sieht's aus? Unfähig zur geringsten Selbstzucht, Individualität bis in die Haarwurzeln.»

«Wir haben eine Diktatur auf lange Sicht ...»

«Ja, die haben wir!»

«Und die Junge, diese Elisa, wer ist denn das? Sie machte mir den Eindruck, als wäre sie die einzige, die weiß, was sie will ...»

«Hör, sie ist die Heldin einer hübschen Geschichte, die es wert wäre, erzählt zu werden. Sie studierte Medizin in Lissabon und war in einen Kommilitonen der Jurisprudenz verliebt. Beide gehörten zur Kommunistischen Jugend. Dann wurden sie denunziert und verhaftet. Der Junge riß aus. Sie dagegen stellte sich krank, wurde ins Krankenhaus eingeliefert, und dort entführte er sie. Ihre Flitterwochen verbrachten sie auf der Flucht durch die Berge Portugals und Spaniens, bis es ihnen gelang, die französische Grenze zu überschreiten. Aber der Junge meldete sich zu den Internationalen Brigaden und fiel in Guadalajara. Eine Schwangerschaft krönte die Romanze.»

OUVRIERS DE TOUS LES PAYS, UNISSEZ-VOUS!*

Der Aufruf, der in roten Buchstaben von einer Bretterwand schrie, faßte diesen revolutionären Handlungsablauf angemessen zusammen, der drei Leben umschloß – ein verganges, ein gegenwärtiges und das, welches die Zukunft erwartete, eine noch im Werden befindliche Wirklichkeit.

«Sie schien sympathisch...»

«Sehr. Sie allein bringt ein bißchen Ordnung in diese Anarchie, die in der Redaktion herrscht. Sie wirkt wie ein polarisierendes Sinnbild...»

«Sie ist doch hochschwanger...»

«Wir rechnen damit, daß sie dieser Tage niederkommt. Und dann geht all ihr wohltuender Einfluß vor die Hunde...»

«Warum?»

«Weil eine alleinstehende Frau nur in der Schwangerschaft heilig ist...»

Daran hatte ich nie gedacht. Und ich stellte mir vor, was eine Alice mit gewölbtem Leib, was eine Marguerite kurz vor der Niederkunft für mich wäre. Würde ich neben ihnen die gleiche zerstörerische Verlockung, die gleiche Verzweiflung des grausamen Wolfes spüren? Oder würde ich sie befriedet als greifbare, heilige Sinnbilder einer eigenständigen, begnadeten Natur ansehen, der die wunderbare Gabe des Zeugens gewährt war, auf die selbst Gott zurückgreifen mußte, damit sein eingeborener Sohn Fleisch werde? Noch am selben Vormittag hatte ich an beide geschrieben.

Fast mit denselben, ebenso glühenden wie entmutigenden Worten. Alice war bereits gegen diese tückische Krankheit geimpft; aber Marguerite sollte darüber befremdet sein.

In einem Brief, den ich am Abend zuvor von ihr erhalten hatte, sagte Alice:

«Du weißt, daß ich trotz allem von deiner Freundschaft lebe. Ich weiß, wie sie ist, und daher gebe ich dir keine Schuld. Nur fehlt mir ein bestimmtes Maß an Entsagung für bestimmte Umstände… Aber das sind Fehler, die sich beheben lassen…»

Marguerite war klarer:

«Je t'ai fait don d'un amour pur et gratuit, qui ne demande aucune obligation, aucun contrat tacite ou explicite…»[*]

Beiden antwortete ich geflissentlich und vieldeutig, ich erzählte von der Reise, beschrieb die ersten Eindrücke aus Paris und verpackte meine Gefühle in Vergleichen, ich war zu beiden durchweg aufrichtig, auch wenn die Briefseiten zu ein und demselben zweigeteilten Original zu gehören schienen. Im Grunde liebte und fürchtete ich gegen meinen Willen dieselbe Frau in allen Frauen. Lia, Norma, Dina, Sílvia, Gabriela, Alice und Marguerite unterschieden sich voneinander nur scheinbar in meinem Verlangen und meinem Selbsterhaltungstrieb. Es war immer dieselbe Eva, die ich in einer jeden sah, nur mit verschiedenen Gesichtern je nach Tag, Stunde und den Umständen der Versuchung.

Als Schwangere indes hätte die Gefährtin des unvorsichtigen Adam diesen besänftigen müssen. Jetzt war die Schlange in ihr verschwunden, und eine irdische bußfertige Maske – das Leidenstuch der künftigen Mutter – bedeckte ihr verführerisches Antlitz.

Am Kaffeehaustisch im *Quartier Latin* dachte ich über diese Dinge nach, inmitten einer eigenartigen Menschheit, die äußerlich oder innerlich erregt, rauchte, trank, redete, stritt, schrieb oder ungehemmt girrte. Die frische, leichte Luft, die ich am ersten Tag beim Betrachten Montaignes von meinem Hotelfenster aus eingeatmet und für den Hauch seines Geistes gehalten hatte, war hier mit dem Messer zu schneiden. Lau und schwer drang sie in die Lungen wie Sirup. Doch gerade in einer solchen erstickenden, giftigen Atmosphäre, die sich an jeder Straßenecke des Viertels in ähnlichen Höhlen wiederholte, fand die augenblickliche Unruhe ihren Sauerstoff. Nach und nach gelang es mir, der zurückhaltenden Tagesnatur des Verfassers der *Essais* die entfesselte, schmerzensreiche Villons entgegenzusetzen. Der Büßer des *Grand Testament*, ja, er war letztlich der echte Schutzpatron dieses Paris atemberaubender, schöpferischer Treibhäuser, gegenwärtiger Gegenbilder zu den Tavernen der Vergangenheit. Der Elfenbeinturm des anderen, in dem das gelassene Nachdenken seine glückliche Stunde erlebt hatte, war von den anrüchigen Kellerkneipen der existentiellen Verzweiflung abgelöst worden.

«Das ist eine Deutung ...» erwiderte Tavares, als er eintrat und ich ihm erklärte, worüber ich mir den Kopf zerbrochen hatte.

Er zündete sich eine Zigarette an, bestellte ein Getränk und schien etliche Augenblicke abwesend.

«Vielleicht etwas weit hergeholt ...» sagte er schließlich. – Aber hörenswert ...»

«Womöglich nicht mehr als eine tendenziöse Verirrung ... Fieberwahn ... Dergleichen erzeugen die Wahlverwandtschaften ...» scherzte ich.

Er lachte.

«Ihr Dichter ...»

Er leerte sein Glas, stieß ein paar Rauchwolken aus und deutete mit einer Kopfbewegung auf einen Tisch im Hintergrund.

«Weißt du, wer dort rechterhand sitzt?»

«Nein.»

«Der letzte Prix Goncourt. Und der dort ...»

Aber die Bienen des Schwarms, gleich ob Königinnen oder Arbeitsbienen, ließen mich kälter als die Wirklichkeit des Bienenkorbs selbst.

«Wollen wir eine Runde drehen?» schlug ich vor.

L'ESPOIR

In den Schaufenstern ausgestellt, schien Malraux' neues Buch gleichfalls eine verlockende Losung zu sein.

«Hast du es schon gelesen?» fragte ich und stellte mir eine weitere auf dem Altar meiner Bewunderung brennende Kerze vor.

«Ich habe den Titel gelesen, und der ist so ausdrucksstark, daß er das Lesen des Werks überflüssig macht. *Die Hoffnung.* Findest du, daß mehr nötig ist?»

«Noch bei meiner Ankunft hast du mir einreden wollen, daß man schreiben muß ...»

«Klar!»

«Na und ...»

«Genau dafür schreiben: um das richtige Wort im richtigen Augenblick zu finden. Das hat Malraux getan. Er hat es gesucht, er hat es gefunden, er hat es offenbart, und jetzt wiederholt es die Welt beruhigt. Was würde aus unserer Zeit und aus uns ohne es? Welchen Sinn hätten diese zur Schau gestellten Schrecken, gäbe es nicht hinter einer jeden Verstümmelung die Gewißheit, die er uns schenkte?»

Wir standen vor den Auslagen der *Casa de España*, die angefüllt waren mit entsetzenerregenden Fotos. Niedergemetzelte Menschenmassen, zerstörte Städte, verwüstete Felder.

«Anfangs, als sie hier nackt und kahl ausgestellt wurden, kamen sie einem vor wie Wahngebilde. Man bekam rein vom Anschauen Lust zu sterben. Aber Malraux fügte ihnen einen Untertitel bei, den alle im Herzen trugen, ohne es zu wissen. Und wer vorübergeht, nimmt neben der Trauer der Verzweiflung die Sonne der Hoffnung mit.»

«Und gibt es wirklich Hoffnung?»

«Die gibt es. Auf lange Sicht zwar, aber es gibt sie.»

«Und mittlerweile?»

«Eines von beiden. Entweder man reiht sich unter die Jasager ein, oder man beißt die Zähne zusammen.»

Und tatsächlich wohnte die Menge abends mit zusammengebissenen Zähnen der riesigen antifaschistischen Kundgebung im Sportpalast bei.

Die ausgewanderten Portugiesen waren auch darunter, vermischt mit spanischen, italienischen, jüdischen Flüchtlingen und anderen Verfolgten aus allen Teilen der Welt. Große aufgehängte Spruchbänder forderten vielsprachig Frieden, Freiheit und Gerechtigkeit.

Dumpfes Bienenschwarmrauschen füllte das Gebäude bis zur Decke.

Auf der Bühne lösten die Redner einander ab. Einflußreiche Namen aus Politik, Literatur und Wissenschaft neben einfachen Arbeitern und namenlosen Parteikämpfern. Nach jeder Rede machte die kaum beherrschte Erregung sich in Hoch und Nieder Luft wie ein Sturmgewitter.

Ohne in diesem menschlichen Meer Fuß fassen zu können, beobachtete ich benommen Flut und Ebbe. In den Augenblicken höchster Begeisterung war mir, als wollten die Wände des Gebäudes nachgeben, als würde die Welt noch in diesem Augenblick von der Freiheitswoge überflutet werden.

Elisa vor mir schien wie besessen, sie schrie, sie gestikulierte, sie klatschte Beifall. Nach und nach bemächtigte sich meiner die törichte Angst, die Schleusen ihres Leibes möchten nicht standhalten und sie könnte von einer Stunde zur anderen niederkommen.

Ich klopfte ihr leicht auf die Schulter.

«Passen Sie auf. Es kann Ihnen schaden...»

Mit einer Art zarten Mitgefühls blickte sie mich an.

«Keine Gefahr. Seien Sie ganz beruhigt.»

Wie ein zurechtgewiesener Dummkopf versuchte ich, mich zu sammeln, den Podiumssprechern zuzuhören und am Schluß gleichfalls überwältigt und hemmungslos mitzuschreien. Aber der Geist weigerte sich, die Aufmerksamkeit floh in andere Richtungen, und ein schwer erklärbares Schamgefühl beschnitt mir die Begeisterung.

Ich gab auf. Es war offensichtlich, daß ich nie ein Mensch der Masse, der Versammlungen, ein Anhänger von Freiluftkundgebungen sein würde. Wo andere sich entspannten, sich enthemmten, sich befreiten, zuckte ich zusammen, meine Stimme versagte, und mein Herz fühlte sich bedrückt.

Nein. Das Kollektiv konnte sich in mir nur denkend und schreibend äußern.

Am Nachmittag des folgenden Tages traf ich mich mit Professor Freire, meinem alten Lehrer aus Coimbra. Von seinem Kollegen, der damals als Minister Land in Sendim besaß, entlassen, war er ausgewandert und wirkte nun dank eines Stipendiums der Rockefeller-Stiftung an der Sorbonne. Wie viel Zeit war vergangen, seit wir uns kennengelernt hatten. Hinten im Prüfungssaal zwischen Wurzeln, Stämmen und Holzmustern aus allen Gegenden der Welt hatte er einem Zauberer der Wälder geglichen. Ein knochendürrer, reinlicher Zauberer, glattrasiert, mit Wieselaugen. Als Null in diesem Studienstoff hatte ich mich vor ihn auf einen Stuhl gesetzt wie ein Schuldiger auf die Anklagebank. Er hatte auf die Tischplatte geschlagen und gefragt:

«Was ist das?»

«Ein Brett.»

«Aus welchem Holz?»

Und er begann, den Stamm mit seinem Aufbau, seinem Wurzeldruck, seinem Splintholz, Bast und Kernholz zu analysieren.

Nach einer anstrengenden Stunde, in der ich die Neuronen meines Verstandes und meiner Intuition aufs äußerste anstrengte, gab er mir eine Zehn.

«Ich nehme Sie an, nicht für das, was Sie wissen, was dürftig ist, aber für das, was Sie wissen könnten...»

Wir wurden Freunde. Das Bild dieses offenherzigen, großzügigen Menschen, der empfänglich war für meine verbissene Verteidigung, war für immer in meinem Herzen eingegraben geblieben. Als ich ihm Tage später anläßlich eines Vortrags in der Arbeitergenossenschaft zuhörte und ihn umarmte, war mir, als drückte ich einen Gefährten in die Arme.

Voller Seelenkraft trotz der Gewalt, deren Opfer er gewesen war, ließ er sich nicht unterkriegen. Und da saß er und ging seinen Forschungen über Genetik nach, obgleich das Heimweh ihn aushöhlte. In dieser Beziehung waren alle Emigranten gleich. Alle seufzten gleichermaßen nach ihrer Heimatluft.

Während er unter dem Mikroskop ein Präparat, das nicht warten konnte, untersuchte, versuchte ich ihn aufzumuntern.

«Im Grunde war es gut, daß sie Ihnen Ihren Lehrstuhl genommen haben. Jetzt können Sie wenigstens nach Ihrem freien Willen arbeiten, Sie leben in einem bedeutenden wissenschaftlichen Umfeld, Sie sind geachtet...»

Er hob den Kopf und blickte mir in die Augen.

«Mir fehlt die Hauptsache: die Nestwärme. Das mag schlecht sein, armselig, provinziell, was Sie wollen, aber es gibt kein besseres Land auf dieser Erde.»

«Sagen Sie das nicht!»

«Das sage ich, und niemand überzeugt mich vom Gegenteil.

Sie wissen doch, wie die Franzosen sind! Egoisten, Chauvinisten, Wichtigtuer, Geizkragen, nur sie taugen etwas... Die schlimmste Rasse, die Gott in die Welt gesetzt hat.»

«Immerhin nehmen sie Fremde auf... Und öffnen ihnen die Tore ihrer Universitäten...»

«Ad majorem Galliae gloriam... Gauner!»

Mir war, als hörte ich Castro reden:

«Schließlich und endlich gibt es hier nichts, was einer kleinen Portugiesin das Wasser reichen könnte!...»

Was für ein Todesurteil! Wissenschaftler, Politiker, Künstler, Industrielle, alle verbrüdert in der gleichen heimwehkranken, rührseligen, überempfindsamen Verfassung.

«Das hier ist eine unmögliche Umwelt. Man hat keinen Freund, man kann sich mit niemandem unterhalten, man kann hier nicht leben! Man geht ein vor Einsamkeit. Paris! Paris! Schauen Sie sich einmal richtig um. Wie lange haben Sie vor, hierzubleiben?»

«Vierzehn Tage bis drei Wochen, mehr oder minder.»

«Mehr als genug. Sie werden sehen, wie rasch Sie Ihre Illusionen verlieren. Dort redet man miteinander, man brüllt, man zerfetzt sich, beleidigt sich, aber wir mögen uns gegenseitig. Hier herrscht diese Methode, diese Ordnung, diese Disziplin, aber im Grunde kann sich niemand ausstehen. Wenn der Tag herum ist, geht man mit eiskaltem Herzen zu Bett.»

In seinen klugen Augen schimmerte eine fast fiebrige Schwermut. Von neuem spähte er in die Röhre des Mikroskops und begann, von Mendelschen Faktoren zu reden. Gleich darauf erging er sich in einer wissenschaftlichen Erläuterung über die grundsätzliche Zweigeschlechtlichkeit jedes Menschenwesens. Schließlich, gleichsam der Welt entrückt, begann er ein Sonett von Olavo Bilac*:

Was (sagt ihr), Sterne hören! Sicherlich
Ist dir der Sinn verrückt! Ich sag euch gleich:
Oftmals, um sie zu hören, erwache ich
Und stoß das Fenster auf, vor Staunen bleich...

Während er rezitierte, zog er seinen Kittel aus.

«Sehr hübsches Gedicht!»

«Soso lala...»

«Schön, Sie gehören zur modernen Schule ... Aber für meinen Geschmack ist nie etwas Schöneres geschrieben worden ...»

Und wir redeten die ganze Nacht, während
Die Milchstraße wie ein offener Baldachin ...

Noch mit den Versen im Mund, betrat er ein verborgenes Verlies und warf einen Blick auf seine Kulturen. Anscheinend verhielten die Pilze sich ruhig.

Er vertraute mir an:

«Früher machten diese Biester mir das Leben schwer. Da sie sich bei der ersten Tageshelle öffnen, mußte ich in aller Herrgottsfrühe zur Stelle sein, um ihre Fortpflanzung nicht zu verpassen. Da dachte ich mir einen Trick aus, der sich bewährte. Ich stellte sie in eine Dunkelkammer und schaltete mit Hilfe eines selbsterfundenen Uhrensystems zur gewünschten Stunde eine starke Lampe ein, und so glauben die kleinen Dummen, es wäre das Sonnenlicht, und sondern ihre Sporen ab. Aber erzählen Sie mir von zu Hause.»

«Was soll ich Ihnen erzählen! Alles beim alten! Die Zensur dreht den Hahn immer schärfer zu, die Gaunereien werden immer schamloser, die Unterdrückung immer gewalttätiger ... Prachtvoll!»

«Mann, dieses Portugal kenne ich. Es steht täglich in den Zeitungen. Ich möchte von Ihnen über das andere etwas hören.»

Wir waren auf dem Weg zum Rodin-Museum, dessen eifriger Besucher er war und das er mit mir zusammen besichtigen wollte. Wir gingen zu Fuß, und während ich Anekdoten erzählte und bekannte Persönlichkeiten durchhechelte, Skandale schilderte und nach bestem Vermögen das malerische, liebenswerte Antlitz unserer Heimat beschwor, hörte er mir auf der ganzen Strecke so glückselig zu, daß ich mir vorkam, als wiegte ich ein Kind in den Schlaf.

Während ich solcherart die exilierte Seele des Landsmanns abhorchte – und mich in den Pausen im Louvre verlor –, besuchten Lopes und Castro Modegeschäfte und andere gleich renommierte Institutionen: die Folies Bergères, das Musée Grévin und den Eiffelturm.

Abends, wenn wir uns im Hotel trafen und den Rosenkranz unserer Entzückungen abspulten, verglich ich das Besucherparis mit dem der Exilbewohner. Und ich stieß auf zwei entgegengesetzte Wirklichkeiten: die eine feenhaft, die andere finster. Die eine voller Genüsse, die andere voller Bußübungen.

«Seltsam, wie die Bedeutung einer Sache sich durch den Blickwinkel verändert...» überlegte ich eines Abends.« Ich hörte Ihnen zu und dachte dabei an unsere Landsleute, die sich hier plagen...»

«Lassen Sie uns doch mit diesen Dummköpfen zufrieden!»

«Dummköpfe? Na hören Sie!»

«Genau, Dummköpfe! Es geht ihnen schlecht, weil sie es nicht anders wollen. Wieso müssen sie hier leben? Wären sie doch geblieben, wo sie waren, statt sich hier Verschwörergruppen anzuschließen! Nichtsnutze...»

«Reden Sie doch keinen Unsinn!»

«Unsinn nennen Sie das...»

«Wie soll ich das sonst nennen? Eine Behauptung wie diese kann nur jemand aussprechen, der nicht das grundlegende Element jedes anständigen menschlichen Zusammenlebens kennt: die Achtung vor den Vorstellungen des andern.»

«Vorstellungen haben mir gerade noch gefehlt! Warum legen Sie nicht mal eine andere Platte auf?»

«Gerade diese müssen gewisse Leute von morgens bis abends hören, damit sie sie endlich kapieren...»

«Also, legen Sie los...»

«Was für ein Vaterland!» stöhnte ich verzweifelt.

«Das Vaterland wäre gut, wenn es nicht so viele böse Zungen gäbe, die es verleumden...»

«Auch das noch!»

Es nutzte nichts, sich gegen so viel Stumpfsinn zu empören. Das Übel hatte eine lange Vergangenheit. Die Verbannten ernteten von den Zurückgebliebenen, den Angepaßten, nur Hohn und Verachtung statt Bewunderung und Zuneigung. Als ich die Schilderung der Leiden las, welche die Männer des Liberalismus in den Schuppen von Plymouth erduldeten, wollte ich meinen Augen nicht trauen. Wie konnte ein Volk seine Landsleute, die dafür kämpften, daß die Sonne der Freiheit auch ihm eines Tages scheine, in auswegloser Lage allein lassen? Jedenfalls war die Ungeheuerlichkeit geschehen und geschah immer weiter, selbst nachdem Vorteile erzielt waren. Und das Schlimmste an dem Trauerspiel war, daß die Mehrzahl der Exilierten innerhalb der eigenen Nation lebte. Jeder, der in ihr seine widersprechende Stimme erhob, wurde der verfemten Sekte zugerechnet. Je nach der Epoche als Ketzer, als Freimaurer, als Subversiver, als Feind verteufelt, wurde er wirklich oder sinnbildlich öffentlich verbrannt. Was bedeutete die aggressive Gewalttätigkeit der Polemiken in Portugal anderes als die Unfähigkeit zum Gespräch, zum Zuhören, zum Geltenlassen und Verstehen des Gegners? Wozu sonst dieser abgründige Haß auf die fremde Meinung, die Notwendigkeit, sie unter allen Umständen zum Verstummen zu bringen?

«Fest steht, daß die Unduldsamkeit nur vernichten kann; der Geist aber kann wiederbeleben...» rief ich.

«An schönen Worten fehlt's Ihnen nicht!...»

«Gottlob auch nicht an anderem...»

Ja, wir hatten mehr geleistet als nur Reden schwingen, obgleich eine gewisse Rhetorik in den Reihen der Revolutionäre nicht zu leugnen war.

NICHT DAS BEWUSSTSEIN DES MENSCHEN BESTIMMT SEIN GESELLSCHAFTLICHES SEIN; DAS GESELLSCHAFTLICHE SEIN IM GEGENTEIL BESTIMMT SEIN BEWUSSTSEIN.

Als hängte Elisa ein Bild an die Wand ihres Heims, heftete sie noch diesen Ausspruch liebevoll in der Redaktion an.

«Es macht sich gut so, finden Sie nicht?»

«Tut es...» antwortete ich wortkarg.

«Mir scheint, Sie sind nicht ganz überzeugt!»

«Wissen Sie, seit gut einem Monat lese ich nichts als Plakate. Und ich finde sie langsam alle gleich. Die der Rechten wie die der Linken...»

«Sehen Sie ernstlich keinen Unterschied?! Ehrenwort?»

«Hören Sie, es ist nicht immer leicht...»

«Geben Sie sich Mühe...»

Wieder sah ich mich im Handgemenge mit der positiven weiblichen Natur, die diesmal sogar physisch nicht anzuzweifeln war.

Dieser objektive Geist und dieser unförmige Körper verstanden keine Ausflüchte, Zweifel, Irrlehren irgendwelcher Ordnung. Die Dinge waren Dinge, die Lehren Lehren, die Kundgebungen Kundgebungen, und eine Schwangerschaft das, was man sah. Der Einfluß, den sie hier hatte, rührte von eben dieser Fähigkeit her, alles auf seine Buchstäblichkeit zurückzuführen. Die männlichen Abstraktionen wurden vor ihren Augen konkret.

«Genügt das?»

«Ich glaube schon…»

«Schön, ich will mich bemühen, ob ich sehe…»

Aber Navarro rettete die Lage. Ausgehend von dem Ausspruch, den er beim Eintreten las, verwickelte er sich in einen so dichten Knäuel von Überlegungen und Folgerungen, daß ich mich im Schutz des dialektischen Strohfeuers ungestraft von der Anklagebank stehlen konnte.

Er hatte sich in nichts geändert, dieser Teufel. Genau wie in seiner Studentenzeit glich er eher einer Denkmaschine als einem Sterblichen aus Fleisch und Blut. Stets zeigte er eine erschöpfte Miene, und dann flammte er mit einmal auf, führte endlose Beweisketten an, ohne den Gegner zum Aufatmen kommen zu lassen, und fiel danach in eine Wortkargheit zurück, die wie Unaufmerksamkeit oder Interesselosigkeit wirkte. Doch währenddessen füllte er seine Reserven auf, und plötzlich feuerte er gleichsam automatisch wieder los. Mit liebenswürdiger Anmaßung gepanzert, verschanzte er sich hinter Unzugänglichkeit, selbst wenn er mit den Freunden am Caféhaustisch zusammensaß. Niemals entschlüpfte ihm ein zärtliches Wort, eine Vertraulichkeit oder ein Gefühlserguß. Ein trauriger Held des Daseins wie die meisten, hatte auch er seine kummerbeladene Geschichte, die niemand zum zweitenmal erzählte, weil es nicht die Mühe lohnte, so daß er sie unpersönlich zu erleben schien. Ohne Paß vor die Grenze gesetzt, wanderte er mit vorläufigen Aufenthaltsgenehmigungen von Land zu Land durch die Welt und bewegte sich in schläfrig eigensüchtiger Trägheit, in der er von Zeit zu Zeit mit einem Ruck seine Muskeln lockerte. Er war ein getreuer Leser meiner Bücher, tat aber so, als wüßte er nicht, daß ich ihr Verfasser war, wenn er sie in meiner Gegenwart erwähnte. Er wehrte sich gegen jedes liebevolle Zusammenleben, er schien zu fürchten, daß er auf dem Gebiet der Gefühle seine unerbittliche Geistesklarheit einbüßen könnte.

«Wie kommt dir dieses Europa vor?» hatte ich ihn einmal während einer längeren Unterhaltung gefragt.

«Wie ein Vulkan am Vorabend seines Ausbruchs.»

«Und Frankreich?»

«Rührt keinen Finger, um die Katastrophe zu verhüten. Es läßt die Tschechei erobern, den Krieg in Spanien verlorengehen und verschränkt die Arme.»

«Und diese Tausende von Arbeitern, die noch vor wenigen Tagen auf der Kundgebung tobten? Lehnen die sich nicht auf, tun sie denn nichts?»

«Nichts.»

«Sehr hübsch!»

Ich wollte das Zwiegespräch nicht so trostlos versanden lassen und versuchte, es von einem anderen Gesichtspunkt aus fortzuführen.

«Und du?»

Er tat einen Zug aus seiner Zigarette und senkte kurz die Lider, als wolle er sich hinter ihnen verstecken.

«Auch ich tue nichts.»

Als ich schon ein wenig erschöpft war von der Beobachtung dieses revolutionären Lebens, das im Grunde eben so routinehaft verlief wie das konservative, denn das war es auch, nur unter entgegengesetzten Vorzeichen, kam mir eine Eingebung. Ich wußte zufällig von Tavares, der stets über den Verbleib aller Studienkollegen unserer Generation im Bilde war, daß Santos, der in den diplomatischen Dienst getreten war, vor kurzem zum Botschaftssekretär in Brüssel ernannt worden war. Und ich beschloß, ihn aufzusuchen. Ich umarmte die jungen Leute und steckte die Nase in den flämischen Nebel.

Nach einigen Stunden Zugfahrt fand ich Santos behaglich in einem bürgerlichen Zimmer sitzend, wo er einen Essay über Valéry in die Maschine tippte. Nach dem ersten Überschwang der Begrüßung verstummte ich, aus Furcht, ihn unterbrochen zu haben.

«Nun sprich schon, denn das muß heute noch raus ...»

Trotz unserer Trennung nach dem Studienabschluß hatte ich ihn nie ganz aus den Augen verloren.

Ich las seine an die Zeitungen eingesandten Chroniken, ich wußte von seiner Auszeichnung durch die Akademie, ich kannte einige seiner Bücher, die keineswegs schlecht waren, und hatte ihn sogar um Mitarbeit für die erste Nummer von *Trajecto* gebeten.

«Schreib das zuerst zu Ende.»

«Ich habe noch einen Augenblick Zeit. Erzähl, erzähl...»

Verblüfft erlebte ich das Phänomen, daß einer zu gleicher Zeit reden und schreiben kann. Der größte literarische Stotterer hatte den personifizierten Redefluß vor sich.

Als er mit seinem Essay fertig war, steckten wir die Kostbarkeit in den Briefkasten und machten einen Spaziergang. La Grand' Place, das Museum, Erasmus' Haus. Doch während des ganzen Weges wollte mir nicht seine leichtfüßige Ausdrucksfähigkeit aus dem Kopf. Was für ein Unterschied zwischen einem solch flinken, zuverlässigen, lenksamen Talent und meiner armseligen, stammelnden, geplagten Begabung, die gegen alle Stolpersteine stieß!

«Ich bin überwältigt von deiner Leistung!»

«Welcher denn?»

«Der eben erlebten. Was gäbe ich dafür, das auch zu können!»

«Frage der Übung...» antwortete er ausweichend.

«Du magst das Übung nennen. Ich verbringe Stunden damit, ein Blatt Papier mit demselben Satz vollzuschmieren...»

Er war schon ganz woanders und hörte meinen Klagen gar nicht zu. Er reinigte seine Brillengläser und begann, sich in einem sprunghaften, belanglosen und malerischen Selbstgespräch über tausend Themen auszulassen.

«Der Beruf tut dir gut. Du bist ein anderer geworden...»

«Findest du?»

Nun erinnerte ich ihn an die Zeit der *República* und die Nacht, in der ich ihn auf seinem romantischen Streifzug durch Coimbras verlassene Straßen begleitet hatte.

«Du bist im Irrtum. Das bin nicht ich gewesen.»

«Na hör mal!»

«Wenn ich es dir sage!»

Ich beharrte auf meiner Geschichte, doch er leugnete standhaft, ihr Held gewesen zu sein. Und erst als ich ihn verlassen hatte und auf dem Weg nach Antwerpen war – wo ich den Rubens der Kathedrale bewundern wollte –, konnte ich meinem Staunen beikommen über eine so tiefe Gedächtnistrübung, daß kein Lichtstrahl sie zu durchdringen vermocht hatte.

Während ich am Zugfenster lehnte und Flanderns flache Landschaft betrachtete, reihten sich auch meine Gedanken nach und nach flächenhaft aneinander. Und schließlich knüpfte ich an den bei der Abfahrt aus der Schweiz zurückgelassenen Gedankenstrang an. Santos war in einer extremen Form eben das, was ich damals an mir selbst festgestellt hatte: ein menschliches Ungeheuer, zum Schreiben verurteilt. Beide opferten wir ihm alles, selbst wenn der eine, der weniger verbildete, die bloßstellenden oder einfach unbequemen Bilder des zu Opfernden im Spiegel des Bewußtseins nicht völlig zu löschen vermochte und sich auch im Garten der Worte nicht im Frieden fühlte. Was Wunder, daß mein einstiger Gefährte sich nicht an seine Gefühlsaufschwünge der Jugend erinnerte und schreiben konnte, während er sich mit mir unterhielt! Freilich, wer mehr auf die Früchte als auf die Zweige sah, hätte das gleiche von mir behaupten können. Letztlich zählten nur sie. Und waren praktisch gleich. Der einzige Unterschied zwischen uns war, daß er solche Perfektion erreicht hatte, daß er tatsächlich die Ereignisse vergaß, nicht einmal mehr seinem Gesprächspartner zuhörte und sich überdies auf jeder geschriebenen Seite verwirklicht sah. Das konnte ich nicht.

«Wie war die Reise?» wollte Tavares nach meiner Rückkehr wissen.

«Die Landschaft ist eintönig, und die Bewohner ähneln ihr. Aber es hat mir gefallen, diese menschliche Solidität in die Niederungen der Geographie eingepflanzt zu sehen. Man kehrt trostlos und zugleich gestärkt von dort zurück. Mit trauriger Seele und zufriedenem Leib.»

«Und Santos?»

«Zerfließt in Prosa.»

«Stimmt. Er neigt zum Übermaß ...»

«... an Talent.»

«Wenn du es so nennen willst ...»

«Eine Ausdruckskraft, wie ich sie nie gesehen habe!»

«Ausdruckskraft, so ein Wortschwall?!»

«Zumindest der fertige und bündige Ausdruck im richtigen Augenblick. Wenn ich das nur hätte!»

«Fertig, einverstanden; aber bündig ...»

«Während mir manchmal das eine wie das andere fehlt.»

«Entweder täusche ich mich grundsätzlich, oder er wird der Nachwelt kaum Kopfschmerzen hinterlassen. Wenn ich ihn lese, kommt es mir vor, als kaute ich Hohlwaffeln. Kampf! Kampf mit den Wörtern! Eine Seite interessiert nur wahrhaft, wenn wir fühlen, daß die Wortwahl bewältigt wurde. Hör auf meinen Rat: bleib hier! Schick Coimbra und Umgebung zum Teufel. Dies hier ist etwas ganz anderes. Man mag sagen, was man will: Paris ist nach wie vor der Mittelpunkt der Welt.»

«Nicht meiner.»

«Aber Agarez, ich weiß.»

«In gewisser Weise schon ...»

«Man sieht doch, an welche Tür die Picassos, die Strawinskys, die Millers klopfen.»

«Bleibt zu erfahren, ob sie kommen, um Paris zu begegnen, oder ob sie Paris schon mitbringen ...»

«Kommt aufs gleiche heraus.»

«Da ist aber ein gewisser Unterschied ... Jedenfalls ist der eine Maler, der andere Komponist, und der dritte schreibt Englisch. Daher können sie ihr Zelt irgendwo auf der Welt unter irgendeinem Himmel aufschlagen. Entweder die drei werden verstanden, oder man übersetzt den dritten. Während ich, der ich das Meine auf Portugiesisch sage – und ich werde es nie auf andere Weise tun können –, der Dumme wäre. Das wäre das gleiche, als wollte ich meine Stimme einmauern. Niemand würde mich hören ... Im übrigen sind mein Körper und meine Seele in den Boden dort eingepflanzt. Und ich kann dieser Bedingtheit auch nicht entfliehen, die das gesprochene Wort ergänzt oder mit ihm übereinstimmt. Ich ziehe von Grenze zu Grenze und schaue mir Sachen an. Aber ich weiß gewiß, daß ich erst nach meiner Rückkehr ihre wahre Bedeutung herausfinden werde. Die Sache ist sogar komisch: Das Weltgültige, das ich in einem fremden Land als unendlich entfernt von mir empfinde, fühle ich auf meinen heimatlichen Steinen in Reichweite ...»

Der Nachmittag war aus Samt, und wir wanderten in Saint-Germain ziellos umher.

«Übertreibst du nicht?»

«Zum Glück oder zum Unglück kenne ich meine Grenzen, und die habe ich merkwürdigerweise dank dieser Spazierfahrt durch Europa genauer kennengelernt. Ich wäre imstande, als Emigrant, der sein Brot verdienen muß, fern von der Heimat zu leben. Das habe ich übrigens bereits getan. Aber als Schriftsteller könnte ich nie fern von ihr leben. Mir würde das Wörterbuch der Erde fehlen, die Grammatik der Landschaft, der Heilige Geist des Volkes. Zudem muß man einen Preis für die Freiheit bezahlen. Und meine liegt dort. Hier, da bin ich fast sicher, würde ich nie mehr sein als ein entwurzelter lyrischer Revolutionär mit schlechtem Gewissen ...»

Das lastende Stillschweigen, das zwischen uns sank, schien in den Ohren zu schmerzen. Schließlich zerriß Tavares' belegte Stimme es so schroff, als schnitte sie durch eine dichte Hecke.

«Was den revolutionären Lyrismus angeht: Elisa ist heute morgen ins Entbindungsheim eingeliefert worden.»

«Schon?»

«Jedenfalls hat das der Arzt gewünscht.»

«Ich möchte sie besuchen.»

«Laß uns morgen zusammen hingehen, gleich nach dem großen Gelage.»

«Ausgezeichnet.»

Vor meiner Rückfahrt wollte Professor Freire mit mir zu Mittag essen und hatte auch Tavares und Navarro dazu eingeladen. So saßen wir am nächsten Tag zu viert bei Tisch.

Wir waren in Paris, der Kellner sprach französisch, auf der Speisekarte stand kein Stockfisch, und der Wein war irgendein Bordeaux. Aber keiner dieser Umstände verhinderte, daß das Wunder geschah, das unser Gastgeber sicherlich erhofft hatte. Nach den ersten Bissen wurde die Unterhaltung so angeregt und warmblütig, daß bald darauf alles so ablief, als wäre das Restaurant eine Kneipe der Oberstadt, als erlebten wir in ihr eine Stunde in Coimbra. Unmerklich ließen wir uns alle von einer Welle des Heimwehs entführen. Selbst Navarro, der dieser Versuchung am heftigsten widerstand, gab schließlich nach und begann gleichfalls Heimisches aufzutischen und Öl ins Feuer zu gießen. Die Anekdoten lösten einander ab, eine malerischer und respektloser als die vorige, die Gitarren seufzten, die Nachtigallen sangen, Mondschein durchleuchtete Choupal. Und als nun noch, während es auf diesem romantischen Schauplatz vor Jugendübermut siedete, die Universitätsglocke zu den Vorlesungen rief, stieß der alte Lehrer in einem plötzlichen Anfall von Schwermut, den der Alkohol vermutlich begünstigte, die Pforten seiner Seele auf, die das Schamgefühl am Tag unserer ersten Begegnung nur einen Spalt breit geöffnet hatte. Über die Bitterkeit der Verbannung hinaus gab es einen noch quälenderen Leidensgrund: der, von seinen Studenten getrennt zu sein, die fehlende Wärme aufeinanderfolgender Generationen, die sich in seinen Augen und seinem Herzen abgelöst hatten. Und er sprach von der Freude am Lehren, vom Abenteuer einer jeden Vorlesung, vom beflügelnden täglichen Spiel unbefangener Anziehung und überwundener Ablehnung, von der zwischen Katheder und Studentenschaft natürlichen oder eroberten Telepathie. Forschen, gewiß, aber um den Hunger jeder neuen Schar Neugieriger zu nähren, um die Vermittlung an die fragende Begierde zu stärken. Die Liebe zur Wissenschaft, versteht sich, aber aus Liebe zu dem, der sie sucht, zum Besten dessen, der nach ihr verlangt... Sonst...

Bei seiner Entlassung hatte ich ihn bedingungslos unterstützt und eine akademische Protestbewegung angeführt, doch damals ahnte ich nicht – auch nicht, als ich ihn im Laboratorium zu ermutigen suchte –, wie tödlich der Schlag ihn getroffen hatte. Nun wußte ich es. Und Navarros Ausweisung, Tavares' freiwilliges Exil und die Zusammenstöße, deren Opfer ich selbst gewesen war, schienen mir bedeutungslos im Vergleich zu dieser gescheiterten Vaterschaft, diesem abgebrochenen Lehramt, dieser verhöhnten Berufung.

«Sie müssen wieder eingestellt werden, warten Sie nur ab...» warf ich ein in dem Versuch, die blutende Wunde mit einem betäubenden Verband zu bedecken.

Alle stimmten mir eifrig zu, in dem instinktiven Wunsch, dieser Verzweiflung zu Hilfe zu kommen, selbst auf Kosten lügnerischer Versprechungen. Aber der Bestrafte kannte sehr wohl die Härte der Strafe.

«Nein. Die Rechnung ist leicht zu machen. Die Diktatur wird noch mindestens zwanzig Jahre dauern. Und in zwanzig Jahren, sofern ich dann noch lebe, bin ich fast achtzig...»

Als die Tischrunde sich auflöste und ich auf dem Weg zum Krankenhaus über die Traurigkeit sprechen wollte, in der das Mahl zu Ende gegangen war, brach Tavares die Unterhaltung ab. Er begann zusammenhanglos vom Wetter, von Frauen, von der Malerei zu sprechen, und zwar so sprunghaft, wie ich es von ihm nicht gewohnt war.

«Was ist los mit dir?» fuhr ich ihn schließlich an.

«Nichts. Warum?»

«Bloß so, ich wundere mich nur...»

Eine Zeitlang ging er weiter, schweigend nun, als müsse er sich auf die Antwort sammeln. Endlich blieb er stehen, blickte mir mit dem Gleichmut Buddhas in die Augen, den nur ein kaum merkliches Zucken seines Mundes widerlegte, und fragte seinerseits:

«Hast du schon über unseren Schwachsinn nachgedacht?»

«Über welchen?»

«Über den von vorhin, natürlich.»

«Schwachsinn?!»

«Allerdings.»

«Ich verstehe nicht.»

«Wir beschweren uns andauernd, daß unser Vaterland sich im Kreise dreht, daß es hin ist, und wenn wir zusammenkommen, stellen wir es immer auf dieselbe Weise wieder her. Was für ein Schauspiel! Es könnte einen Hund beschämen! Ich hätte nie gedacht, daß wir zu einer solchen Schaustellung von Gefühlsduselei und Kleinlichkeitskrämerei fähig wären! Natürlich lag das Ergebnis auf der Hand... Und das war kläglich. Ein Mann von Format läßt sich nicht von derlei Dingen unterkriegen. Der arme Kerl tat mir allmählich leid. Er sah aus wie ein Stoffetzen.»

«Vielleicht brauchte er gerade ein Aufwaschen wie dieses, als er uns einlud...»

«Ein Grund mehr, warum wir ihn davon hätten abhalten müssen. Und zwar aus der Achtung, die wir ihm schulden. Es gibt Ausbrüche, die man bestimmten Personen nicht gestatten darf. Und noch weniger darf man sie dazu ermuntern! Man hintergeht sie damit... In Wirklichkeit gibt es für uns keine Rettung. Wir fühlen uns nur wohl, wenn wir stöhnen oder die anderen stöhnen hören...»

Das Schwarz ihres Haares über das Weiß des Kopfkissens gebreitet, so lag Elisa still da.

«Wie geht's?»

«Gut.»

«Wirklich?»

«Glauben Sie mir! Ich fühle mich wunderbar.»

Aber die Worte, die ihr von den blutleeren Lippen kamen, vermochten wenig gegen den nachhaltigen Schauder, der mich Stunden vorher ergriffen hatte. Auf ihrem Gesicht lag mehr als die Erschöpfung und die Blässe einer Frau, die ein neues Leben geboren hat. Es gab Anzeichen für ein nahes Ende. Selbst ihre Hellsicht und ihr Wohlgefühl deuteten darauf hin.

«Ich fühle mich fähig, alles von neuem anzufangen...»

So fähig, daß sie am nächsten Tag der Welt Lebewohl sagte. Als ich ihr Krankenzimmer mit dem Todesurteil in den Augen verließ, widersprach Tavares dem Unvermeidlichen mit einem aufsässigen Nein.

«Wenn sie wenigstens bei der Niederkunft gestorben wäre. Aber so!»

«Zusätzliche Bauchfellentzündung im Wochenbett...»

«Laß mich doch mit deiner Diagnose zufrieden! Scheißmedizin! Das einzige, was ihr könnt, ist, eure Unfähigkeit mit Schlagwörtern zu tarnen. Ich glaube dir kein Wort, und basta!»

Dennoch mußte er sich der Wirklichkeit beugen, das Begräbnis anordnen und ihr ins Grab hinunterhelfen, auf einem riesigen Friedhof, auf dem die Vielzahl der Kreuze, Grabsteine und Grüften die schwermütige Unbestreitbarkeit des Massengrabs nicht zu verhehlen vermochte, wo ein Zufluchtsuchen im Einmaligen unmöglich war.

Nur aus Ironie oder Irrtum schrieb die Hand der Lebenden Namen auf die Oberfläche dieser kollektiven Grube, erinnerte an Tugenden, beschwor Ewigkeiten. Aus der ununterbrochenen Saat von Leichen stieg nur pestartig der verschwisterte Geruch der Fäulnis auf.

Alle weinten. Anscheinend hatte das Schicksal uns aus der weiten Ferne hier nur zum Weinen zusammengeführt. Als wären Professor Freire, Dr. Luciano, Tavares und sogar ich nur wegen dieser einen Stunde auf die Welt gekommen.

«So was Blödes!»

Keiner konnte oder wußte mehr zu sagen. Wir schauten die aufgeworfene Erde, den fetten Humus der Grube an, und es war, als trüge ein jeder von uns die innigsten Selbsttäuschungen zu Grabe. An den Tod der Zeitungen und Plakate gewöhnt – ich selbst, obwohl ich ihn am Sterbebett meines Großvaters erlebt hatte, ihm später im Leichenschauhaus begegnet war, ihn jahrelang bekämpft hatte, war ihm in die Falle gegangen –, hatten wir vergessen, daß es einen persönlichen Tod gab, den wir seit unserer Geburt auf dem Rücken schleppten und der, wenn wir es am wenigsten erwarteten, alle unsere im Herzen gehegten Bestrebungen zunichte machen würde. Und dieses Gefühl unvermeidlichen Konkurses auf kurze oder lange Sicht belastete die Seele des Hartgesottensten mit Mutlosigkeit.

Danach, im Gewühl der Stadt, in der verwirrenden Hast der Straßen, in der knisternden Trägheit der Cafés und der familiären Entspannung der Redaktion, dauerte die Verzweiflung noch an.

PROLETARIER ALLER LÄNDER …

Aber nun fehlte rechts von der Tür am Fichtenholzschreibtisch die Gestalt jener Frau, die Ordnung ins Durcheinander brachte, das Verzwickte vereinfachte und der Hoffnung Wurzeln schenkte. Ihre Abwesenheit hatte eine bedrückende Leere hinterlassen. Jetzt schienen den Gedanken und Worten hier mehr Alltäglichkeit und weniger Mitteilungskraft innezuwohnen.

«Glaubst du mir, daß ich die Zeitung schon mit weniger Interesse lese?» gestand Tavares.

«Das glaube ich. Und ich bedaure nur den Grund, der daran schuld ist. Denn wenn du aufhörtest, sie täglich zu lesen, würdest du nichts versäumen. Schau her: ‹In dieser für das Schicksal der Freiheit entscheidenden Stunde …› Unglaublich. Es gibt keine entscheidenden Stunden für das Schicksal der Freiheit!»

«Gewiß, gewiß …»

Nur Dr. Luciano sprach vom *Combate* mit unveränderter Zuversicht.

«Es tut mir sehr leid, es ist ein großes Unglück, aber schließlich ist nur ein Soldat gefallen …»

Er war in Wirklichkeit der große Mann der exilierten Opposition, und der tragischste. Asthmatisch, verwitwet, arm, wohnte er in einer kleinen, unbehaglichen Kammer, in der er seine Parteigänger empfing. In der alten Schule des romantischen Parlamentarismus ausgebildet, deklamierte er, statt zu sprechen, als stünde er fortgesetzt auf einer Tribüne. Er war liebenswürdig, sarkastisch und von unverwüstlicher Tatkraft, und wenn die anderen erlahmten oder aufgaben, trat er ohne einen Anflug von Erschlaffung allein und stetig in die Pedale. Schreibend, vortragend, ausbrütend.

«Ich bin heute morgen im Außenministerium gewesen. Diesmal habe ich keinen Zweifel mehr, die Sache läuft...»

Und obgleich man über ihn lachte und ihn als Anachronismus sah, erkannten alle seine verdienstvolle Beharrlichkeit an und sogar eine gewisse belebende Kraft in der hartnäckigen Zuversicht, in der er auf den Sieg setzte. Überdies besaß er sein Beglaubigungsschreiben als einstiger Abgeordneter. Kurz: er war ein Sinnbild. Und in dieser Eigenschaft regierte er, geachtet und gleichzeitig belächelt.

Ich hörte ihm gerne zu. Er war mit einem erstaunlichen Gedächtnis ausgestattet und konnte ohne die geringste Lücke ein halbes Jahrhundert vaterländischer Geschichte wiedergeben. Er spulte Geschehnisse ab, erzählte Anekdoten, beschwor Episoden und zeichnete Gestalten, als schlenderte er noch über den Schauplatz der Ereignisse. Er ließ vor seinem Zuhörer eine ganze Epoche voller Ideale, Großzügigkeit und Optimismus aufleben, der lediglich der Geist praktischer Verwirklichung fehlte. Doch wenn er eines seiner eigenen Erlebnisse schilderte, übertraf er sich selbst. Dann vergaß er die Rhetorik und stieg als ergriffener Chronist des Romans, dessen Held er gewesen war, auf die Erde der Sterblichen herab.

Als Abgeordneter zur Zeit des Militärputsches, der die Diktatur einsetzte, war er nach einer der vielen gescheiterten Versuche, sie zu stürzen, in Timor gelandet. Zwei Jahre in Oe-Kussi, von Sumpffieber geplagt. Dabei war ihm die Zähigkeit des gegen alle Wechselfieber gefeiten Beiraners zugute gekommen. Bis eines Tages, am Ende der großen Regen... Wegen der schlechten Straßen hatte er auf den Beginn der Dürreperiode warten müssen. Ein alter, in der Kolonie ansässiger Freund hatte seine Flucht vorbereitet und ihm im richtigen Augenblick einen Wink zukommen lassen. Nun folgte ein Tagesanbruch mit nebelumhüllter, schmerzvoller und entscheidender Flucht im gestohlenen, zum Glück vollgetankten Wagen des Gouverneurs, den er mit einem Nachschlüssel – dank eines Wachsabdrucks angefertigt – anlassen konnte.

Bei diesem Punkt der Erzählung angelangt, widmete der alte Kämpfer zwei warme Worte der Geschicklichkeit eines bestochenen Schlossers und dem großzügigen Herzen einer Barmherzigen Schwester, die ihm das Nonnenhabit geliehen hatte, in das verkleidet er aus dem Gefängnis hatte entweichen können. Doch dabei hielt er sich nicht lange auf. Nun war die wilde Flucht an der Reihe, die durchgeschnittenen Telegraphendrähte, der verzweifelte Sprung ins Schilf und die Schüsse des Wachpostens, welche die Nußschale von Boot mit Salzwasser bespritzten. Dann... Hoffnung und heitere See. Wunderbare Nächte auf Javas Meeren, das einwiegende Lied eines holländischen Seemanns, und nach vielen Tagen, vielen Wochen Singapur. Am Kai wie eine Denksäule aus der Zeit der Entdeckungen die Gestalt des Paters Jaime, hochgewachsen, bärtig: der in Indien tätige Missionar, der ihn erwartete. Dort, in der Weltstadt, Hitze, Buddhatempel, Opium, Frauen... Nach einigen Tagen der Betäubung ein französisches Schiff. Aden, der Suezkanal, Alexandria, Neapel, Marseille, und schließlich Paris...

«Paris...» wiederholte er und fuhr sich mit der Hand durch die weiße Volkstribunenmähne. «Das ist gute elf Jahre her... Wer hätte das gedacht!»

Aber schon beeilte er sich, die vorübergehende Mutlosigkeit mit einer optimistischen Tirade tunlichst zu tarnen.

«Was zählt, ist, daß es kein Übel gibt, das immer währt. Erst heute habe ich aus unbedingt zuverlässiger Quelle gehört, daß zwei Regimenter und die Kriegsmarine...»

Und nun tischte er uns die verjagte Tyrannei und die wiederhergestellte Demokratie auf. Eine ruhige, fortschrittliche Demokratie, in der die Freunde in ihre alten Ämter eingesetzt oder zumindest für andere, gleichwertige ernannt werden.

Ich meldete meine Zweifel an, doch eher um ihn reden zu hören als um ihn zu überzeugen. Er lächelte väterlich.

«Sie sind noch sehr jung, und der Glaube der Jungen hat es eilig. Wenn Sie mein Alter erreicht haben, werden Sie begreifen, daß der Glaube geduldig sein muß...»

«Geduldiger Glaube... Als menschliche Haltung stimme ich zu. Sie ist sogar schön. Aber was für eine verteufelte Botschaft aus dem Mund eines Politikers!»

Stumm und nachdenklich ging Tavares mit seinem bedächtigen Schritt neben mir.

«Weißt du?» sagte er schließlich. «Dr. Lucianos schwerwiegender Irrtum und der der anderen besteht einfach darin, daß sie sich als Revolutionäre betrachten, während sie in Wirklichkeit nur Sebastianisten* sind. Natürlich kann die Geduld schließlich siegen. Aber nur negativ. Es ist die Geschichte des chinesischen Sprichworts: Setz dich ans Flußufer, und du wirst die Leiche deines Feindes vorüberschwimmen sehen. Sofern dein Feind zuerst stirbt...»

«Das heißt: Glaub ihnen nicht!»

«Das hätte mir noch gefehlt. Nur, wenn ich blöd wäre. Ich erkenne an, daß sie sich opfern, und das Wenige ist besser als nichts. Zumindest halten sie das heilige Feuer wach...»

«Gottlob... Aber offengestanden bin auch ich mutlos geworden...»

«Dabei hast du nur einen kurzen Blick auf das Panorama werfen können! Während ich, der ich es seit meinem ersten Augenblick hier kenne... Ein Jammer! Sie reden nur schlecht voneinander, sie werfen einander die selbst begangenen Irrtümer vor, jeder arbeitet nur für sich, und im Notfall werden sie handgreiflich... Mit einem Wort: unser übliches Elend.»

«Und du wolltest, ich solle die Horde auch noch vermehren! Gott bewahre!»

«Laß mich erklären. Ich wollte dich als Schriftsteller hier behalten. Aus all den Gründen und noch einem dazu. In dieser Umgebung halte ich es für sehr schwierig, daß irgendeiner auch nur etwas Sauberes und Eigenes verwirklicht. Ohne Freiheit... Natürlich schenkt Paris niemandem ein Talent. Es regt an und beklatscht die, welche die Stadt auf irgendeine Weise ins Licht heben. Was schon nicht wenig ist. Trotz allem, was wir bei unserm Mittagessen von Professor Freire gehört haben, wahr ist doch, daß er, hätte er in Coimbra ausgeharrt, noch heute ein hervorragender Unbekannter wäre. Während hier alle ihn als Autorität auf seinem Gebiet rühmen. Er hat gesiegt, darüber besteht kein Zweifel.»

«Die Sprache der Wissenschaft gehört eben auch zu denen, welche die ganze Welt entweder versteht oder übersetzt. Das ist ihm zugute gekommen. Was aber die Leute betrifft – wir haben neulich schon darüber gesprochen –, die nur in ihrer Muttersprache denken, sprechen und schreiben können...»

«Es kommt drauf an, was sie denken, sagen und schreiben... Wenn es wertvoll ist und wirklich interessant, findet sich immer jemand, der es entdeckt und bekanntmacht.»

«Je nachdem. Manchmal kommt es vor, daß es genau das am wenigsten Bedeutsame ist, das Aufmerksamkeit verdient, vielleicht weil es leichter zugänglich ist. Überflüssig, Beispiele zu benennen...»

«Hier stimmen wir nicht überein... aber du mußt es schließlich wissen...»

«Es ist ja durchaus möglich, daß du recht hast... Ich gebe ehrlich zu, daß meine Haltung reine Torheit ist. Nur ist da einfach nichts zu machen. Im übrigen, selbst wenn ich bleiben wollte, wovon sollte ich leben?»

«Du bist Arzt...»

«Ich kann meinen Beruf aber hier nicht ausüben. Ich müßte noch einmal studieren.»

«Du würdest Teller waschen, wie ich es getan habe, oder auf dem Bahnhof den Gepäckträger spielen...»

«Sehr ehrenvoll, aber vielen Dank. Meine Zeit des Mädchen-für-alles, des Laufburschen ist vorbei. Heute würde ich außer zu meinem Beruf nur noch zum Ackerbauern taugen.»

«Um abzuschließen: *Ein Garten am Ufer des Meeres...** Die anderen gehen den Wolfszähnen aus dem Weg, und du rennst geradenwegs hinein...»

«Ich weiß das sehr genau und rechne mit dem Schlimmsten. Aber ich wiederhole: Ich bin nur geboren, um gewisse Sachen zu sagen, und nur dafür kann ich meine Stimme finden. Und zur gleichen Zeit eine Freiheit ohne Reue erringen... Daher sehe ich keinen anderen Ausweg als heimzufahren. Auf Gedeih und Verderb!»

Ich begann, der Stadt Lebewohl zu sagen, in einer plötzlichen, schon sehnsüchtigen Zärtlichkeit für alles, was es in ihr an Eigenartigem und Widersprüchlichem gab. Für die Geometrie ihres äußerlich gepflegten und innerlich verwahrlosten Stadtbildes, für die Klarheit ihrer Avenuen, dicht neben dem Schattendasein ihrer Gassen, für die hochtrabende Skepsis ihres Geistes, fähig des einfältigsten Aberglaubens. In keiner anderen Stadt hatte ich solch lebendiges Leben gefunden, so pulsierend, so reich an Ehrgeiz, an Entsagung, an Traum, an Überspanntheit, Reinheit und Entwürdigung. Hier hatte die Freiheit die Grenzen des Möglichen erreicht. Jede Unordnung innerhalb der Ordnung war erlaubt, alles Widersinnige im Licht der Vernunft zugelassen. Von Seiten der Kunst hatte ich wenig empfangen. Die Verzauberung durch Italien hielt an. In den Museen hatte ich nur die Lehre des bereits Gewußten erweitert. Trotz der ansteckenden Begeisterung Professor Freires hatte Rodin mich kaum bezwungen, und im Vergleich zu den vollendeten *Sklaven* Michelangelos im Louvre zog ich die unvollendeten von Florenz vor, die ewig gegen die Finsternis des Formlosen ankämpfen. Ich war auch nicht aus Liebe zu der Rhetorik der vielen profanen Baudenkmäler, welche die Stadt bevölkerten, in die Knie gesunken, vorneweg den *Arc de Triomphe*, der mich an die napoleonischen Überfälle erinnerte. Aber ihr Stil menschlichen Zusammenlebens hatte mich gewonnen, undenkbar in einer Welt, die sich ohne Einbildungskraft unterordnete oder sich zügellos gehen ließ.

Als aufsässiger Sohn eines Landes von Angepaßten würde ich fortan mit mehr Überlegung und verdoppelter Unverschämtheit ein solches Gleichgewicht zu finden suchen. Der Mensch, im Rahmen seiner Möglichkeiten und für seine Handlungen verantwortlich. Ohne Furcht und Mutlosigkeit würde ich alles tun, um das Werk zu schaffen, dem Tavares keine Chance gab.

«*Ich bin gleichsam eine Blumenkrone, die sich gegen alle Vorschriften und gegen alle Mächte verschließt…*» sagte Alice in ihrem letzten Brief.

Wenn auch das Bild die Klage verbarg, verriet diese doch die kleinliche und zehrende Umwelt. Die Unglückliche konnte nicht einmal in der schützenden Zurückgezogenheit der Provinz Lebenslust verspüren, weil es im ganzen Land nur dieselbe pestartige Luft von Mittelmäßigkeit und Unterdrückung zu atmen gab.

André, von dem ich gleichfalls Nachricht erhalten hatte, war in seinem weitaus deutlicheren Jammerlied noch entmutigender.

«Du kennst diese Atmosphäre, die Tag für Tag schlimmer wird, so daß man fast erstickt, daher kannst du dir vorstellen, in welcher Stimmung ich mich zum Schreiben hinsetze... weiß nicht mal, warum ich es tue – vielleicht, damit das Schweigen beredter wird... Bald wird nur noch dieses das einzige hier genehmigte Ausdrucksmittel sein, und zugleich das einzig bedeutsame...»

Zwei Briefseiten in dieser Art, nebelhaft dunkel und voller Alarmsignale. Ich mochte mich noch so bemühen, zwischen den Zeilen zu lesen, ich vermochte in der ganzen engen Schönschrift nicht das leiseste Hoffnungszeichen zu entdecken. Jene aufmunternden Nachrichten, die Dr. Luciano empfangen hatte, waren sicherlich vom Stern Sirius zu ihm gelangt... Die Wirklichkeit sah anders aus. Die Peitsche zischte immer treffsicherer in der Faust des Maultiertreibers.

Nun gut: gegen alle Beweise und Warnungen würde ich dennoch zurückkehren und nicht ohne wütenden Widerstand zulassen, daß mein eigenes Land mich zerstörte. Selbst wenn Paris mir nicht mehr gegeben hätte, verdankte ich ihm zumindest die Gelegenheit, diesen klaren Entschluß zu fassen.

Am nächsten Morgen in aller Frühe begann die Rückfahrt. Zunächst das Lebewohl an die Landstriche Frankreichs, die üppigen, fruchtbaren, eingesäten; sodann wiederum Spanien, karg, knochig, brach, wo der eigene Atem schwer ging und jeder Schritt nach einer Wiederholung des Kreuzwegs schmeckte.

Augenscheinlich hatte sich nichts geändert. Die gleichen Galgengesichter an der Grenze, der gleiche Gruß, die gleichen Plakate an den Mauern. Ich aber wußte, daß das Schicksal die Steine auf dem Spielbrett des Krieges tückisch bewegt hatte. Denn obwohl die Republik, immer mehr im Stich gelassen, weiter Widerstand leistete, sollte sie der Fall von Teruel, wo die Hoffnung der freien Welt im Schützengraben ausharrte, in Kürze zerschlagen. Und das würde das Ende sein. Die Posse des Nicht-Eingreifens hatte Früchte getragen. Hitler und Mussolini konnten sich die Hände reiben. Auf unserem Herweg hatte man in der Tiefe mancher sorgenvoll blickender Augen noch den Schimmer der Siegeszuversicht gewahren können. Nun war jede Illusion zerstoben. Die Niederlage war ein bereits hingenommenes Büßerhemd.

«Sie sind so einsilbig?!»

«Wie Sie sehen.»

«Sagen Sie doch was!»

Selbst Lopes wunderte sich über meine Schweigsamkeit.

«Wieder stehen wir auf heimatlicher Scholle ...»

Warum war ich nicht Tavares' Rat gefolgt? Ich hätte bleiben und, statt in Paris herumzuhängen, mich andern Dichtern anschließen sollen, die in den Schützengräben von Madrid sangen und kämpften. Wie Spender, Machado, Hernández, Alberti. Wenn ich fiele, fiele ich würdig, im Kampf für ein Ideal; wenn ich überlebte, würde ich fortan im Frieden erfüllter Pflicht leben.

All das wußte ich, und dennoch, ohne Angst, das Risiko einzugehen, saß ich hier hinten im Wagen, vernichtet, mit dem Rücken zu den Schlachtfeldern, von einer gebieterischen Macht getrieben, die nicht einmal meine Vernunft klar begriff und die auch mein Instinkt nicht bedingungslos guthieß. Eine im Dämmer meines Seins verwurzelte Kraft, blind und taub gegen alle Zeichen und Warnungen, die ihren Drang zu mindern oder von ihrer Richtung abzudrängen suchten.

«Vielleicht war es falsch von mir, mitzufahren, trotz allem ...» sagte ich schließlich seufzend.

«Wo hätten Sie denn bleiben wollen?»

«Dort, in Europa. Und später herkommen ...»

«Seien Sie doch vernünftig!»

«Weil ich allzu vernünftig bin, sitze ich hier. Aber völlig verzweifelt, wie Sie sehen ...»

«Sie haben in Ihrem Leben nie richtiger gehandelt, das kann ich Ihnen versichern.»

Die gängelnde Väterlichkeit, die vielleicht hinter dieser spontanen, von Rücksichten gestützten Zurechtweisung stand, wurde sogleich vom Schrecken der Verantwortung erstickt.

«Außerdem hätten Sie uns in eine schöne Klemme gebracht, das ist sicher! Daran haben Sie natürlich nicht gedacht, versteht sich!»

Ein Hund lief über die Straße und wurde überfahren.

«Bei dieser Geschwindigkeit konnte ich nicht ausweichen ...» rechtfertigte sich Júlio.

«Ist schon in Ordnung. Geschehe, was will, fahren Sie Ihren Stiefel ruhig weiter.»

Auch wenn der Überfahrene ein Christenmensch ist, dachte ich.

Die zerstörten Ortschaften, das Emblem der *Falange* an jeder Ecke und die Parolen auf allen Mauern berührten mich wider Willen nicht mehr. Es war, als sähe ich Fotos zum zweiten Mal.

«Mann, reagieren Sie doch! Sie machen ein Gesicht, als führen Sie zum Friedhof!»

«Man kann nie wissen…»

Über meine dürren, scharfen Antworten entmutigt, ließen die beiden von mir ab. Und wie ein von stummen Puppen besetztes Spielzeug schien nur der Wagen noch Leben in sich zu haben, wie er die endlosen, die Einsamkeit hartnäckig durchschneidenden Geraden verschlang.

Ein trüber, tiefer Winterhimmel bedeckte die Ebene, die immer flacher und unfruchtbarer wurde in ihrer lastenden Trauer. Die Zeichen des Krieges verloren nach und nach ihre niederdrückende Kraft. Das Echo der Schüsse verhallte in der Ferne, die Spähtrupps tauchten seltener auf, die Flugzeuge flogen in großer Höhe über uns hinweg. Hätte meine Stimme nicht beharrlich auf die vorübergleitenden Städte und Dörfer hingewiesen und sie beschrieben, sie wären unbeachtet über unsere Netzhaut hinweggeflogen wie alltägliche Fahrtereignisse. Namen, die noch eineinhalb Monate zuvor geschichtsträchtig gewesen waren – Simancas, Toro, Tordesillas –, schienen in der kurzen Zeit alle Bedeutung verloren zu haben.

Der Knoten der Angst schnürte mein Herz immer enger zu. Ich versuchte, ihn zu lockern, indem ich mich dumpf und mühsam an die Sternstunden der Reise erinnerte. Doch die ersehnte Erleichterung stellte sich nicht ein. Die Bilder strichen trostlos verschwommen über die Leinwand der Erinnerung.

Bis das rauchig verschwommene Profil der Guarda-Berge nach und nach den Horizont versperrte.

«Zu Ende…»

«Was?»

«Die Spazierfahrt…»

Entweder verstanden sie nicht den Spott meiner Antwort oder, meiner Person überdrüssig, wie ich der ihren, stellten sie sich so.

«Hören Sie zu: Alles ist besser abgelaufen, als ich es je gedacht hätte…» knurrte Lopes nach einer kleinen Pause.

«Noch kann es Scherereien geben...» entgegnete ich hinterhältig.

Aber die Landschaft selbst erleichterte seine optimistische Antwort. Obgleich sie noch weiterhin spanisch war, hatte sie geheimnisvollerweise ihren fremdländischen Charakter abgelegt, der so beunruhigend an ihr gewesen war. Die Sinne fanden in ihr wieder die alte Sicherheit, den häuslichen Frieden.

«Jetzt gibt es keinen Grund mehr, sich zu ängstigen. Das war einmal, das war einmal...»

«Ist mir nie aufgefallen...»

Unbeeindruckt von dem Duell aus Sticheleien und Widerborstigkeiten zählte Castro in kindlicher Konzentration die Kilometer rückwärts. Zehn, neun, acht, sieben...

«Fehlt nur noch einer!» verkündete er schließlich.

Wir waren angelangt, und das Ritual der Formalitäten begann.

«Arriba Franco!»

Trotz seiner gerade vorher gemachten Behauptung hob Lopes als erster den Arm.

«Arriba!»

Mit absichtlich in den Taschen vergrabenen Händen antwortete ich:

«Guten Abend.»

Der Beamte starrte mich an, zückte den Stempel, als wollte er mich erschießen, und warf mir den Paß durchs Wagenfenster zu.

«Der Typ ist böse auf Sie...» brummte Castro leise, als er heil und gesund wieder im Wagen saß.

«Aber mit Ihnen war er zufrieden... Wir sind quitt.»

Ein portugiesischer Zollbeamter hatte bereits die Grenzschranke geöffnet. Und noch immer den bitteren Geschmack des Hohns auf der Zunge, betrat ich von neuem mein Vaterland.

DER FÜNFTE TAG

Portugal! Während Lopes und Castro die Erde durch den weit geöffneten Hosenschlitz mit Urin wässerten – voll hemmungslos dampfender Zärtlichkeit, die gleich hinter der Zollstation für eineinhalb Monate rationaler Speise ihre wohlverdiente pantagruelische Rache feierte –, überschütteten sie ihr Vaterland mit Lobpreisungen. Ein Land wie dieses gab es sonst nirgends auf der Welt. Die Luft, die Erde, die Menschen... Alles vom Besten... Von der Geschichte gar nicht zu reden, die konnte sich mit jeder anderen messen! Großtaten, von anderen nie erreicht! Helden, Heilige, Seefahrer... Abgesehen davon, daß es sich um die älteste Nation Europas handelte...

Mit einem Gefühl inneren Ekels, als hörte ich altvertrautes Rülpsen, mußte ich über die sonderbare Erscheinung nachdenken: Entweder wir brannten im Freudenfeuer eines rasenden Patriotismus, oder wir schämten uns unserer Herkunft. Tavares hatte mir in Paris gestanden, er gebe sich häufig als Jugoslawe oder Italiener aus. Das war bequemer. Und hatte halb gequält, halb reuig hinzugefügt, eines Tages habe in einem Restaurant des Quartier Latin eine kleine Kellnerin aus Pontevedra seinen Betrug gemerkt und in schwerverständlichem Spanisch empört verkündet, sie sei stolz darauf, Portugiesin zu sein.

«Warum sprichst du dann unsere Sprache nicht?» hatte er boshaft erwidert, um sie in den gemeinsamen Betrug einzuschließen.

«Es que soy portuguesa de Galicia.»*

Leider dienten uns nicht einmal so unerwartete Beispiele wie dieses, Muster eines billigen Vorrechts der Lusitanität, als Lehre. Keiner von uns nahm das Vaterland einfach und natürlich hin. In den Stimmen, die es rühmten oder schmähten, klang die gleiche Geringschätzung, die gleiche Demütigung, das gleiche Minderwertigkeitsgefühl mit. Wir verbrachten unser Leben damit, es mit anderen Ländern zu vergleichen. Das Genie eines Schriftstellers wurde gemessen an der Anzahl der Übersetzungen, das Talent einer Sängerin an dem im Ausland geernteten Beifall. Selbst Camões nahm im Geist eines Minho- oder Algarve-Bewohners nur den Stellenwert eines letzten Trumpfs ein: In den großen Stunden bürgerlicher Bedrohung griff man in Ermangelung anderer als höchsten Beweisgrund auf ihn zurück. Während der Reise, gleich ob auf Hin- oder Rückfahrt, obwohl entsetzt über die Gewalttätigkeit des brudermörderischen Kampfes, der sich vor meinen Augen abspielte, war ich nicht müde geworden, die bejahende Kraft des spanischen Volkes zu bewundern, das sich unter allen Umständen immer seiner Einzigartigkeit und Größe sicher fühlte. Wenn der bescheidenste Salamanguese oder Sorianer seine Herkunft erklärte, warf er seinem Gesprächspartner gleichsam eine Handvoll Hochlandlehm hochmütig ins Gesicht. Gar nicht zu reden von dem Stolz, mit dem ein dekorierter Franzose Frankreich, versinnbildlicht durch die Rosette der Ehrenlegion, auf seinem Rockaufschlag zur Schau stellt. Der unglückselige Lusiade dagegen hatte immer, wenn er sich gezwungen sah, sein Geburtsland anzugeben, das Gefühl, sich zu verraten.

Seit langem von diesem Merkmal unseres Charakters beeindruckt – und ich vergab mir nicht das Schamgefühl, das ich in Mailand empfunden hatte, als ich in der versteckten exterritorialen Bude von Konsulat meine Briefe in Empfang nahm –, vertiefte sich in meinem Geist zunehmend die Überzeugung, daß man im Stand der Gnade sein müsse, um eine gewisse Armut zu verdienen. Ähnlich wie im Leben, das uns auch aufgegeben ist und dem wir Sinn geben müssen, indem wir es auf uns nehmen, würden wir unsere Herkunft nur durch ihre ebenso bereitwillige, mutige Aneignung rechtfertigen können. Aber erst jetzt, nach der Rückkehr aus Ländern, die in allem oder im wesentlichsten reich waren, sah ich die Schwierigkeit, einen derartigen Seelenadel zu erreichen. Dies gelang nur sehr wenigen. Daher unsere Loblieder und Spottverse, zwei Seiten derselben Verzweiflung. Der eindrucksvolle Augenschein der Außenansicht verhinderte eine verständnisvolle Einsicht in den Kern. Zwerggebirge, seichte Flüsse, neolithische Dörfer... Eine Kunst, die ihrer Originalität mißtraut, eine Technik aus zweiter Hand, eine Wirtschaftsordnung von Bettlern... Welcher Stolz konnte solch jammervollem Register standhalten?

Guarda lag bereits hinter uns, durchquert in schläfrigem Verdauungsschweigen. Die flache Eintönigkeit von Coa wich einer bewegten Folge von Gebirgszügen, Hängen und Hügeln.

«Halten Sie mal, ich möchte Wasser trinken. Der verdammte Stockfisch macht Durst!»

«Mir auch...»

Während wir uns am Brunnen ablösten, bewunderte ich das Mondego-Tal, das in fast geheimer Traulichkeit geschützt in der Tiefe grünte.

«Ist das nicht schön!...»

«Ja, wirklich!»

Der Wagen fuhr weiter, und die Landschaft, von Dörfern getupft, vom Sonntagsfrieden überwölbt, glitt von neuem an den Augen vorüber. Überall weidendes Vieh auf den Triften, Frauen, die vor ihren Türen sitzend schwatzten und dem Vorübergehenden ein Lebewohl wünschten, Männer beim Scheibenwerfen, spielende Kinder, Gläubige beim Verlassen der Kirche.

Die Mauern einer Burg kamen uns aus der Ferne entgegen. Zu seinen Füßen kauernd, vergoldet von der Abendsonne, lächelte das Häusergewirr.

«Celorico! Wir haben den falschen Tag gewählt. Die Läden sind geschlossen... Schade. Ich hätte von hier gerne einen Laib Brot für die Familie mitgenommen. Das ist fabelhaft!»

«Das Brot und der Käse! Einer meiner schwedischen Lieferanten, der auf der Durchreise hier war, hat es bei uns zu Hause gegessen und war ganz aus dem Häuschen. Er sagte, er hätte nie dergleichen zwischen den Zähnen gehabt. Ich schicke ihm sogar jedes Jahr zu Ostern ein paar Kilo davon.»

So hellte sich hier und da für die von der heimischen Verurteilung Betroffenen die Finsternis auf. Freilich waren die Handelswerte, die wir auf dem Markt der Welt feilbieten konnten, spärlich. Waren aber nicht auch gewisse einheimische, freilich nur zum Hausgebrauch bestimmte, Besonderheiten als Reichtümer anzusehen? Die noch rinnenden erfrischenden Quellen, die noch wohlriechenden und wohlschmeckenden Früchte, das noch einfache, herzliche Volk, das noch menschliche Zusammenleben, die noch bewahrte Natur, das noch von Echtheit strotzende Leben...

In diesem Vaterland, insgeheim als heilige Erde der Liebe und der Prüfung verstanden, machte ich mich bereit, mich mit verdoppeltem Fleiß der Aufgabe des Heilens und der Plage des Schreibens zu widmen, ohne mich über die Schwierigkeit des Unterfangens zu täuschen. Die politische Atmosphäre, die erstickend geworden war, würgte jede Unabhängigkeit ab und ernüchterte die festeste Entschlußkraft. Die Diktatur aus Hochschule und Militär*, die sich in einem einzigen Willen verkörperte und ausschließlich die Mängel oder die niederen Eigenschaften des Portugiesen verwendete und anspornte, hatte die Nation in einen Schreckensort verwandelt, wo das Schweigen im Stempel der Zensur Gestalt annahm und wo die Unangepaßten unter dem allgegenwärtigen Alptraum der Geheimpolizei keuchten. Demagogisch genährt und vom zynischen Mantel der Straflosigkeit beschützt, hatte die Korruption selbst die der Moral verschworenen Berufe zersetzt. Niemand wollte mehr von Bürgermut, von Pflichterfüllung, von Ehrenhaftigkeit und Freiheit hören. Eine tiefgreifende, markverseuchende, seelenzerfressende Feigheit hatte die des Lesens und Schreibens kundige Gesellschaftsschicht des Landes zu einer formlosen, einzelligen, eigensüchtigen Menschenmasse herabgewürdigt, die taub war gegen alle brüderlichen Aufrufe und blind gegen alle Winke der Vernunft, träge, willenlos, nur in jeder Sekunde bereit, mit den Scheinfüßchen der Urtiere taktische Schritte des Heißhungers zu tun. Die Orchestrierung der offiziellen Wahrheit, die durch die verschiedenen im Dienste der Macht stehenden Kommunikationskanäle verbreitet wurde, hatte in den Gemütern den kritischen Sinn, den Hunger nach Untersuchung und Urteil zerstört. Es war, als hätte der Herrscherstab auf zauberisch-teuflische Weise in jedem Menschengeschöpf das Licht der Vernunft zum Erlöschen gebracht und in ihm nur die instinktive Dunkelheit hinterlassen. Statt denkender Naturen vegetative Wesen. Als Dummköpfe, Unzurechnungsfähige oder lyrische Schwärmer eingestuft, je nach dem euphemistischen Bewertungsgrad des Katalogisierers, hatten die wenigen Widerstandleistenden, die die Fackel der Unbotmäßigkeit hartnäckig am Lodern hielten, nur eines im Auge: zu überleben. Bevor noch die eingesetzte Macht sie vernichtete, machten ihre eigenen Mitbewohner die Umwelt für sie unerträglich.

Doch obgleich mir dies alles bewußt war, würde ich bis zum

letzten Atemzug kämpfen. So wie ich arbeitete – tagsüber Kranke besuchen und einen Teil der Nacht mich an die Bücher klammern –, würde ich in wenigen Monaten in der Lage sein, das Spekulum und das Skalpell anständig zu gebrauchen. Was die Feder betraf, so brachte sie von der Reise zumindest eine neue Bescheidenheit mit, sofern sie nicht gewandter zurückgekehrt war. Angesichts einiger herzzerreißender Beispiele hatte sie begriffen, daß der Weg zur Kunst langsam und mühevoll ist und daß dabei nur die beharrliche Anstrengung wirklich zählt. Der Triumph würde, falls er kam, später kommen. Obwohl ich nie ein ausgekochter Literat gewesen war, hatte ich dennoch auch nie unterlassen, auf den Altären des Exhibitionismus und der Anmaßung zu opfern. Der respektlose Geist der *Vanguarda* hatte sich nicht immer an die Grenzen des guten Glaubens gehalten. In ihren Seiten hatte sich allerhand Komödiantentum getummelt, und zwar vom Umschlag der Zeitschrift angefangen, der mit tausend Pirouetten des Textes bedruckt war. Der Skandal war ein Teil unseres Programms. Von den zahlreichen Makeln, die mich bei meinen ersten Büchern bekümmerten, hatte ich keine so sehr beklagt wie das Zugeständnis an gewisse Äußerlichkeiten. Buchtitel in Großbuchstaben, typographische Ausgefallenheiten jeder Art, gewollte Übertreibungen.

Ich begann die verflossene Jugendzeit mit offenen Augen zu betrachten. Nicht alles war seinen Absichten nach sauber gewesen. Nun entdeckte ich, daß in diesen unreifen Anfängen allerlei versteckte Berechnung gewaltet hatte. Die Gunst des Erfolges griff sogar dem Liebesdrang vor. Sicherlich hatte ich außer anderen auch aus diesen Gründen reagiert. Aber *Trajecto* war noch weit hinter der vollständigen Bußübung zurückgeblieben. Ein aufmerksamer Leser hätte unschwer überholte Unsauberkeiten entdeckt. Eine gewisse Selbstgefälligkeit, ein gewisser Narzißmus, eine gewisse billige Angriffslust. Nun gut: all das würde ein für allemal aufhören. Die Gewißheit würde dem Zweifel Platz machen, der Wortschwall der Nüchternheit, der Impressionismus der begründeten Meinung, der äußere Widerspruch der inneren Subversion.

Nachdem diesen beiden, vielleicht notwendigen, Wachstumsphasen Genüge getan war – die spontane und die experimentelle, die eine niederreißend und die andere tastend –, war endlich die Stunde gekommen, mich ans Werk zu machen und im gleichen Ausdruck die Physiognomie des Menschen und des Künstlers harmonisch zu vereinigen. Die Zeit hatte mich endlich gelehrt, daß es keinen durchsichtigeren Spiegel gab als eine vollgeschriebene Seite. Denn sie bezeugt für alle Zeiten die unumkehrbare Wahrheit des Verfassers: seine Echtheit, sofern er aufrichtig war, und seine Verlogenheit, sofern er gelogen hat. Dort ertappen und beurteilen ihn die möglichen Leser von heute und die von morgen, und er selber, der sich sucht, findet schließlich ein ihm gleichendes Bild oder eine heillos entstellte Fiktion.

Folglich mußte ich alles tun, um von mir keine falsche, nicht einmal eine wahrscheinliche Fassung zu hinterlassen. Ich wußte, daß niemand imstande ist, sich ganz zu kennen und ganz zu zeigen. Als nachahmende Tiere, die sich mit List und Feigheit täglich dem Farbton der Umstände anpassen, verstellen wir uns zuerst und analysieren uns später. Überdies sind wir von Geburt an unehrlich. Für jeden redlichen Vorsatz wieviel Verstellung, wieviele Ersatzhandlungen, wieviel Nachäfferei! Trotzdem war ich entschlossen, mein Vorhaben bis zum Äußersten zu treiben. Bis in die erreichbare Tiefe hinabzusteigen und die Aufrichtigkeit des Gedankens und der Empfindungen in die Strenge der Niederschrift zu pressen. Je anspruchsvoller die Strenge wäre, desto weniger Gelegenheit würde dem Gespött bleiben.

In meinem Innern in die erreichbare Tiefe hinabzusteigen ... So gesagt, läßt sich schwer vorstellen, welche Seelenkraft das Abenteuer erforderte und welchen Überraschungen sich der Geist aussetzte, um es zum guten Ende zu führen. Der natürliche Selbsterhaltungstrieb befiehlt den Augen, sich vor den Abgründen zu schließen. Und keinesfalls ihren Verlockungen nachzugeben. Und ich hatte ihm stets mehr oder weniger den Gefallen getan. Ich wanderte durch die Welt und bezwang absichtlich die angeborene Schüchternheit, ohne die Herkunft der Triebkräfte erfahren zu wollen. Beharrlich, unermüdlich, aufsässig und leidenschaftlich hatte ich seit meiner Kindheit mit nur zwei Steinen auf der Schleuder gekämpft, mit dem Ja und dem Nein, ich war gleichsam eine Lebenskraft in Bewegung, fähig zum Besten und zum Schlechtesten im Übermaß, ohne Zurückhaltung und ohne List. Die Natur hatte mir die Gabe des Ausgleichs verwehrt.

Noch bevor ich die *Apokalypse* las, spie ich bereits die Lauen aus. Fern von Halbheiten in meinem Tun und Reden, trieb ich jede Lage auf die Spitze, und mochte sie noch so belanglos sein. Und säte Wind.

Immerhin kam mir dabei die Aufrichtigkeit meines Verhaltens zugute. Jeder Selbsttäuschung nachspürend, nahm ich Gewinn und Verlust der Wegstrecke in Kauf. Und plötzlich stieß der Triebhafte und Extrovertierte, der ich bis vor kurzem gewesen war – nur Gott weiß, mit welcher Überwindung der Eigenliebe –, mit sieben Schlüsseln verriegelte innere Türen furchtlos auf, die zu öffnen ich mir nie erträumt hatte, und sah, wie sich am Horizont die Schicksalslinien eines qualvoll einsamen, von Bedenken zerfressenen und nach Zärtlichkeit dürstenden Daseins abzeichneten, ohne Hoffnung auf Erlösung. Die grundlegenden Wurzeln würden, ihren Ursprungsbestimmungen getreu, weiterhin den gleichen aufsässig-hartnäckigen Saft der Vergangenheit hervorbringen, gleichgültig gegen die Forderungen der Gegenwart und zukünftige Folgen. Starr, monolithisch, außerstande, den Tritt der Melodie der Interessen anzupassen, den Mienen die künstliche Wärme der Heuchelei zu geben, ins Labyrinth der Versöhnlichkeit einzutreten, war ich zum Außenseitertum verurteilt.

Ein unumkehrbares trauriges Schicksal, das meine Hellsicht lediglich verdeutlichte und das nicht einmal von der leisesten Mutmaßung gemildert wurde, daß die Götter ihm ihre Gnade geschenkt hätten. Jedenfalls war es schon etwas wert, es von vornherein zu kennen. Wenigstens ging ich so den Enttäuschungen offenen Auges entgegen. Der Mensch ist das Bewußtsein, das er von seinen Schritten hat.

Da gab es aber auch das Problem der anderen, der gekränkten und klagenden Komparsen, mit denen ich die Posse des Alltags bestritt. Wie sie aufklären? Wie sie durch die Mäanderwege einer anspruchsvollen, maßlosen Natur geleiten, die alles auf den verschiedenen Ebenen, auf denen sie sich bewegte – auf der der Liebe, der Sinne, des Verstehens –, schenkte und gleichzeitig entzog? Wie ihnen erklären, daß die Ichsucht, der Hochmut, die Angriffslust und alles übrige auf der Anklageliste stehende nichts waren als schlichte Abarten ein- und desselben uneingestandenen Kummers? Wie ihnen verständlich machen, daß ich über meine Freiheit hinaus keinem gesellschaftlichen Druck, keiner Lockung des Gefühls nachgeben konnte? Daß die kindliche Unbotmäßigkeit in Porto, die Weigerung, im Priesterseminar zu bleiben, mein Widerstand gegen die Tante, die Auflehnung gegen die Familie an Bord der *Andes*, die literarischen Zwistigkeiten und die tausend Mißhelligkeiten, zu denen ich Tag für Tag Anlaß gab, keine andere Bedeutung hatten? Wie den Fluch gewisser gefühlsbedingter Mißverständnisse bannen und verhüten, daß die entfesselten Reaktionen immer gereizter würden?

«Was hast du nur Lopes auf der Reise angetan?»

«Wieso?»

«Ich habe ihn gestern getroffen und habe ihn gefragt, wie die Fahrt verlaufen ist, und da hat er eine so wütende Strafrede gegen dich losgelassen, daß ich mir ganz dumm vorkam ...»

Wiewohl freundschaftlich, verlangte Alvarenga von mir doch eine Erklärung für die peinliche Lage, in die ich ihn gebracht hatte.

«Ah so? Und was hat er Greifbares gesagt?»

«Daß du ein unmöglicher Typ bist. Daß er, als er auf die Kateridee hereinfiel, dich mitzunehmen, nie geglaubt hätte, wie sehr du ihm die Tage verbittern würdest. Er hält dich für einen Banditen ...»

«Bandit ist vielleicht übertrieben. Daß ich mich unanständig benommen habe, das stimmt. Aber jeder an meiner Stelle hätte sich ebenso oder noch schlimmer aufgeführt. Es gibt Dinge, die man einfach nicht dulden darf. Es genügt wohl, wenn ich dir sage, daß ich schon nach einer halben Stunde meinen Entschluß bereute. Gar nicht zu reden von dem, was kam, als wir die Grenze überschritten hatten. Heuchler, Feiglinge, Reaktionäre ... Ekelhaft!»

«Schön, es sind Geschäftsleute. Das Geld ist die einzige Wirklichkeit, die sie interessiert. Das hättest du dir vor der Reise überlegen sollen ... Ob dir die Gesellschaft genehm war oder nicht. Du wolltest mitfahren, der Wagen gehörte ihnen, du hast sie angehört und den Karren laufen lassen ...»

«Muß ich deswegen zu allem fähig sein?»

Ja, fähig, die Herren Lopes und Castro Stunde um Stunde untätig zu ertragen? Ein so dickes Fell zu haben, daß ich widerspruchslos tagtäglich das dreckige Spiel mitansah, das sie mit dem

Leben trieben und in Gedanken, Worten und Werken mogelten? Die Sympathie, die schlichte Seelen in mir weckten und die bewirkte, daß sie das Innerste ihres Herzens ausschütteten – was zum Teil das Geheimnis meines beruflichen Erfolges in Sendim gewesen war –, ging mit dem Aufstieg auf der gesellschaftlichen Leiter entsprechend zurück.

«Was für ein verteufelter Charakter! Du handelst dir immer nur Scherereien ein…»

«Und du weißt noch nicht die Hälfte. Wenn ich dir von dem Krach erzählte, den ich dieser Tage mit meinem Chef gehabt habe…»

«Mensch, übertreib's bloß nicht!»

«Ich habe ernstlich daran gedacht, meine Fachausbildung aufzugeben und den Mann zum Teufel zu schicken!»

«Ich glaub, du bist verrückt!»

«Du solltest dir mal dauernd seinen Quatsch anhören müssen! Sachen, die gar nicht in seine Kompetenz fallen, selbstverständlich. Und dabei noch dermaßen von sich überzeugt! Nur er weiß Bescheid. Alle anderen sind nichts als Hammel.»

«Durchhalten, durchhalten.»

«Ich bin es leid, immer nur durchzuhalten!»

«Ich glaube es dir. Aber hast du schon daran gedacht, was aus dir würde, wenn du wieder eine Arztpraxis in einem gottverlassenen Nest übernehmen müßtest?»

«Vielleicht wäre das die einzig anständige Einstellung. Diese Stadtmedizin widert mich immer stärker an. Tricks, Honorarteilungen, Schwarzhandel in den Krankenhäusern, Kommissionsgeschäftchen in den Labors, Patientenjagd… Ein Elend. Die Dorfmedizin ist auch nicht berühmt, wie ich leider schon feststellen mußte. Immerhin erleichtert sie die Gaunereien nicht derart und verhindert sie sogar bis zu einem gewissen Grad. Man wird weniger gefordert, weniger gerufen, die Kranken kommen aus eigenem Antrieb in die Praxis, ohne Vermittlung der Kollegen…»

«Einverstanden… Und die Langeweile?»

«Den Tagesrhythmus zu leben hat auch seine Reize…»

«Du vergißt die Klagen, die du damals vorbrachtest…»

«Ich habe mich beklagt, ja. Aber jetzt erkenne ich an, daß ich nie soviel Unabhängigkeit und nie so viel Frieden des Geistes genossen habe. Und mangels eines Besseren war da das freie Feld mit seiner gesunden Luft und das Volk mit seiner Naturhaftigkeit...»

«Aha! Das Volk und die Luft!»

«Das sind zumindest zwei Konstanten der körperlichen und seelischen Hygiene. Unablässig mit der Reinheit zu kommunizieren ist schon eine Form der Reinigung...»

«Nach einem halben Dutzend Jahren wärst du erledigt. Und würdest nicht eine Zeile mehr schreiben.»

«Vielleicht wäre damit wenig verloren...»

«Schön, laß uns das Beste hoffen...»

Der Wechselbürgschaft getreu, die Alvarenga mir früher gewährt hatte, schwor er nach wie vor auf mich, obwohl eine ganze Welt von Vorstellungen, Ansichten und Empfindungen uns zunehmend trennte. Doch auch unsere ständigen Meinungsverschiedenheiten machten ihn nicht mutlos. War es nun sein blindes, großzügiges Vertrauen, das auf jedes Verstehen verzichtete und alle Streitigkeiten verzieh, oder der hartnäckige Stolz des Propheten, der außerstande war, ein Dementi zuzugeben? Wie dem auch sei, die Zeit verwandelte uns allmählich in zwei Allegorien. Mich in seiner Überprüfung in ein totes Denkmal der Zukunft, ihn in meiner Dankbarkeit in ein lebendes Dokument der Vergangenheit.

Diese Beziehungen waren keineswegs bequem, für mich waren sie schon auf einer Ebene der Brüderlichkeit verankert, er dagegen hielt sie beharrlich auf einer anderen, auf der uns nichts mehr einander nahebrachte.

«Gestern habe ich mich stark gemacht, als ich von dir sprach...»

«Sehr schlecht!...»

«Das sieht dir wieder einmal ähnlich! Mach dir keine Sorgen, Mann! Ich weiß, wo mir der Kopf sitzt!»

In seinem unermüdlichen Bekehrungseifer gerechtfertigt, sah er sich gewissermaßen als mein halbamtliches Sprachrohr. Und er brauchte und mißbrauchte seine Vorrechte, um mich guten Glaubens vor Bekannten und Unbekannten zu verfälschen, in einem Apostelamt, das anfangs eine ermutigende Hilfe gewesen war und sich in einen bloßstellenden Alptraum verwandelt hatte. Weil ich unter der lächerlichen Lage litt, beschimpfte ich ihn und versuchte ihn nebenbei dazu zu bringen, den genauen Sinn von Haltungen oder Absichten zu begreifen, die er auf unverantwortliche Weise verzerrt hatte. Aber es nutzte nichts. Er änderte sich nicht und lernte auch nicht seine Lektion. Er war leichtfertig auf die Welt gekommen und würde leichtfertig sterben. Mit der größten Zwanglosigkeit kam er und verlangte von mir Ungeheuerlichkeiten wie diese:

«Hör zu: Erklär mir mal schnell in einem halben Dutzend Worten, was der dialektische Materialismus ist.»

«In einem halben Dutzend Worten?»

«Ja, ich hab's eilig und muß einen Kerl im Büro zurechtstauchen, der sich für neunmalklug hält...»

Zum Glück fehlte mir fortan die Muße, zu erfahren, wie weit seine Verteidigungsreden gingen, oder gar ihn persönlich anzuhören. Wir trafen uns nur noch flüchtig und in langen Abständen. Die Woche hindurch nahm die anstrengende Arbeit mich völlig in Anspruch; sonntags wanderte ich zur Jagd in die Berge.

Langsam, in zunehmender Erregung, entdeckte ich den Zauber des Tagesanbruchs, der aufgehenden Sonne entgegen, den Glanz der vollen Tage ohne nachlassende Spannung und Aufmerksamkeit, die animalische Lust am Sattessen und am gestillten Durst, den Frieden instinktiver Reinheit. Das Verlangen, aus dem Dunkel zu tauchen, die Zeit ohne Maß und ohne Eintönigkeit, das schwärzeste je gekostete und verzehrte Schwarzbrot, das geschlürfte, durch die Adern rinnende Quellwasser, das geruhsame Genießen der Erschöpfung. Mit der Flinte in der Faust den Boden unter den Füßen zu fühlen, Wind im Gesicht, Licht in den Augen, und am Schwanz des Hundes, diesem unermüdlichen, zuverlässigen Radar, die unsichtbare Bewegung des Rebhuhns oder der Schnepfe abzulesen, fand sich meine ganze tiefe Natur wieder und reinigte sich von tausendfachem widernatürlichem Schmutz. Und ungeachtet des Unverständnisses von Freunden und Feinden setzte ich mich, wann immer ich konnte, der Kälte aus, ertrug ich den Regen und durchstieß den Nebel, unterwegs mit zwei oder drei Gefährten, die von mir nur wußten, daß ich ein Linksschütze war und über kräftige Beine verfügte.

«Ich verstehe nicht, wie du fähig sein kannst, auf ein harmloses Tier zu schießen!»

Als verbissener Verteidiger des tödlichen Stierkampfs verstrickte Alvarenga sich wieder einmal in einen seiner zahllosen Widersprüche, die aufzuzählen allzu grausam wäre.

Schon weitab von unserer Unterhaltung und tief eingedrungen in das wilde Dickicht, das durch die einfache Erwähnung von Geheimnis und Zauber erfüllt war, antwortete ich ihm:

«Ich auch nicht. Aber wir wissen sehr wenig über uns in dieser Welt ohne Gewissensbisse...»

•

Als ich eine Weile danach Leiria für die Eröffnung einer Hals-Nasen-Ohren-Praxis wählte, wog vor allem die geringe Entfernung von Coimbra. Wie in Sendim würde ich die Universitätsstadt zu meinem klinischen Stützpunkt und literarischen Luftkurort machen können. Doch auch die lyrische Anmut des Landes, eingewiegt vom Rauschen des Pinienwaldes des Königs*, spielte eine Rolle –

.........vom Zauber
einer kühlen Flur verwöhnt,
an einen steilen Felsen gelehnt
und von der schönsten Burg gekrönt,

bewohnt vom Genie eines Rodrigues Lobo*, der es so besang, und durchstreift von der scheuen Gestalt eines Eça de Queiroz, der noch heute hinter jeder Ecke aufzutauchen scheint.

Seit meiner weit zurückliegenden Lektüre von *Hof im Dorf* und *Das Verbrechen des Paters Amaro** hatte ich mich von dem weiblichen Zauber des gastlichen Städtchens mit seinen kurzatmigen Gassen und Plätzen von anheimelnder Vertrautheit bezwingen lassen, dessen Steine bei aller Ländlichkeit Geschichte und Kultur atmeten. In keiner anderen Stadt Portugals verlief die Grenze zwischen dem Städtischen und dem Ländlichen so unbestimmt. Weinberge und Weiden verwoben sich aufs natürlichste mit ihr. Von jedem Aussichtspunkt konnte man über Dächer und Baumkronen, Pflastersteine und Heuhaufen blicken. Die Ufer des Liz rahmten sie auf der einen, die des Lena auf der anderen Seite. In der Mitte Glockentürme, Schornsteine und bestellte Hügelhänge. Vielleicht rührte daher der glückliche Umstand, daß das Bukolische des siebzehnten und das Bissige des neunzehnten Jahrhunderts mit gleicher Eindringlichkeit zu spüren waren, wenn man die Luft einatmete, die frische Kühle der Weidenbrise und den Föhn der menschlichen Leidenschaften. Von dem «sanftesten» Dichter, wie eine Inschrift ihn rühmte, waren kaum Spuren zu entdecken. Aber vom Romanschriftsteller sprach noch alles. Das Haus, in dem er gewohnt hatte, der Palast des Stadtplatzes, der an den Skandal erinnerte, in den er verwickelt gewesen war, das alte Bezirksamt, Zufluchtsort seiner Beamtenlangeweile. Eine Woche nach meiner Ankunft, als mein Name bereits an einem Balkon hing und meine Dienste anbot, war mir beim schlafwandlerischen Durchstreifen der Straßen und bei der Begegnung mit ihren Bewohnern, als sähe ich Gestalten, die Eça de Queiroz zum Leben erweckt und letztlich aufgegeben hatte. Einige von ihnen wie Dona Mónica, die Besitzerin der Familienpension, in der ich mich eingemietet hatte – die, schwer rheumatisch, unter der Küchenfron und der Undankbarkeit ihres Mannes, Inácio, brave Seele und Weiberheld, litt und sich im ranzig riechenden Wohnzimmer über die Blähungen ihrer Nichte, einer trotz ihrer Untreue gegen den verstorbenen Ehemann untröstlichen Witwe, beschwerte –, oder Estrela und Zacarias – meine Praxisnachbarn, von denen der eine den ganzen Tag im Barbierladen Gitarre spielte und der andere gegenüber von morgens bis abends dummes Zeug schwatzte und den Seelenfrieden des anderen verfluchte –, hätte ich gerne berührt, um zu erfahren, ob sie echte Geschöpfe waren oder nur belebte Marionetten.

Ich war mir voll bewußt, wie subjektiv ich das Leben eines solchen Städtchens und seiner Bewohner beurteilte. Im Grunde wollte hier niemand etwas von Solino, Pindar, Leonardo, Amaro, Amélia und Sanjoaneira, den Gestalten der beiden Autoren, wissen. Aber meine Sicht gehorchte inneren Gesetzen. Immer einsamer in der Welt der Kunst und noch entwurzelter als gewöhnlich – gezwungen, die Sinne an neue Aufregungen zu gewöhnen, mich neuen Feindseligkeiten zu stellen und neue Bekanntschaften zu schließen –, flüchtete ich mich in einem Spiel, von dem ich mich täuschen ließ, in den symbolhaften Schutz der beiden Götter unseres kleinen literarischen Olymps, die ich hier durch glückliche Fügung zur Hand hatte und auf jede Weise und zu jeder Stunde beschwor. Die einfache Gewißheit, daß ich durch Straßen und

Gassen lief, durch die sie gegangen waren, und dabei Personen aus ihrer Feder begegnete, war anregend und tröstlich für mich.

Ich hatte meine Zelte an einer ungeeigneten Stelle aufgeschlagen. Obwohl ich mich überall umgesehen hatte, konnte ich mir in Anbetracht meiner bescheidenen Mittel keine bessere Bleibe leisten. Ein bescheidener erster Stock in einem düsteren, verkehrsarmen Winkel. Da aber das bei einem Flickschreiner bestellte Mobiliar und die mit meinen mageren Ersparnissen erstandene, strikt unerläßliche Ausstattung in einer anderen Umgebung aus dem Rahmen fallen würden, fügte sich alles harmonisch zusammen. Hier verbrachte ich schläfrig einen Teil des Vormittags und Nachmittags und behandelte die seltenen Patienten, die mir die in einem Ortsblatt veröffentlichte Nachricht von meiner Ankunft zuführte; hier las und schrieb ich in den langen Behandlungspausen, während die Viertelstundenschläge eintönig vom Turm des Doms fielen und Senhora Glória Spitzen klöppelte oder im Wartezimmer stopfte. Sie war gleich am ersten Tag erschienen, gerippemager, zahnlos, ganz in Schwarz, und hatte mit verzweifelter Hungerleidermiene eine Anstellung gewittert. Da ich an ein frisches junges Mädchen dachte, welches die Praxis beleben und die Patienten bei Laune halten würde, sagte ich, ich hätte bereits meine Wahl getroffen. Aber sie bat und weinte so inständig, sprach von ihrer Witwenschaft und vier kleinen Kindern, die sie aufziehen mußte, daß ich schwach wurde. Ohne die geringste Kenntnis von Krankenpflege benahm sie sich in kritischen Augenblicken ungeschickt und störte nur, statt zu helfen. Ungeduldig polterte ich los. Das machte es nur noch schlimmer. Sie wurde aufgeregt, und nun war endgültig nichts mehr mit ihr anzufangen. Diese Unwissenheit in medizinischen Dingen brachte indes einen Vorteil mit sich, zumindest anfangs: sie war Zeuge meiner Irrtümer und Mißerfolge, ohne sie zu verstehen. Was nicht auf das Schlitzohr von Bauer aus Marrazes zutraf, der mich fast zugrunde gerichtet hätte, noch ehe ich Fuß fassen konnte.

Da er infolge des Entzündungsdrucks auf den Sehnerv fast erblindet war, gab es nur eine Lösung: die entzündete Keilbeinhöhle zu trepanieren. Alles verlief gut, sein Sehvermögen wurde wieder normal, und als es ans Zahlen ging und er mich stottern sah, ohne die wahre Natur meiner Verlegenheit zu begreifen – mein Zögern beim Kassieren der Honorare –, versuchte er mir zu helfen:

«Sprechen Sie sich ruhig aus, ich weiß, die Operation war schwierig, und jetzt muß ich bluten...»

«Sie war es wirklich...»

«Wenn ich an die Angst denke, mit der Sie gearbeitet haben...»

«Angst?!» warf ich ein und fühlte mich verloren.

«Angst, und wie! Ich habe nie einen Menschen so zittern gesehen.»

«Mann Gottes! Wenn ich gezittert hätte, dann hätte ich Sie umgebracht! Eine falsche Bewegung, ein winziges Abweichen des Trepans...»

«Vielleicht waren Ihre Hände sicher... Ich konnte sie ja nicht sehen, weil mein Gesicht verdeckt war... Aber Ihre Beine klapperten wie Kastagnetten gegen meine...»

«Das schien Ihnen nur so... Vielleicht infolge der Anästhesie...»

Noch unsicher auf dem Gebiet der operativen Aggressivität, hatte ich tatsächlich gezittert, als ich den nur durch eine dünne Knochenlamelle vom Hirnschädel getrennten kleinen Hohlraum öffnete und kürettierte. Die allgemeine Medizin, mit der ich begonnen hatte, war, wenn auch voller Klippen, eine andere Welt. Der Patient stieß die Pforten der Vertraulichkeit weit auf, und der Arzt trat dort wie ein Gast ein, ohne daß es je zu einem Konflikt zwischen beiden kam. In der Chirurgie war das anders. Nach dem ersten zugelassenen Schnitt hörte das Opfer auf, einen eigenen Willen zu haben, es selbst zu sein. Zum reinen Gegenstand der Eroberung herabgemindert, erhielt es seine Unabhängigkeit erst zurück, wenn der Operateur befriedigt war und das Skalpell aus der Hand legte. Während der Jahre der Fachausbildung hatte die Verantwortung für diese offensive Wut bei dem Lehrmeister gelegen, der gebieterisch die vorzunehmenden Eingriffe bestimmte. Doch jetzt mußte ich den grausamen Akt auf meine eigene Kappe nehmen. Und angesichts der bevorstehenden Gewalttat an sich war ich gehemmt und außerdem gequält von der Vorstellung, durch einen technischen Fehler einen intakten, wehrlosen Körper plötzlich in einen offenen Blutquell zu verwandeln und dem Übel, das ich zu heilen versprochen hatte, ein noch größeres und sogar unheilbares hinzuzufügen. Wahr indes ist, daß die Kranken, wenn sie einen Arzt aufsuchen, nicht einem Menschen, sondern einem Wundertäter zu begegnen hoffen.

Ängste, Zweifel, Entsetzen bringen sie selber mit. Und keinesfalls lassen sie zu, daß der Halbgott versagen könnte. Sie verdammen ihn ebenso für eine eingestandene Unsicherheit wie für eine unbestätigte Sicherheit. Wenn er sagt: «Sie müssen sterben», muß man sterben; wenn er sagt: «Sie werden leben», muß man leben. Die Hoffnung hat ein irrationales Gefälle. Unfähig, die Hellsicht des Klinikers von der Sehergabe des Hexers zu unterscheiden, legt der Kranke den Arzt unverbrüchlich auf den Ruhm seines ersten Erfolges und seines ersten Scheiterns fest. Weh mir, wenn die Operation kein oder ein bedenkliches Ergebnis gebracht hätte und Bernardino seine Blindheit wie ein lebendiges Plakat meiner Unfähigkeit öffentlich zur Schau stellen würde!

Dieser Sonderfall und andere weniger bedeutsame weckten in mir – verschärft durch die dumpfe Feindseligkeit der Kollegen, die meine borstige Einsamkeit als Herausforderung auf ihr unterschwelliges Spiel von Ansehen und Interessen deuteten – nach und nach heilsame Reflexe der Verteidigung, die der Dichter leichtfertig außer acht gelassen hatte und auf die der Sterbliche nicht verzichten konnte. Als ich mir dessen bewußt wurde, war ich aus der einschläfernden Wolke aufgetaucht, in die ich mich widersinnigerweise geflüchtet hatte, und handelte wach, handhabte meine Geräte mit neuer Entschlußkraft und Festigkeit und sah nun auf der Bühne, auf der auch ich meine Rolle spielte, eine sonderbare lebende Fauna erscheinen, die auf die Gunst der Fiktion verzichtete. Luís Vicente, Maler, von einer Schüchternheit, die das bußfertige Eingeständnis seiner schöpferischen Anspruchslosigkeit zu sein schien; Rechtsanwalt Dr. Anastácio, rhetorisch, ratbeflissen, der sich bei Gedenkfeiern gerne zu Wort meldete; Dona Estefânia, Pianistin, klassisch in Musikwahl und Erlesenheit; Gervásio, ein müßiggehender Schreiber, der seine weißwogende Mähne unter den Arkaden spazierenführte; der alte Jacinto Graça, mit ergrauendem Kinnbärtchen, der mit welkem Mund auf seinem Zigarillo kaute und am Kaffeehaustisch mit schleppender Trägheit Anekdoten zum Besten gab, ein hochbegabter Graphiker; der Dichter Afonso Vilar, der dann und wann von seinem Landhaus *Lapedo* herunterkam und je nach Jahreszeit im Leinenanzug oder in wollener Kutte im Park spazierenging, Monokel im Auge, in der gezierten Haltung des Portugiesen alten Stils; und besonders

Cidália, Bibliothekarin, blond, schön, appetitlich, die zur Mittagsstunde und Abendessenszeit oberhalb meiner Praxis in der Wohnung ihrer Schwester plapperte, die Treppen herunterhüpfte und damit mein Blut zum Sieden brachte und die abends von der Kinologe aus den Zuschauerraum durchduftete und die Pausen verkürzte.

Dank dieser fast gestaltlosen, namenlosen menschlichen Auftritte, flüchtig und zu episodenhafter Vergänglichkeit verurteilt, ohne festgelegte Dauer, entschwebend wie Kalenderblätter, waren die Stunden in der Teilnahmslosigkeit der Zeit deutlich zu unterscheiden. Ohne sie wären die Plätze leer und gespenstisch geblieben, die Festlichkeiten wären Totenfeiern geworden, manche lähmenden Tage wären spannungslos verstrichen.

«Man hat mir erzählt, Sie hätten ein großes Porträt gemalt!...»

«Haben Sie gestern unseren Demosthenes gehört?»

«Sind Sie im Konzert gewesen? Hat es Ihnen gefallen? Ein meisterhaft gespielter Chopin!»

«Haben Sie heute im Park Ihren Kollegen in Sachen Literatur gesehen? Wie aus dem Ei gepellt! Nehmen Sie sich ein Beispiel an ihm!...»

Neben der offiziellen Macht, die den Verkehr regelte, die Sitten vereinheitlichte, die Dienststellen offenhielt, die Steuern erhob – stand das Recht, Mensch zu sein, es rechtfertigte in jeder Beziehung die Gabe zu träumen, nach eigenem Maß zu verführen und zu leiden, den gemeinsamen Raum des gemeinschaftlichen Alltags lebensfähig zu machen.

Die aus Papier und Tinte bestehende literarische Stadt der Bücher, von Gespenstern bewohnt, die in meiner Einbildungskraft hausten, wich unmerklich der Stadt aus Stein und Kalk, bevölkert von echten Geschöpfen aus Fleisch und Blut, die auf dem beschränkten Boden ihrer Rollen einander ihre Stichworte gaben.

Eine kleine, kleinliche, klatschsüchtige, häusliche Stadt, in der alle Schritte eine ich weiß nicht welche falsche Richtung einschlugen, in der die Wichtigkeit der Person nach dem Neigungswinkel der empfangenen Verbeugung bewertet wurde und wo die Luft sonntags dünner zu werden schien. Ein großes Dorf mit seinen katalogisierten Ehebrüchen, seinen vorausgesehenen Konkursen, den bekannten, beim Friseur besprochenen klinischen Erfolgen und Mißerfolgen.

«Geht es dem Hauptmann besser?»

«Es geht ihm immer noch schlecht.»

«Aber ist er zu retten?»

«Wir werden sehen... Ich tue mein Möglichstes... Aber hundertprozentig sicher...»

Ich verteidigte mich. Diesmal waren die Umstände dergestalt, daß ich mir keinen einzigen falschen Schritt erlauben durfte. Dann wäre ich beruflich erledigt gewesen. Die gesellschaftliche Stellung des Kranken – ein hoher Polizeioffizier – hatte die allgemeine Aufmerksamkeit, insbesondere die der Kollegen, auf den behandelnden Arzt gelenkt, und die witterten zum ersten Mal ein aufsehenerregendes tödliches Versagen. Ich mußte mich allen Ernstes fragen, ob diese sadistische Befriedigung, mit der sie mich im Druck sahen, nicht eine Form der Rechtfertigung ihrer eigenen Rückschläge war. Sicher ist, daß mein durch sie hinterrücks beschädigtes Ansehen desto mehr schrumpfte, je beängstigender das Gesicht des Militärs anschwoll. Die ganze Woche hatte ich vergebens versucht, das aufreizende Bild aus meinen Gedanken zu verscheuchen: eine ekelerregende, von Kollargol klebrige Maske, blind und unförmig, auf welcher der Bart sprießenden Dungstoppeln glich, wo jeder Gesichtszug die klare Zeichnung eingebüßt hatte und unter dem Druck der Entzündung verloren ging. Zu Tode erschrocken, vor Fieber glühend, versuchte der arme Mensch vergeblich, mich unter seinen geschwollenen Lidern hervor anzusehen; auch seine Familie war von Angst gepeinigt, und ich, noch verstörter als sie, mühte mich, sie zu beruhigen. Zu was für einer Schweinerei ein Furunkel am Nasenflügel führen konnte! Niemals würde ich mich in meinem Beruf mit dem dauernden Widersinn ähnlicher katastrophaler Lagen abfinden, in denen die Hartnäckigkeit einer Mikrobe oder die Aufsässigkeit einer Zelle allen in Bewegung gesetzten Kräften der menschlichen Erfindungsgabe eigensinnig trotzen konnte.

«Es heißt, er sieht aus wie ein Tier! Was es alles gibt! So eine Bagatelle...»

«Darin irren die Leute. Was sie für eine Bagatelle halten, kann sich zu einem höchst gefährlichen Fall auswachsen...»

«Ach ja?»

«Gewiß doch. Genau das ist jetzt eingetreten.»
«Man spricht von einem Pickel...»
«Ja, aber der Pickel hat sich kompliziert...»

Er hatte sich in der Tat kompliziert. Wenn es dem Teufel von Staphylokokkus einfällt, sich aufzuspielen, kommt der größte Weise Griechenlands nicht mehr mit. Zum Glück ließ dank des wunderwirkenden Sulfonamids, des letzten therapeutischen Zaubermittels, zu dem ich griff, die Entzündung langsam nach, und alles wies darauf hin, daß ich zutiefst auf den Sieg vertrauen durfte. Trotz des noch immer ausgedehnten Ödems, das allerdings wirklich beängstigend aussah, hatte die Gefahr der Sepsis nachgelassen. Doch aus Vorsicht hielt ich an meiner pessimistischen Prognose fest. Wenn aus irgend einem unvorhergesehenen Grunde die Sache schief laufen sollte, würde der Schock zumindest abgemildert sein.

Zwischen diesen anstrengenden, bedachtsamen Stunden in der Praxis und meinen Streifzügen durch Berge und Täler, auf denen ich meinem Wandertrieb und meiner unbotmäßigen Neugierde freien Lauf ließ, lagen die Aufschwünge schöpferischer Spannung, die am schwierigsten zum Erfolg zu führen sind.

Für jede Stimme gibt es eine Zeit und einen Ort. Überzeugt, daß auch die meine in diesen vom Echo so vieler anderer bevorrechteten Raum paßte, vertraute ich mich dem Papier an.

Jetzt ging es nicht darum, eine Abhandlung provinzieller Höflichkeit auszuarbeiten oder eine ausufernde fromme Intrige auszuhecken. Die Zeiten waren andere und andere die gesellschaftlichen Umstände des Schriftstellers, den der Gang der Welt immer mehr in die ethische Verantwortung nahm. Wenn ich auch in der gleichen Sprache schrieb, die hier eine neue Anmut und Geschmeidigkeit erfahren hatte, und eingerahmt war von eben der Landschaft, die sie inspirierte – einer Landschaft, die von allen, die ich kannte, am meisten zu ästhetisch-aristokratischen Träumereien und zu erotisch-gefühlvollen Schwärmereien einlud, und zwar so sehr, daß ich eine seltsame Beklemmung fühlte, wenn ich mich in ihr zu Heftigkeiten hinreißen ließ –, sprach ich dennoch im Namen anderer Werte. Noch angerührt von dem erleuchtenden Glanz der Reise, die mir die Pforten zu einem aufgewühlten

Europa aufgestoßen und mich meinem Vaterland dünnhäutig zurückgegeben hatte, mit der teuflischen Ahnung einer apokalyptischen Welt, von der die Zeitungen täglich berichteten – das republikanische Spanien niedergerungen und verbannt, die allerorts auftrumpfenden und triumphierenden Totalitarismen, der alte Kontinent bereits zerlumpt oder vom Tode bedroht –, versuchte ich so getreulich wie möglich die Erschütterung zu vermitteln, die ich in jenen entscheidenden Tagen einer begierigen, herzzerreißenden Fahrt empfunden hatte. Es würde ein aufrichtiges, unerschrockenes Zeugnis ohne die geringste Nachsicht sein – ob politischer, religiöser, gefühlsmäßiger oder sonstiger Ordnung. Die Eindringlichkeit der Erfahrung duldete keine Halbheiten. Sie verlangte, daß die im unschuldigen Leib der Nationen aufgerissenen Wunden auf jeder Buchseite bluteten, Seite an Seite mit den angeprangerten messianischen Regierungsformen und allen entlarvten Heucheleien. Ebenso mußte ich rückhaltlos über meine Parteinahme in kritischen Augenblicken berichten, damit das Siegel des Risikos die Echtheit des Berichts verbürgte. Wiewohl in sich abgeschlossen und als unabhängige Lektüre möglich, würde das Buch nur ein neues, langes Kapitel eines weitergespannten Werkes bilden, geplant als bedeutsamer Reiseführer eines ruhelosen, empfindsamen Wanderers, der sich die Welt langsam und fortschreitend bewußtmachte. Ein Reiseführer, in dem die Einbildungskraft den Pilgerhorizont erweiterte, während in den bislang veröffentlichten Bänden nur das Unterpfand kindlicher Unschuld und jugendlicher Ungestüm der Erzählung Gewicht und Sinn gegeben hatten. Angesichts des Ansturms der Wirklichkeit verwundert und verblüfft, hatte das Kind den Sack seines Gedächtnisses mit Wahrnehmungen und Rückwirkungen gefüllt, ohne die Vorsicht, sie auszusondern, und ohne einen Wertmesser, um sie zu beurteilen. Der Jüngling seinerseits, der sich bereits auf anderen geographischen und gesellschaftlichen Breitengraden bewegte – anfangs, als er im heißen Schoß einer tropischen Natur die Arme regte, sodann, als er durch die Alleen der Lyrik und des Studiums schlenderte, schließlich, als er die ersten verantwortlichen Schritte tat –, handelte gleichfalls ohne viel Nachdenken, Sklave der gestrengen Notwendigkeit, des Spiels der Leidenschaften und der Gesetze der Pflicht. Und beide gelangten ans Ende ihrer Abenteuer vergangener Zeugenschaft, die Seele geprägt von den Erlebnissen der Wanderung, unmißverständlich gezeichnet von Schmerz und beharrlich besessen von Hoffnung.

Aber alles hatte sich an der Biegung einer Straße geändert. Von der Hand der Zeit mitgerissen und von Neugierde gelenkt, hatte der Held, als er sich dessen bewußt wurde, bereits die Grenzen des Wahrscheinlichen überschritten, und über einen Vulkan gebeugt, beobachtete er leibhaftig die feurige, wachsende Flut der in menschlichen Abgründen geschmolzenen Lava. Und das Entsetzen über diese unheilvolle Schau versuchte er nun mit der glühenden Tinte der Worte nachzuzeichnen.

Zu meinem Leidwesen benahm sich meine Feder immer widerborstiger. Ich wußte seit langem, seit ich die Aufgabe wachen Daseins auf mich genommen hatte, daß der Rückgriff auf Gewohnheit mir bei bestem Bemühen nie helfen würde. Vor einer jeden Arbeit, mochte sie noch so leicht oder noch so oft ausgeführt worden sein, sah ich mich hilflos wie ein Anfänger, der verwirrt und zweifelnd seine ersten Schritte tut. Da ich unablässig über die grundsätzliche Besonderheit der Wesen und Zustände stolperte, da ich für jede Erfahrung eine bislang ungehörte Stimme forderte, ohne durch Analogie ein gleichbleibendes Verhaltensmuster ableiten zu können, und unfähig war, die unterschiedlichen Erfolgsmittel zu eigenen Gunsten zu benutzen, blieb mir nur die Würde, auf hellsichtige Weise ein ewiger Lehrling zu sein. Die systematische Verweigerung jedweden Zugeständnisses, die radikale Zurückweisung jeder Rechtgläubigkeit und der unterschwellige Zweifel an meinen möglichen Verdiensten gewährten mir keinen anderen Ausweg auf der beschränkten Skala meiner Wahlmöglichkeiten. Aber während im Beruf die Praxis dessen Ausübung guthieß, wuchsen die Schwierigkeiten von Buch zu Buch. Nach einigen Jahren literarischer Plackerei war ich noch immer linkisch, befangen, zaudernd und gehemmt wie in den ersten Zeiten. Vielleicht schlimmer noch, da nicht einmal die Verzückung des Neulings den Augenschein mehr verbarg. Und ich war mir voll bewußt, einen stammelnden, gequälten Schriftsteller unter der Haut eines anscheinend fruchtbaren und überzeugten Schriftstellers zu beherbergen. Die leergefegte Bühne der blanken Seite, auf der andere ihre beflügelte Feder schwungvoll spazierenführten, versinnbildlichte für mich ein steinhartes Brachfeld, das ich mühsam urbar machen und einsäen mußte. Und nach außen hin lächelte ich, während mich innerlich Bitterkeit zerfraß, wenn ich von der Freude des Schaffens, von der dem Künstler vorbehaltenen beneidenswerten Befriedigung reden hörte. Ich veröffentlichte ein Buch, und treue Leser, die mir zu schmeicheln glaubten, forderten am nächsten Tag ein neues. Guten Glaubens schrieben sie mir das Geschick eines begabten Kunsthandwerkers zu, dem die Fertigkeit auf Befehl zu Gebote stand. Sie konnten sich wohl kaum vorstellen, daß ich, nachdem ich mit Hängen und Würgen ein Gedicht, ein Kapitel oder nur einen einfachen Satz zustandegebracht hatte, in Panik geriet, gemartert von der Ungewißheit, ob ich die Leistung würde wiederholen können. Sie würden nie begreifen, daß diese Sternstunden euphorischer Fülle zu lang währenden Todesängsten schrumpften, in denen sich zu den tausend handwerklichen Schwierigkeiten der aufsässige Schrecken einer plötzlichen unabänderlichen Stummheit gesellte, die für immer die Pforten des Schweigens versiegeln könnte.

In diesem Zustand verbissener Enttäuschung schmerzte mich jede taktlose Anspielung auf meine parallel laufende Schriftstellertätigkeit wie eine unerlaubte Vertraulichkeit. Es genügte, daß ein Patient während der Untersuchung darauf zu sprechen kam, damit alles durcheinandergeriet. Und schon mißlang mir meine Diagnose. Aus einem der höchst unerwarteten Angriffe wegen gereizten und fast feindseligen Schamgefühls heraus wünschte ich die tiefen Beweggründe respektiert zu sehen, die mich dazu geführt hatten, in der eigenen Identifikation das innere Geschehen, Dichter zu sein, vom öffentlichen Akt, Arzt zu sein, zu unterscheiden. Der auf dem Hausschild stehende Name entsprach dem der Ehre seines Blutes, dem Grad seiner Befähigungen, den Geboten der Höflichkeit verpflichteten Bürger; der andere öffnete das Feld meiner Möglichkeiten, stellte mich außerhalb aller Erbgaben und aller Statuten. Er machte überdies eine Verletzlichkeit weniger beiläufig, die umso anfälliger war, als die Abstürze der Verlassenheit verlockender waren und größer die erforderte Bereitschaft zum dialektischen Bau eines Werkes, das in der weltweiten Gemeinschaft aller Mitmenschen verwirklicht werden wollte.

Verlassenheit, die auf der Ebene der Zuneigungen ein reiner Akt guten Glaubens und mutmaßlicher – und wie oft in Abrede gestellter! – Gegenseitigkeit war, während sie auf der Ebene der schlichten Beziehungen ein einseitiges Risiko von unvorhersehbaren, mitunter tröstlich angenehmen und überraschenden Folgen darstellte. Da war der Fall des Dr. Olívio.

Als unverbesserlicher Junggeselle hatte er seine Anwaltskanzlei in einem weiträumigen Salon eingerichtet, der ihm gleichzeitig als Arbeitszimmer, Heim und Harem diente, und dort verbrachte er seine Tage, auf einem schäbigen Sofa ausgestreckt, rauchend und über einer Zeitung dösend, und wartete mit der geduldigen Ruhe einer Spinne, daß der eine oder andere Klient ihm ins Netz gehe. Seine weibliche Beute jagte er verstohlen nachts, ins Dunkel geduckt als bewegliche Verlängerung des Tageshinterhalts.

Ich hatte ihn am Tage meiner Ankunft an der Pensionstafel kennengelernt. Nachdem wir einige Einsilbigkeiten gewechselt hatten, hatte mein verklemmter Herdengeist Geselligkeit gewittert. Und hatte ins Schwarze getroffen. Wenn wir nach dem Abendessen am Fluß entlangschlenderten oder nach Einbruch der Dunkelheit in seinem Büro saßen, verbrachten wir Stunden, ohne ein Wort zu wechseln. Ein jeder unterhielt seine Aufmerksamkeit auf eigene Weise, und die Zeit verstrich in einer kantenlosen, beiden zusagenden Gemeinsamkeit. Beide genossen wir die gegenseitige Gesellschaft, mit den jeweiligen wohlgehüteten Heimlichkeiten.

Nach einigen Monaten, während der wir nie eine förmliche, geruhsame Herzlichkeit überschritten hatten, beschloß ich – nach langem Zögern, ob ich durch diese Übertretung nicht die formalen Bedingungen einer so verschwiegenen Freundschaft, daß sie nicht einmal danach auszusehen wagte, zerstören würde –, ihm einige Kapitel aus dem endlich entstandenen Buch vorzulesen. Die Stunde war gekommen, in der ich dieses Geflecht aus Schmähungen im Ohr eines Menschen zu Tönen bringen mußte. Würde die Gewalt der beschriebenen Ereignisse auf dem Papier noch spürbar sein?

Ohne überrascht zu wirken, wie ich es seit langem erwartet hatte, nahm er meine Geste mit seiner üblichen Bereitwilligkeit auf und fügte sie aufs natürlichste in unseren gewohnten Umgang ein. Und der Stil der ersten Sitzung bestimmte den Ton der nachfolgenden: stets das gleiche Bild der Unruhe, das ein gleichmütiger Spiegel zurückwarf. Ich bebte innerlich und äußerlich, und er stellte seine skeptische Bereitschaft zur Verfügung.

Ruhig, aufmerksam hörte er zu, und als wir zum Schluß kamen, schüttelte er zum Zeichen grundsätzlicher und fürsorglicher Mißbilligung den Kopf. Ich möge entschuldigen, aber dergleichen Wahnsinn könne er keinesfalls gutheißen. Es sei denn, daß das Manuskript für das Geheimfach bestimmt sei. Sogar das scheine ihm, ehrlich gestanden, in Zeiten wie diesen unklug. Er wisse aus eigener Erfahrung, daß es pure Dummheit sei, freiwillig auch nur das kleinste Risiko einzugehen, und wäre es auf der Jagd nach einer schönen Frau. Gar nicht zu reden, wenn es um Ideen ging. Die Staatsmacht war an allen Orten und zu allen Stunden wachsam. Bei der geringsten Entgleisung... Daher durfte das Raubtier nicht gereizt werden... Überdies, welcher Vorteil lag darin, bestimmte Wahrheiten auszusprechen? Erstens wollte sie niemand hören. Nur die Polizei. Sodann... Nein, es tat ihm leid, aber so dachte er nun einmal. Und er schloß mit dem Rat, ich solle literarische Themen behandeln, so wie er gerichtliche behandelte: sanft und sicher.

Als er sich auf die bloße Ausdrucksweise des üblichen gesunden Menschenverstandes beschränkte, konnte er nicht ahnen, daß die Ernsthaftigkeit der Meinungen, mit der er sein Ansehen als Erwachsener zu bekräftigen glaubte, nichts anderes war als ein Verrat an dem Jugendlichen, der er noch immer war, nur erstickt unter vielen Schichten von Jahren und Müßiggang. Ein abgesunkener Jugendlicher, der an der Oberfläche seiner gesellschaftlichen Physiognomie auftauchte, wenn die Unberechenbarkeit der Stunde ihn von allen Verantwortlichkeiten freisprach. Aber wer sollte ihm das sagen? Wer würde den Mut aufbringen, die tiefen Gewässer dieses Brunnens stillstehender Einsamkeit aufzurühren?

Ohne ein doppelsinniges Lächeln verbergen zu können, sammelte ich meine Blätter ein und versprach, seine vorgebrachten Einwände in Betracht zu ziehen. Vielleicht. Vielleicht habe er recht... Ich wolle ernstlich darüber nachdenken.

Und ich verabschiedete mich, zufrieden, ins Schwarze getroffen, und doch bedauernd, den Beweis dafür solcherart erhalten zu haben. Aber es war ein törichtes Bedenken... Denn nur genau so, an einem ernüchterten und mißtrauischen Geist wie ihm, der vom Leben nichts weiter verlangte, als es so unauffällig wie möglich hinzubringen, konnte ich die Wirkung meiner Hiebe unauffällig messen. Wollte ich, statt diesen enttäuschten Konformismus herauszufordern, ein Wort der Begeisterung und Zustimmung hören, brauchte ich nur auf Tomé zurückzugreifen, dem keine Unvernunft unvernünftig und keine Übertreibung übertrieben erschien.

Er war die dritte Seite des Dreiecks, das wir gebildet hatten. Ein Riese mit Kinderseele – als wäre sein robuster Körper das leibliche Ja seiner optimistischen Natur und die Kindlichkeit das seelische Nein, das sie den Enttäuschungen der Erwachsenen entgegenstellte –, kam er, wenn die von ihm geleitete Bankfiliale schloß, in die Praxis und ließ sein Vollmondgesicht von der Sprechzimmertür rahmen.

«Wird gearbeitet oder was?»

Die Gewißheit, daß er rückhaltlos alle meine Kühnheiten gleich welcher Art billigen würde, nahm mir von vornherein den Wunsch, ihm auch nur eine Zeile vorzulesen.

Ich hatte immer leichtfertigem Beifall mißtraut, mochte er auch aufrichtig sein, weil er unfähig war, ein unabhängiges Urteil von bedingungsloser Zuneigung zu unterscheiden. Und noch stärker war dieses Mißtrauen, wenn es um mich ging. In den Maschen eines zweideutigen Lobes fühlte ich mich an Händen und Füßen gefesselt, als Mittäter durch einen Irrtum, den meine Dankbarkeit nicht entlarven durfte. Da ich sicher war, daß dergleichen bei Dr. Olívio nicht eintreten würde, hatte ich ihn als Vertrauten gewählt. Ich wußte aber, daß Tomé leicht in Wallung geriet, und für nichts auf der Welt wollte ich ihn in meinen Augen abwerten. Das hätte geheißen, eine Vertraulichkeit willkürlich trüben, die vom ersten Augenblick an immer reinlich und herzlich gewesen war. Daher klappte ich aus einem Gemisch aus Schamgefühl und Vorsicht das Manuskript eilends zu und erklärte mich frei und willens, ihn zu begleiten.

Kaum hatte er als Eigentümer einer altersschwachen Klapperkiste von meiner Lust erfahren, Orte und Menschen kennenzulernen, stellte er sie mir zur Verfügung. Und nun begannen wir, die Umgebung systematisch zu erforschen, in einer eingehenden Inventur, die bei der Kapelle der Ortsheiligen begann und bei der Gelehrsamkeit der Äbte endete. Marrazes, Milagres, Cortes, Monte Real, Praia da Vieira, Marinha Grande, S. Pedro de Moel...

Doch nach und nach erweiterte sich unser Aktionsradius: Nazaré, S. Martinho, Caldas da Rainha, Óbidos, Areia Branca, Atouguia da Baleia, Peniche, Baleal, Porto de Mós, Mira de Aire, Ourém... Und ich füllte meine Sinne mit einer landschaftlich und menschlich unerwarteten Geographie, in einer unvorhergesehenen Lehrzeit, deren Fehlen mir erst jetzt auffiel. Zu meinem heimischen Winkel aus Granit und Schiefer, geschaffen für Pickel und Hacke, fehlte der ergänzende Kalkstein für Holzhammer und Meißel und der ozeanische Saum für Kiel und Ruder. Die Bücher hatten mich gelehrt. Eines indes war, Schilderungen in Lehrbüchern zu lesen und Ansichtskarten anzusehen, ein anderes, den pochenden Leib der Landschaft zu betrachten, die Baudenkmäler in ihrer verschwiegenen Majestät zu überraschen, ein weißes Segel auf seiner flüssig blauen Bahn zu verfolgen.

Gleich auf unseren ersten Ausfahrten erlebte ich Wunderbares. Von Staunen zu Staunen wollten die Augen fast nicht wahrhaben, daß es im Vaterland so viele geheime Zauberwerke gab, die ein derartiges Fest von Licht und Harmonie bekunden konnten. Von einem klaren Seidenglanzhimmel überwölbt und mit vielfarbigen Fetzen bekleidet, fielen die hohen, mageren, knochigen Ebenen allmählich in sanften, fruchtbaren, saftig grünen Hügeln zum Meer ab, bis sie am Ufer flach und schmachtend zergingen oder jäh in Klippen endeten und sich nackt und kahl der Liebkosung oder der Wut der Wellen überließen.

Doch diesem Bankett der Sinne gesellte sich noch die Freude des Begreifens zu. Erst nachdem ich die Erde von Aljubarrota betreten hatte, konnte ich das taktische Genie des Konnetabel Nuno Álvares* rückhaltlos bewundern, den Senhor Botelho im Unterricht so oft gerühmt hatte. In Alcobaça, Latein buchstabierend, begegnete ich der ökumenischen Welt der Religion; in Batalha, Portugiesisch lesend, entdeckte ich die innere Spannweite des Vaterlandes. Jedes Kloster, jede Burg, jede Säulenhalle gab mir Antwort auf Fragen, die ich mir seit langem vergeblich gestellt hatte. Auf einer Kirchenfassade stapelte sich die Zeit in Stockwerken, die den Reichtum, den Glauben, den Geschmack und die Philosophie einer jeden Epoche zeigten. Der Rhythmus der Tänze, die unschuldige Einfalt der Märchen, die festlichen Süßigkeiten, die Trachten, die Arbeitsgeräte, die Spiele und selbst die Redeweise gaben den Orten Jahreszahlen und schrieben ihre

Lebensgeschichte. Eine ausgewaschene Steilküste, eine festgeformte Düne, eine versandete Barre, ein entwässerter Sumpf rechtfertigten die äußere Erscheinung gewisser Rätsel und gaben ihr Sinn: der dem Küstenblick entzogenen Gespensterinsel, dem einen Kilometer vom Meer entfernten Ankerring, der hinter Röhricht schimmernden Salzlagune. Vor allem entdeckte ich, wie am Fenster des Domkapitels in Tomar, etwas wie eine geheime Beziehung zwischen unserer schwerfälligen Verdauung und unserer verstopften Geistesverfassung. Das überschwengliche, fettbäuchige, vollblütige Barock wirkte auf mich fast organisch in seiner heißen, verführerischen Ungeheuerlichkeit. Eher als der Kunst zu dienen, verstanden wir es, der Fülle des Lebens zu huldigen. Dieses Fenster erzählte hier in aller Breite das Leben der Ackerbauern und Seeleute.

Und neben dem Buch, mit dem ich beschäftigt war, dieser außerhalb des Vaterlandes aufgenommenen schmerzlichen Photographie, und dem *Tagebuch*, in dem ich nach wie vor in allegorischen Zusammenfassungen das Bedeutsame des Alltags verzeichnete, dachte ich über ein Röntgenbild von *Portugal* nach, einem innerlich erfaßten, wesenhaften, auf diese Weise überraschten und begriffenen Portugal.

Dr. Olívio, der meistens mitfuhr, wirkte als ruhender Pol zwischen der bedingungslosen Bereitschaft des Fahrers und meiner unablässigen Unersättlichkeit als Wanderer.

«Ich finde, für heute reicht's. Wir haben unsere Aufgabe erfüllt...» schlug er verständig vor.

Das Leben hatte mir nie Zeit für Mußestunden gelassen. Zu allen Zeiten und bei allen Umständen hatte ich in seinen Händen immer nur den Stachel der Eile gesehen. Meine Kindheit hatte ich wie im Wettlauf hinter mich gebracht, ich hatte wie im Wettlauf studiert, ich schrieb im Wettlauf, ohne Zuversicht in den kommenden Morgen. Einer meiner Kommilitonen, ein armer Schlukker wie ich, der eine vollständige Röntgeneinrichtung auf Kredit gekauft hatte, antwortete mir auf meine verwunderte Frage, welche Zahlungsgarantie er dem Verkäufer gegeben hatte, einfach:

«Mein Ehrenwort, daß ich in den kommenden zwei Jahren nicht ins Gras beiße, solange ich meinen Kauf nicht abgestottert habe.»

Ich hatte immer gedacht, die größte Tragödie des Menschen sei es, auf Zeit zu leben, ob kurz oder lang, bedeutete wenig. Daher kam es letztlich aufs gleiche heraus, ob man jetzt oder später am Ende war. Eine der Endsumme hinzugefügte oder abgezogene Minute änderte nichts an der Angst. Immerhin wäre mir selbst physiologisch, zumindest in der Überzeugung, auch so ein sicherer Raum der Dauerhaftigkeit lieb gewesen. Aber in meinem Schicksal gab es keine Zukunft. Seit ich als Kind meinen Großvater stürzen gesehen hatte, aus einem mir unverständlichen Grund aus meiner Nähe gerissen, fühlte ich tief in meinem Fleisch verwurzelt die Marter des Todes. Nie begann ich ein Unternehmen mit der Gewißheit, es zu einem guten Ende zu führen. Und deshalb sah ich zu, daß alle Schritte, die ich in der Welt tat, schnell und groß waren, in dem Drang, rasch so weit wie möglich zu kommen. Schlimm war, daß nur ich die tiefen Gründe für eine solche Ungeduld kannte.

«Da wir einmal hier sind...» beharrte ich.

«Haben Sie ein Einsehen. Alles zu seiner Zeit...»

Entsagungsvoll stieg ich in den Wagen, aus Rücksicht auf die Kameradschaftlichkeit dieser zwei Seelen, die der Zufall mir auf meinem Lebensweg beschert hatte. Welche geheimnisvollen Gesetze lenkten die menschliche Sympathie? Welcher glückliche äußere Reiz hatte uns aufeinanderzu bewegt?

An diesem Dreibund der Dichtung, des Maßes und der Ausschweifung nahmen als Ehrenmitglieder noch das Ehepaar Morais teil, Dr. Olívios Vermieter. Sie führten ein Kolonialwarengeschäft und eine Kneipe im Erdgeschoß des Hauses – eines alten, durch die Zeit verwitterten Stadtpalais, in dem eines Tages eine rätselhafte alte Dame erschien auf einer Wallfahrt der Sehnsucht nach Begegnungen, die sie darin mit dem «Senhor Eça de Queiroz» gehabt hatte –, und ihr Alltag schäumte ebenso lebendig wie der aus seinem Faß fließende neue Wein. Dona Gena schien nämlich die Gabe zu besitzen, jeden Augenblick in ein Fest zu verwandeln. Sie war die weibliche Verkörperung der sie umgebenden Landschaft, offenherzig, reinlich, großzügig, immer ein anmutiges Lächeln in ihrem lieblichen Gesicht, das Fröhlichkeit und Zuversicht ausstrahlte – in ihrem Herzen fand die ganze Welt Platz. Bei allen Frauen, die ich bisher kennengelernt hatte, sah ich unausweichlich das Geschlecht unter dem Rock. Ein Geschlecht, daß sich offensichtlich anbot oder verweigerte, in voller Blüte oder bereits welkend, bewußt besitzergreifend oder verräterisch gefällig. Ein Geschlecht, das dem Mann keinen Waffenstillstand gewährte und sich einschmeichelte, sich entzog, verschlang, heiß wie ein Ofen und heimtückisch wie ein Skorpion. Und zum ersten Mal im Leben begegnete ich einer einzigartigen Eva ohne Sünde, in deren Natur Reinheit und Verführungskunst, Gattenliebe und Nächstenliebe, häusliche Berufung und Kult der Einbildungskraft auf harmonische Weise zusammenwirkten.

«Erzählen Sie etwas von sich, Herr Doktor...»

Sie hörte mit ernster Miene zu wie ein entzücktes Kind. Zum Schluß der Anekdote oder der kleinen Geschichte ließ sie ein kristallklares Lachen oder ein bewunderndes Ah! hören, das über die Straße klang.

Sie nannte Olívios Kanzlei den Klub der Traurigen. Und an Winterabenden, wenn der Himmel seine Schleusen öffnete oder der Wind an den Haustüren rüttelte, wenn die beiden ledigen Mitglieder der Bruderschaft kälteschlotternd vor dem armseligen Heizkörper saßen, rief sie uns an den Kamin, vor dem der gemütliche Abend sich bis in die tiefe Nacht hinzog.

«Erzählen Sie! Erzählen Sie!»

Da ich im Bann des geschriebenen Wortes lebte, des schriftlichen Selbstgesprächs, das nur auf die geistige Erwiderung mutmaßlicher Leser hoffen durfte, hatte ich fast vergessen, das Wunder des mündlichen Austauschs zu beachten, die unmittelbare, offenherzige, von trügerischem Ehrgeiz nach Anthologie oder Fortdauer freie Mitteilung. Das vom Salz des Mundes gewürzte Wort, gerundet von der Anmut der Lippen, behende oder bedächtig je nach der Eile des Vortragenden, und stets unterstützt von der Gegenwart und Aufmerksamkeit der Zuhörer. Hier war Wiederholung erlaubt und in gewissen Augenblicken sogar erwünscht, die Gebärde durfte die Absicht des Sprechers unterstreichen und bekräftigen. Stillschweigen durfte bei der Bedeutung und Klarheit der Rede mitwirken.

«Kommen Sie, lassen Sie sich nicht lange bitten!»

Und da saß ich nun in der Haut eines einfachen Erzählers, als männliche Scheherazade, und füllte die Leere der Stunden, gab der Stummheit der Dinge eine Stimme. Im einfachen, natürlichen Satzbau ohne Absätze und ohne Kapitel entwickelten sich die verzahnten Episoden vor dieser mitwirkend erwartungsvollen Zuhörerschaft. Und das Interesse, das ich an ihren Augen ablas, wies mich neben der Lust, es hervorzubringen, auf den in der Literatur von mir selbst zu verfolgenden Weg: die Bemühung, diese gleichfalls umgangssprachlich zu schaffen, brüderlich, freizügig, als schlichte Gabe eines Sterblichen an andere Sterbliche.

«Ich würde gerne selbst solche Dinge erfinden!»

«Bringen Sie andere dazu, sie zu erfinden, das ist noch schöner...»

Als ich seinerzeit ankam, bereit, mich innerhalb der strengen, bitteren Regeln meiner wachsenden Vereinsamung zu bewegen, hätte ich nicht geglaubt, daß ich in der schlichten, hilfsbereiten Zuneigung dieser Menschen so rasch heimisch werden würde, die, wenn sie vielleicht auch den Dichter schätzten, in mir nur immerfort den Menschen zu sehen schienen – den schutzlosen, ausgesetzten Mann, der Liebe brauchte, Geborgenheit, Hilfe und sogar Zurechtweisung.

«Ziehen Sie die Jacke aus. Lassen Sie mich den Knopf annähen. Wie Sie aussehen!»

«Packen Sie Ihre Bücher weg, und essen Sie bei uns zu Abend. Keine Einwände, bitte. Meine Frau hat heute Geburtstag. Es gibt Lamm.»

«Leinsamenbrei, was sonst! Soviel ich weiß, haben die Herren Ärzte bisher nichts Besseres gegen die Bronchitis erfunden. Heben Sie das Unterhemd hoch!»

«Sie müssen Ihren Hintern öfter ins Sprechzimmer bequemen. Die Patienten beschweren sich. Mehrere haben Sie schon gesucht, und der junge Herr war ausgeflogen!»

Seit meiner Kinderzeit in Agarez hatte ich nicht mehr den Segen eines warmen Hauchs echter Zärtlichkeit verspürt. Ich war nie wieder Menschen wie den Schwestern Pinta begegnet, die mir den Hemdensaum unter den Hosenbund stopften. Die Härte der Menschen im allgemeinen und die Treulosigkeit der Literaten im besonderen hatten meine Seele Jahre hindurch erzürnt. Gewiß war ich Zuneigung begegnet, vielleicht wäre ich auch geliebt worden und wurde es noch. Aber bei diesen Zuwendungen und Leidenschaften quälte mich stets der Zweifel an ihrer Ehrlichkeit. Welche Gründe bewegten die einen und die anderen? Solange

Alvarenga nicht entdeckt hatte, daß ich Gedichte schrieb, hatte er mir keinen Blick gegönnt. Und bei den anderen war sicherlich dasselbe geschehen. Mit Hilfe meines möglichen Ansehens verschafften sie sich selbst Ansehen. Ohne mich von diesem Vorurteil befreien zu können, hatte ich bereits die Strafe hingenommen, geteilt zu leben, mit einer verfluchten analphabetischen Hälfte. Und als ich es am wenigsten erwartete, schon gar in einem unbekannten Land, wo man auf kein Wunder hoffen durfte, erinnerte mich die Kraft des Zufälligen an das Vorhandensein einer alltäglichen Welt mit nicht vorausgeplanten Beziehungen, gleichgültig gegen schmeichlerische Einflüsterungen von Erfolg und Zurschaustellung. Jeder von uns hatte sein Routineleben – der Anwalt, der Gastwirt, der Bankbeamte, der Arzt – und seine jeweiligen Mußestunden. Tomé zum Beispiel fischte neben seiner Arbeit, Schecks zu unterzeichnen und Wechsel für Rechnung seines Vorgesetzten zu Protest zu geben. Er hatte Spaß daran gefunden und sich eine Hütte am Meeresufer gebaut, wo er am Wochenende geduldig seine Angelrute in die Wellen warf. Ich jagte. Dr. Olívio schaute von seinem Sessel im Klub aus dem Turnier der Sueca-Kartenspieler zu. Dona Gena und ihr Mann fuhren den Bezirk ab und standen bei Taufen und Hochzeiten Pate. Doch in der Gleichung der jeweiligen Beschäftigungen und Belustigungen waren alle Abwandlungen einander gleichwertig. Waren wir beieinander, brachten wir lediglich unsere sterbliche Natur einander näher, die seufzte, rechnete, ihr Herz ausschüttete, aß, trank und natürlich lächelte. Wenn wir im Vorhof einer Wallfahrtskapelle saßen und ein Hühnerbein knabberten oder auf einem Felsen der Berlenga-Inseln hockten und dabei eine Languste ausweideten, schätzte keiner von uns insgeheim das Talent seines Nachbarn ab, lauerte etwa auf die Gelegenheit zu einem Tiefschlag oder verdrängte unbekennbare Seelenergüsse. Wir standen gleich zu gleich, bereit, einander unser Bestes zu geben: Aufmerksamkeit, Zuwendung und Großzügigkeit.

«Wie fühlen Sie sich hier?» fragte mich ein Stadtrat absichtsvoll. Er war ein Oberstleutnant im Ruhestand, dessen Schwiegersohn mein Fach studierte und dem er gern die Laufbahn geebnet hatte.

«Gut.»

Verblüfft über meine Antwort, die er nicht erwartet hatte, versuchte er, seiner Enttäuschung aufzuhelfen:

«Schon, aber eines Tages werden Sie uns bestimmt verlassen... Das hier muß für Sie doch eine Verbannung sein...»

«Da irren Sie sich gründlich. Im Gegenteil. Ich habe mich nirgendwo so zu Hause gefühlt.»

«Ernstlich?»

«Ernstlich.»

«Aber wieso denn?»

«Schauen Sie, ich hatte das Glück, zwischen Ihren Mauern vier menschliche Wände zu finden...»

Dann gelang mir einer jener gänzlich unverdienten Paukenschläge, die aber einen Ruf endgültig festigen. Ich kam Estrela in einer Stunde der Bedrängnis zu Hilfe, und der dankbare Figaro kürte mich zum Helden seiner klinischen Geschichte, die er seiner zahlreichen Kundschaft ins Gedächtnis hämmerte.

Kerngesund und munter wie ein Spitzapfel war er im Linienbus abgefahren, um die Fastnachtstage friedlich in dem Landhaus zu verbringen, das seine Frau von ihrem Vater in Santa Catarina da Serra geerbt hatte, und war am nächsten Tag mit Trommelwirbel in einem eilends herbeigerufenen Mietsauto zurückgekehrt, verstört und blutspuckend. Eine plötzliche hartnäckige Blutung, die nicht weichen wollte, ohne Fieber, ohne Husten, atemberaubend. Sofortige ärztliche Beratung, Röntgenaufnahme, Analysen, stündliche Spritzen – nichts. Der Tod drohte, uns diesen Menschen vor unserer Nase wegzuholen, die Medizin war hilflos und wußte sich keinen Rat. Alle Leute sprachen von galoppierender Schwindsucht, und er, der nie etwas an der Lunge gehabt hatte, würde auf seinem Totenschein als Schwindsüchtiger ausgewiesen werden!

Bis ich auf den Plan trat.

Von dem rotwangigen, pausbäckigen, lustigen Estrela, der mich von seinem Laden aus jeden Tag fröhlich grüßte mit der Freude des an Leib und Seele Glücklichen, war nur ein blutleerer, stimmloser, kurzatmiger armer Teufel übriggeblieben, der rote Fäden in ein Frottiertuch sabberte.

Nach mehreren gescheiterten Versuchen mußte ich seine Kehle betäuben, um sie von innen untersuchen zu können. Schließlich stellte ich mühsam fest, daß eine schwarze Masse den Kehlkopf fast gänzlich verstopfte. Ich vermutete, es handle sich um dickes

Gerinnsel, und schickte mich an, es zu entfernen. Aber als ich fast blindlings die Pinzette ansetzte und drückte, entpuppte sich die für bröcklig gehaltene Schwellung als elastisch und klebte an den Wänden. Ich wich zurück. Was war das bloß? Wie ein Ödem sah es nicht aus. Wie ein Tumor noch weniger…

Ich machte mich an eine neue Untersuchung, ohne dadurch klüger zu werden. In den Pausen zwischen Zuckungen und Erbrechen sah ich nur dieselbe Schwärze auf dem beschlagenen Spiegelfeld.

Aber die Blutung ging weiter, und Estrela atmete immer mühsamer, es mußte etwas getan werden. In diesem Notfall mußte ich alles wagen. Wieder führte ich die Pinzette ein, packte das schwarze Etwas und zog mit einem kräftigen Ruck.

Und wie groß war mein Erstaunen, als mit der Stahlspitze ein Blutegel erschien, fett und schwarz wie eine Blutwurst.

«Verdammtes Biest!» brüllte Estrela, schon bei Stimme und geheilt.

«Wie haben Sie sich den denn zugelegt, Mann Gottes?!»

Er hatte aus der Quelle des Landguts getrunken, wunderbares, frisches, leichtes, gut verdauliches, reines Wasser…

«Hat man sowas schon gesehen…»

«Tatsächlich… Ich hätte nie gedacht… Das soll mir aber eine Lehre sein!»

«Das hätte ja schön werden können! Zacarias hätte keinen Freund mehr gehabt, die Stadt keinen Friseur, der Platz keine Musik…»

«Stimmt. Wären Sie nicht gewesen, Herr Doktor, ich hätte nie wieder Gitarre gespielt…»

Mit verbürgtem Ruf nahm die Zahl der Patienten zu, und die Praxisstunden wurden länger. Aber auch der Eifer, mit dem ich mich den Berufspflichten widmete, vermochte mein Denken nicht von dem Buch abzulenken, nach dem meine ganze Natur verlangte wie nach einer Katharsis. Ich rang dem erschöpfenden Tagwerk meine letzten Energien ab, und in zähem Bemühen, bei dem jeder Satz eine Herausforderung an mich selbst war, gab ich dem Buch mein Bestes. Je stärker die Ereignisse mein Buchprojekt bekräftigten, desto schwieriger machten sie die Niederschrift. Die Qual, die es bekundete, konnte sich in keiner Weise auf diese Verstärkung stützen. Der Leser mußte fühlen, daß er einen zugleich hellsichtigen wie blinden Text vor sich hatte. Andererseits fiel es schwer, die Schwierigkeiten eines Werkes zu überwinden, das so leidenschaftlich, polemisch, stürmisch war wie die Gefühle, die es diktierten. Wollte ich dem Diktat des gesunden Menschenverstandes gehorchen, ich würde das Thema ausreifen lassen, so daß zwischen Erlebnis und Wiedergabe ein hinreichend großer Abstand entstünde – die einzige Möglichkeit, eine überstürzte Erzählweise, die Sprunghaftigkeit mancher Absätze, das Schematische der meisten Szenen zu vermeiden. Aber meine Empörung hatte es eilig. Überzeugt, daß ohne das Feuer der Leidenschaft alles, was ich sagen wollte, seinen Sinn verlieren würde, opferte ich bewußt die Festigkeit des Aufbaus der gefühlsbetonten Frische, das Mondlicht des Ewigen der Sonne des Gegenwärtigen. Wenn ich mich auch seit langem für eine lebendige Kunst entschieden hatte, in welcher der Sachverhalt in jeder Zeile bedeutsam pochte, für eine in den Zeitbezug eingegliederte, engagierte Kunst, ohne daß sie deswegen aufhörte, Kunst zu sein und frei zu sein, so versuchte ich doch erst jetzt, diesem Vorhaben vollen Ausdruck zu geben. Nie hatte die Wirklichkeit die Künstler so sichtlich herausgefordert wie im gegenwärtigen Augenblick, und mehr denn je fühlten sie den Drang, ihr unmittelbar ins Gesicht zu sehen und sie zu entlarven, damit die Verbrechen der Welt nicht unangeprangert und unangeklagt blieben. Der Krieg war endlich nicht mehr eine von den Konventionen verschleierte Furie. Die zerstörerischen Heere rückten bereits gegen die Dörfer, gegen die Städte, gegen die Menschen vor. Eine Welle des Schreckens fegte über die Erde. Die Ungläubigkeit wohnte entsetzt ungeheuerlichen Bündnissen bei, man erlebte schamlose Überläufe, niederträchtige Anteiljagden. Der Kommunismus reichte dem Faschismus die Hand, ein einfacher Federstrich merzte auf den Landkarten jahrhundertealte Vaterländer aus, die Gräber der Unduldsamkeit verschlangen Tausende von Leben. Unglücklicherweise überstiegen die Tatsachen bei weitem die Ahnungen des Dichters. Wie hätte er die der Feuersbrunst vorausgehende Ruchlosigkeit im Tintenfaß lassen können? Eingebunden in die Vorgänge, konnte und wollte er nicht abseits stehen, zumindest würde er seine Stimme des Widerspruchs erheben, ohne auf die vernünftigen Mahnungen Dr. Olívios zu hören und ohne die Schwierigkeiten des Unternehmens zu bedenken. Innerhalb der mir von meinem Dasein zugestandenen Grenzen war ich ein unabhängiger Mann, ohne Ehrgeiz, frei von Verpflichtungen jedweder Art, selbst von familiären.

Agarez hatte mich seit langem abgeschrieben und verfolgte aus der Ferne hoffnungslos die Wendepunkte meines Schicksals. Ohne meine Treue zur Heimaterde in Zweifel zu ziehen, konnten sie dort nicht verstehen, daß eine derartige Verwurzelung auf die weihnachtlichen Armen Ritter, auf die Ostertorte und auf das Fest Unserer Lieben Frau von der Zuflucht verzichtete. In ihrem Verständnis mußte alles Hand und Fuß haben. Gott war in der Hostie, der Frühling in den Knospen, die Liebe in der Hochzeitsaussteuer. Es gab keinen Sonntag ohne Messe, keine Kirchweih ohne Feuerwerk, keine Fastnacht ohne Schweinsohren. Deshalb mußte meine Liebe auch einen unmißverständlichen Ausdruck finden: Sie mußte in den entscheidenden Stunden, die sie dort erlebten, leibhaftig anwesend sein. Außer diesem Augenschein besänftigte keine noch so gefühlvolle Beteuerung aus der Ferne ihr eifersüchtiges Herz. So gab ich es auf, verstanden zu werden, und achtete ihr Unverständnis. Von Zeit zu Zeit drängte es mich, den Schauplatz meiner Kindheit in Augenschein zu nehmen, die Früchte der Erde zu kosten und das dortige Quellwasser zu trinken, die Totenglocke oder das Osterläuten zu hören, mich an den väterlichen Herd zu setzen und auf den Schultern das Gewicht der Ahnen zu spüren; doch während der manchmal langen und kummervollen Pausen genügte mir eine telepathische Gemeinschaft, die innere Gewißheit, daß der Stempel meiner Herkunft dem Lehm meines Fleisches eingeprägt war. Es kam sogar vor, daß in den kritischen Augenblicken des Fernseins die charismatische Kraft die heimatliche Wirklichkeit gleichsam noch stärker mit der körperlichen Sehnsucht der Sinne wesensgleich vereinte.

Was Alice betraf…

Die Liebesbeziehung war zu Ende. Die in der Schweiz erlebte Begegnung hatte jenen so verheißungsvoll begonnenen und nach und nach in Qual verwandelten Liebeleien den Todesstoß versetzt. Nicht, daß nun ihrerseits Marguerite – der ich übrigens zunehmend wortkargere Briefe schrieb – bei möglichen Heiratsplänen eine Rolle spielte. Die Schönheit unseres Abenteuers hatte gerade darin bestanden, daß es keinen nächsten Tag, kein Morgen kannte. Es war ein gegenseitiges, sauberes, kostenloses Geschenk gewesen – sie selbst hatte es so genannt –, ohne Bedingungen noch Hoffnungen. Aber der lange Atem ihres Wesens hatte mir das Klima einer stets von gutem Gewissen begleiteten Zuneigung unerträglich gemacht. Der Mann braucht Begleitung im Irrtum, in seinen Schwächen und sogar in seinen Treulosigkeiten. Ich zumindest. Als ein stets zum Sturz in Abgründe bereiter Wildbach fühlte ich mich immer weniger im Gleichklang mit jenem Strom heiterer Ruhe, der durchsichtig durch die Ebene des Alltäglichen floß. Unheilbarer Nomade auf der Erde der Gefühle, würde ich den Frieden des heimischen Herdes nie als meinen Frieden, die häusliche Ordnung nie als meine Ordnung empfinden. Uns trennte ein Graben von der Breite der Einbildungskraft. Alice gab, und ich gab mich. Das war der Unterschied. Meine Launen, Leichtfertigkeiten, Ungewißheiten und Qualen fanden in ihrer Seele eine Entschuldigung, aber keine Aufnahme. Der großmütige Schwamm löschte die Schulden auf der Schiefertafel, ohne sie zu begreifen. Statt täglich die Leidenschaft zu erfinden, damit sie immer dieselbe und eine andere wäre, wie das Wasser von Heraklits Fluß, umgürtete sie sich mit den traditionellen Gesetzen, die sie lenkten, ohne Zweifel und Zurechtweisung Raum zu lassen. Die ersehnte, unmögliche Symmetrie liebender Herzen, die in wechselseitigem Takt schlagen, war ein Grundsatz in ihrem Denken. Und diese stille Gewißheit verdüsterte den Himmel unserer gemeinsamen Zukunft, statt ihn aufzuhellen. Schon lohnte es nicht mehr, Illusionen zu nähren: Der Gatte würde immer sicher sein, sich den Schweiß mit einem weißen Taschentuch von der Stirn wischen zu können; aber die heilige Ehefrau würde dem Dichter nie das Schweißtuch abnehmen.

Es war eine schwermütige, fast liebevolle Trennung. Wir begruben unsere Romanze in einem Grabmal der Zärtlichkeit. Wir trafen uns auf halbem Wege am Meer, wie zwei freundliche Unterhändler eines anderen, entzweiten Paares. Schön war sie! Von der Strandsonne gebräunt, während sie das Ende ihres weiblichen Frühlings erreichte und bereits in der Hitze jenes strahlenden Sommers reifte, war sie gleichzeitig eine Göttin, die sich zeigte, und eine Mutter, die sich verhieß. Wir redeten stundenlang und wanderten unermüdlich über den verlassenen Sandstrand, der unter unseren Füßen glitzerte und nachgab. Wieder getreu ihrem aufreizenden Gleichmut, sagte Alice wenig. Sie hörte nur aufmerksam meinen wirren, kummervollen Erklärungen zu, die vor lauter Aufrichtigkeit knabenhaft klangen. Bis ich, müde der nutzlosen Rechtfertigungen, ihr eine alte Geschichte erzählte. In einem rosafarbenen Palast wartete ein rosafarbenes junges Mädchen in rosafarbenem Kleid auf ihren Bräutigam. Währenddessen erscheint in der Saaltür ein blauer junger Mann, mit blauen Augen und im blauen Anzug, der, als er nichts als Rosarot sieht, um Entschuldigung für seinen Irrtum bittet und überstürzt flieht. Der blaue junge Mann war ich...

Wir lachten untröstlich über das Bild und wünschten uns ein ewiges Lebewohl. Wir wußten beide von vornherein, daß wir weder Freunde bleiben könnten, noch Feinde, noch gleichgültig, und daß wir keinesfalls je einen Vorwand suchen würden, um uns einander zu nähern.

Der Schmerz dieses Abschlusses, der wie die Erinnerung an ein amputiertes Glied schmerzte, wich einzig dem Linderungsmittel der Gewißheit, daß ich mich nie dieser Liebe schämen würde und auch nicht des seltsamen Gefühls schöpferischer Verfügbarkeit, das sich meiner bemächtigt hatte. Mir schien, daß ich noch mehr Freiheit in jede Seite legen könnte, die ich schrieb. Das Risiko war nur meines.

Als ich die erste Fassung meines Buches als abgeschlossen ansah, fuhr ich mit meinem Manuskript in der ramponierten Aktentasche nach Coimbra. Die Stadt, die ich in den Zeiten von Dr. Almeidas Internat aus meinem Kammerfenster träumerisch verklärt vor meinen Augen erstehen gesehen hatte, übte als Magnetpol nach wie vor seine Anziehungskraft auf mich aus. Immer ließ ich meine Pflichten frohlockend hinter mir, um meiner Zuneigung, die dort Wurzeln getrieben hatte, freien Lauf zu lassen. Auch wenn hier neuerdings die jüngste Aufzucht der von Fontes väterlich betreuten Schreiberlinge herrschte, die mir nur unverschämte Sticheleien versetzten, waren da der immer bloßstellende, doch unfehlbare Alvarenga, vor allem aber André und Gonçalo, Spiegel, von denen meine geistige Unruhe vertrauensvoller und reuiger zurückstrahlte. Unausweichlich zur Unzufriedenheit und zum Zweifel verurteilt, wenn ich die letzten Kräfte in einer

Arbeit erschöpft hatte, mußte ich sie ihnen zeigen. Natürlich um zu hören, genau wie in der Vergangenheit, was sie davon hielten, doch jetzt vor allem, um meine Überzeugungskraft persönlich zu erproben. Wenn ich ihnen in letzter Zeit vorlas – ganz anders, als wenn ich Dr. Olívio vorgelesen hatte, um die Schlagkraft meiner Prosa an ihm zu prüfen – und bewegt meine Texte deklamierte, brandmarkte ein stiller, kalter, erbarmungsloser Dämon, der sich heimlich in mir eingenistet hatte, wie ein Gewissensbiß jede Stelle, die ihre Wirkung verfehlte. Ich glaube, keiner von ihnen ahnte auch nur etwas von dieser allgegenwärtigen, von Tag zu Tag ausgeprägteren peinigenden Gabe, zugleich Angeklagter und Richter in eigener Sache zu sein. Selbst ich war mir dessen lange Zeit hindurch nicht bewußt gewesen. Erst von einem bestimmten Augenblick an wog trotz der empfangenen Anregungen, auch wenn ich sie gebührend bedachte, letztlich nur mein Urteil auf der Waagschale. Und da es schließlich und endlich stets ungünstig ausfiel, vernichtete ich alles erbarmungslos und begann angesichts der gekränkten Verblüffung des einen und der erwartungsvollen Langmut des anderen von neuem.

Die Jahre verschärften das charakterliche Profil der beiden. Gonçalo reagierte immer eigenwilliger auf Zuspruch oder Mißbilligung, ohne einen Augenblick an der Richtigkeit seines Urteils zu zweifeln. Gerade diese Selbstgefälligkeit und die nachdrückliche Lust, sie zu äußern, entwertete ihn ein wenig in meinen Augen. Nicht nur, daß ich Widerwillen empfand über die Dreistigkeit, mit der er Menschen und ihre Werke abtat, mich bedrückte auch die Tatsache, daß ich die Ausdrucksweise, in der er das tat, unabsichtlich mitverantwortete:

«Ein Esel, und der Roman eine Scheiße! Wer heißt diesen Schuster, Baßgeige zu spielen!»

André dagegen vervollkommnete sich in Feingeistigkeit und Vorsicht. Bedachtsam, aufmerksam hörte er zu und wagte zum Schluß ein zweideutiges «Gewiß», das er anschließend umständlich und scharfsinnig erläuterte, wobei er mehr den Gesichtspunkt des Beteiligten herausstellte, als das eigene Gefallen oder Mißfallen in den Vordergrund zu rücken. Im Grunde glaubte er nicht an die Kritik, genau wie ich, der ich seit langem vor den beiden nur die Gewißheiten und Ungewißheiten, mit denen ich mich dunkel herumschlug, einleuchtend darzustellen suchte. Was er übrigens wußte, obwohl er dies nur durch unbestimmte Andeutungen in einer verkappten Sprache gegenseitiger Aufnahmebereitschaft zu verstehen gab. Seit unserer ersten Begegnung verstanden wir uns stillschweigend, wir empfingen auf gleicher Wellenlänge in einem dem Wort vorausgehenden Einvernehmen. Daraus ergab sich häufig, daß Gonçalo nur am Wortlaut der Unterhaltung teilnahm, sogar alle ihre Möglichkeiten auswertete, ohne jedoch ihren inneren Sinn zu erfassen. André und ich sahen die Welt von verschiedenen Fenstern aus, aber aus verwandten Gesichtswinkeln. Selbst wenn die Umstände uns ungleich stark berührten, blieb sich die untergründige Übereinstimmung gleich. Wenn ein giftigerer Artikel als gewöhnlich über mich erschien, wurde der Fall besprochen, und immer geschah das gleiche: Während Gonçalo dem jeweiligen Verfasser mit einer Tracht Prügel drohte, zuckte André nur die Achseln über meine vorübergehende Empörung, denn er wußte seine Gleichgültigkeit doch bald von mir geteilt:

«Gehen Sie Ihren Weg weiter und lassen Sie die anderen reden. Was Sie im übrigen ja immer getan haben. Und was alle tun, die etwas zu sagen haben.»

In seiner Jugend hatte er sich im Romanschreiben versucht. Erzählungen, glaube ich. Aber das betonte Drüberwegsehen eines Zimmergenossen, der bereits einen Namen im Handwerk hatte, sowie ein Übermaß an Hellsicht und Stolz hinderten ihn daran, sich der Gefährlichkeit des ersten Schwimmstoßes im Meer der Publizität auszusetzen. Und so machte er einen Rückzieher. Später hatte er auf mein Drängen in *Trajecto* zwei nächtliche Betrachtungen beigesteuert, in denen seine Feder die Dunkelheit zu durchdringen schien. Und das war die Katastrophe. Ein bestallter Zensor, neidisch auf seinen analytischen Scharfsinn, verletzte bei einer Besprechung der Zeitschrift – in der er seine Belesenheit zur Schau stellte, um mußmaßliche Einflüsse zu entlarven – seine Scham über seine Aufrichtigkeit tief. Tödlich getroffen hatte er sich in ein Schweigen von der Art «verschlossene Schublade» vergraben, aus dem niemand mehr eine Zeile hervorzuholen vermochte. Dennoch blieb er für die Ausdrucksformen schöpferischer Einbildungskraft empfänglich. Und wenn ich mit einem neuen Erzeugnis bei ihm erschien, leuchteten seine Augen auf in einem scheuen Strahlen wie die eines naschhaften Kindes, das Süßigkeiten wittert. Das fast verstohlene Wissen um diese unheilbare

Wunde, die das Scheitern geschlagen hatte, gab unseren literarischen Beziehungen eine verschwiegene Intimität menschlicher Wärme. Er erhielt stets als erster die Früchte meiner jüngsten Hervorbringung, wenn auch dieser Vorrang mit Rücksicht auf seine zurückhaltende Natur und Gonçalos übertriebene Empfindlichkeit eine Bevorzugung war, von der niemand etwas ahnte.

Diese Einschätzung meiner Stärken und Schwächen durch eine dazwischengeschobene Reaktion erwies sich im vorliegenden Fall als schwierig, wo nicht unmöglich. Selbst vor meiner Abreise aus Leiria war ich dessen bereits sicher. Diese Seiten brachten den Bodensatz der Verzweiflung an die Oberfläche, die uns Stunden um Stunden an den Rundfunkempfänger gefesselt hatte, um das hörbare Echo unserer verhöhnten Ohnmacht einzufangen – um mit beklommenem Herzen die leidenschaftlichen Aufrufe der *Pasionaria** zu vernehmen, die Bestätigung über den Fall von Katalonien, die Nachricht, daß im Keller eines Schlosses von Figueras das republikanische Parlament zum letztenmal zusammengetreten war. Ein langer Rosenkranz bohrender Enttäuschungen, die durch die Macht der Fiktion rückwirkend verschärft wurden, verbannte die Zukunft in die Nebel des Mythos und ersetzte vor dem summarischen Tribunal der Empörung das gerechte Urteil durch Surrogate des Grolls.

«Veröffentlichen Sie das so rasch wie möglich!»

In ihrer unbedachten und einstimmigen Begeisterung setzten sie das schmerzliche Memorial mit den eigenen Schmerzen gleich. Ohne sich dessen bewußt zu sein, verzichteten sie selbst auf den kleinsten Grad an Strenge, den noch die inkonsequenteste Meinung verlangt. Statt abzuwägen, zu unterscheiden und zu bewerten, ließen sie den schlummernden Leidenschaften und den verdrängten Plänen rechtmäßiger Rache freien Lauf.

«Ich muß noch etwas daran arbeiten...»

«Mann, keinen Strich mehr!»

Nun ja! Ich würde diesem bedingungslosen Ansporn ebenso mißtrauen müssen, wie ich es gegenüber Dr. Olívios wortkarger Zurückhaltung getan hatte. Zustimmung und Ablehnung entsprachen einander negativ.

Mir kam es weniger darauf an, Haß neu zu entfachen, als vielmehr Widerwillen gegen jedwedes System zu erregen, das sich auf ihn berief, das war die einzige Vergeltung, welche die mit Füßen getretene Freiheit der Hoffnung vererben konnte. Ich weigerte mich nicht, persönlich ein Risiko einzugehen, dem die beiden sich nur stellvertretend aussetzten, aber der Protest mußte über unsere Seelenqual und unsere Erinnerung hinaus dauern. Ich wäre gerne ein solidarisches Echo gewesen. Ich mußte mich fragen, ob die hier erhobene Stimme auf der Höhe aller Revolten sein würde.

Doch wer hätte mir antworten können? Sie nicht, das wußte ich. Und noch viel weniger jener unerbittliche Doppelgänger, den ich in mir trug, der einzig und allein auf die vom Wort gebildete Wirklichkeit ansprach, auf die in einem geschliffenen Satz schimmernden Tränen. Dieser allein könnte unbegrenzt dem Magma mehr Ruhe abverlangen, mehr Langsamkeit der Hast, mehr Haltung den Erregungen. Er vergaß, daß nur einige glückliche Verse sich in die Ewigkeit einschreiben, daß der Leib eines Werkes am Verfall der Zeit teilhat.

Jedenfalls würde ich nochmals den Ton auf die Töpferscheibe legen und ihm ein weniger zufälliges Leben einzuhauchen versuchen, ohne damit das menschliche Gewicht meiner unsicheren Hände zu löschen. Mit Selbstverleugnung würde ich diesen zusätzlichen Preis dem angstvollen Wunsch zahlen, nicht alles zu verderben. Vielleicht würde aus der vermehrten Anstrengung dann einstimmiger der Rebellenchor der Generationen aufsteigen, und vielleicht würde die möglichste Reinheit durch die Aufrichtigkeit der Tat erhellt.

«Geht's voran, ja?» fragte Tomé unfehlbar bei seinen abendlichen, aufstörenden Besuchen.

«So, so ...»

Lohnte es, sich zu beklagen, zu seufzen? Wie sollte ich ihm die Härte dieses unmenschlichen Kampfes mit der Undurchlässigkeit, mit der Leere, mit der Mutlosigkeit erklären? Die nebulöse Vorstellung, die kein Blitzstrahl erhellte, der mißlungene Satz, tausendmal neu begonnen, das farblose Bild, das den Sinn einengte, den es zu erweitern vorgab, das wiederholte Zeitwort ohne Gleichwertigkeit im Wörterbuch, die stets harte, widerspenstige Sprache, die Hammer und Amboß herausforderte ...

Und ich setzte der Mühsal ein Ende, wenigstens für den Augenblick.

«Gehen wir?»

«Mir ist es recht. Aber wenn Sie weiter schreiben wollen... Sagen Sie es frei heraus!»

Schreiben! Von zehn oder zwölf vollgeschriebenen Bogen waren nur etwa ein halbes Dutzend Zeilen zu gebrauchen. Der Papierkorb war vollgestopft mit zerknüllten Blättern. Und was übrig blieb, mußte neu durchgesehen werden...

«Lieber schweigen als Unsinn aneinanderreihen.»

«Was denn! Fehlt's an der Eingebung?»

Ich lachte. Die Vorstellung, die Menschen sich von der literarischen Plackerei machten!

«Mehr oder minder.»

Schon auf der Straße war mir, als wäre ich einer Folterkammer entronnen. Und mit heimlicher Wollust sog ich die kühle Abendluft ein.

«Wohin wollen Sie?»

«Irgendwohin. Mir ist es gleich.»

Der Zauber jener Spazierfahrten bestand darin, kein Wanderziel zu haben. Nachdem der Heißhunger der ersten Zeit gesättigt war, in der meine begehrlichen, leichtfertigen, der raschen Befriedigung verschriebenen Sinne ihr Verlangen zunächst nur in den kulturell erlesensten Gebieten gestillt hatten, stellte ich schließlich fest, daß jeder Horizont auf gleiche Weise lockte. Jeder füllte die Seele mit verläßlichem Frieden.

«Das Meer?»

«Warum nicht!»

Die Küste entlang, wo sich die Wogen auf der einen Seite brachen, auf der anderen der Pinienwald säuselte, füllte oberflächliches Geplauder den Wagen.

«Erweitern Sie noch immer Ihre Bildung im Rückgebäude des Doms?»

«Weniger als ich nötig hätte. Aber immer, wenn ich kann... Das hat mir sehr geholfen, hier eine so große Bibliothek zu finden. Ich hätte es nie vermutet. Sie ist erstklassig! Der Bestand an portugiesischen Klassikern ist wirklich beachtenswert. Sogar ungewöhnlich. Auch von der französischen modernen Literatur ist viel vorhanden...»

«Nicht zu reden von dem Meisterwerk Bibliothekarin...»

«Ach, Sie Gauner! Ich in meiner Unschuld, und Sie mit Ihren Hintergedanken!»

«Sie machen ihr also nicht den Hof, oder?»

«Ehrenwort! Was für eine Idee! Ich verzehre sie mit den Augen, das ja... Sie ist hübsch, weiß Gott, ein prächtiges Mädchen! Aber ich belasse es bei meiner Bewunderung... Mein Techtelmechtel habe ich im Augenblick mit dem Buch. Wenn es mich wieder losläßt, aber ich glaube nicht dran.»

«Fehlt noch viel, bis Sie fertig sind?»

«Es war schon fertig. Ich träumte von etwas, und es entstand etwas anderes. Ich habe wieder von vorne angefangen. Eine Schufterei! Und es kommt nicht so voran, wie ich es will. Geduld. Jetzt lege ich alle Hoffnung in das nächste, ein merkwürdiges *Portugal*, ein sehr persönliches, erfahren mit allen Sinnen und erfaßt in all seinen Ausmaßen, lebendig von außen und von innen... Komme ich mit dem anderen nicht zurecht, lockt mich dieses... Es kommt mir vor wie eine Versuchung durch den Teufel! Ich martere mich bei der Beschwörung einer freudlosen Zeit, und das verdammte Buch verlacht mich und spielt glückselig mit dem Leben auf dem Brachland der Einbildungskraft... Es schreibt sich gewissermaßen von selbst... Ich liebte es schon, bevor ich damit überhaupt angefangen habe...»

«Sie, Herr Doktor, sind wie ich mit meinen Kindern: Ich lege immer all meine Hoffnung in das, das kommen wird...»

Doch, so widersprüchlich es klingt, verdankte ich der Flucht aus der Bußarbeit des Schreibens den stärksten Antrieb, fortzufahren. Von allen Straßen und Wegen, über die ich fuhr, aus allen Winkeln, in die meine Neugierde ihre Nase steckte, erreichte mich der gleiche gebieterische Ruf. Die Hand des Menschen von Estremadura war nicht müde geworden, in Stein, in Ton, in Holz, auf Glas, auf Leinwand und auf Pergament zu bildhauern, zu modellieren, zu stechen, zu malen und zu illuminieren. Immer belohnten die Schönheit oder die Anmut einer Säulenhalle, eines Altarbildes, einer alten Handschrift, eines Kirchenfensters, eines Kruzifixes oder eines Glockenturms die Beharrlichkeit des Wanderers. Festungen, Grabstätten, Brunnen, Bilder, Kunsthandwerk... In allen Augenblicken des Lebens pochte im Gegenständlichen der Drang nach Ewigkeit. Das Spitzbogenfenster, das aus der massigen Mauer spähte, die spitzenverzierte Rosette, durch die heidnisches Licht in das asketische Kirchenschiff floß, das esoterische Kapitell, das die tragende Säule krönte, die phantasievolle Kachel, welche die trostlose Sakristei verkleidete, die dekorative Terrine, die den Appetit anregte... Ob von ungleichem Kunstwert, ob der Meisterschaft eines echten Künstlers oder der Einfalt eines begabten Laien entsprungen, stets vereinte ein gemeinsamer Nenner die verschiedenen Werke: der Wille, der sie ermöglicht hatte. Manchmal, in der Hast, ans Ziel zu kommen, ließ der Geist sein Richtmaß außer acht. Er stellte das Neue über das Alte, ohne zu beachten, daß er das Überlegene dem Unterlegenen opferte, das Reine dem Unreinen, das Maßvolle dem Ungereimten. Das machte nichts aus. Das ungewöhnliche Barockkloster im romanischen Rahmen, der Renaissanceturm neben der gotischen Kirche, die jesuitische Fassade, die ein spätgotisches Inneres verbarg, hatten zumindest das Verdienst, das Vertrauen der Zeitgenossen in ihre Werte zu bezeugen. Anfangs, als ich nur jede Verstümmelung beklagte, kam mir dergleichen nicht in den Sinn, doch jetzt, da ich des Vertrauens bedurfte, lernte ich willig die Lehre des schöpferischen Optimismus, indem ich sie bestürzt mit dem bewahrenden Unvermögen der Gegenwart verglich.

«Die haben gearbeitet, die Alten!»

«Das ist wohl wahr...»

«Großartige Burschen! Sie haben sich abgemüht, schöne Dinge zu schaffen!»

«Dann und wann haben sie auch Unsinn fabriziert...»

«Einverstanden. Aber würden wir doch nur ebenso viel leisten. Viel haben sie geschaffen und immer solide gebaut. Selbst das, was nicht viel hergibt. Immer setzt sich das fachmännische Ehrgefühl durch...»

«Sie hatten Zeit...»

«Und Überzeugung. Sie glaubten an die Ewigkeit.»

«Oder an sich selbst...»

«Noch besser.»

Immer, wenn ich eine Arbeit mit dem Gefühl des Widerwillens und Versagens beendet hatte, mußte sich das Manuskript der Prüfung durch den Druck stellen, die feststehende Form, an der ich meine Fehler objektiver ablesen konnte. Auf Papier gedruckt, der zitternden Schreibhand beraubt, die ihm einen Anflug von gesammelter Lebendigkeit geliehen hatte, löste sich jeder Text gleichsam in seine Bestandteile auf, und alle seine bis dahin nur undeutlich geahnten Fehler schienen mir jetzt in die Augen zu springen.

Und dann begann das Gerenne zum Drucker, mit der unvermeidlichen, verheerenden Folge, daß ich meine Praxis im Stich ließ, gefolgt von der gewohnten Verbesserungswut, die Pedros, des Druckereichefs, Engelsgeduld auf eine harte Probe stellte.

Durch Erfahrung klug geworden, hatte er von vornherein einen Betrag veranschlagt, der meinen Korrekturwahn einschloß. Doch auf diesem Gebiet waren Vorausberechnungen gänzlich unmöglich. Und so spielten wir bald beide im Dunkeln. Ich verschwand zwischen den Materialregalen und übergab die Druckfahnen unmittelbar Neves, dem einzigen Setzer, der das unkenntliche Gekritzel entziffern konnte, während er von seinem Arbeitsplatz aus mein Manöver durchschaute und sich taub stellte.

Seine Gestalt war so dürr wie sein Benehmen, die Zigarette trug er ständig zwischen die Zähne geklemmt und erleichterte die chronische Bronchitis im nahestehenden Spucknapf, war dabei jedoch von adeligem Charakter und von ungewöhnlicher Zartheit des Geistes. Meine Verbissenheit, meine Prosa bis zu den Grenzen des Unverbesserlichen zu verbessern, eine Besorgnis, über die sogar meine Freunde lachten, stieß in ihm auf lebhaftes, wiewohl nie zugegebenes Verständnis.

«Wie geht's? Hat man heute viel herumgekratzt?» fragte er, wenn er mich ganz sacht dabei ertappte, wie ich die Gesetze der Hierarchie mißachtete.

«Nichts dergleichen ...» und ich zeigte ihm die sauberste Seite, die ich in der Hand hatte.

Er warf einen prüfenden Blick auf den Fahnenabzug und ließ dann die Augen boshaft über den Stapel der ihm entzogenen Blätter schweifen.

«Machen Sie ruhig weiter ...», und er setzte seine Inspektionsrunde fort.

Bis die Sache alles Maß überschritt und er sich gezwungen sah, meinem unvernünftigen Treiben ein Ende zu setzen.

«Haben Sie ein Einsehen, aber jetzt muß Schluß sein. Jetzt dürfen Sie mir kein Komma mehr verändern.»

Ich verbesserte immer noch, und manchmal, selbst während der Drucklegung, ließ ich das Verfahren anhalten und veränderte noch ganze Absätze.

«Das wird die Arbeit stark verteuern, passen Sie nur auf! Ich muß Ihnen die Zeit berechnen, während der die Maschine stillsteht... Aber wenn Sie meinen, daß es dadurch besser wird...»

Vielleicht erlebte er als alter Anarchist in meiner Unzufriedenheit und meinem Aufbegehren seine Jugendzeiten wieder, die er gelegentlich, gleichsam zerstreut, in zurückhaltenden Anspielungen auf revolutionäre Bewegungen beschwor, denen er fraglos nicht ferngestanden hatte. Nur dieser tiefe Grund konnte die Nachsicht erklären, mit der er mich ertrug, und das Risiko, das er als Angestellter auf sich nahm, indem er die Interessen des Hauses aufs Spiel setzte, das an mir ohnedies immer weniger verdiente, wenn es all die Ketzereien, die ich guten Gewissens in Druck gab, ohne den geringsten Einwand veröffentlichte. Mit meinem Manuskript in der Hand trat ich auf ihn zu, und er sagte nur, ohne mit der Wimper zu zucken:

«Haben wir wieder etwas Neues?»

«Haben wir...»

Er nahm einen Bleistift: «Format wie sonst, klar. Papier?»

«Vom billigen...»

«Wieviel Seiten?»

«Um zweihundert.»

«Auflage?»

«Sehen Sie mal zu... Sie wird liegenbleiben, wie die anderen...»

«Dreihundert Exemplare? Weniger lohnt auch gar nicht...»

«Ist gut.»

Zur Entlastung meines Gewissens vertraute ich ihm eine halbe Wahrheit an:

«Das hier ist ein bißchen kühn...»

«Kann ich mir denken...», und er ging wieder an seine Arbeit.

Da aber der Druck der Zensur von Tag zu Tag massiver wurde und das Buch diesmal tatsächlich eine harte Nuß war, warnte ich ihn geradeheraus:

«Das hier hat es in sich...»

«Ach ja? Und nun? Eilt es?»

«Und wie...»

«Wir nehmen es morgen dran.»

Solange Satz und Druck im Gange waren, kam er nicht mehr auf die Sache zurück. Erst als er mir das erste gebundene Exemplar übergab, machte er sich fast vertraulich Luft:

«Mit dem kriegen wir womöglich Scherereien...»

«Haben Sie es gelesen?»

«Habe ich.»

«Und meinen Sie, daß...? Vielleicht nicht...»

Er stieß Rauch aus, beugte sich über einen Stapel Papier und murmelte gleichsam zur Seite:

«Hoffen wir das Beste.»

Unterwegs, auf der Bank des Linienbusses eingeklemmt, dachte ich wieder und wieder an die unheilvollen Worte, Echo jener, die ich so oft von Dr. Olívio gehört hatte, doch auch jetzt war ich außerstande, Besorgnis zu verspüren. Während ich im schöpferischen Fegefeuer brannte, war ich taub gegen jede Mahnung zur Vorsicht; war das Feuer erloschen, glich ich seiner Asche. Und wenn ich bis zu einem gewissen Grad die besessene Taubheit jener übererregten Stunden verstand, so begriff ich ganz und gar nicht die ungläubige Trägheit, der ich anschließend verfiel. Ich mußte allerdings ohne Ausflüchte anerkennen, daß die einmal veröffentlichten Bücher mich nicht mehr interessierten. Noch war die Zeit nicht gekommen, da ich, vor die Frage einer neuen Auflage gestellt, sie entweder ohne Durchsicht drucken ließ oder das Buch praktisch neu schrieb in dem verzweifelten Versuch, ihm die Überzeugungskraft zu geben, die es in meiner Vorstellung gehabt hatte. Eine qualvolle Zeit einander ablösender Fassungen derselben Erzählungen, derselben Theaterstücke, sogar derselben Gedichte, während es von allen Seiten Einsprüche hagelte, einige aufrichtig, die vermeintliche Tugenden verlorener Unmittelbarkeit beklagten, andere bösartig, die mir geldgierige Absichten oder narzißtische Selbstquälereien unterstellten. Doch ohne Publikum und Gelüste auf Neuauflagen bestand die Marter vorläufig in der untröstlichen Betrachtung eines jeden Totgeborenen. Nur ich wußte, welche Hoffnungslosigkeit sich meiner angesichts der zur Schau gestellten Albernheiten bemächtigte, die ich für ansehnliche Arbeit gehalten hatte. Hinkende Phantasie, schielende psychologische Perspektive, kindische Formulierungen...

Im Augenblick befand ich mich in einem Zustand tiefster Enttäuschung. Ich blätterte in den noch druckfeuchten Seiten, las den einen oder anderen Absatz, und alles klang mir fade, weit hergeholt, harmlos. Die Kugeln des Krieges verursachten kein Blut, das Geheul menschlicher Wölfe flößte keine Angst ein, das entfachte Feuer war Strohfeuer. Mir war, als hätte ich die Hölle mit himmlischen Farben gemalt.

«Ist das Ihr Jüngster?» wollte Tomé beim Eintreten wissen und deutete auf den Band, den ich unter dem Arm trug.

«Nicht mehr und nicht weniger.»

«Darf man ihn ansehen?»

«Bitte, gern.»

«Und auch lesen?»

«Auch das. Hören Sie, lassen Sie mich zwei Worte hineinschreiben und behalten Sie das Buch. Ich wollte es Ihnen ohnehin schenken. Hier! Dem Chef der Druckerei kommt die Sache immer weniger geheuer vor... Wenn es zum Schlimmsten kommt, haben Sie wenigstens ein Exemplar erhalten...»

«Sagen Sie bloß nicht sowas! Der Teufel lauert doch nicht immer hinter der Tür. Und wenn, dann auf ihn mit Gebrüll!»

Drei Tage später, an einem aschgrauen Donnerstag gegen Abend, brach der Sturm los. Mitten in der Sprechstunde, wenige Augenblicke, nachdem ich einen Anruf von der Vertriebsfirma erhalten hatte, die mir mitteilte, daß das Buch, am Abend zuvor zum Verkauf ausgelegt, beschlagnahmt worden war, erschien die Polizei. Zwei Bürger in Zivil, die ins Sprechzimmer gestürmt kamen und mich aufforderten, sie zu begleiten. Meine Assistentin, die ihnen vergeblich den Weg zu versperren versucht hatte, riß verstört und verständnislos die Augen auf.

«Weshalb bin ich verhaftet?»

«Das werden Sie selbst am besten wissen. Wir führen nur einen Befehl aus.»

Ich zog den Arztkittel aus, streifte den Rock über, schickte die Patienten nach Hause und trat mit den Männern auf die Straße.

Von ihrem Dienst befreit, blickte Cidália, aus dem Fenster lehnend, mir aufgeregt nach. Ich lächelte ihr von unten ein stolzes, galantes Lebewohl zu, dankbar für den romantischen Anflug, den ihre willkommene Neugier der Namenlosigkeit der Stunde gab.

Während ich, flankiert von den beiden, auf das Polizeirevier zuschritt, beobachtete ich sie. Unterwürfige Werkzeuge eines seelenlosen Herrn, Gefühlskrüppel, gebläht von ihrer Bedeutungslosigkeit, führten sie mich ab, gleichgültig gegen meine Demütigung und meinen Zorn. Als willfährige Marionetten wußten sie nur, daß sie beauftragt waren, einen Verbrecher im Guten oder im Bösen in den Kerker abzuführen.

«Allen Ernstes! Was ist das für ein Land!»

«Sparen Sie sich lieber jede Bemerkung...»

«Warum?»

«Wegen allem.»

«Ja, vielleicht...»

Erst nachdem ich ihm die Antwort gegeben hatte, fiel mir mein verächtlicher Tonfall auf, der ihre Vorsicht tarnte. Und ich bewunderte die Schnelligkeit, mit der Bewußtes und Unbewußtes sich in Augenblicken der Gefahr verbündeten.

Als wir am Friseurladen vorübergingen, stellte Estrela verschreckt sein Spiel ein, lehnte die Gitarre an den Rasierstuhl und trat an die Tür. Er wollte den Mund aufmachen, hielt aber rechtzeitig inne. Der Selbsterhaltungstrieb verwehrte ihm den unbedachten Schritt.

«Hier durch...» befahl einer der Kerle vor einem Quersträßchen, das ich vorher nie gesehen hatte.

Sie führten mich von den Hauptstraßen fort, um das Ärgernis von indiskreten Blicken fernzuhalten. Ich beschloß, meine Wachhunde zu reizen:

«Wenn das Verbrechen, das ich begangen habe, so schwerwiegend ist, daß ich eine Strafe verdiene, warum machen wir dann so viele Umwege? Mir scheint, es wäre sogar angebracht, daß die Leute davon erfahren, damit ich als abschreckendes Beispiel gelten kann...»

Einer von beiden knurrte und zeigte die Zähne. Der andere marschierte unerschütterlich weiter, unbeeindruckt von dialektischen Unverschämtheiten.

Auf der Schwelle einer Tür, die sich auf einen muffig riechenden dunklen Gang öffnete, stießen sich zwei in ihren Schal gehüllte alte Frauen an:

«Ist das nicht der Herr Doktor?»

«Scheint so...»

Ich winkte ihnen bestätigend zu.

Jetzt gingen wir durch eine von armen Leuten bewohnte enge Gasse. In einer dieser Behausungen hatte ich vor kurzem ein Kind von der Bräune geheilt.

«Keine Kundgebungen!»

«Wenn Sie nicht wollen, daß ich die Hände bewege, fesseln Sie mich doch!»

Sie taten, als hätten sie nicht verstanden.

Auf einer steilen Treppe, auf der wir drei nicht Platz fanden, mußte einer hinter mir gehen und mich vor sich hinaufsteigen lassen.

Plötzlich entdeckte ich, daß letztlich sie die wahren beklagenswerten Gefangenen waren. Gefangene der Institution, der sie angehörten, die sie von jeder Persönlichkeit entleerte, und sogar Gefangene meines eigenen Willens. Gefesselt an meine Proteste, an mein Schweigen, an meine Schritte. Bliebe ich stehen, sie müßten stehenbleiben, liefe ich los, sie müßten mitlaufen. Und zwar ohne Gegendienst. Selbst als sie mir einen Weg und eine Richtung aufzwangen, sahen sie sich verpflichtet, mit mir zu gehen, ohne fliehen zu können, an die eigene Gewalt gekettet. Als Hampelmänner fremden Willens hatte die Macht, die sie zu verkörpern glaubten, zuerst sie bezwungen. Und zwar mit einer Erschwernis: nicht einmal das Bewußtsein ihres Verhängnisses war ihnen verblieben.

Als wir ankamen, wurde ich unverzüglich vor den Polizeichef geführt. Seit ich ihn behandelt hatte – mit bekümmerter Fürsorge, die er in seiner Angst eines Schiffbrüchigen als Ausdruck besonderer Ergebenheit angesehen hatte –, grüßte er mich, sooft wir einander begegneten, stets mit überschwenglicher Höflichkeit. Sichtlich befangen begann er, sich zu rechtfertigen:

«Herr Doktor möge mir verzeihen, aber leider konnte ich es nicht vermeiden. Ich habe Anweisungen erhalten ...»

Anscheinend erhielten alle Anweisungen. Die Untergebenen, die Vorgesetzten und die Vorgesetzten der Vorgesetzten ... Die Maschine der Allmacht war unpersönlich. Niemand übernahm die Verantwortung für die begangenen Verbrechen.

«Ich verstehe ...»

«Eine Schererei, glauben Sie mir. Und dazu noch mit einer Person wie Sie! ...»

«Aber worum geht es denn?»

Befangen kratzte er sich am Kopf.

«Schön, der Fall ist kompliziert... Gehen wir in mein Arbeitszimmer. Haben Sie die Güte.»

Wir traten ein, er hieß mich Platz nehmen, setzte sich an seinen Schreibtisch, zündete sich eine Zigarette an und tat ein paar tiefe Züge, als wollte er die Brust mit Tatkraft laden.

In eine zu enge Uniform gezwängt, das Gesicht gedunsen, glich er eher einem ungestalten Fettberg als der leibhaftigen Machtbefugnis. Und doch war er das, wie er da in seinem Lehnstuhl saß, beschirmt von zwei strengblickenden Porträts – dem des Staatschefs und dem des Ministerpräsidenten –, die hinter ihm an der Wand hingen.

«Wie ich Ihnen schon sagte, habe ich Befehle erhalten, und obgleich es mir schwerfällt, ist es meine Pflicht, sie auszuführen...»

«Gewiß doch.»

Ein schwerer Damastvorhang, der die Tür verhängte, füllte den Raum mit Feierlichkeit. Und die goldgewirkte Fahne des Polizeikommissariats, die steif gereckt wie eine Wetterfahne an einem windstillen Tag in einer Ecke stand, paßte zwingend zu dem Spruch, der sie umrahmte:

FÜR DIE ORDNUNG UND FÜR DAS VATERLAND

«Somit muß ich Sie um Einsehen bitten und Sie ersuchen, einige Erklärungen abzugeben, die zu Protokoll genommen werden müssen.»

Und er klingelte, um einen Stenographen zu rufen.

«Die Sache scheint ernst zu sein, wie ich sehe!»

«Ja, in der Tat... Das heißt: es kommt drauf an ...»

«Jedenfalls stehe ich Ihnen zur Verfügung...»

Er steckte den Zeigefinger zwischen Hals und Uniformkragen, um sich Luft zu verschaffen.

«Nun gut, Sie, Herr Doktor, haben ein Buch geschrieben ...»

«Ich habe mehrere geschrieben...»

«Ich spreche von Ihrem letzten...»

«Das soeben beschlagnahmt wurde...»

«In der Tat. Ich habe auch Anweisungen erhalten, es aus den Buchhandlungen der Stadt zurückzuziehen. Was ich bereits getan habe. Übrigens: wie groß war die Auflage?»

«Dreihundert.»

«Nur?»

«Nur.»

«Anscheinend vertreten Sie darin subversive Ideen... Ich gestehe, ich habe es noch nicht gelesen...»

«Schade. Dann hätten Sie wenigstens in Kenntnis der Sache sprechen können.»

«Das stimmt. Doch das ist für den vorliegenden Fall unwesentlich. Vertreten Sie sie oder nicht?»

«Weder das eine noch das andere.»

«Nanu!»

«Sie müßten das Buch lesen, Herr Kommandant.»

«Ich werde es lesen.»

«Dann lesen Sie es, und hinterher unterhalten wir uns...»

«Unterhalten müssen wir uns jetzt... Meine Rolle ist nicht angenehm, glauben Sie mir, aber jemand mußte hier zur Stelle sein... Haben Sie die Kosten der Drucklegung übernommen?»

«Natürlich! Wer sollte es sonst tun? Ich verstehe nicht, worauf Sie hinaus wollen! Es steht deutlich im Buch: Ausgabe des Verfassers.»

«Das könnte eine elegante Art sein, Dinge durchzusetzen... Und in Wirklichkeit hinter irgendeiner Organisation zu stehen...»

Anfangs zuversichtlich und sogar ein wenig belustigt, fühlte ich im Verlauf des Verhörs einen immer dichter werdenden Brodem von Befürchtungen in mir wachsen. Was sollte eigentlich all das bedeuten? Handelte es sich hier um eine reine Formalität, oder war ich in eine Falle geraten? Und ich begann mich zu verteidigen, wich den Fragen aus, zog mögliche Hintergedanken in Betracht, wog meine Antworten genau ab, schweifte ab und bemühte mich zugleich, die peinliche Lage dieses Mannes zu verstehen, dem ich in einer schweren Stunde beigestanden hatte und den ich wieder im Flanellpyjama sah, fern von seinem Polizeikommissariat und seinen Tressen, völlig entstellt, und der wie ein Kind stöhnte:

«Lassen Sie mich nicht sterben, um der Liebe Gottes willen! Bedenken Sie, daß ich vier Kinder aufziehen muß ...»

«Was heißt hier sterben! Und Sie wollen Soldat sein! In einem halben Dutzend Tagen stehen Sie wieder auf beiden Beinen!»

«Geben Sie mir dafür Ihr Ehrenwort?»

«So geht das nicht! So werden wir uns nicht verstehen! Haben Sie Vertrauen zu mir oder nicht?»

«Das habe ich. Aber ich will doch wieder gesund werden ...»

«Das werden Sie auch, keine Sorge.»

Er war wieder gesund geworden, und nun saß er vor mir, kerngesund wie ein Apfel, und machte dem Wahlspruch seiner Fahne alle Ehre.

«Sind Sie Kommunist oder sind Sie keiner?»

Ich blickte ihn fest an und ließ ihn meine Mißbilligung über den Wahlzwang spüren. Verwirrt senkte er die Augen.

«Was hat das mit dem Fall zu tun?» entgegnete ich schließlich. «Ich schätze, Sie werden von mir kein Glaubensbekenntnis verlangen! Vielleicht interessiert es Sie zu wissen, ob ich in dem Buch Propaganda mache. Haben Sie jemals jemanden gesehen, der mit einer Auflage von dreihundert Exemplaren Propaganda macht?... Was meinen Sie?»

«Ja, in der Tat... Jedenfalls glaube ich, daß marxistische Thesen darin stehen ...»

«Und auch faschistische ...»

«Ach ja?»

«Gewiß doch. Sie sehen, wie unangebracht es ist, nur vom Hörensagen zu urteilen ...»

«Schön, ich will versuchen, das Buch zu lesen, ich habe es Ihnen ja bereits versprochen. Ich bin sogar neugierig darauf... Sie haben also gesagt, daß darin auch faschistische Thesen vorkommen... Aber Sie leugnen doch nicht, daß Sie gegen den Regierungskurs sind!»

«Heißt, gegen den Regierungskurs sein, Kommunist sein?»

In dergleichen Doppeldeutigkeiten verstrickt, verstrichen uns die Stunden. Feucht und kalt spähte das sterbende Abendlicht durch die Fenster.

«Zum Teufel damit! Zum Teufel damit!» machte er sich mutlos Luft.

«Zum Teufel, warum?»

«Weil wir zu keiner Lösung kommen ...»

«Na so was! Zu welcher Lösung wollen Sie denn kommen? Ich habe bereits erklärt, daß ich der Verfasser des Buches bin, daß die Auflage aus dreihundert Exemplaren auf meine Kosten gedruckt wurde... Genügt Ihnen das nicht?»

«Ich weiß es selbst nicht... Also gut. Unterschreiben Sie hier, bitte.»

Damit hielt ich die Angelegenheit für erledigt.

«Somit ist wohl alles geklärt, und ich kann in Frieden abziehen, nicht wahr?»

Verlegen wand er sich auf seinem Stuhl.

«Leider müssen wir damit noch ein wenig warten. Ich bedaure, aber so ist das Leben ...»

Und er ließ mich in eine Zelle abführen.

Das Gefängnis lag neben der Dienststelle, direkt an der Schloßmauer. Durch das Gitterfenster des Gevierts, in das ich gesteckt wurde, sah man die Dächer der halben Stadt, einen Zipfel der Domfassade, die Türme mehrerer Kirchen, den Friedhof und genau gegenüber im Hintergrund, schon frei und anmutig in der Landschaft, die Kapelle Unserer Lieben Frau von der Menschwerdung hoch oben über der Treppe, stolz auf ihre bauliche Anmut aus frischgewaschener Armut. Dahinter in der Ferne das Dorf Abadia, ein weißer Fleck im Grün der Berge, in denen ich so oft gejagt hatte...

Noch immer davon überzeugt, der Fall werde am nächsten Tag bereinigt sein, suchte ich das heimtückische Gefühl von Wehrlosigkeit und Gefahr zu verdrängen und meine Aufmerksamkeit auf ein fleißiges Spiel mit Bezugspunkten und der Aufzählung von Einzelheiten zu lenken, die mir das Panorama bot, während ich jeden Augenblick auf den Besuch von Dr. Olívio und Tomé wartete. Aber keiner von beiden erschien. Der Tag ging zu Ende, zur Abendessenszeit brachte der Gefängniswärter mir einen Eßnapf, der übel roch, und die Nacht sank herab, in mir ebenso schwarz wie draußen.

Ich konnte nicht schlafen. Abgesehen von meiner gewohnten Schlaflosigkeit war die Pritsche hart, die Bettwäsche war zu kurz, und mein Kopf glich einem laufenden Motor. Punkt für Punkt rief ich mir das Verhör ins Gedächtnis zurück und suchte seine

Tragweite zu ermessen, ich prüfte die Strategie meiner Verteidigung, stellte Mutmaßungen an, hörte mein Herz auf dem Kopfkissen klopfen und die Stunden auf den Glockentürmen schlagen, und halb verblüfft, halb gebannt tauchte ich in den Abgrund der Einsamkeit. Im allgemeinen eifersüchtig auf meine Zurückgezogenheit bedacht, konnte ich dennoch zu jeder Zeit und auf eigenen Antrieb die persönliche Mauer überspringen und das Feld der Welt betreten. Ich brauchte nur zu wollen. Und das geschah auch nicht selten. Unversehens tat ich die ersten Schritte, wiewohl eher als Gestalt denn als Person, und gesellte mich zur fröhlichen Runde der Gemeinschaft. Jetzt freilich war ich auf kurze oder lange Sicht jeder Initiative beraubt. Ohne anderen Wunsch als denjenigen, den Zusammenhang der Tatsachen zu analysieren, war ich gesellschaftlich gesehen nichts als ein Pestkranker auf Quarantänestation. Und neugierig sah ich dem unerhörten Schauspiel des Geistes zu, der zum ersten Mal widerwillig den Geschmack eines Giftes kostet.

Der Mensch entdeckt sich nur entdeckend. Und ich entdeckte, bis zu welchem Grad er fähig ist, sogar die Bosheiten des Schicksals zu seinen Gunsten zu wenden. Statt mich durch die Macht des Angriffs vernichten zu lassen, ertappte ich mich dabei, daß ich die Brutalität der gegen mich entfesselten Kräfte mit der eingehenden Prüfung meiner innersten, durch die verstärkte Schärfe der gepeinigten Sinne gesteigerten Reaktionen parierte.

Kaum brach der Tag an, verrenkte ich vergebens den Hals in meinem Käfig in der Hoffnung, meine beiden Freunde um die Ecke biegen zu sehen. Der Vormittag verging, der Abend sank, nichts. Ich saß ja in Einzelhaft. Klarer Fall! Das Ausbleiben beider, dazu die gleichfalls sonderbare Tatsache, daß auch meine Assistentin den ganzen Tag nicht erschien, um sich nach mir zu erkundigen und mir Neuigkeiten aus der Praxis zu bringen, hatte nur eine Erklärung: Niemand durfte sich mit mir in Verbindung setzen. Ich geriet in Panikstimmung. Der Fall war also doch schwerwiegender, als ich vermutet hatte. Es handelte sich somit nicht nur um eine vorübergehende Haft, um eine bloße Geste der Einschüchterung. Die Sache war ernster. Ich war in eine üble Klemme geschlittert. So gesehen, war zu dieser Stunde sicherlich mein Zimmer durchstöbert, mein Briefwechsel gelesen, meine als subversiv angesehenen Bücher – und davon gab es viele – beschlagnahmt und sicherlich auch das Original des *Tagebuchs* mitgenommen worden... Das *Tagebuch*, das Lopes an jedem Grenzübergang soviel Kopfschmerzen verursacht hatte. Damals hatte ich nicht ahnen können, daß es mir ähnliche Sorgen bereiten würde... Freilich nicht aus den gleichen Beweggründen. Wenn auch eine Untersuchung seines Stoffes meine Lage verschlimmern konnte, war es doch eine zusätzliche Ohrfeige für jene. Hereingefallen! Ich fürchtete den unwiederbringlichen Verlust des Tagebuchs. Wenn sie es tatsächlich an sich genommen hatten, war alles klar. Nachdem sie es als Beweisstück benutzt hatten, würde es so gründlich verschwinden, daß ich es nie wieder zu Gesicht bekäme. Und diese Aussicht machte mich verzweifelt. Ich verspürte mehr Angst um das Schicksal meiner Blätter als um mich selbst. Solange ein Mensch am Leben ist, und sei er an Händen und Füßen gefesselt, kann er noch immer auf die Zukunft hoffen; ein unveröffentlichtes vernichtetes Buch ist eine auf immer verlorene Hoffnung.

Aber ich konnte nichts tun. Nur die Zähne zusammenbeißen und warten.

Aber worauf warten? Auf was für ein Verfahren? Auf was für einen Urteilsspruch? Auf was für eine Strafe? Mein Kopf mahlte, ohne eine Antwort zu finden. In dem Land, in dem ich lebte, und in der Stunde, die verstrich, war nur eines sicher: die reine Willkür. Nicht einmal die schlichte Aufklärung über meine Lage konnte ich erhalten. Ich fragte den Aufseher, und der Unglücksrabe zuckte die Achseln; ich versuchte dem Wachposten, der mich zur Latrine führte, ein Wort zu entringen, sein Mund war versiegelt; der Kommandant ließ sich nie wieder blicken; die Welt ringsum schien in vorsichtiger Stimmlosigkeit verstummt zu sein.

Diese allgemein verbreitete vorbeugende Feigheit gegenüber den Opfern der Staatsmacht, Frucht jener anderen, die sie rechtskräftig gemacht hatte, war das letzte tragische Anzeichen der gesellschaftlichen Auflösung des Landes. Statt eines enggeschlossenen Kreises der Solidarität spürte der Verfolgte ringsum nur aus Angst und Vorsicht geborene Leere. Eine dünne Luft, die sich übrigens nur in den kritischen Augenblicken verschlimmerte, denn die künftig Verworfenen atmeten sie schon seit langem ein. In der Pension, im Café, im Eisenbahnzug, im Omnibus oder in der Praxis wechselten die Menschen beim ersten Wort des Zweifels, der Kritik, des Widerspruchs oder der Empörung die Miene, die Unterhaltung, den Platz, oder sie verschlossen sich in bockigem Verstummen.

«Finden Sie nicht?»

«Meine Politik ist die Arbeit... Alles übrige interessiert mich nicht...»

«Wer hat von Politik gesprochen? Es geht doch nur darum zu erfahren, bis zu welchem Grad gefälschte Wahlergebnisse...»

«Da ich nie gewählt habe und auch nie zu wählen beabsichtige...»

Und damit basta. Unempfindlich gegen die Dummheit der Antworten, die er gab, und die Schändlichkeit, mit der er sich deckte, betrachtete der Angesprochene sich nur glücklich im Spiegel seiner Gerissenheit.

«Aber Sie sind doch verantwortlich, Sie gehören zu einer Lebensgemeinschaft...»

«Nanu, nanu! Ein jeder steht für sich und Gott für uns alle...»

Nicht einmal die in Ungnade gefallenen Toten fanden einen mutigen Lebenden, der sie zu Grabe getragen hätte. Allein wanderten sie im unberührbaren Sarg der Ausgestoßenen ins Jenseits. Berühmte Männer, die ihrem Geburtsland Liebe und Ruhm geschenkt hatten, überquerten es auf dem Weg zum Friedhof, während die hinter ihren Fensterscheiben getarnten Landsleute den von Polizei begleiteten Leichenzug vorüberziehen sahen.

Niemand fühlte sich sicher in seinem Verstand, in seinen Rechten, in seinen Empfindungen. Alle sagten etwas, ohne etwas zu sagen, sie klatschten Beifall, ohne Beifall zu klatschen, sie stimmten zu, ohne zuzustimmen. Die Kundgebungen waren angeordnet, die Volksabstimmungen vorfabriziert, die Begeisterungsausbrüche befohlen. Die Angst lähmte den Willen und machte Körper und Seele in Regung und Bewegung zu Automaten. Selbst dieser armselige Hauptmann schlotterte in seiner Uniform, die er bei feierlichen Akten so kriegerisch zur Schau stellte. Kleinmütig hatte er die Beteuerungen ewiger Dankbarkeit vergessen, mit denen er mich seinerzeit überschüttet hatte.

«Ich schulde Ihnen mein Leben...» hatte er bewegt gestammelt, als er sich außer Lebensgefahr fühlte.

«Nicht doch! Sie waren einfach sehr tapfer!»

«Nein, nein, ich verdanke es Ihnen! Ich werde Ihnen das nie vergessen! Ganz gleich, wann und wo es auch sein mag.»

Der Ärmste, er saß nur zwei Schritt weit weg und brachte nicht einmal den Mut zu einem privaten Höflichkeitsbesuch auf, um mich zu trösten. Später erfuhr ich, daß auch er anfangs auf meine rasche Freilassung vertraut und sich deshalb während des Verhörs herzlich gezeigt hatte, trotz der Anweisung, mich streng zu behandeln. Doch da nach der Einsendung meiner Aussage der Befehl zu verstärkter Härte eingegangen war, hatte er klug seine Haltung geändert aus Angst, sich selber zu gefährden.

«Ist der Kommandant krank?» fragte ich den Wärter schließlich.

Überrascht erwiderte der Befragte:

«Nein. Warum?»

«Ich dachte. Ich habe ihn vor kurzem hereinkommen sehen, und er schien mir niedergeschlagen. Sagen Sie ihm, daß ich mich nach seiner Gesundheit erkundigt habe ...»

Doch der Spott, den der Wärter seinem Vorgesetzten sicherlich achtungsvoll überbracht hatte, blieb ohne Antwort. Der Mensch war tatsächlich entsetzt über die Lepra, mit der sein Häftling geschlagen war. Am nächsten Tag war er nicht einmal fähig, meinen Anblick zu ertragen, als ich unter strenger Bewachung an seiner Nase vorbeiging, auf dem Weg nach Lissabon.

Zum Glück gab es noch Ausnahmen von der allgemeinen Entartung, reiche, mutige Naturen, die fähig waren, dem allgemein verbreiteten Schrecken zu trotzen. Kaum bestieg ich den Linienbus, sah ich Dr. Olívio seelenruhig in einer Ecke sitzen und zigarettenrauchend in seiner Zeitung blättern. Er machte eine kaum merkliche Handbewegung als verschwiegenes Zeichen des Einverständnisses und versenkte sich von neuem in seine Lektüre.

Da ich mich von jener scheinbar fremden Gestalt hinter mir stärker bewacht fühlte als von dem aufmerksamen Polizisten neben mir, versuchte ich, sobald das Fahrzeug sich in Bewegung setzte, aus meiner persönlichen Finsternis aufzutauchen. Von der allzu gründlich betriebenen Innenschau schien mein Geist sich umgestülpt zu haben, und meine bis vor kurzem stets zum Erleben bereiten Sinne folgten seinem introspektiven Beispiel.

Obgleich die besänftigende Ländlichkeit der Felder und Hügel, welche die Straße säumten, zu einem unterhaltsamen Ausflug durch die Fensterscheibe einlud, widerstanden meine Sinne mürrisch und undurchdringlich der Versuchung. Jetzt interessierte sie nur die innere, allerdings übertrieben düstere Landschaft.

Die Tatsache, daß Dr. Olívio im Bus saß, bedeutete, daß er die Entscheidung, mich in die Hauptstadt zu überstellen, dazu das Transportmittel und die Stunde, rechtzeitig erfahren hatte. Daß er also über die Ereignisse und somit über die Schwere des Falles auf dem laufenden war. Deshalb hatte er nach meiner Verhaftung, von der meine Assistentin ihn fraglos sofort benachrichtigt hatte, geleitet von seinem angeborenen und beruflichen Argwohn natürlich alles getan, damit die vorhersehbare Durchsuchung meines Zimmers erfolglos verlaufen würde. Gewiß hatte er die Manuskripte und bloßstellenden politischen Schriften sichergestellt. Daher war von dieser Seite her nichts zu befürchten.

Was das eigentliche Buch betraf, das einzige corpus delicti, das echt ins Gewicht fiel, so mußten sie es einfach schlucken. Obgleich es in meinem Innern abgekühlt war, verleugnete ich es nicht und verwarf auch keine Zeile davon. Später würde ich es vielleicht ganz überarbeiten, Szenen neu schreiben, Mangelhaftes berichtigen, die Form verbessern. Aber ausschließlich aus eigenem Willen, dem Zwang jeden Befehls entzogen. Ohne diese Freiheit würde es zu verleugnen bedeuten, mich selbst zu verleugnen, es zu verstümmeln – mich selbst zu verstümmeln. In dieses Buch hatte ich wie in kein anderes alle Aufrichtigkeit und Wahrheit gelegt, deren ich zu jenem Zeitpunkt fähig war, in dem Verlangen, auf jeder Zeile einen Gesichtszug meiner Zeit und meines eigenen Gesichts zu enthüllen und zu entdecken. Das Bild einer Zeit ohne Seele und das Profil eines vor Qual zusammengekrampften, unangepaßten – und auch unbequemen – Menschen. Verurteilte man mich für meine Unverschämtheit, sie so, ungeschminkt, dem Sonnenlicht ausgesetzt zu haben? Geduld! Was auch immer geschehen mochte, es war getan, und es war gut getan.

In Alcobaça stieg Dr. Olívio aus, und sein Platz wurde sofort von Dona Gena besetzt. Ich glaubte kaum meinen Augen zu trauen. Aber sie war es wirklich und lächelte mir in ihrer mitteilsamen Natürlichkeit zu. Und plötzlich schien das Kloster auf dem luftigen Platz in Umfang und Bedeutung zu wachsen. Ah, guter Dom Pedro*, der an der Seite einer Frau dort auf die Ewigkeit wartete! …

Als kurz darauf das Meer in der Ferne auftauchte, zuerst in eine kleine Muschel eingeschlossen, in die es aus der unermeßlichen Weite zu flüchten schien, dann fernhin gebreitet wie sie selbst, da begann mein schon weniger bedrücktes Herz ein von stiller Unruhe salziges Blut in die Adern zu pumpen. Es stimmte sein rotes Pochen mit dem des großen blauen Herzens ab …

In Caldas da Rainha stieg Dona Gena aus, lächelte noch einmal, bevor sie verschwand, und überließ ihrem Mann ihren Platz.

Erst jetzt ahnte ich, was ein paar verstohlene Blicke durchs Rückfenster bald bestätigten: Tomé folgte uns auf den Fersen in seinem klapprigen Ford, um die Ablösungen zu bewerkstelligen.

Ich war tief bewegt von dieser so zartfühlend ausgedrückten Zuneigung – die vier beteuerten mir auf der ganzen Reise durch ihre wortlose Gegenwart, daß ich nicht allein auf der Welt war, daß ein paar solidarische Seelen mir zur Seite standen –, der Rest der Reise wurde für mich fast zu einer Annehmlichkeit. Die Landschaft begann sich von neuem zu färben, und die Welt ringsum neues Leben zu gewinnen. Schon im Ribatejo, während wir durch das freundliche Tejo-Tal rollten, an dessen Ufern Vieh weidete, schien der Alptraum meiner Überführung nach Lissabon, die mir anfangs wie der körperliche Bruch mit der Hoffnung vorgekommen war, sich im weiten Echo der Freundschaft aufzulösen.

Nachdem sie mich im Sitz der PIDE* abgeliefert hatten, war ich ein paar Stunden später nur noch innerlich ein Mensch. Äußerlich war ich lediglich ein Gesicht, aus allen anthropometrischen Winkeln fotografiert, zwei beschmierte Hände, die auf einer Karteikarte Fingerabdrücke hinterließen, ein Name ohne Persönlichkeit und ohne Titel und ein Haufen Knochen, den fremder Wille bewegte.

«Dreh das Gesicht … Drück hier die Flosse drauf … Steh auf …»

Ich kannte bereits zur Genüge den Ruf des Hauses, das eine schwarze Legende berühmt gemacht hatte. Überall wurden Schreckensgeschichten von den Foltern erzählt, denen die geständnisspröden Opfer in Dachbodenkammern – den berüchtigten Mühlen – unterzogen wurden. Tag und Nacht mußten sie stehen, ohne zu schlafen, und sobald sie die Augen schlossen, wurden sie von den sogenannten «Äffchen» – den Wärtern, die durch häufige Ablösung munter gehalten wurden – mit Knüppelschlägen geweckt. Es gab Fälle von Fieberwahn durch Erschöpfung wie den eines Arbeiters, der glaubte, seine Frau geschändet und den einzigen Sohn gehängt zu sehen, und der den Wachposten mit dem wild gepackten gußeisernen Spucknapf erschlagen wollte. Doch auch ohne in diese Folterzellen hinaufsteigen zu müssen, fand jedes freie Gewissen im Erdgeschoß genügend Gründe, sich zu schämen, daß ähnliche Höllen der Erniedrigung legal auf der Welt existierten. Schwerer als die dort erlittenen Mißhandlungen und sein dort entschiedenes Schicksal wog die Vernichtung der Persönlichkeit des Verurteilten, die auf jede Weise versuchte Zermalmung seiner Seele. Das in diese Höhle eingelieferte menschenwürdige Geschöpf trat häufig Tage, Wochen oder Monate später als Überläufer, als Verräter, als Feigling auf die Straße – ein seelisch, wo nicht körperlich entstelltes Wesen, das sich selbst nicht wiedererkannte. Die sadistisch und wissenschaftlich entworfene Zermahlungsmaschine arbeitete so wirksam, daß ihre einzelnen Teile – so unpersönlich, daß ich trotz angestrengter Aufmerksamkeit nicht eine einzige Physiognomie behalten konnte – nicht des geringsten Anstoßes bedurften. Sie handelten automatisch, mit gleichbleibender Brutalität, wie auch immer der Kieselstein beschaffen sein mochte, der in den Mühltrichter fiel, den eine ebenso unauffällige wie zahlreiche Horde von Greifern nie leer ließ. Man brauchte nur einige Augenblicke diese Atmosphäre der auf der Stelle tretenden Unterdrückung einzuatmen, damit Körper und Geist sich ihrer früheren Gestalt beraubt fühlten. Doch erst, wenn der Verfolgte durch die Schottermaschine geschüttelt wurde, begann er genau zu erkennen, bis zu welchem Grad der Mensch den Menschen erniedrigen kann und bis zu welchem Höchstmaß der Niedertracht ein Beamter der Grausamkeit sich versteigen kann, in welche heiligen Zufluchtsorte des Ichs eine spinnenhafte Verderbtheit ihr lähmendes Gift zu träufeln vermag.

«Bist also Schriftsteller?»

«Bin ich.»

«Und Dichter auch, wie man sieht ...»

«Auch.»

«Fabelhafter Typ! Arzt, Schriftsteller, Dichter ... Wirst es noch weit bringen!»

«So weit ich kann.»

Mir war, als liefe dieser Zynismus mir wie Speichel am Körper herunter.

«Was du nicht alles sagst! Und du willst also eine soziale Revolution anzetteln?»

«Ich will, daß Sie mich in Ruhe lassen.»

«Laß' ich. Aber vorher wirst du mir noch ein paar kleine Fragen beantworten ...»

«Ich habe den bereits gemachten Erklärungen nichts hinzuzufügen.»

«Doch, das hast du. Denk mal gut nach ...»

«Hab schon nachgedacht.»

«Ernstlich?»

«Ernstlich.»

«Hör zu: ich könnte dich zum Reden bringen wie einen Papagei. Ich brauchte dich bloß aufzuziehen. Aber das lohnt nicht. Wir haben Zeit. Bleibt für später ... Wirst sehen, daß du in ein paar Tagen schon ganz anders denkst ...»

«Ich ändere mich nicht.»

«Du wirst dich ändern, du wirst ...»

Ohne eine durchdachte Taktik, um der neuen Lage zu begegnen, und im Innersten meiner Eigenliebe verletzt, reagierte ich in Bausch und Bogen, massiv, hart wie meine heimischen Felsblöcke.

«Du gibst ja an wie ein Knallprotz, was! Keine Sorge, das gewöhn ich dir ab ...»

«Werden Sie nicht.»

Er wollte ausholen. Aber er beherrschte sich, grinste höhnisch und rief einen Untergebenen.

«Der geht auch ...»

Die anfängliche Herabminderung des Gefangenen auf eine Karteikarte, die lange Wartezeit in einem mit fiebrigen, Augen und Phantasie verwirrenden Farben ausgemalten Verlies, schließlich das Feuerwerk der Herausforderungen machten den Aufenthalt dort von einem bestimmten Augenblick an so unerträglich wie gewisse Schmerzen.

Und ich empfand fast ein Gefühl der Freiheit, als ich mit einer dichtgedrängten Schar von Leidensgenossen diese finstere Höhle verlassen konnte.

Durch das Luftloch des Gefängniswagens spähte ich in die Stadt hinaus, die ich von diesem Beobachtungsposten und in dieser erzwungenen Heimlichkeit zu sehen nie erwartet hatte. Da das Blickfeld beschränkt war und keine Perspektive gestattete, drangen die Bilder stückweise, verzerrt und mit fast schmerzhaft roher Deutlichkeit in die Netzhaut. Ladenauslagen, Nummernschilder von Autos, Schaufensterpuppen, Damenhüte, Verkehrsampeln. An einer Straßenecke winkte ein magerer Bursche zu einem Himmel hinauf, der wohl nicht höher war als ein fünftes oder sechstes Stockwerk. In einem Restaurant, dicht an der Eingangstür, kauten fleißig zwei beleibte Gäste. In einem Friseurladen ließen sich zwei Erwachsene in Kittelschürzen schläfrig rasieren. Ein Zeitungsverkäufer mit seinem Sack über der Schulter und einer Zeitung in der Hand rannte hinter einer Straßenbahn her. Zum ersten Mal nahm ich das Groteske der solcherart verstohlen ertappten Wirklichkeit wahr. Aus seinem Zusammenhang gerissen, verlor jedes Lebensteilchen alle Bedeutung und Haltung. Aufschriften wurden ungereimt, Zahlen ausdruckslos, Requisiten unwahrscheinlich, Gebärden lächerlich, die Ungeduld der Kinnladen widerwärtig, die Rasur begräbnishaft, das Gerenne tölpelhaft.

Plötzlich erkannte ich einen namhaften Literaten, der versunken über den Gehsteig schlenderte und offensichtlich nur den Vertraulichkeiten seiner Muse lauschte, einer friedfertigen, anspruchslosen Polyhymnia, die ihn nie einem Kerker ausliefern würde…

Der Wagen, der gleich nach der Abfahrt begonnen hatte, eine kurvenreiche enge Straße hinabzugleiten, fuhr jetzt auf einer flachen geraden Fahrbahn dahin. *Nach Conceição* – konnte ich entziffern.

Auf einer Kreuzung glaubte ich rechts im Hintergrund das Auge des Triumphbogens und noch weiter zurück das Standbild Dom Josés zu sehen. Das Pferd mit erhobener Vorderhand trabte auf der Stelle. Komisch, die Denkmäler! Sie vermeinten die Ewigkeit mit vergänglichen Einzelheiten zu verdeutlichen… Die Minister lasen Bronzeverordnungen, die Dichter hielten Steinleiern in den Händen, die Könige stellten ihre Majestät mit Pfauenstolz auf Sockeln zur Schau… Ob das Volk, das diese Allegorien bezahlte, ihnen irgendeinen Wert beimaß? Oder gab es in jedem Vaterland nur zwei gleichlaufende Welten: die offizielle und die andere? Die passive und die aktive? Die der Gedenktage und die der Taten?

«Wir fahren zum Aljube ...» verkündete schwermütig einer der Schicksalsgefährten, der neben mir hinausschaute. «Ganz gewiß. Das hier ist schon die Alfama ...»

Tatsächlich fuhren wir bergauf, und die Fassade der Madalena-Kirche mit ihrem fleischfarbenen Weiß erschien und verschwand plötzlich bei einer jähen Biegung.

«Sie haben recht.»

«Das muß das schlimmste Gefängnis sein ... Ein Schwager von mir ist dort praktisch als Alteisen herausgekommen ... In zwei Jahren ist er dort vermodert ... Ich hoffe, daß ich mehr Glück habe ... Ich bin in nichts verwickelt ... Ich habe mich mit einem Priester meines Dorfes angelegt, einem Gauner, der mich aus Rache angezeigt hat. Ich hoffe, daß ich bald wieder draußen bin ...»

«Hoffentlich.»

«Und Sie, was haben Sie verbrochen?»

«Ich habe ein Buch geschrieben ...»

«Oh, Teufel noch eins!»

«Ja, Scherereien schafft man sich ...»

Während ich antwortete, blickte ich rechterhand auf den Schauspieler Augusto Rosa, dessen Büste auf einer bescheidenen Säulenplatte thronte. Dieser wenigstens brauchte nicht mehr auf der Bühne der Welt seine Komödie und die der anderen zu spielen ...

Jetzt fuhren wir am Dom vorbei, von dem ich nur die Säulenhalle erhaschen konnte. Das gab Sicherheit, das Romanische! Fest, nüchtern, überlegt. Vielleicht ist der Menschheit nie wieder ein so fest in der Seele verwurzelter Baustil gelungen ...

Gleich dahinter hielt das Fahrzeug in einem kleinen Winkel, dem vier Bäume vergebens einen lyrischen Anstrich zu geben suchten; etliche Mitglieder der Republikanischen Garde kamen aus der Kaserne gelaufen, um die Wagenladung in Empfang zu nehmen.

Ich ging hinter den anderen Gefangenen her und maß das alte fünfstöckige Gebäude mit seinen Gitterfenstern von oben bis unten, und dabei empfand ich, obschon angstgequält, etwas wie unerschütterlichen Stolz. In diesem Mahlstrom, der die Aufbegehrenden verschlang, würde meine Klausur einen Sinn haben, der dem Verständnis meiner Kerkermeister entgehen mußte. Hier erging sich die Freiheit des guten Gewissens, von der ich Tavares in Paris gesprochen hatte, als ich in einer für mich entscheidenden Stunde Portugal und das ungewisse Schicksal gewählt hatte, das ich hier zu meinem Unglück durchlebte.

Nur auf diese Gewißheit gestützt, würde ich mich im übrigen an die Vorstellung eines erzwungenen Gemeinschaftslebens mit Menschen jeder Herkunft und Seinsart gewöhnen können – wobei die mir innewohnende angeborene Scham jeden Augenblick, ganze Tage, Monate, vielleicht Jahre hindurch offen preisgegeben sein würde.

Vorläufig konnte ich in meiner Einzelzelle in Sachen Zusammenleben weiteren Eingekerkerten nur Lebenszeichen geben, die ich von der anderen Seite der Dunkelheit zurückerhielt. Kaum war ich angekommen, machte mich vorsichtiges Klopfen hinter der Mauer aufmerksam. Nun begann auch ich zu klopfen, obwohl meine Antwort nicht über ein verständnisinniges Nachahmen hinausging. Ich brauchte Zeit, um diese Morsezeichen zu lernen, diese scheinbar taube, lahme Sprache, die dabei so scharfsinnig und behende war, daß dort nichts geschehen konnte, wie ich später feststellte, was nicht nach wenigen Augenblicken in allen Winkeln des Hauses bekannt war: die Ankunft neuer Häftlinge, deren Namen und Berufe, die Prügelfolter anderer während der Verhöre, der Hungerstreik einiger, die Freilassung irgendeines. Sogar Nachrichten von außen drangen durch die dicken Mauern, die immer vibrierten und immer abgelauscht wurden, manchmal mit Hilfe von Hallgeräten in Form von Blechbechern, die als Verstärker benutzt wurden. Es gab geborene Telegraphisten, die phantasievoll vereinfachte Geheimschlüssel erfanden und Botschaften mit unglaublicher Geschwindigkeit übermittelten und empfingen. Ein Hauptbalken, der das ganze Gebäude durchlief, war die sensationellste Entdeckung. Über ihn wurde ein Teil der Gefangenenbevölkerung auf dem laufenden gehalten.

Aber meine armseligen Zeichen waren nur Grünschnabelgestammel. Ich verstand weder Nachrichten weiterzugeben noch fremde zu empfangen. Und diese Unfähigkeit machte die quälende Einsamkeit noch quälender. Sobald das Tageslicht durch die blinde Luke eindrang, verbrachte ich meine Stunden starr und steif auf der Pritsche kauernd und dachte nach, da ich weder lesen noch schreiben konnte. Die Rechtsbrüche, zu denen die Herrschaftsgier im Namen der Ordnung, der christlichen Zivilisation, der moralischen Werte, des Vaterlandes und anderer hochtönender Worte imstande war!

Das gleiche Wesen, das im Verlauf der Jahrhunderte und auf Kosten von so vielen Opfern und soviel Mut sich vom Erdgeschoß der Natur hatte aufschwingen können zu den Stufen einer fast göttlichen Würde, schämte sich nicht zu versuchen, sobald es ihm behagte, seinen Nächsten zur baren Tiergestalt des Anfangs zurückzustutzen. Wie ein Raubtier eingesperrt, der elementarsten Reinigungsmittel beraubt, ständig gezwungen, die eigenen Geräusche und Gerüche zu hören und zu riechen, ohne Stimme, ohne Rechte, ohne Bewegungsfreiheit, verurteilt zu einem rein pflanzlichen, funktionellen Dasein, zu einem Destillierkolben, der die Nahrung aufnahm und ausschied, zum ewig gleichen widersinnigen Pendelrhythmus von Schlafen und Wachen. Ein Schwein in seinem Koben genoß mehr Vergünstigungen als ein Sohn Gottes: der Züchter, der es mustern oder füttern kam, sprach wenigstens mit ihm. Wozu sich nicht einmal der Gehilfe herabließ, der jedem Häftling das tägliche Waschwasser brachte, und auch nicht die Wärter, die einander im Dienst ablösten.

«Guten Tag!» sagte ich höflich und beharrlich in dem Versuch, ihnen in dem hassenswerten Amt, das sie bekleideten, ein Mindestmaß von menschlicher Verwandtschaft zuzuerkennen.

Ich kannte die wahre Geschichte eines Postens, der, außerstande, die Schreie eines verprügelten Opfers länger mitanzuhören, in den Raum stürzte und mit gezückter Waffe brüllte:

«Entweder ihr macht Schluß damit, oder ich mache Schluß mit einem von euch.»

Aber meiner Erwartung wurde die Tür vor der Nase zugeschlagen.

Ich begriff, bis zu welchem Ausmaß der Diensteifer den Untertanengeist verführen kann, sich mit den Absichten einer vernichtenden Rangordnung blind gleichzusetzen. Aber ich fühlte auch, wie in mir die Auflehnung wuchs gegen die aufgezwungenen Verwalter dieser Entwürdigung, die fast immer durch den Druck der elementarsten Bedürfnisse verursacht und von den Befehlserteilern niederträchtig gefördert wird. Eine gesellschaftlich gesehen noch unheilvollere Bestechung als die eindeutigen Mißbräuche der Gewalt gegen die offenen Einwände der Unbotmäßigkeit.

Der Willkür der Macht ausgeliefert, schmutzig, struppig, auf mannigfache Weise gedemütigt, bewahrte ich dennoch die Möglichkeit, mir das Unglück bewußt zu machen, die Gabe, ihre Reichweite zu ermessen, so wie es in meinen Händen lag, zwischen Verzicht und Beharrlichkeit zu wählen, weiterhin zu widerstehen oder die Schmach hinzunehmen. Und sie, die Gehilfen der Tyrannei, die Schrauben im Zermalmungsgetriebe? Seit meiner Kindheit schließt die Würde des Daseins in meinen Augen die Achtung für sein volles Geschehen ein. Jedes Leben sei Herr seines heiligen Raums und seiner Dauer. Das Aufrechte meines Vaters hatte mir das Maß des Menschen geschenkt: ein Wesen, in dem die ganze vorstellbare Größe die Verpflichtung hatte, sich zu spiegeln. Und seit meiner Kinderzeit wußte ich auch, daß für den Auftritt der Großen dieser Welt stets ein Kleiner zum Aufziehen des Vorhangs nötig war. Als der Laufbursche, der ich in Porto gewesen war, dieser Unverschämtheit nachkommen sollte, widersetzte er sich. Von diesem Aufbegehren war mir der Geschmack der Freiheit verblieben und der Drang, sie auch von anderen gekostet und begehrt zu sehen. Doch dieses Brot sagte leider dem verdorbenen Gaumen jener widernatürlichen Menschen nichts. Sie waren unrettbar verloren.

Und die Tage verstrichen im Halbdunkel meines Lochs, ewig gleich in der Verzweiflung und in der Entschlossenheit. Anfangs noch benannt – Samstag, Sonntag, Montag ... –, verloren sie nach und nach ihre Eigenart, so sehr verschmolzen sie in der Länge und Eintönigkeit. Eine begrabene Zeit, die ich, sobald der Grabstein gehoben würde, nie wiederfinden könnte, da weder Uhrzeiger noch Ereignisse sie festhielten oder bezeichneten. Wenn ich sie in der Erinnerung umgrenzen wollte, würde ich nur die Bedrückung einer grenzenlosen Leere spüren.

Seltsame Leere, in der ich nie so stark einen Wink der Welt erhofft, nie so gründlich meinen Zustand befragt hatte, um an ihm die Vorräte meiner Tatkraft und die Grenzen meiner Widerstandsfähigkeit abzuschätzen. Da ich von der Kälte ausgelaugt war, den Eintopffraß schlucken mußte und nachts Stunde um Stunde von den Peitschenhieben des Lichts aufgescheucht wurde, das die Wärter in die Zellen schickten, gab mein Körper allmählich nach. Die Bronchien entzündeten sich wieder, das alte Magengeschwür meldete sich, ich magerte zusehends ab. Und doch war mein Ich eine einzige Willensanspannung. Jener Wille, mit dem ich stets die Physis zu bezwingen – oder zu überzeugen – verstanden hatte und der wieder einmal den Sieg davontragen mußte.

Ich wurde nicht wieder verhört. Und ich erinnerte mich gut an die zynischen Worte des Kriminalbeamten bei meiner Ankunft:

«Du wirst schon noch umdenken lernen...»

Sie ließen mich wie vergessen links liegen, langsam verfaulen, bis ich, reif für eine Generalbeichte, um ein Großreinemachen betteln würde. Mittlerweile wurde sicherlich ermittelt...

«Ich möchte eine Erklärung abgeben...» Das wäre die erwartete Formel einer bedingungslosen Übergabe gewesen, die von Gehilfen und Wärtern sogleich nahtlos übermittelt worden wäre.

Das Unterdrückungsgetriebe war eine Kette von Vorwänden. Und mangels einer eindeutigen Schuld suchte man Stoff in der Substanz der Angst. Niedergeschmettert klagte der unschuldige Angeklagte sich an, oder er klagte einfach an. Was aufs gleiche hinauslief. Entweder war die Haft gerechtfertigt, oder sie verschaffte die Möglichkeit zu einer zusätzlichen Anklage.

Als Mensch und als Arzt wußte ich wohl, daß es kleinmütige Naturen gibt, daß nicht alle Geständnisse Verrat sind. In meinem Arztleben hatte ich kräftig aussehende Menschen gekannt, die angesichts eines Blutstropfens in Ohnmacht fielen, und Kümmerlinge, die ohne Wimpernzucken die schwerste Operation durchstanden. Geheimnisvoll, wie sie ist, richtete sich die physische Welt selten nach den folgerichtigen Normen moralischer Ordnung. Wen der Hunger zerfraß, der stahl; wen die Begierde trieb, der vergewaltigte. Und erst nach der Aufregung über die verübten Vergehen setzten die Überlegung, die Reue und die Gewissensbisse ein. Daher bedeutete meine unwiderrufliche Versicherung, ich würde nie nachgeben, in Wahrheit nur den festen Vorsatz, den nur die Zukunft bestätigen konnte. Wiewohl von empfindsamer, wehleidiger Natur, hatte ich immer in der Überzeugung gelebt, daß ich den Richterspruch jedes Scheiterhaufens aushalten würde, sofern ich von der Forderung meiner Überzeugungen darauf geworfen würde. Allerdings war ich nie ernstlich davon überzeugt gewesen, daß es zu einem derartigen Extremfall kommen könnte. Und das war der unsinnige Tatbestand, dem ich jetzt in all seiner zwanghaften Schärfe gegenüberstand. Ich würde ja sehen, bis zu welchem Grad ich fähig wäre, ihm erhobenen Hauptes in die Augen zu schauen. Vorläufig spürte ich noch nichts von Mutlosigkeit. Im Gegenteil. Es würde eine harte Nuß werden, doch war ich entschlossen, sie mutig zu knacken, so wie andere es vor mir getan hatten, vielleicht mit größerem Verdienst und Risiko und mit mehr Demut. Andere, die auf derselben Pritsche und vor denselben Zellenmauern nachgedacht, sich befragt und mit der gleichen verzweifelten Erwartung geantwortet hatten. Warum die große Wut der Überläufer? Wie lange so viele und so schlimme Demütigungen? Ohne zu bedenken, daß nur der Sieg sie rechtfertigte, kreuzigten die opportunistischen Verschworenen von gestern erbarmungslos die ungelegenen Umstürzler von heute. In ein Netz von Trugschlüssen und Interessen verstrickt, eroberten sie im Sturm die Macht, erließen Gesetze und Verordnungen, errichteten ein Denkmal zu Ehren ihres von der Vorsehung gewollten Eingreifens und betrachteten jeden Anschlag auf ihre Oberhoheit als Landesverrat. Doch mochten die Mystifikationen der Übermacht beschaffen sein, wie sie wollten, mochte die Folter noch so lange andauern, nie würde es an Gewissen fehlen, die gegen die Unterwerfung aufbegehrten und bereit waren, den Betrug anzuprangern.

Diese Lehre hatte ich zumindest schon gelernt: daß es unbezähmbare Geister gibt, die keine Macht beugt, und daß auf der Ebene der menschlichen Werte niemand allein auf der Welt ist, so vereinsamt er zu sein scheint. Daß immer eine Legion von Schatten uns in Stunden der Bedrängnis aus dem Grenzbereich unseres Gedächtnisses zu Hilfe eilt. Den gleichen Vorstellungen und Empfindungen verpflichtete Ahnen und Zeitgenossen, die uns zunächst vorbildlich beraten, anspornen und stützen, und dann als unabhängige Wertmesser die Größe unserer Tage unparteiisch beurteilen und uns mit der Strenge ihrer Einsicht heiligsprechen oder verfluchen.

Von ihnen allen empfing ich jetzt Unterstützung, ein jeder erinnerte mich an sein männliches Verhalten in Kämpfen und Widrigkeiten. Tragische Fälle uneingeschränkten Opfers, bis zum Letzten durchgehaltene Selbstverleugnung, fast übermenschliche

Gelassenheit und sogar beklagenswerte Schwäche, gesühnt durch heldenhaften Freitod in der Stunde der Erschöpfung. Eine bürgernahe Gemeinschaft von Heiligen, welche die Würde des einzelnen in den gemeinsamen Zusammenhalt stellte, die Zerbrechlichkeit der Weidenrute in die Festigkeit des Bündels. João António, Pedro Martins, Manuel Paulo, Aníbal Viera … – entzifferte ich mühsam. Unbekannte Namen, mit einem Löffelgriff in die schwefelhaltige Kalkwand gekratzt. Namen, die in ihrer schlechten Schrift Abstraktionen zu sein schienen und die von ihren wirklichen Besitzern aus Fleisch und Blut in diesem Grab der Schmerzen festgehalten worden waren, in einer schleppenden Selbstbehauptung gegen die Zeit, die nur durch das solidarische Gewissen der danach Kommenden in der andersbenannten Folge des gleichen Martyriums belebt werden würde. Bescheidene Namen, obskure, alltägliche, denen ich den meinen als Treueschwur würdig zuzugesellen versuchen würde.

Auf meine Seelenstärke bauend, würde ich gern noch auf ein Bedenken antworten: und Agarez? Wie würden die Meinen reagieren, falls sie erfuhren, in welcher Lage ich mich befand? Mein Vater würde dem Schock der Nachricht fraglos standhalten. Auf seine Weise war er in seiner engen Umwelt stets ein wenig Einzelgänger, ohne sich jedoch den Ärgernissen eines Streits zu entziehen. Er war besonnen und versöhnlich, soweit es sein Ehrenkodex zuließ, und niemand wagte, ihm seine Rechte zu beschneiden oder ihn in irgendein Joch zu spannen. Neben der Chronik seiner Redlichkeit ging ihm der Ruf nach, gegen alles und gegen alle radikale Haltungen zu vertreten. Seit seinem Knabenalter war er verantwortlich für die Wallfahrt zu Unserer Lieben Frau von der Zuflucht; in dem Jahr, in dem der Bischof die Abhaltung weltlicher Feiern neben den religiösen verbot, beruhigte er das Volk:

«Laßt alles laufen. Wir werden ja sehen …»

Und man sah das Punkt für Punkt erfüllte gewohnte Programm. Sogar die Prozession aus der Kirche ließ er abhalten mit drei Figuren unter dem Baldachin – Glaube, Hoffnung, Liebe –, die den Priester ersetzten, der sich geweigert hatte, dem Prälaten nicht zu gehorchen. Große Entrüstung im Bischofssitz, Kirchenverbot, und der Hauptketzer exkommuniziert. Aber der Alte blieb fest. Als der Prior mit eingezogenem Schwanz und dem

Urteilsspruch zu ihm kam, ließ er sich beim Umgraben nicht stören und zahlte ihm zwischen zwei Spatenstichen mit gleicher Münze heim:

«Sagt dem, der Euch mit der Botschaft beauftragt hat, daß ich sie erhalten habe und meinen besten Dank. Aber er soll sich eine bessere Strafe ausdenken, mit der da werde ich fertig...»

Kein Wort mehr. Fest steht, daß er bald darauf wieder auf der Liste der Gläubigen stand und daß die Glocke wieder die kanonischen Stunden schlug.

Wenn er imstande war, derart der geistlichen Macht zu begegnen, der einzigen, die für ihn wahre Bedeutung hatte, war anzunehmen, daß er sich weltlichen Gewalttätigkeiten gegenüber noch besser verhalten würde.

Von meiner Mutter konnte ich nicht soviel erwarten. Empfänglich für die Stimmen der Welt, so in Furcht vor dem Popanz der Rechtsprechung, daß sie in ihr Hausgebet stets ein Vaterunser einschloß, «damit Gott uns aus den Ketten des Königs befreie», würde sie bei der Nachricht vom Unglück ihres Sohnes vor Schmerz und Scham zusammenbrechen. Überdies war sie herzkrank. Aber selbst dieser Gefahr würde ich ins Auge sehen müssen, ohne zu schwanken, und wenn es noch so schwerfiel.

Seit meiner Abreise nach Brasilien, als ich mich zunehmend dem Einfluß der beiden entzog, hatte ich die Gesetze der Machtbefugnis geprüft, gelockert und durch andere, den Umständen besser angepaßte, ersetzt. Ich hatte den Glauben des Katechismus verloren, ich stritt über die Dogmen, ich forderte den gesunden Menschenverstand heraus. Ich wußte, daß ich die beiden empörte, vor allem die Mutter. Geduld. Das war der Preis für meine Selbstfindung. Im übrigen versuchten sie nur anfangs, die Kandare im Maul des wilden Füllens stramm zu ziehen. Danach verzichteten sie nach und nach auf ihren Einfluß, obwohl sie noch immer mit dem tadelnden Finger auf jede Übertretung deuteten. Jetzt indes überschritt meine Herausforderung jedes Maß. Und es schmerzte mich, sie derart zu bekümmern. Ich mußte aber meinen Weg weitergehen, selbst wenn ich nur Tränen hinterließ...

Im Augenblick war noch nichts verloren. Ich war ein schlechter Briefschreiber und schuldete ihnen manche Nachricht. Einige Zeit hindurch würde ihnen das Ausbleiben der Post nicht auffallen.

Vielleicht würde aber die Einzelhaft aufgehoben, so daß ich mit Leiria eine Kriegslist aushecken und sie in Unwissenheit über die Vorgänge halten konnte... Es sei denn, die Bosheit der Polizei würde ihnen die frohe Kunde zukommen lassen...

An dem Tag, als endlich meine Einzelhaft beendet war und bevor ich in den Gemeinschaftssaal überstellt wurde, führte man mich ins Arbeitszimmer des Sekretariatschefs. Dort traf ich zu meiner großen Überraschung Tomé. Wir umarmten uns überschwenglich und schweigend, während ein Regenguß gegen die Scheiben prasselte und mein Gastgeber so tat, als ordne er seine Papiere auf dem Schreibtisch, den eine riesige Pistole schmückte.

«Senhor Nunes hier ist der Schwager meines ältesten Bruders...», hörte ich ihn schließlich in der Art einer Vorstellung sagen.

«Ach ja?» Und ich maß den fetten, bleichen Menschen mit den eingefallenen Schläfen und den hervortretenden müden Augen.

«Aber zum Glück gehört er nicht zur heiligen Bruderschaft der Bullen... Er macht nur reine Verwaltungsarbeit...»

«Ich bin gewissermaßen der Geschäftsführer des Hotels...»

«Wo die Gäste wochenlang keinen Sonnenstrahl sehen...»

«Monate sogar, je nach Einzelfall...»

«Ich weiß. Ich sprach für mich...»

Nun musterte er mich lange mit einer Art ausgeliehener Sympathie.

«Das ist wirklich bedauerlich...» sagte er nach einer Weile, als wollte er damit seine Hände in Unschuld waschen. «Nur gehört das nicht zu unserem Verantwortungsbereich. Für jeden Häftling, wenn er eingeliefert wird, sind Zellenzuweisung und Behandlung bereits festgelegt. Wir führen nur die Anweisungen aus...»

«Und die Kanone da?» warf ich hin, auf die Waffe deutend.

«Schön, wir sind in einem Gefängnis, verstehen Sie... Nehmen wir an, es gibt eine Meuterei?»

«Dann ballern Sie los, versteht sich!»

«Ich sehe keine andere Möglichkeit...»

«Kurzum: Kerkermeister!»

«Sehr richtig.»

Doch je verbindlicher die Antworten kamen, desto bissiger wurde ich. Verbittert schüttelte ich mein Zellenschweigen ab. Und rächte mich an dem Unglücksraben.

«Mögen Sie Ihren Beruf?»

«Weder mag ich ihn, noch mag ich ihn nicht. Er ist eine Art des Broterwerbs.»

«Anzunehmen ...»

«Ich gebe zu, anfangs fällt es ein bißchen schwer... Dann gewöhnt man sich daran... Not macht willig...»

«Ich würde ihn nie wählen, und wenn ich Schlamm essen müßte!»

«Das glaube ich Ihnen. Aber es gibt Umstände...»

Bekümmert blickte Tomé mich mit seinen großen Kuhaugen an, als fürchte er unliebsame Folgen auf meine unnötige Angriffslust. Und er versuchte, den Sturm zu beschwichtigen:

«Er hat eine schwache Lunge... Er wurde im Ersten Weltkrieg gasvergiftet... Er war es, der mir Nachricht gab, daß Ihre Einzelhaft aufgehoben würde und daß ich Sie besuchen könnte, wenn auch mehr oder minder heimlich...»

Ich mußte innerlich lächeln über die Verletzlichkeit unserer Institutionen, sogar der mit Unterdrückung befaßten. Es gab immer einen Nachschlüssel, dem selbst ihre am gründlichsten verschlossenen Türen nachgaben. Ein Verwandter, ein Parteigänger... Die Kleinheit des Vaterlandes ermöglichte ein solches Netz aus Blutsbanden, Verwandtschaften, Interessen und Einflußsphären, daß sich immer eine Gelegenheit ergab, einen Minister einzuwickeln oder einen Bürodiener zu bestechen.

«Also habe ich Ihnen Wäsche mitgebracht und Rasierzeug und habe mit einer Pension abgesprochen, daß Ihnen das Essen geschickt wird, denn die Gefängniskost ist für einen, der ein Magenleiden hat, nicht gerade geeignet...»

«Sie ist schauderhaft! Einfach ungenießbar!»

Der andere schien abwesend.

«Und sicherlich brauchen Sie Geld...»

«Ich bin abgebrannt. Bei der Einweisung hat man mir abgenommen, was ich bei mir hatte...»

«Die Dienstvorschriften verbieten...» unterbrach der Beamte.

«In diesem Fall brauchen wir kein Wort mehr darüber zu verlieren...»

«Nicht doch, behalten Sie ruhig etwas...»

Ich entgegnete:

«Das heißt: Der Unglücksrabe, der hier keinen Schwager hat...»

Aber der Mann war wirklich ein guter Mensch oder schon so käuflich, daß er sich taub stellte. Zum Schluß meiner Schmährede sah er auf die Uhr, zündete sich eine Zigarette an und rauchte, ans Fenster gelehnt, während er dem niederrinnenden Regen zusah.

«Reden Sie, reden Sie, und lassen Sie sich nicht stören...»

Nun erfuhr ich durch Andeutungen, daß kurz nach meiner Verhaftung alle belastenden Aufzeichnungen rechtzeitig aus meinem Zimmer entfernt worden waren. Die tatsächlich durchgeführte Haussuchung hatte nichts ergeben.

Obgleich ich seit langem zu der Annahme neigte, daß die Dinge so gelaufen waren, atmete ich tief und erleichtert auf.

«Und alles andere?»

Was alles andere betraf, so lag das im Unbestimmten, Nebulösen. Ich war auf höheren Befehl verhaftet worden... Das verdammte Buch war in die Hände des Chefs gelangt... Teuflisches Pech! Das während meiner Einzelhaft eingeleitete Verfahren, bei dem alle Winkel meines Lebens durchstöbert worden waren – auch die Herkunft der für die Einrichtung der Praxis notwendigen Gelder wurde ermittelt, denn man hatte vermutet, sie stammten aus Moskau –, hatte nicht wesentlich Belastendes ergeben... Außer, daß ich ein entschiedener Gegner des Regimes war... Und das verdammte Buch, das verdammte Buch... Ich konnte also ebenso leicht am nächsten Tag freigelassen werden wie hier auf ewig vermodern... Alles hing vom Willen des hohen Herrn ab... Wir müßten geduldig abwarten... Jedenfalls würde ich von jetzt ab in einer anderen Umgebung leben, ich konnte lesen, Besuch und Post empfangen...

«Aber seien Sie fortan vorsichtig...» warnte der Dingsda, als er sich umdrehte.

«Wie vorsichtig?»

«Mit dem, was Sie sagen, mit dem, was Sie schreiben, gegenüber den Mitgefangenen...»

«Gegenüber den Mitgefangenen auch!» Ich staunte betont, um den Spott auf die Spitze zu treiben.

«Das ist mein Rat...»

«Wenn ich ihnen nicht trauen darf, wem soll ich denn sonst trauen? Den Wärtern?»

«Hier drinnen niemandem.»

Ich stieg ins Massengrab mit der Überlegung, wie zufällig und irreführend die Launen der Sympathie sein können. Denn sie äußert sich stets so willkürlich, so ohne sichtbaren Maßstab und ohne Folgerichtigkeit. Von einem Dutzend Gesichtern, die wir zum ersten Mal sehen und die uns zwangsläufig vertraut werden, wählt der Instinkt auf den ersten Blick eines oder zwei. Genau das geschah in jenem Augenblick. Bevor ich wußte, wer sie waren und weshalb sie sich dort befanden, gefiel mir schon die Lebhaftigkeit eines Pritschennachbarn, war ich neidisch auf das massige Format eines Typs, der eine gewaltige Zigarre rauchte, haßte ich das schmierige Grinsen eines zahnlosen Alten.

Da wir angefüllt sind mit verstandesmäßiger Überheblichkeit, ermessen wir die Häufigkeit des Zufalls im Lauf unseres Daseins nur unzureichend. Denn im Verhältnis zu den ungewöhnlichsten Zusammenhängen und außerhalb der pragmatischen Herrschaft des Willens entwickelt das Leben sich empirisch und unumkehrbar in einem dynamischen Spiel umstandsbedingter Größenordnungen. Während wir, bereits Herren eines ausgeprägten Schicksals, früher oder später merken, wie schwer darin das Zufällige wiegt, schmerzt in unserer Einbildungskraft die verführerische Vielfalt von tausend ungenutzten Möglichkeiten, die jedoch unwiderruflich verloren sind wie ebenso viele andere gescheiterte Verheißungen.

«Noch ein Mieter...» sagte ich befangen als Begrüßung und versuchte, mit Hilfe des Spotts die im Saal lastende erwartungsvolle Stille zu lockern.

In diesem Abfallager stapelten sich Gefangene jeder Güte. Verschwörerische Politiker oder eines solchen Delikts Verdächtigte, Ausländer ohne Paß, Spione und sogar echte Vorbestrafte wie etwa vier aus Sing-Sing repatriierte, die uns von der zweiten Nacht an Gesellschaft leisteten. Geräuschvoller Aufruhr zur Unzeit im Treppenhaus, Proteste, gebieterische Beschwerden eines *lawyers*, der zurückgeschobene Riegel der schweren Eisentür, und gleich darauf war die schlaftrunkene Gemeinschaft bereichert durch die Anwesenheit jener ehrenwerten Kavaliere, die am folgenden Tag Namen und Beruf angaben: Senhor Manuel Ferreira, altgedienter Übertreter des Alkoholverbots, Fuselfabrikant jedes säuischen Verschnitts in einem Keller von San Francisco; Senhor Fortunato Rodrigues, erfolgreicher Mädchenhändler in derselben Stadt; Senhor Júlio Duarte, Seemann, Schmuggler von Tabak und Drogen; und Senhor Carlos Silva, erprobter Geldschrankknacker. Alle mit Mord und Totschlag auf dem Buckel, einige beherbergten noch Kugeln im Wanst, was Narben in allen Größen bezeugten.

Als echte Schwerverbrecher betrachteten sie sich vom ersten Augenblick an als die wahren Herren im Hause. Ein Anspruch, den übrigens niemand in Frage stellte. Ihre gerechtfertigte Anwesenheit machte unsere Gegenwart neben ihnen sichtlich widersinnig. Durch ihre Verbrechen ausgewiesen, belegten sie souverän die Räume, welche die Gesellschaft ihnen zugedacht hatte. Wir wohnten lediglich dem betörenden Schauspiel dieser hoheitlichen Besitzergreifung bei. Sie fluchten, sie brüllten, sie forderten, sie prahlten mit Großtaten, sie bewegten sich in dieser Umgebung ohne jeden Zwang. In unumschränkter Freiheit des Geistes übernahmen sie die volle Verantwortung als geschworene Feinde des Gesetzes, beschimpften die, welche es ihnen aufzwangen, und verlachten die, welche es befolgten. Für jeden der anderen Häftlinge war und blieb ein Polizist trotz allem ein Mensch; für sie war er nur ein Polizist, wandelnder Träger einer legalen Waffe. Daher behandelten sie ihn entsprechend verächtlich mit unablässigen vorsätzlichen Herausforderungen, die am Ende Größe gewannen. Jene Größe, die jeder vollblütigen Selbstbehauptung innewohnen kann, gegen alle und gegen alles, selbst wenn sie sich in den primitivsten Begriffen des Außenseitertums ausdrückt.

Nach dem finsteren Verlies, in dem ich hatte hausen müssen, kam ich mir fast wie ein Junge vor, der gebannt einen Abenteuerfilm erlebt, in dem weder Angst noch Feigheit Platz finden, lebendig erzählt von lebenden Mitwirkenden in einem bildhaften Kauderwelsch von *okay* und *up to date*, wo jeden Augenblick Gefahr lauert, immer wieder Blut fließt, der Mut alles wagt, und die Fiktion die Wirklichkeit ausschmückt. Und als dann das Vaterland sie umziehen hieß und sie erhobenen Hauptes und aufsässig abzogen, bereit, Unverschämtheit und Mythos in andere

Kerker mitzunehmen, war ich tief betrübt. Obwohl der Kasernensaal nach wie vor voll war, schien er entvölkert.

Ich war hinten in einem Winkel untergebracht, den meine aufgestellte Pritsche ganz ausfüllte. Und wenn auch der Saal ein Raum der Haft und Beklemmung war, fühlten sich Körper und Geist in dieser engen Nische weniger gefesselt und gespannt. Noch in der Hölle schafft der Mensch sich ein eigenes Plätzchen der Zuflucht und Selbsterhaltung. Während ich bisher jedem Erstbesten ausgeliefert gewesen war, der mit mir zu reden wünschte, sowie ich an ihm vorbeiging, war meine Lage in der eigenen Festung eine andere geworden. Der etwaige Gesprächspartner mußte, bevor er den Mund aufmachte, wenigstens den räumlichen Abstand überwinden, der uns trennte. Wenn ich fähig war, in einem Augenblick der Begeisterung meine Seele weit zu öffnen, so verteidigte ich im täglichen Leben meine Intimsphäre verbissen. Und ich gab der Welle der Neugier, die gewöhnlich jeden Neuankömmling überschwemmte, nur Bröckchen von mir hin. Ein Neuer bedeutete hier eine Zerstreuung, eine Sehenswürdigkeit, eine Abwechslung in der Eintönigkeit. Man versuchte, sich ihm zu nähern, die Zurückhaltung der Schüchternen, die Wortkargheit der Einsilbigen, das vorbeugende Mißtrauen aller zu überwinden. Mein Winkel eignete sich jedoch dank seiner Unauffälligkeit für die kleinen, im Gefängnis mehr oder minder geduldeten Übertretungen. Und alle nutzten ihn nach und nach für Zusammenkünfte – für das Kartenspiel, für Ulk und harmlose Machenschaften.

Außer meinem Bettnachbarn, Alexis, einem griechischen Hausierer mit wachen Augen, schlagfertiger Gescheitheit und unbezähmbarer Einbildungskraft, der die Vorrechte des Nachbarn weidlich nutzte, kamen neben anderen: Klaus, junger österreichischer Jude, ein Sänger, der mit einem Haarnetz schlief und von rauschenden Erfolgen in Amerika träumte, wohin er auszuwandern suchte; Dr. Novais, Kommunist, ernst und lehrhaft, verantwortlich für die Disziplin im Saal; Senhor Bastos, Anarchist, Volksschullehrer, der trotz der hier herrschenden Kälte dauernd unter der Dusche stand; Peter, Sohn eines bedeutenden polnischen Buchhändlers, der nach Parfum duftende Briefe aus allen vier Ecken der Welt erhielt…

Der mit den Zigarren kam nur, wenn er mich allein sah oder wenn wir Karten spielten – da er nun einmal dem Laster der Karten nicht widerstehen konnte, die er aus der Pappe der Paketkartons selbst herstellte und mit der Meisterschaft eines Berufsspielers mischte. Als auf Madeira geborener Sohn von Deutschen hatte er im Militärdienstalter die Nationalität der Eltern gewählt und seinen Wehrdienst in Potsdam abgeleistet. Er hatte das höchste Glück erlebt, bei einer vom Kronprinzen abgenommenen Parade mitzumarschieren. Als der Prinz über den Kasernenhof ritt, war er so ergriffen gewesen, daß er im selben Augenblick am liebsten gestorben wäre. Halb erstickt, hämmerte er sich wild auf die Brust, um die einst empfundene Begeisterung zu bekräftigen. Das war die große Stunde seines Lebens gewesen.

Er war ein eiserner Nazi, und das gute Verhältnis, das wir vom ersten Augenblick unserer Bekanntschaft an zueinander hatten, ging weit über das Verständnis der übrigen Mitgefangenen hinaus, die ihm mit Voreingenommenheit und Widerstreben begegneten. Ich selbst konnte unsere Beziehung nur im Licht dieses geheimnisvollen Antriebs rechtfertigen, der die gegensätzlichsten Menschen einander nahebringt, und mit meinem vitalen Bedürfnis, in dieser Umwelt einen echten Gegner zu finden. Der Alptraum des Krieges verfinsterte den Alltag dort drinnen noch tiefer als draußen. Von seiner Dauer und seinem Ausgang hing die Freiheit und sogar das Leben einiger von uns ab. Daher beschäftigte kein anderes Thema die Gemüter so eingehend. Einzig die allgemeine Übereinstimmung, mit der wir, Fritz ausgenommen, die Verurteilung der Kriegstreiber und den Sieg der Alliierten wünschten, minderte das Interesse an diesem Gesprächsthema. Doch alles sah anders aus, wenn der Teutone auf den Plan trat. Die Leidenschaft, die er in seine Behauptungen legte, entfachte in mir ein ebenso starkes, nur diametral entgegengesetztes Feuer. Und das Zwiegespräch wurde lebhaft und weißglühend. Stunden über Stunden stritten wir mit der Erbitterung von Frontkämpfern. Was wir vor kurzem in der Zeitung gelesen und lustlos besprochen hatten und was in Druckerschwärze nicht über eine in gewissem Sinne abstrakte Ungeheuerlichkeit hinausging, wurde in unserem Wortstreit greifbar, fühlbar. Mit diesem Gegner vor mir, der Verträge zerriß, Grenzen verletzte, Gemetzel rechtfertigte, der verbrannte und verfolgte, schienen die Verirrungen der Ideologie und die Brutalität des Angriffswahns wesensgleich zu sein. Wenn ich ihn hinterher kämpferisch, siegreich, blutrünstig durch den Saal stolzieren sah, glaubte ich, die faschistische Macht durch die Welt stampfen zu sehen, blind, berauscht, unerbittlich. Die Besetzung Albaniens, gefolgt von dem Einmarsch in die Tschechoslowakei, dem Überfall auf Polen, der Unterwerfung Frankreichs... Ich war froh, daß das Böse, gleich wie hassenswert, hier ein menschliches Antlitz trug. Es hörte auf, ein Verhängnis zu sein, um eine schlichte Zufälligkeit zu werden.

In den Pausen zwischen diesen Stunden besonnener Analyse der Ereignisse oder stürmischer Auseinandersetzungen, in denen die verschiedenen Voraussetzungen der unterschiedlichen Gesprächspartner keineswegs die persönlichen Lesarten des Sieges änderten, waren alle Möglichkeiten, die Verzweiflung einzuschläfern, willkommen. Selbst Streichhölzerzählen. Und jeder widmete sich, stumm mit Schülerfleiß, einer solchen Aufgabe und vermaß zeitlich genau jede Bewegung.

Die Zeit, die in der Einzelzelle ein randloser Fetzen Papier gewesen war, glich jetzt einem Linienblatt der Müßigkeiten. Diese und jene Stunde dies, diese und jene Stunde das. Wir hielten haus mit den Zerstreuungen, Zeitungslektüre eingeschlossen. Zuerst die Nachrichten aus dem Ausland, anschließend der Leitartikel; später die Annoncen. Die Füße kannten genau die Ausmaße des Saals, und der Verdauungsspaziergang nach Mittagessen und Abendbrot dauerte genau fünfzehn Minuten und zählte einige tausend Schritte. Freilich fiel es nicht leicht, das tiefgreifende Übel mit oberflächlichen Heilmitteln zu bekämpfen, selbst wenn das Hausmittel, auf das ich meist zurückgriff, ein gutes Buch war. Doch auch wenn ich mich für die Lektüre sammelte, war der Geist, ehe ich mir dessen bewußt wurde, schon längst von der Buchseite abgeschweift und schleppte sich schmerzvoll über den Boden der greifbaren Wirklichkeit. Nur wahrhaft heldenhafte oder grundweg empfindungslose Naturen könnten längere Zeit hindurch die dumpfe, hartnäckige Aggressivität übersehen, die in der Luft brodelte wie ein siedender Kessel, bis der plötzlich explodierte, wenn die Aufmerksamkeit am meisten abgelenkt war. Unabhängig von den Zyklopenmauern und den widerstandsfähigen Gitterstäben, die wie eine Zwangsjacke festlegten, wieviel

Raum dem Atem erlaubt war, und die im Unterbewußtsein die Gewißheit ihrer Unüberschreitbarkeit lebendig hielten, erinnerten eine Unzahl von ritualisierten und peinigenden Tatsachen an unsere Verurteilung: Der genau eingehaltene Stundenplan, die immer wiederkehrende Eintönigkeit der Runden, das zu bestimmten Stunden eingeschaltete oder gelöschte Licht, und vor allem die Begleitmusik der an den Schlüsselbunden klirrenden Schlüssel, das Aufsperren der Schlösser und das Wiederzusperren, gefolgt von dem zweifachen Kreischen der Türangeln... Wenn sonst nichts war, genügte dieses ständige Klirren, um jede entrückte Sammlung zu verhindern. Es von morgens bis abends zu hören war, als lauschte man unablässig dem Requiem der Freiheit. Der Freiheit, auf die ich im Sekretariat angespielt hatte, als ich, statt Freude über den bevorstehenden Genuß der eingeräumten Vorrechte zu zeigen, Tomé, der sie aufgezählt hatte, schwermütig antwortete:

«Ich wünschte, der Regen, der da draußen singt, würde auf mich herabrinnen...»

Aber wir durften nicht die Arme verschränken und uns einer von Reflexen und Gewohnheiten abhängigen Zwangswahl willenlos ausliefern. Was mich betraf, selbst auf die Gefahr hin, den Sinn ganzer Kapitel zu verlieren, verschlang ich alle in einer christlichen Sprache verfaßten Schwarten, die mir unter die Finger gerieten. Und ich kritzelte auch. Gedichte, die im Schlamm der Erstarrung stecken blieben, und Fetzen von Erzählungen für ein seit langem entworfenes kleines Buch, in das stets ein Lichtblitz drang, wenn ich an das einzige Fenster trat, durch das die Augen einen Zipfel der Welt erhaschen konnten. Im Vordergrund, wenige Meter von meiner Nase entfernt, stand der Koloß des alten Doms, der ein mit zwei traurigen Zypressen bepflanztes Klostergärtchen beschattete; so von oben konnte ich seine Altersrunzeln zum Greifen nahe sehen und an der Seite eine das Tageslicht einsaugende Fensterrosette. Meine unermüdliche Beobachtung der Tauben, die alle Nischen, Ecken und Spalten bevölkerten – während sie ihr Gefieder putzten, sich liebten und sich fortpflanzten, wütend kämpften oder in schmollender Schläfrigkeit überwinterten –, vertiefte in meinem Geist den Entschluß, Tierleben zu Papier zu bringen, die so vollkommen waren in ihrer instinktiven Reinheit, daß der Mensch in ihnen seine verlorene Natürlichkeit erkennen könnte. Indes forderte die Idee eine kosmische Einstimmung, die der innere Aufruhr, in dem ich mich befand, nicht zuließ. Und jeder Versuch, den ich niederkritzelte, war nicht mehr wert als die Bürgschaft für ein zu erfüllendes Vorhaben. Aber wann und mit was für einer Einbildungskraft? Während die Tage verstrichen, schien mir mehr und mehr, daß ich unheilbar verrohte. Daß mein innerer Horizont sich nach und nach an die eisernen Scheuklappen gewöhnte, die meine Netzhaut begrenzten. Der enge Blickwinkel gab außer dem Gotteshaus nur ein paar Meter Gehsteig frei, einen Teil der Dächer von Alfama, in Stufen absteigend und stets beflaggt mit weißer Wäsche, die Kräne der Marinedocks, einen Streifen des die Wintersonne spiegelnden Flusses und der unregelmäßigen Linie des anderen Flußufers…

Die Betrachtung der Straße, anfangs mechanisch und zerstreut, wurde schließlich zu bestimmten Stunden eine spannende Pflichtübung. Die von Untätigkeit ausgedörrten oder von dem unbeständigen Gleichgewicht, dem sie sich unterworfen fühlten, ermüdeten Sinne belebten sich bei dem gesunden Schauspiel des Lebens, das sich in seinem unablässigen Hin und Her da draußen abspielte. Man lebt auch, wenn man die anderen leben fühlt. Im Verlauf der Tage wurden die Menschen, die auf dem Gehsteig kamen und gingen, uns vertraut. Wir erkannten den Familienstand, den Beruf, die gesellschaftliche Stellung und sogar den Charakter des einzelnen an seinem Anzug, an seinem Gang oder an seinem Stundenplan. Am gutgeschnittenen Überzieher und am fadenscheinigen Regenmantel. Den spießigen, schwerfälligen Schreiber, die nervöse, hastige Stenotypistin, den wohlhabenden, umsichtigen Kaufmann. Um acht Uhr die Angestellten; um zehn die Firmeninhaber. Dann die Flaneure und die Rentner. Uns entging nicht einmal der Befund der Leiden, die sie peinigten. Die Verschnupften mit dem Taschentuch vor der Nase; die bei jedem Schritt atemlos stehenbleibenden Asthmatiker; die von der Gicht Geplagten, die sich am Stock dahinschleppten. Der Markt der Welt mit all seinen Gegensätzen. Die unermüdlichen Fischfrauen, die melodisch psalmodierenden Ausrufer, der Postbote mit seinem Zickzackkurs von Tür zu Tür. Und die Liebespärchen, die sich sicherlich nach der Tagesarbeit trafen, die bevorstehende

Trennung so lang wie möglich hinauszögerten und ihre Schritte zu einem ihrem Herzschlag entgegengesetzten Rhythmus zwangen... An der Lebhaftigkeit der Unterhaltung, dem Austausch eines Lächelns, der Sprödigkeit eines Händedrucks errieten wir den Fortschritt der Idylle, die Szene der vergebenen Eifersucht, die Launen der Verstimmung. Weltfern wie sie waren, waren sie sich sicherlich kaum bewußt, daß sie an einem Gefängnis vorübergingen, daß Geschöpfe aus dem gleichen entzündlichen Werg sie belauerten, mit dem gleichermaßen reizbaren Geschlecht, das sie in den toten Stunden der Nacht einsam und heimlich in verschämter, trostloser Selbstbefriedigung beruhigen mußten.

Doch nicht nur sie sahen über uns hinweg. Alle anderen verhielten sich genauso. Keiner schien die geringste Vorstellung von dem Zweck des Gebäudes neben ihm zu haben. Sie gingen an diesen Mauern vorüber wie an so vielen anderen der Stadt. War das echte Unwissenheit oder absichtliche, gezwungene Verstellung?

Ein einziger Fußgänger drehte sich, und zwar unfehlbar zur Mittagszeit, regelmäßig vor dem großen Bauwerk um und starrte es an, als wolle er es mit den Augen durchstoßen. Stetig weitergehend, redete er und beschrieb Gebärden. Vermutlich wandte er sich an einen Gefangenen im Oberstock, den er der dicken Mauern und der hochgelegenen Fenster wegen nicht sehen konnte, von dem er aber annahm, daß er hinter den Gitterstäben aufmerksam herausspähte...

Oder sollte das statt eines beunruhigten Verwandten, eines ergebenen Freundes, eines treuen Abgesandten der Hoffnung vielmehr ein unheilbar Kranker sein, der hier täglich den Ort seines Verhängnisses verfluchte?

Am liebsten jedoch versammelte sich unsere Aufmerksamkeit auf den Wasserstreifen in der Ferne. Immer wieder enttäuscht über die Verwundbarkeit der Landtruppen, die sich in ganz Europa den Barbaren widersetzten, hatten wir unsere Gewißheit auf das ozeanische Schlachtfeld übertragen. Dort konnte die Brutalität des Hitlerstiefels nicht das ausrichten, was er auf festem Grund und Boden vermochte, trotz der fortgesetzten Torpedierungen und der die Seewege verpestenden Minen. Das Meer gehörte nach wie vor den Alliierten, und dort würde die Entscheidung fallen. Und jedes Schiff, das die Blockade durchbrach und in unsere Häfen einlief – meistens erschien das Schiff und entschwand unseren Blicken, ohne daß wir seinen Namen am Rumpf erkennen oder die Nationalität an der Flagge ablesen konnten –, bedeutete stets einen auf dem Spielbrett gewonnenen neuen Stein, einen halben Sieg, der sofort lauthals und begeistert verkündet wurde, damit Fritz im Bilde war. Ohne Eile trat dann auch er an das Gitter, blickte spöttisch hinaus, zog an seiner Zigarre und nahm seinen Spaziergang wieder auf. Es hieß, auf Madeira, wo er große Geschäftsinteressen hatte, versorge er die deutschen Unterseeboote, die auf dem Atlantik ihre Piraterie betrieben, mit Brennstoff. Daher saß er auch angeblich auf Betreiben der Engländer hier ein. Nichts als phantastische Vermutungen, fraglos angeregt durch seine übertriebene Bewunderung für Dönitz. Nach Hitler rang ihm niemand sonst auf der Welt so große Bewunderung ab wie der Schöpfer der «Seewölfe». Er kannte in allen Einzelheiten die Heldentat von Scapa Flow, den berühmten Coup des Kapitänleutnants Prien. Die Schwierigkeit, in den nur durch zwei schmale Kanäle zugänglichen Hafen einzulaufen, die Zahl der Einheiten der *Home Fleet*, die dort ankerten, das Unterseeboot U 47, das beim Schein des Nordlichts navigierte, den Panzerkreuzer *Royal Oak* versenkte und die *Repulse* schwer beschädigte.

Doch nicht immer lächelten ihm die Erfolge an dieser unsteten Front, an der wir ihm, die Zeitung schwenkend, oft genug trotzten. Sein Glaube indes widerstand allen gegenteiligen Beweisen. Während die abenteuerliche Fahrt des *Graf Spee* sich hinzog, vermochte kein Gegenbeweis seine Begeisterung zu schwächen. Die Wirklichkeit war die in die Irre geführte, auf jede Weise verhöhnte britische Seemacht. Erst als der Kreuzer schließlich, im Rio de la Plata gestellt, versenkt wurde – heldenhaft, das muß gesagt werden –, war er ein paar Tage still. Da aber die Geleitzüge, die Lebensmittel und Rohstoffe trugen, nach wie vor dezimiert wurden, kehrte der Optimismus in sein stets hochrotes Gesicht zurück. Das Dritte Reich konnte keinesfalls verlieren. Der Führer war unbesiegbar.

Die Schicksalswendungen des bewaffneten Konfliktes verlagerten unseren Schwerpunkt. Gesegnet die Leidenschaft, die uns alle verblendete, blind auf beiden Augen, dem linken und dem rechten. Über die Gefängnismauern schweifend, war sie an keinerlei Objektivität interessiert. Alle der gleichen Ohnmacht ausgeliefert, gaben wir nur aus Anstand der Dialektik des Widerlegens nach. Mehr als auf den erwünschten Ausgang zu setzen, lag unser Trumpf in der hartnäckigen, unumschränkten, jeden Beweisgrund verschmähenden Behauptung.

Das Schreckgespenst des Krieges, das die Zeitungen und die Unterhaltungen füllte, hatte zumindest ein Verdienst: es half vorübergehend die vielfältigen Probleme, die uns bekümmerten, vergessen; die einen hausten im Hinterstübchen des Bewußtseins, andere wucherten auf diesem Nährboden. Trotz größter Anstrengung gelang es in gewissen Stunden keinem, dem quälenden Druck dieses Würgeisens zu entfliehen noch das Maß einzuhalten, in dem die Regeln des höflichen Umgangs Platz finden, ohne sich zu prostituieren. Im übrigen bestand ein inneres und umkehrbares Verhältnis von Ursache und Wirkung zwischen dem Schrecken des Eingesperrtseins und dem begrenzten Raum unseres Zusammenlebens. Die persönlichen Zusammenstöße in unseren vier Wänden nahmen zu. Eine übereilte Vertraulichkeit, die nicht hätte ausgesprochen werden dürfen, eine Stichelei gegen einen Mitgefangenen, um die Zuhörer zu belustigen, und besonders der Vorsatz, der Kumpanei zu widerstehen, den ein rücksichtsloses oder unpassendes Wort augenblicklich zunichte machte, riefen beleidigte Gereiztheiten, den Groll gekränkter Eigenliebe und manchen Ärger hervor, den nur ein unmöglich gewordenes körperliches Ausweichen hätte wiedergutmachen können.

Und im Handumdrehn standen wir vor einem verstummten, wütenden Tier, das seine Aggressivität durch verzweifeltes Hämmern gegen die Wand abreagierte, oder vor einer bis ins Letzte ausgetragenen Streiterei um Nichts, die nur der Aufseher mit größter Mühe auf seine Bedeutungslosigkeit zurückzuführen vermochte.

Aber an diesen Feindseligkeiten und Unbeherrschtheiten waren unsere inneren Ängste nicht unbeteiligt, die Schamgefühl, Zurückhaltung oder schlichten Anstand zum Verstummen brachten. Klaus' Eltern moderten in einem Konzentrationslager, Peters Braut war in Warschau der feindlichen Soldateska ausgeliefert, die Frau des Professors Bastos, Lehrerin wie er, war entlassen worden.

Wiewohl von anderer Natur, hatte auch ich Grund genug zum Kummer. Meine Gesundheit verschlechterte sich; die Miete der Praxis mußte weiter bezahlt werden wie auch die Arbeit der Assistentin, die von ihrem bescheidenen Gehalt lebte, Steuern und Abgaben mußten pünktlich entrichtet werden; meine Ernährung, fast so schäbig wie der Gefängniseintopf, wurde teuer, der vorerwähnte Schwiegersohn des Bezirksabgeordneten hatte meine Abwesenheit genutzt, um sich in der Stadt niederzulassen, und war dabei, meine Patienten an sich zu ziehen. Mit Hilfe von Tomé und Dr. Olívio gelang es mir, mein Schiffchen zu kalfatern. Aber wenn die Haft lange dauerte, würde es mit der Zeit doch undicht werden. Eine Last hatte ich mir vom Herzen wälzen können: die Furcht, die Alten könnten von meinem Schicksal erfahren. Ich hatte die Dinge so eingerichtet, daß in dieser Hinsicht alles nach Wunsch lief. Ihre Briefe trafen nach wie vor in Leiria ein, und meine Antworten wurden von dort aus abgeschickt. Alles übrige war ihre Unschuld, und die Zauberkunst der beiden Freunde.

Beide blieben die Simon von Kyrene meines Kreuzes, entschlossen, es mir so erträglich wie möglich zu machen, während sie gleichzeitig hartnäckig versuchten, mich von hier loszueisen. Die Lage war nach wie vor so, wie Tomé sie im Sekretariat geschildert hatte. Kein neuer Tatbestand hatte die Anklagepunkte des Verfahrens belastet. Aber noch fehlte das entscheidende Wort des Allmächtigen. Und solange dieses nicht ausgesprochen war, konnte ich nicht auf Freilassung hoffen. Daher versuchten sie diese auf Umwegen zu erlangen, indem sie der Polizei mit der Unhaltbarkeit des Falles in den Ohren lagen, in unermüdlicher Selbstverleugnung, welche die Tatenlosigkeit einiger Freunde, von denen bedingungslose Unterstützung zu erwarten gewesen wäre, noch empörender machte. André und Gonçalo in erster Linie, da ja Alvarenga in seiner Unverantwortlichkeit die Haltung, die er zur Schau stellte, mit den Taten, die er nicht ausführte, stets verwechselte. Obwohl ich mittels vorherigen Antrags Besuche empfangen durfte, kamen an den festgesetzten Tagen nur die vier aus Leiria, zusammen oder getrennt. Dona Gena immer beladen mit Kuchen, Marmelade und anderen Leckerbissen, die sofort von den Haftgefährten mit einer fast sinnlichen Gier, eines der Stigmen der Haft, verschlungen wurden.

Mit ihrer gewohnten weiblichen Anmut, die gegen den Schrecken der Umgebung unempfindlich war, trat sie stets so gelassen ein, daß sie die strengsten Wärter entwaffnete. Und im Sprechzimmer schien sie ganz zu Hause zu sein wie beim abendlichen Gespräch. Sie scherzte, sie fragte mich aus, sie erzählte, und zwar so fern von den Gittern, daß ich sie vergaß. Und wenn sie sich mit lächelnden Augen verabschiedete, hinterließ sie in meinem Herzen die Kraft jener allumfassenden Menschlichkeit, die unermüdlich über Gefängnisse, Zeit und Widrigkeiten hinauswies.

Bei diesen Gelegenheiten – wie auch in den Briefen, dort nur weniger deutlich wegen der Postzensur – ließen Tomé und Dr. Olívio ihrer Empörung über das Verhalten derer freien Lauf, die sie als meine Busenfreunde ansahen und die ich früher so oft gelobt hatte. Von einem Einfluß überzeugt, der in Wirklichkeit nicht bestand, und von einer Zuneigung, die leider weit von der entfernt war, die sie zu sein geschienen hatte, fuhren sie nach Coimbra, schrieben oder telefonierten, und regten an, und baten und forderten sogar, daß eine geeignet erscheinende Vermittlung in Bewegung gesetzt wurde. Und da sie nur ausweichende oder vertröstende Antworten erhielten, riefen sie nun trotzig: Verrat.

«Schluß mit solchen Freunden!»

Ich versuchte sie so gut es ging zu entschuldigen, ohne die Enttäuschung gestehen zu wollen, die auch ich in einer Art gefühlsbetonter Scham empfand. Wenn ich das ganze Ausmaß dieses Imstichlassens zugab, entwertete ich nachträglich einige wunderbare Stunden, die ich mit ihnen verlebt zu haben glaubte, und mußte dazu noch mein mangelndes Urteilsvermögen bei der Wahl meiner Freunde eingestehen. Deutlich ausgedrückt, würde ihr Kleinmut in meiner Gutgläubigkeit wie ein Vertrauensmißbrauch klingen. Im übrigen mußte ich bedenken, daß die Stellungen beider Seiten nicht gleichwertig waren. Während die einen sich unverdächtig auf der reinen Ebene der Freundschaft bewegten, standen die anderen in den Augen der Ordnungshüter jedenfalls im Verdacht, dies auf dem zweifelhaften Gebiet der Mitwisserschaft zu tun. Und vielleicht wäre es egoistisch gewesen, zu erwarten, daß sie, noch dazu als Staatsbeamte, ein derartiges Risiko eingehen würden. Doch unwillkürlich ertappte ich mich bei dem Gedanken, bis zu welchem Grad die ideologischen Wahlverwandtschaften angesichts der Not mittelmäßig sein und wie leicht die taktischen Rechtfertigungen die Feigheit tarnen können. Denn sie wagten nicht einmal, mir einen Brief zu schreiben, solange ich nicht in ihr Stillschweigen einbrach, das mich dann in den farblosen Worten, die ich schließlich von ihnen erhielt, noch schmerzlicher berührte.

Beharrlich bemüht, mir eine völlige Enttäuschung zu ersparen, ließen Tomé und Dr. Olívio, wiewohl empört, nicht locker. Sie bedrängten den jüngst ins Ministerium nach Lissabon versetzten Santos so hartnäckig, daß es ihnen gelang, ihn fast gewaltsam zur Besuchszeit hinter die Gitter zu schleppen. Und das war dann schlimm. Sein Gesicht war so bleich, als ich auf ihn zutrat, er stammelte so hilflos, ohne ein Wort herauszubringen, und war so verängstigt und verstört, daß es mir tausendmal lieber gewesen wäre, er wäre nicht gekommen.

Diese auffallende Seelenschwäche, die Punkt für Punkt das genau übereinstimmende Abbild der anderen spiegelte, verfinsterte die Heilige Nacht, die mittlerweile angebrochen war, noch tiefer. Vergebens versuchte Alexis die Stunden zu überlisten, indem er von seiner Heimat erzählte, auf das Interesse bauend, mit dem ich ihm stets zugehört hatte. Da ihm die Bildung fehlte, wußte er wenig vom alten Griechenland, von den erlauchten Köpfen, die es hervorgebracht hatte, und von den Werken, die sie hinterlassen haben. Er hatte nie den Parthenon gesehen, nie Homer gelesen, nie Delphi besucht. Von bescheidener Herkunft, war er nie über das ABC hinausgelangt. Was er wußte, hatte er in der Schule des Lebens gelernt. Aber eine sonnenhelle Klarheit war in ihm, die ihn fast strahlen ließ. Der Geist schien in seinen Augen zu funkeln und in seinen Bewegungen zu tanzen. Und wenn er seine Heimatinsel beschrieb, die ganze Inselgruppe, das Meer, die Berge, die örtlichen Gebräuche, das am Spieß gebratene Lamm und den harzigen Wein, der die Festlichkeiten belebte, glich er einem altgriechischen Sänger, der Strophen aus der *Ilias* improvisiert. Diesmal jedoch ließen seine Beschwörungen mich kalt. In die mythologische und logische Welt der Orakel und Syllogismen, die dionysische und apollinische Welt der Götter, Halbgötter und Helden, die seine Worte gewöhnlich in meiner Einbildungskraft beschworen, paßte schlecht eine tiefer im atavistischen Boden des Gefühls als in den hängenden Gärten des Denkens verwurzelte Hoffnung. Und die brauchte mein christlicher Kern, nämlich zu sehen, wie im Stall der Herzen ein Messias der menschlichen Brüderlichkeit und der weltweiten Liebe geboren wurde.

Völlig dem Zauber seiner Beschwörungen ausgeliefert, glaubte der Grieche mich noch einmal in seinen äolischen Hauch mitreißen zu können. Doch vergebens. Bald merkte er, daß meine Aufmerksamkeit nur vorgetäuscht war. Und so verstummte er taktvoll.

Düster hätschelten die anderen Haftgenossen ihre Verzweiflung in einem mechanischen, besessenen Rundgang durch den Saal, bei dem es weder Begegnungen noch Gedankenaustausch gab. Ein jeder wirkte vereinsamt, als wandelte er mondsüchtig durch eine ummauerte Wüste.

Ich trat ans Fenster. Tiefer als Alexis' Stimme begann die Dichtung in mir zu sprechen.

Auf der Straße keine Menschenseele. Jede Betriebsamkeit hatte aufgehört. Keine hupenden Autos, keine auf den Schienen kreischenden Straßenbahnen, keine auf dem Fluß heulenden Sirenen. Zurückgezogen feierte die Stadt den Weihnachtsabend. Kalter Mondschein, der auf den Dächern ruhte, machte die Wärme jedes Heims noch behaglicher.

In seiner düsteren Massigkeit schien auch der Dom schweigend das Wunder, das in Kürze die Welt blenden würde, still auszubrüten. Sobald das Mahl der Sinne zu Ende war, würde das Jesuskind dort drinnen im Kerzenschein und zum Klang von Musik und Gesängen liturgisch geboren werden. Aber sein unschuldiges Lächeln würde nicht die dicken alten Kalkmauern durchdringen, um mit uns zu feiern.

Und statt ein offenherzig jubelndes Weihnachtsgedicht zu schreiben, machte ich mich an die Abfassung eines dichten Sonetts tödlicher Verzweiflung über die *Pietà* von Michelangelo, die ich im Vatikan bewundert hatte und die mir noch in der Erinnerung wehtat. Die Jungfrau Maria der naiven Krippe von Agarez war jetzt eine Mater Dolorosa; und das Kind in der Strohkrippe ein über ihren Schoß hingestreckter toter Mann.

Die Jahreswende war ebenso finster. Die Ablösung der Zeit im Kalender, die draußen geräuschvoll gefeiert wurde, war hier drinnen sinnlos. Wiewohl weniger verschwommen als in Einzelhaft, folgten die Tage einander bei uns auf der beweglichen Ebene des Lebens mit pendelhafter Gleichförmigkeit. Sie auf diese oder jene Weise zu datieren, bedeutete nichts, denn diese Zeichen erloschen gleich darauf im Gedächtnis, in dem die Gefährten als dumpfes Echo eintönig die gleichen Flüche und das gleiche Gähnen wiederholten, in dem die Rundgänge unermüdlich und pünktlich zum vorbestimmten Zeitpunkt stattfanden, der Pensionsfraß immer gleich ranzig schmeckte, Fritz im gewohnten Tonfall schnarchte. Selbst dann, wenn in den Augen eines Neulings gewisse ungewöhnliche Erschütterungen die stillstehenden Gewässer aufzurühren schienen – ein Genosse, der zum Verhör gerufen worden war, kehrte mit eingeschlagenen Zähnen zurück, ein anderer war schwach geworden und leistete öffentlich Buße, als wolle er alle um Verzeihung für die begangene Sünde bitten –, beeilten sich die erfahrenen Älteren zu erklären, daß dies Teil des Alltags sei. Das erste Mal, als ich den Professor in einem zuckenden Weinkrampf sich an die Fenstergitter klammern sah, zerfressen von Heimweh nach seinen Kindern, wollte ich ihm ein paar tröstliche Worte sagen. Aber ich wurde durch einen unmerklichen Wink von Dr. Novais rechtzeitig daran gehindert, er war an dergleichen regelmäßige Ausbrüche gewöhnt, die ebenso rasch aufhörten wie sie begannen. Nach wenigen Augenblicken trocknete der arme Mensch seine Tränen und gesellte sich, aufs natürlichste plaudernd, zu der Gruppe. Fraglos lebte in uns noch ein Gran Hoffnung. Doch leider war sie auf keinem Kalender vermerkt. Das Krachen der Raketen und das fröhliche Geschrei auf der Straße, das waren greifbare Äußerungen von Gewißheiten, die festlich von der schleichenden Mähre der Enttäuschung absaßen und das rasende Streitroß der Selbsttäuschung bestiegen. Keiner von uns konnte es ihnen nachtun. Unsere Zukunft ruhte jenseits eines Grabens von unbestimmter Breite, den wir blind übersprangen und ohne Gefühl für die Länge der Schritte.

Mittlerweile schrieb mein Vater in seiner gottgegebenen Unwissenheit, was sich in Agarez ereignet hatte, und bedauerte, daß ich nicht zum Weihnachtsessen gekommen war, obwohl ich vor meiner Verhaftung zugesagt hatte:

«Mein lieber Sohn:

Wir hoffen daß es dir gut geht. Wir können nicht klagen. Ich habe deinen Brief erhalten und es war an der Zeit. Du könntest weiß Gott anders sein und öfters von dir hören lassen. Aber du bist eben so. Ich antworte dir erst jetzt weil du gesagt hattest du kommt wenn du kannst so haben wir auf dich gewartet aber dann bist du doch nicht gekommen. Geduld. Wir hoffen zu Gott daß du Weihnachten fröhlich verlebt hast wir hier haben das Fest wie üblich verbracht die Mutter hat wie immer geseufzt dieser Sohn du hättest wohl kommen können deine Patienten können wohl mal warten es waren ja nicht so viele Tage. Aber du bist gesund das ist das Wichtigste und andererseits hast du gut daran getan denn hier ist es eisig kalt das ist hier eben so und wir sind daran gewöhnt. Dafür ist die Jagd gut denn zum ersten Mal seit langer Zeit haben der Priester und Zé Ferreiro nicht mehr so übel gehaust und gestern ist mir in Tafona ein Mordshase vor die Füße gelaufen als ich die Ziege anpflocken wollte und ich sagte nur Lumpenkerl dir fehlte jetzt einer der dir die Ohren kappen würde. Du weißt daß ich ein Schwein geschlachtet habe wie ein Rind und daß ich sogar Angst hatte als wir es aufhängten daß der Querbalken des Hauses herunterfallen könnte wenn du willst schicke ich dir Rauchfleisch ich weiß zwar daß du es nicht verträgst aber du kannst es ja deinen Freunden schenken. Sieh zu daß du uns zu Ostern nicht wieder sitzen läßt es ist nicht wegen mir sondern wegen der Mutter du weißt doch wie das ist.

Grüße von Maria und den Segen von der Mutter und von mir deinem Vater.»

Im darauffolgenden Brief berichtete er von dem gescheiterten Kauf eines Sankt Amaro, um den ich ihn während der letzten Ferien gebeten hatte. Das Bild, das ich zufällig gesehen hatte, war aus dem Kult gezogen worden und stand vergessen in der Ecke einer Wallfahrtskapelle, es war ein ländliches, aber anmutiges Stück. Ich hatte daraufhin mit dem Priester der Ortschaft gesprochen, zu der die Kapelle gehört; er war mit dem Verkauf einverstanden gewesen und hatte versprochen, sich zum Fest darum zu kümmern.

«Mein lieber Sohn:

Ich schreibe dir um dir das Ergebnis deines Auftrags mitzuteilen. Wir sind also gestern umsonst nach Ordonho gegangen denn kaum waren wir dort sagte uns João Rato die Leute wollten das Bild nicht fortlassen aber dann gingen wir noch in die Kapelle Maria wollte es auch sehen und wohnten der Messe und der Predigt bei um mit dem Priester sprechen zu können und er selbst gab zum Schluß von der Kanzel aus deinen Vorschlag an alle bekannt die im Oktober in S. Lourenço waren wo du gewesen bist und mit ihm über den Tausch gesprochen hast und er hat dann den Herrn Direktor des Seminars befragt und er hat zu ihm ja gesagt daß eine Heilige mehr Einfluß hat als der eine Heilige die du geben würdest die dich ein Conto zweihundert kostete und ich dachte noch bei mir du müßtest schön dumm sein oder ob es dir keine Mühe macht dein Geld zu verdienen jedenfalls hat er behauptet einen Heiligen mit einem Gesicht wie der lohnt nicht die Mühe und dann haben alle gelacht aber schließlich gesagt daß auch wenn du zehn Contos gibst du würdest das Bild nicht kriegen denn von dem Geld würden sie auch nicht reich werden du wenn du wieder kommst kannst du dir bei einem Steinmetzen einen Kunden wie den machen lassen denn an Stein ist kein Mangel im Gebirge.

Grüße von Maria und den Segen von der Mutter und von mir deinem Vater.»

Der letzte handelte fast ausschließlich vom Klatsch meiner Mutter und meiner Schwester.

«Mein lieber Sohn:

Wir haben hier deinen Brief erhalten und sind froh zu wissen daß es dir gesundheitlich gut geht und daß es dir an Kranken nicht fehlt und daß du einigermaßen verdienst und was sparst was du nötig hast. Uns hier geht es wie gewohnt ich habe noch immer mit dem Magen zu tun der mir brennt. Du weißt daß hier gemunkelt wird man hätte dir ein Buch beschlagnahmt das du geschrieben hast. Es heißt auch du hast Schluß gemacht mit deiner

Liebelei und daß sie bereits geheiratet hat nur um dir eine lange Nase zu machen aber ob das wahr ist wirst nur du wissen. Anscheinend ist es einer aus der Gegend wo sie ist und wohin der auf den Markt gekommen ist um die Nachricht zu verbreiten wir haben getan als wüßten wir von nichts und schließlich geht es nur dich an. Sag ob du nicht etwas Rauchfleisch willst und sag ob das mit dem Buch wahr ist oder nicht wir möchten sowas immer gerne wissen. Und leg dich bloß nicht mit ihnen an denn das schadet dir nur sie sind doch die Stärkeren.

Grüße von Maria und den Segen von der Mutter und von mir deinem Vater.»

In meinen Antworten log ich wie gedruckt. Ich erzählte wahre Wunder über mein Leben und mein Befinden, geschickt umging ich die unmittelbarsten Fragen, den Rest vergaß ich und beendete meinen Sermon mit dem feierlichen Versprechen, sie zu besuchen, sobald es meine Patienten zuließen. Es lohnte wirklich nicht, ihnen Kummer zu bereiten, auch nicht, ihre Phantasie zu füttern. Alice hatte in der Tat wenige Monate nach unserem Bruch geheiratet, und ich mußte freimütig zugeben, daß der Groll sie zu dem übereilten Schritt getrieben hatte. Sie schien sich eher gegen mich als mit einem anderen verheiratet zu haben. Ich wußte, daß die Liebe manches Mal widersinnige Handlungsweisen zeitigt: indem sie sich mit der freiwilligen Hinnahme einer so armseligen Zukunft rächt, verliert die Größe des vergangenen Traums alle Bedeutung. Wenn das zutraf, verlor sie einen Gutteil des Seelenadels, den ich ihr zugeschrieben hatte. Geduld. Deshalb büßte die Wirklichkeit der vergangenen Stunden noch lange nicht ihren Gehalt, ihren Sinn und ihre Dauer ein. Die natürliche Ordnung der Dinge hatte es rasch übernommen, das Melodrama auf das von der allgemeinen Übereinstimmung geforderte Ausmaß zurückzuschrauben. Ich selbst mußte, wiewohl widerstrebend, zugeben, daß dieser alltägliche Ausgang mich reuelos erleichterte und endgültiger befreite als unsere lyrisch aufgezäumte Trennung auf dem glühenden Schauplatz des Meeresstrandes. Und ich genoß zu meiner Überraschung selbstsüchtig die Wollust des kläglichen Ausgangs, so wie ein Jugendlicher sein einsames Unglück genießt.

Aber Agarez blieb weiterhin verläßlicheren und weniger verwickelten Verpflichtungen treu. Jede Erklärung, die ich über diesen Fehlschlag der Liebe abgegeben hätte – die einzige von allen Antworten auf ihre Fragen, welche die Zensur durchgehen ließe –, würde nur dazu dienen, ein Dasein, an dem ich selber zu verzweifeln begann, verwickelt wie es war durch die Umstände, mein Temperament und meine Gesundheit, dieses Dasein ihrem Geist nur wirrer erscheinen zu lassen.

Die Umstände waren bekannt; mein Temperament, statt sich anzupassen, begehrte auf; und meine seit langem heikle Gesundheit schien sich von Tag zu Tag absichtlich zu verschlechtern. Das Pensionsessen richtete mich langsam zugrunde. Ich schrieb der Besitzerin Blättchen über Blättchen und reklamierte, aber der Fisch kam nach wie vor versalzen und verdorben, und der Rest war entsprechend. Ich hatte schon mehrmals um den Rat des Gefängnisarztes gebeten, der einen Durchbruch des Geschwürs befürchtete und auf meiner Überstellung in die Krankenabteilung bestand. Ich brauchte eine von ständiger Behandlung begleitete Diät, und das konnte nur dort durchgeführt werden. Freilich konnte ich als Gefangener dort keine Besuche empfangen. Nun bedeutete aber ein gelegentlicher Besuch liebevoller Menschen für jeden von uns die Dauer der Freundschaft auf der Welt, die Stetigkeit der Gefühle auf der Erde, für die es lohnte, zu kämpfen und zu leben. Es zerriß mir das Herz, die Traurigkeit der Gefährten mitansehen zu müssen, die vergessen im Saal zurückblieben, während die anderen zu ihren Besuchern gerufen wurden. Die Einsamkeit schien in ihnen mit einem Mal Gestalt anzunehmen. Natürlich hatte ich in dieser Hinsicht auch die schwerste der Enttäuschungen erlebt. Das Fernbleiben derer, die ich als meine größte moralische Stütze angesehen hatte, war ein Todesstoß. Trotz redlichen Bemühens konnte ich sie weder mit dem Verstand noch mit dem Herzen freisprechen. Immerhin war mir die Hingabe Tomés, Dr. Olívios, Dona Genas und ihres Mannes verblieben. Und auf diese greifbaren menschlichen Bande wollte ich unter keinen Umständen verzichten. Außerdem ermunterte mich die Aussicht wenig, die alten Kameraden gegen neue Gesichter eintauschen zu müssen. Schließlich und endlich bildeten wir bereits eine Art in Ungnade gefallener Familie, vom Schicksal willkürlich erzeugt, mit allen wohlbekannten Nachteilen und Vorteilen einer häuslichen Gemeinschaft: man vergaß den Menschenmischmasch und verzieh die unangenehmen Eigenarten. Die anmaßende Parteilichkeit des Deutschen und die Nervenkrisen des Professors wurden gleichermaßen geduldet. Selbst gewisse Zügellosigkeiten und zunächst abstoßende oder lästige Verhaltensweisen verloren nach und nach ihre Roheit oder wurden zum gewohnten Bild. Das Rülpsen und Furzen der einen, das lärmende Schnarchen anderer, das natürliche Elend aller. Wiewohl erzwungen, lag etwas sinnbildhaft Brüderliches in dieser Lebensgemeinschaft von Verfolgten aus verschiedenen Winkeln der Welt, Trägern ihres persönlichen Anteils an Angst und der gleichen allgemeinen Unsicherheit. Es war eine kleine ökumenische Versammlung des unterdrückten Gewissens.

Die plötzliche Entlassung von Alexis bestimmte bis zu einem gewissen Punkt meinen Entschluß, dem gesunden Menschenverstand und der Medizin zu folgen und mich in den Krankensaal überstellen zu lassen.

Der Mann vom Stubendienst trat auf ihn zu und sagte nur:

«Packen Sie Ihr Zeug, Sie kommen raus...»

«Für ganz?»

«Sie werden es erfahren...»

Sie ließen uns den Kelch der Bitternis bis zum letzten Tropfen trinken. Als daher der Grieche nach einer Runde von Umarmungen, von denen ich die herzlichste empfing, den Saal verließ, wußte ich nicht, ob er wirklich freigekommen war oder nur die Behausung gewechselt hatte. Jedenfalls verlor ich in ihm den besten Gefährten, den ich dort gehabt hatte, dank seinem freundlichen Wesen und seiner zurückhaltenden Nachbarschaft, nicht zu reden von dem höchsten Beweis der Wertschätzung, die ich von ihm empfangen hatte: die Offenbarung des Geheimnisses, das den wahren Seinsgrund seines Lebens ausmachte. Nicht mehr und nicht weniger als eine Erfindung, bestimmt zur Nutzung der Triebkraft der Wellen. Mit gedämpfter Stimme, um nicht von unbefugten Ohren um die Pläne gebracht zu werden, die er im Kopf bewahrte, beschrieb er die Einzelheiten der Maschine mit einer Art geistiger Wollust, als enthüllte er mir den Leib seiner

Geliebten. Er hatte das Patent noch nicht eintragen und daher nicht einmal zu Familienangehörigen ein Wort darüber verlauten lassen. Mir vertraute er rückhaltslos. Und versprach, mich auf dem laufenden der Vervollkommnungen zu halten, die er Schritt für Schritt an der Maschine anzubringen gedachte.

«Endlich habe ich das Problem lösen können, von dem ich Ihnen erzählt habe...»

«Ach wirklich?»

Zunächst mehr oder weniger taub für diesen Fieberwahn, hörte ich ihm schließlich zu mit der Aufmerksamkeit, die er verdiente. Ich erinnerte mich an Dr. Silvérios Orchideen und verglich sein Gewächshaus mit der Erfindung des Hausierers. Beide Lebensarten waren gleichwertig. Sie waren eines jeden Gedicht. Wenn ich den Zyprioten in tiefes Nachdenken versunken sah, wußte ich schon: er sucht ein neues Teilstück, um den Traum zu bereichern, einen Vers mehr, um ihn der Strophe hinzuzufügen. Und ich fühlte ihn mir nahe, wie ich den Kollegen aus Pontão mir nahe gefühlt hatte.

Tage später, bereits im Krankensaal, erhielt ich seine letzten Nachrichten in dem Französisch eines fahrenden Händlers:

«Cher Docteur:

Vendredi soir quand je suis revenu pour prendre mes choses, on m'a pas laissé vous saluer, malgré mon insistance. Je vous ai écrit deux mots mais le portier méchant n'a pas voulu les donner. Je me trouvais tellement bien jouant les cartes avec vous que j'avais l'envie de demander qu'on me laisse à la prison encore quelques jours.

Je partirai dans une semaine parce que je ne peux plus rester ici, je voudrais bien vous voir en liberté mon cher ami pour parler un peu, ayez de patience et vous aurez un petit souvenir de la prison peut-être un peu agréable. Je vous dis adieu et je garderai des bons souvenirs de vous. Beaucoup de salutations à notre ronfleur de nuit et bluffeur des jeux, Fritz. Également à Klaus et Peter, et à notre noctambule et ancien politicien que je ne connais pas son nom et qui se baigne tout le temps.

Alexis»

(Lieber Doktor:

Freitagabend, als ich zurückgekommen bin, um meine Sachen zu holen, hat man mir nicht erlaubt, Sie zu begrüßen, trotz meiner Hartnäckigkeit. Ich habe Ihnen zwei Worte geschrieben, aber der unverschämte Pförtner hat sie Ihnen nicht aushändigen wollen. Ich habe mich beim Kartenspielen mit Ihnen so wohl gefühlt, daß ich am liebsten darum gebeten hätte, mich noch ein paar Tage im Gefängnis zu lassen.

Ich werde in einer Woche abreisen, weil ich nicht länger hier bleiben kann, ich hätte Sie gerne in Freiheit gesehen, mein lieber Freund, um ein wenig mit Ihnen zu reden, haben Sie Geduld, und Sie werden vom Gefängnis vielleicht eine kleine ein wenig angenehme Erinnerung mitnehmen. Ich sage Ihnen Lebewohl und werde mich gerne an Sie erinnern. Viele Grüße an unseren Nachtschnarcher und den Bluffer beim Spiel, Fritz. Gleichfalls an Klaus und Peter und an unseren nachtwandlerischen einstigen Politiker, von dem ich den Namen nicht weiß und der die ganze Zeit gebadet hat.

Alexis.)

Er war der erste, der die vergitterte Heimstatt verließ und sich in der Welt der Freiheit verlor.

Abgesehen von den mutmaßlichen Wohltaten der Klinik, die erst die Zeit offenbaren würde, stellte ich bei dem Umzug gleich zu Anfang einen greifbaren Vorteil fest: das breitere Panorama, das man von den Fenstern aus genoß. Im obersten Stock gelegen, hielt der Krankensaal dieses unschätzbare Geschenk bereit: die Aussicht. Der kurze Streifen Horizont, mit dem ich im unteren Stockwerk so sehr geliebäugelt hatte, hier dehnte er sich über das ganze Strohmeer* aus und weit über das Land auf dem linken Flußufer. Die breite Tejo-Mündung flutete gleichsam durch die Gitter herein und füllte den Schlafsaal mit Licht und Ferne. Und statt des jähen Auftauchens und Verschwindens der Schiffe, welche durch die Hafeneinfahrt kamen und gingen, konnte die Neugierde sattsam das Kommen und Gehen der Fähren, das beschwingte Gleiten der Fregatten, das hoheitsvolle Ein- und Auslaufen der Überseedampfer verfolgen.

Gleich am Tag nach meinem Einzug, schon eingekleidet in den

vorgeschriebenen baumwollenen Krankenkittel und vor Kälte schlotternd, schrieb ich ein Gedicht, das Panik im Saal auslöste. Ein schwedisches Segelschiff warf Anker mitten auf meiner Netzhaut. Mit großer Mühe konnte ich den Namen lesen: *Ariane*. Und ich schickte mich an, das Schiff in die Tochter des Minos zu verwandeln, während ich als Theseus im Labyrinth den befreienden Faden von ihr zu empfangen träumte…

So wie die Verse zustandekamen, sagte ich sie leise auf, aber unverständlich, so als brummte ich aus dem Gedächtnis ein rebellisches Lied. Verdutzt schielten meine neuen Haftgenossen zu mir herüber. Es waren nur drei. Ein Arbeiter aus dem Kriegsarsenal, der mit Bronchitis darniederlag, ein norwegischer Seemann mit einer Leistenphlegmone als Nachhall auf eine Geschlechtskrankheit und Senhor Lima, der mich aus meiner Zeit von Sendim kannte, wo seine Familie mich häufig konsultiert hatte. Er wußte jedoch nicht, daß der Arzt und der Dichter, von dem er hatte reden hören, im selben Menschen beisammen wohnten. Und auch er blieb ratlos vor dem Selbstgespräch stehen, das die Ruhe der Vorhölle gestört hatte. Doch als er merkte, daß ich keine Verrücktheiten murmelte, daß ich ganz bei Sinnen war, gab er seine Abwehrhaltung auf, und wir wurden allmählich gute Kameraden.

Der Skandinavier, der außer seiner Muttersprache nur «immer» sagen konnte, ein Wort, das er bei allen Gelegenheiten anbrachte, konnte sich nur durch Gebärdensprache verständlich machen. Er löste basses Erstaunen mit der Form aus, in der er uns erklärte, daß im Norden Lapplands, wo er geboren war, die Nacht ein halbes Jahr dauerte und der Tag wiederum ein halbes. Er breitete die linke Hand aus, setzte die rechte wie ein Hackmesser darauf und gab vor, auf der einen Seite zu schlafen und auf der anderen aufzuwachen. Täglich klärte er uns über den Zustand seines Leistengeschwürs auf mit seinem immerwährenden «Immer». Mit großer Mühe fand ich heraus, daß er Walfänger war. Daher bedauerte ich es umso aufrichtiger, daß wir uns nicht mit Hilfe einer uns gemeinsam geläufigen Sprache unterhalten konnten. Da mein heißgeliebter *Moby Dick* in meiner Erinnerung erwacht war, sah ich im Geiste neben mir das Gegenstück zum Kapitän Ahab, den Helden von Abenteuern, die ich nie hatte kennenlernen können. Diese Stummheit zeigte mir, wie arm der Mensch ist, wenn ihm die Sprache fehlt.

Was den anderen betraf, der vor kurzem aus der Einzelhaft entlassen worden war, wo sie ihn monatelang lahmgeprügelt hatten, so war sein Kehlkopf nur noch zum Husten fähig. Er war winzigklein und hatte aus dem Zwangsbunker einen dichten schwarzen Bart mitgebracht, den abzurasieren er sich weigerte, solange er nicht freigelassen würde; zudem besaß er die Gabe, die Polizisten zur Verzweiflung zu bringen. Einer von ihnen streckte ihm in einem Augenblick der Gereiztheit eine Münze hin, damit er zum Hausfriseur ging. Mit den Händen in den Taschen blickte er ihn verächtlich an und sagte nur:

«Behalten Sie Ihr Geld, Sie werden es brauchen, um eines Tages einen noch größeren als meinen abzurasieren ...»

Den Einsilbigkeiten, mit denen er für gewöhnlich auf meine Fragen antwortete, selbst wenn sie medizinischer Natur waren, fügte er einmal, als er mich nach der Verteilung der eingetroffenen Post rastloser als sonst sah, einen kurzen bissigen Satz hinzu, der mich mitten im Saal festhielt, da ich aus seinem genauen Zusammenhang eine für die Lage und für immer gültige Weisheit ableiten konnte. Bald nach dem Bruch mit Alice hatte ich im Haus von Dona Olímpia eine belgische Studentin namens Jeanne kennengelernt, die zu einem Ferienkurs angereist war. Mit dem Eifer des Hausherrn, der dem Gast die Schätze des Hauses zeigen will, vermittelte ich ihr über die Pflichtkenntnis der berühmten Stellen der Umgebung hinaus den Zugang zu anderen, von den offiziellen Reiseführern nicht beachteten Sehenswürdigkeiten, die ich auf meinen Wanderwegen entdeckt hatte und die ich nur ausgewählten Freunden preisgab. Durch diese gemeinsamen Erlebnisse verbunden, die von übereinstimmenden kulturellen Bestrebungen und einer ergänzenden Art, darauf zu reagieren, verstärkt wurden, hatten wir eifrig Briefe gewechselt. Wieder in Portugal, wollte sie, nachdem sie von meinem Schicksal erfahren hatte, mir einen Überraschungsbesuch abstatten. Doch auf der Fahrt nach Lissabon hatte sie einen Verkehrsunfall, dessen Schwere sie in ein paar lakonischen Sätzen verharmloste. Nun erfuhr ich aus einem Brief von Tomé, daß sie in Coimbra in eine Klinik eingeliefert worden war. Das Schlimmste befürchtend und außerstande, auch nur das Geringste gegen dieses Unglück, dessen unfreiwilliger Anlaß ich war, ausrichten zu können, ging ich erregt und aufs höchste besorgt im Saal auf und ab.

Und da kam der einsilbige Griesgram auf mich zu, machte seinen großen Mund unter dem Wildwuchsbart auf und ließ nur den einen Satz fallen, dessen ganze Tragweite er sicherlich nicht ermessen hatte:

«Ruhig Blut, Kamerad! Worauf es ankommt, ist weitermachen ...

Menschlich wenig ergiebig, war das Klima hier weit eintöniger als im Gemeinschaftssaal. Die Tage verstrichen in schleppender Schläfrigkeit, die kein Stoß aufrüttelte. Da ich nur medizinische Bücher lesen durfte, trug auch diese geistige Diät dazu bei, die Stunden noch trostloser zu machen. In gewissen Augenblicken bedauerte ich die Übersiedlung aufrichtig, obwohl sich meine Gesundheit sehr gebessert hatte. Die strenge Diät tat meinen Eingeweiden nicht weh, ich schlief zwischen Leintüchern, die Arzneien taten mir wohl. Aber wenn ich vom Fenster wegtrat, an dem ich den größten Teil der Zeit verbrachte, war mir, als kehrte ich in einen Tunnel zurück. Liebenswürdig und methodisch half Senhor Lima mir, das Leintuch zu spannen, was ich allein nie fertig brachte, er legte mir zwei oder drei Zeitungsblätter auf den Rücken unter das Nachthemd, um mich gegen die Kälte zu schützen, und suchte mich in Augenblicken der Mutlosigkeit aufzumuntern. In seiner Hilfsbereitschaft lag etwas von zurückerstatteter Dienstleistung, die manchmal peinlich wurde, etwa wenn er den Pfleger zurechtwies, der mich zu duzen beliebte.

«Zähmen Sie gefälligst Ihre Zunge! Oder wissen Sie nicht, daß er Arzt ist?»

«Lassen Sie doch ...» bat ich verlegen.

«Wieso denn! Unerzogener, ordinärer Kerl!»

Die Rache fiel vom Himmel, als der Sekretariatschef plötzlich erkrankte. Zu ihrem Bedauern sahen die Leute sich gezwungen, auf meine Dienste zurückzugreifen. Und nun verzieh er die Entgleisung nicht:

«Aber jetzt ist er mit einemmal der Herr Doktor, wie?!»

Die Lage war dramatisch: es handelte sich um ein akutes Lungenödem.

Sitzend, keuchend, ohne sich überhaupt anlehnen zu können, violett im Gesicht und rötlichen Speichel sabbernd, starrte der Kranke mich mit hohlen Augen flehend und stumm an.

«Also was ist mit Ihnen?»

Er versuchte zu sprechen, konnte aber nur knurren.

«Sagen Sie kein Wort. Seien Sie ganz unbesorgt.»

Ich horchte ihn rasch ab, stellte fest, daß das gesamte Atemfeld naß war und bat, mir so rasch wie möglich Watte, Alkohol, eine Schale und etwas zum Schneiden zu bringen.

«Ein Operationsmesser, wenn möglich. Sonst kann es auch eine Rasierklinge sein.»

«Eine Rasierklinge?!»

«Ja. Aber rasch, verlieren Sie keine Zeit! Im Arztzimmer müßte das alles vorhanden sein.»

Herren und Herrscher bis vor kurzem, gehorchten sie jetzt aufgeregt meinen verwirrenden Befehlen. Um mich herum scharte sich eine Versammlung von Gehilfen.

«Halten Sie mal hier. Krempeln Sie mir die Ärmel höher auf.»

«So?»

«Recht so. Und näher mit dem Eimer.»

Fast ohne sich der Aufregung ringsum bewußt zu werden, ließ der Patient alles über sich ergeben. Willenlosigkeit zwischen Panik und Verzicht.

Ich desinfizierte die Armbeuge und öffnete die Vene. Angesichts des Schauspiels von rinnendem Blut zuckten alle in religiösem Schrecken zusammen.

Von einer Sekunde auf die andere kehrte Senhor Nunes wie ein Auferstandener ins Leben zurück.

«Nun, wie stehts?»

«Mir geht es besser...»

«Und Sie werden im Handumdrehen wieder gesund sein.»

Verblüfft, sprachlos schauten die Wärter das Wunder und den Wundertäter an. Ohne daß sie es verhindern konnten, gewann ich vor ihren Augen meine verlorene Arztwürde zurück. Im Häftlingskittel erstand in seiner ganzen Unantastbarkeit der Mensch wieder, der das Wissen und die Gabe besaß, einen Nächsten zu heilen, ihn den Krallen des Todes zu entreißen.

«Nun, wie fühlen Sie sich?» fragte ich, als die Blutung aufhörte, und klebte ein Pflaster auf den Einschnitt.

«Gut... Welche Erleichterung!»

Ich spritzte ihm Strophanthin und legte ihm die Kopfkissen auf dem Sofa zurecht.

«Ich kann mich sogar hinlegen! Mir scheint, ich bin im Himmel. Hätte es das Unglück gewollt, daß Sie nicht da waren...»

In seinem wiedergewonnenen Frieden wurde ihm nicht bewußt, daß das mögliche Unglück meiner Abwesenheit das Glück meiner Freiheit bedeutet hätte... Aber das spielte keine Rolle. Ich hatte mich nie zu der unbegründeten Unverschämtheit beglückwünscht, mit der ich ihn am ersten Tag behandelt hatte. Ich hatte auf seinen gutmütigen Umgangston die Galle geschüttet, die ich in der Einzelzelle angesammelt hatte. Gottlob hatte ich die Ungezogenheit wiedergutmachen können, wenn auch vermittels der Ironie des Schicksals.

«Fertig. Ruhen Sie sich jetzt aus, in ein oder zwei Stunden fahren Sie nach Hause und lassen Ihren behandelnden Arzt kommen. Sollten Sie mich zwischendurch benötigen, brauchen Sie es nur zu sagen.»

«Danke, Doktor. Danke. Was schulde ich Ihnen?»

«Nichts. Ich hatte auch bei Ihnen eine Schuld zu begleichen. Wir sind quitt.»

Ich kehrte in den Krankensaal in dem geheimnisvollen Stand der Gnade eines Menschen zurück, der die Fülle seiner menschlichen Spannweite erfahren hat.

«Was hatte der Kerl?»

«Etwas sehr Ernstes an der Lunge. Hätte ich ihm nicht so rasch zu Hilfe eilen können...»

«Hätten Sie ihn doch verrecken lassen! Der Bandit!»

«Ich bin Arzt, vergessen Sie das nicht...»

«Diese Typen verdienen nur Strychnin!»

«Wenn sie gesund sind...»

Dann versuchte ich meinen Haftgenossen von der Gefahr übereilter Verallgemeinerungen und summarischer Urteile zu überzeugen. Schließlich waren nicht alle Mitglieder einer ungerechten Gesellschaft Verbrecher. Häufig trugen die Umstände dazu bei, daß die Menschen nicht die grundlegende Unvereinbarkeit bemerkten, die zwischen dem bestand, was sie taten, und dem, was sie wirklich waren. Mußte man nicht einsehen, daß in unserer heutigen Welt, in der die Arbeit sich von der Berufung abgespalten hat, der Mensch seine Tage in einer zweideutigen Verpflichtung dahinschleppt und die Heraufkunft seiner erhofften Stunde hinauszögert, ohne Entschlußkraft, ohne andere Wahl und ohne Widerspruch, bis die Gewohnheit ihn ohnmächtig und angepaßt zurückläßt?

Taub gegen alle Beweisgründe, jedoch geduldig hörte Senhor Lima zu. Am Schluß meiner Predigt sagte er nur seelenruhig:

«Sie sind mir immer recht naiv vorgekommen! Man sieht, Sie sind Dichter!»

Der vorzeitig gealterte Junggeselle schien es sich zugute zu halten, daß er die Falten seines verdorrten Körpers durch eine gewissermaßen pflichtgemäße Trockenlegung der Gefühle auf seine Seele ausdehnte. In seiner liebenswürdigen Stimme schwang ein Unterton von Bitterkeit mit. So wie er sie darstellte, schienen alle politischen Tätigkeiten, auf die er sich eingelassen hatte, harmlos gewesen zu sein. In Wirklichkeit hatte er sich von Gefängnis zu Gefängnis geschleppt, wie bestimmte Kranke von einem Arztsprechzimmer zum anderen wandern, er war vorsichtig gewesen, war ordentlich, er hatte sich methodisch ernährt, hatte sich methodisch gekleidet, hatte methodisch geschlafen, mit dem hartnäckigen Eifer eines Liebhabers seßhafter Lebensweise, der sich auf halbem Weg zwischen Klugheit und Unangepaßtheit eingerichtet hatte.

«Sie finden also, daß Dichter naiv sind?» fragte ich nach einer Weile, um die Unterhaltung nicht in einem nach Groll riechenden Stillschweigen versickern zu lassen.

«Ich finde es nicht, ich bin sicher. Alle, die ich kenne, sind Unschuldsengel. Sie fallen auf die erste Leier herein. Halten Sie fest, was ich Ihnen jetzt sage: Polizisten und Prostituierte, das ist alles das gleiche Gesindel ...»

Diese systematische Unduldsamkeit verstärkte sich an dem Tag, als Fritz unerwartet im Krankensaal auftauchte.

«Oh, oh! Sie hier?!»

«Wie Sie sehen ...»

Er war verändert. Zwar war er noch immer stramm, aber aus seinen Augen war der fanatische Glanz gewichen und von seinen Lippen das verächtliche Grinsen.

«Was ist mit Ihnen los?»

«Ich glaube, ich habe einen Beginn von Herzinfarkt gehabt...»

«Sagen Sie doch nicht sowas!»

«Gestern nach dem Mittagessen fühlte ich plötzlich einen wahnsinnigen Schmerz am Brustbein, so daß ich kaum atmen konnte... Ich dachte, ich müßte ersticken. Zum Glück ging es vorüber, und heute bin ich zu meiner Beruhigung zum Arzt gegangen. Er hat meinen Blutdruck gemessen, hat mich abgehorcht, und das war sein Befund. Scheißpech!»

Er hatte das Zigarrenrauchen nicht aufgegeben, und nun paffte er mit der Gier eines Schiffbrüchigen.

«Schön, vielleicht war es einer, vielleicht auch nicht. Das wird man erst nach einem Elektrokardiogramm wissen. Jedenfalls müssen Sie Ruhe halten, Diät essen und vor allem mit dieser Schweinerei aufhören, sich zu Tode zu rauchen.»

«Vielleicht einschränken. Aufgeben ist so gut wie unmöglich...»

Er streckte sich auf dem Bett aus, und wir redeten weiter.

«Ich bin erledigt!» stöhnte er nach einer Weile.

«Nehmen Sie doch Verstand an! Zunächst einmal wurde die Diagnose ein wenig voreilig gestellt. Und dann kann man dergleichen heute behandeln...»

«Mein Vater ist auch so gestorben...»

«Mann, wo ist denn all Ihr Mut geblieben?»

«Mut! Gut gesagt! Wenn einer mit dem Rücken gegen die Wand steht...»

Ich war fast versucht, ihn aufzufordern, sein eigenes Leiden auf der Skala des kollektiven Leidens zu messen, das er auf so unmenschliche Weise verleugnet hatte. Doch das wäre zu grausam gewesen. So hörte ich ihm weiter zu und ermutigte ihn, während Senhor Lima uns insgeheim aus der Entfernung beobachtete. In einer vorhergegangenen Unterhaltung, in der er von den Gefangenen gesprochen hatte, die das Haus füllten und deren Leben er genau kannte, hatte er bereits den Deutschen erwähnt, den er im Erdgeschoß kennengelernt hatte. Er hatte ihn als den übelsten Typ geschildert, der je auf Erden gewandelt war, und unsere unerwartete Herzlichkeit mußte ihn anwidern. Beim Abendessen vertraute er mir in einem geeigneten Augenblick an:

«Vorsicht! Der Mann ist ein finsterer Faschist...»

«Ich weiß.»

Tatsächlich jedoch zog sich mein Gespräch mit Fritz in die Nacht hinein, und als wir uns endlich alle schlafen legten und der «boche», wie er ihn nannte, zu schnarchen begann, warnte er mich noch einmal:

«Legen Sie sich bloß nicht mit ihm an!»

Der unerfreuliche Zustand, den ich schon aus der Zelle kannte, wiederholte sich hier, nur war er noch dadurch verschärft, daß wir weniger Gefangene waren. Die einem einzelnen Mann gewidmete Aufmerksamkeit – in diesem Fall einem politisch verhaßten – wirkte auf die anderen, als hätte ich damit eine Stellung bezogen. Aber Fritz war hier wie auch schon vorher nicht nur der willkommene Widerspruch zu meinem Vernunftschluß der Hoffnung, er war auch, wiewohl schon ein bißchen ranzig, gleichsam ein Banknachbar in dieser Sträflingsschule …

Die Krankheit hatte sein Kämpfertum gebrochen. Er stritt noch immer, ohne sich geschlagen zu geben, aber seinen Beweisgründen fehlte die einstige Angriffslust. An dem Tag, als eine wichtige deutsche Verteidigungslinie zusammenbrach, hatte er das Gefäßversagen erlitten. Und immer wieder erwähnte er wie besessen diesen Umstand, als wolle er insgeheim eine schlimme Vorahnung beschwören. Während ich den Umgangston eines Krankenhauses zu wahren suchte – indem ich das Gespräch zügelte und es jedesmal abbrach, wenn der Mann aufbrauste –, nutzte ich alle Risse in der Mauer, um die Gründe meiner Zuversicht in die Niederlage des Feindes in seine Festung einzuschleusen. Die Überfälle folgten einander in beschleunigtem Tempo. Der Kampfwagen der Gewalt ließ sich nicht mehr bremsen. Doch je weiter der Krieg um sich griff, umso grimmiger wuchs der Haß der besetzten Nationen, umso verletzlicher wurden die Verbindungslinien, umso schwächer wurde die Angriffsmaschine. Ein Land allein konnte unmöglich die Welt beherrschen. Denn die Logik des Rassenwahns zielte auf Alleinherrschaft. Wenn es ein auserwähltes Volk gab, so waren seine eigenen Verbündeten dazu verurteilt, ihm zu dienen …

Widerspenstig führte mein Gesprächspartner die Macht ins Feld, die bessere Vorbereitung, den Mut und die Selbstzucht des Nazi-Heeres. Er erkannte wohl an, daß die Dauer des Konfliktes den Endsieg gefährdete, daß die Blockade die Zufuhr erschwerte, daß das Gros der Rohstoffe in alliierten Händen lag. Dennoch vertraute er auf das Genie des Führers.

Während er Stellungen aufgab, ohne es sich einzugestehen, vermittelte er mir in seiner Unsicherheit und Hartnäckigkeit den Eindruck, daß er den Sieg des Reichs verteidigte, als verteidigte er das ihm von Stunde zu Stunde entschwindende eigene Leben.

«Messen Sie mir doch bitte den Puls ...»

Sein hastig schlagendes und alle Augenblicke aussetzendes Herz schien in seiner Brust die Unsicherheit ihres Besitzers zu teilen. Sogar die geschwollenen, gewundenen Schläfenadern spiegelten die Unruhe seiner Herzschläge.

«Tadellos. Ein bißchen aufgeregt, sonst nichts. Vielleicht Folge des vielen Redens. Ruhen Sie sich aus. Ruhen Sie.»

Ich verkehrte mit der Außenwelt jetzt nur noch brieflich. Aus Leiria erfuhr ich verschlüsselt, daß meine Lage dort unverändert war und die persönlichen Angelegenheiten ihren Gang gingen: Dr. Olívio trieb überfällige Rechnungen ein, die Assistentin hielt die Instrumente sauber, Praxismiete und Steuern wurden regelmäßig bezahlt. Aus Coimbra hörte ich, daß es Jeanne langsam besser ging. Aus Agarez, daß die Alten über mein Schicksal nach wie vor in Unwissenheit gehalten wurden. Wann immer ein Brief von dort eintraf, fürchtete ich das Schlimmste und zitterte, bevor ich ihn öffnete. Zum Glück war es noch keiner mildtätigen Seele eingefallen, sie aufzuklären, und sie nahmen alles wörtlich, was ich ihnen schrieb.

«Mein lieber Sohn:

Ich freue mich daß dein Leben gut verläuft daß du gesund bist und viele Patienten hast. Sei deinem Herrgott dankbar denn hier wird alles jeden Tag teurer das ist eine Unverschämtheit was wir ernten ist nichts mehr wert niemand kauft eine Kartoffel wir sind geliefert. Übrigens sagst du nichts über dein Buch ob das alles stimmt deine Mutter hat sogar gemeint der Betreffende ist ein hinterhältiger Lügner. Weißt du daß dein Onkel schlimm an der Blase leidet wir haben es durch Nija erfahren die hier war und schon wieder fort ist anscheinend hat er eine neue Fazenda gekauft die an die grenzt wo du warst und es scheint er schwimmt in

Geld und verreckt an seinem Reichtum und wir müssen sehen wie wir durchkommen. Senhor Arnaldo ist gestorben der Ärmste er wollte nur mich bei sich haben und ich habe mich schinden müssen dort und mit all der Arbeit hier: Alle dachten du würdest zur Beerdigung kommen wo sein Sohn dir doch das Telegramm geschickt hat aber als schließlich deines ankam waren alle enttäuscht aber du hast recht daran getan denn gleich steht Ostern vor der Tür und das hätte dich zwei Reisen gekostet aber wir rechnen hier mit deinem Kommen und zwar wegen der Mutter wie ich dir schon gesagt habe.

Grüße von Maria und den Segen von deiner Mutter und von mir deinem Vater.»

Der Tod des reichen alten Protzen hätte um ein Haar meine Kriegslist zuschanden gemacht, mit der ich die Familie im Dunkeln ließ. Aber Tomé witterte die Gefahr, als kaum die Nachricht eingetroffen war, und schickte, ohne mich zu befragen, zwei Worte des Beileids in meinem Namen, gleichfalls telegraphisch.

Wieder las ich mit Genuß die beiden Briefbogen in Schulschrift und war jedesmal mehr gerührt von dieser Welt, in der die Gefühle noch rein der Seele entströmten und das Schamgefühl stets ein Mittel fand, sie zu dämpfen. *Und zwar wegen der Mutter wie ich dir schon gesagt habe…*

Nur auf dieses von außen kommende, in Umschläge gepackte Leben und auf das, welches ich aufs Papier bannte, indem ich die Dächer von Alfama besang oder jedes Exemplar der Fauna liebevoll abbildete, das ich in der Arche meiner Einbildungskraft verwahrte, konnte ich jetzt zurückgreifen, um die heimtückische Kränklichkeit, die in mich einzudringen drohte, zu überspielen. In diesen Gefangenensälen war der Häftling, der nach einer gewissen Zeit die Fähigkeit zur Auflehnung einbüßte, verloren. Die Angst paßte sich fast schmerzlos der Grenze der Gitterstäbe an. Alles, was hinter ihnen vorging, wurde nebelhaft, unbestimmt, auf gewisse Weise abstrakt. Und ich erinnerte mich an jene Stelle in Alexis' Briefchen, die ich damals nicht genügend beachtet hatte:

«Ich habe mich beim Kartenspielen mit Ihnen so wohl gefühlt, daß ich am liebsten darum gebeten hätte, mich noch ein paar Tage im Gefängnis zu lassen.»

Er war rechtzeitig freigekommen. Noch wenige Monate, und er hätte die Lust an der Freiheit verloren.

Eines Sonntagnachmittags hatte Fritz, der nicht mehr vollständig genesen war, einen neuen und diesmal wirklich schweren Anfall. Und die Gefängnisleitung beschloß, ihn gehen zu lassen, bevor der Teufel ihn holte.

«Ich bin erledigt, Doktor!»

«Was heißt hier erledigt! Sie kommen in Freiheit, und draußen lassen Sie sich anständig behandeln und denken nie mehr an Ihr Herz.»

«Ja, auf dem Friedhof vergißt man alles ...»

«Reden Sie doch keinen Unsinn!»

«Wenn Sie wüßten, wie ich mich fühle! Entsetzlich ...»

«Kein Wunder in dieser Umgebung! Aber kaum haben Sie den Fuß ins Freie gesetzt, werden Sie sehen, wie gut es Ihnen geht ...»

«Soll ich Ihnen ehrlich etwas sagen? Was die Umgebung betrifft, so würde ich lieber hier bleiben, wenn ich wählen dürfte. Hier tritt mir wenigstens niemand zu nahe ...»

«Seien Sie doch vernünftig!»

«Ehrenwort!»

«Sie haben ja einen merkwürdigen Geschmack!»

«Dies ist ein Krankensaal wie jeder andere ...»

«Aber mit Gittern ...»

«Was tut es, wenn ich ohnehin keinen Schritt gehen darf!»

«Mann, ich kenne Sie gar nicht wieder!»

«Ich habe die Hoffnung aufgegeben, was wollen Sie?»

«Die Hoffnung worauf?»

«Auf alles ...»

«Was die Gesundheit angeht, so haben Sie, glaube ich, keinen Grund dazu. Lassen Sie sich von einem guten Facharzt untersuchen, unterziehen Sie sich der Behandlung, die er Ihnen verschreibt, und Sie können sicher sein, daß es Ihnen bald besser gehen wird. Was das Übrige betrifft... Die Gründe, die Sie heute entdecken, lagen schon am ersten Tag auf der Hand.»

«Ich will's glauben. Ich sehe es allerdings erst jetzt deutlich. Vielleicht Wirkungen der Krankheit... Kaum habe ich den ersten Anfall verspürt... und schon bin ich überzeugt. Natürlich kann ein Land allein nicht die Welt beherrschen. Überdies sind die

Italiener als Kämpfer eine Null, wie man weiß. Rußland trotz des Paktes... Die Engländer sind hartnäckig... Die Amerikaner steinreich...»

«Da ist noch Japan...»

«Hat kein Öl und keine Rohstoffe... Und liegt weit weg.»

«Schön, das kam mir auch immer so vor. Trotzdem...»

«Und Sie haben recht behalten.»

Nach diesem Ausbruch verschloß er sich in solch hilfloses Schweigen, daß ich ihm gern ein Wort des Trostes gesagt hätte, wenn auch nur zum Schein. Doch schon es auszusprechen, wäre Verrat gewesen. Und ich ließ ihn schwankend abziehen, der sich an der Wand abstützte, mit zwei Toden im Herzen: seinem eigenen und dem des Traumes, der ihn so lange erwärmt hatte.

Nach Tagen war ich an der Reihe. Als ich am wenigsten daran dachte, kam der Wärter und sagte, ich solle zusammenpacken und warten.

Hoffnungsvoll streifte ich meinen Gefangenendrill ab, zog meinen alten Anzug an, stopfte das Allernotwendigste in den Koffer und verteilte den Rest unter die Haftgenossen. Wer das Haus verließ, vererbte den Zurückbleibenden das, was er entbehren konnte. Socken, Unterhemden, Seife, Zahnpasta und etwas Bargeld.

Nun wollte ich dem Panorama Lebewohl sagen, das ich am längsten in meinem Leben betrachtet hatte und das gleichzeitig ein Trainingskurs für meine Augen und ein Freiraum gewesen war, in dem ich mir täglich hatte begegnen können. Die Gitterstäbe waren nach wie vor dick und dicht nebeneinander, aber nun glitt meine Aufmerksamkeit durch sie hindurch, ohne sie zu sehen.

Draußen zogen die Segel, und die Möwen flogen ihren Reigen. Über dem linken Flußufer hoben sich in der Ferne die Ortschaften Cacilhas, Almada, Barreiro, Montijo deutlich ab... Die Welt der Freiheit!... Die Welt der Arbeit und des Schweißes, aber zugleich der den Menschen möglichen Würde. Endlich würde ich in sie zurückkehren! In ihr würde ich meinen unterbrochenen Kampf fortsetzen...

Vom Lärm seiner mächtigen Motoren angekündigt, flog ein *Clipper*, das riesige Flugzeug, das beide Seiten des Atlantik in einem einzigen Flug überquerte, über uns hinweg. Mit seinen starren breiten Tragflächen, die dickhäuterhaft auf der Leere lasteten, zeigte er statt beschwingter Behendigkeit eines geflügelten Pfeils die Schwerfälligkeit eines mächtigen hängenden Bauches, der sich durch den Himmel schleppt. Erst in der Ferne, zu einem Punkt geschrumpft, zerbrechlich und flüchtig wie eine Erscheinung, schien das Flugzeug rein und absichtslos im freien Blau zu schweben und mich entführen zu wollen.

«Fertig?»

Ein düsterer grauer Kreuzer unterbrach unerwartet mein Sinnen und mein Entzücken. Riesig, ungeheuerlich, mit zielenden Kanonen rückte er langsam vor im Versuch, sich des gesamten Blickfeldes zu bemächtigen. In wenigen Minuten verschlang das Bild des vergessenen Krieges das Bild des erinnerten Friedens.

«Fix und fertig.»

«Dann los.»

Das Zerbrechen der Ketten dauerte noch eine Weile. Abermals stieg ich in den Gefangenenwagen und fuhr in umgekehrter Richtung die Strecke des ersten Tages zurück. Und wie anders sahen, aus dem entgegengesetzten Blickwinkel betrachtet, die Dinge jetzt aus! Mir schien, daß die Straßen ihr Ausmaß verändert, daß die Häuserfassaden sich in ein schmutziges Schwefelgrün verfärbt hatten, daß die Menschen anders gingen. Die Gehsteige wirkten breiter und der Verkehr weniger aufdringlich. Der Grünspan der Standbilder gewann etwas vom Gewebe der menschlichen Haut.

Ich wurde vor dem Amtssitz der PIDE ausgeladen, dort wartete ich eine Zeitlang in einem kalten Raum und wurde endlich von einem Polizisten geholt. Ruhiger als das erste Mal beobachtete ich den Hochbetrieb des Inquisitionspalastes. Schreibmaschinen klapperten, Häftlinge gingen vorüber, Beamte hasteten, Glocken schrillten, die Stille lastete schwer, hier und dort, wie Brunnen aus Luft. Das Heilige Offizium arbeitete mit Volldampf.

«Wohin gehst du?»

«Nach oben, mit dem da ...»

«Ah!»

Am Ende des Ganges blieb der Polizist achtungsvoll stehen.

«Darf man?»

«Komm rein.»

Als vielbeschäftigter Alleinherrscher ließ der Großinquisitor etliche Minuten verstreichen, bevor er uns beachtete. Bis er sich herabließ, den Mund aufzumachen.

«Was ist?»

«Ich habe den Gefangenen gebracht, den der Herr Direktor...»

Endlich hob der Mann die Augen von dem Papier, das er gelesen hatte, musterte mich ausgiebig und stumm und fragte schließlich gelangweilt:

«Sind Sie der Arzt aus Leiria?»

«Der bin ich», antwortete ich und sah ihm in die Augen.

«Sie können gehen. Aber kommen Sie nicht wieder.»

Damit wandte er sich erneut seiner Lektüre zu, und ohne ein Wort machte ich kehrt.

Auf dem Treppenabsatz beschrieb der Polizist eine unbestimmte Handbewegung, die mir den Weg nach draußen freigab. Es war vier Uhr, und das Wetter war trüb.

Schon auf der Straße, mein Köfferchen in der Hand, befiel mich plötzlich Panik: mein ganzes Wesen schien der Welt, in der ich mich bewegte, fremd geworden zu sein. Die Geräusche dröhnten mir in den Ohren, ich sah die Gestalten wie Geistererscheinungen, ich stand unsicher auf den Füßen und stolperte auf dem Gehsteig.

«Verzeihung!»

Kaum hatte sich die Fischfrau erholt von dem Zusammenstoß, polterte sie los, die Hände fest um ihren schweren Korb geklammert:

«Sind Sie blöd, oder was?»

Das war ich, wahrhaftig. Ich hatte meine Reaktionsfähigkeit verloren, ich tanzte vor den Leuten herum, blieb unschlüssig an freien Straßenübergängen stehen.

«Weiter! Weiter! Rasch! Wenn diese Bauern in die Stadt kommen!»

Ich hörte den Anschnauzer des Verkehrspolizisten, ohne zu reagieren. Etwas stand in mir still. Ich schien einen Teil der Wirklichkeit vergessen zu haben...

Verstört winkte ich einem vorüberfahrenden leeren Taxi.

«Wohin?»

Ja, wohin nur? Vorderhand fiel mir nur die Anschrift von Santos ein.

«Poço do Borratém ...»

Als das Dienstmädchen öffnete und laut meinen Namen ankündigte, kam aus dem Büro des Hausherrn eine unwirsche Antwort.

«Wer?» fragte er ungeduldig.

Es war aber tatsächlich ich, auch wenn ich wie ein Auferstandener aussah.

«Wie ist denn das zugegangen?» wollte er, kaum erholt, sofort bei meinem Eintreten wissen.

«Sie haben mich freigelassen.»

«Klar, klar ...»

Irgendeine Hemmung schien ihn daran zu hindern, sich zu freuen.

«Du scheinst enttäuscht zu sein?»

«Es hat nämlich geheißen, du würdest nach Tarrafal* geschickt ...»

«Ach ja?»

«So wurde gesagt.»

«Aber sie haben mich nicht hingeschickt.»

Drinnen schwatzten die Kinder. Sein Arbeitstisch bog sich unter der Bücherlast. Statt Gittern hingen hier Vorhänge vor den Fenstern. Ein Heim! Häuslicher Frieden, Studierstube, Zärtlichkeit ... Wie gut das schmeckte nach der durchlebten Bitterkeit ...

«Setz dich.»

«Danke.»

Im Sessel versunken, genoß ich das Gefühl häuslichen Glücks.

«Also, nun sieh mal an: wieder in Freiheit! Angenehm, was?»

«Sehr.»

«Es trifft sich nur leider schlecht ...»

«Wie bitte?!»

«Ich meine, für uns ...»

«Ich verstehe nicht ...»

«Wir müssen nämlich gleich weg ... Wir sind zum Tee in der Venezolanischen Botschaft eingeladen. Meine Frau zieht sich gerade um ...»

Mit einemmal schien die Kerkereinsamkeit fortzudauern.

«Bleib ruhig. Ich wollte nur ein Weilchen zu euch kommen, aber dann eben ein andermal ...»

Während ich sprach, trat Berta ein, mondän vom Scheitel bis zur Sohle.

«Welch freudige Überraschung!»

«Aber etwas zur Unzeit, wie ich höre...»

«Schade, wirklich, aber so ist eben unser Leben! Hätten wir das gewußt... Schau her, es tut mir sehr leid.»

«Das hätte noch gefehlt! Wer um Verzeihung bitten muß, bin ich, euch so ohne Anmeldung mit der Tür ins Haus zu fallen. Ich gebe zu, ich habe unüberlegt gehandelt. Ich war so ratlos, war so verwirrt in der Menschenmenge, drum habe ich rein instinktiv gehandelt. Und gleich hab ich Pech...»

«Wie ärgerlich!»

«Keine Sorge. Solange es noch Cafés auf der Welt gibt, sind Dichter immer irgendwo zu Hause. Das hatte ich ganz vergessen...»

Wieder packte ich meinen Koffer, stieg in ein neues Taxi, gab auf der Post ein Telegramm nach Leiria auf und verbrachte den Rest des Nachmittags vor einem Fläschchen Pedras-Mineralwasser, nachdenklich über den *Rossio-Platz** blickend. Es nieselte, und kalte Feuchtigkeit drang mir in die Knochen.

Nun denn. Kaum dem Gefängnis entronnen, saß ich hier und hatte schon meine erste Lehre weg: daß ich nach wie vor ein Esel war. Ich kannte doch Santos zur Genüge – seit Coimbra, seit Brüssel, seit meinem Besuch im Aljube –, ich wußte bis zum Überdruß, daß seine Stimme immer dann falsch klang, wenn man bei ihm ein wenig menschliche Standfestigkeit erwartete, und trotzdem hatte ich ihn in dem Augenblick aufgesucht, in dem ich nichts dringender brauchte als einen Ankerplatz, an dem ich meine Hoffnung wieder aufrichten konnte! Ich war wirklich ein Esel. Durfte ich nach der schmerzlichen Erfahrung jener vergangenen Monate auf rein gefühlsmäßiger Ebene ehrlich noch Illusionen nähren, was Menschen wie ihn und seinesgleichen anging? Verfluchte Literatur! An dem Tag, an dem ich mich mit ihr eingelassen hatte, hatte ich den ersten falschen Schritt auf dem Wege der Zuneigungen getan. In einer törichten Gleichsetzung, die keine Einfalt entschuldigen durfte, hatte ich den Dienern der Göttin die Tugenden zugesprochen, die ich an ihr so sehr bewunderte. Und statt die Freundschaft einfacher Menschen zu suchen, die das Netz der Umstände mir tagtäglich auf den Weg zauberte, hatte ich darauf bestanden, mich an die erleuchtete Sekte der Literaten zu klammern. Auswendig und bis zum Überdruß kannte ich die trostlose Geschichte der auf den Gefilden der Intellektuellensippe ständig aufflammenden Kriege. Wütende Streitereien, unbarmherziger Hohn, vernichtende Kritiken, Duelle mit Blut und Tinte. Allerdings hätte ich mir nicht im Traum vorstellen können, daß die Gegenwart die Vergangenheit so getreu wiedergeben könnte, und noch viel weniger, daß ich eines Tages der brennende Scheit für gewisse Scheiterhaufen sein würde. Voll guten Glaubens hatte ich die Zeit zuversichtlich und sehnsüchtig damit verbracht, mich an die Bruderschaft zu halten. Als Student war mein Platz in der Runde der *Vanguarda* gewesen, nach meinem Abgang von der Universität hatte ich in Agarez nicht viel anderes getan als nach dem Stammtisch zu lechzen; in Sendim spielte ich Karten und genoß im voraus Fontes' Schmähschriften; kaum war ich in Paris angekommen, hatte ich an die Tür von Tavares und Canavarro geklopft; und gerade eben... Ergebnis: ein Aufgebot von Rivalitäten, von Ränken, von Haßergüssen und Bitterkeiten auf der Liste meines Gedächtnisses. Vor allem dies: die völlige Leere, die gänzliche Auszehrung jedesmal, wenn die Seele um rasche Hilfe bat. Von keiner Seite kam ihr brüderlich warmes Gemeinschaftsgefühl entgegen. Ohne daß man den Grund für solche Armut richtig verstand, fehlte den Gehirnmenschen der menschliche Boden der anderen. Sie spendeten dem Nächsten zwar Schönheit, Gedanken, Phrasen, verweigerten ihm aber die helfende Hand. Man bekam zwar eine Tasse Tee bei ihnen, wurde aber sonst sich selbst überlassen. Obwohl ich seit langem hinreichende Gründe kannte, die Augen zu öffnen und die Wahrheit einzusehen, hatte ich sie stets hartnäckig geschlossen gehalten. Vielleicht, weil ich nie bis zur äußersten Verzweiflung gelangt war. Nun aber konnte ich mit der Wirklichkeit nicht mehr Verstecken spielen. Von allen kürzlich erlernten Lehren war diese die schmerzlichste und die, die ich nie mehr würde vergessen können.

Es war schon Abend, da erschien Dr. Olívio, plötzlich ausgespuckt von der Drehtür des Cafés. Er warf einen Blick über die Gäste, sah mich und kam mit offenen Armen und breitem Lachen auf mich zu.

«Drücken Sie mich, caramba! Ich dachte schon, dieser Tag würde nie mehr kommen! Endlich aber doch!»

Seine grünen Augen waren feucht. Ich hatte ihn noch nie so bewegt gesehen.

Nun bemerkte er meine Magerkeit.

«Die hätten Sie noch umgebracht, die Hunde! Sie sind ja nur Haut und Knochen!»

Aufgewühlt wie er, versuchte ich den Gefühlsknoten zu zerreißen, der uns würgte.

«Setzen Sie sich und trinken Sie was Heißes...»

«Wir müssen gehen. Draußen wartet unser Mann. Verrückt wie immer. Er ist fieberglühend, mit Grippe bis oben, aus dem Bett aufgestanden. Aber wer hätte ihn festbinden können?!»

Es regnete jetzt in Strömen. Von Sturmböen begleitete Dauergüsse fegten über den verlassenen Platz, den das auf seinem hohen Sockel thronende Bronzestandbild noch verlassener machte.

«Los, hier ist Parkverbot. Geben Sie mir Ihren Koffer.»

«Danke. Ich bin zwar etwas schwach, aber den kann ich noch tragen.»

Am Rand des Bürgersteigs schien der alte Ford im Gießbach zu ersaufen. Drinnen, in seinen Schal gewickelt, hustete Tomé erbärmlich.

«Rein! Rasch rein, und macht die Tür zu! Diese Dichter, können sich nicht mal ein anständiges Wetter bestellen, wenn sie aus dem Knast kommen!»

«Na, Sie Strolch! Sie sind doch unmöglich! Krank sind Sie und gehn an einem solchen Tag auf die Straße? Gott im Himmel! Wann nehmen Sie endlich Vernunft an?»

«Und die Ihre, geht's ihr gut? Feiert man denn Feste ohne Gäste? Ich habe Sie auf dem Hinweg begleitet, also war es meine Pflicht, Sie auch abzuholen, egal wo!...»

Ja, nun hatte das Leben wieder Sinn, es schmeckte wieder. Das verführerische Gesicht, das ich im Hause von Santos schwach zu erkennen geglaubt hatte, war Selbsttäuschung gewesen.

«Kann ich losfahren?»

«Klar, von mir aus...»

Der Wagen setzte sich in Bewegung, zuerst langsam, als müßte er sich in der Überschwemmung zurechtfinden, dann schoß er vorwärts und sprühte einen gewaltigen Schlammfächer hoch, der sich über den Gehsteig ergoß.

Während wir um den Platz fuhren, ließ der Regen nach. Auf den *Restauradores* hörte er ganz auf.

«Ich hatte schon gefürchtet, Wasser könnte in den Vergaser dringen und wir säßen fest.»

Als wir die Avenida da Liberdade hinauffuhren, schien mir, daß auch mein Herzschlag sich beschleunigte, je mehr Tomé aufs Gaspedal trat.

Obwohl es gerade geregnet hatte, klebte der Schmutz aus der verseuchten Luft wie Aussatz an der Windschutzscheibe. Als wir weiterfuhren, fiel die Stadt finster zurück und versank im Schlick der Dunkelheit.

«Neun Uhr. Gegen halb zwölf, mehr oder minder, sind wir im warmen Nest...»

Beharrlich behinderte die Rußschicht die Sicht auf die Fahrbahn. Aber der Scheibenwischer mühte sich redlich, und nach und nach lichtete sich der Blick auf die Landstraße.

DER SECHSTE TAG

Die hohen breiten Fensterscheiben meiner neuen Praxis waren zwei große geöffnete Augen über dem kleinen Vorgarten, dem ein Bronzestandbild eine gewisse metallische Unbeweglichkeit gab. Rechterhand die aschgraue Fassade der Banco de Portugal; die Uhr auf dem First zeigte die schläfrigen Stunden an; links überspannte die alte eiserne Brücke das weiße Band des sandigen Bettes, durch das der Mondego sich kläglich und träge schlängelte; gegenüber der grüne Ausblick auf die ländliche Gegend, bukolische Weide der Einbildungskraft... Müßige Tauben hockten in wollüstigen Scharen auf den Stromdrähten oder lausten sich auf den Lichtpfosten. In wechselnden Wellen schwoll der Verkehrslärm in den Ohren an und ebbte wieder ab. Das Stadtwappen aus bunten Zwergpflanzen auf einem Rasenbeet hieß den Fremden willkommen.

Wieder einmal schwebte Coimbra mit seinem Geisterlicht, seiner lyrischen Anmut und seinem provinziellen Akademikerhochmut, den der Turm des Universitätsgebäudes verkörperte, stolz im reingewaschenen Himmel.

Wie die Schicksalsgötter menschlichen Willen, feste Entschlüsse, mühsam erarbeitete Pläne verlachten! Auf dem Höhepunkt des Festes – die Patientenschar wächst, die Schreibfeder stellt sich mutig dem weißen Papier, die Seele fühlt sich geborgen in der Zärtlichkeit einiger selbstloser Herzen – naht das Gefängnis, der innere Zusammenbruch, die endlosen Tage eingemauerter Verzweiflung. Sodann die plötzlich entdeckte Freiheit, die Rückkehr und die von der Haftzeit erzeugte Leere, die das Echo einer machiavellistisch orchestrierten Hetzkampagne mit beruflicher Verunglimpfung schmerzhaft füllt. Der Niedertracht einiger schäbiger Naturen und der Unredlichkeit des Kollegen, der sich während meiner Abwesenheit im selben Fach niedergelassen hatte, hatte sich die Stimme der Kirche hinzugesellt und hetzte die

Gläubigen heimtückisch gegen einen gewissen Arzt auf, der sogar schon in Haft gewesen war ...

«Die Sache ist von der einen wie der anderen Seite so hundsgemein, daß sie schließlich das Gegenteil bewirken wird. Seien Sie ihnen doch für ihre Absicht dankbar ...»

Mit allen Vorsichtsmaßnahmen des Freundes und Ratgebers hielt Dr. Olívio mich auf dem laufenden über die Ereignisse, und zwar dem Gebot zufolge, daß der gewarnte Mensch nochmal soviel wert ist. Während meiner Haft hatte er es für ratsam gehalten, sich in Schweigen zu hüllen. Er hätte sonst unnötig Öl ins Feuer meines Leidens gegossen. Jetzt freilich mußte ich die Wahrheit erfahren.

Innerlich davon überzeugt, daß ich den bitteren Kelch meines unheilvollen Schicksals bis zur Neige leeren müsse, verhielt ich mich nach bestem Vermögen. Ich nahm meine Arzttätigkeit mit glühender Hingabe wieder auf und versetzte einem meiner Verleumder, den ich am Vorabend meiner Verhaftung operiert hatte, ein halbes Dutzend Faustschläge ins Gesicht. Er prophezeite mir die Verbannung nach Tarrafal und spuckte Schmähungen, als er sich geweigert hatte, die dem «bolschewistischen» Operateur geschuldete Rechnung zu bezahlen. Ich suchte ihn auf, verprügelte ihn vor seiner Haustür, verklagte ihn vor Gericht als Schwindler, ließ aber nicht zu, daß Dr. Olívio das Gerichtsurteil vollstreckte. Das Geld des Lumpen war mir zuwider.

«Was, bei deinem athletischen Körperbau, schämst du dich nicht, dich ohne Gegenwehr verprügeln zu lassen?!» fragten die Lehrerkollegen ihn spöttisch in der Schule, wo er als Turnlehrer unterrichtete.

«Er kam mir so schwindsüchtig vor, daß ich nicht den Mut aufbrachte ...»

Diese Seelenstärke, die trotz ihrer Künstlichkeit nicht weniger entschlossen wirkte, brachte mir die Rückkehr eines Teils meiner Patienten und einen stillschweigenden Beifall ein, der sich in selbstverständlicher Herzlichkeit äußerte. Denn letztlich herrscht im Gewissen der Menschen ein geheimer Gerechtigkeitssinn. Alle wußten, weil es offensichtlich war, daß ich die Würde des Berufs über die eigenen Interessen stellte, ob Atheist oder nicht, ob Kommunist oder Anarchist. Sogar einer der Polizisten, die mich verhaftet hatten, bezeugte dies jetzt öffentlich. Mit hängendem Kopf war er in Begleitung eines rachitischen Sohnes in die Praxis gekommen.

«Verzeihen Sie, Herr Doktor, meine Vermessenheit... Nach dem, was passiert ist, weiß ich, daß ich Ihnen nicht unter die Augen treten dürfte... Ich habe ja nur einen Befehl ausgeführt... Aber meine Frau hat nicht locker gelassen... Ich sollte doch endlich zu Ihnen gehen... Das hier ist mein Kleiner... Hat ständig Angina, er kann nicht durch die Nase atmen, ißt kaum einen Bissen, er ist so schmächtig...»

Ohne ihm zu antworten, stand ich auf und musterte das kranke Kind.

«Das hätte schon viel früher untersucht werden müssen...»

«Es hat mich große Überwindung gekostet...»

«Mann, der Junge trägt keine Schuld am Beruf des Vaters!» machte ich meinen Gedanken Luft.

«Ja, stimmt... Ich bin eben nicht besonders vermögend... Es sind insgesamt sechs Geschwister... Acht Mäuler zu stopfen mit demselben Gehalt...»

Nachdem ich den Jungen kostenlos operiert hatte und er inmitten seiner Brüderschar gesund heranwuchs, überschlug sich der brave Kerl in Lobeshymnen. Und weil diese Worte ausgerechnet von ihm kamen, hatten sie im Bewußtsein vieler der Menschen Bedeutung, die sich gegen mich gestellt hatten.

Doch so sehr ich mich bemühen mochte, die Kleinlichkeit der Umgebung mit der ungewöhnlichen Natur meiner Dichterberufung in Einklang zu bringen, die Luft hatte in meinen Augen unwiederbringlich den früheren Zauber eingebüßt. Auch wenn ich nicht damit gerechnet hatte, im Triumphzug empfangen zu werden, hatte ich dennoch am wenigsten erwartet, daß so schmutzige Absichten – nur getrieben von Geldgier oder politischem und religiösem Bekehrungseifer, denn andere Gründe gab es nicht – sich derart verbissen für meine Vernichtung einsetzen würden. Die städtische Landschaft blieb die gleiche, mild und gastlich. Die Straßen atmeten häusliche Anmut, die Plätze dämmerten in Schwermut dahin, das Schloß ragte auf seinem Hügel in graziösem Gleichgewicht. Das menschliche Panorama indes schien in meinen Augen verändert. Obgleich Dr. Olívio, Tomé und Dona Gena sich bemühten, die warme Zuneigung, und ihre typischen Gestalten – Luís Vicente, Dr. Anastácio, Dona Estefânia, Gervásio, Jacinto

Graça, Senhor Estrela, Zacarias und andere – die malerische Seite aufrechtzuerhalten, erkannte ich deutlich meine Unfähigkeit, in dieser Umgebung das vertrauensvolle Leben von früher wieder aufzunehmen. Irgend etwas mir Heiliges verzieh all denen, die mich nach wie vor verunglimpften, nicht diese Art von letzter Verschwörerschaft mit einer Staatsmacht, deren Opfer ich geworden war. Vergebens versuchte Tomé, mit seiner Seelengröße und auf seine aphoristische Weise die Wolken aus meinem Kopf zu vertreiben.

«Laß sie reden. Törichte Worte werden im Himmel nicht erhört.»

Ich hingegen übertrieb bis zur Unerträglichkeit verbittert jede neue Schändlichkeit, die mir zu Ohren kam. Ich war kein Mann für Zweikämpfe außerhalb des bürgerlichen und literarischen Schlachtfelds. Und selbst dort trug ich sie so unauffällig wie möglich aus. Im vorliegenden Fall jedoch wurde der Kampf offen geführt, in aller Öffentlichkeit. Und ich fühlte mich bloßgestellt. Kaum erfuhr ich, was vorging, verspürte ich Lust, allem und jedem den Rücken zu kehren. Doch eine Warnung des gesunden Menschenverstandes hieß mich kehrtmachen. Gut oder schlecht, mein tägliches Brot war mir sicher. Und ohne den nächsten Freunden meine Absicht zu verbergen, sobald als möglich fortzuziehen, ließ ich mit einer Klugheit, der die Schüchternheit Beifall spendete, Monat auf Monat verstreichen. Ich unternahm sogar einen unerwarteten Schritt, der allen, die über meine geheimen Pläne nicht im Bilde waren, als unwiderleglicher Beweis dafür galt, daß ich meine Heimat nicht so schnell verlassen würde. Zur Verblüffung meiner entmutigten Familie, die seit langem meine Heirat ersehnte, und sogar meiner Freunde, die meine diesbezüglich ablehnende Haltung kannten, trat ich in die Gilde der Ehemänner ein; zugegeben – in Anbetracht der Umstände vielleicht etwas übereilt. Nach langem Zögern, und nachdem ich sie von ihrem Sterbelager befreit hatte, auf dem sie seit ihrem Verkehrsunfall litt, überwand ich schließlich den erbitterten Widerstand innerer Einwände und wählte Jeanne zu meiner Frau. Alle beschwichtigenden Worte, die ich in der Gefangenschaft über ihren Zustand erhalten hatte, waren Lügen gewesen. Der Unfall war in der Tat schwer, die Behandlung der Verletzungen schlecht geführt, und als ich glaubte, sie auf dem Weg der Besserung anzutreffen, glühte sie im Fieber. Ich richtete einige spöttische Bemerkungen an den behandelnden Arzt, der eher daran interessiert war, ihr Verbleiben in der Klinik, deren Besitzer er war, zu verlängern, als ihre Heilung abzukürzen. Ich schlug eine neue Therapie vor und beobachtete fortan den Zustand der Kranken aus nächster Nähe. Tage danach war sie fieberfrei, nach einiger Zeit konnte sie wieder gehen. Sodann beschloß ich, mein Glück im Roulette der Eheschließung zu versuchen, obgleich ich noch keinen endgültigen beruflichen Ankerplatz gefunden zu haben glaubte. Damit forderte ich mein Glück heraus. Eine weitere von vielen Herausforderungen, die ich mein Leben hindurch furchtlos gewagt hatte. Die Erfahrung des Aljube hatte die Wehrlosigkeit manch einsamer Stunden, die nicht einmal die Haftgefährten zu beleben vermocht hatten, schmerzhaft fühlbar gemacht. Im Gegenteil. Mir schien, sie hatten sie mit ihrer Gegenwart gleichfalls leidender Seelen noch tiefer entleert. Überdies war ich es leid, in Gedanken das Abbild des immer gleichen trostlosen Pensionszimmers mitzuschleppen, am gemeinsamen Tisch der faden Mahlzeiten den gleichen abgestandenen Unterhaltungen zuzuhören, in den verschiedenen Ortschaften, durch die ich pilgerte, die ewig gleiche, nur gepachtete Behaglichkeit zu spüren. Diese noch so wohlüberlegten Beweggründe würden indes nicht genügen ohne eine fühlbar bessere Umgebung und einen beharrlichen Hoffnungsschimmer, der jetzt gegen alle Warnungen auf dem Gebiet der Liebe meine Seele erhellte. Nicht einmal ich wußte, wie sie nach so vielen Enttäuschungen heimtückisch auf meinem Weg aufgetaucht war. Der lange Lebenslauf meiner Gefühle, der seinen Höhepunkt mit Alice erreicht hatte, war nicht mehr gewesen als ein Kreuzweg von Irrtümern. Alle braven Frauen, die darin eine gewisse Rolle gespielt hatten, wünschten mich so seicht wie sie selbst waren, festgeschmiedet an die vier Himmelsrichtungen des Alltäglichen. Keine von ihnen hatte versucht, die Beschaffenheit meiner Tage auf diese oder jene Weise zu bereichern. Aber: auch sie wollten ihre eigenen Stunden nicht von mir bereichert wissen. Sie stellten an sich und mich lediglich den Anspruch eines gleichförmigen, platten und häuslichen Daseins der Eintönigkeit und der Fortpflanzung. Wenn ich von Gedichten sprach, von Büchern oder Reisen, hörten sie mir nachsichtig zu, doch ohne ein Wort der Stellungnahme. Die Welt der Phantasie sagte ihnen nichts. Es war der gewöhnliche Mann oder Arzt mit einer festen gesellschaftlichen Stellung, der sie interessierte. Der Dichter war für die einen eine schätzenswerte Zugabe, für die anderen ein verzeihliches Gebrechen. Doch Jeannes Menschlichkeit schien mir von anderem Maß. Einem weitergespannten und feinsinnigeren Maß. Da sie in einem weniger rauhen und wilden Land geboren und im neuen Vaterland von einer gastlichen Kultur des Zwiegesprächs unterrichtet worden war – das ihre war von den Deutschen besetzt –, würde es ihr sicherlich nicht an Wissen, Takt und Mut ermangeln, um der Verantwortung ihrer neuen Stellung gerecht zu werden. Ohne daß uns kleinliche Berechnungen einander nahe gebracht hätten, waren wir beide guten Glaubens und verbündet durch die gemeinsame Hochachtung einiger wesentlicher Werte; warum also sollten wir nicht in Hellsicht wagen, was andere blind und mit Erfolg verwirklichten? Das einsame Verhängnis meiner Berufung? Ja, das war ein Hindernis. Aber gerade dieses Hindernis würde das Ausmaß von Jeannes Verständnis verdeutlichen. Letztlich würde sie nie von mir abhängig sein. Da sie fähig war, sich allein den tausend Fallstricken des Lebens zu entwinden, würde sie sich stets in völliger Freiheit entwickeln können. Somit wäre sie an meiner Seite eine Reisegefährtin, aber auch Herrin ihrer Persönlichkeit und ihres Geschicks. Noch am Vorabend freilich warnte ich sie:

«Ich will versuchen, ein verantwortungsbewußter Ehemann zu sein. Doch bevor es zu spät ist, sollst du wissen, daß ich dich jederzeit gegen einen Vers eintausche.»

Sie hatte edelmütig, ohne das geringste Zögern, die harte Klausel angenommen, die meine Immunität als Dichter gut oder schlecht schützte. Gonçalo und André waren Zeugen der kurzen Zeremonie im Standesamt, die ohne weitere Teilnehmer abgehalten wurde. Trotz der in den schlimmsten Stunden der Gefangenschaft von ihnen empfangenen negativen Beweise konnte ich mich nicht damit abfinden, unsere Beziehungen unwiderruflich abgebrochen zu sehen. Ich hatte ihnen von mir gegeben, was ich nie zuvor jemandem gegeben hatte: die vollkommene Intimität des Menschen und Künstlers. Ich hatte sie zahllose Male zu Mitwissern meiner tiefsten Beunruhigungen, Zweifel und Ratlosigkeiten gemacht. Ich hatte ihnen holprige Entwürfe mißlungener Arbeiten vorgelesen, ich hatte ihnen die Tore meines Herzens weit geöffnet, hatte ihnen alle meine Mutlosigkeiten und Beschränktheiten offenbart, und zwar mit einer rückhaltlosen Aufrichtigkeit, die mit jedem Mißerfolg unmittelbar zunahm. Sie einfach aufzugeben, hätte geheißen, die Grundmauern tatenlos einbrechen zu sehen, auf denen das Gerüst einer Vergangenheit stand, die ich nicht nur dem Zufall verdankte, an deren Bau ich vielmehr bewußt mitgewirkt hatte. Und ich beschloß, sie an der feierlichen Handlung zu beteiligen und in das Abenteuer einzubeziehen. Das war eine tatkräftige Gelegenheit, die in einer unglückseligen Stunde gelockerten Bande zu festigen. Die Logik der Dankbarkeit hätte für Dr. Olívio und Tomé als Trauzeugen gestimmt. Ich schenkte ihr keine Beachtung. Obwohl sie mir weniger zugetan und nur schwierig erreichbar waren, ging meine literarische Rechnung doch mit den anderen beiden auf. Daher konnten allein sie vor dem Gericht des Schicksals für mich Zeugnis ablegen. Das begriffen die beiden Männer aus Leiria mit einer Weitsicht, die mich rührte. Trotz unverhüllter Skepsis gegenüber Freundschaften, die sie in entscheidenden Augenblicken hatten scheitern sehen, trübte nicht der geringste Schatten die Herzlichkeit, die sie danach bezeigten, wenn sie am Tisch meines behelfsmäßigen Heims saßen, eines mit Altwarenmöbeln ausgestatteten alten Bauernhauses.

Diese brüderlichen Gelage waren höchst bescheidene Feste. Jeanne, die nie kochen gelernt hatte, erfand phantasievolle Gerichte, die nach Einbildungskraft schmeckten. Für den Wein sorgte ich. Seit der Lektüre der *Wehklage der Maria Parda* von Gil Vicente wußte ich, daß die Gegend stets eine Kelter erlesener Gewächse gewesen war. Und direkt aus den Fässern füllte ich uns etliche Flaschen der besten Weinlesen ab, um sie später den Gästen kredenzen zu können.

Am Schluß eines jeden Festmahls bestiegen wir Tomés Wagen und ergötzten unsere Augen. Die Fahrt durch das Vaterland, das nun endlich Gestalt annahm, führte uns in Etappen, die auf Senhor Botelhos Geographieunterricht zurückgingen, geruhsam von Norden nach Süden. Minho, Trás-os-Montes, Douro … Die Landschaft der Estremadura bildete darin einen idealen Mittelpunkt der Übereinstimmung und Ausstrahlung. An keiner anderen Stelle des Landes war eine so vollkommene Harmonie zwischen dem Leib der Erde und dem Geist der Menschen anzutreffen. Batalha, das Schloß von Porto de Mós, das Kloster von Alcobaça, Óbidos und das Kloster von Tomar waren nur dort zu verstehen, umgeben von fruchtbaren Hügeln, die von der Sonne der Geschichte umstrahlt wurden. Die ganze natürliche Nacktheit war mit Kultur bekleidet. Man hätte meinen können, daß der Bewohner jeden Anreiz der Umgebung mit einer glücklichen Gebärde beantwortet hatte. Aus dem Kalkstein der Serras hatte er ziselierte Säulengänge geschaffen, aus dem Lehm des Mergels phantasievolle Keramik, aus den Grabschriften des vergänglichen Gedenkens Sinngedichte des ewigen Lebens. Ein offenes Meer, das vor den Berlenga-Inseln tausendfarbig schillerte und in Nazaré gegen die körperliche Wucht der Legende anstürmte, schmückte die Unruhe mit Schaum und Weite. Für die Verwirklichung der Aufgabe, Portugal zu verstehen und zu beschreiben, gab es daher keinen geeigneteren Ausgangspunkt.

Der Plan, der schon immer Dr. Olívios und Tomés begeisterten Beifall gefunden hatte, erhielt auch Jeannes Zustimmung. Und keiner von ihnen bremste meinen neugierigen Wandertrieb, der nicht den kleinsten Winkel oder Weiler undurchstöbert ließ, schmackhaftes Brot kostete, Sitten und Gebräuche beobachtete oder den Ortsheiligen besuchte. Diese umherschweifende Übereinstimmung – mit wechselnder Reichweite, die sich manchmal bis nach Bragança und Vila Real de Santo António erstreckte – ermöglichte eine gewissenhafte Bestandsaufnahme, die den Ausgangspunkt bildete für die gedrängten Seiten, die mir danach aus der Feder flossen und mit einem zweiten Unternehmen gepaart waren. Müde von solch angestrengter Objektivität, forderte die Einbildungskraft ihr Recht. Und fast unversehens hatte ich neben diesem fleißigen Entdeckerbuch spielerisch ein zweites ersonnen, in dem eine seltsame Tierwelt sich bewegte und dabei mit romanhafter Natürlichkeit die Gesetze von Leben und Tod erfüllte. Der Einfall, es zu schreiben, war mir in der Zeit im Aljube gekommen, als ich Stunden gebannt damit zubrachte, das Liebesspiel der Tauben auf den Dächern des Doms zu beobachten. Schließlich war die Zärtlichkeit ein Gemeinbesitz aller Schöpfung, wie die übrigen Empfindungen... Und es kam mir in den Sinn, einen Vorstoß in die geheimnisvolle Welt der irrationalen Geschöpfe zu unternehmen. Die ersten damals unternommenen Versuche scheiterten rundweg. An die Unaufrichtigkeit der Menschen gewöhnt, stolperte der Geist über die Aufrichtigkeit der Tiere. Doch als ich wieder die Freiheit besaß, wollte es mir dank meiner Beharrlichkeit scheinen, als hätte ich in zwei oder drei Fällen ein rein instinktives Leben glaubwürdig darzustellen vermocht. Eine mit der keimenden Stille der Lebenssäfte übereinstimmende Kröte, eine Zikade, die am Ende ihres Leidensweges wollüstig von Verwandlungen sang, das Gekicher einer Amsel, die ein rastloses Frauenherz mit Hoffnung füllte. Nun schrieb ich zuversichtlicher weiter. Ich war immer aufgeschlossen für die unendliche Vielfalt der Formen, deren das Protoplasma fähig ist. Und auch für die seltsam unteilbare Eigenart jeder einzelnen hinsichtlich ihrer Gestalt und vor allem ihres Verhaltens. Ein unheilbringender Rabe, der in der Einöde krächzte, ein sinnlicher Hahn, der auf einem Bauernhof herrschte, oder ein Kater mit gläsernem Blick, der den Rest der Welt verächtlich beäugte, waren als Charaktere des Tieres, das Mensch genannt wird, nicht unwürdig. Und sie hatten das zusätzliche Verdienst, sich uneingeschränkt anzunehmen, ohne das Verhängnis, das Verbrechen der geringsten Abweichung gegen die Bestimmung zu begehen. Sicherlich handelten sie nicht in bewußter Absicht. Doch unabhängig von jedem ethischen Grundsatz stimmt es, daß sie sich selbst, auch wenn sie einer inneren Notwendigkeit gehorchten, nie vorsätzlich verrieten. Hinter ihrem Biß hätte niemand andere, hinterhältigere Beweggründe entdecken können als Hunger oder die Verteidigung des Baus. Sogar wenn sie gezähmt waren, vermochte die verderbende Macht nicht, ihre angeborene Reinheit gänzlich auszulöschen, die bereit war, sich im ersten Augenblick zu äußern. Ich versuchte daher, diese unbestechliche Wesenhaftigkeit in den getreuen Abbildungen, die ich entwarf, möglichst frisch und überzeugend darzustellen.

Dr. Olívio begeisterte sich von Anbeginn für das Los dieser Geschöpfe, welches das Blendwerk der Kunst dem Nichts entlockte. Und er ließ mir keine Ruhe.

«Welchen neuen Mieter dürfen wir denn heute auf der Arche Noah begrüßen?»

«Einen Sperling.»

«Kann man ihn schon lesen?»

«Er fliegt noch nicht. Er muß sich erst befiedern. Er ist eben erst aus dem Ei geschlüpft...»

«Ich möchte das Buch so rasch wie möglich gedruckt sehen. Wieviele Helden fehlen noch?»

«Wenige.»

«Wer ist der nächste?»

«Ein Hühnerhund. Ich werde ihm aber erst nächste Woche Form geben können, wenn ich nach Hause fahre, um meine Frau ihren Schwiegereltern vorzustellen. Denn nur dort habe ich die geeignete Tonerde und das Modell...»

Agarez empfing das Brautpaar mit offenen Armen. Die Episode meiner Haft war auch bis dorthin gedrungen; glücklicherweise erst, als ich schon wieder in Freiheit war. Die Nachricht hatte Aufruhr ausgelöst, meine Mutter hatte späte Tränen vergossen, mein Vater war einige Tage mit trübem Blick umhergeschlichen, doch schließlich war die Pechsträhne vorüber. Nun also schien der Schwärmer auf gutem Weg, er hatte wieder Boden unter den Füßen, hatte sich einer Verantwortung verpflichtet, und einträchtig herrschte wieder Ordnung in allen Gemütern. Zunehmend empfänglicher für den natürlichen Pulsschlag des Lebens, beobachtete ich die Alten voller Neugierde und Hochachtung. Vorbei war die Zeit, als ich sie leichtfertig und unnachsichtig beurteilt und nur ihre Fehler mit dem Vergrößerungsglas gemustert hatte: ihre geistige Enge, die Blindheit ihrer Leidenschaften, ihre kleinliche Sturheit. Ungeachtet meiner eigenen Beschränktheiten, hatte ich sie oftmals herzlos beschuldigt. Und hatte Anlaß zu Vorwürfen und Streitereien gegeben. Nun hatte die Stunde eines neuen Begreifens geschlagen. Wieviel Feingold war in die derbe Schale eingebettet! Wieviel echtes Gemeinschaftsgefühl in dem Suppentopf, der einem hungrigen Mund barmherzig gereicht wurde! Wieviel Gefühlsreichtum in einem für fremdes Leiden geseufzten, frommen Wort! Reumütig ergab ich mich dieser Lehre der Menschlichkeit, der ich erst jetzt gerecht wurde. Er, männlich, übernahm vom Morgen bis zur Nacht die Last aller Verantwortlichkeiten. Die seinen und die der Gemeinschaft. Salomonisch verteilte er die Wasseranteile für die Bewässerung, mit schlichtem Glauben feierte er das Fest Unserer Lieben Frau von der Zuflucht, mit der Würde seiner Autorität führte er im Dorfrat den Vorsitz. Sie, weiblich, flatterte in seinem Bannkreis und wirkte mit dem Rechen, der Kunkel, der Sichel. Beide standen fest in der Welt, die dort ihren physischen und metaphysischen Mittelpunkt zu haben schien. Wenn ich neben Jeanne übers Land wanderte, fühlte ich fast greifbar diese sich bedingende Wahrheit. Da war eine mir unerklärliche, unsichtbare Kraft am Werk, die den uns umgebenden Lebensrhythmus beherrschte. Jeder Stern zog seine Bahn, jedes Tier gehorchte seinem Mond, jeder Baum blühte pünktlich zu seinem Frühling. Ich betrachtete die alten Schulkameraden Silvino, Codinhas und Roberto, ich sah sie im Takt des großen Haspelrades kreisen – ein Kind jedes Jahr, ein eingelöstes Versprechen bei jeder Feier, ein Sprichwort für jede Gelegenheit –, eingereiht in die kosmische Harmonie. Und gegen die eigene Vernunft vermochte ich mich nicht einer verwirrenden Gegenüberstellung zu entziehen. Das Schicksal hatte mich zu einem blinden, auch in den besten Augenblicken festgezurrten Knoten aus Ängsten gemacht. Unbefriedigt nach Beendigung jeder Arbeit, geblendet von der Flucht der Zeit und wie ein Kieselstein dahingeweht vom Sturmwind der Tage, schmeckte mir keine Stunde so, wie ich sie erträumte. Jene dagegen genossen täglich mit ursprünglicher Unschuld die natürlichen Früchte des Daseins. Die süßen und die bitteren. Mit den alltäglichsten Handlungen, die sie ausführten, wiederholten sie unbewußt urtümliche, heilige Handlungen. Der im heftigsten Donnergroll verbrannte Rosmarinzweig, das beim Säen aufgerichtete Kreuz und das Dankgebet vor der Mahlzeit gemahnten an Schrecken, an Beschwörungen und uralte Sühneopfer. Ebenso religiös beim Beten wie beim Fluchen, verliehen sie allen Augenblicken des Lebens, den guten wie den bösen, die gleiche Heiligung. Von atavistischen Mächten bewegt, handelten sie ihrer Wahrheit gewiß auf der Bühne der Welt, unbeirrt vom Beifall wie vom Pfeifkonzert der Zuschauer. Und nach der Vorstellung gelangten sie in Frieden zum entscheidenden Augenblick, wenn der Vorhang fiel.

«Die Ärmsten, weiß Gott. Ohne Hab und Gut, dauernd hungrig, Sklaven ihrer Arbeitgeber… Also wirklich, sie sind nicht zu beneiden!…»

«Aber sie sind glücklich. Ich hingegen…»

«Was fehlt dir denn?!»

«Keine Ahnung…»

«Nimm gefälligst Vernunft an und versuche, dich wie ein normaler Mensch aufzuführen! Und laß die Schreiberei, das ist dein ganzes Unglück…»

Ich hörte die Worte meines Vaters mit einem Gemisch aus Bewunderung und Verzagen. Seine Überlegungen taten mir wohl und zugleich auch weh. Er liebte mich im Grunde seines Herzens, wünschte mich aber gewöhnlich und faßbar, ich sollte Geld verdienen, Einfluß gewinnen, einen Hausstand gründen, mit meiner Frau Kinder zeugen. Wie immer war er moralisch und in seiner Nächstenliebe unbeugsam, freigiebig bis aufs letzte Hemd, empfänglich für Landschaft, Formen und Farben – sein erlesener Geschmack für Blumen äußerte sich jeden Frühling in der Pflege seines Vorgärtchens –, doch er hatte sich trotz seiner Achtung für das gedruckte Wort nie bemüht, gut mit ihm auszukommen. Nachdem er sich jahrelang über seinen fast vollständigen Analphabetismus beklagt hatte, zu dem er durch die Härte seiner Kinderzeit verurteilt war, hatte er sich auf natürliche Weise mit dem Zustand eines ungebildeten Menschen abgefunden. Die gesprochene oder geschriebene Sprache war ein einfaches Werkzeug, das er wie eine Breithacke gebrauchte. Er verschluckte ganze Silben, wenn es ihm paßte, und hatte kein Ohr für eine reine oder gesuchte Ausdrucksweise. Er sagte Kladersteine statt Quadersteine und konnte nicht begreifen, wie ich Stunden, und noch viel weniger, wie ich ein Leben mit der Feder in der Hand zubringen konnte. Er wußte, daß es seit Camões keine glücklichen Dichter mehr gegeben hat. Daher galten seine Vorbehalte nicht der Dichtung, sondern meinem drohenden Unglück. Er war gealtert, und seine Jahre verliehen ihm eine sonderbar zeitlose Würde. Nach und nach verwandelten sie ihn aus der Wirklichkeit zu einem Mythos. Ihm war ein Unfall passiert, von dem meine Schwester nur halblaut berichtete, da sie fürchtete, sie könnte die Kräfte des Bösen wecken. Er kam vom Feld, ein plötzlich hereingebrochenes, schreckliches Gewitter überraschte ihn, ein dicht vor ihm einschlagender Blitz blendete ihn. Er fiel zu Boden und lag bewußtlos, dem Regen ausgeliefert und durchnäßt, während Jau, mein Hühnerhund, angstvoll neben ihm jaulte. Von dem verzweifelten Gewimmer aufgestört, fanden sie ihn schließlich wach, wenn auch noch benommen. Seither war er ein anderer Mensch. Der Stahl seiner Menschlichkeit schien anders gehärtet. Geschmeidiger, weicher. Was nicht verhinderte, daß er weiterhin zu gegebenem Zeitpunkt Lehren der Tatkraft an alle erteilte. Gleich nach der Ankunft beschloß ich, mit Jeanne eine Eiche aus dem Norden vor das Haus zu pflanzen, in Erinnerung an ihren ersten Besuch in Agarez. Ich mit der Hacke, sie mit der Schaufel, machten wir uns ans Ausheben des Lochs. Der Alte war dabei, Dung in den Gemüsegarten zu karren, und sah im Vorbeigehen unserer Arbeit zu. Mittlerweile waren wir auf Stein gestoßen. Und nach einigen vergeblichen Versuchen verschränkten wir die Arme. Wir kamen nicht weiter. Als er uns tatenlos herumstehen sah, fragte er nach dem Grund. Ich erklärte ihm die Schwierigkeit. Er stellte seinen Korb hin, griff nach der Hacke, hieß mich die Schaufel aufnehmen und begann, die Erde tief aufzulockern.

«Schaufle die Erde raus.»

Nach einiger Zeit rann mir der Schweiß in Strömen von der Stirn. Doch er, unerbittlich:

«Los, schaufle.»

Schließlich lag ein riesiger Granitblock frei, der fraglos zur Grundmauer eines alten Bauwerks gehört hatte.

«Den müssen wir rausholen.»

«Das schaffen wir nicht.»

«Wieso nicht?! Halt mal dort fest, ich hebe ihn hier an. Und jetzt kräftig.»

Ich glaubte, ich würde bersten. Doch schließlich brachten wir den Felsbrocken in Bewegung.

«Geschafft.»

Er reichte mir die Hacke, die er als Hebel benutzt hatte. Jeanne ergriff die Schaufel, und er nahm seinen Korb.

«Niemals locker lassen ...», und er ging seiner Arbeit nach.

Von gesellschaftlichen Rücksichten unbeeindruckt, erteilte er mir Anweisungen wie früher.

«Morgen mußt du Gerste auf dem Ackerstück von Fonte einsäen. Du hast dafür eine ruhigere Hand als ich. Meine zittert schon zu stark.»

Er vergaß nicht, daß er mein Vater war, und ebenso wenig, daß ich hinter meinem Doktortitel der geborene Bauer war und blieb, dem er die Geheimnisse des Ackerbaus in einem Alter beigebracht hatte, in dem man alles lernt. Er tröstete sich damit, mich neben sich auf dem Feld zu sehen, mit der Hacke oder einer Baumschere in der Hand.

«Zieh nicht so stark am Rebstock. Der muß noch ein paar Jahre länger halten ...»

Er lebte in vollkommenem Gleichgewicht mit den Kräften der Natur und wußte, wie weit er mit jeder Gebärde und jeder Handlung gehen konnte. Er empfand die Ermüdung des Bodens wie seine eigene. Es fehlte nur noch, daß er mit ihm sein Mittags- und Nachtmahl geteilt hätte, sobald er seine Fruchtbarkeit nachlassen sah. Er las besser in den Sternen als ich in den Büchern. Er bewegte sich im Frieden eines Menschen in der Welt, der sie in allen ihren Ausdrucksweisen verstand. Vielleicht verspürte er deshalb keine Angst, sie zu verlassen, wie meine Mutter. Er vermittelte den Eindruck, als gehe er seinem Grab mit Weltläufigkeit entgegen.

«Das ist eine Aufgabe, die erfüllt werden muß...»

Sie reagierte im Gegensatz dazu immer negativ auf eine derartige Vorstellung.

«Red mir nicht von sowas!...»

Obwohl auch sie gealtert war, liebte sie das Leben, als wäre sie erst zwanzig. Noch immer eilte sie auf den Dorfplatz, wenn sie die Erntearbeiter nach Ribeira ziehen hörte, sie sang in der Kirche und beim Enthülsen des Maises wie jedes junge Mädchen, sie liebte ihren Mann, als wäre sie seine Braut.

«Hör mal Frau, schämst du dich nicht?!»

Schamvoll und verwirrt wehrte mein Vater sich gegen die Küsse, die sie ihm öffentlich aufs Gesicht tupfte. Aber privat ließ er sich von dieser leidenschaftlichen Frau anbeten, die täglich ins Dorf lief, um frische Eier für seine Ernährung zu holen. Kränklich und appetitlos, hielt er sich mittels Eiermilch auf den Beinen. Und zur Stunde der Mahlzeiten sah man sie bereits unterwegs, einen Topf mit Speisebrei unter der Schürze, auf der Suche nach ihrem Leckerbissenschnüffler, der seinen Acker bestellte.

«Die Männer wollen verwöhnt werden... So empfinde ich es zumindest...», sagte sie.

«Bist du glücklich?»

Sie antwortete mir nur auf Umwegen und begleitete ihre Worte mit einem Lächeln:

«Ich habe ihn immer gemocht und mich nie geschämt, es zu zeigen...»

Keine Enttäuschung hatte sie ernüchtert, keine Falte hatte ihren Zauber geraubt, keine Zeit oder Widerwärtigkeit hatte sie von ihrem Weg der Liebe und Hingabe abbringen können.

«Wir haben es durchgestanden!»

Und ob! Aber gemeinsam und vereint, in guten wie in schlechten Stunden.

Ich konnte mir eine kleine Stichelei nicht verkneifen:

«Immerhin wirst du schon mehr als einmal bereut haben, daß du geheiratet hast. Gib's zu ...»

«Ich?!»

Sprachlos und nicht willens zu glauben, was sie hörte, starrte sie mich mit ihren großen olivgrünen Augen vorwurfsvoll an.

«Nicht einmal im Scherz darfst du sowas zu mir sagen!»

Der Zusammenhalt dieser Seelen, aneinandergeschmiegt wie Kastanien in derselben Hülle, gab mir zu denken. Welche geheimnisvolle Kraft vereinte sie? War es die gleiche, die mich mit Jeanne verband? War ich vielleicht nur zu einem Höflichkeitsbesuch gekommen, lediglich, um ihnen Genugtuung zu geben, oder hatte mich unbewußt das Bedürfnis getrieben, den Schritt zu verfestigen, den ich nach dem Vorbild einer musterhaften Verbindung vollzogen hatte? Widersprüchlich wie ich war, konnte ich darauf keine Antwort finden. Einerseits wünschte ich, daß zwischen mir und Jeanne eine Art Niemandsland läge, ein genügend breiter Streifen der Eigengesetzlichkeit, damit keiner von beiden sich durch die Ketten eines Vertrags beengt fühlte; andererseits zog mich das Licht einer so einfachen und vollkommenen Bindung in seinen Bann.

«Ich habe euch schon völlig zerstritten erlebt ...», beharrte ich.

«Was für ein Wunder! Aber es hat immer nur kurz gedauert. Wir haben uns gleich wieder vertragen... Wir wären schön dumm gewesen, wenn keiner nachgegeben hätte. Man muß sich zusammenraufen. Man weiß zur Genüge, was daraus wird, wenn jeder nur auf seinem Recht beharrt...»

Ihre Worte blieben in meinem Denken wie ein matter Lichtschein haften. Und schon auf dem Rückweg nach Leiria wurde ich nicht müde, über jene Worte nachzudenken, Fehler zu berichtigen, Haltlosigkeiten zu zügeln, eingefahrene Gewohnheiten zu ändern, Tagesabläufe umzustellen und den Schritt dem gemeinsamen Weg anzupassen, auf dem keine Handlung die strenge Begrenzung des Willens dessen besitzt, der sie ausführt. Manchmal fiel eine solche Anpassung nicht leicht. Aber sie wurde uns von den Umständen aufgezwungen. Sogar Dr. Olívio erinnerte mich an meine neuen Pflichten eines verheirateten Mannes, wenn ich sie vergaß.

«Hören Sie, es ist Zeit für Sie, zum Abendessen zu gehen... Reden wir morgen weiter...»

Und verblüfft über die angeborene Anpassungsfähigkeit eines jeden Wesens, selbst wenn es aufsässig war wie ich, tat ich doch mein Bestes, um meine Pflichten zu erfüllen.

Diese zum ersten Mal an mir beobachtete Geschmeidigkeit, die aus jedem Einzelwesen einen unverhofften Protheus macht, fand in einem bestimmten Augenblick eine beispielhafte Erklärung. Eilends zu einem Kranken in Azoia gerufen, machte ich mich auf den Weg. Und wen sehe ich plötzlich vor einem Ochsenjoch, den Stachel in der Hand? Einen der amerikanischen Vorbestraften, die ich im Aljube kennengelernt hatte. Ohne meinen Augen trauen zu wollen, schickte ich mich an, ihn zu überholen. Aber der Kerl schien mich ebenfalls wiederzuerkennen, und so kamen wir ins Gespräch.

«Senhor Fortunato, in dieser Gegend?!»

«Wie Sie sehen.»

«Alles hätte ich erwartet, nur nicht, Ihnen hier zu begegnen...»

Ein gutmütiges und verständnisvolles Lächeln erhellte den Nachmittag.

«Ich lebe hier... Und ich wollte sogar schon zu Ihnen in die Praxis kommen. Ich habe mich erkältet, und Sie können sich nicht vorstellen, was ich mit dem einen Ohr durchgemacht habe. Glücklicherweise habe ich mich mit einem Hausmittel, das man mir empfohlen hat, kuriert, und so brauchte ich Sie nicht zu belästigen. Ich wußte, daß Sie eine Praxis in der Stadt haben...»

«Nur für kurze Zeit, hoffe ich.»

«Das wäre aber schade.»

«So ist das Leben... Aber erzählen Sie von sich!»

«Da ist nicht viel zu erzählen. Ich habe mich entschlossen, zu meinem früheren Leben zurückzukehren.»

«Und San Francisco, Ihre Geschäfte?»

«Das ist vorbei. Jungenstreiche. Jetzt bin ich ein ehrbarer Mensch.»

«Wie man sieht. Und macht es Ihnen Freude?»

«Nun ja, das ist natürlich etwas ganz anderes... Man setzt seine Haut nicht alle Augenblicke aufs Spiel...»

«Und Ihre Gefährten, was ist aus denen geworden?»

«Sie haben nie wieder von sich hören lassen... Vielleicht haben sie es gemacht wie ich und sind zu ihren Äckern zurückgekehrt.»

Er erzählte noch lebhaft von seiner Frau und den Kindern, die er zwanzig Jahre lang vergessen hatte, von seinen Äckern, die er wieder bestellte, von der guten Ernte, die er einbringen würde, und spornte seine Rinder an. Und ich blieb sprachlos stehen, als ich ihn hinter der Straßenbiegung verschwinden sah.

Gewiß, in jedem von uns steckt ein Schauspieler, der imstande ist, die unwahrscheinlichsten Rollen zu verkörpern. Was nicht verhinderte, daß wir uns sträubten, manche davon zu spielen. Darin bestand unsere Würde.

Wie dem auch sei, ich richtete den Blick auf Agarez und versuchte auf jede Weise, mich dem Eheleben anzupassen. Ich hatte zwar wenig Hoffnung, mich jenem Einklang anzugleichen, der mit Ausnahme eines elementaren menschlichen Musters kaum erreichbar schien. Doch ich war entschlossen, ihm innerhalb meiner eigenen Gegebenheiten keine Schande zu bereiten. Insgeheim würde ich immer der gleiche Mensch bleiben, gequält, gemartert, von tausend Zweifeln und Widersprüchen hin- und hergerissen; äußerlich würde ich die Spielregeln befolgen. Im Grunde kam es vor allem darauf an. Denn die Handlungen, die Gebärden und die Verhaltensweisen beherrschen die Wirklichkeit. Das gesellschaftliche Leben ist ein Zusammenspiel befolgter Regeln. Und ich beachtete diese Regeln, so gut ich konnte. Ich übersah sie nur, wenn meine innerste Freiheit auf dem Spiel stand. Dann nahm ich alle Risiken auf mich. Trotz der feierlichen Warnung, die ich beim Verlassen des Gefängnisses erhalten hatte – «Kommen Sie nicht wieder...» –, verging kein Jahr, bis mein neuestes Buch beschlagnahmt wurde.

Tomé brachte mir bestürzt die Nachricht.

«Sie haben sich schon wieder in die Nesseln gesetzt.»

«Warum?»

«Warum wohl? Denken Sie mal nach... Wissen Sie nicht mehr, was Sie geschrieben haben?...»

Trotz des Herzzuckens, das ich verspürte, heuchelte ich Seelenruhe.

«Ich hatte bereits damit gerechnet. Erzählen Sie doch schon ...»

«Ich ging gerade in die Buchhandlung und sah noch die Kerle von der PIDE mit dem Paket herauskommen. Die Typen wollten sogar die Namen der Käufer von zwei Exemplaren wissen, die in der Verlagslieferung fehlten ...»

«Und der Buchhändler?»

«Hat sie kurzerhand abgefertigt. Hat gesagt, es wäre ja noch schöner, wenn er jeden seiner Kunden kennen müßte ...»

«Es fehlte nur noch, daß jemand belästigt wird, nur weil er meine Bücher liest ...»

«Dann haben sie Raimundo entdeckt, der auch zur Opposition gehört. Sonst ...»

«Banditen!»

«Und nun?»

«Nun heißt es abwarten.»

«Und wenn die Sie wieder verhaften?»

«Dann eben Geduld.»

Doch glücklicherweise blieb es dabei.

«Machen Sie nur so weiter! ... Sie sind gerade nochmal davongekommen ...», platzte Dr. Olívio heraus, der sich aufs neue erfolglos jener eigensinnigen Verrücktheit hartnäckig widersetzt hatte. Nach wie vor stimmte er dank seiner Vernunft aufrichtig gegen meinen unvernünftigen Eifer.

«Es lohnt sich nicht ...», lautete seine Begründung, die er stets anführte.

Trotz des Abgrunds, der uns trennte, schätzte ich ihn immer mehr. Während ich schon in seichtem Wasser siedete, hielt sich seine Temperatur in allen Lebenslagen normal. Angesichts der tosenden Ereignisse blieb er so gleichmütig, daß er in Erwartung des Lebens zu leben schien. Keine Erregung ließ ihn erbeben, keine Hast ließ ihn rennen. Stets maßvoll in Gebärde und Haltung, verteidigte er seine Klienten, Schuldige wie Unschuldige, im gleichen Tonfall und mit einer leidenschaftslosen Ruhe vor Gericht, welche die Strenge der Herren Richter entwaffnete. Wenn er erkrankte, waren wir, Dona Gena, Tomé und ich, diejenigen, die sich sofort Sorgen machten. Einmal kündigte er an, er wolle ein paar Ferientage in Lissabon verbringen. Er reiste ab, blieb dort einige Zeit und kehrte nach einer Operation an einem Magengeschwür zurück. Er hatte nicht einmal seine Familie davon unterrichtet. Er schätzte meine Bücher und zeigte echtes Interesse an jedem Werk, in dessen Niederschrift er mich vertieft sah, doch sobald die Gefahrenstunde der Veröffentlichung nahte, zog er sich zurück.

«Das geht mir zu weit. Man soll dem Gegner keine Waffe in die Hand geben.»

Und hartnäckig bekräftigte er, nach wie vor seelenruhig:

«Sie müssen sich davon überzeugen, daß wir in einer Diktatur leben!»

«Das tue ich nicht. Oder richtiger: ich habe mich bereits davon überzeugt. Aber ich gebe nicht nach. Ich werde sagen, was ich zu sagen habe, komme, was da wolle.»

«Wenn das so ist...»

Niemand begriff eine derartige Besessenheit auf Druckerschwärze zu einer Zeit, in der bereits Denken geahnt und geahndet zu werden schien. Während die Jahre verstrichen und das Kriegsende nahte, sichtlich zu Ungunsten der Diktatur, verstärkte die totalitäre Staatsmacht verzweifelt Überwachung und Unterdrückung, da sie den Grund unter ihren Füßen schwinden sah. Nie hatte die Faust der Zensur so lastend und verhehrend gewütet. Und eine nicht angepaßte Stimme konnte nur im Untergrund zu Wort kommen. Aber die Macht, die mich zum Schreiben drängte, zwang mich gleichzeitig zur Veröffentlichung. Das in der Schublade vergrabene, unveröffentlichte Manuskript staute gleichsam den schöpferischen Fluß. Und ich ruhte nicht, bis ich es gedruckt vor mir sah. Erst wenn die maschinengeschriebenen Bogen Prosa oder Poesie in Elzevirdruck verwandelt waren, wurden meine Sinne frei für ein neues Unternehmen. Ich fühlte keine posthume Berufung in mir. Ich schrieb für die verstreichende Stunde, für meine Zeit. Sollte die Nachwelt sich später in meinen Seiten wiedererkennen, um so besser. Gerade deshalb hatte ich nie die geheime Hoffnung aufgegeben, mich an einem Ort niederzulassen, wo ich den Druck meiner Bücher ohne Zeitverlust selbst überwachen konnte. Daher klammerte ich mich trotz der nachlassenden Entfremdung von Leiria an jeden möglichen Vorwand für einen Umzug, auch wenn eine Übersiedlung allerlei Probleme mit sich brachte. Abgesehen von einem Neuanfang mußte ich auch die erhöhten Kosten und die Schwierigkeit der

Unterbringung von Praxis und Familie in einer größeren Stadt erwägen.

«Haben Sie noch immer vor, uns zu verlassen?» fragte Tomé, der den Nomaden in mir bewunderte, der zu sein er selber nicht wagte.

«Ja, sicher.»

«Passen Sie auf, worauf Sie sich einlassen!» warf Dr. Olívio neben mir ein. «Überlegen Sie gut, bevor Sie sich entscheiden. Besser einen Spatz in der Hand...»

«Ich habe es mir reiflich überlegt...»

Ich log nicht. Keinesfalls durfte ich leichtfertig vorgehen. Zernagt von Zweifeln, hatte ich manch schlaflose Nacht verbracht. Warum denn nicht einfach hierbleiben, das Notwendige für ein einfaches Leben und ein geruhsames, unbeschwertes Dasein als Schriftsteller verdienen, fern der Niedertracht von Literatencafés und dem Widerstreit von Interessen? Wäre das nicht, alles in allem, die beste Lösung? Sie war es fraglos. Die Stimmen der Verleumder waren von der Beredsamkeit der Tatsachen besiegt und allmählich verstummt, die nächsten Freunde überboten sich in Aufmerksamkeiten, die fernen besuchten mich von Zeit zu Zeit. Trotz der Entfernung versäumte ich es nicht, mich gebührend um meine Bücher zu kümmern. Was wollte ich mehr? Schlimm war nur, daß der Dichter in den meisten Fällen auf seinen widersinnigen Instinkt hörte.

«Und wohin wollen Sie eigentlich?»

«Da liegt das Problem. Von allen Seiten drohen mir nur Schwierigkeiten.»

Eine der Möglichkeiten hieß Lissabon; die andere Porto. Beide boten Vor- und Nachteile. In der Stadt aus Marmor war ich der Kultur näher; in der Stadt aus Granit Agarez. Da war der Kosmopolitismus der einen und der Positivismus der anderen. Wenn ich diese Städte besuchte und das Gelände abtastete, fühlte ich dunkle Angst, auch wenn ich gleichzeitig von den ungleichen Bildern gebannt war, die sich im Tejo und im Douro spiegelten. Ich wollte weder meine Identität verlieren noch im Triumph Schiffbruch erleiden. Mein Lebensplan war immer derselbe gewesen: mich zu erfüllen. Als Mensch stillschweigende Echtheit und als Künstler ruheloser Ausdruck sein. Nichts anderes. Daher fürchtete ich gleichermaßen die passive Auflösung wie die aktive Eingliederung im gesellschaftlichen Rahmen. Einer Sache indes war ich mir sicher: Die Stunde des Umzugs war gekommen. Und ich würde die Absicht ausführen, auch wenn mein Wille den entscheidenden Schritt hinauszögerte. Ich hatte meine Wahl immer mit etwas gerechtfertigt, das außerhalb der Willkür lag. Es war weniger das logische Spiel der Beweisgründe, als das vernunftwidrige Gebot des Schicksals, das meine Pläne in Taten verwandelte. Und diese gefühlsbedingte, obgleich willentlich wirkende Kraft überzeugte mich schließlich vom Naheliegenden.

Coimbra – wie konnte es anders sein! Diese Stadt war es, ob ich wollte oder nicht, mein gelehrtes Agarez, der gepflasterte Humus, den meine Füße mit heftigster Liebe betreten hatten. Auf halbem Wege zwischen aufgewühltem Gebirgsboden und einem von stürmischen Wogen umbrandeten Küstenstreifen, ein städtisches Gleichgewicht in Übereinstimmung mit der sanften Landschaft der Umgebung. Beide eigneten sich für romantische Traumwanderungen und selbstquälerischen Schöpferrausch.

Übrigens hatte ich vor und nach meiner Heirat nie versäumt, die Stadt auf gefühlsbetonten und literarischen Blitzreisen zu besuchen. Ich hatte die einstmals freundschaftlichen Beziehungen zu André und Gonçalo wieder aufgenommen und vertraute meine Manuskripte noch immer dem Sachverstand des alten Pedro an.

Bei einem dieser stets willkommenen Abstecher wäre ich fast ums Leben gekommen. Ich und die Gefährten der Odyssee. Jeanne und ich hatten den Nachmittagsbus bestiegen. Kurz nach der Abfahrt verdunkelte sich der Himmel, während gleichzeitig starker Wind aufkam. Schließlich rundete ein heftiger Regenschauer das Bild. So zu reisen, war zwar wenig angenehm, doch auszuhalten. Erst nach einigen Kilometern Fahrt merkten wir, daß wir in einen verheerenden Wirbelsturm geraten waren. Bäume wurden reihenweise ausgerissen und zerbarsten, Häuser wurden abgedeckt, Telegraphenmasten geknickt. Wiewohl mit Unwetter vertraut, hatte ich nie im Leben ein solches Schauspiel erlebt, die Natur in Aufruhr und außer sich. Hundertjährige, tiefverwurzelte Olivenbäume erhoben sich vom Erdboden und flogen dahin wie Federn. Stolze Eukalyptusbäume glichen in der Hand der Elemente hörigen Weidenruten. Der schwere Überlandbus schwankte, hielt sich aber eisern. Verängstigt duckten sich die Fahrgäste auf ihren Sitzen und machten sich auf das Schlimmste gefaßt. Nur ich und der Fahrer brachten den Mut auf, alle Augenblicke auszusteigen und umgerissene Stämme, welche die Fahrbahn versperrten, zu zersägen und fortzuräumen, während weitere Bäume lebensgefährdend neben uns niederstürzten. Je länger wir fuhren, desto bedrohlicher wurde das Schauspiel: völlig verwüstete Waldungen, eingestürzte Mauern, zerwühlte Felder. Mit der Zeit häuften sich die Hindernisse in solchem Maße, daß der Fahrer nicht weiterfahren wollte. Da weder Jeanne noch ich Lust hatten, sitzen zu bleiben, beschlossen wir entgegen der Meinung aller, allein weiterzumarschieren. Während wir zwischen Schutt und neuen Verwüstungen über Hochspannungsdrähte sprangen und bis auf die Knochen durchnäßt durch Wasserlachen stapften, legten wir die letzten Kilometer zu Fuß zurück. Als wir gegen Mitternacht im Haus von André ankamen, der uns seit dem Abendessen ängstlich erwartete, sahen wir aus wie zwei Auferstandene.

Doch keine noch so schlimme Erinnerung war imstande, die Wege zu überschatten, die mich in die Stadt am Mondego führten. Kurze Zeit darauf hatte ich mich in einer mühevoll und wundersam gefundenen Wohnung an den Stadttoren im ersten Stock eingerichtet, und bald lächelte ein frisch gemaltes Namensschild am Hauseingang dem eiligen Fußgänger entgegen.

«Du wirst nicht mal die Wohnungsmiete verdienen…», erklärte einer meiner ehemaligen Kommilitonen, der inzwischen Universitätsprofessor war, als er mir den üblichen Anstandsbesuch in der bescheidenen Behausung machte, wo ich den Rest meiner Tage zu verbringen gedachte. «Die Lage ist schlecht…»

Das war sie im Hinblick auf das Nervenzentrum des Orts tatsächlich. Indessen bot sie den Vorteil des Nachteils: Die schlechte Lage schützte die Absonderung des Poeten. Während der verkehrsarmen, also der häufigsten Stunden, konnten die Musen eintreten und Platz nehmen. Überdies lag die Praxis in der Nähe der Wohnung, und auch das war günstig. Täglich legte ich leichterdings viermal zu Fuß dieselbe Strecke zwischen den Platanen und Linden des Stadtparks zurück und erlebte so das ganze Jahr den Wechsel der Jahreszeiten aus der Nähe. Zuerst den gegen jedes

Winterwetter tauben, blinden Schlaf der Säfte; dann sah ich, wie jedes halbgeöffnete Lid neugierig ins Frühlingslicht blinzelte; danach den schamlosen Glanz der Sommerblätter und -blüten; und schließlich die großartige, romantische Gelbsucht des Herbstes.

Ich wohnte in einem armseligen Häuschen, das hoch an einem Hang den Fluß überblickte. Unten grünten die von Orangenbäumen bedeckten Flußinseln. Mit Brennholz oder frisch gewaschener Weißwäsche beladene Gebirgsboote fuhren von Penacova flußabwärts. An Sonn- und Feiertagen sangen Baptistengruppen Kirchenlieder am Strand und tauchten andächtig die neubekehrten Täuflinge in die reinliche Flut, welche die auf den Hügeln wie eine Krippe angeordneten Behausungen spiegelte.

Die gleiche Szenerie, die ich vor Jahren zurückgelassen hatte und der kein Hebel des Fortschritts ihren Zauber hatte rauben können. Die verbreiterten Straßen, die neuen Alleen und der Bau einiger kühner Gebäude hatten das gegen jeden Übergriff unempfindliche Landschaftsbild nicht verändert. Von jeglichem rüden Eingriff überrascht, bemerkte das Auge des Betrachters nach Ablauf einiger Zeit, daß die zauberische Anmut des Panoramas das ungewöhnliche Geschwür verarbeitet hatte und daß die Harmonie unverändert weiter herrschte. Das gleiche war mit der menschlichen Umgebung geschehen, die ebenso unwandelbar schien. Mit ihren Milchbärten lösten die neuen männlichen Generationen einander ohne sichtbare Gegensätze ab. Was auf den ersten Blick auffiel, war ihre Jugend. Im Umkreis von Fontes waren die Dichterlehrlinge höchstens zwanzig Jahre alt, was man weniger auf Grund ihrer linkischen Verse, als wegen ihres kaum sprießenden Bartflaums erkennen konnte. Und obwohl sie Zeitgenossen waren, unterschieden sie sich nicht von ihren Vorgängern. Selbst Alvarenga war nach dem zweifelhaften Zwischenspiel als Familienvater zu seinen Ursprüngen zurückgekehrt. Nachdem eine galoppierende Schwindsucht vorsehungsvoll seine beiden Söhne dahingerafft und ein Verkehrsunfall mit tödlichem Ausgang ihn gleich darauf von seiner Frau befreit hatte, war er aufs neue Junggeselle und zu jedem Bohème-Abenteuer bereit. Nun hatte er eine Geliebte, Julinha, für deren Lebensunterhalt ein Industrieller aufkam – sie gab ihm aus Ehrfurcht vor dem mächtigen Buckel, den er mit sich herumschleppte, den Spitznamen «Zebu». Der Mensch füllte ihr das Haus nur mit dem Allerbesten, und Alvarenga hatte sich auf Kosten des Unglücksraben völlig bedenkenlos in diesem Überfluß eingenistet, den er freigiebig mit seinen Bummelbrüdern teilte.

«Schämst du dich denn nicht?»

«Wofür?»

«Sich von einer Frau aushalten zu lassen.»

«Ich?!» Verblüfft und verständnislos blickte er mich an.

Sein Ehrenkodex kannte solchen Juckreiz nicht. Unsere Beziehungen, die meine Jahre in Leiria gelockert und meine Haftzeit abgekühlt hatten, wurden zwar wieder enger, doch auf Grund der notwendig gewordenen gegenseitigen Nachsicht nur in diplomatischem Sinne. Wir bildeten zusehends zwei entgegengesetzte Welten. Die eine wohlüberlegt, die andere unbedacht. An irgendeinem Nationalfeiertag marschierte Militär zum klingenden Spiel durch die Straße. Ich trat ans Fenster, und was sehe ich? Alvarenga schritt stolz und schmuck an der Spitze eines paramilitärischen Zuges.

«Du, in der Legion?!» hielt ich ihm am nächsten Tag ungehalten vor.

Die Legion war ein aus Zivilisten bestehendes, das Regime unterstützendes Freikorps.

«Ich gefalle mir in Uniform und empfange gern den militärischen Gruß des Vicomte von Portunhos, der mein Untergebener ist. Ich bin Fähnrich und er Sergeant.»

Diese Leidenschaft für Uniformen hatte einmal eine kritische Stunde erlebt. Er war nach Lissabon gefahren und im Hause eines seiner besten Freunde, eines alten Zechbruders, zu Gast. Plötzlich, im Verlauf eines maßlosen Saufgelages, hatten sie beschlossen, die Uniformen auszutauschen, und so verbrachten sie einen Teil der Nacht, jeder in der Haut des anderen. Aber im Mayer-Park* gerieten sie in einen Krawall, sie mußten sich vor der Obrigkeit ausweisen, und das Unternehmen nahm ein böses Ende.

Ich bewunderte und verdammte zugleich diese Unverantwortlichkeit, die zwar malerisch war, doch eine bequeme Form der Entfremdung darstellte. Im hitzigsten Augenblick des Krieges, als von einem unmittelbar bevorstehenden Überfall des Landes durch Hitlers Heer gesprochen wurde, erklärte er zur Verwunderung eines jeden, der ihn hören wollte:

«Sollen sie doch kommen! Fünfzig Jahre lustvolles Leben können sie mir nicht mehr nehmen.»

Was ihn nicht hinderte, sich am Tag des Waffenstillstandes zu betrinken, als sei er der glücklichste Mensch unter den Sterblichen.

«Schließlich hast du trotz deines ganzen Faschismus den Sieg der Alliierten gefeiert...»

«Du siehst doch ein, daß ich diese Gelegenheit nicht verpassen durfte...»

Das war ein harmloser Zynismus, der gut zur allgemeinen Gesichtslosigkeit paßte. Der Frieden hatte dem Land nicht die erhoffte Freiheit und folglich auch nicht die verlorene Würde gebracht. Während die Kanonen donnerten, täuschte die Hoffnung über die Wirklichkeit hinweg. Das selbstlose Märtyrertum einiger hatte die Erlösung aller vorausgesagt. Die Zukunft lächelte jedem, wenn auch zaghaft, in dem verzweifelten Kampf, den man ringsumher sah. Der verhaftete Nachbar, die beschlagnahmte Zeitung, diese und jene in religiösem und drangvollem Schweigen abgehörte Sendung des BBC waren belebende, verheißungsvolle Stärkungsmittel gewesen. Aber in der entscheidenden Kapitulationsstunde der Angreifermächte geriet der ans Joch gewöhnte Geist der Nation ins Wanken. Und der zuerst verwirrte Diktator nutzte alsbald diese Unentschlossenheit, um die Zügel zu straffen. Nicht einmal, wenn er sie ein wenig lockerte, verlor seine autoritäre Hand die Herrschaft über die Lage. Da er von Zeit zu Zeit seine Rechtmäßigkeit durch Wahlen beglaubigen mußte, um sein Gesicht auf internationaler Ebene zu wahren, zögerte er nicht, das Gewissen der Nation mit den betrügerischsten Mitteln zu beleidigen. Die Mitverschworenen wählten zweimal, die Toten halfen dabei, die Urnen zu füllen, und die Gegner wurden kurzerhand aus den Wählerlisten gestrichen. Bei einem dieser vermeintlichen Volksentscheide war die Opposition im Vertrauen auf die bürgerliche Immunität, die das Gesetz ihr bei solchen Gelegenheiten zu gewährleisten schien, unter anderen Selbsttäuschungen, deren öffentlicher Herold ich selbst war, einfältig genug, Namenslisten für das Bekenntnis zur Sache der Freiheit durch das ganze Land zu schicken. Auf diese Weise wurden die aktivsten Feinde des Regimes bekannt und unverzüglich wütend verfolgt oder ausgegrenzt. Und das vorausgefühlte Frohlocken verkehrte sich über Nacht in tiefste Verzweiflung. In dem Konzentrationslager, zu dem Portugal herabgesetzt wurde, vermochten nur einige zu jedem Opfer bereite Hitzköpfe die Flamme des Aufruhrs am Leben zu erhalten.

Diesen Mut leistete auch ich mir auf meine Weise und mußte die Folgen tragen. In beruflicher Hinsicht hatte ich die Gewißheit mit dem Zweifelhaften vertauscht. Gleichzeitig verweigerte ich mich jeder Verpflichtung in meinem Wirkungskreis. Als erbitterter Gegner des Regimes und Freischärler im Schoß einer Medizin, die auf Geheimabmachungen, Schiebungen und Kniffen fußte, lebte ich materiell eingeschränkt, ohne Patienten, nur in der Hoffnung auf bessere Tage. Im Ambulatorium des Gemeindehauses der Fischer von Buarcos war eine bezahlte Stelle als Facharzt freigeworden. Finanziell war sie reizlos. Sie sagte mir aber zu, da ich praktizieren und mir einen Namen machen konnte. Ohne jede Empfehlung stellte ich mich dem Hafenkommandanten vor, sagte ihm, wer und wie ich war, und bewarb mich. Dem Mann gefiel meine Offenheit.

«Aber schauen Sie, das Gehalt ist niedrig. Ein Hungerlohn...»

«Ich weiß, es reicht nicht einmal für die Zugfahrt. Trotzdem kommt die Stellung mir gelegen.»

Nun fuhr ich zweimal in der Woche mit gepacktem Köfferchen hin, um zu behandeln und zu operieren. Mit leeren Händen fuhr ich zurück, nur meine Augen füllten sich mit der Unruhe des Meeres und der Ruhe am Mondego gelegener Felder. Der stets mitfahrende Dichter nutzte die Reisen. Ein ums andere Mal überraschte ich ihn, wie er angesichts eines Kamillenblütenteppichs oder eines Pappelvorhangs, der im vollen Flußbett seine lyrischen Knoten spiegelte, in Verzückung geriet...

Unglücklicherweise ließ mich auch dort die Staatsmacht nicht in Ruhe. Kurz darauf wurde ich entlassen und erhielt drei zusätzliche Monatsgehälter, da kein zureichender Entlassungsgrund vorlag.

Als ich die schriftliche Mitteilung erhielt, suchte ich den Kommandanten auf.

«Was bedeutet das?!» fragte ich ungehalten und streckte ihm den Brief hin.

«Es bedeutet das, was da steht. Ich weiß, daß es eine Ungerechtigkeit ist, daß wir keinen Grund zur Klage über Ihre Leistungen haben, im Gegenteil, aber es sind Anweisungen von höherer Stelle… Verzeihen Sie…», stammelte er verwirrt.

Und er gestand schließlich, daß er sich mit der Unvorsicht dieses unüberlegt mit mir abgeschlossenen Vertrags in die Nesseln gesetzt habe. Er würde dafür zwangsweise in den Ruhestand versetzt werden.

Ohne jegliche Ausflüchte beruhigte ich den Kerl, den der Vorfall sichtlich mitnahm, und erinnerte mich schwermütig an die Anweisungen eines einflußreichen Politikers an seine Untergebenen, welche die Moral des Regimes im Kern trafen:

«Nehmt sie nicht fest. Nur im äußersten Fall… Macht ihnen das Leben zur Hölle… Macht ihnen das Leben zur Hölle…»

Und das taten sie. Wer nicht im Gleichschritt mit der Herde marschierte, verfaulte entweder im Kerker oder starb Hungers. Die gesamte Nation war jetzt ein Grab aus Schweigen und Willenlosigkeit. Auf dem Feld, in den Fabriken, in den Schulen und Ministerien schien der unnachgiebige Schatten des Diktators die Stimme des Gewissens zu belauschen. Und das Gewissen aller verstummte in der tiefsten Tiefe, aus Angst vor jeder verräterischen Äußerung. Kein Arbeitsplatz, vom höchsten bis zum belanglosesten, wurde ohne Genehmigung der politischen Polizei vergeben. Jeder Minister, jeder Beamte, jeder Straßenfeger mußte eine von jedem Makel reine Personalakte vorlegen können. Wenn der eine oder andere Fall durch die dichten Maschen dieser unablässigen Überwachung schlüpfte, die nicht den geringsten Lebenswinkel undurchstöbert ließ, wurde der Fehler, wie es jetzt mit mir geschah, am nächsten Tag richtiggestellt. Die eiserne Zensur machte die Presse mundtot. Die Schikanen gelangten nicht an die Öffentlichkeit, die Verbrechen wurden vertuscht, sogar die Selbstmorde wurden in den Zeitungsnachrichten als Verkehrsunfälle dargestellt. Nur verbissen gegen den Strom zu schwimmen, erlaubte dem Bürger, seine Würde zu bewahren. Und so klammerte ich mich mit aller mir verfügbaren Willenskraft an die Ruder, unterstützt von der mutigen Jeanne, die auch bald Opfer der gleichen Inquisitionswut werden sollte. Nachdem sie die Anerkennung ihres Diploms erreicht hatte, schrieb sie ihre Doktorarbeit und wurde zur Assistentin des Professors ernannt, bei dem sie studiert hatte, als er in ihrem Heimatland Lektor für Portugiesisch war. Aber die Häscher der Staatsmacht waren wachsam. In der

Wirrnis eines Streiks, bei dem sie sich geweigert hatte, die eigenen Studenten anzuzeigen, wurde sie, ohne gehört noch gewarnt zu werden, zusammen mit Kollegen durch einen einsilbigen Erlaß entlassen. Die einstimmige Solidarität der Studenten angesichts des Übergriffs nutzte nichts. Die Pest ihres Mannes hatte die Ehefrau angesteckt.

Nicht die Gefangenschaft, nicht die anschließenden Beschlagnahmungen von Büchern – die Liste wuchs zusehends –, auch nicht die zahlreichen sonstigen Willkürakte schmerzten mich so sehr, wie dieser törichte Gewaltakt. Überdies fühlte ich mich als Portugiese gedemütigt. Jeanne war nicht hier geboren. Trotz ihrer Heirat hatte sie nicht ihre ursprüngliche Staatsangehörigkeit verloren. Und mein Land und das meiner Angehörigen war es, das ihr Unrecht tat.

Agarez war wie immer auf dem laufenden.

«*Mein lieber Sohn:*

Ich schreibe dir weil man mir die Zeitung gezeigt hat wo drin stand daß Jeanne mit einigen anderen von der Universität entlassen worden ist. Schweinehunde die nichts anderes können als die Menschheit zu quälen. Aber macht euch keinen Kummer Gott weiß daß wir wissen wie das ist du arbeitest ja für zwei und schau denen die uns die Nachricht gebracht haben haben wir frei heraus gesagt daß die von der Regierung sich schämen sollten denn als sie sie eingestellt haben wußten sie doch wie du warst deshalb Kopf hoch und laßt euch nicht unterkriegen denn sie wollen nichts anderes es kommen auch andere Zeiten. Ihr seid jung und habt das ganze Leben vor euch. Wenn sie dir etwas antun würden das täte mich nicht wundern zum Teufel. Aber ihr das sind schon Saukerle. Die Ärmste ich kann mir vorstellen wie ihr zumut sein muß und zwar mit Recht. Die Mutter weint ohne Unterlaß und ich muß sie aufmuntern daß es nicht um den Tod eines Menschen geht. Habt Mut.

Grüße von Maria und den Segen von der Mutter und von mir deinem Vater.»

Während ich den Brief las, war mir, als würde der Stahl meines Willens in einer Ahnenquelle gehärtet. Ich hatte immer zu widerstehen gewußt. Aber allein, unter Krämpfen. Nun standen mir durch die rechtmäßige Stimme eines Menschen, der sie ordentlich ins Schwitzen brachte, einander folgende Generationen furchtloser Kämpfer zur Seite, die kein Verhängnis, kein Unwetter, kein Rudel Wölfe hatte unterkriegen können. Ich würde einer von ihnen sein. Ich lebte bescheiden. Jeanne teilte meine kargen Gewohnheiten mit gleichbleibender Natürlichkeit, ich würde uneingeschränkt durchhalten können.

«An diesem Platz gibt es drei Einzelgänger... Der Bankwächter in seinem Kabäuschen, Joaquim António de Aguiar auf seinem Sockel, und ich in meiner Praxis...», hatte ich höhnisch einem Kollegen geantwortet, der erstaunt war, mein Wartezimmer leer vorzufinden.

Nein, sie würden mich nicht unterkriegen, solange ich noch zehn Réis in der Tasche hatte. Sie waren völlig auf dem Holzweg, wenn sie glaubten, ich würde die Waffen strecken wie so viele andere.

Fraglos vom Gegenteil, nämlich davon überzeugt, daß ich mich den Gegebenheiten beugen würde, sandte mir der Direktor der Zensur durch seinen Kabinettchef einen verlockenden Brief. Er werde seinen Posten aufgeben – sicherlich war er befördert worden – und wollte vor seinem Auszug das Verbot aufheben, das er selbst für mein letztes Buch ausgesprochen hatte. Ich möge einen Antrag in diesem Sinne stellen. Ungehalten griff ich zur Feder und antwortete ihm unverzüglich. Da ich keinen Antrag gestellt hatte, mein Buch zu beschlagnahmen, beabsichtigte ich auch nicht, die Aufhebung des Verbotes für den freien Verkauf zu beantragen.

Verärgert nahm er die für mich günstige Entscheidung zurück, welche ihm sicherlich sein schlechtes Gewissen eingeflüstert hatte, und mein Erzählungsband blieb weiterhin verboten. Ich beschloß indes, die Herausforderung auf die Spitze zu treiben. Ich fertigte aus den Druckfahnen eine überarbeitete und erweiterte Geheimauflage von nur drei Exemplaren, schickte eines an einen Verlag in Brasilien, und nun konnten meine Helden aus dem Gebirge auf meine Kosten, wiewohl verbannt, erneut das Licht der Welt erblicken. Und der Wachsamkeit der Post entzogen, besuchten sie dann und wann heimlich die heimatliche Scholle.

Leider hatte das allgemeine Unheil einen solchen Grad erreicht, daß sogar viele von denen, die mir angesichts eines derart hartnäkkigen Kampfes ein Wort der Solidarität schuldeten, feige verstummten. Oder sie kamen so wortkarg, so unschlüssig daher, daß sie mir eher wie Zensoren erschienen, die mein unvernünftiges Verhalten schalten. «Man muß mit den Wölfen heulen...», gaben sie mir zu verstehen. Nicht zu reden vom Bekehrungseifer derer, die nur ihren Parteifreunden eine helfende Hand entgegenstreckten, oder von der Niedertracht jener, die alles taten, um unzählige Menschen in Verlegenheit zu bringen, die allein durch die Tatsache, frei zu sein, einen wandelnden Vorwurf gegen ihr kompromittierendes Verhalten darstellten. Und erst die Kämpfe, die ich mit vielen auszufechten hatte; sogar in der Berufsfachschaft, der anzugehören das Gesetz mir vorschrieb! Im Verlauf des erbittertsten Kampfes wollten sie mich mit allen Mitteln zu einer offiziellen Mitarbeit zwingen, der ich mich nach den Statuten nicht entziehen konnte und die der Aufgabe einer starrsinnig aufrechterhaltenen Unabhängigkeit gleichkommen würde. Wenn ich mich gegen den bedachten Rat der Freunde weigerte, die verschiedenen mir übertragenen Ämter und Mandate zu übernehmen, würde das meinen Ausschluß aus der Ärztekammer bedeuten. Aber keine Verständnislosigkeit, Behinderung oder Nötigung würden mich von meinem Weg abbringen, der nur andere, mir ins Blut geschriebene Wege fortsetzte.

Mein Vater, der die Härte dieses Kampfes begriff, auch wenn ich ihm die dramatischsten Kapitel verheimlichte, unterstützte mich in meiner Entschlußkraft:

«*Mein lieber Sohn:*

Gesundheit wünsche ich dir und Jeanne. Uns hier geht es wie üblich ich mit meinem Sodbrennen und die Mutter mit ihrer Atemnot wenn sie etwas Schweres tragen muß. Wir müssen eben durchhalten. Du sprichst in deinem Brief nicht von eurem Leben aber ich kann mir vorstellen daß du ein schweres Auskommen hast mit all den Ausgaben und wo alles so teuer ist und mit so wenigen Kranken wie Catarina mir sagt als sie hier war daß es mit deiner Kundschaft nicht weit her ist. Aber laß dich nicht entmutigen spare was du kannst aber nicht vom Mund ab. Ich habe nicht viel wie du weißt aber im Notfall kann ich etwas auftreiben auch wenn ich es ausleihen muß. Sag ob wir euch Kartoffeln schicken sollen. Die Frau vom Ró ist gestorben und bei der Beerdigung hat der Priester nach dir gefragt wie das Leben bei euch läuft und ich habe gesagt sehr gut und daß du alle Hände voll zu tun hast. Er ist mit eingekniffenem Hintern abgezogen daß es eine Lust war. Sie gehören alle zur gleichen Sippe. Nur ein Dummkopf sieht das nicht. Und sieh zu daß du keine Bücher mehr schreibst damit sie dich nicht von neuem einbuchten.

Grüße von Maria und den Segen von der Mutter und von mir deinem Vater.»

Nicht alles war finster in jenen unruhigen Zeiten. Eines Nachmittags erhielt ich den aufheiternden Besuch eines Malers, den ich kaum dem Namen nach kannte, Graciano Fernandes. Er lebte in Nazaré mit einem Mädchen von der Küste, Rosário, zusammen. Er lud mich ein, ein paar Tage bei ihm im Hause zu verbringen, da er mein Porträt malen wolle. Überrascht darüber, daß jemand das Bild eines getriebenen Menschen auf die Leinwand bannen wollte, nahm ich den Vorschlag dankend an. Und da die Osterferien vor der Tür standen, klopfte ich wenige Tage darauf in Jeannes Begleitung an den Türriegel. Er wohnte in einer das Meer überblickenden Bruchbude am Sítio*, alle kannten ihn und bewunderten sein herrenhaftes Elend. Ungezähmt schritt er stolz auf den Pfaden der Verständnislosigkeit. Trotz der Krallen der Tyrannei war er frei und Herr einer von tausend Abenteuern gesegneten Vergangenheit. Die mit ihm durchlebten Stunden vergingen im Flug. Unablässig beschäftigte er sich mit politischen und kulturellen Plänen; im Augenblick trug er sich mit der Gründung eines geräumigen Kulturhauses, in dem Künstler jedweder Nationalität, gleich ob verheiratet oder ledig, geeignete Bedingungen für die Verwirklichung ihrer Vorhaben anträfen. Das große Laienkloster mit seinen Einzelzellen rings um einen Mitteltempel sollte dort, auf dem von einem großzügigen Spender gestifteten Terrassengrundstück, errichtet werden. Er hatte dem Bezirksamt bereits seinen Urbanisationsentwurf vorgelegt, den ein für den utopischen Plan gewonnener Architekt erarbeitet hatte. Die von schöpferischen Mönchen hervorgebrachten plastischen, literarischen, musikalischen und sonstigen Werke sollten Besitz der Gemeinschaft werden und zusammen mit den zu erwartenden Spenden den Grundstock der Einkünfte der Institution bilden. Angesteckt von diesem seherischen Wahn, für den er sich gegen alle Ungläubigkeit und gegen alle aufkommenden Bedenken einsetzte, stimmte ich der Idee begeistert zu. Und ich nahm eifrig an Sitzungen teil, in denen der Apostel salbungsvoll die frohe Botschaft staunenden Fischern weitergab, die gleichfalls als wertvolle Laienbrüder dem Orden beitreten sollten. Die Unwirklichkeit des Schauplatzes, auf dem wir uns bewegten, förderte den Fieberwahn. Und als mein Porträt fertig war – das mir zweifellos ähnlicher sah als ich mir selbst –, und ich in den glanzlosen Alltag zurückkehren mußte, nahm ich die innere Gewißheit mit, daß diese von Anbeginn und in allem überraschende Freundschaft stets verläßlich, unantastbar und befreiend sein würde. Und zwar brüderlich und herzlich, unempfindlich gegen den Verschleiß der Umstände, und gesegnet von der Gnade der Phantasie. Was sich in der Tat Jahre hindurch bewahrheitete, bis der Tod plötzlich seinem Leben ein Ende setzte und die Freundschaft zur Schwermut einer Sehnsucht verengte, die nur durch die Lehre zu trösten vermochte, daß es mitunter ebenso fruchtbar ist, sich auf die Vergangenheit zu besinnen, wie sich die Zukunft auszumalen.

Eine Lehre, die ich schon zu jener Zeit bestens kannte und die mich in gewissen Augenblicken sehnsuchtsvoll die guten Zeiten von Leiria wiedererleben ließ. Genau besehen war es eine Torheit, auf seine Geborgenheit verzichtet zu haben. Aber das sah ich zu spät ein, als der Fehler schon begangen und eine Rückkehr unmöglich geworden war. Ich hatte mich von einer Sinnestäuschung verführen lassen. Beruflich würde ich nicht so hart kämpfen müssen; mein Umzug hatte mich von unschätzbaren Zuneigungen getrennt, die ein Dichterherz rühren konnten; in literarischer Hinsicht hatte ich wenig oder nichts gewonnen. Hier würde ich fraglos aus der Gesellschaft einiger gebildeter Gesprächspartner Nutzen ziehen, und die Nähe der Druckereien würde mir frühere Laufereien während jeder Buchherausgabe ersparen. Allerdings entpuppte sich Coimbra weniger als Lieblingsheimat des Geistes, sondern vielmehr als deren Grab. Ein mit Vorurteilen getünchtes Grab, in dem die schöpferische Freiheit die lebendigen Toten beleidigte. Die Universität der Stadt verleugnete täglich ihre eigentlichen Aufgaben. Seit langem litt sie an der unheilbaren Gelenkversteifung aller weltlichen Einrichtungen. Konservativ und reaktionär, wie sie war, vermochte keine Reform sie zu reformieren. Sie hielt sich auf Kosten ihrer eigenen Unbeweglichkeit aufrecht. Der geringe Zeitraum, in dem jede Generation sie besuchte, täuschte über die Wirklichkeit hinweg. Der ständigen Erneuerung der Studentenschaft entsprach keinerlei Erneuerung der Ideen und der Lehrmethoden. Daher hatte ich sie eines Tages mit der Verzweiflung einer enttäuschten Liebe gnadenlos angeprangert. Und machte vorsätzlich stets einen großen Bogen um sie. Ich wollte nicht, daß der schwarze Schimmel, der sie innerlich beschmutzte, die bezaubernde Helle ihrer Kalkmauern in meinen Augen besudelte.

Eines mußte ich zugeben: Ich hatte mir Coimbra als Bewegungsraum erwählt; in einem gesellschaftlichen Leben hatte ich jedoch nicht Fuß fassen können. Mir fehlte ein unbestimmter Halt. Im Grund richteten alle Bewohner der Stadt ihren Blick stets auf die sie krönende Akropolis. Und da sie aus der Höhe nicht den geringsten verklärenden Hauch empfingen, wirkten sie in Taten und Gefühlen fast blutarm. In jedem Industriellen, in jedem Kaufmann, in jedem Beamten steckte ein verhinderter Bakkalaureus. Nicht zu reden vom bescheidensten Handlungsgehilfen. Als Opfer der sie umgebenden Aura von Wissenschaftlichkeit ahmten sie die Kennzeichen der Kultur nach. Und man hatte täglich das Gefühl, von Wesen umgeben zu sein, die zu einem lebenslänglichen Irrtum verurteilt waren.

Von mir forderte die Natur jetzt Natürlichkeit. Daher nahm ich den Vorschlag von Dr. Vilela, Direktor des örtlichen Armenhospitals, dankbar an, einmal in der Woche Sprechstunde in Travanca abzuhalten und zu operieren. Auch wenn ich den größten Teil der Arbeit umsonst ableisten mußte, kam doch der eine oder andere bezahlte Fall hinzu. Jeanne begleitete mich. Sie arbeitete sich ein und half mir beim Operieren. Es war eine unbequeme Reise, glutheiß im Sommer und eiskalt im Winter, aber sie befriedigte meinen angeborenen Hunger nach einer Wahrhaftigkeit, in der sich kein Teil meines Ichs zurückgewiesen fühlte oder auch nur das Geringste zurückwies. Eine Eigenschaft besaß das Volk: Bei ihm schmeckte alles nach Wahrheit. Die Unwissenheit war Unwissenheit, der Dünkel war Dünkel, die Feigheit war Feigheit.

Die Menschen läuterten sich durch die Aufrichtigkeit, mit der sie ihre Lebensbedingungen hinnahmen.

Bei einer dieser Fahrten bekam ich Gelegenheit festzustellen, was ich schon lange wußte, jedoch erst jetzt hautnah erlebte: welches Ausmaß der Haß des Diktators erreichte. Er verzieh seinen Gegnern nicht einmal nach ihrem Tode. Sein überlegener Widersacher Dr. Vieira Sampaio, bekannter Geschichtsschreiber und früherer Diplomat, war gestorben. Seines Postens enthoben und erbarmungslos verfolgt, war er praktisch im Elend gestorben. Weil er aus Travanca stammte, hatte er immer den Wunsch geäußert, dort begraben zu werden. Und seine Witwe entsprach seinem letzten Willen. Doch als der Sarg aus Lissabon ankam, war er von einem derartigen Polizeiaufgebot begleitet, daß kein Dorfbewohner die Angst zu überwinden und seinem Landsmann die letzte Ehre zu geben wagte. Zur Stunde der Beerdigung erriet man hinter den Fensterscheiben nur kleinmütige, auf Gehorsam eingeschworene Gestalten, die mit schlechtem Gewissen die verlassene Straße beäugten, auf welcher der spärliche Trauerzug noch totenähnlicher wirkte. Außer den Polizisten in Zivil, die keinen Fußbreit vom Sarg wichen, solange sie ihn nicht unter der Erde sahen, begleiteten nur Dr. Vilela und ich den Toten zu seiner letzten Ruhestätte.

Dr. Vilela war in der Gegend die angesehenste Persönlichkeit. Als Erbe eines durch mehrere Generationen von Ärzten und Richtern beglaubigten Namens verkörperte er gleichsam eine ganze Tradition natürlicher Würde. Wir lernten uns kennen, da er Landsmann und Kommilitone von Gonçalo an der Universität war. Ich glaube, anfangs mochte er mich nicht, möglicherweise deshalb, weil er meine damaligen Gedichte nicht verstand. Im Verlauf der Zeit indes wurde alles anders. Nun las er mit Wohlgefallen, was ich veröffentlichte, wir arbeiteten beruflich zusammen, er nahm mich in sein Haus auf, und es entstand eine feste Freundschaft. Als kämpferischer Demokrat wurde er nach Art des *Neuen Staates** seines Postens als Untersekretär des Gesundheitsamtes enthoben. Aber die Unterdrückung ging noch weiter. Von seiner Menschlichkeit angerührt, hatte die Menge derer, die er im ganzen Amtsbezirk uneigennützig behandelt hatte, die Regierung auf einer freiwilligen Kundgebung gezwungen, ihn als

Leiter des Hospitals zu belassen. Und hier leistete er fortan Tag und Nacht sein Bestes.

In den Pausen zwischen seiner Krankenhaustätigkeit ergingen wir uns in langen subversiven Gesprächen, die sich von dem Tag an in die Länge zogen, als er mich zu einem früheren Minister der Republik führte. Dieser lebte nach seiner Rückkehr aus dem politischen Exil wie ein Verbannter auf seinem Landgut in Vidoeiro, wo er vergangenen Zeiten nachtrauerte, den Sturz des Diktators ausheckte und an einer chronischen Bronchitis laborierte. Als geistvoller Plauderer und lebendes Abbild einer Epoche des freizügigen Idealismus verkörperte der alte Politiker den seltenen Geistesadel jakobinischer Gesinnung, dem der Despotismus des Soldatensäbels die Flügel beschnitten hatte, ohne jedoch seine Wurzeln zu verletzen. Als zäher Sproß dieses bürgerlichen Romantismus diente Dr. Vilela dank seiner Kampfbereitschaft und der ihm gezollten Achtung gleichsam als belebende Stütze für dieses erschöpfte Leben. Und das Vorbild dieser beiden in der Provinz verlorenen Quijoten eines anachronistischen Traums von Freiheit, Gleichheit und Brüderlichkeit tat mir geistig wohl. Hier war ein furchtloses, unbotmäßiges, dickköpfiges Portugal versammelt, das sich keiner Macht des Augenscheins unterwarf, selbst wenn sie Verbannung oder Amtsenthebung hieß. Und jede Woche erwartete ich mit Ungeduld diesen Donnerstag, der als harter Arbeitstag stets mit der regelmäßigen Beruhigung meines Dauerkrampfes endete.

Sonntags ging ich nach wie vor jagen. Ich zog im Morgengrauen fast verstohlen aus, um die geruhsame Stille der Nachbarschaft nicht zu stören, und kehrte erst ermattet und befriedet bei Einbruch der Nacht zurück, nachdem ich die Heide des Alentejo, die Hänge der Serra da Estrela oder die Terrassen des Douro-Flusses durchstreift hatte. Mein Bedürfnis nahm zu, mich in Bergen und Tälern zu verlieren. Ich entließ meine Vernunft und ergab mich empfindsam, schlafwandlerisch, allen Eindrücken des Augenblicks. Der primitive Mensch, der seine Existenz in meinem Innern nie aufgegeben hatte, trat nur mit der Patronentasche am Gürtel voll in Erscheinung. Die Jagd war für meine Sinne die Rückkehr zur ursprünglichen Reinheit. Von der Kleidung, die verblieben war wie ein altes Priestergewand und sich den Bewegungen des Körpers wie eine zweite Haut anpaßte, über die gesunde Kargheit des immer gleichen Vesperbrotes bis zum ausnahmsweise genossenen Wein, war alles Teil einer geheimen Kommunion mit der Erhabenheit der Natur. Der Tag erstrahlte in der Ergriffenheit des ersten Schusses. Noch bevor mein Wille zaudern konnte, verkürzte mein Marschschritt jede Entfernung. Unberührt vom Schweiß der Ermüdung, begleitete meine Aufmerksamkeit mit raschen, unvoreingenommenen und betörten Blicken die kreisrunde Vollendung der Zeit und den wellenförmigen Wechsel der Horizonte. Wenn die Kräfte nachließen, sank auch der Abend. Das letzte erlegte Rebhuhn war der Sonnenuntergang.

Schließlich hatte ich einen sehr jungen Jagdgefährten gefunden. Ataíde erspürte die Innigkeit meiner Erlebnisse, ohne in sie einzudringen. Gebannt von dem Ritual, das sie umhüllte, nahm er regen Anteil an ihnen. Nie war mir unter den jungen Lehrlingen der Literatur eine ähnliche Hingabe begegnet, die mir in allen bedrängten Augenblicken eine der seinen ebenbürtige körperliche Zähigkeit mitteilte – deren Bestätigung ich dann als Pflicht empfand – und mir immer für die Vermittlung einer Erfahrung dankte, die nicht nur verstand, die instinktive Schläue der Jagdbeute zu überlisten, sondern auch den besten Weg durchs Dikkicht, die kühlste Quelle in der größten Siedehitze, den sichersten Unterschlupf im Gewitter aufzuspüren. Beide trugen wir in Augen und Füßen dasselbe erstaunte und durchforschte Portugal, das tages- und nachtzeitliche, sonnige, regnerische, schneebedeckte und nebelumhüllte Land. Zu unserem gemeinsamen Besitz gehörte auch die Zeugenschaft tausender im Lauf der Jahre erlebter Episoden, deren geheime und kaum mitteilbare Erfahrung die Erinnerung wie einen Schatz bewahrte.

Ebenso sehr wie dem ärztlichen Alltag, verdankte ich diesen Jagdausflügen die größte Echtheit dessen, was ich niederschrieb. Der berufliche Kontakt mit dem menschlichen Leiden verlieh meinem schmerzlichen Bewußtsein von der tragischen Größe unserer Befindlichkeit gleichsam Gestalt; die spielerische Vertrautheit mit der Natur stellte ihrerseits durch die tätige Sinnesschärfe wieder die Gewißheit her, daß dem Leben eine angeborene Hartnäckigkeit innewohnt, die im Widerspruch zu den

Verzweiflungen des Verstandes ein andauernder Glaubensakt in die läuternde Gnade der Hoffnung ist.

Nicht immer war alles Erbe und Geschenk in diesen Stunden der Flucht und der Wiederbegegnung. Der in dem Jäger zugleich lebende Dichter brachte diesen oftmals in heikle Lagen. Dies war im Fall des Marquês von Montalvo eingetreten. Er hatte mich zur Teilnahme an einer großen Treibjagd auf einem seiner Jagdgründe eingeladen. Ich fand mich dort eines Herbstmorgens mit Ataíde ein, als die grünen Eichen wie aus Samt zu sein schienen. Nach einem liebenswürdigen Empfang gesellten wir uns zu den übrigen Jägern, und der Tag verlief im warmen Hochgefühl von Sonne, Pulverstaub und Opferblut. Aber beim Abendessen ließ sich unser Gastgeber leidenschaftlich über den Liberalismus aus und leistete sich schlimme Aussprüche. Dabei handle es sich um das größte Verhängnis der Weltgeschichte. Die Schuld daran trügen die verfluchten auslandshörigen Portugiesen und die Hundesöhne, die jenen ein williges Ohr liehen. Daher sei er ein vollblütiger Absolutist, betrachte sich noch als Untertan des Senhor Dom Miguel und verabscheue alles, was nach Freimaurerei röche. Ich ließ ihn geduldig reden in der Erwartung, daß einer der Anwesenden, unter denen ich einige mit abweichenden Auffassungen kannte, den Mund auftäte. Aber nichts. Niemand wagte, die Stimme zu erheben. Nun fühlte ich mich verpflichtet, den Kampfplatz zu betreten. Das tat ich jedoch so ruhig und humorvoll ich konnte, wie es die bescheidenste Pflicht eines wohlerzogenen Gastes erfordert. Er möge mir verzeihen, aber ich sei nicht seiner Ansicht. Schon deshalb nicht, weil wir alle nur dank der industriellen Revolution, die erst nach dem politischen Sieg der Aufklärung möglich geworden war, das Vergnügen genießen dürften, hier zu sein.

«Na so was! Sie sind hier, meine Herren, weil ich es so wünschte!»

«Ohne Zweifel. Aber wir sind mit dem Wagen gekommen... Früher hätten wir im Ochsenkarren oder in der Sänfte kommen müssen...»

Über meine Anzüglichkeit gereizt, bestand der Marquês von neuem auf seinen Ungereimtheiten. Und als ich wieder zum Angriff überging, ohne ihn von der Strenge der Logik zu verschonen, verlor er den Kopf und zog vom Leder. Er verstehe vollkommen meine Stellungnahme. Die eines Mannes, der nicht die schwere Last trage, eine alte Familientradition zu verteidigen und einen berühmten Namen zu ehren...

Weniger über seine Unverfrorenheit als seine Dummheit innerlich hohnlachend, fragte ich ihn unvermittelt:

«Wieviele Jahrhunderte ist Ihr Stammbaum alt, Herr Marquês? Vier? Fünf? Sechs? Sagen wir, er begann mit der Gründung der Nationalität. Sagen wir, einer Ihrer Ururgroßväter erklomm mit dem Dolch zwischen den Zähnen die Mauern der Burg von Santarém, Seite an Seite mit Dom Afonso Henriques*. Bemerkenswert, in der Tat. Aber wo beginnt dann meiner? Sie kennen gewiß die Grotten von Altamira?»

«Ja, ich habe schon davon gehört...»

«Dann sollten Sie wissen, daß der rauhe Höhlenbewohner, der darin den ersten Bison gezeichnet hat, mein erster Vorfahr war. Und daß alle Künstler, die auf ihn folgten, Homer, Phidias, Dante, Michelangelo, Leonardo da Vinci, Cervantes, Camões, Bach, meine unmittelbaren Vorfahren sind. Auch wenn das zu begreifen Ihnen schwerfällt, Senhor Marquês. Ich vertrete hier den Geist. Schlecht, wenn Sie wollen, aber ich vertrete ihn. Und glauben Sie mir, dieses Ahnenmandat ist kein leichtes Vermächtnis... Bedenken Sie also, wer von uns beiden die größere Verantwortung in Sachen Abstammung trägt!»

Ohne Ausweg aus seiner Sackgasse wechselte der Edelmann unter beklommenem Stillschweigen das Gesprächsthema. Und als die Mahlzeit zu Ende war, kam Ataíde, der in seiner Ecke frohlockend und stumm den Wortstreit verfolgt hatte, leise zu dem Schluß:

«Hier fahren wir nicht mehr hin. Von diesen Rebhühnern haben wir genug.»

In der Tat. Freilich kam er aus reiner Lust an dem Erlebnis noch häufig auf den Vorfall zu sprechen, in einer Art zeitlosen Gemeinschaftsgefühls.

Merkwürdigerweise verdankte ich einem anderen, dem Kult der Musen gleichfalls fremden jungen Mann in jener schwierigen Zeit einen kurzen Abstecher in die Freiheit. Er litt an einer Nasennebenhöhlenentzündung, und der Zufall führte ihn in meine Praxis. Ich operierte ihn, er genas und wollte sich für meine Betreuung erkenntlich zeigen. Da er, wie ich, gerne die Welt erkundete und

Besitzer eines rassigen Wägelchens war, schlug er mir einen längeren Ausflug über die Landesgrenzen vor. Ich packte die Gelegenheit beim Schopf. In sehnsüchtiger Erinnerung an die Ausflüge von Leiria forderte der Geist weitere Horizonte als jenen, mit dem der kleine Platz täglich meinen Blick umgrenzte. Und zur Ferienzeit machten wir uns mit Jeanne auf den Weg. Obwohl wir uns schlecht ernährten und noch schlechter schliefen, bereisten wir eineinhalb Monate lang einen Teil Europas. Das kastilische Spanien mit seinen strengen Landschaften und seinen grabesdüsteren Kirchen; die levantinische Küste mit ihren beruhigenden Obstgärten und den stillen Stränden; Mallorca mit seinen schlangenförmig angelegten Olivenhainen und dem romantischen Chopin; das romanische Frankreich von Arles und Nîmes; die italienische Toskana der Kunst und das Kalabrien des Hungers; Sizilien mit dem Ätna, Segesta, Agrigent und Taormina; die Schweiz der Seen und des ewigen Schnees; Deutschland... Eine vielfältige und lebhafte Folge von Erregungen. Darunter waren einige, die ich in der Eile der Reise zum ersten Mal empfunden hatte und die noch auf ihre Bestätigung warteten. Ohne den Schatten der Senhores Lopes und Castro, die das Panorama verdüstert und die Baudenkmäler geschmälert hatten, doch begleitet von anderen Empfindsamkeiten und Kulturen, war für mich jeder Schritt eine Entdeckung, eine Begegnung oder eine Vertiefung. Die Ruinen des Krieges waren noch überall zu sehen. Löchrige Landstraßen, ausgeweidete Gebäude, zerstörte Stadtviertel. Und verstümmelte Menschen da und dort, und Gesichter, die, selbst wenn sie lächelten, noch vor dem alten Schrecken zusammenzuckten. Doch in den Ruinen, in den verstümmelten Leibern und den gezeichneten Gesichtern erwachte bereits scheu die Hoffnung. Die aggressive Maske der Diktatoren und ihre donnernden Schlagworte besudelten nicht mehr die Mauern. Und es war tröstlich festzustellen, daß die Menschheit trotz langer Leiden imstande gewesen war, diese seelenlosen Ungeheuer aus der Welt zu verbannen und ein neues Leben zu beginnen. Dies war keine Erholung, sondern eine Reise der Aufklärung und der Bekräftigung. Ich konnte meinen Kampf fortsetzen. Die Werte, für die ich mich immer eingesetzt hatte, waren richtig. Keine Ideologie leugnete grundlegend die Sixtinische Kapelle oder die Piazza San Marco. Keine Überheblichkeit strafte die Mosaiken von Ravenna oder die Kathedrale von

Amiens Lügen. Unerbittlich und fern aller Beunruhigungen und Zwistigkeiten war nur die Zeit. In den Ruinen von Pompeji und Paestum fühlte ich am lebendigsten ihre tödlichen Krallen. Dort bewahrheitete sich mit all seiner Macht schwermütigen Zweifels der Vers des Predigers Salomo, der nicht aus meinem Kopf weichen wollte:

Nichts Beständiges unter der Sonne…

Jahre später sollte mich in Athen die gleiche schmerzliche Empfindung einer vom Atem der Jahrhunderte zernagten Ewigkeit beschleichen. Die geborstenen Säulen, die eingestürzten Fassaden, die von frommen Sandalen abgewetzten Treppenstufen erfüllten mich mit einer trüben, lastenden Trauer, die der heitere Himmel und die Durchsichtigkeit des Meeres nur mit einer Art grausamen Spotts vertieften. Die Theaterbühne und der sie umgebende Schauplatz waren unverändert, nur das Werk der Menschen zerfiel.

Seit meiner Kinderzeit war mein Lebensgefühl von Angst geprägt; jeden Tag, jede Stunde und jede Minute lebte ich in Erwartung des Todes. Tausend Gründe, sogar die der physiologischen Natur, rechtfertigten dieses alltägliche Gefühl. Doch angesichts der gewaltigen Ruinen sah ich deutlich, wie vergeblich die Träume von jeglichem Fortbestand waren. Trotz allem zog ich aus der Pilgerreise eine Lehre: Auch wenn die Kunst unbeständig war, lohnte nur sie in Wahrheit die Mühe. Die Institutionen vergingen, die Reiche zerfielen, und nur sie dauerte fort, wenn auch nicht im ursprünglichen Glanz, so doch von der Ergebenheit der Menschen geschützt, erhalten und nachgeahmt. Wenn ein Geschlecht sie vergaß, sie mißbrauchte oder verachtete, eilte ihr eine folgende gleich danach mit doppeltem Feuereifer zu Hilfe. Nicht das Gleichgewicht der Standbilder von den Herren der Stunde beunruhigte die Gemüter, sondern der Turm von Pisa. Im iberischen Raum liefen die Dinge unseligerweise anders ab. Hier waren die Cäsaren nach wie vor ein Alptraum. Kein Wind hatte die gesellschaftliche Finsternis vergangener Zeiten fortgefegt. Während des Bürgerkriegs, und solange der Weltkrieg gedauert hatte, kämpfte zumindest noch die Hoffnung oder hegte Zuversicht. Nun herrschte in beiden Bruderländern die gleiche apathische Stille der Friedhöfe. Doch auch so hatte mir die Luft fremder Freiheit wohlgetan. Ich kehrte im gestärkten Bewußtsein meiner

Möglichkeiten und Begrenzungen zurück, mit einer neuen Sicht von der Welt und den Menschen. Mein Geburtsland bliebe immer ein mütterliches Bollwerk, aber seine Schranken würden nicht den Aufschwung der Unruhe verhindern. Als ich es in eine Kutte aus Felsbrocken gehüllt wiedersah, rauh und anspruchslos, hätte ich es am liebsten geküßt. Erst jetzt vermochte ich sein bescheidenes Maß und seine kargen Bodenschätze in vollem Umfang zu erkennen. Im Vergleich zu anderen, weltläufigen und mit unendlichen Horizonten ausgestatteten Ländern war das meine weniger als ein armer Verwandter. Immerhin hatten auf ihm Menschen starken Willens geackert, gesät und geerntet. In ihren Bergen verschanzt, hatten unbezähmbare Rebellen ihre Unabhängigkeit verteidigt und ein Vaterland im Kopf und im Herzen errichtet. Hier mußte auch ich meine Pflicht erfüllen, doch zur gleichen Zeit ein Bürger diesseits und jenseits der Landesgrenzen sein. Und mutig packte ich den Handgriff des Pflugs, zu dem ich von Geburt verurteilt war.

Ich schrieb und veröffentlichte ohne Unterlaß. Gedichtsammlungen, Theaterstücke, Novellen und Erzählungen, die in den Schaufenstern vergilbten, vergessen von Kritikern und Lesern. Ich zahlte nach wie vor einen hohen Preis für die Todsünde der alten Spaltung der *Vanguarda*-Gruppe. Das Feuer der Jugend begann in den Adern der Generation zu erkalten. Aber die alten Abneigungen hielten an. Und ich mußte die Grabesstille über jedes neu entstandene Werk hinnehmen. Es war, als sei ich in der Welt der Literatur nicht vorhanden. Mein Name wurde nicht einmal in der literarischen Jahresbilanz erwähnt. Sofern mein Name unter keinen Umständen verschwiegen werden konnte, wurde er mit Schmähungen überschüttet. Der vor Zeiten mit Gonçalo, André und Santos unternommene großzügige Versöhnungsversuch war gescheitert. Wir beschlossen, eine Zeitschrift zu gründen – *Momento* –, in der die verschiedenen widerstreitenden Tendenzen zu Wort kommen sollten. Als der Neutralste der vier Gründer wurde Santos zum Herausgeber und Abgeordneten der übrigen ernannt. In der Zeitschrift erschien eine Anzahl bedeutsamer Texte. Der Geist der *Vanguarda* war in Anhängern und Andersdenkenden gereift. Wir alle wußten, daß der Künstler weder ein wirklichkeitsfremder, bloßer Betrachter der Sterne noch ein den engen ideologischen Disziplinen untergeordneter Berichterstatter gesellschaftlicher Zusammenstöße sein konnte. Daß er mithin die zeitlichen Wurzeln der zeitlosen Werte, denen er diente, kennen mußte, ohne leichtfertiger Eingebung nachzugeben noch der zweifelhaften Übereinstimmung modischer Strömungen zu huldigen. Und jeder von uns legte, seinen Fähigkeiten gemäß, von diesem Bewußtsein und dieser Reife Zeugnis ab. Allerdings stellte sich heraus, daß Santos kein Mann dauerhafter Unternehmungen war. Überdies sahen die Behörden ein so festes, freies Bollwerk von Kunst und Denken mit argwöhnischen Augen. Die Zeitschrift endete schließlich in den wetterwendischen, anpassungswilligen Händen des Steuermanns, der ihr Bild aus bürokratischen Gründen in zunehmendem Maße normalisieren mußte. Und das, was sie in der Folge hätte werden können – ein Ort der Begegnung und der Harmonie –, verkam zu einem Phantasiegebilde. Der Rummelplatz der Literatur blieb praktisch das, was er war: geteilt in zwei entgegengesetzte Pole.

Dieser literarischen Enklave beraubt, war ich in meine alte schöpferische und editorische Einsamkeit zurückgekehrt, wo meine Arbeit nur von einigen Beweisen ausländischer Wertschätzung unterbrochen wurde. Mit einem Mal, als ich es am wenigsten erwartete, klopften unbefangene Neugierige aus Spanien, England, aus Italien, Deutschland und Frankreich an meine Tür. Dolores, mit den Flüßchen Galiciens in den Augen und Kastilien im Herzen, Doktor Herman, ein junger Extremist, der sich später zum Katholizismus bekehrte und als bestellter Priester und Führer einer Pilgerfahrt nach Fátima auftauchte, Professor Ludovico, der schlimmsten geistigen Ketzereien fähig, Bron, der wild war auf Portwein, und Clara Böll, die von den Bombardierungen Berlins unwiderruflich Gezeichnete. Unterschiedlichste Dichter, Kritiker und Wissensdurstige, die in ihren Ländern über die Begegnung mit meinen Büchern berichtet hatten oder berichten wollten. Alle wünschten Agarez kennenzulernen, den Boden, der jene genährt hatte. Und allen erfüllte ich ihren Wunsch mit kurzen Besuchen, welche die Kraft und Schönheit der Jahrmillionen alten und wie soeben aus den Händen des Schöpfers entlassenen Landschaft ihrem eigenen Geständnis zufolge unvergeßlich machten. Ich glaube, ein Großteil des Feuers, das sie anschließend in das undankbare Geschäft der Vermittlung einer überschäumenden und zugleich schamvollen Schreibweise legten, wurzelte in der Ergriffenheit, welche die Bekanntschaft mit meiner Heimat in ihnen hinterlassen hatte.

Diese Wertschätzung aus dem Ausland spendete mir Trost und erzeugte gleichzeitig Trostlosigkeit. In den Sprachen, die ich nicht kannte, ersparte mir meine Unwissenheit die Enttäuschung der Gegenüberstellung. In den anderen erkannte ich meine eigenen Werke nicht wieder. Ich vermißte eine ganz bestimmte Gleichwertigkeit. *Madre* klang in meinen Ohren und meinem Geist nicht wie *mãe* – Mutter. Es war, als wäre jedes Wort seines Bedeutungswertes beraubt und der Textzusammenhang durch einen Akt der Willkür verändert worden. Sogar in Jeannes ersten Fassungen, den wortgetreuesten, blieb immer etwas Wesentliches ausgeschlossen. Daher stellte sich unfehlbar ein gewisses Mißbehagen zwischen mir und allen Übersetzern ein. Mein zurückhaltender Zuspruch kühlte die Wärme der Dankbarkeit ab. Im Grunde erkannte ich meine Stimme nur in meiner Muttersprache wieder. Eine schmerzvolle Stimme, der André und Gonçalo von Mal zu Mal weniger aufmerksam lauschten. Vielleicht waren sie von ihrer Eintönigkeit ermüdet, aber sie konnte nicht verstummen, weil sie zäh und täglich zuckend die verstreichenden Jahre erläuterte. Unterschiedslos in ihrem gestaltlosen Gewebe, war ihre Verschiedenartigkeit hernach nur in den von mir veröffentlichten Büchern zu erkennen. Die Kunst bewirkte das Wunder, die Besonderheit jeder Stunde augenscheinlich zu machen. Die straffe Erzählung, das lyrische Gedicht oder die bittere Randbemerkung bezeugten gleichsam graphisch die Regungen des Geistes auf die Anreize des Augenblicks. Stärker als dem Gedächtnis war ihnen der Zeitablauf eingeschrieben. Eine Zeit, die dauerte, ohne zu dauern, die tot war und dennoch weiterlebte, die im Handlungsfaden einer Episode pochte, im Aufblitzen eines Bildes, in der Neuartigkeit eines Begriffs. Eine ungewöhnliche Zeit, die an einen von bösen und guten Träumen bevölkerten, langen Winterschlaf erinnerte, aus dem ich eines Tages schlaftrunken und faltig, mit weißem Haar und einem sorglosen Leben erwachte. Ich mochte es kaum glauben. Ich besaß Patienten, ich hatte ein Haus gebaut. Ich hatte den von Agarez in mich gesetzten Hoffnungen entsprochen.

«Mein lieber Sohn:

Ich habe deinen Brief erhalten und nicht gleich geschrieben weil ich mit dem Beschneiden der Bäume beschäftigt war. Jetzt fehlt nur noch die Gartenhecke. Es ist bitter kalt. Aber es hilft nichts, die Arbeit muß getan werden. Otília ist hochzufrieden zurückgekommen so wie du sie behandelt hast sie ist wohlauf ißt und trinkt von allem es fehlt ihr nichts. Gesegnet die Stunde als sie zu dir fuhr wäre ich nicht so alt ich ließe mich von dir auch am Magen operieren was ich durchgemacht habe weiß nur ich aber jetzt lohnt es nicht mehr die Mühe ich helfe mir mit Wismut sobald du kannst schicke mir doch mehr das Paket ist fast zu Ende. Sie hat erzählt daß du eine volle Praxis hast und daß die Kranken während sie wartete ihr nur Gutes von dir berichtet haben nun gut es gefällt uns wir hören gerne daß die Menschen gut von dir reden auch wenn nur um die Regierung zu ärgern und die Reichen von hier die nichts von dir wissen wollen. Sie hat mir die Wäsche mitgebracht die du geschickt hast vielen Dank ich kann sie gut gebrauchen.

Grüße von Maria und den Segen von der Mutter und von mir deinem Vater.»

Ja, jetzt lief mein Berufsleben nach Wunsch, sogar zu gut, denn es nahm mich voll in Anspruch. Aber mit meiner Gesundheit stand es nicht zum Besten. Und ich war gezwungen, mich mit allen Mitteln um sie zu kümmern. Als getreuer Jünger der Naturheilkräfte fuhr ich, sobald es Sommer wurde, vor allem zu den Heilquellen und fand dort leichter Linderung für meine Sünden, als in den stets angriffslustigen Händen meiner Kollegen. Nach und nach hatten sie mir bereits mehrere angegriffene Organe entfernt. Und um ihrer Operationswut zu entfliehen, die mir Leib und Seele in Stücke schnitt, besuchte ich schließlich fast alle Thermalquellen Portugals zur Kur.

Die verlängerten Abwesenheiten aus der Praxis schadeten meiner ärztlichen Tätigkeit, doch was sie an Patienten verlor, brachte sie dem Dichter an Gewinn. Zwischen meinen Praxisstunden fuhr ich landauf, landab und lernte ohne Unterlaß die Wirklichkeit meines Landes kennen, die ich schon auf tausend Arten beschrieben hatte und unermüdlich weiter erforschte. Ich mußte die dichterische Eingebung zunehmend im Boden meiner Heimat verwurzeln. Was ich schrieb, klang immer fade, sobald dem Geschriebenen das Salz der Erde fehlte. Ich selbst war nach jeder Entdeckung verwundert über die Möglichkeiten schöpferischer Einbildungskraft, die in scheinbar belanglosen Einzelheiten enthalten war, wie dem Schafsfell eines alentejaner Hirten, der scharlachroten Schärpe eines Stierhirten aus dem Ribatejo oder der hängenden Krone eines Feigenbaums an der Algarve-Küste. Der auf einer Hochebene ragende Menhir, eine rauhe Höhlenmalerei, ein einsames Hünengrab im Ödland, die zerfallene Burg auf einem Hügel und die Bilderschrift auf einem Felshang waren Botschaften der Vergangenheit, die, wiewohl rätselhaft, den Geist bereicherten. Sogar aus dem Brot und dem Wein, die man in jeder Ortschaft aß und trank, waren kostbare Lehren zu ziehen. Nicht zu reden von der Erfahrung gelegentlicher Begegnungen, die uns oftmals überraschende Windungen der menschlichen Seele eröffnen, selbst wenn ihre wahre Bedeutung im Augenblick, wie es mit Feixa geschah, nicht zu entziffern ist. Ich kurte gerade in Gerês, als ich von der Existenz einer alten Höhle am Bergrücken der Serra Amarela erfuhr. Da ich entschlossen war, sie aufzusuchen, wandte ich mich an das nächstliegende Dorf, Vilarinho da Furna, auf der Suche nach einem Führer, der mir genannt worden war – dem Vernehmen nach der größte Schmuggler der Gegend. Ich klopfte an seine Tür, und ein vierschrötiger, redseliger Kelte mit blauen Augen und einem mächtigen blonden Schnauzbart öffnete. Das war er. Ich wurde mit ihm handelseinig, er packte seinen Proviantranzen, und wir machten uns auf den Weg. Nachdem er sich in geistreichen Wendungen über die verschiedensten Themen ausgelassen hatte, versuchte ich Einzelheiten über sein gefährliches und abenteuerreiches Leben zu erfahren. Er schwor Stein und Bein, ich sei im Irrtum, man habe mich schlecht unterrichtet, er sei Patriot, er habe die Grenze nie mit dem Wert einer Nähnadel überschritten. Sein Schutzengel möge ihn davor bewahren, sein Geburtsland auch nur um den Wert eines Reals* zu schädigen.

Ratlos, doch mit verschärfter Neugierde griff ich zu jedem mir denkbaren Argument, um ihn zum Reden zu bringen. Ich setzte zu einer Lobrede auf seine Berufskollegen an und fügte hinzu, ich selbst würde mich geehrt fühlen, wenn ich zu ihnen gehörte.

Nichts. Mein Latein war am Ende. Feixa war und blieb der vorbildliche Bürger.

Nun beschloß ich, aufs Ganze zu gehen. Und ich nannte ihn feige, da er nicht einmal soviel Mut und Würde aufbrächte, zu seinem eigenen Tun zu stehen.

Er verstummte und sagte auf dem ganzen Weg kein Wort mehr.

Als wir unser Ziel erreicht hatten, musterte ich eingehend den zyklopischen, V-förmigen Bau, der in einen tiefen Graben mündete, wo die Raubtiere schließlich hineinstürzten und unter den Händen der Treiber verendeten; ich bewunderte die Zähigkeit und Schlauheit des Berglers, und da es an der Zeit war, hockten wir uns neben eine nahegelegene Quelle und verzehrten unser Mittagessen.

Feixa blieb wortkarg, zog ein mächtiges Klappmesser mit Spitze und Feder aus der Tasche, klappte es auf und schnitt damit seinen Brotkanten und ein Stück Rindfleisch zurecht, wobei er mich von Zeit zu Zeit schief von der Seite beäugte.

Nach verspeister Mahlzeit machten wir uns auf den Rückweg, noch immer unter lastender Stille.

Plötzlich brach mein Wandergefährte sein Schweigen. Ohne große Vorreden begann er zu erzählen. Jawohl, er sei in der Tat Schmuggler, ihm sei keine andere Wahl zum Überleben geblieben, er sei es, der während der Einfälle aus dem Norden für die gesamte Bewaffnung der Monarchisten gesorgt habe, manchmal schaffe er ganze Viehherden nach Spanien hinein, und zwar unter den Augen des gewitztesten Zollbeamten. Und er stellte seine Enthüllungen mit zahllosen Beispielen unter Beweis.

Wir wurden Freunde. Wann immer wir uns trafen, wurde ein Fest daraus. Einige Jahre später fuhr ich mit Jeanne im Wagen auf der durch den Wald führenden Grenzstraße, als Feixa auftauchte.

«Hallo Feixa!»

«Herr Doktor!»

«Was treiben Sie hier?»

«Ich will mir ein paar Pferde anschauen, die ich auf der Weide habe.»

«Kommen Sie doch anschließend nach Nevosa...»

«Gott behüte. Sind Sie schon dort gewesen?»

«Nein. Wir fahren zum ersten Mal hin.»

«Dann geben Sie's auf. Das ist ein Eiskeller. Sie werden vor

Kälte umkommen. Im übrigen habe ich noch nicht gefrühstückt...»

«Kommen Sie. Kommen Sie und essen Sie mit uns.»

Schließlich stieg er in den Wagen, wir fuhren bis nach Carris hinauf und beendeten den Rest des Anstiegs zu Fuß.

Oben, im Schutz eines Felsvorsprungs, setzten wir uns, und Jeanne deckte den Tisch und verteilte die Vesper. Feixa zog sein Springmesser aus der Tasche, klappte es auf und wurde nachdenklich. Endlich brach es aus ihm heraus:

«Stimmt schon, Herr Doktor, das Leben lohnt, gelebt zu werden. Wenn ich bedenke, daß wir so gute Freunde geworden sind und daß ich schon drauf und dran war, Sie umzubringen!»

«Mich?! Ernstlich?!»

«Im Ernst. Mit diesem Messer. Es hätte nicht viel gefehlt. Erinnern Sie sich noch an den ersten Tag, als wir uns kennenlernten?»

«Gewiß.»

«Und wissen Sie noch, wie Sie mich nannten, als ich leugnete, Schmuggler zu sein?»

«Ich wollte Sie aufstacheln...»

«Sie haben sicherlich gemerkt, daß ich danach kein Wort mehr gesprochen habe. Ich grübelte nämlich darüber nach: soll ich ihn abstechen oder nicht? Beim Mittagessen war ich entschlossen, Sie an einer geeigneten Stelle umzubringen. Aber Gott fiel mir in den Arm. Nein, Feixa, glaubte ich zu hören, als ich mich tatsächlich vergessen wollte. Der Mann hat ja nur die Wahrheit gesprochen. Du bist wirklich ein Feigling. Welchen anderen Namen verdient einer, der sich seines Standes schämt? Ein jeder von uns ist das, was er ist, und muß es ehrlich bekennen. Dann beschloß ich, Ihnen alles zu erzählen. Und ich habe es nicht bereut. Ich konnte Ihnen vertrauen.»

«Und wenn es nicht so gewesen wäre?»

«Hätte alles von vorne angefangen... Nur Geduld...»

Doch nicht immer führte der Zufall Menschen wie Feixa auf meinen Weg. Einige vorzügliche Gemüter, die fortan meine Schritte liebevoll begleiteten, lernte ich so, rein zufällig kennen. Auch andere, weniger empfindsame und verständnisvolle Menschen begegneten mir auf die gleiche Weise. Ihre schlichte Weigerung, ihnen ein Buch zu widmen oder ein Autogramm zu geben, machte sie zu meinen erbitterten Feinden. Allen fühlte ich mich unwiderruflich verbunden, denn ich war von dem Unvorhersehbaren gefesselt, das im Verhalten eines jeden zutage tritt, und neugierig auf die Züge ihres offenen oder versteckten Spiels. Als Schauspieler meines Schicksals mußte ich die von mir betretene Bühne gut kennen und zudem die Komparsen, mit denen ich zusammenspielte. Nur so würde es mir gelingen, gewissenhaft die mir vom Leben auferlegte schwierige Rolle zu verkörpern.

Als ich von diesen erzwungenen und zwanglosen Ferien zurückgekehrt war, machte ich mich wieder an die Arbeit. Hin- und hergerissen zwischen Skalpell und Schreibfeder, arbeitete ich Tag und Nacht. Immer lag ein weißes Blatt Papier vor mir, und kaum war ich die Patienten los, kehrte ich zu meiner Schreibarbeit zurück, und zwar so zäh, daß ich nicht nur gegen die bissige Kritik meiner Berufskollegen, die behaupteten, als Arzt sei ich ein guter Dichter, unempfindlich wurde, sondern auch gegen die Kritik von Literaturgenossen, die entgegneten, als Dichter sei ich ein guter Arzt. Eingeengt durch die Ansprüche der Kranken und einige ergebene Leser, blieb kaum noch Zeit für mich. Die einen wünschten zu jedweder Tages- und Nachtzeit behandelt zu werden, die anderen wirkten unersättlich.

«Wann kommt endlich dein neues Buch heraus?»

«Mann, ich bin doch keine Maschine!»

«Schon gut, aber es ist an der Zeit. Alle Leute warten darauf…»

«Alle Leute! Ein halbes Dutzend Fanatiker…»

«Wie auch immer. Du kannst nicht einfach aufhören…»

Seit wir uns kannten, rechtfertigte Alvarenga als alter Tagdieb seine Faulheit mit meiner Arbeitswut. Je stärker ich schwitzte, desto mehr Schweiß forderte er. Immerhin kaufte er sich von dieser Unmenschlichkeit mit seinem Optimismus frei, den er in die Früchte meiner verwirklichten Arbeit legte.

«Caramba, diesmal, jawohl mein Herr! Ein Volltreffer! Nur etwas fehlt noch…»

«Was denn?»

«Eine Widmung.»

«Für wen?»

«Was weiß ich! Also, zum Beispiel: für das Gehirn, das Kleinhirn und das verlängerte Mark… Irgend etwas Schlagkräftiges!»

Ich lachte, tröstete mein Ungenügen mit der Wärme einer Treue, die kein Fehler verringerte, und befreite gleichzeitig die Besonnenheit auf den Schwingen jener Verrücktheit, die kein Verstand entwaffnete.

Mein Vater, der sich mit meinem Veröffentlichungsfieber abgefunden hatte, stellte von Agarez aus spöttisch meine Hartnäckigkeit fest.

«*Mein lieber Sohn:*

Gesundheit ist es was wir dir wünschen. Hier haben wir von Gaio erfahren der zum Fest Unserer Lieben Frau gekommen ist daß du wieder einen Roman gemacht hast ich bewundere dein Talent du verkaufst ihn wenigstens aber du solltest dein Geld in etwas Rentableres anlegen. Beim Fest waren eine Menge Leute hier große Stimmung und Feuerwerk das muß man gesehen haben ein Krach daß mir die Ohren wehtaten wir waren nur am Prozessionstag dabei denn der Mutter geht es immer noch schlecht. Die Arzneien die du geschickt hast haben ihr wenig geholfen. Der Druck läßt zwar etwas nach wenn sie sie einnimmt aber hinterher ist sie nicht besser dran sieh mal zu ob du ihr nicht andere schicken kannst die du für richtig hältst. Für nichts auf der Welt will sie vom Salz ablassen und nicht wenn sie dran sterben muß und es hilft nichts es ihr zu verbieten. Du hast mir gesagt ich soll sie zu einem Arzt bringen ein junger den du nicht kennst und der scheinbar Bücher von dir gelesen hat er hat sie untersucht bevor er auf sein Landgut gefahren ist das er in Gouvinhas geerbt hat. Wir hätten ihn sonst nicht gerufen denn unserer ist der von Donelo wie du weißt aber Gelegenheit macht Diebe sie war so bekümmert und er war der erste den ich kriegen konnte und so kam er. Aber es ist immer die gleiche Litanei damit sie wieder gesund wird muß man der Zeit Zeit lassen aber das Schlimmste ist daß man keine Besserung sieht. Man hat viel Gutes über ihn gesagt und das stimmt vielleicht auch. Aber bei ihr hat er es noch nicht geschafft. Er untersucht sie zwar gründlich aber es hilft nichts. Sieh mal zu ob du nicht was machen kannst denn der hier verschafft ihr keine Besserung.

Grüße von Maria und den Segen von der Mutter und von mir deinem Vater.»

Wieder machte ich mich sorgenvoll in der Hoffnung auf den Weg, ihre Herzschwäche zu beheben, an der sie seit so langer Zeit litt, und die nachgerade besorgniserregend wurde. Schon waren ihre Füße geschwollen, und bei der geringsten Anstrengung ging ihr Atem schwer. Aber ich brachte ihr nur wenig Erleichterung. Sie war eine schlechte Patientin. Sie war dazu geboren, kerngesund zu sein und allen ein fröhliches, vergnügliches Abbild des Lebens zu schenken. Sobald sie mich mit der Spritze nahen sah, ging sie in Abwehrstellung.

«Injektionen sind was für dich. Verpaß doch dem Teufel eine.»

Sie wünschte gewürztes Essen, wollte gehen und rennen, wollte ein lebendiges Wesen sein. Sie lauschte mit Vorliebe den Geheimnissen von Liebespaaren, nahm gerne Kinder auf den Schoß, sah gerne Geburten zu. Sie weinte, wenn sie meine Verse las, ohne sie zu verstehen, erriet aber ihren tieferen Sinn. Noch immer glaubte sie an die gute Vorsehung, daß ich in ihrem Bauch zu ihr gesprochen hätte, und war taub für die Beweisführungen, mit denen ich sie von ihrer Selbsttäuschung abbringen wollte. Sie sah in allen meinen Arbeiten und Mißgeschicken Zeichen für einen endgültigen Erfolg, den sie mir immer vorausgesagt hatte. Und tatsächlich schenkte mir eine derartige Gewißheit eine sonderbare Form uneingestandener Sicherheit und vor allem den Ansporn, mich ihrer Vorhersage nicht unwürdig zu erweisen. Daher oder aus anderen, verborgenen Gründen bestand zwischen uns ein stillschweigendes Einverständnis, das unserer Zwiegespräche von einst entbehren konnte. Es genügten Andeutungen oder ein bloßer Blick, damit wir das Wesentliche voneinander erfuhren. Sie schien die Falten in meinem Gesicht gezählt zu haben.

«Warum bist du so nachdenklich?»

«Ich?! ...»

«Mach dir meinetwegen keine Sorgen. Gib mir irgend etwas, das du für richtig hältst, und sei ganz ruhig. Und mach mir kein so griesgrämiges Gesicht. Wenn du wüßtest, wie du aussiehst ... Und sag mir eines: Noch nichts?»

«Nichts.»

«Denn es ist langsam an der Zeit ...»

«Ruhig Blut, man verliert nichts durch Warten. Wenn es endlich losgeht, werden es alles Zwillinge ...»

«Red doch keinen Unsinn!»

Sie wünschte sich einen Enkel. Und je kränker sie wurde, desto vernehmlicher fragte sie nach ihm.

«Zuerst mußt du gesund werden, damit du helfen kannst, ihn aufzuziehen...»

«Dann weiß ich also Bescheid: Ich werde sterben, ohne ihn zu sehen...»

«Du stirbst überhaupt nicht! Du würdest damit meinen Ruf ruinieren, Gott behüte mich davor.»

«Du denkst nur an deine Bücher... Es gefällt mir schon, daß du schreibst. Aber eines hat doch nichts mit dem anderen zu tun...»

Im Augenblick fiel es mir schwer, diese Besessenheit zu begreifen. Mit dem Ablauf der Jahre lehrte mich das Leben den Frieden, den die Gewißheit einer gesicherten Nachkommenschaft bedrückten Menschen zu schenken vermag.

«Werde du erst einmal gesund, das ist im Augenblick die Hauptsache...»

«Und das übrige?»

«Das übrige geht auf meine Rechnung. Es wird ein strammer Sprößling. Du wirst ja sehen...»

Solcherart tröstete ich sie und versprach ihr auf zweideutige Weise eine frohgemute Zukunft. Ich behandelte sie, vereinbarte mit dem besagten Landbesitzerkollegen, der mir trotz gewisser Einwände meines Vaters fachkundig schien, die entsprechende Behandlung und ließ sie auf diese Weise etwas erleichtert und hoffnungsvoll zurück, wußte aber, daß ihr nur wenig Zeit verbleiben würde.

«Mein lieber Sohn:

Ich habe deinen Brief bekommen in dem du Nachrichten über Mutter erbittest. Es geht ihr nicht schlechter aber es ist eine Hölle mit ihr denn sie will keine Diät essen nichtmal aus der Hand unseres Herrgotts neulich hat sie sogar gesalzene Sardinen gegessen wir haben es ihr ausreden wollen aber nichts zu machen abends ist sie zu Tode bedrückt sie schwitzt so daß sie patschnaß ist man muß sie von Stunde zu Stunde anders legen und sie schläft nur noch kurze Weilchen sitzend. Ihre Fersen sehen aus wie Baumstümpfe. Es tut mir leid dich zu bekümmern aber wir sind alle so mutlos und sie sagt nur daß mein Sohn keine Arznei für mich hat die mich ein für alle Mal heilt. Unsinn natürlich die

Ärmste du tust ja was du kannst aber ihre Krankheit ist eben so übel. Sieh mal zu.

Grüße von Maria und den Segen von der Mutter und von mir deinem Vater.»

Schließlich bat ich einen Freund und Herzspezialisten, mich nach Agarez zu begleiten und sie zu untersuchen.

Während der Wagen die Kilometer fraß und der Kollege neben mir döste, dachte ich an den Widersinn der Krankheit und ihre hemmende Macht. Sie setzte gleichsam das Naturgesetz der Anreize und Reaktionen außer Kraft. Früher, in guten Zeiten, in denen kein Übel, kein eigenes und keines der Meinigen, mich bekümmerte, sah ich ständig verzückt, wie die einander abwechselnden Gebirgsketten immer eindrucksvoller rechts und links der Landstraße vorüberglitten. Jetzt erblickte ich im angstvollen Bewußtsein des vergeblichen Versuchs, das Unheilbare zu heilen, dasselbe Panorama ohne jede Ergriffenheit. Ich vermeinte es mit trüben Augen anzuschauen. Die Landschaften nehmen in unseren stumpfen Sinnen nicht an Wert ab, verlieren aber den Maßstab, an dem ihre Größe zu messen ist.

Die Nähe eines angesehenen Facharztes am Krankenbett und die von ihm verschriebene neue Behandlung ergaben zunächst ermutigende Ergebnisse. Unglücklicherweise sank sie in ihren vorherigen Zustand zurück.

«Mein lieber Sohn:

Ich habe nur schlimme Nachrichten für dich. Der Mutter geht es schlechter. Eine Zeitlang ging es ihr so einigermaßen wie ich dir gesagt habe aber jetzt ist sie plötzlich wieder wie vorher. Sie ist zu Tode bekümmert. Laß von dir hören.

Grüße von Maria und den Segen von der Mutter und von mir deinem Vater.»

Meine Antwort kreuzte sich mit einem verhängnisvollen Telegramm.

«Mutter sehr schlecht.»

Ich kam erst an, als sie schon tot im Sarg lag, wo sie nur auf mich wartete, um Abschied nehmen zu können. Ich glaubte, mein Herz würde brechen. Es war eine tiefe, folternde Qual, die ich vergebens mit Zigaretten zu betäuben suchte. Ich zündete mechanisch eine an der anderen an und mischte mein Schluchzen in den Rauch. Schließlich kam mein Vater, um mich zu trösten.

«Du darfst dich nicht so gehen lassen, Sohn. Beruhige dich. Gott weiß, was ich hier drinnen durchmache. Aber was soll ich tun? So ist der Lauf der Dinge...»

Er besaß eine Weisheit für jeden Augenblick, ein richtiges Wort für jede Stunde. Kein Unglück traf ihn wehrlos. Der Frost versengte seinen Weinberg, das Unwetter deckte sein Hausdach ab, die Krankheit nahm ihm die Lebensgefährtin, und immer wußte er den Schmerz zu bezwingen, stets bewahrte er angesichts des Schicksals Hellsicht und Würde. Nur ich überließ mich wehrloser Verzweiflung, die alle Nahestehenden erschreckte.

«Ich kann mich nicht damit abfinden. Ich habe so vielen Menschen geholfen, nur ihr nicht...»

«Du hast viel getan... Wenn aber die Stunde schlägt...»

Tragisch an der Sache war jedoch, daß trotz dieser Qual der Dichter nicht verstummte. Als ich mir dessen bewußt wurde, pochte in meinen Ohren gebieterisch ein Gedicht. Ein Gedicht, das sie als streng beschrieb, versteinert und gefühlskalt, fern von allen und allem. Als ich es auf ein tränennasses Stück Papier kritzelte, packte mich die Angst vor mir selbst. Was für ein Ungeheuer war ich doch, daß ich mich sogar in einem Augenblick wie diesem von der Verführung eines Verses hinreißen ließ?

Auf dem Weg zum Friedhof trug Agarez Trauer. Alle wollten dieser gütigen Seele ein letztes Lebewohl entbieten, einer Frau, die dort lange Jahre hindurch als lebendige Verkörperung der Herzlichkeit und Fröhlichkeit gewirkt hatte. Während der Totenwache rief Maria da Purificação, die Chronistin der Gegend, die Jugendtage der Verstorbenen wach. Beide hatten als junge Mädchen im Haus von Dr. Daniel gearbeitet. Von aller Herrgottsfrühe bis in die tiefe Nacht hinein kochten sie, ohne eine Minute Ruhepause, wuschen, bügelten, fegten, scheuerten, trugen auf, räumten ab. Zwei Sklavinnen. Dazu der Hunger, weiß Gott. Die geizige Dame des Hauses, Dona Júlia, teilte die Rationen zu. Sogar die Kastanien. Man bekam nie mehr als ein halbes Dutzend. Auch mit ihren

Kindern war sie nicht freigebiger. Was vom Eßtisch übrigblieb, wurde im Fliegenschrank verschlossen. Die gekochten Kartoffeln, die sie heimlich im Haus meines Großvaters, des Maultiertreibers, bekamen, retteten die beiden damals.

«Und wie sie schmeckten!»

Der dort gestillte Hunger besaß etwas Ungewöhnliches. Doch im Angesicht des Todes war alles ungewöhnlich. Sogar das Leben selbst.

Endlich wurde es Tag in den geschwollenen und schläfrigen Augen von Alt und Jung. Endgültig erstrahlte er in der Psalmodie eines von Weihwasser betauten Responsoriums. Schließlich begann auf ein von irgendwo gegebenes Zeichen lärmende Bewegung. Plötzlich erschien der geschlossene Sarg, vier Männer hoben ihn auf das Podest. Weiß stach Pater Lobatos Chorhemd von den schwarzen Tüchern und Kleidern ab, Augenblicke lang füllte der violette Überwurf von Zé Só die Türöffnung, und der Raum wurde menschenleer. Ein durchdringender Schrei gab das Zeichen zum Aufbruch des Leichenzugs.

Der Frühling leuchtete. Die gelbe Azalee am Toreingang glich einer pflanzlichen Sonne. Der Flieder füllte die Luft mit warmem Duft. Die Glyzinien fielen in Girlanden von der Hofmauer. Auf den Feldern lächelten, gleichfalls wie ein Halleluja, die Mohnblumen, und die Ähren wogten. Und mitten durch dieses kosmische Fest schritt der Trauerzug schleppend dem Friedhof entgegen. Dort sah ich mit trockenen Augen den Sarg ins Grab sinken, während die Glocke läutete, in trockener Verzweiflung, wie die meine. Der Quell des Weinens war versiegt.

Nach der Beerdigung blieb ich dort stehen, ohne einen Schritt tun zu können. Die Welt schien mir leer, gespenstisch, sinnlos. Nichts in ihr schmeckte mir. Weder das Essen noch die Luft, die ich atmete. Meine tiefere Natur war in ihren Wurzeln erschüttert. Es war das Gefühl eines Zusammenbruchs über jedes Verstehen hinaus. Nun fehlte mir eine ursprüngliche Rechtfertigung meines Daseins. Aus Angst, diese widersinnige Stunde könne zu einer förmlichen Begebenheit gerinnen, wollte ich nicht, daß die Nachricht verbreitet würde. Ich gab sie nicht einmal meinen engsten Freunden preis. Jeanne hatte nicht bleiben können. Daher verzehrte ich mich allein wie ein verwundetes Tier inmitten einer Welt, die gleich darauf höhnisch in den Alltag zurückkehrte. Das

Vieh wollte gefüttert, die Äcker bestellt, die Früchte gepflückt werden.

Schließlich antwortete ich auf den Ruf, den die Wirklichkeit von allen Seiten an mich ergehen ließ; schlafwandlerisch fühlte ich, daß ich unwiderruflich gezeichnet war. Der Tod hatte zum ersten Mal an meine Tür geklopft. Als ich ihn im Kindesalter meinen Großvater hatte auslöschen sehen, besaß ich noch nicht genügend Verstand, um das Ausmaß seiner Grausamkeit abschätzen zu können. Später begann ich, ihn berufsmäßig zu bekämpfen. Obgleich es bereits eine bewußte Art der Gegnerschaft war, spielte sich der wahre Kampf noch auf fremdem Boden ab. Jetzt hatte die tückische Hand Fleisch berührt, aus dem ich Fleisch geworden war. Ich wußte, daß ich nie mehr der gleiche sein würde. Ich war von einem schwarzen Blitz durchstoßen worden.

Dieses tiefe Gefühl des unausweichlichen Nichts, zu dem der Mensch verdammt war, wurde seit jenem Augenblick zur Besessenheit. Es bestärkte fortan die schon immer vorhandene pessimistische Lebensanschauung, die mein eigenwilliges Auftreten verschleierte. Ich pflegte zu sagen, ich sei ein Mensch der hoffnungslosen Hoffnung. Was wenige verstanden. Nicht einmal Jeanne, die von Natur optimistisch, instinktiv und geistig unempfindlich gegen gewisse Martern war.

Ein derartig im Geist vergrabenes Büßerhemd hatte nur einen Vorteil: Es kam mir bei literarischen, wirklichen oder herausgeforderten Mißerfolgen zustatten. Wenn das Werk durch eigene Unfähigkeit mißlang, klammerte ich mich an die Vorstellung, daß aufs Ganze gesehen schließlich wenig verloren war; wenn der Schlag absichtlich geführt wurde, war der Schmerz nicht so tief, wie die Feinde hofften. Was nicht heißen soll, daß meine Skepsis den schöpferischen Akt gelähmt hätte. Getreu den Grundsätzen von Agarez, säte ich immer mit Liebe und Zuversicht, wenn ich säte. Erst zur Erntezeit kam die Schwermut. Nichts nutzten die befugten Urteile von Jeanne, André und Gonçalo, die drei nächsten Zuschauer meines Dramas, dessen wahren Tiefgang sie nicht kennen konnten. Ich hörte sie an, und natürlich gefiel mir der empfangene Zuspruch, sofern ich ihn erhielt. Doch in den Winkeln der Seele hielt die Mutlosigkeit an.

«Aber tröstet Sie denn nicht die Gewißheit, daß Sie bereits ein

Regal mit Büchern gefüllt haben?» Und Gonçalo deutete auf die Reihe von Titeln, die nebeneinander auf dem Bord standen.

«Nein. Ich sehe sie an, als stammten sie von einem Fremden, der meinen Namen trägt.»

Ich hätte fast schwören mögen, daß er die Aufrichtigkeit meiner Behauptung bezweifelte. Es gibt Augenfälliges, das widersinnig scheint. Unglücklicherweise war es so, und wie bitter war mir dies bewußt! Ich ruhte nicht, bis ich meine Verse und meine Prosa gedruckt sah. Doch in meinem Innern hielt die Kälte nach der Drucklegung an. Wieder las ich, was ich geschrieben hatte, und fühlte in den Texten, die in ihrer Eigengesetzlichkeit gleichmütig waren, nicht meine Ängste pochen. Die Worte unterschlugen gleichsam ihren gefühlsgeladenen Inhalt. Auch wenn ich sie richtig und in jedem Satz gebührend ausgesprochen sah, schürte ich vergebens das Feuer, das sie im Augenblick der Entstehung zur Weißglut gebracht hatte. Vielleicht aus dem Grund, daß ich niemals ein überzeugter Verfasser zu sein vermochte, und sicherlich auch deshalb, weil ich auf diese Weise das wahre Interesse des Lesers auf die Probe stellen wollte, verwendete ich für alle Ausgaben das gleiche glanzlose Papier, dasselbe Format, denselben Typendruck und sogar dieselbe graphische Gestaltung der Einbände. Jeder neue Band stellte gewissermaßen die armselige Büßerkutte des vorangegangenen zur Schau. Auch wenn André und Gonçalo, vor allem aber Alvarenga gegen eine derartig spröde Eintönigkeit Einspruch erhoben. Aufsässig überschütteten sie mich mit Ratschlägen und stritten sich mit mir. Ich antwortete ausweichend, indem ich ihnen recht gab und gleichzeitig entschlossen war, keinen Finger breit von meiner Richtung abzuweichen. Gelassen hörte ich die von allen Seiten regnenden Beschimpfungen, insbesondere, wenn sie von den literarischen Cliquen geäußert wurden, in denen Fontes mit Unterstützung seines Spazierstocks und der im Winde wehenden Silbermähne noch immer herrschte. Das Alter hatte seinen Genius nicht besänftigt. Im Gegenteil. Es hatte nur seine Bitterkeit und seine Angriffswut gesteigert. Er verschonte niemanden. Nicht einmal jene, die er als bedingungslose Jünger kannte.

Über so viele ungerechte Sticheleien verzweifelt, brach Ladeira, ein bescheidener Dichter, der ihn jedoch anbetete, hervor:

«Ich werde noch auf Ihr Grab pinkeln, Sie Giftschlange!»

Und gleich darauf Fontes:
«Sehr richtig. Hundepisse, damit kein Kräutchen sprießen kann.»
«Verdammt nochmal! Was für eine schmutzige Seele Sie haben!» warf ich ein.
Darauf er:
«Das kommt von der schlechten Gesellschaft ...»
Ein Professor der Philologie kam auf dem Gehsteig vorbei, und Fontes' Kommentar ließ nicht auf sich warten:
«Los, los, du magst dich plagen wie du willst. Du wirst nie über die Fußnoten der *Lusiaden* hinauskommen.»
Jedes Ziel war ihm recht, um seine marternden Pfeile abzuschießen. Noch immer schmiedete er Wortspiele mit den Titeln meiner Bücher, unterstellte mir bösartige Urteile über meine Studiengefährten und nährte sadistisch die Legende meiner Unbeugsamkeit.
«So verteidige dich doch! Steig in die Arena hinab und blas ihnen den Marsch. Stünde ich an deiner Stelle, könnten die was erleben... Ehrenwort: ich begreife dich nicht. In manchen Dingen bist du so empfindlich, und in anderen ...»
Alvarenga fand sich nicht ab mit meinem Stillschweigen nach jedem Angriff. Und ich konnte mit seinem brennenden Eifer eines Musketiers nicht mithalten. Ich flüchtete nach Hause oder in meine Praxis und wartete ab, bis der Schmerz dieser Wunden nachließ. Nicht nur Stolz verbot mir im Gegensatz zu dem, was alle dachten, mich öffentlich zur Wehr zu setzen. Fraglos besaß ich anspruchsvolle Grundsätze, die sich gegen wilde Kaffeehausstreitereien sträubten. Auch andere, wichtigere Gründe spielten eine Rolle: unausweichliche Schüchternheit, lähmendes Schamgefühl und vor allem eine grausame Hellsicht, die mir keinen Raum für Selbsttäuschungen ließ. In meinem tiefsten Innern fühlte ich mich schuldig. Ich schrieb unter derart großen Schwierigkeiten und erachtete das Ergebnis dieser unmäßigen Anstrengung als so fragwürdig, daß das negative Urteil der anderen stets hinter dem meinen zurückblieb. Mein Ungenügen verwandelte jedes meiner veröffentlichten Werke in eine Todsünde.

Diese linkische Ausdrucksweise gab gelegentlich Anlaß zu komischen Situationen.

Man hatte mich gebeten, einen jungen Mann zu untersuchen. Anschließend griff ich nach meiner Feder und schickte mich an, der an dem Fall interessierten Person das Ergebnis der Untersuchung mitzuteilen. Ich versuchte es einmal, ich versuchte es ein zweites, dann ein drittes Mal. Vergebens. Immer stellten sich die verkehrten Worte ein.

Der Kranke wohnte ungerührt meinem Drama bei. Als ich das vierte Blatt Papier zerrissen hatte, wagte er schließlich zu sagen:

«Und wenn Sie telefonierten?»

«Glänzende Idee!...», stimmte ich erleichtert zu. Und wählte die Nummer.

Nach einigen Tagen, als ich die Szene längst vergessen hatte, begegnete ich zufällig dem Menschen, der mir den Jungen empfohlen hatte. Von neuem dankte er mir für den Gefallen und begann zu lachen.

«Was ist denn?» wollte ich wissen.

Darauf erzählte er mir, daß sich sein Schützling nach der Rückkehr aus meiner Praxis nach tausendfachem Zögern nicht länger halten konnte:

«Der Mann mag ein guter Arzt sein. Aber ein guter Schriftsteller ist er nicht. Er hat tausendmal angesetzt, um Ihnen schriftlich mitzuteilen, daß ich einen Rachenkatarrh habe, aber er hat es nicht fertiggebracht...»

Gegen solches Gestammel kam mir der Beruf zustatten. In den ihm gewidmeten Stunden, den zahlreichsten des Tages, und manchmal auch der Nacht, blieb mir keine Muße für literarische Selbstquälereien. Die Eile fordernde Objektivität bei der Bewertung fremder Gebrechen verdrängte die geruhsame Subjektivität der eigenen. Trotz meiner klinischen und chirurgischen Erfahrung untersuchte und behandelte ich die Patienten noch immer mit der Furcht der Anfangszeit. Noch immer geriet ich in Panik angesichts jener mir kurz zuvor noch gänzlich unbekannten Geschöpfe, die schutzlos und vertrauensvoll das Elend von Körper und Seele zur Schau stellten. Aber der hoffnungsvolle Vertrauensvorschuß, den sie meinen Diensten gewährten, verpflichtete mich zu einer wirksamen Antwort. Und wenn ich sie gab, war kein Zweifel mehr möglich. Die gestillte Blutung, die aufgeschnittene Zellgewebeentzündung und das entfernte Geschwür waren augenblickliche Erleichterungen, greifbare Siege, die mich menschlich befriedigen konnten. Nichts tröstlicher und ermutigender, als wenn ein Mitmensch uns für die Gesundheit oder sogar für sein Leben dankt. Inzwischen hatte ich bereits Patienten aus zwei oder drei Generationen. Väter, Söhne und Enkel. Auch diese Beständigkeit tat wohl und spornte an.

«Sehen Sie zu, daß Sie mir den Jungen heilen, wie Sie seine Mutter geheilt haben.»

«Er muß operiert werden.»

«Dann operieren Sie ihn. Wenn es das einzige Heilmittel ist ...»

Sie lieferten sich meinen Händen mit geschlossenen Augen aus. Und konnten sich dabei kaum vorstellen, wieviel Gutes sie mir damit taten. Auch wenn die Verantwortung verwirrend auf mir lastete, so belebte ihr Vertrauen die reinsten und freigebigsten in mir ruhenden Kräfte und setzte sie in Bewegung. Die des Arztes und auch die des Dichters. Fälle, die der eine nicht zu lösen wußte, wie kürzlich bei einem blutjungen Ding, bewältigte gelegentlich der andere mithilfe eines Zaubertricks, den nur er anzuwenden verstand. Auf den Rat eines Schmugglers, den ich vor Zeiten behandelt hatte und der von meinen umfassenden beruflichen Fähigkeiten überzeugt war, hatten die Eltern eines Mädchens, wohlhabende Bauern, die über seine Ungereimtheiten besorgt waren, die Tochter zu mir in die Praxis gebracht. Unerfahren und eigenbrötlerisch schwor sie Stein und Bein, sie sei vom Heiligen Geist im dritten Monat schwanger. Über die Absonderlichkeit des Falls verblüfft, schickte ich die alten Leute fort und blieb mit der Kranken allein. Zunächst fragte ich sie aus und erfuhr, daß sie sehr fromm war, jeden Tag zur Kommunion ging und in ihrem Dorf Religionsunterricht erteilte. Dann untersuchte ich sie und stellte fest, daß sie noch so unberührt war wie bei ihrer Geburt.

Nun begann ein ruhmloser langer Kampf zwischen uns, in dem ich versuchte, sie von ihrem Irrtum zu überzeugen, während sie hartnäckig darauf bestand, daß sie schwanger sei, daß sie sich dessen, was sie behauptete, todsicher sei. Und als ich mich bereits mutlos zu der Erkenntnis durchringen wollte, daß die Wissenschaft des Hippokrates in dieser Sackgasse zu nichts nütze sei, erleuchtete plötzlich ein Gedankenblitz des Orpheus meinen Geist.

«Also gut...», begann ich und kratzte mich am Kopf. «Vielleicht haben Sie recht, mein Kind... Manchmal irrt die Medizin... Vielleicht ist es so, wie Sie sagen... Das Schlimmste ist der Rest...»

«Welcher Rest?»

«Sie brauchen sich darüber keine Sorgen zu machen...»

«Sorgen, wozu?»

«Wollen Sie es wirklich wissen?»

«Ja.»

«Es geht um Ihre tägliche Kommunion und den Religionsunterricht...»

«Was haben die Kommunion und der Religionsunterricht damit zu tun?»

«Sehr viel. Hören Sie: Wird den Kindern noch immer beigebracht, wie schon zu meiner Zeit, daß die Allerheiligste Dreifaltigkeit aus drei Personen besteht, Vater, Sohn und Heiliger Geist?»

«Gewiß doch.»

«Und daß es drei verschiedene Personen in einem wahren Gott sind?»

«Sicher.»

«Und daß der Sohn durch das Werk und die Gnade des Heiligen Geistes geboren wurde?»

«Das ist bekannt.»

«Also sehen Sie! Und darüber soll ich mir keine Sorgen machen?!»

«Worüber denn?»

«Über Ihre Seele. Ich überlege nämlich, ob Sie nicht dabei sind, sie in die Hölle zu schicken...»

«Wie das?»

«Weil Sie sich mit Unserer Lieben Frau vergleichen, sich von der Lehre entfernen und unserem Herrn eine Todsünde zuschreiben...»

Entsetzt starrte sie mich an, bleich und niedergeschmettert angesichts einer derartigen Möglichkeit. Jetzt versetzte ich ihr den Gnadenstoß.

«Wenn nämlich die Allerheiligste Dreifaltigkeit aus drei Personen besteht, und wenn Sie gleichfalls durch das Werk und die Gnade wie die Heilige Jungfrau Maria empfangen haben, so werden die Allerheiligsten Personen, wenn Ihr Sohn geboren sein wird, zu viert sein: Vater, zwei Söhne und der Heilige Geist... Und das ist Ketzerei, wie Sie wissen...»

Und das Wunder geschah.

«Ich war verrückt, Herr Doktor! Ich war vollkommen verrückt! Was habe ich mir da nur in den Kopf gesetzt!»

Und sie verabschiedete sich geheilt und dankbar, ohne jede Arznei.

Die Krankheit! Sie war für mich noch immer ein Rätsel, das ich nicht zu entziffern wußte. Fehlende Gesundheit – lehrten die Wörterbücher. Vielen Dank. Dahin war auch ich gelangt, ohne die Hilfe von Krücken. Aber ich wollte weiter kommen, den blinden Knoten eines Geheimnisses lösen, das kein Studium, keine Praxis, keine Lebenserfahrung erhellte. In einem völlig unerwarteten Augenblick veränderte sich das körperliche oder seelische Gleichgewicht des Geschöpfs, und schon schlug es sich fiebrig, schmerzgepeinigt oder wahngebannt mit einem Eindringling herum, den es in seinem Innern trug, ohne es zu ahnen, und der oft auf so heimtückische Weise das Krankheitsbild erweiterte, daß das Opfer außerstande war, die Entfernung abzuschätzen, die seine geschwächte Natur von der gesunden trennte. Sofern er nicht noch tiefer vordrang und den Menschen angesichts eines solch eigenmächtigen Mißbrauchs auf ein ohnmächtiges Aufbegehren beschränkte.

«Ich will nicht! Ich will keinen Krebs haben! Ich will nicht!»

Sie hieß Maria Vilela. Sie kam aus Agarez und klopfte verzweifelt an meine Tür.

«Retten Sie mich! Retten Sie mich um der Seele Ihrer Mutter willen.»

Aber das Geschwür hatte sich heißhungrig und widersinnig in sie hineingefressen. Warum?

Ich spürte noch die Nachwehen einiger wirklich tragischer und entmutigender Fälle – und es gab Gelegenheiten, zu denen ein rätselhaft verhängnisvolles Gesetz sie reihenweise auftreten ließ – als ich die Einladung erhielt, an einem internationalen Schriftstellerkolloquium in São Paulo teilzunehmen, das einen Programmteil der Hundertjahrfeier der Stadtgründung bildete. Nach langem Zögern, das wieder einmal nur ich verstand, nahm ich die

Einladung an. Das war eine Möglichkeit, den Geist auszulüften, Schriftstellerkollegen von Rang und Ruf kennenzulernen, sie sprechen und streiten zu hören, und zwar um so mehr, als das Tagungsthema – die Neue Welt aus der Sicht Europas – mich als Portugiesen und ehemaligen Auswanderer unmittelbar berührte. Vor allem reizte mich die Aussicht, das Brasilien meiner Kindheit wiederzusehen. Rio, die Stadt meiner Bezauberungen und Kümmernisse, Morro Velho und das Gymnasium – die verschiedenen Stationen eines Kreuzweges, der in der Erinnerung von Tag zu Tag verblaßte. Die Tante war überdies vor geraumer Zeit gestorben. In einem wortkargen Brief hatte mir mein Onkel in seinem für das Haus Soares & Companhia üblichen Geschäftsbriefstil die Nachricht gleich nach meiner Entlassung aus dem Gefängnis mitgeteilt:

«Geschätzter Neffe:

Hiermit teile ich dir das Ableben deiner Tante mit, die im vergangenen Monat das Opfer eines Anfalls geworden ist. Es war ein unerwartetes Unglück, mit dem wir uns abfinden müssen. Das Leben steht nicht still, und ich kämpfe weiter, obwohl meine Kräfte nachlassen...»

Ich antwortete ihm im gleichen Tonfall mit dem Ausdruck meines Mitgefühls, das meine förmlichen Worte nicht wiedergaben. Somit war ich den Alptraum dieser finsteren Person los, die ich um nichts auf der Welt hätte wiedersehen mögen. Bei meiner Entscheidung wog auch der Umstand, daß ich in meiner Eigenschaft als Mann der Opposition auf Kosten des Planungsausschusses reiste, und zwar gegen den Wunsch der portugiesischen Regierung, die meinen Namen von vorneherein gestrichen hatte. Mir kam die Standhaftigkeit der Brasilianer zugute. Der offiziell vorgeschlagenen Abordnung könne man nur zustimmen, wenn meiner Ausreise keinerlei Hindernis in den Weg gelegt würde. Sie wurde mit Widerwillen genehmigt, was daran zu erkennen war, daß ich nur mit großer Mühe den Paß erhielt. Vergeblich klopfte ich an die Schalter des Rathauses. Die PIDE war nicht bereit, ihre Einwilligung zu erteilen. Schließlich obsiegte die Diplomatie, und ich unternahm in Jeannes Gesellschaft von neuem die Überfahrt über den Atlantik, jedoch nicht im verfluchten Laderaum der *Arlanza*, sondern in der ersten Klasse eines modernen Luxusdampfers. Freilich reiste ich diesmal beladen mit Verantwortungen. Stundenlang schloß ich mich in meine Kabine ein und schrieb oder lehnte nachdenklich an der Reling. Außer der Beteiligung an den Gesprächsrunden des Symposiums hatte ich zugesagt, einige Vorträge in mehreren portugiesischen und brasilianischen Institutionen zu halten, zu deren Vorbereitung ich allerdings keine Zeit gefunden hatte. Glücklicherweise, denn an keinem anderen Ort der Welt hätte diese Aufgabe mit solcher Leichtigkeit bewältigt werden können. Geographische, wirtschaftliche und andere Gründe machten aus der kleinen lusitanischen Erde einen natürlichen Verladekai und aus dem großen brüderlichen Heimatland einen unschätzbaren und begehrten Schoß der Gastlichkeit. Vertraulichere Gründe hinderten die beiden Völkergemeinden an einer dauerhaften Umarmung. Dennoch schien mir, daß es auf geistiger Ebene nottat, die Ursachen und Wirkungen dieser Wirklichkeiten durch ein vertieftes gegenseitiges Kennenlernen zu erhellen. Wenn ich jetzt den Weg der Vergangenheit in der Haut des jungen Burschen von einst zurücklegte, konnte ich dies auf meine Weise tun, was allerdings nicht bedeutete, die bittere Einsamkeit mit salzigen Tränen zu vermischen, sondern die Schiffsroute hellsichtig zu begleiten.

Diese Bemühung um Objektivierung, welche die gefühlsmäßigen Reizbewegungen zweier durch Blut und Geschichte verbundener Länder flüchtig beschrieb, erweiterte zugleich die Bedeutung des beide umgebenden Meers, das sie begünstigte. Ein altes Meer, das seit meiner fernen Kindheit in Leça in meinen Ohren pochte. Ein Meer, das ich einmal in Panik und das andere Mal verkrampft überquert hatte und welches jetzt auch das von Camões besungene, von António Nobre ersehnte, von Raul Brandão* geschilderte und von Fernando Pessoa zum Mythos erhobene Meer verkörperte. Das widersprüchliche Meer eines Volksstammes, der sich auf ihm sicherer fühlte als auf dem Festland und der seine Ausmaße bis zum letzten Atemzug des menschlichen Willens erweitert hatte.

Als Brasiliens Küste auftauchte, versuchte ich fleißig, meinem Gedächtnis die Gemütsbewegungen von einst zu entlocken.

Vergebens. Den mit Grün bedeckten Hügeln fehlte ein unbestimmbares Geheimnis. Meine Augen gewahrten sie jetzt klar wie Kristall, im Frieden der Wiederbegegnung. Und als wir die Bucht von Guanabara erreicht hatten, war alles noch viel einfacher. Nach dem Besuch der Gesundheitsbehörde fuhr das Schiff geruhsam an dem majestätischen Panorama vorbei und legte an. Inmitten der auf dem Kai wartenden Menschenmenge hielt kein Unbekannter mein Foto als Erkennungshilfe in der Hand, und keine vernehmbare Stimme hielt ein Wort des Tadels für mich bereit. Im Gegenteil: alle bemühten sich, liebenswürdig zu sein, und beglückwünschten mich. Es hatte den Anschein einer posthumen Wiedergutmachung.

Dennoch verdunkelte ein seltsamer unsichtbarer Schatten die Sonne meiner Begeisterung. Und mit einem Gemisch aus Empörung und Erleichterung sah ich ihn bestätigt. Noch waren die Begrüßungen in vollem Gange, da nahm mich das einflußreichste Mitglied der portugiesischen Kolonie, der Komtur Ramiro, zur Seite und versuchte insgeheim herauszukriegen, wie ich mich zu verhalten gedachte.

«In welcher Hinsicht?»

«Was die portugiesische Regierung betrifft...»

«Hören Sie, ich bin nicht hergekommen, um hier unsere schmutzige Wäsche zu waschen! Was ich zu sagen habe, sage ich zu Hause ...», antwortete ich verstimmt.

«Ausgezeichnet. Ausgezeichnet. Das erleichtert die Sache. Wann gedenken Sie nach São Paulo zu fahren?»

«Anfang nächster Woche. Wenn es gewünscht wird, kann ich vorher einen oder zwei der vereinbarten Vorträge halten.»

«Später, später... Wir haben Zeit.»

Ich verstand. Auch bis hierher reichte der Arm des Diktators. Alles bestens, höchst ehrenvoll, aber bitte kein Wagnis. Vorsicht währt am längsten. Zuerst ist mein Verhalten beim Kongreß abzuwarten. Dann sehen wir weiter.

Vergebens versuchte ich, gegen dieses Mißtrauen und die Ergebenheit an ein hassenswertes Regime anzugehen. Mein Gesprächspartner deutete auf die Menschenschlange, die sich an die Gitterstäbe des Kais klammerte und tränenblind auf das vertäute Schiff starrte.

«Das sind unsere Landsleute, die nur das Schiff sehen wollen.

Sie warten auf niemanden. Sie wollen lediglich die Sehnsucht nach ihrer Heimat stillen. Manche treiben sich hier den ganzen Tag herum...»

War auch die Überzahl der Leute von bescheidener Herkunft, Analphabeten oder Halbalphabeten, welche die Not zum Verlassen der heimatlichen Scholle gezwungen hatte, so erkannte sich die Kolonie dennoch im nationalen Wohlstand wieder, der ihnen trotz des Blendwerks schmeichelte. Das Geld, das sie ihren Familien nach Hause schickten, trug gute Zinsen, und wenn sie in die Heimat zurückkehrten, herrschte Friede in den Gassen. Sofern sie mit geldgefüllten Taschen heimkehrten, fehlte ihnen nichts. Gute Hotels, gute Kasinos, gute Erholungsorte. Daher war Portugal das beste aller Länder und der Diktator der beste aller Herrscher. Natürlich hörten sie von mancher Unzufriedenheit. Und daß die Geheimpolizei die Widerspenstigen verfolgte. Es sollte auch so etwas wie ein Konzentrationslager geben. Aber abgesehen von womöglich übertriebenen Nachrichten sah man dergleichen Notstände überall. Selbst hier in Brasilien herrschte eine keineswegs sanfte Diktatur. Nicht enden wollende Fälle himmelschreiender Gewalttätigkeit gingen von Mund zu Mund...

«Dann hat also das Wort ausgewanderter Intellektueller nach Ihren Bewertungsmaßstäben kein Gewicht?»

Schön, das waren Männer der Arbeit, die nichts wissen wollten von Politik. Sie interessierte lediglich, daß Portugal sich eines guten Namens erfreue und geachtet werde.

Ich gab es auf, den Komtur zu überzeugen. Meine Logik würde die seine nie besiegen.

Frei und ungebunden und eingebettet in zwangloser Offenherzigkeit, beschloß ich, Rio vor meiner Weiterreise gebührend zu erkunden. Da war kein Winkel der Stadt, der mir nicht gezeigt, keine von mir gewünschte Begegnung, die mir nicht vermittelt wurde. Panoramen und Zwiegespräche lösten einander in wechselndem Rhythmus ab, als wäre das Leben ein fortgesetztes Fest von Erlebnissen und Herzlichkeiten. Genau das besaß dieses Land: Außer seinem natürlichen Zauber schienen seine Bewohner im dauerhaften Stand der Gnade zu leben. Es gab keinen Landzipfel ohne Größe, keinen gewöhnlichen oder bekannten Bürger ohne Menschlichkeit. Natürlich wußte ich, daß es *favelas*,

Elendsviertel, auf den Hügeln gab und daß Ganoven zu gewissen Stunden die Straßen heimsuchten. Doch nur die andere Wirklichkeit drängte sich mir unmittelbar auf. Für einen unvoreingenommenen Betrachter waren der Corcovado und sein Christus mit ausgebreiteten Armen in der Tat zwei getreue Sinnbilder einer Welt, die auf der Netzhaut des Ausländers den Anprall kosmischer Schönheit mit der Umarmung christlicher Brüderlichkeit vereinte.

Endlich gab ich meine Gastgeber frei. Die Stunde der Abfahrt nach São Paulo war gekommen.

Stunden hindurch erwachte nach und nach die Wollust der tropischen Natur in meinen Sinnen. Fette Weiden, welche die Viehherden mästeten, dichtes Gehölz, das die Bergkuppen krönte, im Schatten der Brotwurzelbäume schlummernde Bäche, die Landschaft mitreißende, sturzflutartige Flüsse, blühende Jacarandá-Bäume, mit einem roten Lächeln betupfte Kaffeepflanzungen. Schätze, die ein Mensch in den Winkeln seines Gedächtnisses speichern kann, ohne daß sein Bewußtsein es ahnt! Jetzt sah ich, welche Farbskala, welche Vielfalt von Horizonten, welche Spannweite der Sinne ich besaß. Kein früherer Eindruck war verloren gegangen. Jede Anregung brachte der eingeschläferten Erinnerung nur die schon einstmals gegebene Antwort zurück. Brasilien hatte sich in meiner Seele wahrhaftig mit unauslöschlicher Tinte eingegraben. Die lange Abwesenheit hatte seinen ursprünglichen Glanz um nichts verblassen lassen.

Auf dem Kongreß, der das Bild verdeutlichen wollte, das Europa von der Neuen Welt besaß, suchte ich im Namen all derer zu sprechen, die auf dem alten Kontinent geboren waren und mit dem Traum vom Überfluß im Koffer an amerikanischen Küsten landeten, wo sie durch Rodung, Bepflanzung, Bautätigkeit und Verbrüderung sowie durch die Übermittlung von Gebräuchen, Vorlieben und Glaubenssätzen dazu beitrugen, diesen Küsten ein Profil zu verleihen. Ein Profil, das sie den zu Hause Gebliebenen dann in Briefen, mit beigefügten Schecks oder sogar mit dem Schweigen des Vergessens bewußt und vertraut machten. Diese schöpferische und aufschlußreiche Wechselwirkung wollte ich hier bezeugen, als Ergänzung zu den wissenschaftlichen und literarischen Bekundungen anderer, die der Peitschenschlag der Not nicht gegeißelt hatte. Auch wenn ich nicht das gleiche Verdienst und Ansehen wie viele unter ihnen genoß – ich hätte nie gedacht, daß der Genius sich gelegentlich so alltäglich zeigen könnte –, brachte ich immerhin den Vorteil einer gelebten Erfahrung mit. Auch ich war auf jenem tropischen Erdboden einer der unzähligen namenlosen Bildner seines riesigen Antlitzes und ein verzauberter Vermittler seiner Wesenszüge gewesen. Auch ich hatte wie die Menschen, die draußen auf der Straße als Fahrer arbeiteten, fegten, Handel trieben, Waren anpriesen oder Unternehmen leiteten, am Bau dieser riesigen Heimat mitgearbeitet, die wir jetzt feierten, und war ein bescheidener Chronist seiner Größe. Ich war der Pêro Vaz de Caminha* von Agarez. Ich hatte ausführliche Neuigkeiten der entdeckten Länder dorthin gesandt.

Aber ich mußte mich mit Gelehrten und Literaten auseinandersetzen, die größeren Wert auf Theorien und Abstraktionen legten als auf greifbare Wirklichkeiten. Und der Beifall, den ich erntete, zeugte von höflichem Unverständnis.

Ich durfte es mir nicht verhehlen: Meine leidenschaftliche Stimme mochte noch so beachtet und gefeiert werden, sie stieß in keinem Ohr auf Widerhall. Beim Abschiedsessen sah ich mich sogar gezwungen, einen nationalistischen Soziologen spöttisch zu entwaffnen, der die portugiesische Kolonisation Brasiliens herabsetzte und bedauerte, daß sie nicht durch die holländische ersetzt worden sei. Lächelnd freute ich mich über den Umstand, daß er alle seine Anklagen in gutem und fließendem Portugiesisch vorbrachte ...

Um verstanden, richtig verstanden zu werden, mußte ich nach Rio in die öffentliche portugiesische Stadtbibliothek zurückkehren und dort über das Drama der Auswanderer sprechen; im Haus von Trás-os-Montes breitete ich im übertragenen Sinn auf dem Fußboden des Raums die Landkarte Portugals aus und ließ jeden Zuhörer auf seiner Heimatscholle schuften.

Nach getaner Arbeit bestanden alle darauf, sich vorzustellen:

«Ich bin aus Guiães ...»

«Ich bin aus Santa Marta de Penaguião ...»

«Ich bin aus Vila Flor ...»

«Ich bin aus Vimioso...»
«Ich bin aus Montalegre...»
«Ich bin aus Vinhais...»

Und sie umarmten mich mit Tränen in den Augen, in einem stolzen Gefühl der Zusammengehörigkeit, das die Ergriffenheit selbst bezeugte.

Bestärkt durch die Unparteilichkeit, die ich in allem, was ich tat und öffentlich aussprach, an den Tag legte, öffneten groß und klein mir ihr Herz. Und ich konnte mit Tausenden von Landsleuten in allen lusitanischen Vereinigungen die erträumte brüderliche Gemeinschaft erleben. Nur sie hatten in Wahrheit Ohren für meine Worte. Während der verschiedenen gesellschaftlichen Empfänge, denen ich mich nicht entziehen konnte, vermochte ich keinem der Gesprächspartner Portugal und Brasilien auf jene Weise zu zeigen, wie ich sie im Blut und im Herzen trug. Portugal, wie sie es kannten, beschränkte sich auf die Romanhelden von Eça de Queiroz und die galicischen Stauer; was Brasilien betraf, auf das sie mit Recht stolz waren, so hatte auch dieses nichts gemein mit dem Land der Äcker und Urwälder meiner Kindheit. Wenn ich in einer Gesprächsrunde auf meine vergangenen Mühen und Bitternisse, zuerst in meiner Heimat, sodann in ihrem Land Santa Cruz anspielte, schienen sie einem zeitwidrigen *Bandeirante** zuzuhören.

Als *Bandeirante* konnte ich mir bald darauf im Banne tausend widersprüchlicher Gefühle die Heldentaten an den echten Schauplätzen in Erinnerung rufen, während ich durch Ouro Preto, Sabará und Congonhas do Campo fuhr – vergeistigte Dokumente einer Epoche aus Schweiß und Tränen, die ich in meinem bescheidenen Rahmen wiederholt hatte. Das Genie des Aleijadinho*, der ein halber Portugiese war, der Tiradentes des Professors Caboclo und Tomaz Gonzaga* mit seinen lyrischen Versen aus der *Antologia Werneck* hatten alle etwas mit den Korrals von Morro Velho zu tun.

Die lange Fahrt auf staubigen Straßen unter sengender Sonne wurde von einander ablösenden Landschaften bebildert, die übergangslos von Zuckerrohrpflanzungen zu Urwald, von der kleinen Barockkapelle zum Wolkenkratzer führten. Sie fand trotz allem ihren Höhepunkt auf der Fazenda, als mich der

Schwarze Virgolino bei der Ankunft auf dem Gutshof erkannte, bevor irgend jemand meiner ansichtig werden konnte – der Hund des Wächters Xingu war offensichtlich gestorben –, vom Bock seines maisbeladenen Ochsenkarrens sprang und in meine Arme sank.

«Das ist doch er!»

Ich mußte mich anstrengen, nicht vor Freude und Bitterkeit zu weinen. Der einstige Lausbub war gewachsen, ein Mann geworden und verändert wie alles ringsum. Nie stimmen die Bilder der Kindheit mit der Wirklichkeit des Erwachsenen überein. Das Gut Morro Velho! Ein neues Gemälde im alten Rahmen. Hier und dort war noch eine Einzelheit des ursprünglichen Bildes zu erkennen. Der Rest war für immer verlorengegangen. Andere Häuser, andere Bäume, andere Gesichter. Wie in Ribeirão, das ich vorher besucht hatte, waren von ihm nur noch lose Fetzen einer formlosen Sehnsucht übriggeblieben. In den Gängen des Gymnasiums, die mir schäbig vorkamen, suchte ich vergebens das Bild der Guajajara, das Profil Lias, das sommersprossige Gesicht von Rute. Nichts. Kein greifbares Zeichen der Vergangenheit. Hätte nicht mein Name in einem zerschlissenen Schülerverzeichnis gestanden, das Jeanne unbedingt durchblättern wollte, hätte man denken können, mein Aufenthalt in diesem Haus sei reine Selbsttäuschung gewesen. Und das gleiche schien sich auf der Fazenda abzuspielen, wo nichts mehr die Gestalt von einst besaß. Sogar das in den Gehegen weidende Vieh war eine andere Rasse.

Mein trotz seiner achtzig Jahre noch rüstiger Onkel zeigte sich bei meinem Erscheinen nicht überrascht. Er gestand sogar, daß er mich erwartet hatte. Er hatte meine Ankunft in Brasilien aus der Presse erfahren. Aber er war mir keinen Schritt entgegengekommen. Ich hatte die Verpflichtung, ihn aufzusuchen. Ich war einverstanden und lachte in mich hinein. Das Alter hatte sein Wesen nicht verändert. Er war nach wie vor Besitzer und Herr seiner Welt, jedes Wort und jede Gebärde zeugten von seiner einstigen Macht. Die gleiche Entschlußkraft in den pechschwarzen tiefliegenden Augen, dieselbe breite Kämpferstirn, dieselbe ausgeprägte Nase in dem blassen Gesicht, derselbe halbe Goldzahn, der in seinem feingeschwungenen breiten Mund blitzte. Er war völlig taub, und ich vermochte mich ihm nur schriftlich verständlich zu machen. Noch mit einem Anflug von Groll erwähnte er meine

Weigerung, nach dem Hochschulabschluß nach Brasilien zurückzukehren. Aber er hatte verloren. Nun waren sein Glück und seine Universalerben – er hatte sein Testament bereits in diesem Sinne aufgesetzt – die beiden Söhne von Dona Néné, die nach dem Tod von Seu Adalberto wieder geheiratet hatte. Einer studierte, und der andere half bei der Leitung der Fazenda, deren Ausmaß sich verdreifacht hatte. Stück für Stück hatte mein Onkel neue Güter in der Umgebung aufgekauft. Im Augenblick war die überreiche Kaffeernte im Gang. Von der Viehwirtschaft nicht zu reden. Er besaß allein sechs Zuchtstiere. Samt und sonders aus Holland eingeführte, erstklassige Stiere. Was in Agarez vor sich ging, interessierte ihn nicht, auf die Nachricht vom Tode meiner Mutter reagierte er kaum und ebensowenig auf die schwache Gesundheit meines Vaters. Auf einmal wurde seine Stimme streng.

«Man sagt, daß du gegen die dortige Lage bist... Du hast Unrecht. Salazar ist ein großer Mann.»

Diesmal lachte ich nicht, weder innerlich noch äußerlich. Ich blickte ihm nur fest in die Augen. Er verstand mich und milderte seine Kritik.

«Nun, du mußt wissen, was du tust...»

Fortan wurde die Unterhaltung noch schwieriger, nicht nur wegen der Form der Verständigung – einer redete und der andere schrieb –, sondern auf Grund einer gegenseitigen Verlegenheit. Sicherlich sah er in mir statt des wehrlosen Knaben, den er gekannt hatte, jetzt den Arzt und Schriftsteller, und ich war vor lauter Hemmungen wie gelähmt. Was sollte ich ihm sagen? Das gleiche, was ich dem Komtur Ramiro in Rio nutzloserweise gesagt hatte? Und sollte ich hinzufügen, daß ich gekämpft, gelitten und trotz allem zuversichtlich vorausgeblickt hatte? Daß ich Dichter war? Daß meine Seele manch blauen Fleck, der seinem autoritären Wesen zu verdanken war, nicht hatte auslöschen können, daß er indes meine künftige Widerstandskraft gefördert hatte? Daß wir zwei verwandte und zugleich verschiedene Naturen waren, welche die Umstände eines Tages zusammengeführt und die das Leben unwiederbringlich getrennt hatte? Daß mein Besuch eine gefühlsbedingte Achtung und gleichzeitig einen ewigen Abschiedsgruß bedeutete?

Mit einer peinlichen Frage brach ich das lästige Schweigen, das zwischen uns entstanden war. Ob er noch nicht ein bestimmtes

Hörgerät erprobt habe, das als letzter Schrei galt. Mit einer von Zorn und Ohnmacht erstickten Stimme gab er mir eine Antwort, die das ganze Drama seines einsamen Daseins im Kern enthüllte. Er hatte das allerbeste Modell aus Amerika kommen lassen, das ihn ein Vermögen gekostet hatte, und es mit einem Revolverschuß zerstört, als er feststellte, daß es ihm nicht half.

Wir hatten einander nichts mehr zu sagen. Er würde dort ausharren, eigenwillig wie immer und als unumschränkter König seiner tropischen Wälder und tiefen Täler, bis er wie vom Blitz getroffen umfiele. Und ich würde in meine europäische Rastlosigkeit zurückkehren.

Wieder in Rio, erweiterte sich die brüderliche Gemeinschaft mit Portugiesen und Brasilianern noch mehr, als ich vor diesen wie jenen öffentliche Ansprachen hielt; gekrönt wurde sie durch ein mir zu Ehren gegebenes Schlußbankett, ein schönes Fest landsmännischer Verbrüderung. Alle Provinzen Portugals fanden sich in erdgebundener Brüderlichkeit zusammen.

Aber die allgemeine Lage war gespannt. Der gewaltige Leib, der vom Amazonasbecken bis nach Rio Grande do Sul reichte, erbebte wieder einmal unter einem einheimischen Fieber, das von den gesellschaftlichen Schäden eines im Umbruch befindlichen kollektiven Lebens ausgelöst wurde. Gleich nach der Abreise von São Paulo, das ich erleichtert verlassen hatte – betäubt von so viel Lärm und benommen von so viel Luftverschmutzung –, untersuchten einander ablösende Polizeistreifen den Wagen. Während der Fahrt begegneten uns auf Schritt und Tritt Truppentransporte. In Minas hielt die Unruhe, wiewohl weniger auffällig, an. Im großen Kessel der Nation siedete es von Norden nach Süden im Feuer der Freiheit. Als alle einen pragmatischen Abschluß der Krise erwarteten, friedlichen Verzicht oder bewaffneten Widerstand, erschallte schließlich ein theatralischer Selbstmordschuß im Präsidentenpalast.*

Der Tod ist etwas Ernstes. Und der Freitod erst recht. Aber nur, wenn er dem Toten keine Zinsen einbringt. Wenn er ihn nicht im Spiegel der Geschichte verewigt und sich als Reuegefühl einer gesamten Nation vererbt. Was genau hier geschah. Noch war der Kugelrauch nicht verweht, schon wurde der Despot in der Presse und in den Herzen als aufgeklärter Staatsmann gefeiert, als großer

Patriot, als Nationalheld. Und ich versuchte, in diesem geronnenen Meer von Bestürzungen Fuß zu fassen. Als Zeitgenosse von Diktatoren, welche die Pestplage meiner Zeit zu sein schienen, wünschte ich ihnen zumindest die strenge Strafe der Nachwelt. Und schließlich gab es Kriegslisten, um dieser Verurteilung zu entfliehen. Was bewies, zu welchen Übertreibungen der Mensch fähig ist, wenn die Unsterblichkeit seines Bildes auf dem Spiel steht, und wie leicht sich der Wankelmut der Mengen ausbeuten läßt.

Von Trauer umgeben und allein mit meinen düsteren Gedanken beschloß ich, daß es Zeit sei zur Heimreise. Ich hatte mein Programm erfüllt. Ich hatte mit meiner Vergangenheit abgerechnet, hatte die Orte meiner Sehnsucht aufgesucht, neue Panoramen kennengelernt und beachtliche Gestalten, ich hatte Gott und der Welt meine Ansichten verdeutlicht, hatte ein großes Land im Umbruch gesehen und die verklärende Kraft einer menschlichen Gebärde im richtigen Maß zu bewerten gelernt. Länger zu bleiben, hieße das Eigenartige gewöhnlich, das Bunte farblos machen. Das statische Bild des dramatischen, dunklen Brasilien vergangener Zeiten war dem einer großen, dynamischen und sonnenhaften Nation gewichen. Auf den Ölbildern Portinaris, in den Gedichten von Manuel Bandeira und Drummond de Andrade oder in der Prosa von Graciliano Ramos besaß selbst das Leiden Hoffnung. In diesem festen Glauben an eine unvergleichliche künftige Heimat wollte ich diesem Land Lebewohl sagen, dem sich meine Seele jetzt noch näher fühlte.

Wieder störte der Komtur Ramiro in seiner zweideutigen Rolle als Wächter des guten Namens von Portugal die überschwengliche Stimmung bei der Einschiffung. Augenblicke vor dem Ablegen erschien er feierlich am Kai.

«Ich möchte Ihnen im Namen der Kolonie danken...»

«Sind Sie zufrieden?»

«Sehr.»

«Sie meinen also, alles sei gut gelaufen?»

«Es hätte nicht besser sein können.»

«In diesem Fall hoffe ich, Sie werden nicht vergessen, dies an die dortigen Hurrapatrioten weiterzugeben... Nicht, daß es mir wichtig ist, was die Regierung von mir hält. Sie kennt meine

Ansichten. Aber ich möchte, daß sie wissen, wie Männer der Opposition Zeugnis für ihr Vaterland ablegen.»

«Ich habe es bereits mitgeteilt...»

«Möge es ihnen wohlbekommen...» und ich erklomm das Fallreep.

Wir machten Zwischenstation in Bahia, sodann auf Cap Verde und schließlich auf den Kanarischen Inseln. Das Schiff fuhr gemächlich. In São Salvador fand ich das koloniale Portugal in seiner vorbildlichen Ausdruckskraft wieder: die völlige Vermischung von Herr und Sklave; Europa, Afrika und Amerika vermengt im Blut, im Glauben, in Rhythmen und im Geschmack; der tropische Saft belebte die erschlafften Wurzeln der Kunst des Königreichs... Ob es dem nationalistischen Unverständnis gefiel oder nicht, gleich wie ihre Schmähschriften geartet waren, dieses Wunder der Suche, des Findens und der Gemeinsamkeit hatte sich gelohnt. Drei Kontinente waren hier durch die Bande der Liebe vereint.

In São Vicente spürte ich erneut die nationale Unterdrückung, als ich auf den verkohlten Inseln das Konzentrationslager von Tarrafal erahnte. Wann würde dieses Martyrium enden? Wann endlich würde jede einzelne Parzelle Portugals nicht mehr dessen Söhne an die Tyrannei erinnern, die sie unterjochte?

Namenlos wie ich ausgereist war, stieg ich in Lissabon von Bord. Die Zensur hatte nicht einmal meinen Namen auf der in der Presse veröffentlichten Passagierliste gebilligt. Aber die Reise hatte mir gutgetan. Sie hatte meine Seele von manch verdrängtem Alpdruck befreit. Das mythische, zugleich unwirkliche und schockierende Brasilien hatte sich endgültig in ein greifbares Land verwandelt, das ich festen Fußes und würdevoll beschritten hatte. Mein Onkel war kein heiliges Ungeheuer mehr aus Kraft und Macht, indessen verkörperte er nun einen alten pathetischen Eigenbrötler. Die Fazenda hatte all ihre schmerzvolle Bannkraft eingebüßt, welche die Einbildungskraft nährte. Nicht einmal Ribeirão, das ideale Abbild, das ich in Erinnerung an mein großes Jugendabenteuer bewahrte, hatte dem rohen Licht der Gegenwart standgehalten. Der Stadtpark mit seinem berauschenden Nachmittagskonzert kam mir jetzt provinziell vor. Die Kaffeemühle des Senhor Cláudio Cerrutti gab es nicht mehr, die Besitzer waren gestorben; Jorge, der sich später zum Piloten hatte ausbilden lassen, war bei einem Flug über dem Amazonasbecken abgestürzt; einer der Celsos, den ich aufgesucht hatte, war Kaufmann geworden und sprach mit erlahmtem Gedächtnis. Er erinnerte sich kaum mehr an mich. Nichts oder wenig war von den Schatten und Erlebnissen jener zurückliegenden, nebelhaften Zeiten geblieben. Meine Reiseaufzeichnungen waren zunehmend enttäuschende Aufzählungen. Als ich wieder in meiner Praxis vor der Schreibmaschine saß und sie zur Niederschrift von Aufsätzen für einen Band auswerten wollte, in dem meine Reden und Diskussionsbeiträge Platz finden sollten, war ich selbst über die unterwürfige Sachlichkeit verwundert, mit der ich mich herbeigelassen hatte, den Nebel der Vergangenheit im Namen der Klarheit der Gegenwart vom Mythos zu befreien.

Im übrigen hatte ich festgestellt, daß ich Tag für Tag einer hellsichtigen und beherzten Entzauberung entgegenstrebte – ganz im Gegensatz zu meiner widerspruchsvollen und rechthaberischen Blindheit von einst. Natürlich pflückte ich – wenn ich pflückte – die Rosen des Lebens weiter, aber in dem Bewußtsein, daß sie nicht dornenlos waren und am nächsten Morgen welkten. Tatsächlich sprach ich in dieser Seelenverfassung anläßlich der Einweihung des Gedenksteins an dem Haus, wo ich als Student gewohnt hatte, zu den Kommilitonen. Bei der Studentenfeier zur Erinnerung an den fünfundzwanzigsten Jahrestag des Arztdiploms waren sich alle trotz meines wiederholten Einspruchs einig, den Plan voranzutreiben. So blieb mir nichts anderes übrig, als den Namen, mit dem ich die Bußübungen des Schriftstellers ableistete, in Bronzebuchstaben auf einem Granitblock aus Agarez gemeißelt zu sehen. Die Dankbarkeit, die ich für eine so großherzige und mutige Gebärde des Gemeinschaftsgefühls empfand, die vor allem eine Herausforderung an die zwischen den Herren der Macht und den Päpsten der Literatur vereinbarten Feindseligkeiten darstellte, vermochte nicht meine innerste Überzeugung zu täuschen, daß nichts die Mühe lohnte, obwohl alles so getan werden mußte, als lohnte sie es doch. Niemand kämpfte verbissener als ich für die Gesundung eines Kranken, niemand wanderte begieriger von frühmorgens bis in die tiefe Nacht auf der unermüdlichen Verfolgung einer Jagdbeute übers Gebirge. Und niemand glaubte weniger an die Drogen, die er verschrieb, und war überzeugter von dem Widersinn ähnlicher Verfolgungsjagden. Ich sehe noch das entgeisterte Gesicht eines Vertreters pharmazeutischer Produkte, als ich ihn, nachdem ich stillschweigend seiner Anpreisung eines ausgezeichneten Arzneimittels zugehört hatte, ohne Umschweife fragte, wieviel das Laboratorium ihm außer seinem Monatsgehalt für seine Überzeugung zahlte. Der Unglücksrabe konnte sich kaum vorstellen, aus welchen Abgründen mein bitterer Hohn aufstieg, der nur scheinbar ihn betraf. Im Grunde war dies ein mittelbares, schmerzliches Geständnis, das ich ihm und mir zugleich machte. Bei jedem Unternehmen setzte ich meine ganze Kraft ein und wußte doch schon im voraus, daß es zum Scheitern verurteilt war. Daher kostete mich jede ausgeführte Handlung die doppelte Anstrengung. Ich mußte die Trägheit des Gedenksteins und meine eigene Trägheit überwinden.

Diese lebhafte Enttäuschung, die den Geist verbitterte und zugleich antrieb, störte ohne meine Absicht die heitere Gemeinschaft, die sich mit André und Gonçalo seit meiner Hochzeit wieder angebahnt hatte. Getreu meinem Grundsatz, überempfindlich und stets zu scharfer Kritik bereit zu sein, übersah ich jetzt nichts mehr, was mir früher entgangen war. Der impulsive und zuversichtliche Mensch, der ihnen vertraut war, seine Höhen und Tiefen, sein blindes Handeln, ging nunmehr immer strenger und entschlossener vor. Und sie waren beleidigt, wenn ich sie beschimpfte, oder verblüfft, wenn sie mich kaltblütig kühne Entscheidungen treffen sahen.

Beide waren noch immer die gewohnten Gefährten meiner Mußestunden. Im Morgengrauen saßen wir häufig im Haus des einen oder anderen nach endlosen Abendessen beisammen, voller Tabakrauch, belebt von hitzigen Streitgesprächen literarischer, politischer und religiöser Ordnung, die uns zugleich erregten und erschöpften. Über diesen eifrigen privaten Verkehr hinaus bildeten wir öffentlich ein unzertrennliches Triumvirat mit einem Stammtisch im Café und einem Pflichtspaziergang im Stadtpark nach dem Mittagessen. Bei ihnen erholte ich mich von den häufigen gegen mich gerichteten Angriffen, ich hörte sie an, wenn ich Rat brauchte, auch wenn ich ihren Geschmacksrichtungen und Maßstäben immer ferner stand. Bei Büchern stimmten wir vom Titel bis zum Inhalt nur noch selten überein. Ich fühlte mich ebenso fern von den selbstgefälligen Urteilen des einen wie von den vorsichtigen Meinungen des anderen. Auch sie wurden älter, und mit dem Alter vertieften sich ihre angeborenen Fehler. Andrés Einbildung wuchs sich von Tag zu Tag zu reiner Unverschämtheit aus. Er suchte Händel mit allen, er säte Zwist, so daß ich mich seiner Freundschaft langsam schämte. Es fiel mir schwer, ihn zu verteidigen. Die Eitelkeit verführte ihn zu Handlungen von anfechtbarer Logik, die er hinterher als Feingold ausgeben wollte. Mit Krallen und Zähnen verteidigte er die Universität und ihre richterliche Unfehlbarkeit, er ging, als er einmal sehr gereizt war, so weit, zu behaupten, meine Gedichte seien nur gültig, wenn jene sie für gültig erklärte; in der offiziellen Robe gewandet, wirkte er an allen akademischen Feierlichkeiten mit, er war der vollendete Professor. Das führte häufig zu hitzigen Streitgesprächen zwischen uns, da ich stets ein Gegner der Alma Mater gewesen war. Er hielt sich für einen Erwählten unter Mittelmäßigen, obgleich er in heiklen Augenblicken aus dem Status eines gewöhnlichen Menschen Nutzen ziehen wollte. Als geborener Exhibitionist verbarg sich in ihm ein Schauspieler in unablässiger Selbstdarstellung. Und er gefiel sich darin, in bestimmten Rollen aufzutreten.

Gonçalo hingegen, der sich absichtlich bescheiden gab, ohne in seinem Verhalten die geringste echte Bescheidenheit durchblicken zu lassen, erschien in den Augen aller als eine Ausgeburt an Stolz. Zurückhaltend, eigensüchtig, ohne je einen falschen Schritt zu tun – später tat er sie, doch bereits nach meiner Zeit –, vermischten sich in seinem Charakter leicht Klugheit und Kleinmut. Stets intelligent und gebildet, verwendete er diese Eigenschaftswörter gleichsam negativ. Nur wenigen zwang er sich auf. Alvarenga pflegte zu sagen, er glaube an seine Verdienste, weil ich mit meinem Ehrenwort für sie einstand. Sicherlich trugen meine eigenen Fehler zu diesem fortschreitenden Mißbehagen bei, das jetzt unser Zusammenleben beschattete. Hartnäckig, ungeduldig und unbekümmert, angriffsbereit, wenn sich die Gelegenheit bot, und zugleich ohne meine früheren Scheuklappen, erleichterte ich nicht mehr die gewünschte Verständigung. Und das Schlimmste war, daß sich die beiden, sobald ein Zwist zwischen uns keimte, todsicher in einer stillschweigenden Allianz gegen mich verbündeten, die ich auf keine Weise aufbrechen konnte. Ich wußte auch, daß, wenn ich mit dem einen Frieden schloß, ich es mit beiden tat.

Diese zweifelhaften Beziehungen behagten mir immer weniger, auch wenn ich verstandesgemäß wußte, daß mir das gesellschaftliche Umfeld keine redlicheren Gefährten bieten konnte. Die Menschen hatten die Gewohnheit der Aufrichtigkeit verloren. Endlose Jahre der Zensur, der Polizei vor der Tür und des getarnten Schreckens hatten schließlich die Charaktere verdorben. Alle Gebärden, alle Worte spiegelten die gleiche argwöhnische Vorsicht. Im besonderen Fall der beiden war das Problem durch ein gewisses Schamgefühl erschwert, das mir den Abbruch der Beziehungen zu ihnen verbot. Unsere Freundschaft währte schon so lang, und ich hatte ihnen soviel Zuneigung geschenkt, daß ich sie mir fern meinem Leben kaum vorstellen konnte. Und obgleich eine Veränderung ihres Verhaltens nicht zu erhoffen war, zähmte ich meinen inneren Unwillen und beschloß, die Geduld bis zum Äußersten zu treiben.

Nur mein Vater blieb immer sich selbst treu und fest in seiner ungebrochenen Menschlichkeit. Nach dem Tod meiner Mutter war er keinen Tag mehr ganz gesund. Ich mußte ihm alle Augenblicke zu Hilfe eilen. Zum Glück folgte er im Gegensatz zu ihr, und widersprüchlicherweise, da er sich nie so sehr an sein Leben geklammert hatte, meinen Verschreibungen aufs Wort, denn er war überzeugt, daß es auf der Welt keinen besseren Arzt gab als mich. Nicht einmal, als er die erste Gehirngefäßblutung bekam und mit schiefem Mund alles zu verachten schien, ließ er von seinem Glauben an meine Heilgabe.

«Mein Sohn, der Doktor, hat schon gesagt, daß sich alles wieder einrenkt...», stammelte er jedem Besucher entgegen.

Auf einer dieser nächtlichen Blitzreisen – denn tags mußte ich meine Praxisstunden ableisten – erfuhr ich, daß das Gericht ihn an seinem Krankenbett aufgesucht hatte.

«Wozu denn?» wollte ich wissen.

«Wegen der Tracht Prügel, die die Leute von Donelo der Lúcia verabreicht haben. Sie haben ihr das Quellwasser von Barrosa auf Kosten der Dorfbewohner gestohlen und sie außerdem noch verdroschen, als sie mit der Arbeit anfingen, und sie hat sich gewehrt, um ihr Eigentum zu verteidigen. Weil sie keinen Zeugen hatte, habe ich ihr gesagt, daß sie meinen Namen angeben soll.»

«Und warst du dabei?»

«Nein. Aber sie haben gemeint, ich hätte alles von meinem Maisfeld aus mitangesehen, das gleich daneben liegt.»

«Dann hast du also falsch ausgesagt ...»

«Und was tut's? Sie haben auf sie eingedroschen. Sie mußte doch zu ihrem Recht kommen. Und das ging nur, wenn jemand es gesehen hatte. Und ich hab's gesehen ...»

Von einer Läuterung zur nächsten war er zum reinen Gold gelangt. Er hatte die Schranken des Bedingten überschritten. Nur noch das Unbedingte interessierte ihn. Und das zeigte er öffentlich aus den unerwartetsten Blickwinkeln. Wir gingen zusammen in Agarez spazieren, wobei er immer die Hacke in der Faust hielt statt eines Spazierstocks. Plötzlich sah ich ihn den Straßenrand aufgraben und eine Scholle ausheben, in der eine winzige, an ihren Zweig geklammerte Kastanie keimte.

«Was willst du damit machen?»

«Sie in Tafona einpflanzen.»

«Du wirst die Kastanien doch nicht essen ...»

«Aber du.»

«Ich auch nicht. So lange lebe ich nicht.»

«Dann essen sie deine Kinder.»

«Womöglich bekomme ich gar keine.»

«Dann soll sie essen, wer später hier lebt, ganz egal. An hungrigen Mäulern wird es nicht fehlen.»

Auch wenn er wie früher von meiner Schwester umsorgt wurde, schimmerte in seinen Augen eine Trauer, die keine Lebensfreude aufzumuntern vermochte. Dann und wann weinte er aus sanfter Verzweiflung still vor sich hin.

«Was hast du?»

«Nichts.»

Sein Schamgefühl gestattete ihm kein erlösendes Wort der Vertraulichkeit. Der Tod seiner Lebensgefährtin hatte ihm die Flügel beschnitten. Dennoch beschränkte er alle Klagen auf eine wortkarge Überlegung:

«Als die Mutter noch gelebt hat, sahen die Dinge anders aus. Aber jetzt ...»

Stets kamen ihm die Schweine mager vor und das Essen fad. Noch immer bestellte er sein Feld wie kein anderer, wenn auch mit fremder Hilfe.

«Die Arbeit muß ordentlich gemacht werden», sagte er.

Aber er kostete nicht die Früchte der Hoffnung, die er säte.

Um ihn von seiner durch die Krankheit erzwungenen Tatenlosigkeit abzulenken, bat ich ihn dann und wann, nach Coimbra zu kommen. Abgesehen von der Freude, ihn in meiner Nähe zu sehen, war das für mich eine Möglichkeit, ihn zu untersuchen und zu behandeln, was in Agarez unmöglich gewesen wäre. Er lehnte diese Einladungen nie ab, erst recht nicht für das Fest der Heiligen Himmelskönigin, deren Prozession er besonders liebte. Da meine Praxis ein bevorzugter Aussichtspunkt war, um sie vorbeiziehen zu sehen, waren die Fenster immer besetzt. Bei einer dieser Gelegenheiten mußte ich ihn zwischen zwei verdienstvolle Damen setzen, denen ich die Gunst nicht hatte ausschlagen können. Plötzlich erschien auf dem Höhepunkt der Feierlichkeit der Eisenbahnzug aus Lousã auf seiner ungewöhnlichen Fahrt durch die Stadtmitte. Er pfiff und pfiff, wurde aber von der andachtsvollen Menschenmenge angehalten. So blieb er eine Weile stehen und keuchte gezwungenermaßen. Schließlich beschloß der Lokomotivführer, der es leid war abzuwarten, sich die Durchfahrt mit finsterer Miene zu erzwingen. Nach mehreren ergebnislosen Warnungen begann er, gegen die Schar von Engeln, Büßern und Mitgliedern der Bruderschaft vorzurücken, die wohlweislich zurückwich.

«Eine Affenschande! Einfach respektlos! Das der Heiligen anzutun!» tönte eine der aufgebrachten Damen.

Und gleich darauf der Alte:

«Das liegt doch auf der Hand: er muß sich an seinen Fahrplan halten, sie nicht.»

Er war stets gewandt, sah gut aus und hatte einen klaren Verstand, er zeigte sich großzügig in seinem Dank an all jene, die ihm einen Dienst erwiesen, und war makellos gekleidet in den Anzügen, die ich nicht zu Ende getragen hatte –, er glich einem Dorffürsten unter städtischen Bauern. Ein Mann, der jeder Stunde des Lebens Würde verlieh. Doch er hatte bereits die Achtzig überschritten, und das bereitete mir Sorge.

«Mein lieber Sohn:

Ich habe hier deinen Brief erhalten in dem du mir sagst daß du dich um mich sorgst ich danke dir dafür aber mache dir nicht zuviele Gedanken. Man kann nicht ewig leben es kommt eben was kommen muß. Vorläufig halte ich mich mit den Tropfen und Tabletten über Wasser schicke mir mehr sie sind bald zu Ende. Appetit habe ich überhaupt keinen ich esse zwar etwas aber ich muß mich dazu zwingen du sagst ich soll mit den Mahlzeiten aufpassen aber an zuviel essen sterbe ich bestimmt nicht. Sag mir wann du kommst damit ich den Schlachttag bestimmen kann. Diesmal habe ich mit dem Schwein wenig Glück gehabt es ist klein nicht zu vergleichen mit dem vom letzten Jahr aber man kann eben nichts daran ändern und wir müssen das Beste daraus machen.

Grüße von Maria und den Segen von mir deinem Vater.»

Auch wenn ich sträflicherweise immer dichter am Asphalt der Stadt klebte, blieb ich doch dem Jahresrhythmus von Agarez treu. Ich wußte, wann Karneval, Sankt Peter und Sankt Martin war, wann die Zeit der Schweinsohren, die Zeit für den Korb Kirschen und den Sack Kastanien, die ich regelmäßig am Vorabend erhielt. Meine Pflichtbesuche an Weihnachten und Ostern begrenzten wie zwei Meilensteine den Lauf des Jahres. Das Weihnachtsessen am Feuer, wenn der Schnee aufs Dach fiel, und das Halleluja auf dem Kirchturm, das über die blühenden Felder hin erschallte, ließ die Stunden in meiner Erinnerung gerinnen. Das Leben entstand und wurde dort sichtbar neu geboren, in der Christmette und beim Osterbesuch des Priesters, der das Dorf von Haus zu Haus abschritt.

«Frohes Fest! Frohes Fest!»

Das war die Erneuerung der Hoffnung in allen Herzen. Und wenn ich auch das Christkind in der Kirche und den Herrgott zu Hause nicht küßte, so errichtete die schlichte Gewißheit, das Wunder zu betrachten, durch die beiden heiligen Tage zwei Angelpunkte in meinem Geist.

«Sind Sie zu Hause gewesen?» wollten die Patienten wissen, die meine Tür an den Tagen meiner Abwesenheit verschlossen vorgefunden hatten.

«Ja.»

«An solchen Festtagen will man bei den Seinen sein ...»

«Das stimmt.»

Es wäre diesen Leuten nicht im entferntesten eingefallen, daß diese Gewohnheit, die für sie rein gefühlsmäßig war, für mich noch andere, gewiß weniger seelische, doch ebenso drängende und maßgebende Beweggründe enthalten mochte.

Im Verlauf der Jahre hatte sich die Praxis in den weniger geschäftigen Stunden zu einem Mittelpunkt des Gesprächs und der Verschwörung entwickelt, den die Beamten des Staatssicherheitsdienstes aufmerksam vom gegenüberliegenden Gehsteig beobachteten. Außer Gonçalo, André und Alvarenga, dem Unermüdlichen, kamen regelmäßig Dr. Francisco Borges, Arzt aus Rebordosa, ein Satirendichter, dessen Lippen stets ein höhnisches Lächeln umspielte und der immer ein vernichtendes Gedicht in der Tasche trug; außerdem Dr. Vilela, der samstags aus Travanca herüberkam, um die letzten politischen Nachrichten zu hören, sowie Edmundo Lucena, Assistent an der Philosophischen Fakultät, der Klugheit und Unruhe verströmte; und vor allem Angehörige der jungen Generation, die sich der Vormundschaft von Fontes entzogen hatten und gleichfalls den Musen huldigten oder Flugversuche in andere Richtungen unternahmen. Sie hielten mich auf menschlichem Gebiet über die Fluchtströmungen der Zeit auf dem laufenden. In einander ablösenden Schüben sah ich Neulinge durch den Haupteingang hereinkommen und als Doktoren hinausgehen, ohne zu merken, daß mittlerweile ein Jahrfünft durch die Sanduhr der Zeit geronnen war. Es erschienen die verschiedensten Menschen. Einige Gebildete wie die Gebrüder Teles, die kultiviert, empfindsam und stets voller Aufmerksamkeit waren, andere hingegen angriffslustig und herausfordernd, die mit mir streiten wollten. Ich wappnete mich mit Geduld und beobachtete sie eingehend. Sie waren das Ergebnis einer tragischen Epoche und charakterlich mit Narben versehen, die von dieser Zeit Zeugnis ablegten. Auch sie versuchte ich zu verstehen. Ich hatte immer die Eigenschaft besessen, den anderen zuzuhören, nicht die Stunden zu zählen, die man mir abverlangte, gar nicht zu reden von den Patienten, die sich nach der Untersuchung meistens in Vertraulichkeiten ergingen, so daß ich mich alle Augenblicke einem gepeinigten Gewissen gegenübersah, das sich das Herz erleichtern wollte. Zerstrittene Liebespaare, gehemmte frühere Seminarzöglinge, enttäuschte Nonnen, unverstandene Genies. Dona Olímpia, deren Intimus ich noch immer war, obgleich ihr Hofstaat mir in der letzten Zeit aus dem Wege ging, behauptete sogar, an mir sei ein Beichtvater verlorengegangen. Was in gewisser Weise zutraf. Ich staunte selbst über das blinde Vertrauen, das die Menschen mir auf Anhieb entgegenbrachten. Am Tag, als ich den Strand von Mira kennenlernte, kam ich mit einem alten Fischer ins Gespräch. Und es verging keine halbe Stunde, da offenbarte mir der Mensch ein Verbrechen, das er vor dreißig Jahren begangen hatte und dessen ihn kein Mensch verdächtigte. Einige Zeit nach seiner Wahnsinnstat, als die Erinnerung an den Toten in der erregten Phantasie der Leute abgeebbt war, schiffte er sich unauffällig nach Brasilien ein und brachte sich dort durch, noch immer von Gewissensbissen verzehrt. Bis er es nicht länger aushielt und mit dem Bedürfnis zurückkehrte, sich bei einer anderen Seele zu erleichtern, die imstande wäre, seinen Alptraum mit ihm zu teilen. Und so war ich es, der ihn von dem Druck entlasten mußte.

Im konkreten Fall der Jugend gesellte sich zu dieser natürlichen Bereitschaft meine Neugierde, anhand der Kurve ihrer Verhaltensweisen auch die Entwicklung ihrer eigenen Wertmaßstäbe zu begleiten. Von Generation zu Generation wandelten sich ihre Moralvorstellungen. Die an einem Tag verurteilten Sitten wurden am nächsten die Norm. Noch gestern als Überschreitung gewertete Taten waren heute erlaubt. Und das Merkwürdigste war, daß in den Mienen der Nutznießer nicht das geringste Anzeichen von Fröhlichkeit zu erkennen war. Im Gegenteil. Sie wirkten zusehends trauriger. Von zahllosen Fesseln befreit, lebten sie angesichts der ihnen eröffneten tausend Wege zum Vergnügen im Grunde lustlos dahin, wie vom Leben Entlassene. Ledig der Anstrengung zu kämpfen, zu wagen, die Phantasie zu bemühen sowie von der Verpflichtung befreit, irgendeine Verantwortung zu übernehmen, vegetierten sie im Alltag willenlos dahin. Politisch eingereiht und in die Deichselstangen eines entpersönlichenden Obrigkeitskults gezwängt, ließen sie sogar hinter jedem Protestruf die Kommandostimme vernehmen.

Diese Beziehungen waren spannend, aber nicht leicht. Unfähig, ihnen zu schmeicheln, mußte ich sie häufig enttäuschen. Dennoch hielt ich ihnen die Treue, die man Anfängern schuldet. In einer der totalitären Stunde widrigen Sprache führte ich ihnen die nackte und rohe Wahrheit unserer menschlichen Wesenheit vor Augen. Ich war immer mehr davon überzeugt, daß der

Mensch, wiewohl zu einem gesellschaftlichen Schicksal verurteilt, zuallererst ein Individuum ist. Das sagte mir der Verstand und bewies mir täglich die ärztliche Praxis. Die jahrelange klinische Erfahrung hatte mich gelehrt, in jedem Geschöpf stets die heillose Einsamkeit zu sehen, die dieses in entscheidenden Augenblicken befällt. Man wurde allein geboren, man litt allein, man starb allein, mochte noch soviel Liebe und Gemeinschaftsgefühl auf der Welt vorhanden sein. Die es glücklicherweise trotz allem gab. Unsere Tragödie war aber einfach so ausweglos, daß der Balsam, über den wir verfügten, nie den Kern der Wunde erreichte. Hinter dem Optimismus ihrer Altersklasse verschanzt, hörten sie mir mit einem Gemisch aus Zweifel und Selbstgefälligkeit zu. Da einige von der Einfalt modischer Glaubensbekenntnisse gefesselt waren, schlugen sie meine Tür hinter sich zu. Geduld. Mir war es so lieber. Auch wenn ich ihnen die Hoffnung nicht rauben wollte, durfte ich sie ebensowenig belügen.

Fontes ging anders vor und erfreute sich daher einer anderen Hörerschaft. Er tanzte nach ihrer Pfeife und war stets bereit, denjenigen zu loben, der gerade kam, und den zu schmähen, der fortging. Er vermittelte den Eindruck, als lebe er ohne Gedächtnis und sei nur auf seinen augenblicklichen Ruf bedacht.

Die Schamlosigkeit dieser geheuchelten ewigen Jugend bekümmerte mich. Sicherlich war das fortgeschrittene Alter kein Anlaß zu Stolz; aber auch nicht zu Schimpf. Gegen den Augenschein der Jahre jede neue Generation unterwürfig nachzuäffen, entsprach nach meinem Dafürhalten der Prostitution des eigenen Lebens. Alle Altersstufen besaßen ihre natürlichen Grundsätze, und diesen die Treue zu halten, stellte für mich den Adel des Seins dar. Nichts stieß mich mehr ab als ein jugendlich geschminktes altes Gesicht. Eine Falte, die ehrlich die Pflugschar der Zeit bezeugte, erfüllte mich mit Achtung und Zärtlichkeit. Aber Fontes tarnte die seinen auf jede erdenkliche Weise, bald mit Bleiweiß, bald mit Mennige. An der Spitze der kühnsten erwachenden Bestrebungen sein Banner schwenkend, versuchte er, diese mit einem Schlag seines Hirtenstabes in seine Richtung zu lenken und jene zu demütigen, die ihn in den Schatten zu stellen wagten. In seinem Herrscherdrang schätzte er vergangene Werte und Zuneigungen gering und leugnete heute, was er noch gestern bejaht hatte. Seine Freunde von heute waren seine Feinde von morgen, sobald sie triumphierten. Wenn jemand in seinem Kreis zwei oder drei bekannte Namen ins Gespräch brachte, deren Altersgenosse er war, redete er dummes Zeug. Da ihre Bedeutung schwerlich zu leugnen war, wünschte er sie in seiner Gesellschaft nicht erwähnt zu wissen.

Als er starb, waren unsere Beziehungen schon längst abgebrochen. Die ihm von mir bezeugte, fast kindliche Zärtlichkeit hatte sich nach und nach in eine Art schmerzlicher Vergebung für all seine Gereiztheiten verwandelt. Er hatte die Bissigkeit zu sehr auf die Spitze getrieben. Für einen geistreichen Ausspruch opferte er einen Freund. Dabei hatte er kaum einen treueren als mich gehabt. Daher versäumte ich es nicht, ein paar tief empfundene Worte an seinem Grab zu sprechen. Trotz all seiner Fehler und Schwächen war der, der da ins Grab stieg, ein echter Dichter gewesen.

Bei meinem Vater verlief es still und leise. Hatte er sich von seinem ersten Anfall nie richtig erholt, so raffte ihn nach mehreren Bedrohungen, die seinen Charakter auf eine harte Probe stellten – zuerst ein krankhaftes Lachen seines Mundwinkels, sodann die plötzliche Lähmung eines Arms oder Beins –, eine massive Gehirnblutung mit einem Mal dahin. Wochen vorher hatte ich ihm seine Enkelin in die Arme gelegt – die er sich so viele Jahre vergeblich gewünscht, auf die er aber aus Scham nie angespielt hatte –, damit ein Gran seiner menschlichen Größe auf den zerbrechlichen Sproß überginge, der spät genug auf die Welt gekommen war. Schon zitternd, ohne die Tränen seiner Ergriffenheit zurückhalten zu können, taufte er sie so mit seinem salzigen Augensegen. Ich glaube, dies war die beste Wegzehrung, die das Leben ihm schenken konnte, um die Kälte seines Sterbelakens zu erwärmen.

Er war in Frieden und christlich verschieden, umgeben von den heiligen Frauen des Dorfes. Von Maria da Purificação, von Ermelinda, von Eufrásia und Taveira, von all denen, die ihn meiner Mutter in ihrer Jugend erfolglos hatten streitig machen wollen und ihn so keusch liebten, wie nur er geliebt werden konnte. Wie er da in seinem Sarg lag, gelassen, nah und fern zugleich und noch mehr Achtung gebot als im Leben, sah er nicht wie ein Leichnam, sondern wie ein vom Heiligenschein der Unantastbarkeit umstrahltes Standbild aus. Im Gegensatz zu meiner Mutter, die Seufzen und Wehklagen ausgelöst hatte, beweinte ihn niemand, es sei denn mit stummen Tränen, als hätten alle Angst, ihn aus dem ewigen Schlaf zu wecken, den sie als den der Gerechten erkannten. Aber ihn erwartete nicht die lockere leichte Erde der Äcker, die er bestellt hatte. Der Winter war hart. Vom Wasser durchweicht, glich der Friedhof einem Morast. Und mit Schaufeln von Lehm bedeckte Zé Só den müden Leib des Alten, während der Himmel grollte und ich in der Verzweiflung eines Menschen schluchzte, der hier bereits die Wärme eines gefühlvollen Schoßes verloren hatte und nun den Beistand eines Lebenspfeilers verlor. Nun war ich für die Sippe verantwortlich. Wenn die düstere Hand wieder an die Tür der Familie klopfen sollte, würde ich vortreten und erklären müssen: hier bin ich, ich bin das Haupt des Hauses. Nun konnte mir niemand mehr mit seiner Autorität raten, mich zurechtweisen, zur Vernunft bringen. Fortan würde der Zweifel jede von mir ausgeführte Tat angstvoll begleiten. Nun war ich ein echtes Waisenkind.

Die aufeinanderfolgenden Jätezeiten grenzten mein Leben immer stärker ein. Das Gesetz der Parzen, die Mißverständnisse und die Umstände beschränkten es nach und nach auf eine sehnige Wesentlichkeit. Das Überflüssige war aus meinen Büchern verbannt, die Beziehungen von knabenhafter Begeisterung befreit. Ich wappnete mich gegen Enttäuschungen, indem ich ohne jegliche Selbsttäuschung vorging. Der Abschied des Alten hatte die Wirklichkeit gleichsam in meinen Augen erhellt. Ich sah Dinge und Menschen mit neuer Klarheit. Ich gewann den Eindruck, von einer schweren Krankheit genesen zu sein. Nun erkannte ich ernüchtert, daß bestimmte Freundschaften, wie die mit André und Gonçalo, die ich unter allen Umständen aufrechterhalten hatte, nichts anderes als schwere Irrtümer waren. Was verband uns letzten Endes? Eine gewisse Liebe zur Literatur und ein gewisses Verständnis für sie, einige politische Übereinstimmungen und meinerseits eine hartnäckige Treue zu dem Bild, das ich mir von einem beispielhaften Zusammenleben gemacht hatte. Waren diese Bande widerstandsfähig genug, um die Kräfte der Wahrheit herauszufordern, die sie jetzt auf die Probe stellten?

Sie waren es nicht. Schließlich antwortete die Zeit auf diese Frage und bewies die Gebrechlichkeit dieser Beziehungen, welche die Arglosigkeit der Jugend ermöglicht und die Lehre der Jahre erschwert hatte.

In letzter Zeit waren ihre Fehler gleichsam zutage getreten. Oder war ich es, der sie mit anderen Augen sah und dort Laster entdeckte, wo ich bisher nur Tugenden gesehen hatte? Weil ich entschlossen war, das Schlimmste zu verhüten, übersah ich viele ihrer Unverschämtheiten und Widersprüche. Aber alles hat seine Grenzen. Und so kam der Tag, an dem ein Tropfen genügte, um das Faß zum Überlaufen zu bringen. Wieder lief eine Posse der Präsidentschaftswahlen ab, bei der die Opposition, die das machiavellistische Spiel eines Regimes, das die Macht gewaltsam erobert hatte und diese nur gewaltsam aufgeben würde, nicht verstehen wollte und sich der Selbsttäuschung hingab, den Sieg schließlich davonzutragen. Um ein unklares republikanisches und schwärmerisches Programm geschart, gelang es ihr, aus den Grabestiefen des Landes ein aufbegehrendes und freiheitliches Bewußtsein wiederzuerwecken. Von Norden nach Süden schien die Woge der Begeisterung unwiderstehlich zu fluten. Aber die Wirksamkeit der Unterdrückungsmaschine bestimmte schließlich den Wahlausgang, obwohl sie den himmelschreienden Schimpf der Niederlage nicht zu unterdrücken vermochte. Gerade meine höhnische Anspielung auf einen Parteigänger des offiziellen Kandidaten, Andrés Universitätskollegen, brachten diesen in Harnisch. Durchdrungen von seinem Amt als Ordinarius, verlor er den Kopf, als ich ein Mitglied seiner Institution aufs Korn nahm. Und er ließ Worte fallen, die niemand zurücknehmen kann. Ich antwortete ihm im gleichen Tonfall und kehrte ihm den Rücken. Mir war der Geduldsfaden gerissen. Gonçalo hatte den Auftritt miterlebt, und bislang hatte ich immer beobachtet, daß er, sofern er nicht die Gemüter zu beschwichtigen trachtete, sich zumindest neutral verhielt. Doch dies geschah leider nicht. Wie gewohnt, ging er wohlweislich mit wehenden Fahnen auf die andere Seite über. Das Bequemste und gesellschaftlich Vorteilhafteste, versteht sich. Und nach etlichen lachhaften Zweideutigkeiten seinerseits, mit denen er das Bild, das ich von ihm besaß, nicht klärte, sondern entwürdigte, entfremdeten auch wir uns voneinander.

Daß eine so lange gepflegte Zuneigung auf solch kleinliche Weise zerbrach, schmerzte mich so tief, daß ich die dringende Notwendigkeit verspürte, alle ihre Spuren zu verwischen. Ich ließ auch die Widmung an beide streichen, die in einem meiner ersten Bücher stand. Für mich hatte dieser öffentliche Beweis meiner Aufrichtigkeit jetzt den Beigeschmack einer lächerlichen Arglosigkeit.

Und da ein Unglück nie allein kommt, blieb mir kaum ein Augenblick des Atemholens. Angesichts eines ausländischen Literaturpreises, den ich nicht erstrebte und der unter der phantastischen Annahme, daß er mir zugesprochen würde, vor allem den Ruf meines Landes mehrte, fielen alle wütend über mich her. Die alten Haßgelüste flammten wieder auf, andere stiegen an die Oberfläche, die Zeitungen verhökerten meinen Namen Wochen hindurch, und keine Beschimpfung blieb mir erspart. Die zahlreichen Beweise der Wertschätzung und des Gemeinschaftsgefühls, die mir zuteil wurden, vermochten mich nicht gegen die Lawine der Feindseligkeiten abzuschirmen. Aus den am wenigsten erwarteten Ecken hagelte es Steine. Die kränkende Unverschämtheit der einen spornte die Feigheit der anderen an. Und eine Horde von Hassern wetterte in aller Öffentlichkeit.

Fest entschlossen, mich nicht tätig in das entwürdigende Schauspiel einzumischen, erduldete ich mit stoischem Schweigen alle Verunglimpfungen. Als der Sturm abebbte, war meine Seele eine einzige Wunde. Aber aus der Qual schöpfte ich eine schwermütige Tröstung. Mochte der Kelch der Bitternis, den die Zukunft für mich bereithielt, noch so gallig schmecken, er würde nie dem soeben gekosteten gleichen.

Ich war jetzt noch einsamer, ohne den geringsten Ankergrund und auf jede Weise von allem losgelöst. Und vielleicht gewann deshalb Agarez für mich zunehmende Bedeutung. Nach dem Tod meines Vaters hatte Jeanne die unbehagliche Familienbehausung in eine luftige und bequeme Wohnstatt verwandelt, in der es sich leben ließ. Licht drang in die düsteren Zimmerchen, ein hübscher Kamin ersetzte die rauchige Feuerstelle ohne Abzug, der Schweinekoben hatte der Garage Platz gemacht, ein fließender Brunnen im Garten erübrigte das mühsame Wasserholen an der Quelle, der Misthaufen war jetzt ein fliesenbedeckter Hof für Lektüre und Erholung. Sooft mir Zeit blieb, flüchtete ich dorthin und fühlte zwischen seinen geweißten Mauern geläutert die erregenden

Erlebnisse der Vergangenheit. Die Hausgötter hatten sich in dem erneuerten Heiligtum seltsam verjüngt. Ohne den einstigen Ruß wirkten sie weniger nächtlich. Geduldig und fast vergnüglich erzählten sie, erinnerten, mahnten und verließen am Schluß dieser Stunden religiöser Kommunion für einige Zeit den geheiligten Raum. Dann begleiteten sie mich auf weltliche Art, sei es zur Gartenarbeit, wo jede Blume lächelte, oder auf langen Spaziergängen ins umliegende Gebirge, wo ich das Panorama bestaunte und die Zeugen der Vorgeschichte besuchte, die Hügelgräber, die heidnischen Altäre und all die Felsendenkmäler, die unsere Vorzeit wachriefen.

Gelegentlich empfing ich bei der Ankunft eine schlechte Nachricht:

«Quelhas ist gestorben.»

«Woran?»

«An Zirrhose.»

Und schon mußte ich auf der Grabplatte der Erinnerung wieder einen der wenigen Helden meiner Schöpfung löschen, die noch den Akt des Lebens auf dieser irdischen Bühne darstellten. Seit meiner Kindheit bewunderte ich die rauhe Größe dieser letzten Vertreter einer ebenso wundersamen wie widrigen Welt, welche die Nachfahren nicht fortführen wollten – und der sie in einander ablösenden Schüben den Rücken kehrten. Sie waren Analphabeten oder durch die Finsternis der Jahre zu Analphabeten geworden, Sklaven der drangvollsten Nöte, manchmal kaum von Tieren zu unterscheiden. Auch sie wühlten mit der Schnauze im Grund, auch sie pflanzten sich fort, und auch sie bissen – eingeschränkt auf die Befriedigung des Hungers, auf die Erhaltung der Gattung, auf die Antwort gegen Angriff und Überfall. Aber hinter dieser instinktiven Abkapselung bebten tatsächlich vernunftbegabte, ganzheitliche, unbeugsame, jeder Unbedingtheit fähige Wesen. Und als ihr ursprünglicher, der granitharten Beschaffenheit dieses formlosen Magmas ergebener Bruder suchte ich ihnen in archetypischen, mit der Würde und Folgerichtigkeit verantwortlicher Geschöpfe ausgestatteten Gestalten auf dem Papier Leben zu verleihen. So entstand eine Galerie von Berglerhelden, die in ihrer Einsamkeit aufbegehrend frei und tragisch waren. Sie sollten die Bühne bevölkern, sobald die echten

Schauspieler den Schauplatz des Lebens nach und nach verließen.

«Er trank viel. Er fing morgens an und war abends voll wie ein Faß.»

Sie lebten ohne Hoffnungsschimmer rings um ihr erbarmungsloses Schicksal als Knechte der Scholle und fühlten sich von einem Vaterland verlassen, das sich nur anläßlich der Kontrollbesuche und der Forderung des Zehnten ihrer erinnerte, sowie von einer Kirche behütet, die fast so irdisch war wie sie selbst, daher suchten sie im Wein Vergessen und Frieden.

«Wieviele Kinder hatte er?»

«Acht. Der älteste, João, ist beim Militär; er ging gleich nach der Beerdigung nach Afrika. Wolle Gott, daß er wieder heil zurückkommt.»

Die politische Lage zeitigte weiterhin ihre bösartigen Früchte. Der Diktator war unfähig, die Zeichen der Zeit zu begreifen; er versteifte sich auf einen aussichtslosen Herrschaftswahn, verwechselte die Interessen der Nation mit denen des Regimes und brachte mehrmals die Opposition dazu, dasselbe zu tun. Einer Unterwerfung müde, die im Licht jeglichen Wertmaßstabs anachronistisch geworden war, und von Menschlichkeitsbestrebungen angespornt, die, wiewohl verdächtig, für wachsame Ohren eine willkommene Sprache sprachen, lehnten sich die Kolonialvölker auf. Eine Woge von Metzeleien fegte durch die Überseeprovinzen.

Und so kamen Unterdrückung und Krieg, ohne daß es ein öffentliches Streitgespräch über die Vor- und Nachteile der Lösung eines Problems gegeben hätte, welches das gesamte Land betraf und dieses in zwei blinde Unbeugsamkeiten teilte, statt vom gequälten Gewissen eines jeden geprüft zu werden. Hastig entsandte Expeditionskorps marschierten alle Augenblicke an meiner Praxis vorbei. Und wenn viele der Kämpfer, Offiziere und Soldaten mit der Ruhe von Männern aufbrachen, die ihre Pflicht zu erfüllen gedachten, so tarnten andere ihre verzweifelten Tränen mit dunklen Brillen. Zwangsläufig angemustert oder vom verlockenden Sold verführt, marschierte die Studentenjugend nach hartem militärischem Drill, dessen Hauptziel darin bestand, sie mit der Gefahr und der Gleichgültigkeit gegen den Tod vertraut zu machen, von Marschmusik begleitet an die Kampffront. Wer keinen Gewährsmann auftreiben konnte, doch um nichts in der Welt mit der Waffe in der Hand kämpfen wollte, fand nur einen Ausweg: die Fahnenflucht. Aber abgesehen von tausend Schwierigkeiten – polizeiliche, wirtschaftliche, gefühlsbedingte und sonstige –, auf die er bei der Durchführung seines Entschlusses stieß, bildete der Tatbestand der Pflichtverletzung ein unauslöschliches Kainszeichen. Das Herdenbewußtsein ist im Guten ebenso anspruchsvoll wie im Bösen. Fast alle, die mir ihr Vorhaben gestanden, mußte ich daran erinnern und darauf hinweisen, daß lediglich sie dank ihrer Erziehung und ihres größeren finanziellen Rückhalts jene Möglichkeit ins Auge fassen konnten, die den weniger vom Glück Begünstigten verschlossen war, und denen sie daher Gemeinschaftsgefühl und Unterstützung schuldeten. Keinesfalls wollte ich sie entmutigen. Ich wollte nur vermeiden, daß sie sich leichtfertig in eine unumkehrbare Tat stürzten, die ihnen das ganze Leben anhängen würde. Viele machten kehrt, andere indes wagten den Sprung über die Grenze und vermehrten damit die Schar derer, die ihr Vaterland nur aus der Ferne in Freiheit lieben konnten. Aber unglücklicherweise verstand die begriffsstutzige Staatsmacht nicht, daß die Propaganda, die demagogischen Wahlsprüche, die flammenden Reden, die organisierten Kundgebungen und die eiserne Zensur nur über das hinwegzutäuschen suchten, was schreiend ins Auge sprang: das trauervolle Land, die von Krüppeln überfüllten Militärhospitäler, die von Ungewißheiten verhüllte Sonne der kollektiven Zukunft. Und es gab kein größeres Elend für eine Nation, als die Mutter einer von panischer Angst gebeutelten Jugend zu sein, die zwischen dem Risiko des Gehorsams und dem der Auflehnung schwankte.

Auf jede nur erdenkliche Weise geknebelt, war der Geist der Nation völlig geschrumpft oder auf eine engstirnige Gefolgschaft beschränkt. Und die Jahre verstrichen in Eintönigkeit und Hoffnungslosigkeit. Waren die literarischen Zeitschriften bisher in einer Folge von Bemühungen und Berufungen entstanden und eingegangen, so verschwanden sie nun gänzlich auf Grund der strengen Gesetze, die von den Herausgebern politische Gleichschaltung forderten und den Druckern eine übertrieben hohe Kaution auferlegten. Und die jüngsten Studentenschaften, denen entweder ein Antrieb fehlte oder die jeder schöpferischen Originalität revolutionär aufkündigten, suchten mich nicht mehr auf. Sie brauchten mich nicht mehr, um sich von mir anspornen zu lassen oder die Kühnheit einer subversiven Schmähschrift mit meinem Namen zu besiegeln oder aufzuwerten. Kurzum: die Welt wohnte sprachlos einem in der Geschichte beispiellosen Generationskonflikt bei. Überall sollte die Gesellschaft sich in Alte und Junge aufspalten. Entsetzten sich die einen über die Auflehnung, für die sie unbewußt verantwortlich zeichneten, stellten sich die anderen vorsätzlich außerhalb der Norm. Die Straßen waren überfüllt von Menschen in der Blüte ihrer Jahre, die sich zerlumpt, drogenabhängig und zerzaust dem Triebleben und der Entwürdigung gleichgültig auslieferten. Portugal konnte nach so vielen Jahren der Tyrannei keine Ausnahme bilden, sondern wurde gleichfalls Schauplatz dieses ungewöhnlichen Zusammenbruchs, den die Zeit schließlich verwischen würde, der jedoch eine Phase der Gewalttätigkeit durchlebte und tiefe Spuren im Leben der Nationen hinterließ. Die Verlagerung kultureller Werte, der durch die bestehende Ordnung gehende Riß und die Beschränkung des vielfältigen Daseins auf ein bloßes ideologisches Spiel entmenschlichten die Beziehungen und verwandelten die Empfindungen in würdelose Bestandteile gesellschaftlicher Mobilmachung.

Das Fehlen dieses gewohnten Zusammenlebens verfinsterte eine Zeit, die ich mir voller Helligkeit erträumt hatte. Ich hatte meinen Arztberuf, ich schrieb und veröffentlichte nach wie vor, fühlte mich aber traurig und schmerzlich vereinsamt. Vom Haus in die Praxis, von der Praxis nach Hause – das glich einem unaufhörlichen Kreislauf von Enttäuschungen. Nach der quälenden Erfahrung des wütenden Krieges, der die Welt in Blut getränkt hatte und mit dem Schrecken von Hiroshima beendet worden war, hatte ich einfältig auf eine dauerhafte menschliche Harmonie gehofft. Nach soviel Leid schien mir, allein der Selbsterhaltungstrieb werde die Völker zu einem friedlichen und fruchtbaren Einvernehmen führen. Selbst wenn in einigen weniger vom Glück begünstigten Ländern wie Portugal rückständige, willkürliche Doktrinen weiterregierten, die Meinungsverschiedenheiten und Aufstände schürten, würde das Beispiel fremder Eintracht schließlich doch Früchte tragen. Der erneuernde Anstoß in allen Lebensbereichen, den ich gleich nach Beendigung des Krieges in den verschiedenen von mir besuchten Ländern hatte beobachten können, mußte zwangsläufig ein positives Echo in der übrigen Welt auslösen. Die offenen Wunden vernarbten, die Industrien erstanden aus der Asche, die Künste blühten, die Technik befähigte den Menschen zu den mannigfaltigsten Wunderwerken, sogar zum Besuch der toten Monderde. Welche weiteren Gründe benötigte noch die Hoffnung? Dennoch war die Verzweiflung wenige Jahre später mit Riesenschritten zurückgekehrt. Freie, fortschrittliche Nationen wurden nacheinander im Namen der Freiheit und des Fortschritts unterjocht, neue Brandbomben löschten wehrlose Bevölkerungen aus, die Intelligenz wurde wieder verfolgt, kein Gran Zukunft lächelte dem Leiden. So blieb dem Dichter nur die innere Empörung und die öffentliche Anklage von Verbrechen, die sich von den bereits angeprangerten in nichts unterschieden. Aber wer wollte seine Stimme hören?

Nun herrschte völliges Schweigen über meine Bücher. Und einige späte Ergebenheitsbekundungen vereisten mit ihrer schäbigen zweideutigen Großmut meine Seele wie eine Bankrottwarnung. Fern waren die Stunden wenn nicht des Optimismus, so doch der Zuversicht. Ich kam mir vor wie ein Überlebender, sogar dann, wenn die eine oder andere Huldigung oder eine sonstige Auszeichnung die Öde meiner Tage aufstörte. Es war, als erklärte ich mich jedesmal besiegt. Als kehrte ich jedesmal noch unglücklicher an die Oberfläche des Unglücks zurück. Fern von den Cafés und Stammtischen drangen die wenigen Nachrichten, die ich vom Gezänk dieser Welten aus Rauch und Häme erhielt, über den allzeit treuen wie unüberlegten Alvarenga zu mir. Nach einer aufregenden Liebschaft, in welche dieselbe Heldin und mehrere mit ihm wetteifernde Helden verwickelt waren, hatte er von neuem Julinha geheiratet. Ich und Jeanne waren Trauzeugen. Nun bewohnte er außerhalb der Stadt, im Dörfchen seiner Frau, einen kleinen malerischen Bauernhof zwischen Zwergeichen – ihre Enklave, wie er ihn nannte. Mit der Absicht, sich selbst einen würdigen Rahmen zu schaffen, hatte er das von ihren Eltern geerbte Häuschen in ein zinnenbewehrtes Herrenhaus umgebaut. Hinzu kamen ein paar armselige Streifen Land in hohen Lagen, gleichfalls Teil des Erbbesitzes, in denen er die einzige ihn interessierende Neuigkeit erntete: ein paar Hundert Korbflaschen Wein. Er bekleidete eine ehrenhafte und einträgliche Stellung in einem Unternehmen des Grafen de Romarigos und spielte den Feudalherrn, der immer einen offenen Weinkeller und einen gedeckten Tisch bereithält. Auf den Fässern feierte der mit Kreide geschriebene Name einiger berühmter Philosophen – Sokrates, Platon, Aristoteles – den Alkoholgehalt des Inhalts. Ein Bacchus, den er in einem zerfressenen, aus einer Kiesgrube gegrabenen Kalkstein zu erkennen glaubte, führte den Vorsitz bei den unablässigen Festmählern, mit denen er Bekannte und Unbekannte verwöhnte.

Dank dieser Großzügigkeit, der Phantasie, die er in die belanglosesten Handlungen des Lebens legte, und wegen der fortgesetzten Verbesserungsmaßnahmen, die er vermöge seiner zahlreichen Beziehungen zu verschiedenen Regierungsstellen für die Dorfbevölkerung durchsetzte – das bis vor kurzem rückständige und vernachlässigte Dorf verfügte jetzt über eine Landstraße, eine Wasserleitung, Licht und Telefon –, schätzten ihn alle hoch und lasen ihm jeden Wunsch von den Lippen ab. Musik und Feuerwerk an Festtagen, Volkstänze, bei denen er auf einem Podium den Vorsitz führte, Huldigungen an Geburtstagen, tätige Hilfe bei der Weinlese. Die Jahre vergingen, ohne seine Seele zu verdüstern oder seine Spannkraft zu vermindern. Immer frisch und zu jeglicher Verstiegenheit bereit, trat er nach jeder durchzechten Nacht wie ein Weltmeister im Schwergewicht vor mich hin.

«Eines schönen Tages wirst du platzen...», drohte ich ihm.

«Wir alle müssen früher oder später platzen. Und so lange es dauert...»

Solcherart entwaffnete er mich mit einer launigen Logik, auf die es keine Antwort gab. Vor kurzem hatte er mich tief enttäuscht: Er hatte seinem Direktor und Schutzherrn die ganze Sammlung der Erstausgaben meiner Bücher verkauft, die ich ihm jeweils bei Erscheinen geschenkt hatte. Ohne das Maß der Kränkung abzuschätzen, übermittelte er mir die Tatsache mit seiner gewohnten Leichtfertigkeit und in größter Seelenruhe. Angesichts meiner heftigen Reaktion war er völlig verwirrt. Was denn?! Wozu die Aufregung? Die Bücher stehen in der Bibliothek eines Grafen! Was wollte ich mehr?! Schließlich verzieh ich ihm und war endlich davon überzeugt, daß seine Eltern recht hatten, wenn sie ihm nachsahen, wie oft er dem gesunden Menschenverstand Gewalt antat. Er war nicht der Mann, das Gute vom Bösen, das Angemessene vom Unangemessenen zu unterscheiden. Immer fieberte er durch unwirkliche Welten, alles verklärte sich in seiner Einbildungskraft. Er beschrieb Piruscas, und schon übertraf der arme Köter, der zwergenhaft und harmlos war, mit einem einzigen Kopf den legendären dreiköpfigen Zerberus an Wildheit. Wenn er auf sein lahmes Wägelchen mit Namen Gabi einredete, fuhr es nicht, sondern flog. Er lebte in der Überzeugung, wir seien noch mit dem Heiligen Antonius verwandt. Er hatte in irgendwelchen Schmökern eine verwickelte Geschlechterfolge ausgegraben, die von Galicien ausging, durch Agarez führte und in Bulhões endete. Ich lachte über seine Irrsinnsidee, aber es half nichts. Er blieb bei seinem Wahn. Mit dem Ergebnis, daß er sich auf einer Italienreise, die ihn durch Padua führte, den Klosterbrüdern als Vetter des Wundertäters vorstellte. Nach seiner Rückkehr erzählte er betört, wie höflich er von der Klostergemeinschaft empfangen worden war. Er hatte sogar einem von ihm angeregten Hochamt beigewohnt. Übrigens kehrte er heiliggesprochen heim – so sagte er. Als die Zeitungen berichteten, eine Reliquie des Heiligen sei in Lissabon eingetroffen, erschien er ganz aufgeregt bei mir:

«Fahren wir hin?»

«Wozu?»

«Ihn in Empfang zu nehmen...»

«Nimm doch Verstand an! Wenn es um den ganzen Leib ginge, ließe ich mir das noch gefallen. Aber sicherlich haben sie nur einen Fingernagel geschickt...», spottete ich. «Und ein Fingernagel, verstehst du...»

«Vielleicht gehörte er ja einem Gitarrenspieler...»

Wie immer, wenn ich ihm die Flügel mitten im Flug beschnitt, schmollte er eine Zeitlang. Aber es währte nicht lange, bis er aufs neue unter einem wichtigen Vorwand ganz aufgeregt in meine Praxis hereinplatzte. Er hatte soeben im Rundfunk die Nachricht vom Tod des Diktators gehört.

Die Neuigkeit rechtfertigte sein Frohlocken. Da die Herrschaft des Tyrannen gegen alle Putschversuche und Verschwörungen gefeit war, schien sie ewig zu währen. So mußte die Vorsehung eingreifen, wenn schon die Kräfte der Opposition das Trauerspiel nicht zu beenden vermochten. Und auf welche Weise! In grausamer Ironie hatte ihn ein einfacher Sturz zunächst zu einem menschlichen Wrack schrumpfen lassen; ein lebendiger Toter, den seine Anhänger ebenso salbungsvoll wie dienstbeflissen hemmungslos zur Schau stellten. Somit ließen sie nicht nur ihn, sondern auch sich selbst in dem Glauben, er lenke und bevormunde nach wie vor die Zukunft. Jetzt war er endgültig tot, inmitten der erschöpften Gleichgültigkeit der Nation. Und das bewies, wie tief er sie entwürdigt hatte. War er nahezu ein halbes Jahrhundert lang unumschränkter Herr ihres Schicksals gewesen, gab es doch nun kein Zeichen von Betrübnis, mit dem man ihn als großen Staatsmann anerkannt hätte. Dies wäre die einzige annehmbare Rechtfertigung für die Passivität gewesen, mit der man ihn ertragen hatte. Eine wiewohl despotische, doch vortreffliche Regierungsform hätte die stillschweigende Zustimmung der Regierten erklären können. So aber, ohne eine gemeinsame Trauer, die seine Verdienste gewürdigt hätte – die jedoch der Gerichtshof der Nachwelt nach gerechtem Maßstab bewerten würde –, wurde offenbar, daß nur reine Ohnmacht oder Feigheit ihn so viele Jahre am Ruder der Regierung gehalten hatte. Natürlich gab es die offizielle Trauer der geschlossenen Ministerien und die Landesflagge auf Halbmast. Und Trauermusik in den Rundfunkstationen sowie Lobeshymnen in der Presse. Doch all dem blieb das wahre Land träge fern und entrückt.

Übrigens war dies das größte Verbrechen des Verstorbenen gewesen. Er hatte das Gewissen aller so stark ausgedörrt, daß es unfähig zu jedweder Abwehr war, woher auch immer der Anreiz kommen mochte. Der Leib der Nation schien regungslos geworden zu sein. Keine Erschütterung, gleich ob physisch oder metaphysisch, weckte sie aus der Betäubung, in die sie gesunken war. Vom Norden bis zum Süden des Landes lebte niemand in Wirklichkeit. Alle vegetierten dahin. Die dem kollektiven Vulkan von dem hartnäckigen, kalten Verordner aufgezwungene Ordnung hatte dessen inneres Feuer gelöscht. Tatsächlich hatten die Ausbrüche aufgehört; aber auch die von Menschen bewohnte Erde spürte kein menschliches Erbeben mehr. Und die künftigen Zeiten kündigten sich selbst verhängnisvoll in ihrer Unbestimmtheit als Erben gegenwärtiger Mittelmäßigkeit an.

Jedenfalls war eine Epoche zu Ende gegangen, und eine neue

würde beginnen, mochte der Instinkt der Selbstverteidigung auch die Nutznießer des langjährigen Konsulats in einer defensiven Reizbewegung dicht zusammenhalten. Im politischen Bollwerk fehlte eine charismatische Persönlichkeit, die dieses unbezwinglich gemacht hätte.

Und das trat unverzüglich zutage. Obgleich ihn die Vernunft der Waffen stützte, besaß der neue Fürst nicht im geringsten die von der Stunde geforderten Eigenschaften. Er trat als Nachfolger auf, während ein Bahnbrecher nötig gewesen wäre. Es gibt eben dies Verhängnis der menschlichen Wesensart. Die großen Gestalten der Geschichte tauchen genau dann auf, wenn ihre Fähigkeiten und Fehler Anwendung finden. Ändern sich die Bedingungen, finden diese Talente, sofern vorhanden, keine Verwendung. Die des Dauphin, gleich ob größere oder geringere, taugten zu nichts. Der portugiesische Augenblick erforderte andere. Wie hätte er einen Lehrmeister, dessen zwar launenhafter Schüler, zugleich aber tatkräftiger Mitarbeiter er gewesen war, verleugnen und das Wunder vollbringen können, die staatsbürgerliche Eignung eines Volkes anzuerkennen, dessen Unterwerfung er im Namen der Größe Portugals unterstützt hatte? Würde er imstande sein, den Druck der wirtschaftlichen Potentaten diesseits und jenseits des Meeres zu überwinden, die ihm soviel verdankten? Könnte er die unvermeidlichen Reformen durchführen, die jedoch den errungenen Vorteilen schadeten? Natürlich nicht. Er antwortete der Allmacht der auf dem Spiel stehenden Kräfte empfindsamer als sein Vorgänger, indem er sich darauf beschränkte, angesichts einer geringeren Anzahl von Möglichkeiten die Zügel der Regierung behutsam zu lockern. Die Methoden der PIDE wurden sanfter, die Zensur mäßigte den Rotstift, das Dach des Alltags wurde weniger lastend. Eine greifbare Wohltat des nachlassenden Drucks traf mich sofort: Jeanne konnte ihre zwanzig Jahre hindurch unterbrochene Tätigkeit an der Universität wieder aufnehmen. Nachdem sie ihre öffentliche Prüfung bestanden hatte, kehrte sie doppelt gerechtfertigt ins Lehramt zurück – ihre echte Berufung und Leidenschaft. War sie von Studenten umgeben, konnte sie ihr Bestes leisten. Auf Grund ihrer natürlichen Begabung zu Gespräch und Unterricht fühlte sie sich im Lehrbereich voll verwirklicht. Erfinderisch wie sie war, füllte sie ihre Vorlesungen neben ihrem

Wissen mit der Anmut der Phantasie. So verwandelte sie jede Stunde in ein erzieherisches Abenteuer, das die Studenten fesselte und förderte. Glücklicherweise konnte sie nochmals von neuem beginnen und an der Seite jüngerer Generationen die verlorene Zeit wiedergewinnen.

Auch dank der genannten politischen Öffnung erblickten einige meiner verbotenen Werke erneut das Licht des Tages. Das waren Zeichen eines scheuen Liberalismus, den die interessierten Beobachter mit behutsamer Neugierde begleiteten. Wie weit würden die Erleichterungen gehen? Wie ehrlich waren sie gemeint? Würde das Regime Widerspruch hinnehmen? So schien es in der Tat, und überall frohlockte leichtgläubig das Volk. Die Kundgebungen der Freude lösten einander unbefangen und warmherzig ab. Aber bald darauf zeigte sich, daß der neue Herr – der nicht berücksichtigt hatte, daß in der Berufung zur Freiheit die eigentliche Besonderheit der Psychologie Unterdrückter liegt – lediglich geschickt und demagogisch manch jämmerlichen Zusammenstoß mit der Staatsmaschinerie abschaffen wollte, ohne dem Feind auch nur einen Schritt nachzugeben. Die Diktatur würde weiter herrschen wie bisher, allerdings im Wasserbad. Die Zeit verstrich, ohne daß auch nur eine grundlegende Maßnahme die Hoffnungen der Hoffnungsvollsten erfüllt hätte. Der Köder eines scheinbaren wirtschaftlichen Aufschwungs und die Dynamisierung des Schulsystems genügten nicht. Nur ein unmißverständlicher Umschwung würde die seit Jahren angestauten gesellschaftlichen Widersprüche des Landes auflösen können.

Überzeugt von dieser unvermeidlichen Veränderung, die unvorhersehbare Folgen zeitigen mußte, beschloß ich, die Zeit des Interregnums zu nutzen, um eine Reise in jene Länder zu unternehmen, in denen wir uns für die widersinnige Verteidigung eines Reiches einsetzten, das wir zur rechten Stunde nicht hatten aufbauen können, aber zum falschen Zeitpunkt bewahren wollten. Wieder einmal kam meine wanderfreudige Ahnenschaft zum Vorschein. Ich hatte anläßlich einer langen Reise durch das griechische Mittelmeer bereits den Norden Afrikas bereist, wenn auch nur flüchtig. Jetzt war es an der Zeit, sein heißes südliches Herz schlagen zu hören und die Schauplätze unserer vergangenen Größe und unseres gegenwärtigen Elends in Augenschein zu nehmen.

Es war eine eigenartige Reise voll Neugierde und Angst, voll Gemeinschaftsgefühl und Abschiednehmen. Die Heldentat der Entdeckungen hatte mich immer beeindruckt. Und da ich ahnte, daß das Ende der Epoche gekommen war, wollte ich wenigstens einige ihrer heiligen Stätten kennenlernen. Ich war nicht im rechten Augenblick in Goa gewesen, bevor es die Winde der Geschichte, die der Diktator verachtete, von der portugiesischen Landkarte gefegt hatten. Zumindest würde ich unterwegs einige historische Ankerplätze kennenlernen.

Ich flog los. Die langen Flugstunden eigneten sich gut dazu, geruhsam über unser gemeinsames Schicksal nachzudenken. Ein seltsames Volk, das nur fern vom Geburtsland sein Bestes gab – was sollte nur werden, wenn uns die Umstände oder unsere Irrtümer in der Bewegungsfreiheit hemmten? Die fünf Kontinente waren voll lusiadischer Unruhe. Standbilder, Denkmäler, Sprachfetzen, Gebräuche und Sitten, Eigennamen und Festlichkeiten bezeugten diese Gabe der Landnahme, der Welthaltigkeit, der planetarischen Verbrüderung. Wie sollten wir, eingepfercht in ein Rechteck der Seßhaftigkeit, überleben?

Beflissen klärte der Pilot die Fluggäste auf:

«Soeben überfliegen wir die Kanarischen Inseln...»

«Die rechts zu sehende Landspitze ist das Kap Bojador...»

«Wir sind bereits in den Golf von Guinea eingeflogen...»

Alle Namen blieben in meinem archaischen Gedächtnis haften als Schritte eines ruhmreichen Reisewegs. Senhor Botelho kannte die Wege des Vaterlandes...

Als ich spät in der Nacht in Luanda aus dem Flugzeug stieg, war ich plötzlich zuinnerst betroffen. Ich war wieder Kind und landete in Rio de Janeiro. Die gleiche feuchte, klebrige Hitze, die gleiche Blutsgemeinschaft, die gleiche von Völkermischungen geprägte Aussprache... Hatten wir auch hier ein zweites Brasilien gegründet und die Weltkugel mit einer gewaltigen brüderlichen Vielrassengesellschaft geadelt?

Alles wies darauf hin. Kein greifbares Zeichen weckte warnend die Aufmerksamkeit. Weiße und Schwarze schienen sich mit dem gleichen Eifer auf dem Flughafen und in den Straßen zu bewegen. Ein Mantel von Unwirklichkeit bedeckte barmherzig die Wunden der Wirklichkeit. Das Neonlicht, das Formen und Gebärden gespenstisch verzerrte, bewirkte dieses Wunder.

Erst am nächsten Tag, als die sengende Sonne auf der Haut brannte, trat die Wahrheit in ihrer tragischen Blöße zutage. Umgeben von Armenvierteln, in denen das ausgegrenzte Leben ihrer Bewohner jeden gesellschaftlichen Zusammenhang verloren zu haben schien, erinnerte die Stadt an ein Sodom fluchumwitterter Unverantwortlichkeit. Auf einem großartigen Schauplatz schritten zwei durch einen Graben gegenseitigen Unverständnisses dramatisch getrennte Völker nebeneinander her. Eines war gekleidet, das andere entblößt, das eine bereicherte sich, das andere schuftete, eines wurde gewürdigt, das andere gedemütigt. Hier ragten die Helden, die Heiligen und die Dichter auf Ruhmessokkeln. Hier standen unbezwinglich die Bollwerke der Macht: die Festung, die Kasernen, die Polizeireviere. Hier standen unantastbar die Tempel des Glaubens. Doch das Beste fehlte: der Geist des Dienens, die natürliche Hingabe an eine transzendente Sache. Die hier im Umlauf befindlichen Werte gehörten samt und sonders zur Ordnung des Vergänglichen. Das war sogar an der Torheit der Bauten abzulesen. Gesichtslos und so vielen anderen gleich, mit denen die ganze Welt vollgestopft war, glichen die Wolkenkratzer neben den Elendsvierteln anarchischen und fremden Wahngebilden aus Pappe. Ich rief mir Ouro Preto oder Salvador ins Gedächtnis zurück, die portugiesisch und doch tropisch waren, die so sehr den Herren wie auch den Sklaven entsprachen, und verlor den Mut. Welcher Teufel des Stolzes und der Habgier hatte uns verlockt und verdummt? Wie hatten wir soviel verlernen können? Ich war in der Erwartung gekommen, das besondere Bild einer portugiesischen Lebensart in Afrika zu finden, das sich im Gewebe eines passenden städtischen Raums ausdrückte. Und ich stieß auf eine nicht in der Vergangenheit verwurzelte, sondern nach dem trostlosen Vorbild menschlicher Unabänderlichkeiten der Gegenwart gestaltete, beliebige Bauweise. Unser Genius hatte in der Eigensucht solcher Abwegigkeiten den Sinn für seine wahre Größe verloren.

Dergestalt aufgeklärt, ließ ich diesen Alptraum aus Stahlbeton in einem Gemisch aus Enttäuschung und Schwermut hinter mir und reiste ins Hinterland, auf der Suche nach erhebenderen Antworten auf meine Beunruhigungen. Ich bediente mich der verschiedensten Transportmittel und legte täglich Hunderte von Kilometern zurück, während ich Ebenen, Gebirge und Wüsten in alle Richtungen durchquerte oder überflog. Aber meine Augen füllten sich nur mit der Einsamkeit des Weltenanfangs und meine Seele mit Bitterkeit. Auch wenn ich mich dem Glanz von Panoramen hingab, welche die Einbildungskraft überragten, war ich doch an bewohnte Landschaften gewöhnt und vermochte diese hier nicht ohne panische Angst anzusehen. Ihrem Übermaß an Schönheit fehlte eine wie auch immer geartete kulturelle Besänftigung. Ich hatte unablässig den Eindruck, daß niemand sie bisher betrachtet hatte und daß ich ihre unberührte Roheit verletzte. Andererseits stieß ich auf meinen Wegen nicht auf Lebenszeichen, die meine Angst beschwichtigt hätten. Andere Städte wuchsen da und dort wie blühende Fangarme. Doch immer auf weitem, offenem Feld und ausnahmslos vom gleichen, schmutzig vermischten Elend umgeben. Die epische Anstrengung etlicher Pioniere war nicht von der Mehrheit der Bewohner mitgetragen worden. Nach fünfhundert Jahren formaler Gegenwart einer juristischen Gestalt, aber ohne menschlichen Aufbau, herrschte außerhalb jeder Siedlung nach wie vor das Gesetz des Urwalds. Die Gemetzel, deren Opfer wir geworden waren, bewiesen dies unwiderleglich. Nur Männer mit primitiver Würde, fraglos von mächtigen seelischen Kräften getrieben, aber fern der Gnade christlicher Segnung, führten sich mit solcher Wildheit auf. Ich versuchte die Einheimischen zu befragen. Wie fleischgewordene Standbilder starrten sie mich in ihrer unschuldigen Nacktheit regungslos an. Sie verstanden nicht einmal die Sprache, in der ich zu ihnen redete. Waren sie jedoch bereits akkulturiert, so verstärkte ihre angepaßte Unterwürfigkeit den Alptraum. Hinter jedem erteilten und ausgeführten Befehl bebte die dumpfe Spannung zweier gegensätzlicher Rassen. Bestenfalls verlieh eine gewisse temperamentbedingte Zuneigung dem Schwarzen die heikle Würde eines unterlegenen, ursprünglichen, kindlichen und fortschrittsunfähigen Geschöpfs, das auf Geduld und Bestrafung angewiesen war. Welche Demütigung und Verzweiflung spürte ich doch an einem Abend, als ich in einen Raum geführt wurde, wo eingeborene Autodidakten zusammenkamen und einander in der verzweifelten Bemühung Unterricht erteilten, sich gegenseitig zu fördern und zu achten! Die an sie gerichteten Worte der Aufmunterung kamen schamvoll aus meinem Mund. Sie klangen wie eine demütige Bitte um Vergebung. Das Schlimmste ist, daß keinem meiner Landsleute, auch nicht dem aufgeklärtesten, das geringste Schuldgefühl anzumerken war, auch nicht der Schatten eines Gewissensbisses für ein Mißlingen, das gleichzeitig Verrat war. Alle hatten sie ein gutes Gewissen, waren optimistisch und euphorisch mit der Pflege ihrer persönlichen Obliegenheiten, ihrer Interessen, ihrer Vergnügungen beschäftigt. Sie verwechselten das Bild des Gemeinwohls mit dem eigenen. Der Rechtmäßigkeit weißer Herrschaft gewiß, vergaßen sie sogar die früheren Unannehmlichkeiten und dachten keine Minute mehr daran, ob die Gegenwart des Militärs gerechtfertigt sei.

«Wir wissen uns zu verteidigen. Wir haben Waffen...»

Die massive Musterung von Studenten – solcherart schlug die Staatsmacht zwei Fliegen mit einer Klappe: sie füllte die unterbesetzten Truppenteile auf und säuberte die Universitäten von unerwünschten Störenfrieden – hatte dem neuen Heer ein vermenschlichtes Antlitz verliehen, trotz der Maske von Korruption und Habgier, die viele unbedingt aufbehalten wollten. Im allgemeinen waren die Beziehungen zwischen Soldaten und Eingeborenen freundlich, wobei letztere häufig Zuflucht zur Truppe nahmen, wenn es sich um die Lösung von Zusammenstößen mit den Siedlern handelte, denen eine derartige Sympathie nicht behagte, zumal sie die alte bürgerliche Ordnung für bereits wiederhergestellt erachteten.

In meiner Verzweiflung drohte ich ihnen dann mit dem endgültigen Zusammenbruch als Folge ihrer Verantwortungslosigkeit.

«Allein auf weiter Flur und auf Gewalt angewiesen, seid ihr verloren. Hier stehen Millionen gegen ein paar Tausend...»

Selbstgefällig verlachten sie meine Voraussagen. Ich möge mich beruhigen. Diese Welt werde immer uns gehören, komme was da wolle. Der portugiesische Fuß stand fest auf diesem Boden, bis in alle Ewigkeit.

Ich mußte an einen Widerspruch denken, den sie nicht einmal bemerkten. Einerseits liebten sie die angolanische Erde aus vollem Herzen; andererseits begriffen sie nicht, daß sie nur in Gemeinschaft mit dem Eingeborenen, nur durch die Achtung seines religiösen, kulturellen und sogar materiellen väterlichen Erbes als gleichwertige Bürger im gemeinsamen Vaterland verbleiben konnten. Denn wenn sie sich nicht beliebt machten, würden sie gehaßt werden.

Freilich gab es über das ganze Kolonialgebiet verstreute Missionen, die ihr Werk mit einer Selbstverleugnung betrieben, von der der Friedhof von Huíla ein eindrucksvolles Zeugnis ablegte. Gedachten doch schlichte Grabsteine der ununterbrochenen Folge von Leben, die in Ausübung ihres Predigtamtes in der Blüte ihrer Jugend gestorben waren. Doch das waren Tropfen des Lichts in einem Meer des Dunkels. Das gewaltige Unternehmen der Zivilisation erforderte einen Einsatz ganz anderen Kalibers. Um den auf uns genommenen Verantwortlichkeiten gerecht zu werden, müßte jeder Siedler gerade auf Grund seines rechtmäßig beglaubigten materiellen Erfolgs pragmatischer Vermittler tief verpflichtender ethischer Werte sein. Doch keiner von ihnen zeigte sich davon ausdrücklich oder wortlos überzeugt.

Im Wunsch, die Schranken einer derartigen Blindheit zu erforschen, versuchte ich nach einem kurzen und gefühlsbetonten Besuch der Westspitze von Zaïre, die mein Landsmann Diogo Cão* zum ersten Mal betreten hatte, meine Einsichten noch zu erweitern. Ich wollte wissen, was an der Küste des Indischen Ozeans vor sich ging.

Infolge des wirtschaftlichen Gefälles und der kargen Verbreitung der verbindenden Sprache hatte hier das Übel seit der Rassentrennung unglücklicherweise stärker um sich gegriffen. Auch die Städte schossen kahl und kerzengerade zwischen lumpigen und schmutzigen Elendsvierteln aus dem Boden, die Baudenkmäler priesen noch auffallender die weiße Herrschaft, die unbewohnten Räume erstreckten sich endlos. Vom Norden bis zum Süden der Provinz war kein Anzeichen des Bedürfnisses zu entdecken, ein in örtlichen Werten verwurzeltes, doch von eingeführten Werten bereichertes ureigenes Vaterland zu errichten. Einige im Bau befindliche Werke verfolgten in dieser Hinsicht nur ausländische Interessen. Statt Unternehmen der Befreiung zu sein, erwiesen sie sich als Werkzeuge der Unterwerfung.

Ohne ihnen mit stichhaltigen Gegenbeweisen begegnen zu können, hörte ich verletzt die Anklagen etlicher aufgeklärter

Nationalisten. Intellektuelle und Künstler liehen, obwohl sie tief in ihrem Haß verwurzelt waren, Millionen von Gedemütigten ihre ungeduldige Stimme. Alle Gungunhanas* der Vergangenheit und Gegenwart sprachen durch ihre Münder, die in portugiesischer Sprache Portugal unbarmherzig verdammten. Und ob ich in den Wäldern von Gorongosa jagte oder an der üppigen Tafel einiger wohlbestallter Gastgeber speiste, immer fühlte ich mein Gewissen sonderbar belastet. Ich gewann den Eindruck, mit allen übereinzustimmen, die auf die eine oder andere Weise miteinander wetteiferten, um das Feuer des Aufruhrs zu entfachen, das sichtbar oder unsichtbar von einem Ende dieser Länder zum anderen um sich griff. Ob von vorn oder hinterrücks, die Gefahr lauerte aus allen Richtungen. Stätten, die ich an einem Tag noch in mutmaßlicher Sicherheit besuchte, wurden am nächsten überfallen. Mit welcher Erleichterung verließ ich Ortschaften, in die mich die Neugierde geführt, doch wo mein Selbsterhaltungstrieb mir nicht ermöglicht hatte, Groll von Herzlichkeit zu unterscheiden! Männer, Frauen und Kinder blickten mich mit dem gleichen rätselhaften und lastenden Schweigen an oder lächelten mir um so beunruhigender zu. Der Frieden jedes Augenblicks schien an einem Faden zu hängen. Keine Gebärde bedeutete das, was sie sagte. Und zum ersten Mal erlebte ich das peinliche Gefühl, mich vor meinen Nächsten zu fürchten, denen ich nie ein Haar gekrümmt hatte und denen ich gerne brüderlich die Hand geschüttelt hätte. Aber die Luft, die man von Norden bis Süden atmete, war vergiftet. Ich flog von Stadt zu Stadt, und was sah ich? Kasernen, Soldaten, Überfallwagen – Kriegsstimmung. Von Stacheldraht umzäunt, mußten die Flugplätze jede Sekunde bewacht werden. Auf einem von ihnen erkannte mich ein Milizoffizier beim Aussteigen und kam zur Begrüßung. Plötzlich öffnete er seine Brieftasche und zeigte mir eines meiner Gedichte, das er immer bei sich trug. Ich war ergriffen. Ich konnte kaum glauben, daß die Dichtung unter solchen Lebensumständen noch eine Stimme besaß. Aber dem war so. Unglücklicherweise versteckt oder durch entwürdigende Worte vermindert. Hinterher erfuhr ich, daß die Empfindsamsten in Stunden der Anfechtung zu ihr griffen, um ihre Verzweiflung zu stillen, wenn auch nicht immer, um all das von ihr zu fordern, was sie zu geben imstande ist. Manchmal begnügten sie sich mit Strophen der Nationalhymne, die zu einem rasenden Rock-Ulk oder einem schmachtenden Fado verzerrt waren. Das unter ihnen so genannte *Liederbuch von Niassa*, das ich später auf einer Tonbandaufnahme hörte, umfaßte eine Reihe dieser Parodien und grausamen Satiren auf das Vaterland, auf das Heldentum, die Militärhierarchie, die Pflichterfüllung, auf die Liebe und die Unantastbarkeit verbürgter Werte. Eine erbarmungslos abfällige Selbstgeißelung. Im Grunde seufzten hier noch immer die Gitarren von Alcácer Quibir*. Sogar das Verhalten jenes unerwarteten und heimlichen Musenjüngers, den ich heute, sollte ich ihn treffen, vermutlich nicht wiedererkennen würde, bezeugte dies beredt. Als ich ihm zu verstehen gab, wir würden nur im belebenden Licht der Geisteskräfte Frieden finden und das befrieden, was das Schwert nie hat befrieden können, antwortete er mit schicksalsergebenem Achselzucken. In ihm erahnte man den mutigen, träumerischen Mann, der gewiß wie soviele andere voller Glauben und Begeisterung gekommen war, um für eine edle Sache zu kämpfen, die es lohnte, das eigene Blut hinzugeben. Doch rasch war dieses ruhmreiche Schicksal im Spiegel der Wirklichkeit verblichen. Der Aufstand der Einheimischen war viel mehr als eine von verborgenen Interessen gesteuerte Auflehnung, und diese mit Feuer und Schwert zu bekämpfen, bedeutete nur die ungerechte Aufrechterhaltung himmelschreiender Ungerechtigkeiten. Bis zur Demütigung gescheitert, hatte er nach und nach die Front mit der Ruhe der Offiziersmessen vertauscht und war zu einem willen- und kritiklosen Menschen herabgesunken, der nur im Trunk Frieden fand, im Tabak und im Spiel. Und schließlich auch in Gedichten. Doch aus diesen zog er nicht den für seine Befreiung notwendigen Ansporn. Er glaubte nicht mehr an das Beste seiner selbst.

Wir hatten ganz entschieden die Orientierung unserer zivilisatorischen Fähigkeiten eingebüßt. Wir waren in die verschiedensten Widersprüche verstrickt, hatten blind und leichtfertig das Böse genährt und wußten jetzt keinen Ausweg mehr daraus. Mit der Landkarte in der einen und dem friedenbringenden Schwert in der anderen Hand, hatten wir die Jahrhunderte im Geistesfrieden der Gerechten durchschifft, ohne daran zu denken, uns in die Eingeborenenseele zu vertiefen und ihre rätselhaften Winkel zu erforschen. Nur die weißen Werte und Unwerte trieben unsere kolonisatorischen Schritte an. Da es uns an jeder eingliedernden Wißbegierde mangelte, kannten wir im Hinblick auf den Eingeborenen nur zwei Haltungen: den Abstand oder die Vermischung. Statt zu trachten, die Bedeutung gewisser Eigenheiten seines Alltagslebens zu verstehen, sein Matriarchat, seine Polygamie, sein Nomadentum, seinen religiösen Pantheismus, sein Stammeswesen, seine Begräbnisfeiern und seine Rituale, statt uns zu bemühen, in seinen Masken die darin verborgenen Geheimnisse zu entziffern, statt zu versuchen, die Esoterik seiner Zauberkulte und die Bannkraft seiner Trommeln zu deuten, suchten wir seine Sklavenbehausungen nur auf, um den Hunger unserer Sinne zu befriedigen. Welche Schulen gab es im Mutterland, welche die Welt eine tiefgründige Anthropologie der Völker lehrten – der Neger, der Islamvölker, der Juden –, jener Völker, die das Schicksal uns als Gefährten auf den Kreuzweg der Geschichte mitgegeben hatte? Wo war eine dieses Namens würdige Literatur, die eine überwältigende Essenz dieser entscheidenden Begegnungen mit Rassen und Blutströmen enthielt? Sogar die Missionare, wiewohl letzte Zeugen der Renaissance, täuschten sich, wenn sie in ihrem apostolischen Optimismus den unnachgiebigen Reichtum des Bewußtseins der Ureinwohner auslöschten, indem sie in ihrer Einfalt einem identitätsstiftenden natürlichen Heiligtum etwas entfremdend Übernatürliches aufzwangen.

Wahrhaft erleichtert betrat ich die Insel Moçambique. Als ich schon wähnte, gänzlich enttäuscht und gequält zurückkehren zu müssen, entdeckte ich verblüfft, daß in ihrer räumlichen Begrenztheit unwiderlegbare Beweise unserer Weltsicht zu finden waren. Ich kannte bereits Zeugnisse dieser schöpferischen Fähigkeiten. Brasilien war voll davon. Doch kein Land zeigte dies aussagekräftiger. Wie in einem Reagenzglas hatte man alle menschlichen Verbindungen und Reaktionen auf einem schmalen Riff erprobt. Europa, Afrika und Asien waren hier in der Kunst, der Kultur, im Leben und im Tod verflochten. Christus Hand in Hand mit Mohammed, die Thora lag neben den Evangelien, der Anzug grüßte den Sari und den Lendenschurz. Scheinbar unüberwindliche Widersprüche waren hier in vollkommener Harmonie aufgelöst. In der Architektur, den Glaubenssätzen und den menschlichen Beziehungen. In diesen Landstrichen hatte der

Geist den gemeinsamen Nenner völlig unversöhnlicher Maßstäbe gefunden. Hier konnte Camões rechtmäßig seine epische Brust den Winden aussetzen, Dom João de Castro* die Abweichungen der Kompaßnadel berechnen und São Francisco Xavier* in dieser Erde Fußspuren seines Bekehrungswerkes hinterlassen.

Als ich diese Oase der Hoffnung verließ, war ich ein anderer Mensch. Trotz allem gab es Anlaß zu Zuversicht. Dieses Bollwerk der Brüderlichkeit bürgte für die ökumenische Zukunft Portugals. Wer eines Tages auf einem Korallenriff ein derartiges Meisterwerk ethnischen Zusammenlebens geschaffen hatte, besaß auch die Kraft, es weiterzuführen. Es durfte nicht zur Einsamkeit eines Schneckenhausdaseins verurteilt werden. Gegen alle Widrigkeiten würden wir Weltbürger bleiben. Doch um den Preis welchen Zusammenbruchs, welcher Sühne, welcher Verbannung?

Die Rückreise wurde traurig. Aus meinem Flugzeugfensterchen betrachtete ich mit gleichsam vorweggenommener Sehnsucht schwermütig die Länder und Meere, die wir überflogen – riesige Schauplätze eines gewaltigen Abenteuers. Wieviel Mut hatten wir benötigt, um uns in Pionierzeiten dort zu behaupten – Ozeane zu überqueren, zu erforschen, zu besetzen! Kaum zu glauben, daß man mit den damaligen Mitteln solch düstere Meere hatte durchpflügen und so viele ungastliche Weiten hatte erkunden können. Doch die Tatsachen sprachen für sich. Kein Verfall vermochte sie zu leugnen. Wir hatten die Erde mit den Augen des Mittelalters abgerundet. Wir hatten das Wort des Evangeliums bis an die Grenzen des Heidentums getragen. Wir hatten das menschliche Blut brüderlich vermischt. Wirklich schade, daß wir heute nicht einmal im Bewußtsein den Stand dieser ruhmreichen Vergangenheit erreichten. Die Kleinlichkeit der Gegenwart hatte einen solchen Tiefpunkt erreicht, daß wir den Sinn für die eigene Größe verloren hatten. Nie und nimmer würde uns die Menschheit diesen Dienst lohnen. Eines Tages würden wir ihn wieder stolz zu schätzen wissen. Und vielleicht würden wir dann wieder Helden sein und große Taten vollbringen…

Bis der schwarze Schleier der Nacht und das Morphium des Schlafs meiner Selbstquälerei ein Ende bereiteten.

Als ich früh am Morgen erwachte, zeichnete sich allmählich die portugiesische Küste flimmernd am Horizont ab. Und wie bei anderen Gelegenheiten dieser Art, bei denen ich das geliebte Profil wiedergesehen hatte, ließ unbezähmbarer Jubel mein Herz frohlocken. Nach soviel Hektik und Bitterkeit empfing mich wieder die Behaglichkeit der Heimat, der Gruß bevölkerter Landschaften, all das bestellte Ackerland, die sicheren Straßen und die harmlose Fauna. Der Dichter ahnte den alltäglichen Schauplatz seiner Verse.

Plötzlich tauchte in der Ferne Lissabon zwischen Wolkenfetzen auf.

Und ich bemühte mich, die beweglichen Bilder begierig aufzuzählen. Den Tejo, den Turm von Belém, den Palastplatz. Vertraute, beruhigende Bilder, die liebkosend die Netzhaut trafen.

«Wir landen.»

Der Aufprall auf der Landepiste und der ohrenbetäubende Lärm der Motoren ließen mich Augenblicke in eine unvermutete Welt von Gewalt und Panik zurückschnellen. Doch der Frieden kehrte fast unverzüglich zurück, noch während ich angeschnallt saß und ein frischer Windzug durch die Ausgangstür hereinwehte.

Dieses Gefühl der Sicherheit und des Gleichgewichts, das ich nach beendeter Reise wiederfand, genoß und zugleich neugierig beobachtete, wurde durch Alvarengas plötzlichen Tod getrübt. Er war seit langem krank, ohne es zugeben zu wollen. Sein ganzes Leben hatte er Raubbau mit seiner Gesundheit getrieben und fand sich jetzt nicht damit ab, Opfer eines Siechtums zu sein, das alle Sterblichen heimsucht. Schwindelanfälle stellten sich reihenweise ein, er litt an Nasenbluten, das wegen seines Bluthochdrucks kaum zu stillen war, er lahmte auf einem Bein. Aber er hielt stand, aß, trank und suchte Ablenkungen, ohne sich zu schonen. Es nutzte nichts, ihn auszuschimpfen, ihm das Gespenst eines ans Bett gefesselten Gelähmten vor Augen zu führen. Dergleichen Dinge befielen nur die anderen. Seine Natur weigerte sich, eine derartige Möglichkeit überhaupt in Betracht zu ziehen. Und nach einem üppigen Mahl schloß er endgültig die Augen, als wollte er nur ein mehrstündiges Schläfchen halten.

Ein so natürlicher, so undramatischer Tod, daß die aus den vier Himmelsrichtungen Portugals herbeigeeilten Freunde ihn nur mit lachenden Tränen beweinen konnten. Die Totenwache war eine mit Tabakrauch und Strömen von Alkohol umwölkte lange Nacht fröhlicher Erinnerungen nach seiner Lebensart. Und der

Leichenzug zu seiner letzten Ruhestätte war trotz des schwarzen Sarges und der Totenkränze ein festlicher Spazierweg. Gleichsam um die Wette grub ein jeder aus seiner Erinnerung eine Anekdote aus, einen Ausspruch, eine Tat des Verstorbenen. Und niemand widerstand der Komik der Situation. Je vertraulicher das Zusammenleben gewesen war, desto ausufernder wurden vergangene Erlebnisse beschworen. Er hatte aus seinem Leben eine lange Reihe erfundener Begebenheiten gemacht. In keiner noch so tragischen Lage ließ er sich vom Mißgeschick unterkriegen. In den schlimmsten Augenblicken verstand er es immer, die Sonnenseite der Dinge zu sehen. Er hatte im Marão-Gebirge einen schweren Autounfall. Am Steuer seines Wagens hatte er sich von einer Melodie ablenken lassen, die die Straßenkurven besang, doch dann hatte er eine Biegung falsch genommen, und als er zu sich kam, lag er mit gebrochenem Bein in einem Abgrund, ohne aus dem schwer beschädigten Wagen kriechen zu können. Aber nachdem der erste Schreck vorbei war, tröstete er sich mit der tragikomischen Seite seiner Lage. Und während er stöhnend auf Hilfe wartete, sang das Radio, das den Stoß überstanden hatte, weiter:

In den Kurven von Marão...

Auf einer dieser abenteuerlichen Reisen hatte er einem Verkehrspolizisten den Gehorsam verweigert, der ihm anzuhalten befahl. Als er anschließend aufgefordert wurde, auf der Polizeiwache zu erscheinen, erklärte er, er habe die grüne Uniform des Beamten mit der Landschaft verwechselt.

Außer seiner Gabe, die Wirklichkeit zu verklären, lag ihm stets ein Scherz auf der Zungenspitze. Und beim Betreten des Friedhofs, als es darauf ankam, sich würdevoll zu benehmen, hatten wir alle Mühe, unser schluchzendes Gelächter zu unterdrücken.

Mit ihm ging eine Bohèmetradition zu Ende, die seine Verantwortungslosigkeit beharrlich über die natürlichen Grenzen der Zeit hinausgezögert hatte. Eine anachronistische Tradition von Coimbras sorglosem, ausgelassenem, phantasievollen Leben, um das ihn selbst jene, die es zu verurteilen schienen, insgeheim beneideten. Ein Leben, das selbst der Abt, dessen Pfarrkind er war, bewundert hatte, weshalb dieser auch nicht zögerte, es in der kleinen Kapelle zu ehren, deren von ihm begonnene Bau seine Witwe vollendete. Als Hausgast liebte der Prior gleichfalls gutes Essen und reichlichen Trunk, den sie bei ihren Gelagen bis in die tiefe Nacht ausdehnten. Seine ins Korsett der Soutane gezwängte Vollblutnatur bewunderte ohne kanonischen Rückhalt diese Zwillingsseele, die stärker war als die seine und die alle Augenblicke des Daseins, selbst die widrigsten, in ein buntes Abenteuer verklärte. Und als ihm das Gotteshaus übertragen wurde und er dessen Schutzheiligen wählen sollte, gedachte er des verblichenen Gefährten und beschloß, die Erinnerung an ihn zu verewigen. Aus den zerfressenen Seiten eines alten Heiligenkalenders grub er einen unbestimmten Namensvetter aus und ernannte ihn zum Schutzheiligen des Ortes. Dann vollendete er sein Werk: er bat um ein Foto des Freundes und bestellte bei einem Bildhauer ein Standbild mit dem Antlitz des Wohltäters. Am Tag der Einweihung herrschte Verblüffung und Heiterkeit, als man Alvarenga im Mönchsgewand und mit einem Abendmahlskelch in der Hand weihevoll auf dem Altar thronen sah.

«Nicht mal das Glas fehlt ihm...», bemerkte ketzerisch einer der Anwesenden.

Gewiß hatte sich der glückselige Sonderling nie eine solche Apotheose vorzustellen vermocht. Obwohl er den Kirchhof mit Gedenksteinen bevölkert und das Haus in kindlichem Drang nach Unsterblichkeit mit Fotos, Porträts, Büsten gefüllt hatte, waren seine Erwartungen nie so weit gegangen. Aber das Schicksal war mit seinen hohen Plänen diesem so menschlichen Bestreben entgegengekommen. Und da stand er geheiligt – *per omnia saecula saeculorum.*

Ich mußte es anerkennen: Trotz meiner unentwegten mündlichen und schriftlichen Hinweise war mir nie hinreichend klar geworden, was sein Leben dem meinen bedeutet hatte. Sicherlich hatte ich ihm stets Zuneigung gezollt. Mehr nicht. Auf sonderbare Weise hatte sich mein Verstand vorsorglich der vertieften Prüfung dieser kompromittierenden Bürgschaft verweigert. Nun, da das Unausweichliche eingetreten war und die beiden Flußufer des Vergessens nur eine Brücke der Sehnsucht verband, sah ich deutlich, bis zu welchem Grad ich möglicherweise selbst ein Alvarenga gewesen war, der sich entzückt und heimlich in seinem

Gegenbild aus Fleisch und Blut wiedererkannte. Aus irgendeinem Grund waren wir beide Verwandte des Paters Alberto aus Sanfins, dessen auf mein kindliches Maß zurechtgestutzte Soutane und Halskrause ich in Lamego getragen hatte. In unseren Adern rann der gleiche sanfte Wahnsinn, den der heilige Mann besessen hatte. Daher die Bannkraft, die das erduldete Vorbild eines aller Fesseln und Verpflichtungen ledigen Daseins auf meinen Geist ausgeübt hatte. Trotzdem hatte in meinem Innern das angeborene Erbe des fleißigen und vernünftigen Zweigs aus Agarez obsiegt. Und ich hatte Jahre hindurch wie ein ehrbarer, verantwortungsvoller Bauer geackert. Aber es gab Augenblicke, in denen ein Ausbruch von Widerspruchsgeist die spartanische Strenge dieses zuchtvollen Alltags erschütterte. Dann erlaubte ich meinen Sinnen sonnenhelle Rauschzustände, meinem Mund entwichen unerwartete und absonderliche Entgegnungen, welche die förmliche Logik der Gesprächspartner entwaffneten; ich erlaubte mir abgründige Flüge auf den Schwingen des Widersinns. Nur wußte ich nicht, wer ich wirklich war, wenn ich mich solcherart gehen ließ. Ich erkannte mich nicht wieder. Nicht einmal mit einem kristallklaren Spiegel vor Augen.

Der Tod des geliebten Freundes erweckte mich zu einer Wirklichkeit, die ich seit langem fürchtete und die sich mir jetzt in ihrer rohen Wahrheit zeigte: das Alter. Obwohl ich zeitlebens krank war und ständig stöhnte, hatte ich fraglos tausend Prüfungen und Mühen erfolgreich bestanden. Meine letzte Operation war äußerst gefährlich gewesen. Ich hatte sie indes mit einer Art spöttischen Dünkels mutig ertragen. Ich fürchtete den Verfall, den Tod fürchtete ich nicht. Nicht mehr schreiben, nicht mehr lieben, nicht mehr jagen wäre dagegen das tiefste Unglück. Daher hatte ich mir immer ein plötzliches Ende gewünscht, einen Herzschlag in einem erfüllten Augenblick. Leider hätte ich meine Natur dazu zwingen müssen. Was meiner Veranlagung widersprach. Instinkt und Verstand sagten mir, daß der Selbstmord ein Schwindel ist, bei dem sich jedes Opfer in einem wirren ästhetischen Anfall selbstgefällig dem Kult des eigenen Bildes ausliefert. Das Mittel hieß daher: in der schmerzlichen Schwermut eines Menschen weiterzumachen, der weiß, daß er weder die begangenen Irrtümer berichtigen noch neue vermeiden kann, und der die quälende Gewißheit besitzt, daß im Augenblick des Scheidens kein einziges Problem gelöst sein würde. Die unablässigen Fingerzeige Gottes würden nie befolgt, die größten Träume würden nie gestaltet, die innigsten Gefühle nie erwidert worden sein.

Dies war der Vorzug des Alters. Wenn es den Verstand nicht restlos lähmte, gewährte es ihm Hellsicht. Was hatte ich aus meinem Leben gemacht? Einen Rosenkranz unheilbarer Widersprüche. Der Mensch, der äußerlich einem Monolithen aus Gewißheiten glich, war innerlich eine Verquickung von Zweifeln. Durstig nach Unbedingtem, hatte ich nur den bitteren Geschmack des Bedingten gekostet. Obwohl ich tief religiös war, hatte ich nie das Knie vor einem Altar beugen können. Im Grund meines Wesens war ich gefühlsbetont, und ich hatte mir, ohne zu wissen weshalb, neben einigen festen Freundschaften zahllose erbitterte Feinde geschaffen. In meiner krankhaften Schüchternheit hatte ich die Tage damit verbracht, die Scheu durch ungestüme Handlungen wettzumachen. Abergläubisch und unsicheren Schrittes hatte ich mich auf dem Feld der Wirklichkeiten bewegt wie ein eigenwilliges Gespenst. Ich dachte an die Umstände, die Mißlichkeiten und Schroffheiten des langen, durchmessenen Weges zurück. Hätte ich sie vermeiden, verbessern oder auf irgendeine Weise auslöschen können? Oder hatte sich alles verbündet, um andere Wege unbegehbar zu machen? Das Übel hatte gleich bei der Geburt begonnen. Agarez war keine verheißungsvolle Wiege. Wer dort zur Welt kam, sah sich unverzüglich an Händen und Füßen gefesselt. Nur durch ein Wunder hätte ich mich dort seiner Bedeutungslosigkeit, seiner Unwissenheit, seinem Alltagszwang entwinden können. Und als mir dies gelang, welcher Sieg lächelte mir? War ich auch Erbe ahnenalter Werte, die kein späteres Wissen außer Kraft setzte, so erreichte ich dennoch nur schwer Zugang zu weniger allgemeinen Gütern. Zum Umgang mit Sprachen, die andere bereits mit der Muttermilch einsaugen, zum Zwiegespräch mit Büchern, die man bereits in der Kindheit liest, zur Bekanntschaft mit ungeahnten Kunstwerken. Ich mußte mein Leben von neuem beginnen, mir kulturelle Werte aneignen, weltläufige Umgangsformen lernen, mein Verhalten anpassen. Das war mein Los. Ich hatte die Jahre mit der späten Entdeckung einer ewig frühreifen Welt verbracht. Und war mir voll bewußt, daß es mir durch ein grundlegendes Verhängnis unmöglich sein würde, die Schranken dieses angeborenen Provinzialismus zu überwinden.

Dieser angestammten Verdammnis gesellten sich nachfolgende Irrtümer hinzu, die ich bei fast allen Entscheidungen, zu denen ich in bedeutenden Augenblicken gezwungen war, begangen hatte. Nur in seltenen Fällen hatte ich mich richtig entschieden. Eine unbekannte finstere Macht lenkte meine Hand. Erst nach vollbrachter Tat erkannte ich die begangene Torheit. Und schon am nächsten Tag wiederholte sich das Unglück auf die gleiche widersinnige Weise. Die Erfahrung vom Vortag hatte mir nichts genutzt. Als Mensch guten Glaubens handelte ich dementsprechend. Vorsätzlich ging ich dem Unbekannten entgegen, ohne den Schatten eines Mißtrauens. Aber das Schicksal schien sich darin zu gefallen, mich aus dem Konzept zu bringen. Glaubte ich, aus freien Stücken und frei von den Zwängen des Geschicks zu handeln, erfüllte ich nur seine Pläne. Zumeist schlechte Pläne, die ich durch die Lauterkeit meiner Absichten gnädig zu stimmen suchte. Auch konnte ich die getanen Schritte nicht bereuen, weil ich unfähig gewesen wäre, andere zu tun oder sie friedfertig hinzunehmen. Es stand geschrieben, daß ich nie der glückliche Herr meiner Handlungen sein würde.

Solcherart enttäuscht, blickte ich illusionslos der kurzen Zukunft, die zu erfüllen mir noch verblieb, mit einer Entschlossenheit entgegen, welche jetzt nicht einmal vom Schreckgespenst der Unterdrückung mehr angespornt wurde.

Dank des ideologischen und psychologischen Einflusses der Studentenjugend, auf die es hatte zurückgreifen müssen – sie war in ihrer jugendlichen Ungebundenheit natürlich empfänglich und aufgeschlossen für die freiheitlichen Gefühle der Nation und den in Mode gekommenen emanzipatorischen Internationalismus –, hatte sich das Heer, das fast ein halbes Jahrhundert hindurch den Tyrannen und danach seinen Nachfolger gestützt hatte, plötzlich zum Verfechter der Demokratie aufgeschwungen. Es war eines Krieges müde, den es doch nicht gewinnen konnte, und zermürbt von zahlreichen Widersprüchen, die es nicht einmal vermutet hatte. In einer Revolution ohne Gegner wurde dem Volk die Freiheit ebenso willkürlich gewährt wie sie ihm zuvor entzogen worden war. Seit langem lag der Ausbruch einer Freiheitsbewegung in der Luft. Obwohl die Opposition mitsamt ihren Umsturzplänen in den Untergrund oder ins politische Exil gedrängt worden war und zunehmend stärker hervortretende Unstimmigkeiten sich als unvereinbar erwiesen, war es nicht mehr möglich, eine von den Unterdrückten nie anerkannte Unterdrückung unbegrenzt zu verlängern. Aber niemand wagte sich vorzustellen, daß die Fäulnis des Regimes dem ersten Stoß nachgeben würde. Der letztlich auch kein Stoß war. Eine Feldhaubitze in Feuerstellung genügte, damit die Festung einstürzte.

Die von dem Wunder überraschte Volksseele brach in Freudenstürme aus. Von Norden nach Süden füllten strahlende Menschenmassen im Sog hemmungslos erneuerter Hoffnung die Straßen. Es war wie ein Traum! Aus den Kasernenfenstern gelehnt, sahen die Truppeneinheiten der alten Ordnung mit ohnmächtigem Zähnefletschen den Menschenstrom vorüberziehen. Väter und Söhne, Freunde und Feinde, Gegner und Parteigänger fühlten sich von der gleichen brüderlichen Begeisterungswelle mitgerissen. In allen Farben lächelten Fahnen, flatternd in der reinen Aprilluft. Die Gefängnisse öffneten ihre Tore, die Zensur wurde abgeschafft, die persönlichen Rechte wurden wiederhergestellt. Das Vaterland gewann endlich seine Stimme und seine Würde zurück. Doch zugleich das schmerzliche Bewußtsein des Abgrunds, in den es gestürzt war. Da die Archive der politischen Polizei weit offen standen, konnte ein jeder feststellen, bis zu welchem Grad sein Privatleben bespitzelt, entwürdigt und verhöhnt worden war. Eines jeden Schritte waren verfolgt, jedes Wort abgehört und jeder Gedanke erraten worden. Als ich durch Vermittlung eines treuen Freundes die Fotokopie meiner umfangreichen Prozeßakte erhielt, gewann ich den Eindruck, als hätte ich plötzlich meine Identität verloren, als wäre das Kostbarste von ihr gestohlen und dort entwertet worden. Auf diesen beschämenden wie belanglosen Papieren war mein Leben abgebildet; statt einer hartnäckig leidenschaftlichen Bemühung um Geradlinigkeit und Auflehnung nichts als eine unzusammenhängende Liste widersinniger Momentaufnahmen. Ich war an einem bestimmten Tag an einem bestimmten Ort gewesen, ich war da und dort mit diesem oder jenem spazierengegangen, ich hatte mir am Kaffeehaustisch eine bestimmte Bemerkung erlaubt. Kein menschlicher Hauch erwärmte die zusammenhanglose Aufzeichnung jeder Handlung, jeder Gebärde, jedes Ausdrucks. Alles war blut- und formlos. Erregte, hoffnungsreiche oder gefahrvolle Stunden hatten in dem Inquisitionsbericht alles Leben eingebüßt. Sogar meine dort wiedergegebenen Privatbriefe hatten nach ihrer Beschlagnahme infolge der Entweihung all die Herzlichkeit oder Empörung verloren, die sie diktiert hatten. Sie wirkten wie von einem Formular kopiert. Zu welchem Höchstmaß trostloser Dürre ließ sich die Wirklichkeit eines pochenden menschlichen Schicksals vermindern! Angesichts eines Porträts, dessen kümmerliche Elemente so systematisch gesammelt und so ausdruckslos bürokratisch gestaltet waren, fühlte ich mich des eigenen Abbilds noch beraubter, als wenn ich tot gewesen wäre.

Doch obgleich die Folgen dieser qualvollen Zeit nicht wie durch ein Wunder verschwinden konnten, sondern nach wie vor die Seelen peinigten, waren gleichwohl die Anzeichen, daß die Nation aus ihrem Alptraum erwacht war und der Friede in die genesenden Herzen einzog, zweifellos unübersehbar. Niemand blickte den Nachbarn jetzt wie einen möglichen Feind an, niemand verbarg seine Empfindungen oder heuchelte etwas, das er nicht war. Endlich war man wieder gerne ein Bürger Portugals.

Doch der Sonnenschein währte nur kurze Zeit. Nachdem der Augenblick des Hochgefühls verflogen war, kehrte die Wirklichkeit düster und entmutigend zurück: Wieder füllten sich die Gefängnisse, der unterdrückte Ehrgeiz drängte erneut an die Oberfläche, die einträglichen Stellungen wurden im Sturm genommen, die Mittelmäßigkeit nistete sich ein, und das schlechte Gewissen begann rückwirkend an uns zu nagen. Mit der Übereile von Schuldigen bereiteten wir dem Krieg ein bedingungsloses Ende und leiteten eine unsinnige Entkolonisierung ein. Keines der rechtmäßigen Interessen der Nation wurde geschützt. Die ratlosen Menschen in Übersee überfüllten mit panischer Hast das kleine lusitanische Haus. Im Flugzeug und mit dem Schiff kamen sie in Massen, ausgehungert und von den Ihren getrennt; ihr einziger Reichtum waren die Kleider am Leib. Gewissermaßen war dies ein ungewöhnlicher Rückfluß der Geschichte.

Und der endgültige Zusammenbruch. Fühlten wir uns noch am Vorabend selbstsicher, erwachten wir aufgeschreckt in einer Welt der Verstörungen. Welche Größe hatte der Vergangenheit innegewohnt? Welche Bedeutung besaß die Gegenwart? Welcher Sinn war der Zukunft eigen? Ohne gemeinsame Bezugspunkte vermochte sich niemand im Spiegel der Gemeinschaftswerte zu erkennen. Die wichtigsten Fasern des gesellschaftlichen Gewebes gaben nach. Nicht eine individuelle oder kollektive Handlung schien sich im Schoß einer erwachsenen Lebensgemeinschaft zu vollziehen. Das Land war betäubt vom demagogischen Getöse tausender Stimmen, die ihm Erlösung predigten, und vergewaltigt von der summarischen Unterweisung verschiedener ideologischer Fibeln. Als ihm das bewußt wurde, befand es sich am Rand einer neuen Unterdrückung.

Das waren schwierige Stunden, in denen kein Eigennutz rechtmäßig war. Auch ich schwor dem meinen ab. Von meinem bürgerlichen Gewissen getrieben, überwand ich meine Scheu und stieg hinunter ins Licht der Öffentlichkeit, um für einen brüderlichen Sozialismus anarchistischen Ursprungs zu werben. Das unmittelbare Gemeinschaftsgefühl meiner Gebirgslandschaft – die Viehherden, das aufgeteilte Wasser für die Bewässerung, die Hilfskassen, gegenseitige Erntehilfe, der Backofen und der Ochse des Dorfs – kam mir jetzt als beispielhaftes Muster zustatten. Mit einer einfältigen Botschaft stellte ich mich zitternd vor Erregung begeisterten und unaufmerksamen Menschenmassen. Ich würde es heute wieder tun. Und doch habe ich mich nie so unglücklich gefühlt. Ich verließ jede Kundgebung mit dem Eindruck, als hätte ich meine Anwesenheit einem lautstarken Taumel geliehen.

Als die Gefahr vorüber war, spürte ich weder Erleichterung noch Trost. Dem wiedergefundenen Frieden folgte die Stumpfheit der Unentschlossenheit und der Mißverständnisse. Besudelt von soviel Mittelmäßigkeit, schien sogar das Antlitz des Vaterlandes entstellt. Ich wußte, daß weniger die Ballung widersprüchlicher Umstände – Militärhandstreiche und Gegenschläge, unfähige Regierungen, ein unbeholfener und für die portugiesische Wirklichkeit ungeeigneter Parlamentarismus – als die Revolution eine unumkehrbare Umwälzung ausgelöst hatte, und zwar nicht kurzfristig, sondern in der langen Zeit des nationalen Lebens. Das Ende des Kolonialkriegs; das Schrumpfen der nationalen Grenzen im iberischen Raum; die Zerstörung der Grundlagen des Monopol- und Großgrundkapitalismus; der Umsturz der Gesellschaftsstruktur; die Öffnung der Gemüter für neue Werte;

die stillschweigende Wandlung zur Demokratie; das Genossenschaftswesen; die Befreiung der Sitten – all das waren unwiderrufliche, feststehende Tatsachen. Ich wußte auch, daß sich alle tiefen Umwälzungen zwangsläufig mittels offensichtlicher Zusammenbrüche entwickelten und daß das Volk, wollte man es noch so sehr daran hindern, stets an die Oberfläche der Geschichte drängte. Doch diese Gewißheit vermochte dem trostlosen Dunkel des Augenblicks weder Klarheit noch Freude zu schenken.

So kehrte ich gepeinigter als zuvor in meine alte Einsamkeit zurück. Obwohl ich weiterhin den Vorzug beständiger Zuneigung von einigen Männern und Frauen genoß, konnte ich von ihnen nicht das Wunder des Verstehens fordern. Dabei hätten nur sie meinem bedrängten Herzen Erleichterung verschaffen können. Was dieses heikle Thema anbetrifft, hatte ich reichlich Erfahrungen gesammelt. Ich kannte die Grenzen menschlicher Fähigkeiten zur Genüge. Und mit all diesen Freunden bewahrte ich eine förmliche Herzlichkeit ohne seelischen Überschwang, da ich sie von vornherein eines tieferen Widerhalls für unfähig hielt. Nur bei Ivo, einem ungewöhnlichen Menschen, machte ich eine Ausnahme. Er hatte vor Zeiten eine Kampfschrift zu meiner Verteidigung gegen einen niederträchtigen Angriff veröffentlicht. Nach einer anfänglich zurückhaltenden Beziehung wurden wir Freunde. Er war intelligent, gebildet und empfindsam, und er lebte nachts, versteckt in einem mit Büchern ausstaffierten und von Ritualen bevölkerten Kellergeschoß, das ich in Stunden tiefster Kümmernis aufsuchte. Ich vertraute seinen anspruchsvollen Wertmaßstäben, die nie den Verlockungen der Beliebigkeit nachgaben. Ich klopfte einfach an seine Tür, die knarrend aufging. Auch er war eine dünnhäutige Natur, die sich schmerzvoll gegen tausend mögliche Angriffe aus dem Unbekannten abschirmte. Das Schicksal hatte ihm übel mitgespielt. Es hatte ihn in seiner Jugend mit Verheißungen überschüttet und eine von kraftzehrender Hellsicht gemarterte Reife geschenkt. Er war gleichsam vom eigenen Verstand geblendet worden. Und er fand keinen Frieden, ihn mit anderen zu teilen. Wenn auch kein Gedicht oder Geständnis in seinen aufmerksamen Ohren ohne Echo verhallte – und ich verdankte ihm in dieser Beziehung einige der reichsten Augenblicke gegenseitigen Verstehens –, so verabschiedeten wir uns nach jedem Treffen in der gleichen Ratlosigkeit. Die Wärme dieser Freundschaft schien der letzten Glut eines erloschenen Feuers zu entstammen.

Ich war wirklich in jeder Weise verloren. Ich hatte ein Leben lang von einem besseren Portugal auf einer besseren Halbinsel in einer besseren Welt geträumt. Damit dieser Anspruch wahr werden könnte, hielt ich es für ausreichend, daß die Tyranneien verschwänden, die hier, da und dort die Völker unterjochten. Nun verschwanden die charismatischen Tyrannen ja in der Tat einer nach dem anderen – jetzt sogar endlich der spanische –, und je stärker vernichtet sie zu sein schienen, desto tiefer verwurzelte sich die Unterdrückung in der Gesellschaft und desto fester und unauffälliger nistete sie sich in ihr ein. Ich betrachtete die vielversprechenden Aussichten der Demokratie ohne Scheuklappen. Sie wurden in meiner Verzweiflung immer weniger deutlich. Wenig nützte mir der Trost, daß mein Werk allmählich gelesen, daß mir ein internationaler Preis zugesprochen wurde, daß einige intelligente Stimmen ihm ihre Aufmerksamkeit zuwandten. Die Stunde gehörte nicht der Dichtung. Sie gehörte dem Parteifanatismus, maßlosem Ehrgeiz, wirtschaftlicher Vormachtstellung, dem atomaren Wettstreit und den Stadtguerrilhas. Sogar wenn man die Dichtung zu feiern schien, nutzten die Mächte sie nur aus. Dafür hatte ich hinreichende Beweise. Mit welch ohnmächtiger Wut mußte ich erleben, wie die verschiedenen Machthaber den Sinn einer Dichtung je nach Wunsch entstellten! In ihrem gezielt oder unbeabsichtigt schamlosen Zynismus schreckten die unterschiedlichsten Sektierer nicht davor zurück, ein Werk rücksichtslos auszuschlachten, sofern es ihnen von Nutzen sein konnte. Vielleicht war gegen diesen verbrecherischen Mißbrauch kein Kraut gewachsen, da dergleichen zu allen Zeiten vorgekommen war. Doch eine solche Gewißheit verschlimmerte nur die Kränkung, statt sie zu mildern. Da ich den Preis eines Verses kannte, fand ich mich nicht damit ab, ihn im demagogischen Zierat irgendeiner Partei verkommen zu sehen. Ich hatte immer für eine weltweite Gemeinschaft brüderlicher Werte gekämpft, für eine Gesellschaftsordnung, in der die Freiheit das Gesetz der Gesetze und die Kunst das Glaubensbekenntnis der Glaubensbekenntnisse wäre. Doch nun wohnte ich dem entwürdigenden Schauspiel einer vermassten, aggressiven Welt bei, welche die Freiheit mit ihrer unverantwortlichen Begierde nach hemmungsloser Freizügigkeit und Straflosigkeit verwechselte, außerstande, in der Kunst auch nur die geringste Bedeutung von Fortdauer und Erhabenheit zu erkennen. Ich vertraute auf den endgültigen Sieg des freien, einzigartigen und zugleich geselligen Menschen, der für die Anmut des Rationalen und Irrationalen empfänglich wäre, aus hellsichtiger Entschlußkraft des Willens handelte und seine transzendente Würde eifersüchtig wahrte. Schön war der Gedanke an kommende Zeiten, in denen die Kultur auf natürlichste Weise an die Öffentlichkeit treten würde, nachdem sie zuerst das gereifte Innenleben jeden Bewußtseins durchschritten hätte. An Zeiten, in denen der schlichte Gedanke eines Aphorismus imstande wäre, das gesamte Wertgefüge zu vereinen, das einer reifen Gemeinschaft Gestalt gibt und ihr ein eigenes Antlitz im Einklang der Nationen zubilligt. Doch wann würde das sein?

Meine Zeit war in Wirklichkeit erfüllt. Mit der gleichen Unzufriedenheit von einst schrieb ich weiter, veröffentlichte und verbesserte unermüdlich. Wann immer möglich, ging ich auf Reisen. Gleich ob nach Brüssel oder London, gleich ob in heimatliche Städte oder Dörfer, es gab keinen einzigen Winkel, den ich nicht mit zusehends lebhafter Neugierde erforschte. Aufmerksam las ich alle Zeitungsmeldungen; keine kosmische oder gesellschaftliche Umwälzung ließ mich gleichgültig. Wiewohl ohne die alte Ausdauer, erklomm ich Berge, die jüngere Beine entmutigten. Doch ich konnte die Welt, die ich hartnäckig und geduldig geschaffen hatte, nur noch um das unbarmherzige Bewußtsein ergänzen, daß ich ihr tragisches Verstummen in allen Richtungen spürte. Was von all dem, das ich zu sagen hatte, behielt seine Gültigkeit? Etwas Grundlegendes war fraglos nicht zu Wort gekommen diesseits und jenseits des Gemischs von Vorstellungen, Verstörungen, Einwänden, Auflehnungen und Leidenschaften, die gleichsam eine hartnäckige Kruste um ein Magma von Ängsten bildeten. Etwas, was das Geheimnis meiner Identität war und sich weder im Schweigen noch im Echo der Worte hatte offenbaren lassen. Selbst in den widersinnigsten Handlungen, die ich Tag für Tag ausführte, hatte ich verheißungsvolle Zeichen einer künftigen Erleuchtung zu sehen geglaubt. Waren es auch Blendungen, schienen sie mir doch sinnträchtig. Fraglos deuteten sie auf ein Ziel der Klarheit hin. Und schließlich gelangte ich in tiefster Finsternis ans Ende der Reise. Statt der erstrebten Faßlichkeit stand ich vor der Schwärze eines Rätsels. Ein Rätsel, für das ich keinen Schlüssel fand und das mir eine sonderbare Sphinx unerbittlich aufgab. Doch sie entzog sich dem verwirrten Blick eines stammelnden Wanderers, der auf einem schon horizontlosen Weg seine letzten Schritte tat. Ob ich wollte oder nicht, ob ich weiterlebte oder nicht, alles war vollbracht. Was auch immer geschehen mochte, es änderte nicht im geringsten die Unerbittlichkeit der Tatsachen: Der Kern meiner selbst war noch aufzuklären, meine Verpflichtungen waren erfüllt, die Zuneigungen verbraucht, die Träume wach. Mir stand kein Recht mehr auf Liebe und Eingebung zu; der Ehrgeiz hatte mich verlassen, meine übermäßigen Hoffnungen blieben unerfüllt, und nicht einmal die Lehre von Agarez, die mich hieß, zur Entlastung des Gewissens meinen unbepflanzten Acker zu bestellen, konnte mir noch nützen. Nur das kasteiende Büßerhemd der Meditation blieb mir fortan zur Linderung.

Ja, das Leben ging weiter. Andere Tage würden kommen, voller Sonne, voller Blumen und Früchte. Aber sie würden nicht mehr mir gehören.

GLOSSAR DES ÜBERSETZERS

DER ERSTE TAG

S. 17 ... aus reiner Dickköpfigkeit. – Anspielung auf die Reform der Rechtschreibung unter der ersten Republik (1910-1926)

S. 18 ... Nogueira, Bornes ... – Die hauptsächlichen Berggipfel der Provinz Trás-os-Montes

S. 19 *Maria Cavaca* – Maria-zum-Vernaschen-gern

S. 23 «Zersägen der Alten» – Ritual der Fastenzeit und des Übergangs vom Winter zum Frühling: die Jugend zieht an den Türen der alten Frauen des Dorfes vorbei und droht unter höhnischen Ausrufen mit dem Zersägen, während diese jene mit Unrat bewerfen.

S. 46 ... beim Begießen zu leuchten, – In der Provinz Trás-os-Montes wird das Begießen gemeinschaftlich zu einer bestimmten Tages- oder Nachtstunde vorgenommen.

S. 48 der königliche Infant von Sagres – Heinrich der Seefahrer, Urheber der Entdeckung und Gründer einer Sternwarte in Sagres (1394-1460)

S. 51 Fontainhas – Stadtteil der Stadt Porto am Flußufer des Douro

S. 61 am Einunddreißigsten Januar – 1891. Erste Erhebung des Gebiets um Porto angesichts der Einführung der Republik

S. 62 Traulitânia – Monarchistische Bewegung

DER ZWEITE TAG

Einige im Brasilien-Kapitel vorkommende Ausdrücke:

Almude	– altes Hohlmaß, 16,54 Liter
Arroba	– alte Gewichtseinheit, heute 15 kg
Bandeirante	– Pionier, Erschließer von Neuland
Caboclo	– Mischlingssklave und -arbeiter
fazenda	– Großgrundbesitz
fazendeiro	– Großgrundbesitzer
fubá	– Mais- oder Reismehl
légua	– Längenmaß, 6 km
Milréis	– tausend Réis
Réis	– brasilianische und portugiesische Münze
Sertão	– unwegsames, trockenes Wald- und Buschland im brasilianischen Nordosten

S. 85 breit wie der Corgo daheim – kleiner Nebenfluß des Douro, der durch Villa Real in Trás-os-Montes fließt

S. 98 Dr. Artur Bernardes – Persönlichkeit der politisch-ökonomischen Welt des Staates Minas Gerais der Dreißiger Jahre. Jeder Akademiker wird in Brasilien mit «Doktor» betitelt und angeredet.

S. 107 *Sinhá* – Abkürzung von Senhora, gnädige Frau. Klage des Sklaven-Geliebten seiner weißen Herrin, die er im Morgengrauen verläßt

S. 108 Dona Sinhazinha – Gnädiges Frauchen

S. 109 *Margarida, wenn du …* – Portugiesischer Volkskehrreim

S. 114 Alberto de Oliveira – Portugiesischer Dichter (1873-1930)

S. 115 eine grüne Suppe – der berühmte portugiesische «Caldo verde», die klassische Kohlsuppe, das Nationalgericht des Landes.

S. 115 Das Institut in Butantan – die berühmte Schlangenfarm des Staates São Paulo

S. 123 Casimiro de Abreu – brasilianischer Dichter (1839-1860)

S. 123 Silva Jardim – António da Silva Jardim, Literat und Förderer republikanischer Ideen (1863-1891)

S. 123 José do Patrocínio – Brasilianischer Journalist, Redner und Romancier, Wortführer der Abschaffung der Sklaverei (1854-1905)

S. 128 Pérez Escrich – Verfasser von Kitschromanen

S. 134 räucherten sie ihn zu Hause mit Maisblättern aus – Rezept, um durch krankhaftes Aussehen die Entlassung aus der Dienstpflicht zu erreichen.

S. 136 Camões sei größer als Guerra Junqueiro – Luis Vaz de Camões (1524-1580), Verfasser des portugiesischen Nationalepos *Die Lusiaden*
Guerra Junqueiro (1850-1923), romantischer und satirischer Dichter

S. 137 *so furchterregend...* – 38. Strophe des Fünften Gesangs

S. 137 Sacadura Cabral und Gago Coutinho – Die Piloten des ersten Fluges Lissabon-Rio de Janeiro im Jahre 1922

S. 138 Tiradentes – Held der Unabhängigkeit Brasiliens (Minensische Verschwörung) mit dem Namen: Joaquim José da Silva Xavier, geboren 1748 und gehängt 1790

S. 146 Compadre – familiäre Anrede für Paten

DER DRITTE TAG

S. 153 Pedro Álvares Cabral – offizieller Entdecker Brasiliens im Jahre 1500.

S. 154 António Vieira – 1608-1697. Sohn armer, nach Brasilien ausgewanderter Portugiesen, Jesuitenmissionar und Diplomat, gilt als einer der Meister portugiesischer Prosa, besonders in seinen *Sermões* oder Predigten

S. 155 Rubião – Gestalt in *Quincas Borba*, dem Meisterwerk des brasilianischen Romanciers und Erzählers Machado de Assis, 1839-1908, Gründer der Brasilianischen Akademie für Sprache und Dichtung

S. 156 Favaios – Dorf der Provinz Trás-os-Montes, berühmt für sein Brot und Backwerk

S. 170 Febo (deutsch: Phoebus) Moniz – Gegner Philipps II. während Spaniens Herrschaft über Portugal (1580)

S. 171 Bernardim Ribeiro, António Nobre... – Klassische Dichter und Romanschriftsteller der portugiesischen Literatur

S. 171 So glasklar ziehen... – Ekloge VII. von Camões

S. 171 Gattin des Troubadour-Königs... – Dom Dinis (1261-1325), Gatte der Isabella von Aragon

S. 171 die Schreie der Maria Teles... – wurde von ihrem zweiten Gatten, dem Infanten Dom João, Sohn der Toten Königin, ermordet

S. 177 Vidago – Kurort der Provinz Trás-os-Montes

S. 185 Antero de Quental – Portugiesischer Dichter, auf den Azoren geboren (1842-1891)

S. 185 Sänger und Dichter der Akademie – Gemeint ist das Universitätsvolk Coimbras, die Lehrenden und Lernenden

S. 186 Fradique Mendes – Gestalt aus *Der Briefwechsel des Fradique Mendes* des portugiesischen Romanciers Eça de Queiroz (1845-1900)

S. 188 Dom Miguel – Aufständischer Infant, Anführer der Absolutisten gegen seinen Bruder, König Dom Pedro IV. von Bragança und «Usurpator» der Macht von 1828-1834

S. 188 ...den Kastiliern Olivença – Territorialer Zankapfel zwischen Portugal und Spanien seit 1815

S. 189 Figueira da Foz – der Coimbra nächstgelegene Meeresstrand

S. 191 Tentúgal – Zwanzig Kilometer von Coimbra entfernt gelegenes Dorf, das zu jener Zeit von Studenten viel besucht wurde

S. 194 *Vanguarda* – Avant-garde

S. 194 «Marialvismus» – Abgeleitet vom Marquis von Marialva, einem Edelmann, Stierkämpfer zu Pferd, Sinnbild des Mutes und der Männlichkeit (1711-1799)

S. 197 Ein Militärcoup hatte die konstitutionelle Regierung gestürzt... – Die Diktatur des Marschalls Gomes, Vorläufer der Diktatur Salazars

S. 200 Fernão Mendes Pinto – Portugiesischer Reiseschriftsteller (1510-1583), Autor von *A Peregrinação*, Bericht seiner im Orient erlebten Abenteuer

S. 200 *Fado* – Von Trauer und Sehnsucht erfülltes Volkslied

S. 201 Campus Morgenstern – Im Original «república Estrela de Alva» – Selbstverwaltete Studentenkommune

S. 222 Dom Sebastião – der junge messianische König, der mit seinem Heer 1578 in Nordafrika verschollen ist und seither als ersehnter Heilbringer verehrt wird

S. 227 *Comércio* – Tageszeitung Nordportugals

S. 230 Reiche Alentejanerinnen... – Alentejo ist die südliche Provinz und Kornkammer Portugals mit zahlreichen Großgrundbesitzen. Covilhã ist das Textilgebiet der Provinz Beira

DER VIERTE TAG

S. 276 Franco... – Nationales Meer aller geistigen Ströme Spaniens!

S. 283 *Die Pferde sind...* – «Romanze von der spanischen Guardia Civil» von Federico García Lorca (1898-1946)

S. 283 Schatten des großen Biskayers – Miguel de Unamuno y Jugo (1864-1936), Lyriker, Romancier, Dramatiker, Professor an der Universität Salamanca

S. 283 mit der Würde des Fray Luís Ponce de León – Der große Augustinier (1527 (?)-1591)

S. 283 *Dicebamos...* – Wir sagten also gestern

S. 284 die Heilige Teresa von Avila (1515-1582)

S. 294 «... des gens perpétuellement...» – «...Menschen, die ständig beunruhigt sind, ständig verzweifelt, die schließlich ihre eigenen Leidenschaften nicht mehr beherrschen... »

S. 294 «Ce n'est pas cela...» – «Das ist es nicht. Ihr seid einfach Barbaren.» «Wenn Sie so wollen. Aber Barbaren, die das kaiserliche Rom latinisiert und das päpstliche Rom konvertiert hat.» «Ich bin auch Katholikin. Aber man muß die Dinge abwägen... vernünftig sein...»

S. 294 «Verdun? Ah!...» – «Verdun? Ah! Ja, klar... Das ist etwas anderes. Da ging es um die Würde Frankreichs, um die Freiheit...»

S. 294 «Nous avons aussi...» – «Auch wir haben unsere Würde. Zur Stunde vielleicht die einzige wahre Würde.» «Aber nein, hören Sie. Was ihr habt, das ist Wahnsinn.»

S. 294 «Continuez!...» – «Macht nur weiter! Macht weiter, bequem im Schutz der Maginot-Linie und dieses verstockten Chauvinismus, und ihr werdet sehen, was ihr davon habt. Nazideutschland hat mit Sicherheit etwas vor.»

S. 299 Francisco Sanches – Portugiesischer Arzt und Philosoph, der in Montpellier lehrte (1562-1632)

S. 301 NOI TIRAREMO – Wir werden genau schießen

S. 301 «Portoghesi molto buoni...» – «Portugiesen sind sehr gut.» «Alle Menschen sind gut.» «Nein. Engländer sind nicht gut. Der Engländer ist ein Stinktier. Wir werden auf London vorstoßen.»

S. 302 «Signore, viene dalla Spagna?» – «Signore kommt aus Spanien?» «Ja.» «Ein Unglück ist der Krieg! Ein Unglück!» «Ihr werdet auf London vorstoßen...» «Ein Unglück, Signore... »
«Der Engländer ist ein Stinktier, nicht wahr?» «Ich bin jedermanns Freund.»

S. 303 LA PACE RIPOSA... Der Frieden beruht auf unseren Streitkräften

S. 305 «...auf den Weg zur *più alta...*» – «zur höchsten sozialen Gerechtigkeit...»

S. 313 *per iniqua sentencia...* – durch ungerechten Urteilsspruch...

S. 322 COLUI CHE NON... – Wer nicht imstande ist, für seinen Glauben zu sterben, ist nicht würdig, sich zu ihm zu bekennen

S. 323 António de Lisboa – Der unter dem Namen Heiliger Antonius von Padua bekannte Heilige wurde in Lissabon geboren.

S. 326 La nuova civiltà – Die neue faschistische Zivilisation, die über die in Zersetzung befindliche Demokratie siegt

S. 329 Ramuz – Charles Ferdinand Ramuz, Schweizer Schriftsteller französischer Sprache, 1879-1947

S. 329 Verfasser des *Grünen Heinrich* – Entwicklungsroman von Gottfried Keller, 1819-1890

S. 330 Amiel – Henri Frédéric Amiel, Schweizer Schriftsteller französischer Sprache, 1821-1881, bekannt durch sein individualistisches, 16 000 Seiten umfassendes Tagebuch

S. 332 *Vous décrivez, Monsieur...* – Monsieur, Sie beschreiben die Schrecken der Zivilisation so eindringlich, daß man beim Lesen Ihrer Worte Lust bekommt, auf allen Vieren zu gehen...

S. 340 OUVRIERS – Arbeiter aller Länder, vereinigt euch

S. 341 *Je t'ai fait don...* – Ich habe Dir eine reine und selbstlose Liebe geschenkt, die keine Verpflichtung, keinen stillschweigenden oder ausdrücklichen Vertrag verlangt...

S. 346 Olavo Bilac – brasilianischer Dichter (1865-1910)

S. 362 ... nur Sebastianisten sind. – Nach dem König Sebastian von Portugal, geboren 1554 und verschollen in Marokko 1578. Seine Anhänger glauben, er werde eines Tages zurückkehren und Portugal zu ungeahnter kultureller Weltgeltung führen.

S. 363 *Ein Garten am Ufer des Meeres* – So kennzeichnet Luis Vaz de Camões Portugal in seinen *Lusiaden.*

DER FÜNFTE TAG

S. 370 «Es que soy portuguesa...» – «Ich bin nämlich eine Portugiesin aus Galicien.»

S. 373 Die Diktatur aus Hochschule und Militär... – Salazar war Ordinarius für Volkswirtschaft an der Universität Coimbra, bevor er ins Ministeramt berufen wurde

S. 381 eingewiegt vom Rauschen des Pinienwaldes des Königs... – Gemeint ist der Pinienwald Matinha Grande

(11 000 ha), der von König Dom Dinis (1261-1325) angelegt wurde.

S. 381 bewohnt vom Genie eines Rodrigues Lobo ... – Auszug aus einer Ekloge des Dichters Rodrigues Lobo (1579-1622), Verfasser des Zwiegesprächs in Prosa, betitelt *Corte na Aldeia* – «Abhandlung über ländliche Höflichkeit»

S. 381 *Das Verbrechen des Paters Amaro* – Einer der berühmtesten Romane des portugiesischen Realisten Eça de Queiroz (1845-1900), geschrieben in Leiria, wo der Autor Beamter war, «eine lange, fromme Intrige», wie Torga sagt

S. 395 Nuno Álvares ... – besiegte die Kastilier im Kampf um Portugals Unabhängigkeit. An die Schlacht von Aljubarrota (1385) erinnert noch heute das Kloster in Batalha

S. 409 *Pasionaria* – La Pasionaria, Dolores Ibarruri, kommunistische Abgeordnete im Parlament der spanischen Republik, galt als Verkörperung der Roten Front im Spanischen Bürgerkrieg mit ihrem Losungswort «No pasarán!» – «Sie werden nicht durchkommen!»

S. 429 Dom Pedro ... – Dom Pedro der Grausame, heimlicher Ehemann der Inês de Castro, der «toten Königin». Ihre Grabdenkmäler stehen sich im Kloster von Alcobaça gegenüber.

S. 429 PIDE ... – *P*olícia *I*nternational de *D*efesa do *E*stado, die Geheimpolizei der Diktatur Salazars

S. 465 hier dehnte er sich über das ganze Strohmeer aus ... – *Mar de palha* wird die Tejo-Mündung auf der Höhe von Lissabon genannt

S. 480 Tarrafal – Strafinsel, Salazars Konzentrationslager für politische Gegner

S. 481 *Rossio-Platz* – *Restauradores* – im Zentrum Lissabons gelegene Plätze

S. 509 Mayer-Park – Vergnügungspark in Lissabon

S. 516 *Sítio* – Auf dem Felsen von Nazaré gelegen, wo im Jahre 1182 Dom Fuas Roupinho bei der Hirschjagd ein Wunder vom Sturz zu Pferd in die Tiefe rettete.

S. 519 *Neuer Staat – Estado Novo*, Diktatorisches Regime (1928-1974) in Portugal

S. 523 Dom Afonso Henriques – Erster König Portugals (1109-1185); er weigerte sich, Lehensmann des Königs von Spanien zu werden und begann mit dem Sieg bei Santarém (1147) die Rückeroberung des heutigen Hoheitsgebietes von Portugal

S. 530 Real – ehemalige brasilian. und portugies. Münzeinheit

S. 548 Raul Brandão – Romancier und Journalist, Begründer der modernen Prosaliteratur Portugals (1867-1930)

S. 552 Pêro Vaz de Caminha – begleitete im 15. Jahrhundert als Chronist die erste Entdeckungsreise nach Brasilien und schrieb darüber einen ausführlichen Bericht an den König Dom Manuel I.

S. 553 *Bandeirante* – von bandeira – Fahne – Pionier und Erschließer von Land, Anspielung auf die Landnahme der ersten Portugiesen im Staat São Paulo.

S. 553 Aleijadinho – Krüppelchen, so der Beiname des Architekten und Bildhauers des portugiesisch-brasilianischen Barock in Minas Gerais, Brasilien, António Francisco Lisboa

S. 553 Tomaz Gonzaga – Tomaz António Gonzaga, Dichter und Held der brasilianischen Unabhängigkeit (1744 bis 1810)

S. 556 ein theatralischer Selbstmordschuß im Präsidentenpalast – gemeint ist der Selbstmord des Präsidenten der Brasilianischen Republik, Getúlio Vargas, im Jahre 1954

S. 587 Diogo Cão – In Vila Real, Trás-os-Montes geboren, portugiesischer Seefahrer. Dom João II. schickte ihn zweimal auf Entdeckungsreisen nach Afrika, wo es ihm 1482 gelang, nach einer Reise zur Mündung des Kongo den König vom Kongo zu treffen.

S. 588 Gungunhana – mächtiger Häuptling eines Stammes in Moçambique, der sich gegen die portugiesische Herrschaft auflehnte. 1895 wurde er durch einen portugiesischen Sondereinsatz unter Monzinho de Albuquerque entmachtet und starb 1906 in Gefangenschaft auf den Azoren.

S. 589 Alcácer Quibir – marokkanische Stadt, nach der die Schlacht von 1578 benannt wurde, bei der die Mauren das portugiesische Heer vernichtend schlugen und der jugendliche König São Sebastião verscholl.

S. 591 Dom João de Castro – Vizekönig von Indien und Wissenschaftler, dessen Schriften die für die Seefahrt seiner Zeit wichtigen Beobachtungen der Wetterkunde, Sternkunde und Meereskunde enthalten

S. 591 São Francisco Xavier – berühmt durch seine Missionen im Namen Portugals nach Asien und Japan (1506-1552).